Siempre te encontraré

Bestseller

Megan Maxwell

Siempre te encontraré

Las guerreras Maxwell, 3

Esencia/Planeta

El papel de este libro procede de bosques gestionados de forma sostenible y de fuentes controladas.

Diseño de la cubierta: Booket / Área Editorial Grupo Planeta
Imagen de la cubierta: Shutterstock
Primera edición en Colección Booket: febrero de 2019
Segunda impresión: abril de 2019
Tercera impresión: febrero de 2020
Cuarta impresión: noviembre de 2020
Quinta impresión: mayo de 2021
Sexta impresión: febrero de 2022
Séptima impresión: diciembre de 2022
Octava impresión: noviembre de 2023
Novena impresión: mayo de 2024

Depósito legal: B. 28.937-2018
ISBN: 978-84-08-20235-6
Impresión y encuadernación: CPI Black Print
Printed in Spain - Impreso en España

Biografía

Megan Maxwell es una reconocida y prolífica escritora del género romántico que vive en un precioso pueblecito de Madrid. De madre española y padre americano, ha publicado más de cincuenta novelas, además de cuentos y relatos en antologías colectivas. En 2010 fue ganadora del Premio Internacional de Novela Romántica Villa de Seseña, en 2010, 2011, 2012 y 2013 recibió el Premio Dama de Clubromantica.com. En 2013 recibió también el AURA, galardón que otorga el Encuentro Yo Leo RA (Romántica Adulta), y en 2017 resultó ganadora del Premio Letras del Mediterráneo en el apartado de novela romántica. *Pídeme lo que quieras*, su debut en el género erótico, fue premiada con las Tres Plumas a la mejor novela erótica que otorga el Premio Pasión por la novela romántica.

Encontrarás más información sobre la autora y su obra en:

www.megan-maxwell.com

@MeganMaxwellOficial

@megan__maxwell

@MeganMaxwell

Ser una Guerrera Maxwell es no dejarse vencer
por las adversidades. Es saber levantarse y luchar
por lo que uno quiere, aun habiendo perdido alguna batalla.

Guerreras,
sois las mejores.

MEGAN

Prólogo

Castillo de Caerlaverock, 1312

En el castillo de Caerlaverock, cercano al condado de Dumfries, sus habitantes tristes y desolados lloran la terrible desgracia que se había cebado con el clan Ferguson. El día anterior, en una de las cuevas del bosque aparecieron los cuerpos sin vida de los hijos del laird Kubrat Ferguson, Felipe y Kendrick, de trece y catorce años respectivamente, y los de su amada y dulce esposa Julia con la pequeña Jane.

Habían salido a dar un paseo por el bonito bosque el día del cumpleaños de Angela, otra de las hijas, pero poco después los hallaron desmembrados, lo que llenó de desolación a todos los habitantes del castillo. La única que se salvó de ese cruel ataque fue precisamente la pequeña Angela.

En el momento en que ocurrió, la pizpireta niña había ido a coger brezo escocés, unas hierbas medicinales que su madre le había ordenado ir a buscar para la tos de su padre. Cuando regresó, al no encontrar a su familia donde los dejó, los buscó hasta dar con ellos.

Sin entender lo que había ocurrido, corrió hacia su madre, que, tendida en el suelo, se movía extrañamente, y, arrodillándose a su lado con los ojos anegados en lágrimas, la pequeña Angela llamó:

—Mamá... mamá...

Al oírla, la mujer tosió y una bocanada de sangre salió de entre sus labios.

—Tienes que ser fuerte, mi amor... —susurró, agarrando a su hija.

—Mamá... levántate...

—Tienes que ser valiente, Angela —insistió ella—. Cuida de tu padre y tus hermanas y, cuando seas mayor, enamórate y prométeme que disfrutarás del amor.

—Mamá... mamá, vamos, levántate —gimió la niña entre lágrimas.

Julia, su madre, se estremeció y, con un hilo de voz, dijo:

—Mamá os quiere a todos. Busca a papá y dile que lo espero.

Y, sin más, cerró los ojos y dejó de respirar. Angela, sin saber qué hacer, permaneció varios minutos abrazada a ella. La llamó, la zarandeó a la espera de que le dijera algo más, pero su madre nunca más habló.

Sin parar de llorar, se acercó a sus hermanos. Los zarandeó también, pero ellos tampoco reaccionaron. Al final, horrorizada y con las manos llenas de la sangre de los suyos, corrió al castillo en busca de ayuda.

Esa noche, tras recuperar los cadáveres, se habló de un ataque salvaje de los lobos. Pero quienes vieron aquellos cuerpos y los cortes que tenían comprendieron que aquello sólo lo podían haber hecho aceros manejados por maleantes y villanos.

Con gesto sombrío, el laird Kubrat Ferguson escuchaba el responso del padre Godo por su familia, mientras sus otras hijas, Davinia, de quince años, May, de doce, y la pequeña Angela, de diez, lloraban desconsoladas. No podían creer lo que había ocurrido. Su encantadora madre y sus hermanos ya no volverían con ellas nunca más.

Mientras el padre Godo continuaba con la oración, el laird miró a sus hijas, a aquellas tres damitas a las que amaba con todo su ser, y apretó los dientes para no llorar. Él no podía, no debía hacerlo, tenía que demostrar entereza.

Volvió a mirar a sus hijas y reprimió las lágrimas. Nunca olvidaría el gesto de terror e incredulidad de la pequeña Angela al llegar al castillo. Ella había visto lo que ningún niño debería ver nunca: la muerte más descarnada. Hundido y atormentado, volvió a fijar la vista en los tartanes que cubrían los cuerpos sin vida de su mujer y sus hijos.

Pensar en Julia, en su sonrisa, su valentía y su dulzura le rompió el corazón y de pronto recordó la promesa que él le hacía cada vez que nacía uno de sus hijos. Una promesa que sabía que en un futuro podría traerle problemas, pero que iba a respetar, aunque fuera lo último que hiciera por su esposa.

Angela, aún conmocionada por lo ocurrido, miró a su padre y, poniéndose de puntillas, acercó la boca a su oído y, sorprendiéndolo, susurró a media voz:

—Mamá dijo que tenía que ser valiente y cuidar de ti y de mis hermanas.

Al oír eso, el laird esbozó una triste sonrisa y, levantándola del suelo, la abrazó y dijo:

—No te preocupes, mi niña. Papá os cuidará.

Tres días más tarde, el clan atrapó a unos villanos con las pertenencias de los fallecidos. El laird Kubrat Ferguson los mató uno a uno sin piedad, mirándolos a los ojos y maldiciendo sus almas para toda la eternidad, mientras murmuraba:

—Muerte por muerte.

Esa noche, tras vengar a su familia con toda la rabia del mundo, les dio un beso de buenas noches a sus tres queridas hijas y, cuando llegó a sus aposentos, dio rienda suelta a su pena, su amargura y su dolor. Desesperado como nunca en su vida, lloró a los pies de su vacío lecho conyugal, mientras repetía una y otra vez:

—Mi cielo, no puedo vivir sin ti. Mi cielo, espérame...

No era consciente de que la pequeña Angela lo observaba como un ratoncillo asustado desde detrás de la puerta entreabierta, musitando:

—No llores, papá. Yo seré valiente y os cuidaré.

A partir de ese día, la vida de todos los moradores del castillo de Caerlaverock y alrededores cambió. Nada volvió a ser igual, porque el laird Ferguson nunca dejó de sufrir por amor.

1

Escocia, condado de Dumfries, 1325

El laird Kieran O'Hara regresaba agotado junto a su ejército de highlanders y su amada madre, tras cabalgar durante días hasta la abadía de Dundrennan desde su hogar, el castillo de Kildrummy. Llevaba meses buscando a su hermano James, apodado James O'Hara *el Malo* por sus fechorías, y le habían llegado noticias de que podía estar en aquella abadía, malherido.

Pero el viaje no dio fruto. El moribundo que había allí no era James y, ceñudo, Kieran decidió retornar a Kildrummy, cerca de Aberdeen.

—¿Qué piensas? —le preguntó el joven Zac.

—En James —contestó Kieran, observando a su madre.

Su hermano James llevaba cerca de dos años sin dar señales de vida y eso angustiaba a Edwina, la madre de los O'Hara. Desolado, Kieran no podía olvidar las tristes palabras de la mujer al abandonar la abadía de Dundrennan:

—No siento a James, Kieran. Extrañamente, ya no lo siento.

O'Hara, con el corazón encogido, miró de nuevo a su madre y le dijo a Zac:

—El día que encuentre a James, yo mismo lo mataré por el sufrimiento que le está causando a mi pobre madre.

El joven suspiró. No guardaba demasiado buen recuerdo de James O'Hara. Lo había conocido vagamente cuando era pequeño y su hermana Megan, junto con Kieran, tuvo que ingeniárselas para solucionar un problema con él antes de que se convirtiera en algo irreparable.

—Te entiendo, Kieran. Pero si haces eso, tu madre...

—Mi madre... —lo cortó él esbozando una fría sonrisa—. Ella es la única que guarda algún bonito recuerdo de él.

—Yo también —intervino Louis, que cabalgaba a su lado—. Aún recuerdo el día en que un caballo le dio una coz en la entrepierna y aulló de dolor. Nunca me he reído más en mi vida.

Kieran soltó una amarga carcajada.

—El idiota de mi hermano debería recordar que tiene una madre que sufre por él —dijo—. Su ausencia la apena más cada día que pasa y yo ya no sé qué hacer para que sonría.

—Despósate —sugirió Zac.

Louis soltó una carcajada. Kieran y él eran buenos amigos y solían ir a menudo de correrías con mozas. Con una divertida sonrisa, Zac continuó:

—Según he podido ver con mis propios ojos cuando he estado en Kildrummy, la bonita lady Susan Sinclair bebe los vientos por ti, y a tu madre no parece desagradarle.

—Bueno... eso no es lo mismo que pienso yo —rio Louis.

Zac, sin escuchar lo que había dicho, añadió:

—Sólo hay que ver la de veces que esa joven y su madre están invitadas en tu casa para pasar largos fines de semana para intuir que entre vosotros hay algo más.

Sin apartar la vista de su madre, que iba en un carromato mirando al frente, Kieran sonrió y expuso:

—Mi madre y la suya son amigas y Susan una buena muchacha, además de toda una belleza, ¿no creéis?

Louis asintió; sin embargo, Zac respondió:

—Es una belleza, pero hay algo en ella que no termina de gustarme.

Ese comentario llamó la atención de Kieran, que, a la vez que lo miraba, preguntó:

—¿Por qué dices eso?

—Según mi hermana Megan, Susan es simple y aburrida —contestó Zac.

—¡Megan! ¿Cómo no? —protestó Kieran con cariño, al pensar en aquella mujer a la que le tenía tanto aprecio.

Louis soltó una carcajada.

—Estoy de acuerdo con la hermana de Zac —dijo.

—¡Os olvidáis de que a mí me gustan todas las mujeres! —replicó Kieran divertido.

—Y si tienen grandes pechos, ¡más! —se mofó Louis.

Kieran sonrió. Susan era una belleza que llamaba la atención allá donde fuera, pero nunca se mostraba en desacuerdo con él en nada. Era demasiado dócil y conformista.

Louis miró al joven Zac Phillips y dijo:

—Hace unos meses, Kieran estuvo a punto de pedirle matrimonio a Susan.

—Lo iba a hacer por mi madre —gruñó Kieran.

—¿En serio le ibas a pedir matrimonio?

Él no contestó, pero Louis lo hizo en su lugar.

—De no ser por que la noche anterior bebimos hasta casi caer muertos, creo que este tonto ahora estaría casado con ella.

Molesto por cómo aquellos dos hablaban de su vida, Kieran los miró ceñudo. Casarse no era algo prioritario para él, pero su madre quería verlo con una esposa y sabía que tarde o temprano tendría que planteárselo. Pero deseoso de abandonar ya el asunto, siseó:

—¿Queréis dejar de hablar de mi vida como si no estuviera delante? Parecéis dos alcahuetas. Además, sólo faltaría que mi madre os oyera, para que volviese a insistir con el tema.

—¿Es cierto lo que ha dicho Louis? —preguntó Zac divertido.

Kieran O'Hara asintió y, consciente de que su madre no lo podía oír, explicó:

—Esa noche bebimos hasta caer derrotados. Y aunque nunca he querido pensarlo demasiado, creo que ha llegado el momento de que busque una mujer para Kildrummy, y de que unos niños corran por mi hogar. Además, mi madre envejece, y ya que el idiota de mi hermano sólo la hace llorar, al menos yo quiero verla sonreír. Quizá cuando regrese de este viaje...

—Susan no es la mujer que tú necesitas, y lady Edwina también lo sabe —protestó Louis.

Kieran sonrió y miró a su madre. A ella no había ninguna que le agradara para él.

—Recuerda, Louis, que seré yo quien cargue con mi esposa, no mi madre.

Su amigo se encogió de hombros, pero Zac preguntó:

—¿Y estarías dispuesto a perder tu libertad por una mujer a la que no amas?

Kieran rio, cruzando una mirada con Louis.

—Que me despose con Susan no cambiará mi vida. Yo no he caído en la marmita del amor y de las palabras almibaradas, como Duncan, Lolach o Niall. Según ellos, han encontrado a la mujer que los complementa, pero si yo me caso, no será por sus mismos motivos. Digamos que mi boda será algo práctico, que me permitirá continuar con mi vida fuera de mi hogar, como siempre.

—¿Serías capaz de casarte sin amor?

Louis y Kieran se miraron un momento antes de responder y, finalmente, este último dijo:

—Sin lugar a dudas.

—¿Seguro? —insistió Zac.

—Segurísimo —afirmaron al unísono los dos amigos, soltando una carcajada.

Susan Sinclair era una de las bellezas de las Highlands. Vivía en una estupenda mansión en Aberdeen, con sus padres. Era una delicada y sensual mujer de pelo claro como el sol y ojos del color del mar, y aunque muchos la cortejaban, Kieran tenía claro que sólo lo aceptaría a él. Quizá había llegado el momento de lanzarse.

—Bueno... pues tal como lo planteas, Susan será una buena compañía para tu madre —concluyó Zac.

—No lo creo —repuso Louis, que conocía bien a Edwina.

Sin hacerle caso, el joven prosiguió:

—Ambas podrán coser, cocinar, cuidar las flores. Aunque, bueno, sé por mi hermana que...

—¿Otra vez Megan? —rio Kieran, pensando en aquella belleza de ojos oscuros—. Veamos qué te ha dicho ahora esa maldita bruja morena.

—Según ella, necesitas una mujer que te baje el ego y que sepa decirte que no a muchas cosas. Ella cree que sólo eso te hará feliz.

—Tu hermana es un auténtico demonio —contestó él divertido.

—También dice que las mujeres te lo ponen muy fácil cuando les sonríes y que sólo alimentan tu vanidad. Que te calientan la cama, pero no el corazón.

—Decir que es un demonio es quedarse muy corto —exclamó Kieran, riéndose de nuevo.

—¿Por qué elegir una cuando hay tantas dispuestas a darnos placer? —preguntó Louis, sonriendo.

—Sí, según Duncan —prosiguió Zac—, pasión y mujeres no os faltan y sois felices con lo que ellas os dan.

—Duncan sí que nos conoce y sabe lo que necesitamos —asintió Kieran divertido, mirando a un risueño Louis.

Al anochecer llegaron a los alrededores de Dumfries. Allí, el laird O'Hara buscó una posada decente para que su madre Edwina y la dama de compañía de ésta, Aila, pasaran la noche. Dormir al raso no era lo que más les gustaba a ninguna de las dos.

Una vez Kieran las dejó en el lugar, junto a varios highlanders para que las protegieran, se marchó con sus guerreros a un burdel cercano para refrescarse la garganta.

De madrugada, cansados y algo bebidos, algunos O'Hara decidieron internarse en el denso bosque de robles para dormir un rato, a pesar de la lluvia y desoyendo las advertencias del posadero, que les dijo que ese bosque estaba encantado.

Dentro del mismo encontraron unas cuevas, buscaron leña seca e hicieron un buen fuego. Después desenrollaron sus ásperas mantas y tartanes y, tras dejar a Arthur como centinela, el resto se acurrucaron en el suelo y se dispusieron a dormir.

Pero lo que esperaban que fuera un merecido descanso, pronto se convirtió en una locura. ¡Los estaban atacando!

Alertado por los gritos, Kieran se levantó y salió de la cueva con los hombres que estaban con él. La lluvia le dio en la cara y se sintió mareado. Con la vista borrosa, pudo ver cómo Zac y Louis se levantaban con torpeza.

Instantes después, vio caer a Louis y, tras él, a Zac. Cuando Kieran iba a ir a ayudarlos, un fuerte golpe en la cabeza lo derribó.

La sangre que le corría por la cara, la lluvia, el mareo y la conmoción del golpe le impedían moverse.

Impotente, comenzó a maldecir y a jurar que mataría a los bastardos que los habían atacado. Él, un highlander curtido en cientos de batallas, gravemente herido en varias ocasiones y temido por muchos ejércitos, se sentía un auténtico inútil y una presa fácil en su estado.

Finalmente consiguió sentarse, pero una patada en el pecho lo volvió a tumbar en el suelo. Mientras un pie lo pisaba con fuerza y sentía la punta de un arma en la barbilla, oyó que le decían:

—Seré rápido en mataros, a cambio, me quedaré con vuestros caballos.

A cada instante más enfadado, Kieran bramó, todavía sin ver con claridad:

—¡Regresaré de mi tumba para matarte!

El otro hombre se carcajeó, mientras apretaba aún con más fuerza el pie contra su pecho. Sin darse por vencido, Kieran tanteó a su alrededor en busca de su espada, pero antes de que la pudiera alcanzar, un silbido hizo que el villano mirara hacia su derecha, justo antes de desplomarse.

Por suerte, Kieran fue rápido y ladeó el cuerpo. Si no lo hubiera hecho, aquel indeseable le habría clavado la espada en la garganta en su caída.

Con torpeza, pudo agarrar por fin su arma, pero, al levantarse, dio un traspiés que lo hizo caer de nuevo hacia atrás.

¡Maldición!

A cada instante se encontraba peor. Intentó levantarse de nuevo, pero le fue imposible. Necesitaba despejarse e ir a ver cómo estaban sus hombres, en especial Zac. Si le ocurría algo al chico, su amiga Megan lo mataría por no haberlo protegido.

De pronto, su mirada borrosa enfocó a varios encapuchados que, con una destreza asombrosa, reducían a los maleantes. Los vio atacar, saltar de árbol en árbol y diezmar a los bandidos con una agilidad y una destreza que lo impresionaron. ¿Quiénes serían?

Tras un caos tremendo, minutos después la calma llegó al bosque. Los ojos se le nublaban y era incapaz de enfocar la vista con claridad. ¿Qué le ocurría? A su alrededor todo estaba borroso, confuso, pero pudo atisbar cómo los encapuchados se acercaban a él. Rápidamente, levantó el acero, pero un golpe certero en la mano le quitó la espada.

—¿Qué queréis? —bramó.

Varios de ellos se agacharon y una dulce voz respondió:

—Tranquilízate. Hemos venido a ayudaros.

Mareado y sin poder fijar la vista en nada ni en nadie, Kieran se percató de que varios de los desconocidos se movían a su alrededor. Hablaban demasiado bajo para que pudiera oír lo que decían y, como pudo, preguntó:

—¿Quiénes sois?

—Eso no importa ahora —respondió un hombre.

Entonces, otra voz tan dulce como la primera que le había hablado, dijo:

—Déjame la talega. Este hombre está herido.

«¿Herido? ¿Quién estaba herido?», pensó Kieran.

Entre los murmullos, distinguió varias voces de mujer. Tenía ganas de vomitar. No sabía qué le ocurría, hasta que una voz ruda y fuerte dijo:

—Éste es el laird Kieran O'Hara y sus hombres.

Al oír su nombre, Kieran se movió y dijo:

—¿De qué me conoces?

Nadie contestó a su pregunta, pero una de las mujeres propuso:

—Bebed esto. Hará que el veneno desaparezca de vuestro cuerpo.

—¡¿Veneno?!

Una dulce risa sonó cerca de su oído.

—Os echaron veneno en las bebidas para atontaros, robaros y mataros. Por suerte para vosotros, uno de mis hombres estaba también en el burdel y se percató de lo que ocurría. Pero, tranquilo, con la pócima que os estamos dando, todos sanaréis rápidamente.

Kieran bramó. Mataría a quien había hecho aquello. Con cierta dificultad, alargó la mano y, tras agarrar con fuerza el brazo de la mujer que le había hablado, preguntó:

—Eres una mujer, ¿verdad?

Ella sonrió, todavía con la capucha puesta, y, conocedora de los efectos de aquel veneno y de que él la veía borrosa, le limpió la sangre de la cara y respondió:

—¿Acaso importa eso?

Desesperado al sentirse tan mermado, Kieran susurró:

—Dime cómo te llamas.

La mujer lo miró. El herido era un hombre rubio de ojos claros, corpulento y bien parecido. Sin duda alguna, un habitante de las temidas Highlands, y, curándole la herida que tenía en la frente, respondió:

—Sólo debería importarte que te hemos salvado la vida y también la de tus hombres, y ahora, si te estás quieto, terminaré con este feo golpe que tienes en la cabeza.

—¿Cómo te llamas? —insistió él.

—Chisss... ni una palabra más o me enfadaré.

Los encapuchados se miraron entre sí y sonrieron.

Mientras un grupo se llevaba los cuerpos de los asaltantes para hacerlos desaparecer, las mujeres atendían a los heridos y la que se cuidaba de Kieran canturreaba:

En el bosque encantado
yo te he encontrado
herido y asustado
por...

—No estoy asustado —protestó él.

De nuevo aquella hermosa risa llenó sus oídos.

—Eso dice la canción, no lo digo yo.

—No estoy asustado, ¡estoy furioso! —masculló.

—Bueno —sonrió la joven—. Visto que vuestra vanidad es mucha, aun en un momento así, cantaré otra que dice:

De las Highlands has llegado
valeroso y enojado
pero tú no me das miedo
aunque seas un hombre fiero.

Kieran sonrió sin fuerzas al oírla, pero dijo:

—Pues deberías temerme, y más con lo enfadado que estoy.

Sin el menor atisbo de miedo, ella acercó su boca al oído de él y susurró:

—Yo no le temo a nada ni a nadie.

—¿Y a la muerte?

—Menos todavía.

A pesar de lo mal que se encontraba, Kieran tuvo ganas de sonreír por la locuacidad y determinación de aquella mujer. Sin duda, además de unas manos suaves, era valerosa y tenía una bonita voz.

En ese instante, ella miró a la joven que, a su lado, estaba atendiendo a otro de los highlanders y le preguntó sorprendida:

—¿Qué estás haciendo?

Tras soltar una casi inaudible risita, la otra encapuchada se tocó los labios, le puso a Zac una flor de color naranja sobre la oreja y murmuró:

—Oh... besarlo, pero nadie lo sabrá. No me he podido resistir.

—Amanece. Debemos marcharnos —dijo la voz de un hombre con firmeza.

—Dame unos instantes y enseguida termino —contestó la que atendía a Kieran.

Cuando acabó, lo fue a soltar, pero Kieran, al notar que lo

abandonaba, la agarró de la mano y tiró de ella haciéndola retroceder.

—Dime quién eres —insistió, antes de casi desmayarse.

—Tu salvadora —susurró ella, mirándolo a los ojos.

Sin soltarla, él musitó a media voz:

—Juegas con ventaja. Dime quién eres, y... y... cuando esté mejor te bus... buscaré y podré dar... darte las grac...

No pudo acabar la frase.

La joven sonrió tranquila, sabía que estaba bien a pesar de que estaba prácticamente desmayado. Le tocó con delicadeza el rubio cabello y, aunque le encantaría volver a ver a aquel hombre, y dejarse cortejar por él, no podía revelar su verdadera identidad. Sin embargo, antes de marcharse, cuando vio que su gente se alejaba, acercó sus labios a los suyos y lo besó con delicadeza, murmurando cerca de su boca.

Del bosque encantado,
un hada te ha salvado,
y en un momento inesperado
un beso te ha robado.

2

Cuando Kieran se despertó, no sabía cuánto tiempo había pasado. Abrió los ojos y lo primero que vio fue el rostro angustiado de la dama de compañía de su madre.

—Ya vuelve en sí, mi señora, ¡vuelve en sí!

Atontado, se movió hacia ella, pero en ese momento, oyó a su madre gritar:

—Hijo, ¡qué susto! Pero ¿qué ha ocurrido?

Todavía mareado, vio que el bosque oscuro y lluvioso de la noche anterior ahora era un bosque lleno de luz y de alegres cantos de pájaros.

Se sentía como si le hubieran clavado mil espadas en la cabeza.

—Como no veníais a la posada —explicó su madre—, he ordenado a nuestros hombres que salieran a buscaros y ¡oh, Dios... qué susto nos hemos llevado! ¿Qué ha ocurrido, hijo? —preguntó de nuevo.

Sin poder responder a aquello, porque él mismo no lo sabía, dijo:

—Tranquila, madre, estoy bien.

Con gesto pesaroso y preocupado, ella se le acercó y, acariciándole el pelo, replicó:

—¿Bien? ¡¿Bien?! ¿Cómo puedes decir eso con la pinta que tienes? Oh, tienes una herida en la frente y sangre en el cuello.

—Mamá...

—¿Quién te ha curado? ¿Quién os atacó? Por el amor de Dios, entre tú y tu hermano me vais a matar a disgustos.

Enfadado por cómo se encontraba y por las continuas preguntas y reproches de su madre, fue a protestar, cuando ella, cambiando de tono, murmuró:

—Tesoro mío..., temo que te pase algo.

Kieran se levantó como pudo y, acercándose a ella, cuchicheó en su oído:

—Madre, te he dicho miles de veces que no me llames «tesoro» delante de mis hombres.

—¿Por qué?

—Por el amor de Dios. Que soy el laird O'Hara. ¿Qué van a pensar?

—Ya sabes que lo que piensen los demás nunca me ha importado. —Kieran asintió, sin duda era cierto, y la mujer añadió—: Por muy laird O'Hara que seas, yo soy tu madre y tú eres mi tesoro, y nadie va a impedir que te lo llame cuando yo quiera, ¿entendido?

—Madre...

—¿Dime, tesoro?

Él puso los ojos en blanco y decidió desistir. A veces era imposible razonar con ella.

Al ver el gesto de su hijo, Edwina sonrió. Kieran era un amor. Era cariñoso, atento, detallista, pero cuando se enfadaba o se empecinaba en algo, era imposible razonar con él.

Poco después, cuando él consiguió convencerla para que, junto con su dama de compañía, esperara en el carromato, se acercó a sus hombres un poco más recuperado.

—¿Estás bien, Kieran? —le preguntó Louis.

Él asintió y vio que el aspecto de su amigo no era mucho mejor que el suyo.

—Por san Drustan, ¡qué dolor de cabeza! —exclamó Zac en ese momento.

El joven se tocaba la cabeza, apoyado en un árbol.

Con la boca pastosa, Kieran cogió el odre de agua que le ofrecía uno de sus guerreros y bebió. Estaba sediento. En su mente sólo había un único pensamiento: debían buscar a los osados que los habían atacado, pero también a quienes los habían salvado.

El laird Kieran O'Hara era considerado un highlander de buen talante, que pocas veces se enfadaba. Tenía un carácter afable, conciliador con la gente y seductor con las mujeres. Pero en ese instante no era nada de eso. Un sombrío humor se había apoderado de él y sólo quería dar con sus atacantes y hacerles pagar lo ocurrido.

Aún aturdido, y tras devolverle el odre al guerrero, preguntó:

—¿Estáis todos bien?

Todos asintieron con un murmullo, pero cuando Zac preguntó qué había pasado, Kieran no pudo darle una respuesta.

—Aún no lo sé... pero encontraré, mataré, degollaré y descuartizaré a los infames que osaron hacernos esto —masculló.

—¡Kieran, por el amor de Dios! —gritó su madre horrorizada, al oírlo.

—Mamá, vuelve al carro.

—Necesito estirar las piernas, hijo —contestó ella rápidamente.

Al ver que se alejaba, Kieran, ofuscado, siseó:

—Maldita sea. Malditos villanos.

El joven Zac suspiró y Louis meneó la cabeza. Ver a su laird en ese estado no era algo que les gustase.

—Mi señor —intervino entonces uno de los highlanders—, creo que deberíamos regresar a nuestras tierras y...

—Yo opino como Gindar. Deberíamos regresar a Kildrummy —terció Edwina, ya de vuelta, sin importarle la intencionada mirada de su hijo pidiéndole silencio.

—Ni hablar. Primero tengo que saber qué ha ocurrido —dijo Kieran entonces.

—Hijo, por Dios...

Pero al ver la sombría mirada de su hijo, se calló y asintió. Después de que regresara al carro, Zac se acercó a su amigo y, con una sonrisa burlona, murmuró:

—No esperaba menos de ti. —Y enseñándole la flor naranja que tenía en las manos, añadió—: Yo también quiero saber quién ha sido el osado que me ha utilizado de jarrón y hacérselo pagar.

—¿Han robado caballos o algo? —preguntó Kieran.

—No.

—¿Nada? ¿No se han llevado nada? —insistió sorprendido.

—Absolutamente nada. Ni una moneda, ni una espada... no falta nada —contestó Louis—. Hay signos de lucha, pero ningún maleante muerto ni herido. Y luego están nuestras heridas, curadas. Pero ¿quién ha estado aquí?

La voz de la desconocida inundó el cerebro de Kieran, que frunció el cejo.

—Sólo recuerdo las voces de unas mujeres que... —empezó.

—¿Unas mujeres? —lo interrumpió Zac, tocando la flor naranja.

Kieran asintió.

—Un grupo de mujeres y hombres nos ayudaron, pero no sé más.

—¿Por estas tierras hay mujeres tan valerosas?

—Parece ser que sí —replicó Kieran y sonrió por primera vez.

Zac sonriendo también, murmuró:

—Eso me gusta.

Tocándose la frente con cuidado, Kieran añadió:

—Antes de que yo perdiera la conciencia, una de las mujeres dijo que los atacantes nos habían envenenado en el burdel. —Y con gesto adusto, siseó, mirando a sus hombres—: Regresaremos allí y aclararemos las cosas.

Todos recogieron sus armas y se prepararon para partir. Kieran estaba intentando recordar algo más cuando Louis se acercó a él.

—Quizá sea cierto que este bosque está encantado.

Al oírlo, Kieran se paró en seco y recordó una cancioncilla que hablaba sobre un bosque encantado y, sin saber por qué, se tocó los labios y se estremeció.

Después montó en su corcel negro, miró a sus hombres y, tras dar la orden, regresaron al burdel en busca de explicaciones, mientras él se seguía preguntando quién era la mujer que lo había auxiliado.

3

Cuando Kieran y sus highlanders entraron en el burdel, las personas que estaban allí los miraron recelosas, pues su aspecto era siniestro.

—¿Qué os ha ocurrido? —les preguntó el dueño, acercándose.

Kieran lo agarró del cuello y, empujándolo, bramó furioso:

—¡Eso mismo he venido a averiguar!

Asustado y arrinconado contra la pared, el posadero intentó zafarse, hasta que se oyó un grito de mujer.

—Hijo, ¡que lo matas! —dijo Edwina.

—Madre, sal de aquí.

—No hasta que sueltes a ese hombre.

Kieran aflojó la presión de su mano en su cuello y el otro, asustado, murmuró:

—Señor... yo... yo no sé nada. Se lo juro por la vida de mis hijos. Si he preguntado es porque sé que ayer no teníais ese feo golpe en la frente.

—¿Y por qué te tengo que creer?

—Por el amor de Dios —gritó de pronto la rechoncha esposa del posadero, saliendo en su ayuda—. Soltad a mi marido. Os está diciendo la verdad, señor.

Al ver el miedo en los ojos de ella, Kieran lo soltó. «Con seguridad le había dicho la verdad», pensó, mirándolo mientras abrazaba a su mujer.

—Ayer, mientras estábamos aquí, alguien... —empezó Kieran.

—¡¿Aquí?! —gritó Edwina horrorizada—. ¿Estuviste en este burdel?

—Louis —llamó él, airado—, saca de aquí a mi madre.

Al oír la orden, sin importar las quejas de la mujer, el guerrero la sacó con premura del lugar. Una vez se marcharon, Kieran miró al hombre y prosiguió:

—Alguien nos echó ayer una pócima en las bebidas con la intención de robarnos después. Exijo saber quién fue.

El posadero, asustado, tras mirar a su mujer murmuró:

—Le aseguro, señor, que no lo sé. No vi que nadie os echara nada y...

—Unos villanos nos atacaron en el bosque —lo cortó Kieran—, aunque gracias a que alguien acudió en nuestra ayuda, esos maleantes no consiguieron su propósito.

Al decirlo, se dio cuenta de que los hombres y mujeres presentes se miraban entre sí y preguntó:

—¿Alguien sabe de quiénes hablo?

Nadie contestó. Todos parecían aterrorizados y, sin darles un respiro, el highlander preguntó de nuevo:

—¿A qué te referías ayer con eso de que el bosque está encantado?

Con mejor color de cara, el tembloroso hombre explicó:

—Señor, desde hace años se dice que el bosque está encantado. La gente huye de sus inmediaciones y no se aventura a entrar en él por miedo a no salir vivo. Como está cercano a la frontera con Inglaterra, muchos ladrones y bandidos sin patria se esconden en él y matan a todos los incautos que encuentran, se habla incluso de fantasmas. Sólo se sale vivo de allí si el grupo de los encapuchados llega a tiempo.

—¿El grupo de los encapuchados? —repitió Zac, dando un paso al frente.

—Sí —asintió la mujer—. Desde hace unos años, un grupo de gente encapuchada, liderados por una valerosa mujer, guardan el bosque intentando proteger a los despistados.

—¿Una mujer? —preguntó Kieran, atraído por aquella noticia.

—Sí.

—¿Qué mujer? —intervino Louis, que entraba en ese momento.

—Nadie sabe quién es. Se la bautizó con el nombre de Hada por la magia que ha traído al bosque. Incluso hay nanas y trovas con su nombre.

La mente de Kieran comenzó a funcionar con más rapidez y entonces recordó.

De un bosque encantado
un hada te ha salvado
y en un momento inesperado
un beso te ha robado.

¡¿Hada?! Aquella mujer se había referido a sí misma al cantar aquella canción.

—Alguien tiene que saber quiénes son ella y su gente. Alguien debe de conocerlos.

Los aldeanos negaron con la cabeza con gesto asustado.

—Créame, señor —dijo la mujer del dueño—. Nadie los conoce. Sólo se sabe que actúan y que, la mayoría de las veces, consiguen que no ocurra un infortunio. Aunque las habladurías apuntan a que viven en algunas de las cuevas del bosque y que son fantasmas.

—¡¿Fantasmas?! —se mofó Zac, tocando la flor que llevaba en el bolsillo del pantalón.

Al oír eso, Kieran esbozó una sonrisa. Él no temía a bosques encantados ni fantasmas y estaba dispuesto a encontrar a aquella mujer. Louis, al ver que se quedaba pensativo, se acercó y le preguntó:

—¿Qué quieres que hagamos?

—Sin duda, buscar a quienes nos atacaron, y también a esa mujer —respondió él—. No lo tenía previsto, pero pasaremos a visitar al laird Kubrat Ferguson, que vive en el castillo de Caerlaverock. Quizá él nos pueda decir algo más que esta gente.

Después miró a quienes los rodeaban, seguro de que las palabras que iba a decir llegarían a su destino, y añadió:

—Estaremos por aquí unos días y pernoctaremos de nuevo en el bosque. Encontraré a los que osaron atacarnos y los mataré. Y, por supuesto, daré con esos encapuchados para agradecerles lo que hicieron por nosotros.

Y dicho esto, abandonaron todos el burdel, mientras los presentes cuchicheaban sobre lo ocurrido y uno de ellos se terminaba su cerveza y reprimía una sonrisa.

4

Lo ocurrido la noche anterior en el bosque, llegó a los oídos del laird Kubrat Ferguson, que maldijo al enterarse. Los continuos asaltos en aquel maldito lugar se multiplicaban, y vivir en el castillo de Caerlaverock, que lindaba con el bosque, cada día era más peligroso.

Desde la trágica muerte de su mujer, su liderazgo había ido en declive. Nunca superó la falta de Julia y año tras año su clan había mermado hasta quedar reducido a un grupo de personas que vivían en el castillo.

Sin perder tiempo, envió a algunos de sus hombres en busca de posibles heridos, como habría hecho su mujer Julia. Debía ayudar a los necesitados.

Los enviados se encontraron en el camino con los fieros guerreros O'Hara. Kieran, su jefe, al ver acercarse a aquella pequeña y poco lucida comitiva, ordenó a los suyos parar. Una vez escuchó el mensaje del laird, asintió y aceptó la invitación. Al fin y al cabo, él mismo había decidido ir a ver a Ferguson.

Cuando por fin dejaron atrás el espeso bosque, Kieran se asombró al encontrarse con una pequeña aldea de casitas de piedra oscura y tejados de paja. Tenía un aspecto sombrío y desolador y, al pasar junto a ella, observó que estaba abandonada.

¿Qué había ocurrido allí?

Iba ensimismado en sus pensamientos, cuando vio al fondo un viejo castillo de forma triangular, con torres redondeadas en cada esquina, y en el que ondeaban los ajados estandartes de los Ferguson. El lugar era bonito y el castillo estaba rodeado por un foso de aguas verdes, aunque demasiado sucias para su gusto.

Vio a varios guerreros que nada tenían que ver con los que los habían ido a recibir en el camino. Estaba claro que eran de otro clan y, rápidamente, Kieran los identificó como del de Cedric Steward. Un hombre insoportable y vanidoso con el que, en el pasado, Duncan y él habían tenido más de un problema.

Al pasar por su lado, Kieran los observó con seriedad. Aquella rama del clan Steward no era santo de su devoción, nada tenían que ver con los hombres de Jesse Steward, hermano de Cedric.

Una vez llegaron ante el pequeño puente de madera que daba paso al castillo, los hombres de Ferguson se quedaron fuera, junto a los Steward, y dejaron que entraran solamente los O'Hara. Éstos atravesaron la enorme puerta ojival de entrada y llegaron a un patio interior, donde, con gesto impaciente, los esperaba un hombre pelirrojo que sonrió al verlos.

Con curiosidad, Kieran vio que los allí presentes eran hombres y mujeres de cierta edad. No había entre ellos guerreros jóvenes, aunque sí algunas muchachas. Los hombres de Kieran siguieron entonces a su jefe. Eran gentes de las Highlands, su ropa, su gesto orgulloso y la dureza de su mirada los delataba. Kieran levantó la mano derecha y todos se pararon, pero ninguno desmontó.

—Vaya, de momento veo poca gente —susurró Zac.

—Y poca mujer —añadió Louis, guiñándole un ojo a una moza que le sonreía.

—Y varios arcos apuntándonos —apostilló Kieran, tras mirar de reojo las torres de las almenas.

Angela estaba junto a sus hermanas detrás de su padre, observando a los recién llegados, y al ver a Kieran el corazón le empezó a latir con fuerza. Pero un estremecimiento de preocupación la inundó al mirar su gesto fiero y salvaje. Tenerlos en su hogar la inquietó. ¿Qué hacían allí?

Pero la curiosidad pudo más y contempló con deleite al hombre que lideraba el grupo. Aquel gigante de semblante serio era muy bien parecido y resultaba fascinante. Llevaba el cabello rubio sujeto en una maltrecha coleta que lo hacía parecer aún más feroz. Sus ojos, azules como el cielo, se veían observadores e inteligentes y la piel de sus manos estaba tan bronceada como la de su rostro y su cuello. ¿Tendría todo el cuerpo igual?

Pronto vio que las mujeres del castillo, en especial las más jóvenes, se revolucionaban. Todas cuchicheaban y reían, mirando a los recién llegados. Sin duda alguna, la llegada de aquellos rudos hombres, tan diferentes a los que allí vivían, no dejaba a nadie indiferente.

Kieran, al sentirse observado por tantos ojos, los contempló a todos desafiante y cuando Angela sintió su mirada sobre ella, un extraño calor le recorrió el cuerpo y suspiró acalorada, aunque disimuló.

Tras un silencio demasiado prolongado, el laird Ferguson bajó los escalones y, acercándose a Kieran dijo:

—Bienvenido a mis tierras y a mi castillo, O'Hara.

En ese momento se oyó el chirriar del portón principal al cerrarse y todos los del clan O'Hara se llevaron la mano a la espada ante un posible ataque, pero con un movimiento de cabeza, Kieran les indicó que se tranquilizaran y, devolviendo de nuevo su atención al hombre que tenía delante, se bajó del caballo seguido por Zac y Louis y, tras dar dos pasos hacia el otro laird, respondió:

—Es un placer, Ferguson. —Y, con una sonrisa, presentó a sus lugartenientes—. Él es Zac Phillips, cuñado de Duncan McRae, y a la derecha Louis McAllan, mis hombres de confianza.

Los dos highlanders asintieron y saludaron a aquel pelirrojo, barbudo y bonachón.

Después de estrecharle la mano, Kieran se acercó más a Ferguson y murmuró:

—Te agradecería que ordenaras a los de los torreones que dejaran de apuntarnos con los arcos. No me gusta sentirme a punto de ser atacado y a mis hombres te aseguro que menos.

Al oír eso, el laird soltó una risotada y, tras hacer una seña con la mano, todos bajaron sus arcos. Después, señalándole a Kieran la herida de la cabeza, preguntó:

—¿Estás bien, O'Hara?

—Todo lo bien que se puede estar —respondió él, mirando a una mujer bastante mayor que le sonreía. Él le guiñó un ojo con gesto cautivador.

Ferguson al verlo, esbozó una sonrisa, pero insistió:

—Me han informado de lo ocurrido la pasada noche, ¿seguro que estáis todos bien?

—Por suerte, sí, aunque el susto no nos lo quita nadie —contestó en ese momento Edwina.

Kieran maldijo para sí, su madre no cambiaría nunca. Y, volviéndose para mirarla, le tendió la mano y le dijo al laird:

—Ella es mi madre, Edwina O'Hara.

Con galantería, Ferguson le besó la mano.

—Encantado, señora. Es un placer tenerla en mi humilde hogar.

Ella sonrió y Kieran, tras mirarla para que permaneciera callada, dijo:

—No sé quiénes nos atacaron, pero te aseguro que antes de irme de tus tierras lo averiguaré. Encontraré a esos villanos y les arrancaré el pellejo.

—Kieran, por el amor de Dios —susurró su madre, pero la mirada intimidatoria de él bastó para que no dijera nada más.

Ferguson, volviéndose hacia algunas de las mujeres que los observaban, ordenó:

—Preparad bebida y comida. El laird O'Hara, su encantadora madre y sus hombres son nuestros invitados. Tratémoslos como se merecen.

Rápidamente, varias de las mujeres entraron en el castillo, mientras el laird, volviéndose hacia los que estaban tras él, añadió:

—O'Hara, quiero presentarte a mi hombre de confianza, William Shepard y sus dos valerosos hijos Aston y George. Se puede decir que ellos son quienes mantienen el orden en el castillo y sus alrededores.

—Son unos mozos muy bien parecidos —comentó Edwina mirando al padre de los jóvenes, que la miró complacido.

Kieran, por su parte, se sorprendió ante las palabras de Ferguson. ¿Sólo aquellos tres cumplían esa función? Tras estrechar la mano de William Shepard y sus hijos, clavó su vista en otro hombre, uno al que no le tenía mucho aprecio.

—Éste es mi yerno, Cedric Steward. Es el marido de mi hija mayor, Davinia. Están de visita en el castillo —explicó Ferguson, mientras una mujer pelirroja que llevaba un bebé de pocos meses en los brazos asentía con la cabeza—. A su lado está mi otra hija, May, que como veis es religiosa, y junto a ella mi pequeña Angela y Sandra, su amiga, que también está de visita.

—Tiene usted unas hijas muy bonitas, laird Ferguson, y, por lo que deduzco, alguna soltera y en edad de casar, ¿verdad?

Al oír eso, Kieran volvió a mirar a su madre con enfado, pero ella, sin darse por enterada, se excusó con gracia:

—Iré a ver cómo está mi dama de compañía.

Una vez se hubo marchado, Kieran miró al yerno de Ferguson muy serio. Se conocían pero no se apreciaban. Cedric, con soberbia, no hizo el menor gesto de saludo hasta que Kieran le tendió la mano con fría cordialidad.

Tras estrechársela, se volvió hacia las hijas del laird y dijo:

—Tienes unas hijas realmente muy bellas, Ferguson. —Y mirándolas con galantería, añadió—: Encantado de conoceros, miladies. Sin duda sois una bendición para la vista.

Ellas, sonrientes, asintieron con gracia con la cabeza en señal de agradecimiento e instantes después desaparecieron en el interior del castillo.

—Vayamos a refrescarnos un poco la garganta mientras me cuentas detalladamente lo ocurrido —propuso Ferguson.

Una vez dentro, se dirigieron hacia un gran salón. Kieran miró a su alrededor con curiosidad. El lugar estaba limpio, pero se veía empobrecido, desangelado, y no dudó de que en otros tiempos habría tenido mejor aspecto que el actual.

Edwina pensó lo mismo, pero no dijo nada. Cada cual conocía sus circunstancias y sus problemas.

—Viesla —llamó el laird Ferguson. Y, señalando a la madre de

Kieran, dijo—: Acompaña a la señora y a su dama a una de las habitaciones. Seguramente querrán descansar.

Edwina asintió y, siguiendo a la mujer, desapareció con Aila, su dama de compañía.

Poco después, los hombres, sentados alrededor de una mesa, bebían cerveza mientras hablaban con seriedad.

5

Al mismo tiempo, en la planta superior del castillo, Angela hablaba con su amiga Sandra, sentadas ambas sobre el lecho.

—Tranquila, no nos reconocerán.

Sandra, encantada de haber visto al joven al que besó, dijo:

—Ese Zac Phillips es un adonis... ¿Has visto qué ojos tiene?

Angela no contestó. Para ella un adonis era Kieran O'Hara. Todavía recordaba el beso que le robó estando él medio inconsciente y, sonriendo, murmuró:

—Sí, Zac tiene unos ojos muy bonitos.

De pronto, alguien llamó a la puerta y Viesla entró con una misiva que le entregó a Sandra. Luego se marchó, cerrando tras ella. La joven miró la carta y Angela preguntó:

—¿No la vas a abrir?

Ya no tan sonriente como momentos antes, Sandra lo hizo y, tras leer lo que ponía, se la entregó para que la leyera y se echó a llorar.

Angela suspiró. Sandra debía partir para Carlisle e, intentando consolarla, dijo:

—Seguro que tu madre encuentra una solución para que os podáis quedar a vivir en Traquair House. Tu padre os llevó a vivir allí y...

—Lo dudo —la cortó la joven de suaves cabellos ondulados—. Mis abuelos maternos se han empeñado en que regresemos a Carlisle y, como ves, ya lo han conseguido. ¡Malditos... malditos!

—Sandra... tranquilízate.

—Según ellos, tras la muerte de mi padre, mamá y yo no debemos seguir viviendo en Escocia, a merced de lo que ellos consideran bárbaros sangrientos. —Ambas pusieron los ojos en blanco—. Ya sabes que nunca estuvieron de acuerdo en que mi madre consintiera en vivir en Escocia y ahora, nos guste o no, nos arrastran a Inglaterra de nuevo.

—Pero vamos a ver, Sandra, ¿tu madre por qué no se niega? Ella tiene su hogar en Traquair y...

—Mi madre es demasiado buena y siempre quiere contentarlos a todos. En su momento lo hizo con mi padre, viniéndose a Escocia, y ahora quiere agradar a sus padres. Pero la diferencia es que yo he crecido aquí, me siento escocesa y no me quiero ir. No deseo vivir con ellos, ni con sus estirados amigos. Además, estoy segura de que su legión de criados se pasarán el día entero vigilándome por si robo algo.

La situación de Sandra y su madre era delicada. Tras la muerte de Gilfred Murray, sus abuelos se habían empeñado en que se fueran a vivir con ellos a la ciudad inglesa de Carlisle y, ante la falta de personalidad de la madre de la muchacha, lo habían conseguido.

—Escúchame, Sandra, si quieres, esta noche podemos buscar una solución. Quizá si hablamos con William...

—No, Angela. —Sonrió con tristeza.

—Pues entonces hablaremos con los Murray. Ellos son tu clan y...

—No. No vamos a hacer nada que pueda poner en peligro a nadie y menos a William o a los Murray. Los días que me quedan, disfrutaré de tu compañía y cuando mamá venga a buscarme, me iré con ella a Carlisle. —Aunque, entornando sus ojos castaños, añadió—: Pero que quede claro que volveré. Soy una Murray y regresaré a Escocia para vivir donde siempre he querido hacerlo. Lo juro por mi vida, aunque sea lo último que haga.

Y juntaron sus dedos meñiques y cerraron los ojos, un gesto que repetían desde hacía años. Era su pacto particular. Y las promesas que sellaban con él nunca se incumplían.

En ese momento, la puerta de la habitación se abrió de nuevo. Era Davinia, la hermana mayor de Angela, que las apremiaba para que bajaran a comer. Las dos jóvenes estaban hambrientas y poco después, sin demorarse, salieron de la habitación y, tras bajar la escalera, entraron en el desangelado comedor.

Angela se acercó a su padre y, apoyando la barbilla en su hombro, preguntó:

—¿Todo bien, papá?

El hombre asintió con una cariñosa sonrisa. Su pequeña, siempre tan pendiente de él.

—Sí, mi vida. Vamos, siéntate y come.

Edwina, al ver la escena, comentó:

—Qué alegría ver a una hija tan atenta y a un padre tan cariñoso.

—Mis hijas son la luz de mi vida —respondió Ferguson sonriendo.

Angela le dio un beso en la mejilla y después se sentó junto a su amiga Sandra y su hermana Davinia, que atendía con cariño a su pequeño y a las revoltosas gemelas de una sobrina de Evangelina, la cocinera. Dos niñas huérfanas de apenas tres años, a las que todos adoraban y mimaban.

Effie, una de ellas, al ver que Edwina la observaba, se levantó, caminó hacia ella y la señaló con algo en la mano.

—¿Quieres patata? —preguntó.

Edwina, enternecida por aquel gesto tan bonito e infantil, abrió la boca y la niña le dio la patata.

—Effie, por el amor de Dios —la regañó Davinia—. No molestes a la señora.

Al oírla, Edwina tragó y rápidamente aclaró:

—No me molesta... no me molesta.

Angela se levantó divertida, se agachó junto a la pequeña y dijo:

—Una señorita ha de sentarse a la mesa para comer, ¿no lo recuerdas?

Tras mirar a Edwina y ésta guiñarle un ojo, la niña corrió a su sitio.

—Tienes unas sobrinas preciosas —le dijo Edwina a Angela—. ¿Son hijas de tu hermana mayor?

Ella respondió con una sonrisa:

—Effie y Leslie son hijas de una sobrina de la cocinera del castillo. Los padres de las pequeñas murieron de fiebres en Edimburgo y, al quedarse huérfanas, papá ordenó que las trajeran a vivir con nosotros.

—Qué bonito detalle —comentó Edwina.

—Las pequeñas forman parte de nuestra familia —contestó Angela—. Papá nos enseñó que la sangre no es lo único que une a las personas y a las familias. Lo que verdaderamente las une son los sentimientos y el auténtico amor.

Encantada con las palabras de la joven, Edwina asintió y, al oír reír a las niñas, añadió:

—No hay nada más bonito que la risa de un niño, ¿verdad? Yo tuve dos varones, Kieran y James, y me quedé con las ganas de la ansiada niña. Mis dos muchachotes brutos y peleones me llenaron de felicidad, pero no veo el momento de que alguno de ellos me dé una nietecita como Effie o Leslie, a la que hacer que le confeccionen bonitos vestidos y, si me lo permiten, ponerle el nombre de Nathaira.

—Nathaira, ¡qué bonito! —exclamó Angela.

—Era el nombre de mi abuela. Siempre dije que si tenía una hija se llamaría así, pero al no haberla tenido, espero que sea el nombre de alguna de mis nietas.

Angela sonrió por aquella confidencia y, mirando al guapo laird O'Hara con dulzura, afirmó:

—Sin duda, algún día tendrá preciosas nietas y nietos.

Al ver cómo miraba a su hijo, la mujer cuchicheó:

—Sólo espero que sea antes de que mi cuerpo esté bajo tierra.

—No diga eso, señora, por favor —le dijo Angela, riendo.

En ese instante, Kieran miró hacia donde ellas dos estaban hablando y la joven, intimidada, se despidió de la dama y regresó a su sitio. Allí le quitó a Davinia al pequeño John de los brazos y lo acunó mientras Effie y Leslie se levantaban y corrían por el salón.

—Come, Angela, ¡vamos, que se enfría! —la apremió May, quitándole el bebé de los brazos, mientras se levantaba para ayudar a su hermana mayor con las revoltosas niñas.

Angela se echó una porción de venado en el plato.

—Hoy parecen más fieros que ayer —le susurró su amiga Sandra.

Ambas sonrieron. Angela, tras mirar que nadie las pudiese oír, respondió:

—Ayer estaban bajo los efectos del beleño blanco.

Y las dos soltaron una carcajada.

—Gracias a su atontamiento pude besarlo —añadió Sandra, mirando a Zac.

—Chissss —la regañó Angela.

Pero la otra joven, con una pícara sonrisa, cuchicheó:

—Oh, Dios, ¡qué labios tan dulces!

—Sandra, ¡calla! ¿Desde cuándo eres tan descarada? —le espetó Angela, mirando a Kieran, que hablaba con su padre.

Su amiga sonrió con picardía.

—¿Acaso crees que no vi cómo besabas a su jefe?

A Angela se le cayó el tenedor contra el plato, haciendo que todos dejaran de hablar y la miraran. Se puso roja como un tomate y, disculpándose, cogió el tenedor y comenzó a comer, bajo la atenta mirada de Edwina. La mirada de ésta era tan intensa como la de su hijo y la ponía nerviosa.

Azorada, acalorada e inquieta miró hacia otro lado y cuando todos retomaron sus conversaciones, Sandra, acercándose, insistió:

—Lo besaste.

—¡Silencio! —dijo ella para hacerla callar.

—Lo vi con mis ojitos.

—Vale, lo besé —reconoció finalmente, con un hilo de voz—. Pero te recuerdo que tú también lo hiciste.

Sandra miró al joven que atraía toda su atención y musitó:

—Mmmm... y no me importaría volver a hacerlo.

Angela gruñó.

—No disimules —insistió su amiga—. Me he fijado en cómo miras al laird O'Hara. Sin duda, ese highlander te ha impresionado. Nunca te he visto mirar así a nadie. Ni siquiera al guapo de Bercas O'Callahan antes de que se marchara.

Sin responder, Angela miró al laird con disimulo y suspiró al ver cómo él bromeaba con una criada.

—De acuerdo, es muy apuesto. Además...

—Además, su apariencia salvaje es arrebatadora, ¿verdad? —completó Sandra la frase, cruzando una mirada con Zac, que le hizo un guiño.

Davinia, la mayor de las hermanas Ferguson, de nuevo con su pequeño en brazos, se sentó junto a ella y preguntó:

—¿Qué es arrebatador?

—Tu color de pelo, Davinia —respondió rápidamente Sandra—. Angela lo adora.

Sorprendida, Davinia dijo:

—Pero si lo tengo rojo, como ella.

—Pero el tuyo es más brillante —le aclaró Sandra sonriente.

Angela, divertida por la cara de su hermana al mirarse el cabello, asintió con la cabeza y se metió un trozo de carne en la boca. Minutos después, y con fingido disimulo, observó cómo Kieran O'Hara hablaba con su padre, aunque también se percató de las sonrisas que cruzaba con cualquier fémina de la sala. Sin duda, era todo un conquistador. Le gustaban sus bonitos ojos y su cabello claro. Tenía además una bonita sonrisa y parecía un hombre que la usaba muy a menudo, no como el marido de Davinia, con su cara de amargado. Esa sonrisa, unida a su altura, su porte, sus anchos hombros y su voz varonil, sin lugar a dudas era un buen reclamo para las mujeres. Sólo había que ver cómo las pocas que había en el castillo se morían por atenderle y llenar su copa de bebida.

Estaba ensimismada observándolo, cuando de pronto sus ojos se encontraron. Al ver que lo miraba, Kieran le sonrió con caballerosidad. Angela, azorada, sintió que se tensaba y las mejillas se le encendían.

Nerviosa, apartó la vista y suspiró. Si él supiera.

May llegó a la mesa con Leslie y Effie, que, junto al pequeño John, eran la alegría del castillo. Ésta se sentó rápidamente con Angela, que la abrazó con cariño.

Davinia, que estaba junto a su hermana y Sandra con el pequeño John en brazos, al ver tan contentas a las jóvenes, dijo con curiosidad:

—Os veo muy sonrientes, ¿qué es lo que os hace tanta gracia?

—Si te lo decimos, te escandalizarás —contestó Sandra.

Al oírla, Angela la miró, pidiéndole precaución en silencio, pero la muchacha continuó:

—¿No te parecen cautivadores estos highlanders?

—¡Sandra! —exclamó Davinia.

—Ese Zac es tan guapo..., ¿verdad? —prosiguió la impetuosa joven.

—¡Por todos los santos, Sandra! Eres una señorita y lo primero que debes recordar es tu educación. ¿Qué es eso de hablar de él con ese descaro?

—Davinia, no exageres —intervino Angela—. Sandra sólo decía que Zac...

—¡Angela! —gruñó de nuevo su hermana—. Recuerda las normas y la educación que os hemos dado durante años. —Y al ver cómo ellas se miraban, añadió—: ¡Por el amor de Dios, niñas, cuidad vuestras lenguas y portaos como las damas que sois! No avergoncéis a padre tuteando a hombres a los que no conocéis. Comportaos con decoro.

«Malditas reglas», pensó Angela, pero calló.

Si algo recordaba de su madre era que decía esa misma frase muchas veces al día.

Todas callaron, hasta que Sandra, incapaz de seguir más en silencio, preguntó:

—¿Cuándo supiste que Cedric era tu hombre?

Davinia se sonrojó, bajó la cabeza y murmuró:

—Cuando lo vi.

Angela miró a su cuñado. Era el hombre más idiota que había conocido nunca y, aunque su hermana no dijera nada, todo el castillo intuía que no era feliz. Sólo había que ver cómo la trataba en ocasiones para darse cuenta de que Cedric no era un hombre cariñoso ni con ella ni con su bebé.

Nadie entendió la decisión de Davinia de casarse con aquel patán. Durante años, la joven fue cortejada por Jesse Steward, un muchacho que se desvivía por ella, pero cuando Cedric regresó de un largo viaje y la conoció, las cosas cambiaron rápidamente y Davinia se casó con él, dejando a Jesse Steward desolado y sumiendo en el desconcierto a la gente del castillo. Cuando le preguntaron el porqué de esa decisión, Davinia sólo dijo que lo hacía por amor.

—¿Y tras casi dos años de matrimonio sigues queriéndole como el primer día? —se interesó Sandra.

Davinia se rascó el cuello con incomodidad, lo que llamó la atención de Angela, pero finalmente, al ver que esperaban su respuesta, dijo:

—Por supuesto que sí. Amo a Cedric como él me ama a mí.

—¿Y crees que daría la vida por ti? —preguntó Angela.

Davinia miró a su marido y, bajando la vista, afirmó:

—Tanto como yo por él.

—¡Oh, qué bonito! —se mofó Sandra y, acercándose a ella, cuchicheó—: Una mujer casada y experimentada como tú no debería irritarse por nuestra curiosidad. Es normal que siendo solteras nos atraiga la intimidad con un hombre e incluso decir sus nombres...

—¡Sandra! —la interrumpió Davinia escandalizada y, mirando a las niñas, añadió—: Leslie, Effie, salid al patio a jugar. ¡Vamos!

Angela le dio una patada a Sandra por debajo de la mesa. ¿Qué hacía hablando de todo aquello?

May, que hasta el momento se había mantenido al margen, una vez las niñas se hubieron marchado, refunfuñó:

—Iréis al purgatorio por esta pecaminosa conversación. Sois doncellas y no conocéis varón. Callad y comed.

Rápidamente, Angela se hizo la señal de la cruz en la frente y cambiando de tono, murmuró con seriedad:

—May... ¡sólo bromeábamos!

Después de la comida, lady Edwina y su dama de compañía se retiraron a descansar. Cedric, el marido de Davinia, se acercó a ésta y Angela notó que su hermana se tensaba. Cuando él se marchó, vio cómo su tensión disminuía.

—Entiendo vuestra curiosidad respecto a los hombres —dijo entonces Davinia—, pero debéis ser comedidas y no olvidar que sois doncellas casaderas y respetables y, sobre todo, debéis guardar el decoro con ellos. Deberíais haber visto cómo os observaba la madre del laird O'Hara. Si no lo hacéis, creerán que sois unas mujerzuelas que no se hacen respetar.

Las dos jóvenes se sonrojaron. Davinia, al ser la mayor, había sido como una madre para ellas en muchas cosas. Ahora, al ver las caras de las muchachas, añadió:

—Vale. Entiendo que esos hombres, tan diferentes a los nuestros, os han atraído y...

—Davinia —protestó May—. ¿Ahora tú?

Con una candorosa sonrisa, su hermana mayor la miró y respondió:

—May, aunque ahora seas religiosa, en el pasado estuviste prometida y sabes de lo que hablamos.

Ésta, al escucharla, calló pero sonrió, y Davinia añadió:

—Que tú eligieras un amor espiritual después de lo ocurrido con Robert no quiere decir que las demás deban hacerlo y por ello creo que...

Pero sin dejarle terminar la frase, May se levantó y se fue. Recordar a Robert aún le dolía y no quería escuchar nada más.

—No tenías que haber mencionado a Robert. ¿Por qué lo has hecho? —protestó Angela.

Davinia susurró:

—Lo siento... no me he dado cuenta.

—Aún sufre por él —musitó Angela, mirando marcharse a su hermana.

Davinia asintió. Desde que estaba casada con Cedric, en ocasiones no medía bien sus palabras y convino:

—Tienes razón. Luego hablaré con ella.

Pero tras un tenso silencio, Davinia volvió a la carga.

—Como hermana mayor y mujer casada, quiero preguntaros si os atrae algún hombre del clan Steward.

—No —respondió Angela.

Mientras que Sandra, con su particular sentido del humor, dijo:

—Si tuviera que elegir a algún Steward, sin duda elegiría a Jesse. Es un hombre atractivo y sin duda muy caballeroso.

Angela se tapó la boca para no reír. La cara de su hermana era todo un poema. Como decía su padre, donde hubo fuego quedan rescoldos, y sin duda Davinia seguía sintiendo algo por Jesse Steward, aunque intentara ocultarlo.

—Tú le rechazaste y él sigue soltero, no sé por qué me miras así —se defendió Sandra.

Davinia cambió rápidamente de expresión y, esbozando una sonrisa, respondió:

—Simplemente me ha extrañado tu contestación. Pero, decidme, ¿algún rudo hombre de las Highlands os ha llamado la atención?

Angela, que sabía lo casamentera que era su hermana, se calló, pero Sandra dijo:

—Hay alguno muy agraciado.

Davinia miró a aquellos bárbaros tan poco parecidos a los hombres del clan de su marido y a los que vivían en Caerlaverock y respondió:

—Los hijos de Shepard, Aston y George, también son agraciados y...

—Hermana —la cortó Angela—, Aston y George son como nuestros hermanos, ¿de qué hablas?

Pero sin darse por vencida, Davinia insistió:

—Vale... vale... pero entonces, ¿cuál de esos bárbaros os llama la atención?

Con disimulo, Sandra miró a Zac y Davinia esbozó una sonrisa, pero después inquirió:

—Angela, ¿y a ti no te gusta ninguno?

—No.

—¡Mentirosa! —exclamó Sandra. Y antes de que pudiera hacerla callar, contestó—: El laird Kieran O'Hara.

—¡Sandra! —protestó Angela.

—¿El laird? —repitió Davinia sorprendida.

Sin lugar a dudas, aquel hombre estaba fuera del alcance de Angela. Su hermana no era una muchacha que destacara por nada. Era bonita, pero se empeñaba en no sacarse partido y ya la habían dejado por imposible. Además era tímida y torpona, algo que por norma no atraía a los hombres, por lo que Davinia sonrió y dijo con ternura:

—Mi pequeña Angela, entiendo que el laird O'Hara te haya llamado la atención, es un hombre muy apuesto y galante, pero deberías fijarte más bien en los hombres de mi marido, o en los que acompañan a O'Hara. Piensa que Kieran O'Hara es un hombre poderoso y creo que está por encima de tus posibilidades.

Angela tuvo ganas de sonreír. Si su hermana supiera que lo besó, se moriría del susto. Bajó la vista y no dijo nada, pero Sandra, incapaz de callar, preguntó:

—¿Y por qué crees que un hombre así nunca se fijaría en Angela?

Davinia hizo un mohín. Pensó que no se había expresado bien y se justificó:

—Un hombre como él puede elegir entre cientos de bellezas y...

—¿Estás llamando fea a Angela? —saltó Sandra molesta.

—Noooooooo —contestó Davinia—. Angela es una preciosa joven que no tiene nada que envidiarle a nadie. Pero soy una mujer adulta e intuyo que no es el tipo de mujer en la que un hombre como él se fijaría. Ella...

—Angela es hija de un laird tan poderoso como lo es ese tal O'Hara —siseó Sandra enfadada—. De modo que puede aspirar a él tanto como cualquier otra.

Al escucharla, Davinia torció el gesto y, con pesar, respondió:

—Nuestro padre era un laird poderoso antaño. Hoy por hoy no tiene ni ejército, ni pueblo, ni recursos. Eso es suficiente para que Angela no pueda fijarse en un hombre como ese O'Hara.

—¿Por qué no olvidáis el tema? —protestó la mencionada.

Pero su hermana, apenada por la mala interpretación de sus palabras, siguió con el asunto:

—Por supuesto que Angela puede aspirar a enamorar a cualquiera, pero los hombres son muy complejos y hay cosas que a ellos los vuelven locos, como el coraje. —Y bajando la voz, añadió—: Y ya no hablemos de unos grandes pechos, una belleza exquisita y...

—Y como yo no tengo nada de eso, puedo dar por supuesto que él no se va a fijar en mí, ¿verdad, hermana? —se mofó Angela.

—Tú tienes cosas mejores. Cosas que un hombre como él seguro que no sabría valorar, como el decoro, el pundonor, tu delicadeza —apostilló Davinia.

Sandra, de carácter bastante rebelde, quiso protestar, pero al ver la expresión de Angela prefirió callar. Su amiga no quería llamar la atención en nada. Era su decisión y como tal debía respetarla.

Davinia, al ver la carita triste de su hermana, la acarició con mimo y susurró:

—Cedric cree que Otto Steward o Rory Steward podrían ser unos buenos candidatos para ti. Está pensando en hablar con padre para...

—Dile a tu esposo que no se moleste. No aceptaré ni a Otto ni a Rory. ¡Qué horror! —replicó Angela, mirándolos con repugnancia.

Davinia la reprendió por sus modales y, cuando Angela resopló, prosiguió, dulcificando un poco la voz:

—Padre envejece y no puede seguir velando por tu seguridad. Estás en edad de casarte y eres una carga para él, ¿no te das cuenta?

—Puedo elegir. Por suerte, papá me lo permite, como te lo permitió a ti.

Angela miró a su adorado padre. Meses atrás, había rechazado una oferta de matrimonio de un hombre de Irvine. Un tonto que la hubiera hecho infeliz. Pero el tiempo pasaba y debía desposarse.

—Debes encontrar marido o ingresar en una abadía, como May —insistió su hermana.

—¿¡Yo religiosa!? —se mofó Angela—. Davinia, por favorrrrr.

Sandra sonrió al oírla.

—Cedric cree que necesitas un marido que te proteja —continuó la hermana, mirando el suelo.

Las dos jóvenes se miraron y tuvieron que aguantarse la risa. ¿De verdad necesitaban un hombre para que las protegiera?

Angela puso los ojos en blanco: Davinia era una pesada.

Nadie, a excepción de Sandra y otras tres personas, conocía su verdadera personalidad. Durante años había escondido su carácter impetuoso, loco y batallador, para mostrarse sólo como una dulce y asustadiza damita.

Años después de la muerte de su madre y hermanos, Angela siguió una tarde a Shepard, el mejor guerrero de su padre, y a los hijos de éste a un claro del bosque. Allí, el hombre comenzó a entrenar a sus gemelos Aston y George en el arte de la lucha. Los primeros días, ella aprendió desde la distancia movimientos que luego practicaba en la soledad de su cuarto con un palo.

Al principio era lenta e inexperta y las magulladuras que ella misma se hacía le salpicaban brazos y piernas, morados que todos achacaban a su torpeza.

Cuando Sandra iba a visitarla, o viceversa, practicaban lo que Angela había aprendido y así su amiga aprendía también. Con el tiempo, Angela empezó a entrenarse a escondidas con los hijos de Shepard en el bosque. Aston y George se convirtieron en dos buenos amigos y aliados suyos que le guardaron el secreto y le mostraron todas las artes de combate que su padre les enseñaba.

A medida que pasaron los años, Angela floreció como mujer y como guerrera, aunque esta segunda faceta suya seguía escondida.

Mientras Davinia continuaba hablando de la virtud y el comportamiento que debían tener las jóvenes, Angela se apoyó en la mesa y comenzó a recordar el día en que decidió enseñarle a Shepard lo que había aprendido. Como cada tarde, los siguió a un claro de bosque, a él y a sus hijos.

—Angela, sé que estás ahí —gruñó Shepard—. Te acabo de ver. Sal ahora mismo.

Al verse descubierta, no lo dudó y, a pesar de que temblaba, se plantó ante él.

—¿Qué haces escondida tras los arbustos? —le preguntó el hombre.

—Observaros —respondió.

—Muchacha, no debes estar sola en este maldito bosque —dijo él—. Si tu padre se entera, te regañará.

—El bosque no me da miedo, William —respondió Angela—. Quienes han de darnos miedo son las malas gentes que campan por él.

—Tienes razón —asintió el hombre, sonriendo—. Pero no creo que sea bueno que estés aquí. Regresaremos todos al castillo.

—No, William. No regresaremos —afirmó ella, sorprendiéndolo.

Los hijos de Shepard se miraron con complicidad y George dijo:

—Padre, creo que deberíamos decirle que...

—Ahora no —lo cortó el hombre, presuroso—. Debemos regresar antes de que alguien la eche de menos y el castillo se alarme.

Tras mirar a sus amigos, Angela sacó con decisión una espada de debajo de su capa y, tragando el nudo de emociones que tenía en la garganta, dijo:

—William, ¡lucha conmigo!

—Por san Drustan, muchacha, ¡suelta eso ahora mismo antes de que te hagas daño! —gritó él al verla.

—No —respondió Angela.

Cada vez más incrédulo de que aquella dulce y tímida damisela le desobedeciera, insistió:

—Eres una jovencita delicada. No tienes fuerza ni empeño para hacer cosas que sólo los hombres debemos llevar a cabo y...

—William Shepard —lo cortó ella, levantando la voz, mientras se desataba la falda. Ésta cayó a sus pies y quedó vestida con unos masculinos pantalones de cuero marrones—. ¡Lucha conmigo!

Boquiabierto, el hombre fue a protestar, pero su hijo George intervino:

—Vamos, padre, hacedle caso.

Finalmente, y ante tanta insistencia, el guerrero asió su espada y se puso frente a Angela. Lo primero que le llamó la atención fue ver que sujetaba la espada con fuerza y cómo plantaba con seguridad los pies en el suelo, buscando su punto de apoyo. Eso le dio a entender que sabía más de lo que él esperaba.

Al ver que William era incapaz de blandir su espada contra ella, Angela tomó la iniciativa y, levantando su acero, le dio un mandoble del revés. Rápidamente, Shepard lo paró gritando:

—Muchacha, ¿qué haces? ¡En nombre de Dios!

Ella soltó una carcajada y aplaudió. Aquello la divertía y mucho.

Luego sonrió y, sin prisa pero sin pausa, lanzó un nuevo mandoble y esta vez Shepard respondió. Durante lo que al hombre le pareció una eternidad, luchó con aquella impetuosa jovencita y se sorprendió de lo bien que manejaba la espada. Sin darle tiempo a pensar, él le lanzó ataques por la derecha y la izquierda y comprobó que reaccionaban con precisión.

Al finalizar, Shepard bajó su arma y, mirándola aún incrédulo, jadeó con una sonrisa:

—Me has sorprendido muy gratamente. ¿Quién te ha enseñado a luchar?

—Tú, William —contestó ella acalorada.

—¡¿Yo?!

—Ajá..., tú —afirmó Angela—. Tras lo que les ocurrió a mi madre y a mis hermanos, decidí aprender a defenderme por si, llegado el caso, mi familia o yo misma lo necesitábamos. Se lo pedí a mi padre, pero se negó, y un día, hace años, vi que enseñabas a Aston y George a manejar el acero y no lo dudé. Por cierto, mi amiga Sandra también ha aprendido. Espero que algún día la veas luchar.

A cada instante más sorprendido, el hombre murmuró:

—Nunca imaginé que...

—Lo sé... Sé lo que vas a decir —lo interrumpió Angela sonriendo y retirándose el pelo de la cara—. No ha sido fácil ocultarle mi impetuosidad a todo el mundo, incluidos mi padre y mis hermanas, pero sabía que si no lo hacía me buscaría problemas. Por eso en el castillo me muestro como una joven delicada y algo torpe. Con ese carácter, nadie sospechará de mis verdaderas intenciones.

—Pero el laird se pondrá furioso si se entera de que...

—Nunca se enterará. Te lo prometo, Shepard.

Él asintió y, mientras empezaba a llover, su hijo Aston dijo:

—Es buena con el acero, padre, y Sandra también. En varias ocasiones nos han desarmado a George y a mí.

Angela sonrió. Escuchar aquello de un joven al que ella consideraba un excelente guerrero la hacía feliz.

—Tener su propia espada les ha dado seguridad —comentó George.

—¡¿Su propia espada?! —repitió Shepard.

Los dos hermanos se miraron y George aclaró:

—¿Recuerda el último viaje que hicimos a Stirling? —El hombre asintió—. Allí les compramos las espadas. Teníais que verlas dando mandobles y...

—Hijo... con lo que he visto ya me puedo hacer una idea —contestó su padre y, sonriendo, echó a andar para refugiarse de la lluvia bajo unos árboles.

Durante un rato siguieron charlando del asunto y cuando la lluvia comenzó a caer con más fuerza, se cubrieron con las capuchas.

—Durante estos años he practicado con Aston y con George sin que nadie lo supiera —explicó Angela—. Me costó convencerlos, pero una vez se dieron cuenta de que mis intenciones eran serias, no lo dudaron y me enseñaron todo lo que tú les enseñabas a ellos. Me sorprendieron regalándome esta espada —concluyó con orgullo.

El hombre miró a sus hijos y sonrió, Angela prosiguió:

—Lo mejor de todo esto, ha sido ver que puedo confiar en ellos y que han guardado mi gran secreto, que espero que siga igual de oculto que hasta el día de hoy.

Shepard iba a responder, cuando el chillido angustiado de una mujer, proveniente del interior del bosque, los alertó.

—No te muevas de aquí. Nosotros iremos a ver qué ocurre —le advirtió William a la joven.

Angela no se movió, pero cuando vio que los tres se perdían en la inmensidad del bosque y se oyó otro grito, esta vez de un niño, no lo dudó y corrió tras ellos. Se encontró a Shepard y sus hijos luchando contra varios hombres. Sin pensarlo dos veces, y con su identidad oculta bajo la capucha, la pequeña de las Ferguson puso en práctica con fiereza lo que llevaba años practicando. Ésa fue la primera vez que, unidos, ayudaron a alguien y desde entonces se empezó a hablar de la banda de los encapuchados.

Todos esos recuerdos hicieron sonreír a Angela, y Davinia, que continuaba con su perorata, preguntó:

—¿Por qué sonríes ahora?

Encogiéndose de hombros, la joven suspiró y, dedicándole a su hermana la más candorosa de sus miradas, contestó:

—Estoy contenta porque sé que siempre me protegerás.

Al oír eso, Davinia tuvo ganas de llorar. Sin duda, en los planes de su marido no entraba proteger a su hermana, pero en un arranque de cariño, acercó los labios a la sien de Angela y la besó, percatándose de que su marido las observaba. Eso la puso tensa.

6

Al caer la noche, el laird Ferguson invitó a Edwina y a los guerreros a pernoctar en el castillo. Todo era sencillo, pero estaba limpio y aseado. Sin embargo, Kieran, tras despedirse de su madre, declinó el ofrecimiento y regresó al bosque.

—No me convencen —gruñó Louis.

—¿Quiénes? —preguntó Kieran.

—Ese Cedric Steward y sus hombres.

Kieran sabía a lo que se refería, pero dijo:

—Estamos en las tierras de Ferguson y su hija está casada con uno de ellos...

—Kieran —lo interrumpió Zac, acercándose a ellos sobre su caballo—, esos Steward me dan igual, pero me molesta que no hayas aceptado el lecho caliente que Ferguson nos ofrecía.

Riendo, Kieran acercó su caballo al de su buen amigo y aclaró:

—Lo he rechazado por la misma sencilla razón por la que anoche preferimos dormir aquí y no en la posada. Además, prefiero que mi madre esté tranquila, sin oír a mis hombres corretear tras las pocas mujeres que había.

—Es cierto, apenas había bonitas doncellas. Todas eran demasiado viejas, excepto las hijas de Ferguson —se quejó Zac.

Kieran, divertido, los miró a los dos y comentó:

—Cuando regresemos a nuestros hogares ya tendremos mujeres jóvenes y bonitas. De momento, vamos a dormir al raso y...

—Y, de vez en cuando, una cama caliente no viene mal —replicó Zac.

—Y si en ese catre hay una bonita joven, ¡mejor! —afirmó Louis.

Cuando llegaron a la cueva donde habían pernoctado la noche

anterior, tomaron posiciones, pero en esta ocasión ninguno durmió. Estuvieron horas con los ojos bien abiertos, pero allí no apareció nadie.

Ya muy entrada la noche, el agotamiento hizo que algunos de aquellos highlanders cayeran en un sueño profundo, y en ese instante de mayor quietud, Kieran oyó el sonido de unas ramas al moverse. Al ver que nadie se acercaba, decidió levantarse e ir a mirar, ante la atenta vigilancia de Zac. Cuando llegó a los ramajes, miró, pero allí no había nadie. Tampoco había huellas en el suelo. Tras explorar un momento con curiosidad, regresó a su manta, en la que se acurrucó, dispuesto a descansar.

De madrugada, algo alertó a Kieran de nuevo. Se levantó y caminó hacia un lateral del bosque, pero allí no había nadie. Sin embargo, cuando fue a dar media vuelta, oyó:

—Me alegra ver que estás mejor.

Rápidamente, Kieran se volvió y se encontró con una figura encapuchada. Pero cuando fue a dar un paso hacia ella, ésta, levantando la espada, le advirtió:

—No te acerques o tendré que matarte.

Reconoció la voz como la de la mujer que le había hablado la noche del ataque y, parándose en seco, la observó. No era muy alta. Iba vestida con unos pantalones de cuero marrones que remarcaban su estilizada y bonita figura, unas botas altas y una capa con capucha que le impedía ver su rostro y su cabello. Se fijó en sus manos, cubiertas con unos guantes del mismo color que los pantalones. No pudo ver ni un ápice de carne.

—¿Me matarías? —le preguntó sonriendo.

—Ajá...

—¿En serio, mujer?

—Sin dudarlo.

Eso hizo sonreír aún más a Kieran e, intentando ganar tiempo, preguntó:

—Entonces, ¿por qué me salvaste y curaste?

—Porque me apiado de los débiles —respondió sin titubear.

A él se le torció el gesto al reconocer que tenía razón y siseó:

—¿En serio?

—Muy... muy... en serio —afirmó ella.

Kieran dio otro paso adelante. Le encantaba su desparpajo al hablar sin florituras. La mujer no se movió y él preguntó:

—¿Tanta fuerza y arrojo tienes?

—Ajá... —repitió.

Esa nueva afirmación con tanta chulería lo hizo volver a sonreír, pero entonces la encapuchada añadió:

—No subestimes el poder de una mujer con un acero en la mano. Sin duda te sorprendería, laird O'Hara.

Esa advertencia lo hizo detenerse. Conocía a mujeres como Megan o Gillian que, con un arma en la mano, eran tan fieras como sus esposos, y contestó:

—De acuerdo, me has convencido. No me moveré.

—Sabia elección.

—Pero, a cambio, me gustaría ver tu rostro para poder darte las gracias por lo que hiciste por mí y por mis hombres.

Ella se movió y dijo:

—Las gracias me las puedes dar sin ver mi rostro, ¿no crees?

Sin embargo, deseoso de contemplarla, insistió:

—Por supuesto, pero...

—No insistas.

Kieran, acostumbrado a que las mujeres cayeran en sus brazos tras decirles dos lindezas, lo probó con ella:

—Si tu rostro es tan bonito como tu voz, debes de ser una preciosa mujer.

—Adulador, zalamero, halagador... Vaya... vaya...

Sin dejarse vencer por su reticencia, él continuó:

—Valerosa, enigmática, graciosa... Déjame verte.

Al oírlo, Angela bajó la espada. Nunca un hombre había osado hablarle con tanta dulzura, pero sin moverse de su sitio, respondió:

—Quizá lleve la capucha precisamente por lo fea y deforme que soy, ¿no crees?

—Lo dudo —contestó Kieran—. Lo dudo mucho. Preciosa, muéstrate ante mí.

—¿Preciosa?

—Sin duda lo eres.

—Qué adulador —se mofó ella.

Sin embargo, su corazón latía a toda mecha. Ningún hombre le había dicho tales lindezas. Sin duda, aquél era todo un conquistador, pero redoblando su empeño, se mantuvo firme:

—No. No dejaré que me veas.

—¿Por qué?

—Porque no.

—Sin duda, a la par que bonita e interesante eres porfiada y tozuda.

Angela soltó una carcajada y él volvió al ataque.

—Necesito ver tu rostro.

—No.

Aquella negativa tan rotunda lo azuzó. Nunca ninguna mujer le había negado ningún capricho y, tras un corto silencio, dijo:

—Sigo esperando que cambies de opinión, ¡Hada!

La joven, oculta bajo su capa, al oír ese nombre sonrió y respondió con tranquilidad:

—Puedes esperar sentado, O'Hara.

Kieran levantó las cejas sorprendido, pero aquella tozudez le gustó y, torciendo el gesto, preguntó:

—¿A qué has venido entonces?

—Éste es mi bosque, mi hogar, estoy en mi casa.

—Eso quiere decir que mis hombres y yo molestamos.

Angela esbozó una sonrisa bajo su capucha. Nunca había sentido tanta curiosidad por un hombre, aunque, sin duda, aquél le provocaba algo más que curiosidad.

—Debes marcharte de estas tierras —dijo en respuesta—. No es bueno que paséis la noche en el bosque. No es un lugar seguro para nadie.

—¿Para ti lo es? —preguntó Kieran, dando otro paso al frente.

Angela, al verlo, volvió a levantar la espada.

—He dicho que éste es mi hogar y como tal lo reclamo.

Al momento, otro encapuchado se movió por su derecha y, al mirarlo Kieran, ella desapareció con una rapidez que lo dejó boquiabierto. ¿Dónde se había metido? Buscó durante varios minutos a aquella mujer y a su acompañante, pero parecía que se los hubiese tragado la tierra.

¿Quién era? ¿Dónde podía encontrarla?

Todavía anonadado, regresó al campamento, donde al verlo llegar Louis preguntó:

—¿Ocurre algo?

Él negó con la cabeza, pero ya no pudo dejar de pensar en aquella enigmática mujer.

7

Cuando amaneció, Kieran, junto con sus hombres, regresó al castillo. Se sorprendió al encontrarse con Jesse Steward. Se saludaron con afabilidad, siempre se habían respetado y llevado bien. Jesse les dijo que iba al castillo de los Ferguson para llevarle una carta de su madre a su hermano Cedric, por lo que retomaron el camino todos juntos.

Una vez en Caerlaverock, Kieran se percató de cómo el semblante de Jesse cambiaba al entrar en el patio del castillo. Supuso que encontrarse con su hermano no era lo que más le apetecía, pero no preguntó. Jesse se despidió de ellos y se fue directo al salón. Tenía prisa.

Kieran se quedó mirando alrededor. Todo parecía muy tranquilo. Desmontó de su imponente corcel y entonces un caballo viejo y asustado apareció ante ellos. Detrás de él iba un anciano con cara de apuro y detrás del hombre, Kieran reconoció a una de las hijas del laird Ferguson. Sin poder evitarlo, se quedó mirando la escena.

—Patt —sollozó la joven—, este horrible caballo no me quiere.

El viejo, desesperado, agarró al caballo y respondió:

—Milady, este caballo no puede ser más manso.

Angela, con el cabello lleno de paja y haciendo un puchero, caminó hacia el hombre y, acercándose, protestó:

—Casi me mata. ¿No lo has visto?

El anciano cabeceó, resopló y finalmente dijo:

—Siento deciros que lo que he visto es que, al montar, le habéis dado una gran patada, el animal se ha movido y vos habéis terminado sobre el heno.

En ese instante, apareció Sandra. Al ver a su amiga, fue a consolarla y, cuando el caballo se acercó, chilló y se apartó de él. Patt resopló. Aún le costaba entender lo asustadizas que eran aquellas dos jóvenes en relación con los caballos.

Zac, que observaba la escena junto a Kieran, esbozó una sonrisa, caminó hacia el grupo y, acercando la mano al hocico del animal, dejó que éste lo oliera y luego lo acarició.

—Dejad que el animal os huela —le indicó—. Que reconozca vuestro olor. Habladle con cariño, sin gritos, y os aseguro, miladies, que en menos de lo que pensáis el caballo os respetará y se portará bien.

Sandra, al ver al highlander, soltó a su amiga y, acercándose a él, alargó la mano. El caballo se movió y ella la retiró asustada. Zac, divertido, se la cogió y se la llevó a la cabeza del animal para que lo tocara.

—Tranquila —murmuró—. No permitiré que os haga nada.

Con gesto delicado, Sandra permitió que el joven le cogiera la mano y la ayudara a acariciar al animal. Sus callosas palmas la hicieron vibrar y, emocionada por el contacto, susurró:

—Es muy suave.

—Tan suave como vuestra piel, milady —respondió el highlander.

Su tono tan íntimo acaloró a Sandra e, intentando contener el impulso que sentía de acercarse más a él, dijo:

—¿Seguro que no me morderá?

—¡Cuidado, Sandra! —exclamó Angela divertida.

Zac sonrió y, mirando a la joven que tenía cogida de la mano, contestó:

—Os lo aseguro. No os hará nada, estando yo presente.

Durante varios minutos, Sandra dejó que le sujetase la mano y se la pasara por la cabeza del caballo, hasta que el animal hizo un movimiento brusco y, asustada, se soltó de él.

—Habéis dicho que no me mordería —protestó.

—Y no lo ha hecho —respondió Zac alucinado.

—Sí. Me ha mordido —afirmó Sandra.

Boquiabierto, el joven se acercó a ella e insistió:

—No, no os ha mordido. Sólo se ha movido.

Angela, al ver la expresión de consternación de su amiga ante la reacción del caballo, se acercó a ella, le cogió la mano y, mirándosela, exclamó, siguiéndole el juego:

—Oh... querida Sandra. Tienes la palma enrojecida. Oh... por Dios... oh, por Diosssss. Este animal te podría haber arrancado la mano —concluyó.

—Ha sido su culpa —dijo Sandra señalando a Zac mientras hacía un puchero.

—¡¿Cómo?!

—Lo que oís —insistió ella—. Ha sido culpa vuestra.

Él, incrédulo, las miró a las dos sin entender nada.

Kieran vio que su madre salía por la puerta principal con su dama de compañía y fue a saludarla.

—Buenos días, madre.

La mujer sonrió y, acercándose a él, cuchicheó:

—¿Y mi beso, tesoro mío?

Kieran maldijo. ¿Por qué le gustaba tanto avergonzarlo delante de sus hombres?

Los cariñitos y las palabras edulcoradas no eran dignos de un highlander como él. Eso le restaba fiereza ante sus guerreros. Pero cuando fue a protestar, vio la sonrisa de su madre y sonrió también. Tras besarla en la mejilla, murmuró:

—Zalamera.

Edwina, encantada, le guiñó un ojo y, señalando a las jóvenes que estaban con Zac, comentó:

—Son bonitas las muchachas, ¿verdad, hijo?

—Sí, madre. Mucho —contestó él, mirándolas.

—Por lo visto, la pequeña de los Ferguson está soltera —le susurró Edwina al oído —y, por lo que pude comprobar ayer, es una muchacha cariñosa y afable, una muchacha que...

—Madre...

—Hijo, debes buscar una buena mujer.

Resoplando por aquella conversación que tanto lo agobiaba, Kieran masculló:

—¡Por el amor de Dios, madre, no empieces otra vez!

Al ver su gesto serio, la mujer negó con la cabeza y gruñó:

—¡Maldito cabezota!

—¿Nunca te cansas de buscarme esposa? —preguntó él divertido.

—No. Hasta que encuentre la ideal para ti.

—¿Y cuál sería la ideal para mí, si a todas les encuentras defectos?

Edwina, que conocía bien a su hijo, lo miró y dijo:

—La mujer ideal para ti será la que sepa hacerte feliz y te haga sonreír como un bobo.

Kieran fue a decir algo, pero su madre añadió:

—Celine McDuhan era tonta y aburrida. Ofelia Sherman, decía que sí a todo lo que tú proponías. Julieta McDourman sólo sabía atusarse el cabello. Augusta Pickman, ¡oh, esa jovencita era insufrible! Belinda Cardigan únicamente pensaba en comer Rose Dirmakr...

—¿Y Susan Sinclair?

Edwina negó con la cabeza y luego contestó:

—Ya sabes que me parece agradable y bonita, pero fría y una quejicosa, además de pesada y aburrida.

—Madre —rio él.

—Y si a eso le sumamos a la chismosa y entrometida de su madre, lo tiene todo, ¿no? —Pero al ver cómo la miraba, añadió—: Aunque si ella es la elegida, yo la aceptaré con tal de que seas feliz.

Kieran suspiró. Su madre era más exigente todavía que él y no queriendo hablar más del tema, miró a Zac, que parecía desesperado con aquellas jóvenes. Se disculpó con su madre y, acercándose a ellos, preguntó:

—¿Qué ocurre, Zac?

Él fue a contestar, pero Angela, con el rostro congestionado por la risa contenida, respondió en su lugar:

—Este hombre ha obligado a mi amiga a tocar el maldito caballo y...

—¿Que yo la he obligado?

—Me habéis cogido la mano —asintió Sandra— y... y...

Al ver que lloriqueaba, Kieran dijo con galantería para tranquilizarlas:

—Disculpadme, bellas damas, pero yo sólo he visto que Zac intentaba enseñarle a... —Al darse cuenta de que no recordaba sus nombres, preguntó—: ¿Cómo os llamáis?

—Sandra y Angela —respondió la primera, dejando de llorar.

Patt, que sujetaba el caballo, miró a los dos hombres y puso los ojos en blanco. Los tres se entendieron con ese simple gesto y Angela, al verlos, preguntó:

—¿Qué queréis decir con esas miradas? —Todos callaron y ella, tras un gemido lastimoso, musitó con un hilo de voz—: Queréis decir que somos tooorpes y tooontas.

—No, milady —aclaró Patt presuroso.

Pero Angela, representando su papel de joven tontorrona, continuó y, forzando la voz, gritó:

—¡Por culpa de uno de sus hombres, mi casi hermana ha estado a punto de perder una mano!

—¡¿Cómo?! —protestó Zac.

Sandra, extendiéndola, asintió:

—Enterita... enterita. ¡Oh, casi hermana, ¿qué habría hecho yo sin mi mano?!

Sin dar crédito, Zac balbuceó:

—Miladies, ¿no estáis exagerando?

Angela, al oírlo, agarró a su amiga y protestó con voz de pito:

—Oh, Dios mío, ¿creéis que exageramos?

Kieran, que no podía continuar callado, contestó:

—Sin duda alguna.

Ellas dos se miraron y, ante el asombro de los hombres, comenzaron a lloriquear mientras hablaban a toda velocidad y soltaban mil lamentaciones, a cuál más lastimosa. Bloqueado por lo que estaba viendo, Zac miró a Kieran y musitó:

—Sé apaciguar a un caballo, pero a una dama de éstas no.

Eso hizo reír a Kieran, que, mirando a las jóvenes, dijo:

—Disculpadnos, damiselas, pero si continuáis llorando así, vuestros rostros se...

—¿Nos estáis llamando feas? —saltó Angela.

—No —respondió Kieran molesto—. Es sólo que...

Llevándose una mano a la frente, Angela sollozó:

—Nos han llamado feeeas. Oh, Dios... Oh, Dios... ¡qué humillación!

Kieran y Zac se miraron sin entender. Pero ¿qué les pasaba a aquellas dos chicas?

Al final, cansados de sus lamentaciones, decidieron darse la vuelta y dejarlas allí llorando, pero entonces Sandra agarró a Zac para retenerlo.

—Les tenemos pánico a los caballos, pero debemos aprender a montar. Y no queremos subirnos a un animal tan alto. Nos da miedo.

En ese momento, el caballo se movió y ambas dieron un chillido y buscaron la protección de los highlanders. Abrazadas a ellos, ambas se miraron con guasa, mientras ellos intercambiaban una mirada e intentaban quitárselas de encima.

—Milady, me estáis pisando —protestó Kieran, mirando a Angela.

—El caballo no os hará nada, por el amor de Dios —gruñó Zac.

Kieran, con el cuerpo de la chica pegado al suyo, aspiró su olor. Era agradable, muy agradable, pero como pudo, se despegó de ella y, mirándola de frente, preguntó:

—¿En serio os da tanto miedo el caballo?

Angela asintió y Patt, acostumbrado a ellas, murmuró:

—Y los perros y los conejos y las ardillas y...

—¡Patt, no exageres! —lo regañó Angela.

—¡¿Exagerar?! —respondió el anciano y Kieran sonrió.

Instantes después, el jefe de los O'Hara asió la mano de la llorona y dijo:

—Si me lo permitís, os subiré a mi caballo y podréis ver que...

—Ah... —gritó Angela descompuesta—. No... no... no.

Y, sin más, le dio un empujón y salió corriendo despavorida

hacia la entrada del castillo. Edwina, que estaba allí, la miró sorprendida. ¿Qué le ocurría? Sandra, al verla, volvió a hacer otro puchero y, después de mirar a Zac, que no entendía nada, corrió tras su amiga.

Cuando ellas desaparecieron, los highlanders se quedaron mirándose alucinados y Louis, que salía en ese instante, preguntó:

—Pero ¿qué les habéis dicho a esas damas?

Patt, que aún seguía con el caballo cogido de las riendas, dijo:

—Esas jovencitas le temen a todo, señor... ¡A todo!

Edwina se acercó a su hijo e inquirió:

—¿Qué le ha ocurrido a la pequeña Ferguson?

—Nada, madre. Sólo que teme a los caballos.

Incrédula, la mujer frunció el cejo y le planteó:

—¿Y por eso lloraba así? —Kieran asintió y su madre exclamó—: Qué pena. Con lo agradable que me pareció anoche y lo asustadiza que ha resultado ser hoy...

Zac y Kieran se echaron a reír. Aquella joven no duraría ni dos días en las Highlands.

—Voy a estirar un poco las piernas con Aila —comentó entonces Edwina.

—No te alejes mucho, madre —le pidió Kieran, mientras con la cabeza indicaba a dos de sus guerreros que las siguieran a distancia.

Luego, Kieran y los demás entraron en el castillo. Al llegar al salón, vieron al laird Ferguson hablando en un lateral con su yerno Cedric y sus hijas May y Davinia.

Tras cruzar una nada afable mirada con Cedric, para no interrumpir su conversación, Kieran decidió sentarse a la larga mesa de madera del otro lado del salón, junto a Jesse Steward, que lo recibió con una grata sonrisa. Comenzaron a hablar, pero sin duda a ambos les llamaba la atención la conversación de aquéllos.

—Sé de dos hombres de Hermitague con buena situación que están interesados en Angela. Incluso mi hermano Jesse, Otto o Rory —expuso Cedric— estarían encantados de aceptarla como esposa.

—No —respondió el laird.

William Shepard, que los escuchaba sentado sobre un tronco, los miró pero no dijo nada. Prefería callar y observar lo que ocurría.

Cedric, dando un manotazo en la pequeña mesa que tenía al lado, dijo, levantando la voz:

—Señor, debe entrar en razón. ¡Su hija ha de desposarse ya!

Al oírlo, el laird miró al marido de su hija y siseó con voz trémula de furia contenida:

—No vuelvas a hablarme así en toda tu vida. Y tratándose de mi hija, tú no opinas, no ordenas y no decides, ¿entendido, Cedric?

El hombre asintió con ojos airados, pero luego miró a su mujer y, tras hacerle un gesto con la cabeza, ella intervino con un hilo de voz:

—Padre, yo me desposé con Cedric cuando...

—Así lo quisiste, hija. ¿Acaso lo has olvidado? —replicó su padre, tallando un palo de madera aún con gesto de enfado.

Cedric y Davinia se miraron y ésta, acalorada, insistió:

—Padre, dentro de unos días regresaré a mi hogar en Merrick, con mi esposo y sus hombres y...

—Y nosotros nos quedaremos viviendo tranquilamente aquí —sentenció el laird.

May cosía sentada en una silla y observaba sin decir nada la insistencia de su cuñado. ¿Por qué tendría tanto interés en la boda de Angela? Miró a Cedric, un individuo frío y desagradable. Nada que ver con Robert Chatman, el hombre al que ella amó, que su padre adoraba y sus hermanas querían, pero que por desgracia murió en combate.

Cedric miraba el fuego en busca de las palabras correctas, cuando Ferguson susurró:

—Angela es la luz de mi vida.

—¿Y yo no lo soy, padre? —se quejó Davinia.

El laird cruzó una significativa mirada con su buen amigo Shepard y, sonriendo, respondió:

—Claro que sí, hija mía, y también lo es May. Pero igual que vosotras habéis elegido vuestro camino, quiero que Angela elija el suyo. El día que nacisteis le prometí a vuestra madre que únicamente os desposaríais por amor y así ha de ser.

May, al escuchar a su padre, esbozó una sonrisa con disimulo. Era un romántico al que adoraba, como sabía que él adoraba a sus tres hijas.

—Eso es un error, señor —dijo Cedric—. Angela es una mujer y como tal ha de obedecer y acatar lo que se le imponga. Se podría casar con mi hermano Jesse y marcharse a Glasgow. Está en edad de contraer matrimonio y su boda podría beneficiar a...

—Cedric, con mi hija no mercadeo. Le hice una promesa a su madre y la cumpliré —sentenció el hombre con tranquilidad.

La furia de su yerno creció visiblemente y Davinia, al verlo, tras mirar a Jesse con disimulo, insistió de nuevo:

—Padre, sed razonable. Angela aquí es vulnerable, necesita a alguien que la proteja y lo sabéis.

William sonrió al oír eso. Si alguno de los asistentes conociera a la verdadera Angela se quedaría boquiabierto. Ferguson, acariciando con cariño la cara de su hija mayor, respondió:

—Sé que piensas que yo no soy capaz de defenderla, pero daría la vida por ella. Sólo quiero que conozca el verdadero amor, como os he dado oportunidad de conocerlo a vosotras, y espero que algún día su hombre la llame «mi cielo», como yo llamaba a vuestra madre.

Cedric dijo algo desafortunado en referencia a ese apelativo cariñoso y Ferguson protestó.

Kieran, que, como Jesse Steward, escuchaba desde lejos, miró a éste y le preguntó:

—¿Buscas esposa?

Con gesto hosco, él negó y respondió con una amarga sonrisa:

—No, pero al parecer el idiota de mi hermano la busca para mí.

—No cabe duda de que te quiere desposar —se mofó Louis.

—Lo último que haría sería aceptar una orden de él —gruñó Jesse enfadado.

Louis y Kieran intercambiaron una mirada, pero no dijeron nada. Sin duda, Jesse pensaba lo mismo que ellos del idiota de su hermano. Siguieron bebiendo en silencio mientras escuchaban. Kieran entendía lo que Davinia y Cedric querían decir. Sin duda, aquella mujercita temerosa era peculiar y necesitaría que alguien la protegiera cuando su padre faltase. Pero por otro lado también comprendía que si Ferguson le había dado su palabra a su mujer la respetara.

—Señor, permítame decirle —insistió Cedric— que con ese carácter tímido que tiene nunca va a encontrar un marido a su medida. Lo mejor es desposarla con un hombre que conozcamos y...

—Lo hará, lo encontrará. Lo sé —concluyó el laird mirando a su amigo William.

—Pero, padre, Angela es...

Cansado de escucharles, Ferguson gruñó y, tirando el palo de madera que estaba tallando, miró a su hija mayor y al marido de ésta y siseó:

—Angela es una Ferguson y además tiene la sangre española de vuestra madre, estoy seguro de que saldrá adelante, con o sin marido.

Kieran y Louis se miraron sonriendo.

¿Sangre española?

Las españolas que ellos habían conocido en alguno de sus viajes poco tenían que ver con aquella asustadiza mujer. La joven tenía de española lo que ellos de ingleses.

—Padre —intervino May para tranquilizarlos—, si crees que lo mejor es que venga a la abadía conmigo, puedo hablar con la madre abadesa y...

—¡Ni se te ocurra volver a mencionarlo! —se oyó de pronto.

Todos miraron hacia la puerta y allí estaba Angela. Kieran la observó con curiosidad. De pronto, la tímida llorona tenía una expresión de enfado y determinación que le hizo gracia. La muchacha apretó los puños y, sin importarle quiénes estuvieran allí bebiendo cerveza, se acercó a su familia y en voz baja y contenida, imploró:

—¿Queréis dejar de buscarme marido o abadía?

Mirándola, el marido de Davinia replicó:

—Lo hacemos por tu bien, aunque ahora no lo creas. Conozco a varios hombres que...

—¡No! ¡No me interesan!

Cedric, enfadado por su descaro, bajó la voz y dijo:

—Tu padre morirá antes que tú, es ley de vida, y...

—¡Cedric! —gritaron molestas Angela y May, mientras Davinia se tapaba la boca.

—¡Por san Drustan, ya me estáis enterrando!

—No, padre —respondió Davinia rápidamente—. Espero que Dios lo guarde muchos años, pero Angela...

—¿Acaso teme tu marido que yo sea una carga para él? —Su hermana no contestó y Angela, molesta, prosiguió—: Yo no he sentido la llamada de Dios, como May tras la muerte de Robert, ni he encontrado a un hombre con el que quisiera vivir, como tú. Papá sólo cumple la promesa que le hizo a mamá y ni tú ni nadie logrará que yo haga lo que no deseo hacer.

Al escucharla, Ferguson sonrió, para desesperación de Cedric. Angela era la única de sus hijas que lo llamaba «papá» y con la que desde siempre mantenía largas charlas a la luz de la luna o ante el hogar. Esa confianza entre ellos siempre le había gustado y aún no quería renunciar a ello. Su pequeña hija era la más parecida a su madre, lo creyera ella o no.

—Si tu madre viviera, estaría de acuerdo conmigo —le espetó Cedric.

—Lo dudo —se mofó el laird, ganándose una sonrisa de Angela—. Su madre rechazó a muchos pretendientes hasta que llegué yo, porque su padre así se lo permitió, y eso mismo es lo que ella quería para sus hijas. Mi amada Julia decía que, cuando me conoció, sintió que el corazón se le desbocaba y eso era lo que ella quería para sus retoños. Un corazón desbocado. Una boda por amor. Mi hija Davinia la tuvo. May también, con Dios. Ahora Angela decidirá, como lo hicieron sus hermanas.

—Señor, esa absurda promesa le va a traer problemas. Ningún hombre de su posición permite que sus hijas tomen estas decisiones —se empecinó Cedric—. Es una mujer y...

—Oh, Cedric, ¡qué cargante eres! —protestó la joven.

—¡Angela! —le reprochó May.

Cedric, molesto, se acercó a la joven con actitud intimidante, pero ella siseó en tono bajo:

—Cuidadito con lo que vas a hacer. Estás en mis tierras.

—¡Angela! —exclamó Davinia al ver a su hermana tan respondona. ¿Qué le ocurría?

Con una sonrisita en los labios, el laird Ferguson dijo, para zanjar el asunto:

—Mientras yo viva en Caerlaverock, ella estará segura y protegida.

Acercándose a su padre, Angela lo abrazó con cariño y murmuró para que solo él la oyera:

—Gracias, papá. Te quiero.

Conmovido por el cariño que su pequeña siempre le demostraba, le cogió la barbilla y contestó:

—Yo te quiero más, cariño mío.

Ambos sonrieron sin importarles quiénes los miraran y Kieran, que observaba la escena, esbozó también una sonrisa. Sin duda, aquel hombre y su hija tenían una conexión muy especial.

Entonces, Ferguson cogió a su hija del brazo y se encaminó hacia donde estaban sus invitados. En su camino, recogió el palo que estaba tallando y que había tirado al suelo y una vez llegó a la mesa, lo dejó sobre ésta.

Jesse le guiñó un ojo a Angela y ella sonrió divertida. ¿Por qué Davinia no se había casado con aquel hermano?

Kubrat Ferguson pidió algo de beber a una de las mujeres y se acomodó frente a Kieran y junto a su hija.

—¿Habéis tenido buena noche en el bosque, O'Hara?

Angela se volvió para mirar a sus hermanas. May seguía cosiendo mientras observaba cómo Davinia, empujada por su marido con disimulo, desaparecía por la puerta del fondo. Ese gesto no le gustó, pero no dijo nada. Si Davinia lo consentía, era su problema. Instantes después, William Shepard se les unió y se sentó a la mesa con ellos.

—Ha sido una noche tranquila —contestó Kieran, mientras observaba a la joven hija del laird con curiosidad. Tenía un rostro bonito, fino y delicado. Sin duda tan delicado como la dulce damita que era.

Tras un silencio, el laird Ferguson se tocó la frente y confesó entre dientes angustiado:

—Doy gracias al cielo por que no haya ocurrido nada... Maldito bosque. Desde que se llevó a mi mujer y mis hijos no hace más que darme disgustos y problemas.

—Mi señor... —susurró William al escucharle.

—Kubrat... —dijo Jesse, al ver su expresión.

Angela lo miró y vio que los ojos se le humedecían, por lo que le cogió la mano y, apoyando la cabeza en su hombro, musitó con cariño:

—Papá, no quiero verte llorar, ¿vale?

Él asintió, se secó los ojos y murmuró, aún emocionado:

—Lo siento... no quería incomodar a nadie.

Kieran, tras cruzar una mirada con Jesse y Angela y ésta pedirle ayuda en silencio, dijo:

—No pasa nada, Ferguson. Tranquilo. Todos hemos perdido a seres queridos y entiendo tu dolor.

Tras unos segundos en silencio, durante los cuales el hombre se repuso, Kieran añadió:

—Por suerte para todos, ni esta noche ni la anterior ha ocurrido nada en el bosque. Aunque las gracias se las deberíamos dar a esa banda de encapuchados que te comenté. De no ser por ellos y su eficacia, te aseguro que hoy tendrías un verdadero problema.

El laird asintió y, suspirando, exclamó:

—Por san Drustan. Llevo años intentando saber algo de esa gente, pero todo es inútil. Nadie los conoce. Nadie los ha visto. Sólo sé de ellos porque llegan a mis oídos sus buenas acciones.

Sorprendido, Kieran insistió:

—Éstas son tus tierras, ¿cómo no vas a saber quiénes son?

—Lo he intentado todo. ¡Todo! ¿Verdad, William?

—Sí, mi señor.

—Pero mis incursiones nocturnas nunca han dado fruto —prosiguió Ferguson—. Esa banda de encapuchados parece leerme el pensamiento. Se adelantan a mis movimientos y saben esconderse muy bien.

—¿Y no has pensado que pueda ser tu propia gente? —preguntó Kieran.

Ferguson soltó una carcajada y respondió:

—Nadie de mi entorno está tan loco, ni haría eso a cambio de nada.

«Ay, papá... si tú supieras...», suspiró Angela con una media sonrisa que rápidamente borró al ver que Kieran la observaba.

—Como habrás comprobado por ti mismo —prosiguió Ferguson—, en este castillo apenas queda gente.

Kieran asintió. Le había llamado la atención que el laird no tuviera ejército que liderar, pero cuando fue a preguntar, el hombre continuó:

—Todo el mundo se ha marchado de aquí. Sólo quedamos los que ves.

—¿Y quién cultiva los campos?

—Entre los que vivimos en el castillo —contestó Angela—. Todos trabajamos en ellos para poder subsistir.

—Os he pedido cientos de veces que os vengáis a vivir a Glasgow —dijo Jesse—. Allí hay sitio para vosotros y...

—Gracias, hijo, pero no —lo cortó Kubrat—. En estas tierras murió mi amada Julia y en ellas espero morir yo también.

Sorprendido por las palabras de la joven, Kieran le cogió una mano y le miró la palma. Tenía razón, no eran las manos delicadas de una damisela.

—No sabía que las cosas te fueran tan mal, Ferguson —comentó.

El laird asintió con tristeza y, mirando las manos de su hija pequeña, susurró:

—Sólo espero que Angela sea lista, encuentre un buen marido y se marche de aquí en cuanto pueda.

—Papá... —protestó la joven.

Kieran, que aún no le había soltado la mano, al verle una cicatriz en la palma, preguntó, tocándosela con un dedo:

—¿Esto de qué es, milady?

Nerviosa por el contacto y molesta por que no la soltara, Angela contestó bajito, tras cruzar una rápida mirada con Shepard:

—Me corté...

En ese instante, Sandra entró en el salón y Angela aprovechó para retirar la mano, que bajó rápidamente de la mesa. Zac, al ver a la joven, le sonrió. Era una morena con una cara preciosa. Pero al ver el gesto adusto de Louis, apartó la vista. La muchacha se sentó a la mesa frente a Jesse, que la saludó con una alegre sonrisa y, tras un movimiento de cabeza de Angela, se limitó a escuchar y callar.

—En cuanto a lo que hablábamos —insistió Kieran—, he podido comprobar por mí mismo que es un grupo liderado por una mujer...

—¡Hada! —asintió Ferguson—. Sí. También he oído hablar de ella.

—¿Y quién no? —cuchicheó William, ganándose una miradita de Angela.

—¿Sabéis quién es? —preguntó Kieran interesado.

El laird negó con la cabeza.

—No.

—A mí me encantaría conocerla —dijo Jesse—. Sin duda, debe de ser una mujer fuera de lo común.

—Papá —intervino Angela—, ¿de verdad crees que una mujer puede ser tan valiente y osada como para hacer lo que la gente dice?

Kieran soltó una carcajada que a Angela se le tornó adictiva y más cuando afirmó:

—Os aseguro, milady, que, de donde yo vengo, hay mujeres capaces de esa valentía. Es más, las hermanas de Zac son tan diestras en el manejo de la espada y el rastreo como yo mismo.

—¿De veras? —preguntó Angela, encantada, a pesar de su gesto circunspecto.

Kieran clavó sus claros ojos en ella y Zac respondió:

—Mis hermanas Megan y Shelma son grandes guerreras. En especial Megan. Ella nos ha cuidado desde siempre y, aunque su impetuosidad le trae continuos problemas con mi cuñado Duncan, es...

—Duncan está encantado con cómo es su esposa —lo cortó Kieran—. Y no cabe duda de que ella y Gillian, la mujer del hermano de Duncan, son dos mujeres de armas tomar.

—¿Tan valientes son? —preguntó Sandra.

—Las he conocido y puedo afirmarlo —sonrió Jesse, cruzando una divertida mirada con Kieran.

—¿Las conoces? —inquirió Zac, sorprendido.

Jesse Steward respondió sonriente:

—A Duncan y a Niall los conozco como a Kieran, de haber coincidido en batallas. A ellas las conocí en la reunión de clanes de Stirling. No se amilanaron ante nadie.

Kieran se echó a reír al recordar de lo que hablaba y dijo:

—Zac, ¿recuerdas el enfado de los McRae, cuando Megan y Gillian desafiaron a algunos highlanders a competir con el arco y la espada y salieron victoriosas?

Zac soltó una carcajada.

—¿Cómo podría olvidarlo?

Durante un rato, hablaron de la maestría de Megan y Gillian luchando o montando a caballo, mientras Angela los escuchaba en silencio. Sin duda alguna aquellas mujeres eran como ella, la diferencia era que en su caso no lo podía manifestar en público y ellas sí. Finalmente, mirándola, Zac dijo:

—Para horror y alegría de mi cuñado Duncan, mis sobrinas están siguiendo el mismo camino que su madre. —Y, con mofa, añadió—: El día que yo me despose, espero que mi mujer no me dé tantos problemas como mi hermana le da a mi cuñado.

Todos rieron a carcajadas hasta que Kieran recondujo la conversación para volver a hablar de aquella misteriosa mujer y su grupo de encapuchados. Eso le hizo gracia a Angela, que oyó decir a su padre:

—Hay quien dice que es el espíritu errante de mi amada mujer, y quienes la acompañan, mis hijos.

Todos conocían la triste historia de aquella familia y el silencio se apoderó del salón. Angela acarició la mano de su padre, que ya se iba a desmoronar, y Kieran, al ver el gesto, intervino:

—Anoche volví a encontrarme con ella en el bosque y os aseguro que un espíritu no es. Es una mujer de carne y hueso y, por lo poco que pude ver de ella, bastante atrevida y osada.

Louis y Zac preguntaron al unísono:

—¡¿La viste?!

Sandra y William miraron a Angela con disimulo. ¿Había ido al bosque sin ellos?

La joven, al sentir sus miradas, les dio una patada por debajo de la mesa para que disimularan, mientras Kieran se vanagloriaba:

—Vino a visitarme de madrugada. Ya sabéis el efecto que causo en las mujeres.

Al oír eso, Angela levantó una ceja y Jesse Steward inquirió:

—¿Y cómo es? ¿Es bonita?

Kieran pensó un momento la respuesta.

—No lo sé. Sólo pude ver que era una mujer de estatura media, como muchas de las que nos podemos encontrar, e iba demasiado tapada para mi gusto. Espero que vuelva a visitarme y me dé la ocasión de destaparla, no sólo el rostro.

«Será fanfarrón», pensó Angela, justo en el momento en que Edwina entraba en el salón tras su paseo.

Molesta por los comentarios de O'Hara y las risotadas de los hombres, movió el palo de madera tallada que su padre había dejado sobre la mesa y, de un golpe seco, tiró la espada de Kieran, que en su caída se llevó por delante también su jarra de cerveza.

—Ay, lo siento —se disculpó, levantándose.

Edwina, al ver aquel estropicio, murmuró acercándose:

—¡Bendito sea Dios, hijo, cómo te has puesto!

Al verse empapado de cerveza, Kieran maldijo en silencio. Angela se agachó a recoger la espada al mismo tiempo que él y, al levantarse, se dieron un cabezazo.

—Augggh —protestaron los dos.

—Y ahora un coscorrón —sonrió Edwina.

Jesse soltó una carcajada y Kieran, tras oír a su madre, miró a la joven con el cejo fruncido.

—Ay, Dios mío, lo siento otra vez —susurró ella asustada—. ¡Soy tan torpe!

Siguiendo con su representación, Angela fue a recoger por fin la espada del suelo, agarrándola por la hoja, pero Kieran la detuvo.

—No me extraña que os cortéis las manos. Si la cogéis de ahí os haréis daño. ¿No sabéis eso, muchacha?

Entornando los ojos, ella se hizo la tímida, mientras veía que Edwina la observaba con gesto serio. Soltó la espada con cuidado de no cortarse y el arma cayó directa sobre el pie de Kieran, que saltó de dolor. Con fingido horror, Angela se tapó la boca, mientras contenía la risa y volvía a repetir temblorosa:

—Ay... lo siento... lo siento... lo siento...

—Hija de mi vida, ten cuidado —intervino Edwina, incrédula ante tanta torpeza.

Sandra se aguantó la risa, algo que Louis, Zac, Jesse, William y el laird Ferguson no hicieron.

Kieran dio un paso atrás y siseó:

—Las armas se cogen por el puño. —Y al ver su gesto apocado, preguntó—: ¿Nunca habéis cogido una espada?

—Dios me libre —respondió ella, llevándose una mano a la garganta.

Sorprendido de que aquella joven pudiera trabajar en el campo, le tendió la espada y ordenó:

—¡Cogedla!

—No, hijo, no se la acerques, no te vaya a hacer daño.

—Madre, ¿podrías callarte un segundo... por favor? —siseó Kieran.

—Kieran O'Hara —protestó la mujer—. No me hables así.

Divertida, Angela observó cómo aquella mujer gesticulaba y le plantaba cara a su hijo. Finalmente, levantando las manos hacia el cielo, Edwina dijo:

—De acuerdo, me callaré, tesoro, me callaré.

—Madre... —suspiró él al oír que otra vez lo llamaba «tesoro».

Angela miró a su padre, que asintió con una sonrisa. Debía obedecer y coger la maldita espada. Acercándose pues a O'Hara, le pisó el pie dañado y Kieran, agarrándola del brazo, la acercó a él y exclamó:

—Nunca he conocido a nadie tan torpe como vos.

Edwina asintió. Ella tampoco, pero se calló.

Angela, con los ojos a escasos centímetros de los suyos, se sintió desfallecer y, de pronto, todos los sonidos desaparecieron, para quedar sólo el latido de su corazón. Eso la hizo pensar en su madre.

¡Eso fue lo que siempre dijo que le había pasado al conocer a su padre!

Extasiada por su descubrimiento, durante unos segundos mantuvo la mirada fija en la del highlander y sólo reaccionó cuando lo oyó decir:

—Milady, coged la maldita espada.

Con premeditación y alevosía fue a agarrar de nuevo mal el arma, pero deteniéndola, él gruñó con desesperación:

—Os acabo de decir que de la hoja no se agarra.

Ferguson sonrió y, mirando a una descolocada Edwina, cuchicheó:

—Mi preciosa y delicada niña nunca ha empuñado un acero.

La mujer negó con la cabeza y Kieran dijo con sorna:

—No hace falta que me lo digas, Ferguson, yo mismo lo veo.

Cada vez más molesta por la actitud arrogante que él mostraba, Angela cogió la espada por la empuñadura con las dos manos, aunque lo hizo sin mucha fuerza y el peso del arma hizo que se le cayera a los pies, cortándole la falda del vestido por la mitad.

—Ay, Señor —gritó Edwina horrorizada. Y, mirando a su hijo, añadió—: Kieran, te exijo que le quites a esta muchacha tu espada de las manos ahora mismo, antes de que ocurra algo peor.

Angela se movió, arrastrando con ella el arma. Todos gritaron asustados al ver cómo el acero pasaba a escasos centímetros del tobillo de Kieran, que dio un salto.

Éste, mirando la delicada pierna que asomaba entre la falda cortada, esbozó una media sonrisa y le quitó la espada.

—Está visto que lo vuestro no son las armas, ni el valor, milady.

De buena gana, Angela se lo habría demostrado y le habría dado su merecido, pero no debía hacerlo. Su padre, al ver su expresión compungida, dijo, acercándose a ella con cariño:

—Ve a tu habitación a descansar hasta la hora de la comida, mi vida.

Como un conejito asustado y con la falda del vestido cortada, Angela asintió y, sin mirar atrás, salió del salón seguida por Sandra.

Cuando entraron en la habitación y cerraron la puerta, las dos jóvenes comenzaron a reír. Estaba claro que Angela los había engañado muy bien a todos. Incluido a ese creído de Kieran O'Hara.

8

Dos días después, Kieran continuaba en el castillo. Su excusa era que quería encontrar a quienes los atacaron, pero a quien realmente anhelaba ver era a la misteriosa mujer que los ayudó.

Edwina no salía de su asombro.

¿Cómo era posible que la pequeña de los Ferguson fuese tan torpe y llorase tanto?

En algunos momentos, cuando se sentaba a hablar con ella, Angela le mostraba una manera de ser que le encantaba. Era graciosa, amable, simpática y se le podía hablar de cualquier cosa. Pero cuando menos lo esperaba, aparecía la muchacha llorona, quejicosa y torpe y todo lo que Edwina había pensado anteriormente de ella quedaba borrado.

Esa noche, le dijo a su hijo que quería partir para Edimburgo.

—Madre, ¿no puedes esperar?

La mujer negó con la cabeza justo en el instante en que vio a Angela pasar llorando, seguida por una de las criadas.

—Si paso un segundo más con esa insufrible jovencita, te aseguro que mi visita a Caerlaverock no va a acabar bien.

—Es muy sensible —se mofó Kieran.

—Lo que es es una llorona insoportable —replicó su madre.

—¿Qué te parecería como señora O'Hara? —preguntó él divertido.

Edwina lo miró y, tras pellizcarle el brazo, siseó:

—Si lo haces, ¡te mato!

Tras soltar ambos una carcajada, la mujer añadió:

—Creo que la ausencia de una madre la ha hecho tan débil y dependiente. —Y al ver que su hijo se encogía de hombros, preguntó—: ¿Es cierto lo que se dice de Kubrat Ferguson?

—¿El qué?

—Que desde que falleció su mujer su vida se derrumbó.

Kieran, al recordar el episodio de hacía unos días, cuando Angela tuvo que consolar a su padre, asintió.

—Sí, madre. Lo he podido ver con mis propios ojos y ya ves el lamentable estado en el que viven.

—Sí. Es verdaderamente penoso —convino la mujer, mirando a su alrededor.

—Aunque he de decir en su defensa —prosiguió Kieran— que perder a su mujer y a tres de sus hijos en un día no debió ser nada fácil.

—Debió de ser terrible... ¡terrible! —Y, pesarosa, añadió—: Cuando murió vuestro padre, yo quise morir con él, pero James y tú me hicisteis ver que tenía que seguir viviendo. No quiero ni pensar si vosotros dos hubierais muerto también.

Kieran sonrió y, abrazándola, dijo:

—¿Qué habría sido de nosotros sin nuestra dulce, bella y encantadora madre?

Olvidándose de la tristeza, Edwina le devolvió la sonrisa y murmuró:

—Zalamero.

Ambos rieron de nuevo y Kieran, aprovechando el momento, dijo:

—En referencia a James, seguiremos buscando, madre. Y cuando encuentre a ese gusano, le daré su merecido por no dar señales de vida durante tanto tiempo.

La mujer asintió y, mirándolo con los ojos anegados de lágrimas, confesó:

—Es raro, hijo, pero el corazón me dice que a tu hermano le ha ocurrido algo. No lo siento y eso me preocupa.

Kieran, queriendo quitarle importancia a su preocupación, se acercó a su madre, la besó con cariño y cuchicheó:

—Lo encontraremos. Te lo prometo.

En ese preciso instante, un grito llamó su atención y al mirar hacia la estancia colindante vieron que Angela, enseñando un dedo, lloraba dando saltitos:

—Me he pinchado... me he pinchado con la aguja de coser.

Su hermana mayor, Davinia, la abrazó rápidamente para consolarla, y Edwina, mirando a su hijo, murmuró:

—Si no me voy pronto de aquí, creo que mataré a esa torpona y llorosa joven.

—De acuerdo, madre —contestó él divertido—, partirás al alba para Edimburgo. Varios de mis hombres te escoltarán hasta la casa de tu amiga Rose O'Callahan y allí esperarás hasta que yo llegue, para ir contigo a Kildrummy.

—¿Recuerdas que Rose tiene una sobrina llamada Siarda?

—Madre... no.

La mujer sonrió y calló. Después, aplaudió contenta. Adoraba a Rose. Se conocían desde jovencitas y encontrarse con ella siempre era motivo de felicidad.

—Por cierto, hijo, se acerca la fiesta de los clanes en el castillo de Stirling.

—Sí, queda poco más de un mes.

—¿Qué tal si nos encontramos allí?

Aún quedaba tiempo para aquello, pero sin ganas de discutir con su madre, Kieran asintió.

Al alba, tras despedirse de los Ferguson, Edwina, junto con su dama de compañía, partió feliz hacia Edimburgo, mientras observaba a Angela, aún sin entender la facilidad de la chica para pasar de encantadora a insoportable.

Los días pasaron y Kieran siguió buscando a la mujer que le había salvado la vida, pero no conseguía averiguar nada de ella ni de su banda. En ciertos momentos, y requerido por Kubrat Ferguson, acudía al castillo de Caerlaverock para hablar con el hombre. Pero en cuanto caía la noche, se marchaba al bosque para no estar cerca de Cedric. No lo soportaba y menos tras haberlo visto presionar a su mujer como lo había hecho.

De madrugada, en medio del silencio del lugar, Louis oyó un

ruido y despertó a Kieran. Ambos escucharon con atención, pero cuando se convencieron de que no era nada, se volvieron a acostar.

Sin embargo, la intranquilidad de ser atacados de nuevo no dejaba dormir a Kieran y en una de las ocasiones en que se dio la vuelta, le pareció ver que en la entrada de una de las cuevas había alguien medio escondido. Se levantó sin dudarlo, cogió su espada y caminó hacia allá con decisión.

Dentro de la cueva todo estaba oscuro. La luz de la luna no entraba hasta allí, pero poco a poco sus ojos se fueron acostumbrando y entonces oyó:

—Hola de nuevo, O'Hara.

Rápidamente miró hacia la derecha y se encontró con lo que ansiaba ver. Allí, estaba la mujer que lo obsesionaba. Se volvió con una sonrisa y, acercándose a ella, contestó:

—Llevo días esperándote, ¿por qué no has venido antes?

Moviéndose con cautela, ella respondió:

—Tengo otras cosas que hacer. No sólo os vigilo a vosotros.

—¿Nos vigilas?

—Ajá...

Encantado por volver a estar con ella, preguntó:

—¿Cómo has llegado hasta aquí sin que ninguno de mis hombres te haya visto?

—Ya te lo dije, este bosque es mi casa y sé cómo moverme.

—¿Vives en la cueva?

La joven no respondió y cuando Kieran se movió, ella también lo hizo. Con los ojos cada vez más adaptados a la oscuridad, él la siguió con la mirada y cuando vio que se apoyaba contra la pared, se acercó lentamente y levantó las manos para quitarle la capucha, pero ella le advirtió:

—Yo que tú no lo haría.

—¿Qué me lo impide? —preguntó Kieran con voz íntima.

No hizo falta que contestara, la punta de una daga en las costillas le hizo saber la respuesta. Con una sonrisa, Kieran bajó las manos y susurró:

—Tarde o temprano sabré quién eres.

Ella sonrió. Cuando actuaba como Hada era atrevida y descarada, por lo que acercándose peligrosamente a su boca respondió:

—Lo dudo.

Esa clara invitación a besarla le hizo entender que la joven lo deseaba y, en tono bajo, murmuró:

—Te buscaré y te encontraré, lo quieras o no.

—Repito, lo dudo —musitó Angela divertida.

Se fue a mover, pero Kieran la paró con un rápido movimiento. Tenía la respiración acelerada y ella también. Aquella mujer se le tornó muy apetecible y, sin dudarlo, preguntó, acercando sus labios a los suyos:

—Si te beso, ¿me clavarás la daga?

Angela, nerviosa, no supo qué contestar. Su osadía la había llevado a aquel complicado momento, pero hechizada por el magnetismo del hombre, y en especial por lo que su cercanía la hacía sentir, no se movió y dijo:

—Sólo lo sabrás si lo haces.

A oscuras en el interior de la cueva, Kieran se esforzaba por verle la cara, pero era imposible. Entre la oscuridad y la capucha no había manera de vislumbrar nada. Bloqueado por lo que ella le hacía sentir, jadeó como un principiante al oír su contestación.

Aquella cercanía, aun sin tocarse, era lo más maravilloso que había experimentado en toda su vida y, atraído como un imán por la entrecortada respiración de la mujer, posó las manos en las redondas caderas de ella y murmuró:

—Sin duda, creo que merecerá la pena probar.

Y, sin más, se abalanzó sobre su boca, que devoró sin pudor.

En un principio Angela no supo qué hacer. Nunca antes la habían besado y menos con aquella intimidad. Pero al sentir que la lengua de él se introducía entre sus labios, los abrió y, cuando intuyó lo que había que hacer, metió también la suya en la boca del hombre y lo disfrutó.

Al verse aceptado por ella, le agarró con más fuerza las caderas y la apretó contra su entrepierna. Al oír el gemido que escapó de sus labios, interpretó que le resultaba placentero y gruñó de satisfacción.

La joven era dulce e irresistible y, por la manera en que había respondido a su beso, sin duda estaba llena de pasión.

Cuando por fin sus bocas se separaron, Angela sintió que le faltaba el aire. No podía ver con claridad el rostro de él, pero a juzgar por su fatigosa respiración, pudo saber que estaba igual que ella.

Kieran acercó la mano hasta aquellos apetecibles labios y al tocarlos supo que estaban rojos, hinchados y dispuestos de nuevo para él. Pero antes de que se pudiera mover, fue ella la que se le echó encima y lo besó con devoción.

Esta vez el beso fue tan apasionado como el primero, con la diferencia de que era la joven la que se apretaba contra su cuerpo, temblando de deseo. Deseoso de seguir con aquello, Kieran la agarró con gesto posesivo, dispuesto a desnudarla y hacerla suya. Era una mujer cálida y brava, y ambas cosas le gustaban. Un ronco gemido de ella lo volvió loco.

Sin embargo, cuando él intentó bajarle el pantalón, Angela se asustó, lo apartó de un empujón y siseó con voz trémula:

—No seas tan osado.

—Lo deseas, preciosa Hada, no lo niegues. Deseas estar entre mis brazos y sentir el placer carnal que sabes que te puedo ofrecer.

—Eres un engreído, O'Hara, ¿lo sabías?

Kieran, con el corazón acelerado y no sólo por el momento que estaban viviendo, no se movió, pero gruñó:

—Te ofreces a mí y ahora dices que no.

Aterrorizada por lo que podía ocurrir si no lo detenía, Angela tembló, pero intentando mantener la voz firme, respondió:

—Besas muy bien, O'Hara, pero eso no quiere decir que yo quiera más de ti.

Él, aturdido, excitado y furioso por el rechazo, fue a acercarse a ella de nuevo, cuando un golpe en la cabeza lo hizo caer de bruces.

Al verlo, Angela se tapó la boca para no gritar, y entonces oyó decir:

—Sabía que te encontraría aquí.

Ella se quitó la capucha y gruñó al reconocer la voz de Sandra.

—¿Por qué le has dado tan fuerte?

Su amiga, al ver que se agachaba para atenderlo, dijo:

—Por el amor de Dios, Angela, si no lo hubiera hecho, creo que ese bárbaro te habría poseído ante mis ojos.

Ella asintió. Todavía tenía los labios húmedos e hinchados por el apasionado beso. Comprobó que el laird respiraba y se tranquilizó. Pobre, menudo golpe en la cabeza que le había dado su amiga. Una vez se cercioró de que estaba bien, se levantó.

—¿Cómo puedo hacer para atraer a Zac hasta aquí? —susurró entonces Sandra, asomándose a la entrada de la cueva.

Angela la agarró del codo y tiró de ella hacia dentro.

—¿Pretendes que ahora sea yo la que golpee en la cabeza al otro bárbaro?

Sandra le guiñó un ojo divertida y, al verle la cara, preguntó:

—¿Qué has sentido cuando te ha besado de esa manera?

Aún acalorada, ella se retiró un mechón de pelo de los ojos y musitó:

—Calor y un placer hasta ahora desconocido.

—Oh, Dios mío, ¡yo quiero sentirlo también!

—¿Te has vuelto loca? —musitó Angela.

—Eres egoísta, ¿lo sabías? —respondió Sandra con gesto reprobatorio.

—¡Vámonos antes de que se despierte!

Su amiga soltó una breve carcajada y se encaminó hacia la grieta por la que había aparecido.

—De acuerdo, vámonos.

Cuando Kieran se despertó, estaba tirado boca abajo en la cueva. Dolorido, se tocó la cabeza y miró alrededor. De pronto lo recordó todo. La mujer, su beso y el golpe.

—Maldita sea —murmuró.

Tocándose la cabeza con cuidado, se levantó y vio la luz del alba que entraba por la boca de la cueva. Sin duda había estado allí más tiempo del que pensaba.

Tras mirar alrededor y no encontrar lo que buscaba, salió y vio a sus hombres aún dormidos. Saludó con la cabeza a Efren, que estaba de guardia, y caminó hacia su manta. Al sentarse en ella, pensó en la mujer y en su boca. Inconscientemente, se tocó los labios y sonrió. La desconocida era dulce y fogosa.

—¿Has dormido bien? —le preguntó Louis, incorporándose.

Kieran miró a su amigo. No pensaba contarle nada de lo ocurrido o se mofaría de él, de modo que asintió y, levantándose presuroso, dijo:

—Vamos, debemos levantar el campamento y regresar al castillo.

Zac, que en ese instante se acercaba a ellos, los saludó.

—Creo que deberíamos ir a Edimburgo, recoger a tu madre y regresar a Kildrummy —sugirió Louis—. Intuyo que no vamos a encontrar a los villanos que nos asaltaron y...

—Louis... —lo cortó Kieran—, ¿es que no quieres encontrarlos?

—Tanto como tú —respondió su amigo—, aunque algo me hace pensar que a quien buscas en realidad es a la mujer que comanda a los encapuchados, ¿me equivoco?

Kieran no contestó y Louis musitó:

—Esa tal Hada no te conviene.

—¿De qué hablas? —replicó él, molesto.

—Hablo de que en Kildrummy te espera Susan Sinclair y...

—Louis, ¡basta!

Pero sin ningún temor, éste prosiguió:

—Esa tal Hada considera este bosque su hogar y dudo que tú quieras quedarte en esta zona de Escocia a vivir, ¿verdad?

Kieran no respondió, pero Louis tenía razón.

Aun así, lo miró y sentenció:

—Regresaremos dentro de unos días.

9

Aquella mañana, antes de llegar al castillo, Kieran vio practicar con la espada a los Steward. Con curiosidad, observó a Cedric dar órdenes y gritarles a los suyos, para después mirar a Otto, Harper y Rory, sus hombres de confianza, y cuchichear algo con ellos. Alejado de su hermano y de su gente, Jesse practicaba con sus propios hombres y les hablaba con calma cuando tenía que dirigirse a ellos. Su mirada se cruzó con la de Kieran y, tras sonreírse, éste prosiguió su camino hacia Caerlaverock.

Al llegar a las inmediaciones del castillo, Zac vio a la joven Sandra, que caminaba junto a una mujer y unas niñas pequeñas entre las cabañas abandonadas.

—Louis, acompáñame —pidió Zac.

Al mirar y ver a lo que se refería, su amigo bromeó:

—Muchacho, lo siento, pero el bigote de la que acompaña a esa muchacha no me gusta nada.

Kieran sonrió al oírlo y Zac insistió:

—Te deberé una. Va, quiero conocer a esa joven y te necesito.

Suspirando pero divertido, Louis finalmente lo acompañó, mientras Kieran proseguía jocoso su camino.

Zac apretó el paso hasta llegar donde estaban las mujeres. Sandra al verlo esbozó una sonrisa. El highlander bajó de su caballo, saludó a las pequeñas y a la mujer y después cogió una flor del suelo y, poniéndose ante Sandra, dijo:

—Una flor para otra flor.

Encantada, la joven la cogió y Evangelina, la mujer que la acompañaba, exclamó encantada:

—¡Oh, qué galante!

Deseoso de ganársela, Zac cogió otras flores y, entregándoselas a ella y a las niñas, añadió:

—Y, por supuesto, más flores para otras flores.

Louis sonrió. Zac había tenido buenos maestros y era todo un embaucador. Sin perder tiempo, Louis se bajó también del caballo y se acercó a Evangelina y las pequeñas y comenzó a hablar con ellas. Sabía que la mujer era la cocinera del castillo y empezó a alabar sus comidas, mientras las niñas corrían a su alrededor.

Una vez llegaron a unos bancos de madera, Zac invitó a Sandra a sentarse en uno de ellos, mientras Louis y las demás se separaron unos metros para arrancar unas hierbas aromáticas. Para darles intimidad a los jóvenes, el highlander retuvo a Evangelina preguntándole por los beneficios de aquellas hierbas y la mujer se los explicó encantada.

Mientras, Zac se sentó junto a Sandra y, cuando fue a hablar, la joven le tendió también una flor y dijo:

—Gracias por vuestro presente, como yo no tengo nada mejor que regalaros, tomad otra flor; esta naranja, mi color preferido.

Con una sonrisa, él la cogió y, tras olerla y ver que olía a bosque y a libertad, se la guardó en el bolsillo de la camisa mientras preguntaba:

—¿Venís mucho a visitar a los Ferguson?

—Siempre que puedo. Aunque, bueno..., pronto dejaré de hacerlo.

—¿Por qué?

Sandra resopló y, encogiéndose de hombros, respondió:

—Mi padre murió y la madre de mi madre se empeña en que regresemos a...

De repente se calló. Ante ella tenía a un fiero hombre de las Highlands y seguro que lo que iba a decir lo escandalizaría, por lo que concluyó vagamente:

—Bueno... lejos de aquí.

Zac, divertido por la locuacidad de la joven, insistió:

—¿Dónde es lejos de aquí?

—Lejos —repitió ella, apartando una mosca que la molestaba.

—Si me decís dónde, quizá pueda ir a visitaros —susurró.

Eso hizo sonreír a Sandra, que, mirándolo, repuso:

—Lo dudo.

—¿Por qué lo dudáis? Decidme dónde es.

Sabía que decirle adónde iba haría que aquel joven la mirara desde entonces con gesto raro, pero cansada de ocultar siempre su procedencia, dijo:

—A Carlisle. Voy a Carlisle.

Zac la miró boquiabierto y preguntó:

—¿Habéis dicho Carlisle?

—Sí —afirmó ella, poniendo los ojos en blanco al ver su reacción.

—¿Y qué se os ha perdido en Carlisle?

—Nada —resopló la joven e, incapaz de reprimir su vivacidad, en especial cuando se hablaba de aquel tema, añadió, levantándose del banco—: Mi madre es inglesa, ¿algo que objetar?

Sorprendido por ese arranque, Zac respondió, a cada instante más interesado:

—No.

Sandra hizo ademán de irse de su lado, pero él la agarró de la mano. Ella lo miró y, ofuscada y pasando a tutearlo, le espetó:

—Entonces, si no tienes nada que objetar, ¿por qué me miras así?

Hechizado por aquellos ojos almendrados, Zac se levantó para estar más cerca de ella y anunció:

—Me llamo Zac Phillips. Mi padre era inglés, ¿algo que objetar?

La expresión de Sandra cambió y abrió la boca, sorprendida.

—¿En serio? ¿Lo dices en serio?

El joven highlander asintió con una sonrisa y le cogió la mano.

—Totalmente en serio —contestó. Al ver que ella se volvía a sentar en el banco de madera, hizo lo mismo y prosiguió—: No puedo obviar que parte de mi sangre es inglesa, pero me he criado con escoceses y escocés me siento. Por lo tanto, sé de lo que hablas y cómo te sientes. Mis hermanas y yo hemos sufrido ese desprecio toda nuestra vida.

Encantada con esa revelación, Sandra se relajó y, sin soltarse de su mano, le planteó:

—¿Has vivido alguna vez en Inglaterra?

—Nací en Durham y pasé allí mis primeros meses de vida. Poco después, mis padres murieron y nosotros fuimos acogidos en la casa de la hermana de mi padre, Margaret, pero ella y su marido, Albert Lynch, no estaban muy contentos de tener a unos niños escoceses en su casa, y al final mi hermana Megan tuvo que huir conmigo y con mi hermana Shelma al castillo de Dunstaffnage, donde nos acogieron con cariño y donde mi abuelo Angus, de Atholl, nos dio cobijo y amor. Con el tiempo, mis hermanas se casaron, Megan con el laird Duncan McRae y Shelma con el laird Lolach McKenna, y actualmente yo soy lo que ves: un hombre de las Highlands orgulloso de serlo.

Sandra, totalmente absorbida por lo que él le había contado, asintió y sonrió. Sin duda, aquel joven le resultaba ahora más interesante que antes.

—Me enorgullece sentir tu orgullo —dijo.

Zac esbozó una sonrisa y se llevó la mano de ella a la boca para besarle los nudillos.

—Y a mí me encanta estar aquí con una preciosa dama como tú —respondió.

Se quedaron mirándose a los ojos y, antes de que Sandra pudiera moverse, Zac se acercó más y la besó en los labios. Asombrada, ella no se movió y él, curtido en esas lides, la agarró de la nuca mientras con la lengua le abría la boca. Cuando vio que lo aceptaba, profundizó el beso.

Durante unos segundos, Sandra se dejó llevar. Nadie la había besado nunca así, pero cuando sintió que Zac empezaba a apartarse de su boca, se retiró con los labios hinchados y, con la misma celeridad con que él la había asaltado, ella le dio un bofetón.

Sin separarse de ella y con la respiración entrecortada, igual que la de Sandra, Zac frunció el cejo y preguntó:

—¿Por qué has hecho eso?

Levantándose del banco con celeridad, ella respondió:

—¿Quién te ha dado permiso para besarme?

En ese instante, se acercaron Louis, Evangelina y las niñas, que habían oído el bofetón, y, antes de que Zac pudiera contestar, Sandra se cogió del brazo de la mujer, que miraba al joven con reproche, y, dando media vuelta, dijo:

—Eres un descarado, Zac Phillips.

Luego se alejó con premura, sin dejar ver su sonrisa, mientras Louis, ante el gesto de desconcierto del muchacho, se sentó junto a él y, mofándose, comentó:

—Bonita marca la de tu cara. Espero que al menos haya merecido la pena.

Zac, soltando una risotada, lo miró y afirmó:

—Sin duda alguna, la ha merecido.

10

Kieran O'Hara había proseguido su camino hacia el castillo y, al llegar, dejó a sus hombres acampados fuera y él entró en el patio. Sonrió al ver a las gemelas jugando con Angela y los hijos de Shepard. Sin duda alguna, aquellos muchachos adoraban a la joven pelirroja, pues cada vez que la veía, casi siempre iba acompañada de ellos. Parecían sus guardas personales. Sin desmontar, observó al grupo unos instantes. Parecían pasarlo bien y las carcajadas de las pequeñas le llenaron el corazón. No había nada más bonito que el sonido de la risa de los niños.

Con curiosidad, miró a Angela, con su vestido color burdeos y el pelo recogido en la nuca. Llevaba los ojos tapados y se movía con soltura, buscando a las niñas mientras sonreía. Kieran se bajó del caballo y, acercándose, les hizo una seña a las gemelas y a los hijos de Shepard para que no dijeran nada. Después se arrodilló para estar a la altura de las pequeñas y se puso delante de Angela.

Ésta le tocó la cabeza y, abrazándolo con fuerza, exclamó:

—¡Te pillé!

Angela pensó que se trataba de Aston o de George, pero entonces oyó decir a Effie:

—Gallinita ciega, ahora tienes que adivinar quién es.

Divertida, ella sonrió, sin darse cuenta de que Kieran la miraba con deleite.

¡Qué bonita boca tenía... y sus dientes eran perfectos!

Angela le tocó los hombros y dijo:

—Sin duda es un hombre fuerte y valeroso, ¿verdad, niñas?

—Sí —gritaron al unísono las pequeñas, mientras Aston y George observaban con gesto incómodo.

—¿Y es guapo?

—Muy guapo —gritaron las crías, animadas por Kieran.

Angela continuó tocándole el pecho y la espalda, y entonces algo no le encajó. Ni Aston ni George llevaban carcaj, y cuando le tocó la cabeza y él se encogió dolorido, lo supo: era Kieran.

Rápidamente se quitó la venda de los ojos y, al verlo, murmuró avergonzada:

—Oh, Dios mío.

Divertido, él se levantó del suelo y, mirándola desde su imponente altura, dijo:

—Vale... sí, soy yo.

—Es guapo, ¿verdad, Angela? —comentó Effie.

Ella, tras mirar a Aston y George, que la contemplaban divertidos, arrugó la nariz y no respondió.

—¿Tan feo soy que ponéis esa cara de horror, milady? —se lamentó Kieran—. Cualquiera que os viera pensaría que os acabo de besar.

Las niñas soltaron una carcajada y Angela no se movió.

¡Si él supiera...!

Acto seguido, Aston soltó un gruñido para asustar a las pequeñas y ellas salieron corriendo, riéndose, mientras los dos hermanos las perseguían. Angela los miró, molesta por que no la hubieran avisado. Al quedarse a solas con Kieran, vio que éste se tocaba el chichón que tenía en la cabeza, y le preguntó curiosa:

—¿Os ocurre algo?

Él sonrió y, mirándola, respondió:

—No. Sólo me rascaba.

Angela asintió y evitó sonreír.

—¿Los hijos de William Shepard son vuestros cuidadores, milady? —añadió él.

Sorprendida por la pregunta, lo miró y preguntó:

—¿Por qué?

Mirando hacia donde estaban los dos jóvenes, Kieran vio que la observaban y explicó:

—Siempre están con vos, ¿os protegen de algo?

Angela sonrió y, mirando a sus amigos, contestó:

—Sin duda me cuidan de villanos, salvajes y maleantes. Nunca se sabe lo cerca que éstos pueden estar.

—¿Me consideráis un peligro, milady? —preguntó Kieran divertido.

Angela pensó que sin duda era el mayor peligro con el que se había encontrado en toda su vida, pero con voz angelical respondió:

—Teniendo a Aston y a George a mi lado, nadie es peligroso.

—¿Ni siquiera yo?

—Ni siquiera vos.

Él, molesto al ver la consideración que les tenía a aquellos jovenzuelos, le guiñó un ojo, se dio la vuelta y se encaminó hacia el salón.

Una vez desapareció, los dos hermanos Shepard se acercaron a ella, que dijo:

—Espero que ese O'Hara se vaya pronto.

—¿Por qué? —saltó George.

—Porque me incomoda que esté aquí. Es... es... prepotente y engreído.

—Según Viesla y alguna otra mujer, es muy guapo y viril —afirmó Aston.

—A ellas les parece guapo cualquier hombre que aparezca por aquí —replicó Angela.

—¿Te han dicho que tu padre ha organizado una fiesta para esta noche? —quiso saber Aston.

Ella lo miró sorprendida y él, divertido, asintió.

—Anímate, ¡esta noche podremos danzar!

Eso la hizo sonreír. Siempre le habían gustado los bailes, pero la sonrisa se le cortó de golpe cuando el joven añadió:

—¿Sabes?, el laird O'Hara sí me parece un buen pretendiente para ti y no los hombres que propone Cedric. Me he informado y no tiene mujer, ni prometida, y, por cómo lo miras, sin duda él no te desagrada.

—¡Aston! —exclamó la joven.

—Es valeroso, intrépido y fuerte como tú.

—¿Y? —gruñó Angela.

George, al ver su desconcierto, prosiguió:

—Pues que tú sólo te fijas en alguien a quien admiras. No como esos hombres desdentados y sucios que te busca tu cuñado Cedric.

Angela miró a sus amigos y, al ver sus tontas sonrisitas, masculló mientras se alejaba:

—Oh, Dios mío, sois unos alcahuetes.

—Angela... velamos por ti —se mofó Aston.

Ella se volvió y, levantando un dedo, siseó:

—Ni una palabra más.

Los dos hermanos se miraron y soltaron una carcajada. Por primera vez desde que conocían a Angela, un hombre la ponía nerviosa, aunque se negara a reconocerlo.

Cuando ella entró en el castillo, su hermana Davinia la informó de la cena con baile que su padre había organizado para la noche. Aquella repentina fiesta escamaba a Angela y fue en su busca.

Lo encontró enseguida, estaba en su habitación, como siempre. Cuando ella abrió la puerta, su padre le sonrió y, con un movimiento de la mano, la invitó a pasar. Angela se sentó en una silla delante de la de su padre y preguntó:

—¿Por qué has organizado una fiesta?

—Tenemos invitados y hay que tratarlos como se merecen —dijo él.

Su respuesta la sorprendió.

—Papá, yo creo que...

Pero sin dejarla terminar, su padre preguntó:

—¿Sabes lo que hacía tu madre cuando venía un grupo de valientes guerreros a Caerlaverock? —Ella, a pesar de que lo sabía, negó con la cabeza y él le explicó—: Preparaba una buena comida, seguida de una bonita fiesta, y todos se iban contentos. Según mi Julia, la hospitalidad era algo muy importante, y, además, en esos íntimos momentos, se podía llegar a acuerdos.

—¿Acuerdos? ¿Qué acuerdos quieres con ese O'Hara?

El hombre miró a su pequeña y, cogiéndole la mano, contestó:

—No busco ningún acuerdo, pero quizá puedas conocer a alguno de esos hombres y...

—Papáaaa... —protestó ella, cortándolo.

—Escucha, cariño —dijo él—, aunque nunca te voy a obligar a nada, Cedric tiene razón. No corren buenos tiempos y deberías desposarte y alejarte de este lugar.

—Pero ¿qué estás diciendo?

—Digo lo que creo que es lo mejor para ti, mi niña. Debes buscar tu propio clan y...

—Mi clan es éste, papá. Pero ¿por qué dices eso?

El hombre acarició el rostro de su hija con cariño y respondió:

—Sé que en tu corazón siempre serás una Ferguson, pero debes encontrar tu camino y ése no consiste en quedarte en este lugar lleno de viejos, de penurias y de peligro. Caerlaverock no es hogar para una jovencita llena de vida como tú.

—Papáaaa...

—Escúchame, hija. Sé que no he hecho las cosas bien desde que murió tu madre, y que por mi culpa lo hemos perdido todo...

—Papá, no...

—Angela, por favor, déjame hablar —dijo él y la joven se calló—. No queda nada. No tenemos riquezas, ni pueblo, ni ejército, y en varias épocas del año sabes que hasta escasea la comida. Todo eso no me ha preocupado hasta ahora, cuando sólo me quedas tú aquí.

Angela lo miró con tristeza. Ferguson sabía que sus palabras le hacían daño, pero continuó:

—Esos Steward no te han llamado la atención, ¿verdad?

—No, papá. Ni uno de ellos. Y menos los desdentados y sucios con los que Cedric se empeña en que me case. ¡Qué asco, por Dios!

Su padre soltó una carcajada.

—Me alegra saberlo, hija, todos son unos patanes, excepto Jesse. Aún no entiendo cómo tu hermana no se casó con él en vez de con Cedric. Ese hombre cada día me gusta menos.

—Yo tampoco lo entiendo, papá. Creo que con Jesse hubiera sido más feliz, pero, al fin y al cabo, fue Davinia quien eligió.

—Exacto, fue ella quien lo eligió. Y antes de que digas nada, déjame decirte que tú serías una excelente mujer para Kieran O'Hara.

—Papáaaa.

—Me encanta cómo me dices eso de «¡Papáaaa!».

Ambos rieron y él prosiguió:

—Es un hombre poderoso, como yo en mis tiempos, y, por lo que he observado, es gentil y bueno con la gente, y su madre también me lo pareció. He visto cómo se divierte con Effie y Leslie y bromea con ellas; señal de que le gustan los niños y que tiene buen corazón. Aún no he visto ni una sola vez a Cedric haciéndole una carantoña a su hijo, como se la hacen Jesse o Kieran. Ese hombre es...

—No, papá, no sigas.

—No te pido nada. Sólo que pienses lo que digo. O'Hara es un hombre que estoy seguro que te protegerá y cuidará bien, no como Cedric a tu hermana.

Angela cerró los ojos. Sin duda, su padre tenía la misma idea de Cedric que ella.

—Eres joven, bonita e intuyo que tienes más habilidades de las que te gusta mostrar —continuó el hombre—. Por favor, piensa por una vez en ti y deja de pensar en mí. Márchate de este inhóspito lugar y sonríe. Sé feliz por tu madre y por mí. Por favor, hazme caso.

—Nunca me marcharé de tu lado, papá, ¡nunca!

Sin darse por vencido, Ferguson insistió:

—Prométeme que pensarás en lo que te he dicho. Es importante para mí verte feliz.

Finalmente, ella asintió y su padre, sonriendo, añadió:

—Tu madre decía que hacer que un invitado se sintiera como en su propia casa propiciaba que siempre regresara de buen talante y con buenas nuevas. Tratemos a ese O'Hara como se merece.

Angela se rindió, el romántico de su padre no tenía remedio. Tras hablar con él un rato más y prometerle que intentaría pasarlo bien en la fiesta, se marchó. Debía ayudar en el campo.

Cuando llegó, se encontró con su hermana May, con Sandra y con algunos más del castillo. Davinia no podía ayudarlos, porque su marido no se lo permitía.

Durante horas, estuvieron recogiendo patatas que luego llevaron a la cocina para que Evangelina las cocinara junto al venado que habían cazado.

Por la tarde, Angela se fue con Sandra a bañarse. Querían estar guapas y oler bien para la fiesta. En los alrededores del castillo, oculto entre unos frondosos árboles, corría un pequeño riachuelo que utilizaban para ese menester.

—Tengo que contarte una cosa —anunció Sandra.

—¡Tú dirás!

La joven de ojos almendrados sonrió y, retirándose el pelo de los ojos, confesó canturreando:

—Hoy me han besado.

Angela la miró sorprendida y ella prosiguió:

—Mientras paseaba con Evangelina y las niñas por el campo en busca de algunas hierbas para cocinar, se nos han acercado Zac Phillips y el hombre de confianza de Kieran O'Hara...

Abriendo desmesuradamente los ojos, su amiga susurró:

—No me lo puedo creer.

—Créetelo, Angela —contestó ella, divertida—. Eso sí, después le he dado un buen bofetón por su tremenda osadía.

—¡Sandra!

—Ha sido un descarado, ¿qué querías que hiciera? Además, no quiero que piense que soy una mujerzuela de esas a las que debe de estar acostumbrado.

Se metieron las dos en el río y Sandra exclamó:

—¡Qué fresquita está el agua!

—Siempre está fría —dijo Angela sonriendo, mientras flotaba desnuda.

—¿Crees que sería muy escandaloso que esta noche sacara yo a bailar a ese guapo highlander?

—¡Sandra! Pero si me acabas de decir que le has dado un bofetón. Además, claro que sería escandaloso. Imagina la cara de Davinia o del idiota de su marido si ven tu atrevimiento.

Ambas se rieron y Angela continuó:

—Debes esperar a que él te invite y seguir el protocolo. ¿O acaso crees que no te sacará a bailar tras lo ocurrido?

Encogiéndose de hombros, Sandra la miró y afirmó, segura de sí misma:

—Lo hará.

11

Esa noche, tras ponerse sus mejores galas, entraron las dos en el salón y todos los hombres las miraron con otros ojos. Habían dejado de ser unas campesinas para convertirse en unas damitas bellas y perfumadas. Sandra llevaba un vestido granate que hacía resaltar su bonito pelo y su increíble sonrisa. Zac la miró y, encandilado, le murmuró a Louis:

—Sin duda es la joven más bonita que he visto nunca.

Louis soltó una carcajada que hizo reír a Kieran, que, por su parte, contemplaba a Angela boquiabierto. La muchacha llevaba un vestido verde que realzaba su delicada figura y su tez clara. En vez de llevar el pelo recogido, como siempre, se lo había dejado suelto y en la cabeza lucía una bonita corona de flores.

Estaba bellísima, y más cuando vio a su padre y éste le sonrió. Sin duda, la menor de los Ferguson tenía una sonrisa fascinante.

—Eres la viva imagen de mi cielo —susurró Ferguson, cogiéndole la mano.

Angela esbozó una sonrisa y dijo:

—Papá, mamá era morena, como May, y yo soy pelirroja, como tú, como la abuela Rose y como Davinia.

—Pero esos ojos verdes, la sonrisa y tu porte son de ella, mi vida.

Ambos sonrieron y él, sacándose del bolsillo de la camisa un brazalete de oro con una piedra verde, se lo entregó diciendo:

—Póntelo. A tu madre le gustaría.

—Papá —susurró ella, emocionada al verlo.

—Ésta era su joya preferida y sabes que es tuya. Davinia tiene un anillo, May el crucifijo y...

—Y yo quiero que tú me guardes este brazalete —concluyó Angela, mirándolo.

Su pequeña tenía un carácter tan parecido al de su mujer, que le encantaba y, aunque se empeñaba en ocultarlo, él mejor que nadie sabía que lo poseía.

—Esta noche quiero vértelo puesto. Dame ese capricho, hija mía.

Aquel brazalete tenía para él un incalculable valor emocional. Según Ferguson, la piedra verde era del mismo color que los ojos de Julia. De su amor. Fue su regalo de bodas. Se lo entregó la primera noche que durmieron juntos y ella nunca se lo quitó, hasta el día de su muerte, cuando los villanos que la mataron se lo robaron. Al darles caza, el laird lo recuperó y desde entonces nunca se separaba de él, siempre lo llevaba encima. Tenerlo cerca, decía, le hacía sentir que ella seguía con él.

Angela cogió el brazalete que su padre le tendía, tocó la piedra verde con cariño, la besó y se lo puso en la muñeca. Kieran los observaba, conmovido por la ternura que veía en ellos. Sin duda, aquel hombre tenía debilidad por su hija pequeña, y viceversa.

Con deleite, paseó la mirada por la joven Angela. Era una dama muy bella, aunque en otros momentos tremendamente insoportable.

—La Sinclair es demasiado fina y ésta demasiado llorona —susurró Louis a su lado.

—Y torpona —matizó Kieran, al ver que daba un traspié.

Ambos rieron y Zac añadió:

—Louis, ¡esta noche no ha mencionado a la enigmática Hada! Creo que a Kieran ésa sí que lo ha impresionado, ¿verdad?

Los tres rieron, pero Kieran no contestó. Estaba demasiado ocupado contemplando a la pequeña de los Ferguson. Aquel pelo salvaje y rojo largo hasta la cintura, sus ojos verdes, su bonita boca y aquella naricilla respingona llamaban su atención. Sin duda, la hija de Kubrat, cuando no lloriqueaba, aun con aquel gastado vestido, era una joven muy deseable y bonita. Sólo había que ver cómo la observaban sus hombres o los de Steward para entender que no era una mujer que, engalanada, pasara desapercibida.

La cena fue muy buena. La cocinera del castillo se afanó en preparar algo exquisito con los ingredientes que tenía y sin duda lo consiguió.

Todos disfrutaban del momento y Kieran sonrió a todas las damas del lugar excepto a Angela, que no se había dignado mirarlo ni una sola vez. Eso lo incomodaba. Él era un hombre que no les pasaba inadvertido a las mujeres y ver que ella no le prestaba atención ni siquiera cuando le hablaba, lo molestó. Lo que Kieran no sabía era que la joven lo observaba con disimulo.

Acabada la cena, varios hombres comenzaron a tocar las gaitas. Las sobrinas de Evangelina fueron las primeras en salir a bailar y Jesse bailó con ellas. Poco después, lo hicieron algunas mujeres del castillo, invitadas por sus maridos, por los Steward o por los guerreros de Kieran que se animaron a danzar.

Zac observó cómo algunos Steward sacaban a bailar a Sandra. Eso le fastidió. Y, cuando no pudo más, se acercó a aquella joven que tanto le llamaba la atención y la invitó también. Ella no lo dudó y, con una encantadora sonrisa que lo encandiló por completo, aceptó.

Sentada junto a su padre, Angela lo veía sonreír mientras la gente se divertía. Pocas veces el rostro se le iluminaba de felicidad y disfrutó del momento.

Rio al ver a Evangelina bailar con su marido Olrach y las gemelas. Encantada, Angela daba palmadas junto a su padre para acompañar la música, cuando éste le preguntó:

—¿No bailas, hija?

—Pero si no he parado, papá —dijo.

Sin embargo, dispuesta a que su padre conservara aquella increíble sonrisa el máximo de tiempo posible, Angela miró a su amigo Aston y, tras hacerle un gesto, éste la invitó a bailar.

Aceptó con coquetería y elegancia y comenzó a danzar con él. Angela era diestra en el baile y se movía con soltura mientras sonreía y disfrutaba. Tras aquella pieza, la siguiente la bailó con Jesse Steward y luego siguió danzando con unos y otros. Poco después, con el rabillo del ojo vio que Kieran y Louis bailaban con Effie y Leslie. Las pequeñas, al sentirse protagonistas, no paraban de sonreír y Angela las miraba encantada.

En un momento dado, sus ojos se encontraron con los de su padre y, al ver su gesto, miró a Cedric, que, sentado en un lateral del salón junto a Otto y Rory, no había bailado con nadie y Davinia tampoco. Pobre Davinia. Sólo le permitía estar sentada tras él, acompañada de su hijo.

La fiesta continuó y Angela vio que Kieran invitaba a bailar a Viesla, una de las mujeres más jóvenes del castillo. No podía parar de mirarlo y pudo ver, como decía su padre, su sonrisa perpetua y su caballerosidad.

Durante un buen rato, el salón del castillo de Caerlaverock se llenó de risas, magia y música y todos fueron dichosos.

Agotada por el baile y acalorada, cuando Angela paró de danzar fue a hablar con Sandra, pero al verla enfrascada en una conversación con Zac, se dirigió hacia una de las mesas de las bebidas. Cogió una jarra de cerveza y oyó que Cedric le decía:

—Angela, quiero presentarte a Otto y Rory Steward. Ambos desean conocerte y, a ser posible, cortejarte.

Tras dedicarle a su cuñado una mirada de reproche, miró a los dos hombres. Si de lejos daban miedo, de cerca era peor. Ver sus bocas melladas y oler su aliento rancio le revolvió el estómago y, alejándose sin importarle lo que pensaran, dijo:

—Disculpadme, me llama mi padre.

Y salió despavorida a la terraza trasera del salón, a tomar el aire.

Miró el precioso cielo tachonado de estrellas y eso la hizo olvidar las intenciones de su cuñado. Levantó su jarra de cerveza y susurró sonriendo:

—Por ti, mamá.

Bebió un sorbo y oyó unos pasos tras ella. Al volverse, vio que se trataba del tal Otto, que se acercó y preguntó:

—¿Qué hacéis aquí tan sola?

—Necesitaba respirar aire fresco.

El hombre sonrió, dio un paso más para acercarse a ella y susurró:

—Eso sois vos, un dulce y tentador soplo de aire fresco.

Angela, incómoda por cómo la miraba, se movió para alejarse.

—Ya volvía adentro.

Pero él, tendiendo una mano, le cortó el paso.

—Creo que vuestro cuñado os ha comentado mis intenciones con respecto a vos.

—Siento deciros que las mías no son las mismas —replicó, dispuesta a dejarle las cosas claras.

—¿Me rechazáis?

—Sí. Os agradezco vuestro interés, pero no aceptaré.

—Deberíais pensar en mi proposición o...

—¿O qué?

Molesto por su descaro, el hombre le dio un empujón que la hizo empotrarse contra la pared, y entonces se oyó una voz que decía:

—Steward, aparta tus sucias manos de ella inmediatamente.

Kieran estaba de pie frente a ellos. Otto, pese a la mirada furiosa del otro, no se movió, y el highlander insistió con calma:

—No repito las cosas dos veces.

Otto, al ver que tenía la mano en la empuñadura de la espada, se apartó de ella sin decir nada y, tras mirarla con reproche, regresó inmediatamente a la fiesta.

Una vez se quedaron solos, Angela respiró y Kieran le preguntó, acercándose:

—¿Estáis bien?

—Sí... sí...

—No deberíais estar aquí sola, lo sabéis, ¿verdad?

—Estoy en mi casa y me siento protegida —replicó ella.

—¡¿Protegida?! —se mofó Kieran.

Enojadísima, levantó el mentón y respondió:

—Sin duda, habría sabido quitarme de encima a ese hombre.

Kieran soltó una carcajada por lo valiente que se mostraba en ese momento, y ella inquirió:

—¿Qué os resulta tan divertido?

Acercándose aunque sin tocarla, susurró ante su cara:

—Vos sois quien me divierte cuando no veis el peligro.

Angela, más tranquila con su presencia, pensó en lloriquear para asustarlo, pero aquel juego de él y en especial su cercanía le estaban gustando y contestó:

—Quizá el peligro, aquí y ahora, sois vos y vuestros hombres, ¿no creéis?

Con gesto arrogante, Kieran sonrió y, queriendo demostrarle su fuerza y superioridad, la agarró por la cintura y, quitándole la jarra de cerveza de las manos, la acercó a su cuerpo y murmuró:

—No parecíais tan contestona.

Angela intentó apartarse de él de un empujón, pero era como luchar con un gigante y, al no conseguirlo, levantó la barbilla para mirarlo a los ojos y siseó, conteniendo su furia:

—¡Soltadme inmediatamente!

—Milady, no lo neguéis, os morís por mis atenciones.

Enfadada y sin poder sacar la daga que llevaba en la bota, Angela gimió mientras decía:

—Sois un pretencioso engreído.

Kieran soltó una carcajada y, al ver que iba a comenzar a llorar, espetó:

—Y vos una llorona, una torpe y una insufrible molestia.

Ella abrió la boca, dispuesta a decirle cosas terribles, pero tras pensarlo, apretó los dientes y gimoteó:

—Soltadme, he dicho.

Aquel juego, a Kieran le estaba gustando más de lo que nunca creyó posible y respondió:

—No.

Angela resopló, conteniendo su furia.

—O'Hara, si no me soltáis, lo lamentaréis.

Kieran se inclinó para estar más cerca y, en un tono bajo que a ella la hizo jadear, susurró:

—Llorad, es lo que mejor sabéis hacer.

Angela fue a protestar, pero él la soltó, le entregó la jarra de cerveza, se dio la vuelta y se marchó.

Azorada por lo ocurrido, se dio la vuelta y bebió de su jarra, mientras las manos le temblaban y aún sentía junto a su cuerpo la posesión y masculinidad de aquel hombre.

12

A la mañana siguiente, tras una noche en la que Angela se despertó empapada en sudor por las pesadillas que sufría desde niña, agotada, decidió seguir durmiendo. Lo necesitaba.

Sandra, que dormía con ella, sabía que abrazándola y hablándole con cariño se tranquilizaba. Consciente de la mala noche que su amiga había pasado, cuando se levantó procuró no hacer ruido y, en silencio, se vistió y salió de la habitación. Cuando Angela se despertó algo repuesta, era ya la hora de la comida. Se levantó y se aseó, pero al asomarse a la ventana vio a Kieran con sus hombres y de pronto el corazón le aleteó.

¿Qué le ocurría?

Estaba desconcertada, asimilando ese sentimiento, cuando se abrió la puerta y apareció Davinia, que, al verla, dijo:

—No tienes buena cara. Sandra me ha dicho que no has pasado buena noche, ¿es verdad? —Cuando ella asintió, su hermana añadió—: Ordenaré que te traigan una bandeja con sopa y estofado. Come algo y luego duerme, ¿entendido?

Ella asintió de nuevo, pero al levantarse Davinia, la cogió del brazo y le sonrió agradecida; sin embargo, al tocarla Angela, la otra hizo un gesto de dolor.

—¿Qué te ocurre? —le preguntó.

Recomponiéndose rápidamente, Davinia negó con la cabeza y, cogiéndose el brazo derecho, contestó:

—Nada.

Sin hacerle caso, Angela le apartó la mano y, al subirle la manga del vestido, vio un enorme moratón.

—¿Cómo te has hecho esto? —inquirió.

Davinia no supo qué contestar y su hermana, horrorizada, insistió:

—¿Te lo ha hecho Cedric?

—No... Oh, no... pero ¡qué cosas dices! —No obstante, los ojos se le llenaron de lágrimas.

—No te creo, ha sido él, ¿verdad?

Finalmente, Davinia asintió, pero bajándose rápidamente la manga del vestido, explicó:

—Fue sin querer. Estábamos hablando y...

—Eso no se hace sin querer, Davinia.

Ésta quiso marcharse, pero Angela, sujetándola por la falda, murmuró:

—Sé que no eres feliz con Cedric. Nunca te dice palabras cariñosas, ni tú a él, y he visto cómo miras a Jesse. ¿Qué está ocurriendo aquí?

—Nada...

Angela clavó la mirada en ella y musitó:

—Nunca me has dicho por qué te casaste con Cedric en lugar de con Jesse. Sé que estabas muy enamorada de éste y nunca entendí tu cambio de última hora.

Su hermana negó con la cabeza y simplemente respondió:

—Me debo a mi marido. Él es mi señor y...

—Davinia, ¿qué ocurre?

Sin querer seguir hablando, ésta salió de la habitación, dejando a Angela descolocada.

Un buen rato después, sentada en el alféizar de su ventana, Angela comía mientras observaba el bosque, su bosque. Un lugar que adoraba y odiaba al mismo tiempo. Observó entrenar a los Steward de Jesse. Sin duda eran buenos. De pronto vio a Sandra caminar por el patio del castillo en compañía de Zac, mientras le sonreía con coquetería.

¿Otra vez con él?

Pero ¿qué hacía aquella insensata?

Quiso bajar para decirle algo, pero no debía.

Cuando doblaron la esquina del patio, dejó de verlos, pero entonces apareció Kieran O'Hara caminando solo y con decisión. Se acercó hasta su negro e impresionante caballo y, tras darles dos palmaditas afectuosas en el cuello, acercó la cabeza a la del animal para decirle algo. Ese gesto tan íntimo le gustó. Era el mismo que ella hacía con su yegua *Briosgaid*. Una bonita yegua color canela oscuro, que su buen amigo William Shepard le compró años atrás y que él cuidaba como si fuera suya.

Desde la ventana, observó también cómo el laird O'Hara, tras dejar a su caballo, bromeaba con las pequeñas gemelas, que se acercaban correteando. Su padre tenía razón: su gesto tierno y cómo les sonreía demostraban que le gustaban los niños.

Davinia se le acercó con el pequeño John. Hablaron unos instantes y, de pronto, Kieran cogió al bebé. Su candorosa sonrisa al mirarlo le gustó y la hizo sonreír. Poco después, su hermana cogió a John y se marchó y entonces Kieran se volvió y miró hacia su ventana.

Al verse descubierta se quedó sin aliento y se agachó rápidamente, pero al hacerlo se dio un golpe en la frente. El golpe la impulsó hacia atrás y acabó sentada en el suelo.

—¡Maldita sea!

¿Cómo había sido tan torpe?

Cuando consiguió levantarse, se asomó con tiento de nuevo a la ventana y vio que O'Hara y su caballo ya no estaban en el patio del castillo.

Angela se tumbó en la cama y decidió dormir. Lo necesitaba.

Cuando se despertó, tras desperezarse pensó en ir al riachuelo a refrescarse y, sin decirle nada a nadie, salió de su aposento, luego del castillo y se encaminó hacia el lugar. Allí no había peligro.

Al llegar, miró que nadie la hubiese seguido y que no hubiera nadie merodeando por los alrededores. Aquel sitio era su pequeño paraíso, adonde acudía desde niña con sus hermanas para bañarse. Encantada, sonrió mientras se desnudaba.

Instantes después, una exclamación de placer salió de su boca al sumergirse en el agua. Su madre les había enseñado a nadar a todos los hermanos desde muy pequeños y disfrutó de la sensación de libertad que aquel momento le ofrecía. Contenta, comenzó a tararear.

Mi mente se nubla
si me miras y escuchas
y mi corazón aletea
cuando te vas y alejas.

Me llamas, mi cielo
sonrío y te beso
tú eras mi vida
y yo lo sabía.

Y cada mañana
tu flor nunca falta
y ansiosa la espero
y anhelo tu beso.

Durante un buen rato estuvo cantando las canciones que habían tocado la noche anterior en la fiesta. Las que hablaban de amor eran sus preferidas y, aunque ese sentimiento era nuevo para ella, la aparición de Kieran O'Hara la hacía entenderlas.

Era verlo y nublársele la mente, como decía la letra. Era olerlo y temblar. Era oírlo y el corazón le aleteaba. Sin duda, las canciones ahora la hacían ver cosas que antes nunca había visto, y eso le gustaba al tiempo que la inquietaba. ¿Por qué aquel hombre la hacía sentir así?

Cuando se dio por satisfecha y fue a salir del agua, se quedó de piedra al ver aparecer el caballo de Kieran O'Hara. El animal sin jinete se acercó al agua y comenzó a beber junto a su ropa.

¿Qué hacía allí aquel animal? ¿Y su dueño?

Dudó si salir o no y decidió esperar a que el caballo se marchara. Pero su desesperación fue total cuando de pronto vio aparecer al guapo highlander de pelo claro y sonrisa intrépida, que se sentó en el suelo junto a su ropa.

Kieran, sabiendo que ella estaba allí, tras localizarla semiescondida entre la maleza, le dijo:

—Seguid cantando, milady, tenéis una bonita voz.

Horrorizada, Angela no contestó y él insistió:

—¿Es vuestra esta ropa?

Molesta por su impertinente pregunta, respondió, controlando la irritación de su voz:

—¿Acaso lo dudáis?

Al oírla, Kieran esbozó una sonrisa. La había visto salir del castillo y había decidido seguirla. Nunca se imaginó que iba a ver el espectáculo que la joven le ofreció. Agazapado entre unos matorrales, la había mirado desnudarse, nadar y cantar. Angela era una preciosa y deseable mujercita y, tras verla desnuda, eso era aún más claro.

Al principio pensó en marcharse, pero ante el temor de que pudiera ocurrirle algo, decidió esperarla. Sin embargo, su impaciencia creció al perderla de vista en el agua y decidió ir hasta la orilla. Deseaba que supiera que si él la había visto, cualquier otro podría hacerlo.

—Salid del agua o cogeréis una pulmonía.

Desnuda y nerviosa, Angela gimió.

—No... no... ¡Oh, Dios mío!

Kieran comentó:

—Nunca he conocido a nadie que dijera tanto «¡Oh, Dios mío!» como vos. ¿No os cansáis de repetirlo?

Ella sonrió, pero en el mismo tono de voz, exclamó:

—¡Oh, Dios mío, no!

Divertido, él preguntó:

—¿Qué hacéis aquí sola?

—Me estaba bañando.

—¿No os quedó claro anoche que no debéis andar sola? —Ella no contestó y Kieran insistió—: ¿Acaso Aston y George no os protegen en un momento tan íntimo?

—Hoy no.

—¿Hoy? —preguntó él, frunciendo el cejo—. ¿Acaso otros días sí están aquí?

Pensando rápidamente, Angela dijo:

—Como vos visteis, ellos son mis fieles acompañantes y...

—¿Y van con vos a todos lados, aunque estéis desnuda como ahora? —gruñó, levantando la voz.

—No os interesa —replicó, incómoda con la conversación—. Pero ¿quién os habéis creído que sois para preguntar eso?

Durante varios segundos, ambos permanecieron callados, mientras Kieran se regañaba a sí mismo. La muchacha tenía razón, ¿qué hacía él preguntando aquello? Al final, preocupado por que pudiera coger frío, dijo:

—Vamos, Ángela, sal del agua.

Oír su nombre en su boca le gustó. Era agradable cómo lo decía, pero en tono chillón, gritó:

—Es escandaloso que me tuteéis con esta libertad. Como diría mi hermana Davinia, es indecoroso y no se ciñe a las normas.

Su risa le llegó de nuevo y luego lo oyó decir:

—De acuerdo, milady, nos ceñiremos a las normas. Salid del agua.

En un tono de voz bajo, ella respondió:

—Haced el favor de daros la vuelta si queréis que lo haga.

—¿Y privarme de contemplar vuestros encantos?

—¡Oh, Dios mío! Haced el favor de no ser tan descarado e indecoroso.

A cada segundo más divertido, Kieran se dio cuenta de que le encantaba hacerla rabiar y preguntó:

—¿Por qué decís eso, milady?

—Porque estoy desnuda, por el amor de Dios.

Él soltó una carcajada y estuvo tentado de decirle que ya la había visto desnuda, pero finalmente se lo calló.

—¿Os vale si me tapo los ojos con las manos?

—Oh, Dios mío, ¡no!

El highlander volvió a reír. Sin duda lo estaba pasando bien y Angela, en tono lastimoso, dijo:

—De acuerdo, señor. Moriré congelada y sobre vuestra conciencia caerá mi terrible y angustiosa muerte.

—¡Oh, Dios mío! —se mofó Kieran, haciéndola reír.

Divertido, la apremió:

—Salid sin miedo, milady. He visto los encantos de muchas mujeres desnudas. No creo que me vaya a asustar por veros a vos.

Sorprendida por su poca vergüenza, respondió aflautando la voz:

—Laird O'Hara, mi padre se enfadará mucho si le cuento lo que me acabáis de proponer, y más tras lo ocurrido anoche con vos. Lo que insinuáis es inmoral. Es más, seguro que si Aston o George se enteran de vuestras deshonestas palabras, os matarán.

—Por el amor de Dios, no me asustéis —dijo él, muerto de risa e, incapaz de no añadirlo, dijo—: Pero sabed que nadie levanta su espada contra mí sin salir perjudicado.

—Oh... pues que yo sepa, os asaltaron en el bosque y vos no pudisteis levantar la espada contra nadie, ¿o me equivoco?

Molesto por sus palabras, fue a responder, cuando ella, divertida, prosiguió:

—Si mal no recuerdo, fue la banda de encapuchados la que os salvó, ¿verdad?

Con el entrecejo fruncido por lo que ella insinuaba, Kieran contestó:

—Vuestros amigos son demasiado jóvenes para que yo les tema, milady.

Angela, divertida al ver que no había contestado a lo que ella había insinuado, replicó:

—Son muy buenos con el acero.

—¿Mejor que yo?

Al escuchar su tono de voz, replicó algo molesta:

—A vos no os he visto, pero sí he visto a Aston y George, y son valientes y rápidos. Sin duda los mejores del castillo.

Kieran sonrió y se mordió la lengua para no ser sarcástico. En aquel castillo sólo había mujeres y hombres demasiado mayores como para luchar, a excepción de los dos jóvenes a los que la joven se refería. De repente, se levantó y, dándose la vuelta, dijo:

—De acuerdo, me habéis convencido de la destreza de esos dos muchachos. Pero para solucionar el problema que ahora nos atañe a ambos, sólo os diré que tenéis un corto espacio de tiempo para salir del agua antes de que me arrepienta de mi acto caballeroso y me dé la vuelta. Vos decidís si salís o no.

Al comprobar que, en efecto, no estaba mirando, Angela corrió hacia la orilla, donde, controlando los movimientos de él, comenzó a vestirse mientras murmuraba para hacerle ver lo asustada que estaba:

—Oh, Dios mío... Oh, Dios mío...

Kieran soltó una carcajada. En realidad, era muy respetuoso con las mujeres, aunque aquella joven creyese lo contrario y él aún no entendiera su reacción con ella la noche anterior. Así que esperó con paciencia hasta que, de pronto, oyó un golpe y, al volverse, la vio sentada en el suelo, pero vestida.

Agarrándose un pie, Angela se miró uno de sus dedos y masculló:

—Me lo acabo de machacar con esa piedra, ¡qué dolor!

Kieran se agachó y vio que tenía el dedo pequeño de color rojo y palpitante. Ver su carita arrugada y cómo se quejaba lo hizo sonreír y, sin decir nada, la cogió en brazos. Angela protestó, pero él no le hizo caso y la llevó hasta una zona donde aún daba el sol. Una vez la soltó sobre la hierba, dijo:

—En la sombra os enfriaréis. Aquí, en el sol, se os secará el pelo y el cuerpo. Estáis empapada y tiritando.

Esa galantería a Angela le gustó. Sin duda, era un auténtico caballero cuando se lo proponía, y en su mente se cruzó su actitud posesiva de la noche anterior. Eso la hizo acalorarse. Y pensar en cómo la había besado en la cueva y apretado contra él la hizo soltar un inaudible gemido de placer.

Sin percatarse de lo que a ella le pasaba por la cabeza, Kieran se sentó a su lado y, mirándole el pie, preguntó:

—¿Os sigue molestando el dedo?

Angela se lo miró y, cuando fue a responder, él, contemplándola, susurró:

—Menudo golpe os habéis dado en la frente. —Ella sonrió y Kieran añadió—: ¿En serio sois tan torpe siempre?

Angela pensó hacer un puchero y echarse a llorar, era lo que seguramente él esperaba, pero le apetecía charlar con aquel hombre antes de volver a ser la atontada hija pequeña de Ferguson, por lo que, encogiéndose de hombros, respondió:

—Sí, a menudo soy muy... muy torpe.

Sin saber por qué, Kieran alargó una mano y, con delicadeza, le tocó los labios. Angela, asustada, no se movió. ¿Los habría reconocido? Le dejó hacer mientras disfrutaba de aquella extraña intimidad entre ellos, hasta que, pasados unos segundos, él retiró la mano.

—¿Por qué seguís temblando? ¿Os doy miedo? —preguntó Kieran en voz baja.

La pregunta la pilló por sorpresa. No era miedo precisamente lo que sentía y, como pudo, musitó:

—Tengo frío.

Hechizado por los ojos claros de ella, Kieran dijo:

—Os abrazaría para daros calor, pero temo que vos lo consideraseis algo impúdico.

Fascinada por su cercanía y por lo que su cuerpo le estaba pidiendo, Angela asintió.

—A la par que deshonesto y atrevido —susurró.

Al oírla, el highlander soltó una carcajada que a ella le supo a gloria e, inconscientemente, Kieran le revolvió el cabello rojo con tal naturalidad que a Angela no le molestó.

La ternura que aquella joven le despertaba lo desbordaba y, mirando su boca que tanto lo tentaba, esbozó una sonrisa. Pero se separó de ella antes de cometer una tontería. Aquella muchacha no era como las mujeres que él frecuentaba y no debía de tratarla como tal.

—Me alegra tener una conversación sin que lloréis.

Angela sonrió mientras se retiraba el cabello de la cara, pero no dijo nada.

—¿En serio debemos seguir con estos formalismos, milady? —preguntó Kieran—. Vos sabéis que me llamo Kieran y yo sé que os llamáis Angela, ¿por qué no tutearnos?

—Por decoro.

—¡Malditas reglas! —masculló él.

A Angela le hizo gracia oírlo. Aquello era lo que su madre decía siempre y preguntó:

—¿Qué habéis dicho?

—Simplemente he dicho «¡Malditas reglas!». De donde yo vengo, la gente no se anda con tantas pamplinas. Allí, al ser una joven soltera, serías Angela sin más, pero ya veo que aquí eres...

—Angela —respondió ella, cortándolo.

Kieran la miró y asintió divertido y entonces musitó:

—¡Oh, Dios mío! —Ambos se echaron a reír y él, encantado, añadió—: Será un placer que me llames por mi nombre, ¿de acuerdo?

—Ajá...

Aquella rápida y desenfadada respuesta hizo que Kieran la mirara. Sólo otra mujer que había conocido contestaba de aquella manera. Al darse cuenta de su mirada y de lo que había dicho, Angela rápidamente soltó con voz de tontorrona:

—Sólo nos tutearemos durante este rato, una vez regresemos al castillo, debemos tener decoro y decencia.

Kieran sonrió. Sin duda alguna, a la mujer en la que pensaba el decoro y la decencia no le importaban y, mirando a la dulce joven que tenía delante, contestó:

—De acuerdo. Una vez lleguemos al castillo, todo será como quieras.

Sin decir nada más, Angela se dejó caer sobre la hierba, dispuesta a tomar el sol y secarse. El corazón le latía desbocado. La fuerza y virilidad de aquel hombre la anulaban, cuando lo oyó decir:

—¿Sabes que tienes una bonita voz?

Eso la sacó de sus pensamientos y él continuó:

—Antes cantabas una canción que me gusta, una que dice algo sobre el corazón que aletea, ¿me la podrías cantar de nuevo?

—No.

Kieran sonrió ante su tajante respuesta y, contemplándola con la mirada ante la que sucumbían todas las mujeres, insistió en voz baja y sensual:

—Por favor, bella entre las bellas, me haríais muy feliz si la cantáseis.

Incapaz de resistirse a sus halagos, Angela, mirándolo, canturreó:

Mi mente se nubla
si me miras y escuchas
y mi corazón aletea
cuando te vas y alejas.

Me llamas, mi cielo
sonrío y te beso
tú eras mi vida
y yo lo sabía.

Y cada mañana
tu flor nunca falta
y ansiosa la espero
y anhelo tu beso.

Una vez terminó, Angela calló y Kieran aplaudió.

—Qué bonita canción, y con tu voz es preciosa.

—Gracias.

—¿Quién te la enseñó?

—Mi madre. Ella nos enseñó esta canción y otras.

Con disimulo, lo miró con el rabillo del ojo y vio que él la miraba. Inquieta, observó cómo su mirada comenzaba en su rostro, proseguía por su cuello, sus pechos y continuaba su recorrido hasta sus pies. Eso la excitó. La acaloró.

Se mordió el labio inferior para reprimir un gemido que brotó sin querer y, poco después, oyó que se dejaba caer a su lado y decía:

—Tengo que disculparme por mi rudo comportamiento de anoche durante la fiesta. No suelo ser así con las mujeres, y menos con las bonitas y encantadoras.

—Estás disculpado.

Con el corazón martilleándole en el pecho, tomó carrerilla y preguntó:

—¿Es verdad que en tus tierras abundan las mujeres valientes?

Kieran cogió una brizna de hierba, se la puso entre los labios y, con las manos debajo de la cabeza a modo de almohada, asintió.

—No tantas como quisiéramos, pero las que hay son auténticas guerreras.

Angela sonrió. Le encantaría visitar aquellas tierras y, al recordar algo, dijo:

—Kieran... —Al pronunciar su nombre, el corazón se le desbocó, pero consiguió continuar—: Te oí hablar de la hermana de Zac, Megan era su nombre, ¿verdad?

—Sí.

Y, dispuesta a averiguar lo que necesitaba, preguntó:

—¿Es tan guerrera como decís?

—Más aún —rio Kieran al pensar en su buena amiga—. Es una mujer fuerte y valerosa, que protege a los suyos con su propia vida.

—¿La cortejaste?

El highlander soltó una carcajada ante sus palabras y, tras negar con la cabeza, respondió:

—Cuando la conocí ya era la mujer del laird Duncan McRae. Pero no dudo de que si la hubiera conocido antes, la habría cortejado. Megan es una mujer muy especial.

Molesta por aquella intimidad al referirse a esa mujer, se recostó sobre la cadera para mirarlo.

—Por tus palabras parece que sientes algo por ella.

Sorprendido, Kieran la miró y, poniéndose él también de costado para estar frente a ella, dijo, mientras observaba cómo el sol iluminaba su piel:

—¿Sabes?, no eres la primera persona que piensa eso. Pero no es así en absoluto. Lo que siento por ella es un gran afecto y una gran admiración. Megan es una buena mujer que ha sabido ganarse el cariño y el respeto de todos, y nunca se me ocurriría imaginar cosas no acordes con nuestras posiciones. Si algo valoro en esta vida es la amistad, y ella es la esposa de mi buen amigo Duncan y nunca haría nada que pudiera molestar a ninguno de los dos. También siento una gran admiración por Gillian, la mujer de Niall McRae. —Y, sonriendo, cuchicheó—: Ambas son buenas amigas mías y, aunque me han metido en algún lío por ayudarlas en algunos momentos puntuales de sus vidas, reconozco que lo haría un millón de veces más.

—¿Tan excepcionales son?

—Ni te lo imaginas.

Y al ver que él sonreía tras contestarle, replicó:

—¿De qué te ríes?

Kieran estaba imaginando la cara de sus amigas si se encontraran con la delicada joven que tenía delante, y respondió con sinceridad:

—De que tú y ellas no tenéis nada que ver. Ellas son mujeres diestras y guerreras y tú una damita llorona y torpe. Si te conocieran, no dudo que te apretarían para que no llorases tanto y aprendieras a manejar el acero.

—Dios me libre —respondió ella.

Pero interiormente, Angela se congratuló. Cuánto le gustaría demostrarle que ella era como esas mujeres que acababa de describir, pero se contuvo. Su secreto debía seguir siendo secreto.

Entre bromas, hablaron un buen rato y cuando el sol empezó a ocultarse, Angela suspiró. No podía dejar de mirarle los labios. Ansiaba besarlo e, intentando saber más de él, dijo, con un hilo de voz:

—¿Puedo preguntarte algo sin que me consideres indiscreta?

—Puedes —sonrió Kieran.

—Es algo muy personal.

—Hazlo.

Dispuesta a todo, Angela tomó aire y dijo:

—¿Alguna mujer especial os espera en Kildrummy?

Sorprendido por la pregunta, pensó en Susan Sinclair. Sin duda, ella esperaba verlo con más ansia que él a ella, y respondió:

—Sí.

La desilusión la inundó, pero no dispuesta a dejarse amilanar, insistió:

—¿Y es también una brava guerrera, como las mujeres de tus amigos?

Kieran soltó una carcajada. Susan no tenía nada que ver con Megan y Gillian.

—Aunque es una buena amazona y tiene otras cualidades, como la belleza y el saber estar, no tiene nada de guerrera —contestó.

Esa aclaración a Angela le gustó y siguió preguntando:

—¿Cómo se llama esa mujer que os espera?

—Susan Sinclair.

—¿Y la amáis?

Algo desconcertado por tantas preguntas, Kieran torció el gesto y replicó:

—Yo sólo conozco el amor que siento por mi madre. No busco más.

—¿No os decís cariñosas palabras de amor?

—¿Como tú haces con tu padre?

Molesta por la mofa que vio en su mirada, repuso:

—Mi padre es un hombre cariñoso, que se dirige a nosotras con palabras llenas de amor y afecto. Como él dice, son palabras que salen del corazón, y yo lo ratifico.

—Vaya... —rio Kieran, al pensar que eso mismo decía su madre y, divertido, añadió—: Las palabras edulcoradas como «cariño», «cielo», «mi vida», «mi amor» no van conmigo y mi condición de guerrero.

—¿Y con tu enamorada?

Al pensar en Susan y en su frialdad, que le habían señalado su madre y sus amigos, respondió:

—Susan es una bonita mujer llena de cualidades, a la que no le hace falta decirme palabras dulzonas. Estoy convencido de que ella piensa como yo en eso y otros asuntos.

—¿No te parece insensible pensar así? —inquirió Angela, atónita.

Kieran negó con la cabeza.

—No. Simplemente soy práctico. Cuando nos casemos, mi vida no cambiará en nada, excepto en que habrá otra mujer esperándome en Kildrummy, además de mi madre y, seguramente, algunos chiquillos.

Ambos permanecieron en silencio durante unos segundos, hasta que ella volvió a la carga.

—¿Puedo preguntar algo más?

—Si no mencionas eso que tú llamas «amor», por supuesto.

Esa respuesta la hizo sonreír.

—¿Por qué tú y tus hombres estabais acampados en el bosque la noche que os asaltaron?

Con una encantadora sonrisa, le explicó:

—Regresaba de la abadía de Dundrennan. Por deseo expreso de mi madre, llevo meses buscando a mi hermano James y nos avisaron de que allí había un hombre herido y...

—¿Era él?

Kieran negó con la cabeza.

—No, no era él. —Y al ver cómo lo miraba la joven, añadió—: Mi relación con James no es tan buena como la tuya con tus hermanas. Digamos que James decidió seguir el mal camino y que no estoy de acuerdo ni con él ni con sus fechorías.

—Lo... lo siento —murmuró Angela, al ver que su sonrisa desaparecía y fruncía el cejo.

Pero tras unos segundos en silencio, volvió con las preguntas.

—¿Crees que la mujer del bosque es valiente?

—¡¿Hada?!

Angela fue a decir «¡Ajá!», pero se contuvo y sólo asintió. Al recordarla, Kieran se tocó el chichón de la cabeza, se tumbó boca arriba y respondió con voz más íntima:

—Sin lugar a dudas. Su arrojo, su osadía y su valor así me lo hicieron saber. Sólo espero volverla a ver antes de regresar a Kildrummy.

Ella sonrió con disimulo y, aunque su inminente marcha la apenaba, afirmó:

—Haces bien regresando a tu hogar.

No muy convencido, Kieran contestó:

—Sí, los hombres están impacientes por regresar y ver a sus familias.

—¿Y tú no estás impaciente por ver a Susan?

—¿Quieres saber la verdad?

—Siempre —asintió Angela.

Kieran suspiró y, meneando la cabeza, dijo:

—Cuando estoy con ella, disfruto de sus bonitos ojos, de sus delicados gestos y de su preciosa sonrisa, pero ¿sabes?, mi madre cree que es una mujer fría, insensible con la gente de su alrededor, mimada y consentida por sus padres.

—¿Y tú piensas como lady Edwina?

—Sí. Estoy totalmente de acuerdo.

—¿Y pensando así te vas a casar con ella?

—Seguramente. —Y al ver su cara de desconcierto, añadió—: Es una mujer muy bella y sin duda seré la envidia de muchos guerreros.

Angela se quedó pensativa. Ella no querría tener un marido así. Kieran la miró a la espera de otra pregunta, pero Angela permaneció callada. Así estuvieron unos minutos, hasta que ella anunció:

—He de regresar al castillo.

Levantándose, Kieran la agarró del brazo.

—Permite que te lleve en mi montura. Vamos al mismo sitio.

Angela miró el caballo. Se moría por montar en él. Era hermoso y enorme, pero adoptando una actitud temerosa, balbuceó:

—No... me... mejor que no.

Sin soltarle el brazo, Kieran insistió:

—Vamos, confía en mí.

—No.

Dándole un suave tirón, se agachó un poco para quedar a su altura y susurró:

—Soy más grande y más fuerte que tú. ¿Acaso anoche no te quedó claro? Además, puedo obligarte.

De eso no cabía la menor duda. Angela era menuda y delicada, y él le sacaba una cabeza. Haciéndose la modosita, intentó alejarse, pero al hacerlo dio un traspié. Kieran la agarró para que no se cayera y ella acabó con su nariz enterrada en el pecho de él. Notó su risa y levantó los ojos para mirarlo.

—Vamos, no seas niña. He dicho que te llevaré.

—No soy una niña, soy una mujer.

Kieran soltó una carcajada.

—Siento decirte que si te comparo con la clase de mujeres a las que yo estoy acostumbrado, tú para mí eres un tierno bebé.

Molesta por ese comentario, intentó zafarse de su brazo, pero fue inútil.

—¿Por qué te enfadas? —le preguntó él—. ¿Acaso no eres una dulce y tímida damita? —Angela no dijo nada y él aclaró—: Si digo que para mí, o para muchos hombres, eres un tierno bebé, es porque intuyo que eres inexperta en las lides del amor y el deseo, ¿verdad?

Acalorada por lo que le decía, se dio aire con la mano y, con gesto divertido, Kieran se mofó:

—Te agradecería que no dijeras «¡Oh, Dios mío!», y que no llorases.

Esas palabras la hicieron sonreír y, retirándose el pelo de la cara, contestó:

—No tengo experiencia en lo que dices, pero...

—¿Has besado alguna vez?

Boquiabierta ante la pregunta, afirmó:

—Por supuesto. Tengo una familia a la que me encanta besar.

—No hablo de esos besos, Angela —susurró él en un tono íntimo de voz—. Hablo de otros besos diferentes. De besos de pasión, calientes y posesivos.

Hechizada por aquella conversación que le estaba haciendo sentir algo entre las piernas que nunca antes había sentido, negó con la cabeza y mintió al recordar los besos que se habían dado.

—Esa clase de beso aún no.

Esa aclaración le gustó a Kieran y, tocándole con afecto la punta de la nariz, dijo:

—Hazme caso y guarda ese otro tipo de besos para quien tú desees.

—¿Tú los guardas para Susan Sinclair?

Sorprendido por esa pregunta tan descarada, la miró y respondió:

—No. Pero tú procura no sucumbir a los hombres como yo o...

—¿Tan malo eres?

Kieran negó con la cabeza y, divertido, explicó:

—No soy malo. Sólo un hombre experto al que le gustan las mujeres y satisfacer mis deseos y los de la fémina que en ese instante esté conmigo. —Y al ver cómo lo miraba, añadió—: Los hombres como yo, cuando besamos, sabemos muy bien lo que queremos hacer y dar a cambio.

—Seguro que deseas lo mismo que anoche deseaba Otto Steward, ¿verdad?

Kieran se tensó.

—Compararme con ese patán no es agradable, pero sí, Angela, hay ciertas cosas que tú no sabes y que sin duda cualquier hombre, sea Steward u O'Hara, desearía de ti.

Acalorada por aquella conversación tan íntima con un casi desconocido, sintió que la respiración se le aceleraba. Lo que ella sentía cada vez que lo miraba seguramente era deseo, fogosidad, acaloramiento y, dejándose llevar por ello, preguntó:

—¿Puedo preguntarte algo más?

—Eres muy preguntona, ¿verdad? —observó él divertido.

Angela sonrió y, dejándolo totalmente descolocado, planteó:

—Acabas de decir que tus besos posesivos no los guardas para Susan Sinclair, ¿no es eso?

—Sí.

Consciente de la locura que iba a decir, cerró los ojos y soltó de carrerilla:

—Entonces, si yo te pidiera uno, ¿me lo darías?

Kieran la miró sorprendido. ¿Aquella tímida muchacha lo estaba tentando? ¿Se le estaba ofreciendo?

Con deleite, miró aquellos labios que desde un principio le habían llamado la atención, después sus dulces ojos y, tras convencerse de que no debía hacer lo que su entrepierna le pedía, le pasó la mano por el cabello y respondió:

—No.

—¿Por qué?

Sorprendido por su insistencia, torció el gesto y dijo:

—Angela, piensa en el decoro. Eres una inocente doncella y...

—¿Y si yo te lo pido para aprender?

Incrédulo de que la dulce y tierna Angela quisiera continuar con aquella conversación, susurró:

—Ahora soy yo el que dice eso de «¡Oh, Dios mío!».

Divertida al verlo por primera vez tan desarmado, ella dio un paso adelante y, dispuesta a conseguir su propósito, dijo:

—Sé que esta conversación es indecorosa y lo que te pido también, pero nunca le he dado un beso apasionado a un hombre. Y ya que tú eres un experto en mujeres y me gustas...

—¿Te gusto?

Al ver su sonrisita de conquistador ante ese descubrimiento, Angela puso los ojos en blanco y respondió:

—Sabes de sobra que eres un hombre muy apuesto y que gustas a las mujeres. ¡No seas necio e impertinente!

Kieran soltó una carcajada y ella insistió:

—Te acabo de pedir un beso. De acuerdo, lo que te acabo de proponer es pecaminoso, a la par que terriblemente descarado, indecente y atrevido, pero sería algo que quedaría entre tú y yo. Nadie tendría por qué saberlo, ni siquiera Susan.

Incrédulo, él la miró. Era una joven deseable, a pesar de sus tontos lloriqueos. Pero lo que le pedía no debía hacerlo. Sin lugar a dudas, aquella muchacha se merecía un bonito beso de amor que recordara toda su vida y él no podía dárselo.

—No, Angela. Lo siento, pero no.

—¿Tan poco deseable soy para ti? —Hizo un puchero.

—No, no es eso. Y no se te ocurra lloriquear.

Con maestría, ella hizo que le temblara la barbilla y asintió con la cabeza.

—Vale... me has rechazado.

A pesar de los impulsos que sentía ante su insistencia, él se mantuvo firme y contestó:

—Tómalo como quieras.

—No llevo muy bien el rechazo.

—Pues ve aprendiendo que en esta vida no todo puede ser.

Angela lo miró. Si alguien sabía que en la vida no todo podía ser, ésa era ella.

—Me acabas de hacer sentir fea, horrorosa, poco deseable, imperfecta, desagradable y...

—Pero ¿qué estás diciendo, mujer? —gruñó él al escucharla—. Yo no he dicho nada de eso.

—Eso es lo que me hace sentir tu rechazo.

Desesperada por volver a sentir sus labios, al ver que la miraba lo provocó con rabia:

—Seguro que un Steward no desaprovecharía esta oportunidad.

Esas palabras lo molestaron y, tras mirarla con gesto adusto, siseó:

—Deberías darle tu primer beso al hombre que en el futuro sea el dueño de tu cuerpo y tu pasión.

Oír eso la caldeó aún más. Angela no sabía qué era la pasión, ni lo que le ocurría, pero sí sabía que ansiaba ser besada por aquel hombre, porque le gustaba mucho. Y en un afán desesperado por llamar su atención, apretó los puños y masculló, sin dejarse llevar por la furia que sentía:

—Si yo fuera la mujer del bosque, esa tal Hada, ¿me besarías?

—Sí —afirmó Kieran sin dudarlo.

—¿Por qué?

—Porque ella no eres tú.

Ofuscada por aquello, fue a protestar cuando él añadió, mirándola a los ojos:

—Escucha, Angela. Hada es una guerrera y, por lo poco que sé de ella, intuyo que es una mujer experimentada en las lides del amor, acostumbrada a dar y recibir placer, y tú eres justamente todo lo contrario. Debes guardar tu virtud, tus besos y tu amor para el hombre que se despose contigo.

—Entonces, crees que esa mujer no tiene virtud, y que sus besos y su amor se los entrega a cualquiera.

Cada vez más confuso por aquella extraña conversación, respondió:

—Eres inexperta y por eso no me entiendes. Quizá el día que...

—Kieran... bésame —le exigió, clavando los ojos en él.

Sorprendido por su tono de voz, su mirada y su orden, el highlander murmuró:

—Eres una descarada, Angela Ferguson.

Ella sonrió.

—Lo sé.

Esa sonrisa le aceleró el corazón. Lo cautivó. Lo hechizó. Y supo que su cuerpo y su voluntad flaqueaban.

Ese «Kieran, bésame» y el «Lo sé», con aquella voz íntima lo volvieron loco. Cerró los ojos e intentó volver a recuperar su autocontrol, cuando sintió que ella daba un paso y se le acercaba aún más.

Aquello era una locura. No debía besar a aquella joven. Era demasiado inocente para saber lo que le estaba pidiendo. Pero cuando abrió los ojos y la vio, sólo pudo musitar:

—¿Estás segura, Angela?

Embriagada como nunca en su vida por su magnetismo, y sumida en una burbuja de lujuria, respondió con un hilo de voz, dejándose llevar:

—Sí... cariño.

Kieran la advirtió con voz ronca:

—No soy tu cariño. No me llames así.

Consciente de su metedura de pata, Angela asintió.

—Uy... perdón, ¿en qué estaría yo pensando?

Sin apartar la vista de ella, él preguntó:

—¿Sigues queriendo que te bese?

Olvidándose de lo que estaba bien o mal, Angela asintió y Kieran, rodeándole la cintura con los brazos, la apretó con posesividad contra él. Ella dio un gritito y, al oírlo, Kieran susurró:

—Un beso caliente, posesivo y apasionado, se compone de tres partes, mi querida Angela. La primera, acercar los labios y sentir su suavidad. La segunda, abrirlos para recibir al que está deseoso de besarte. Y la tercera, dejar que el deseo te embargue. ¿Lo has entendido? —Angela, acalorada como nunca en su vida, asintió y él prosiguió—: Un beso como el que te voy a dar es para dar y recibir placer. ¿Aún deseas que siga adelante?

Sin dudarlo, Angela asintió y, poniéndose de puntillas, acercó sus labios a los de él y los rozó con delicadeza mientras musitaba:

—La primera parte es así, ¿verdad?

Al sentirlo, Kieran cerró los ojos. ¿Qué estaba haciendo aquella descarada?

Pero sin poder detener lo que deseaba y su cuerpo le pedía, al rozar su boca afirmó con voz ronca y llena de lujuria:

—Sí, mi cielo.

Al oírlo llamarla así, a Angela se le puso el vello de punta.

Sin darse cuenta, le había dicho ese término tan cariñoso y que tanto significaba para ella. Eso le encantó, aunque él no pareció darse cuenta.

El roce, la fricción, dio paso a la segunda parte del beso y, cuando vio que ella abría los labios, invitándolo a tomarlos, le introdujo la lengua con delicadeza y la movió hasta que Angela gimió. Enloquecido, no paró y aprovechó para degustar su maravilloso sabor. Un nuevo gemido de ella le volvió loco y, sin cerrar los ojos, observó a la joven.

Verla totalmente entregada a él le provocó tal excitación que tras sacar la lengua de su boca susurró:

—Eso es, mi querida Angela. Ahora introduce tu lengua en mi boca.

Sin abrir los ojos y totalmente inmersa en el momento, ella lo hizo. Aún recordaba el beso que él le había dado en la cueva. Ése fue su primer beso de pasión con un hombre y, aunque supo disfrutarlo, el de ahora lo iba a disfrutar mucho más.

El contacto le había provocado un extraño ardor interior que la hacía querer más y más.

Sólo esperaba que Kieran no se diera cuenta de que aquélla era la misma boca, la misma lengua y el mismo sabor de la mujer de cueva. De Hada.

Extasiada y deseosa, metió la lengua en su boca y, tras soltar un gemido de lo más placentero por el calor que la inundó, buscó la lengua de él, que, alterado por su fogosidad, sin dudarlo profundizó en su beso mientras la apretaba más contra su cuerpo y la izaba entre sus brazos para besarla con más comodidad.

La pasión bullía entre los dos y Angela, olvidándose del decoro, se agarró a su cuello y se entregó totalmente.

Durante varios minutos se besaron sin reservas, sin barreras. Kieran, con ella entre sus brazos, bajó las manos hasta su trasero para sujetarla y se lo apretó. Aquella nueva intimidad hizo que la boca de Angela temblara tras un gemido asustado y entonces él paró. No debía proseguir.

Dejándola en el suelo, dio un paso atrás, mientras ella lo miraba con la respiración entrecortada. No cabía duda de que aquello era totalmente nuevo para la joven. Intentando no dejarse llevar por lo que sus deseos más carnales le gritaban, susurró mirándola:

—Esto es un beso caliente, posesivo y apasionado, Angela.

Todavía incrédula por lo que acababa de hacer, deseó proseguir. Kieran lo leyó en su mirada y negó con la cabeza mientras ella respiraba agitadamente. Con entereza, se contuvo de arrancarle la ropa, tirarla sobre la hierba y hacerla suya con fiereza. Su latente entrepierna se lo pedía, pero su cabeza lo alertaba de que no debía continuar.

Finalmente, decidió hacer caso a su cabeza. No podía, no debía proseguir con aquello. Él era un hombre de honor y nunca desfloraría a una joven tan delicada como aquélla y menos por la fuerza.

Si algo le gustaba a Kieran eran las mujeres. Disfrutaba de ellas con verdadera pasión, pero siempre cuando se le ofrecían y estaban de acuerdo. Odiaba a los hombres que las forzaban a hacer lo que no querían. Él no era así y nunca lo sería.

Los dos se miraban a los ojos con la respiración entrecortada. Ambos sabían lo que querían sus cuerpos, pero Kieran negó con la cabeza.

—No, Angela, no voy a continuar.

Y para finalizar aquel momento, montó con agilidad en su caballo, se inclinó y, como si fuera una pluma, la sentó a ella delante de él.

Angela, aún conmocionada por el beso y por lo que su cuerpo le pedía a gritos, parpadeó y, cuando se vio sobre el caballo, a pesar del regocijo que sentía, murmuró:

—Oh, Dios mío... Oh, Dios mío...

Al oírla, Kieran se relajó. Debían olvidar lo ocurrido. Y, acercándose a ella, le dijo:

—Escúchame y relájate.

—Oh, Dios mío...

Obligándola a que lo mirara, le explicó, mientras contenía sus deseos más salvajes:

—Hay dos formas de montar a caballo, a horcajadas, como estoy yo, o ladeado, como estás tú, ¿cómo prefieres?

—No... No... me pu... puedo mover.

Divertido, dijo con decisión:

—Muy bien, ladeada pues. Yo te sujetaré.

Y, sin más, pasó los brazos alrededor de la cintura de ella, cogió las riendas del caballo y le susurró al oído:

—Tranquila. No permitiré que te caigas.

Con el corazón latiéndole con fuerza y con su sabor todavía en la boca, Angela suspiró y, deseosa de tocar sus callosas manos, puso las suyas encima de las de él. Necesitaba tocarlo. Su piel era tan cálida como su boca. Eso le gustó. Entonces el caballo se empezó a mover.

—Tranquila —repitió Kieran—. Confía en mí y en *Caraid*.

—*¡¿Caraid?!*

Mientras el animal avanzaba con docilidad, él le explicó:

—*Caraid* es mi fiel caballo y, como su nombre indica en gaélico, mi amigo.

Angela asintió y, con voz temblorosa, preguntó:

—¿Tanto confías en él?

—Confío en *Caraid* tanto como él confía en mí.

Aún acalorada, Angela sonrió. Sin duda, lo ocurrido le dejaría un bonito recuerdo de Kieran O'Hara, aunque también sabía que su corazón lo añoraría cuando regresara a sus tierras.

Lo que había comenzado como un encuentro en el río algo incómodo, se había convertido en algo placentero para ella. Lo había vuelto a besar y él no se había dado cuenta de que era la misma mujer de la cueva.

Los movimientos del caballo los hacía topar una y otra vez y Angela pudo notar la fortaleza de su cuerpo y disfrutar de su protección. Sin duda, era un hombre apasionado y deseó conocer algo más de él, aunque después se regañó por pensar eso. ¿Qué estaba haciendo? Cuando llegara a Kildrummy, él se iba a casar con una tal Susan Sinclair.

Por su parte, Kieran, sorprendido por lo ocurrido, no podía dejar de pensar en aquel beso. Su sabor, su olor, su entrega. Era deliciosa, suave, tentadora. Nada que ver con la frialdad de Susan, a pesar de que ésta la superaba en belleza.

Había sido un beso delicioso, increíble, espectacular, y le había parecido notar en ella algo familiar que no conseguía entender qué era. Mientras cabalgaban, se dio cuenta de que le gustaba tenerla sentada delante de él, rodeada con sus brazos. Sacudió la cabeza confuso. Angela era dulce, suave y sin duda, y aunque no lo pareciera con sus continuos lloriqueos, podía entregarse a un hombre con pasión. De pronto, pasó a ser algo más que la tímida mujercita que parecía y eso lo excitó y la quiso poseer.

Pero ¿qué estaba pensando?

Cada vez que sus cuerpos se rozaban, él notaba que su entrepierna se endurecía. Sus calientes pensamientos, lo que había ocurrido y la presencia de ella lo estaban volviendo loco. Para que la joven no notara lo que le pasaba, cogió el plaid verde de su clan, que llevaba atado al caballo, y lo colocó entre los dos. No quería asustarla y que se cayera de la silla. Conociéndola, si se percataba de aquello, se tiraría aterrorizada.

Angela no podía dejar de pensar en lo ocurrido. Kieran tenía una mujer esperándolo, ¿qué estaba haciendo? Pero su cuerpo entero se estremecía al recordar la suavidad de sus labios, de su lengua y, en particular, su actitud posesiva. Oh, Dios, había sido lo más excitante que había hecho en toda su vida.

Deseó repetirlo. Pero pedirlo de nuevo le parecía demasiado descarado. Al final, decidió utilizar un truco que a su hermana Davinia se le escapó un día, de cómo le robó un beso a Jesse siendo éste su pretendiente.

Sin dudarlo, Angela esperó a que Kieran le hablara al oído y, cuando lo sintió cerca, se volvió repentinamente hacia atrás y sus labios se encontraron de nuevo.

Kieran conocía ese truquito de las damas que tanto utilizaba Susan cuando la visitaba en Aberdeen, pero deseoso de poseer de nuevo sus labios, la agarró con cuidado de la barbilla y, deteniendo el caballo, la movió para tener mejor acceso y la volvió a besar.

Con una mano en su nuca, la devoró como un lobo hambriento mientras ella le rodeaba el cuello con los brazos y lo devoraba también a él. Sus bocas abiertas se arrasaban y lo que había comenzado siendo un tímido beso, se convirtió en uno apasionado y demencial.

Kieran la sujetó con fuerza para que no se cayera, mientras pensaba si bajarla del caballo y continuar en el suelo aquella locura. Sin duda, le estaba haciendo perder la cordura y deseó besarle los pechos, tocárselos, disfrutarlos, pero todo se acabó cuando, involuntariamente, ella posó la mano en su entrepierna y notó lo que Kieran llevaba rato ocultando.

Con los ojos abiertos como platos, separó su boca de la de él y, al suponer lo que era aquello, murmuró:

—Oh, Dios mío...

—Exacto, Angela, ¡oh, Dios mío! —susurró él, mirándola. Y, sin dejar que se apartara, susurró sobre su boca—: Esto es el resultado del deseo que provoca un beso así, y si sigues besándome como lo haces, terminaré bajándote del caballo para hacerte cosas que una dulce joven como tú jamás ha llegado a imaginar.

La cara de ella se contrajo y de pronto Kieran se percató de sus ojos asustados y sus labios temblorosos. Sin duda, la magia se había esfumado. Así que retomando el control de su cuerpo y de su mente, la volvió a sentar como estaba segundos antes y añadió:

—Pero, tranquila, Angela. Soy un hombre que sabe cuándo parar. Y éste es el momento de hacerlo, antes de que los dos nos tengamos que arrepentir.

Y dicho esto, azuzó el caballo, que echó a andar de nuevo a un paso más rápido. Sin duda, Kieran quería llegar cuanto antes. Angela no se volvió más, pero cuando avistaron el castillo, la decepción se apoderó de ella. ¡Qué rabia, ya llegaban!

Al alcanzar los alrededores, observó cómo varios de los Steward se volvían a mirarla con gesto sombrío. Entre ellos vislumbró a Otto junto a su cuñado Cedric y al amigo de éste llamado Rory. Cuando entró en el patio, la gente del castillo la miró. ¿Ella en un caballo?

Angela, al ver sus expresiones desconcertadas, arrugó la frente y puso cara de disgusto, pero casi se echó a reír cuando vio a Sandra, a Aston y a George. Éstos, al verla sobre aquel enorme animal, en compañía del laird Kieran O'Hara, rápidamente se encaminaron hacia ella.

—Ya viene tu *casi* hermana y tus guardianes a salvarte de mí.

Aquello a Angela le hizo gracia. Cuando Kieran hablaba de Aston y George lo hacía en un tono molesto que a ella le gustaba. Pero dispuesta a alargar aquel íntimo momento un poco más, apretándose contra su pecho le pidió:

—Sujétame, por Dios.

Kieran sonrió y la sujetó con fuerza. No podía negar que le hacía gracia su inocencia. Cuando el caballo paró, él le susurró al oído:

—Como te había prometido, *Caraid* y yo te hemos traído sana y salva. Ahora no te muevas hasta que te lo diga. Desmontaré y luego te ayudaré a bajar con delicadeza.

Kieran desmontó de un salto. La miró desde abajo y, antes de que le dijera nada, ella se lanzó a sus brazos y sus cabezas chocaron. A pesar del golpe, él la agarró con fuerza contra su pecho y, con su boca a escasos centímetros de la de ella, protestó:

—Te he dicho que no te movieras, Angela.

—Lo sé —gimió hechizada, sin moverse.

Durante unos instantes, ambos se miraron a los ojos. Lo que había pasado entre ellos estaba latente. Angela pudo aspirar el aliento de él y viceversa y cuando estaba a punto de besarlo de nuevo, Kieran la dejó en el suelo y, marcando de nuevo las distancias, dijo:

—Milady, ya estáis en vuestra casa sana y salva.

En ese instante, Sandra exclamó:

—Por el amor de Dios, ¿estás bien?

—Estábamos preocupados por ti —comentó George.

Sin poder apartar la mirada de la de Kieran, que seguía observándola, ella hizo un puchero y él le guiñó un ojo con gesto divertido. Eso la hizo reaccionar y, con un gimoteo, se llevó las manos a la boca y sollozó dramáticamente:

—Ha sido horrible ir a lomos de ese infernal caballo con ese hombre.

Kieran la miró desconcertado. ¿Por qué decía eso, cuando él creía que había sido todo lo contrario? Sandra ocultó su sonrisa y, mirando al highlander, siseó:

—¿Acaso no sabéis que teme a los caballos?

Zac, que en ese momento se acercó a ellos, al oírla, replicó:

—¿Acaso creéis que tenemos que saberlo todo?

—Oh, Angela... —la abrazó su amiga—. Estás muy pálida.

Con manos temblorosas, ella se llevó la mano a la frente y murmuró, mientras se alejaba acompañada de sus dos guardianes:

—Necesito descansar. Creo... creo que voy a vomitar.

Kieran, sorprendido por su melodrama, la miró alejarse. ¿Cómo podía ser aquella temblorosa dama la misma apasionada joven a la que había besado y hecho perder momentáneamente la razón?

Louis se acercó a él y le preguntó divertido:

—¿Cómo se te ocurre hacer algo así?

Kieran cogiendo las riendas de su caballo, gruñó y dijo:

—Sinceramente, todavía no lo sé.

Esa noche, cuando Kieran regresó al bosque para dormir, esperó durante horas la llegada de la mujer encapuchada, mientras pensaba en el suceso con Angela, sin saber que las dos eran una misma persona. Mientras, ella miraba hacia el bosque desde la ventana del castillo, intentando calmar su alocado corazón.

13

Al amanecer del día siguiente, aparecieron los Murray escoltando a la madre de Sandra. Al verlos llegar, la joven se desesperó. Debía marcharse a Carlisle con ellos inmediatamente.

Desconsolada, lloraba sobre la cama de su amiga Angela, cuando ésta, abrazándola, murmuró:

—Tranquila. Estoy segura de que...

—Mis abuelos nos harán la vida imposible y... y...

Angela sólo podía abrazarla. No podían hacer nada ante su inminente marcha, salvo preparar el equipaje y aprovechar los últimos momentos que les quedaban juntas.

Tras la comida, Angela se despedía de ella a las puertas del castillo, mientras los mozos cargaban el baúl con su ropa.

Kieran, Zac y Louis, que en ese instante salían con sus caballos, miraron hacia las jóvenes y Zac detuvo su montura.

—Continuemos, Zac —dijo Kieran.

Pero el joven no le hizo caso, y Louis cuchicheó:

—Según he oído, la han reclamado sus abuelos ingleses y se va a vivir a Carlisle. Supongo que acabará casada con un fino y apestoso inglés como ella.

—Aunque me joroba decirlo, yo también soy medio inglés, Louis —intervino Zac—. No lo olvides.

Y, dicho esto, dirigió su caballo hacia las jóvenes a paso lento. Cuando llegó hasta ellas, sin desmontar, anunció con voz seria:

—Sandra, vengo a desearte un buen viaje.

Ésta, mirándolo con los ojos hinchados de tanto llorar, intentó sonreír, pero le fue imposible: un sollozo le encogió el cuerpo y una lágrima le cayó por la mejilla. Ese dolor tan íntimo, tan delicado, tan sufrido de la muchacha, a Zac le tocó en el corazón y, desmontando, se acercó a ella ante el asombro de Angela y, enjugándole con el pulgar la lágrima, le pidió en voz baja:

—No llores, por favor.

Sandra asintió con sinceridad.

—No quiero hacerlo, pero... pero no puedo parar.

Zac esbozó una sonrisa y clavando sus ojos en ella, añadió:

—Quiero que sepas, Sandra Murray, que me hubiera encantado conocerte en otras circunstancias.

Ella, tragando el nudo de emociones que tenía en la garganta, asintió y respondió con un hilo de voz:

—Lo mismo te digo, Zac Phillips.

El joven, conmovido por su triste tono, tan diferente del alegre y vivaracho de otras ocasiones, al ver en un lateral del castillo un macizo de flores, miró a Angela y preguntó:

—¿Puedo?

Ella, al entender lo que quería hacer, asintió y después cruzó una mirada con Kieran. Éste le hizo un guiño. Zac fue hasta las flores, las miró y arrancó una. Sin perder tiempo, y ante la atenta mirada de más personas de las que le habría gustado, regresó junto a la joven y, entregándosela, afirmó:

—Una flor para otra flor.

Sandra lo miró. Era lo mismo que le había dicho días antes, cuando le salió al encuentro en el campo.

Zac, sin dejar de mirarla, murmuró:

—Sonríe, es de color naranja, tu preferido.

Sandra deseó llorar más y más, pero Angela, mirándola, dijo:

—Es un bonito detalle que se acuerde de tu color preferido, ¿no crees?

La joven asintió y, cuando fue a coger la flor, Zac retuvo su mano junto a la suya y susurró:

—Haré todo lo posible para que nuestros destinos se vuelvan a encontrar. —Y en un tono íntimo, mirándola a los ojos, añadió—: No me olvidaré de ti.

Dicho esto, se llevó la mano de ella a la boca y le besó los nudillos con delicadeza y caballerosidad. Justo como su cuñado Duncan siempre le había dicho que debía hacerlo con una joven que le interesara. Después, tras mirarla unos segundos, clavó la vista en Angela, montó en su caballo y se marchó.

Kieran y Louis sonrieron al verlo. Sin duda aquella muchacha había impresionado al joven guerrero más de lo que ellos se habían percatado. Poco después, tras mil besos y abrazos, la comitiva que escoltaba a Sandra y su madre salió por las puertas del castillo, y la desolación por la marcha de su amiga hizo que Angela llorase y esta vez de verdad.

Esa noche, antes de subir a su habitación, Angela miró a su buen amigo Aston y, tras una seña, él supo lo que quería decir. En los aposentos de la joven, que habían sido los de sus padres antaño, había una compuerta secreta en el suelo del lateral. Cuando el laird Ferguson decidió cambiar de aposentos tras la muerte de su mujer, ordenó que esa compuerta de salida del castillo se sellara. Y así estuvo durante años, hasta que un día, William se lo comentó a Angela, que, ayudada por ellos, la volvió a abrir.

Daba a un túnel oscuro y sucio que cruzaba por debajo del foso que rodeaba el castillo y llevaba a una de las cuevas del bosque. Por allí era por donde siempre salía Angela para reunirse con los Shepard.

Cuando la media luna estaba en lo alto de la segunda torre, Aston la vio salir de la cueva y preguntó:

—¿Qué ocurre?

Ella, quitándose la falda que llevaba sobre los pantalones de cuero, al ver a su caballo preparado, susurró:

—Simplemente quiero pasear. Añoro a Sandra.

—¿Te has vuelto loca? Los Steward y los O'Hara están en el bosque, ¿acaso quieres que te descubran?

—No lo harán —afirmó ella.

Aston, intentando quitarle la idea de la cabeza, insistió:

—La noche es demasiado oscura para que andes a caballo, ¿no crees, Angela?

Ella negó con la cabeza y respondió melancólica:

—Son las mejores para que nadie me vea.

El joven asintió. Tenía razón y, mirándola, comentó:

—Angela, quisiera hablar contigo de una cosa.

Deseosa de montar en su yegua y cabalgar, preguntó:

—¿No puede esperar a mi regreso?

Tras pensarlo, Aston asintió y le entregó las riendas de la yegua. Ella sacó la capa de las alforjas y se la puso.

—Hola, *Briosgaid*—saludó al animal—, te echaba de menos, bonita.

La yegua movió la cabeza a modo de saludo y Angela sonrió. Luego montó con destreza y, mirando a Aston, que la observaba, dijo:

—Necesito un poco de soledad. Espérame aquí, pronto regresaré.

Preocupado por ella, murmuró:

—No deberías ir sola. Si mi padre se entera de que te he dejado hacerlo se enfadará...

—Tu padre no se enterará.

Tras darse por vencido, el muchacho se sentó en una roca dispuesto a esperarla. Angela azuzó a su yegua y ésta se internó en el bosque, lejos de los Steward. Inconscientemente, se acercó hacia donde su corazón la guiaba, hacia Kieran O'Hara.

Oculta en la oscuridad, lo vio hablar con sus hombres alrededor del fuego. Durante un buen rato esperó a que se alejara de ellos y, cuando lo hizo, ella caminó con sigilo hacia donde él se dirigía para descansar. Cuando vio que se sentaba y apoyaba la espalda en un tronco, Angela, que conocía el bosque al dedillo, se acercó por detrás y musitó:

—O'Hara, debes marcharte.

Al oír aquella voz, él esbozó una sonrisa. Ella había ido a buscarlo y, sin moverse, respondió:

—No sin antes saber quién eres.

La oyó reír quedamente.

—¿Por qué no te das por vencido?

Volviéndose hacia la sombra encapuchada, contestó:

—Porque siempre consigo lo que quiero.

—¡¿Siempre?!

—Siempre —afirmó él con rotundidad.

La determinación de su mirada y su voz la puso alerta y, dando un paso atrás, dijo:

—Adiós, O'Hara.

—Espera, no te vayas —le pidió él, levantándose con rapidez.

Louis, al oírlo y ver aquel rápido movimiento, se acercó a él y preguntó:

—¿Qué ocurre?

Kieran le ordenó callar. Quería escuchar hacia adónde se dirigían los pasos de ella. Y cuando oyó los cascos de un caballo, murmuró presuroso:

—Enseguida vuelvo.

—¿Es ella?

—Sí —respondió.

—Kieran, ten cuidado —le pidió Louis.

Él asintió y, montando en su caballo, lo azuzó para seguirla a pesar de que la oscuridad se lo dificultaba. No conocía el bosque como ella y, aunque oía los resoplidos de su montura y el repiqueteo de los cascos del animal al dar en el suelo, no conseguía alcanzarla.

Angela, al ver que la seguía, dio un rodeo por el bosque para perderlo, pero le fue imposible. Intentó pensar con rapidez y al final decidió regresar donde estaba Aston. Con un poco de suerte, le daría tiempo a hacer lo que había pensado.

Animando a *Briosgaid* a que acelerara el paso, saltó un riachuelo como una experta amazona, serpenteó entre varios árboles y pudo comprobar que por fin dejaba atrás al highlander. Eso la hizo sonreír y, apretando los talones contra su yegua, susurró:

—Vamos, *Briosgaid*. Parece que le sacamos ventaja.

Aston, sentado en una roca, oyó el galope del caballo y se levantó alertado.

—¿Qué ocurre? —preguntó al verla llegar.

Bajándose de la yegua a toda prisa, Angela se quitó la capa, la ocultó tras la enorme piedra donde había escondido antes la falda y, cogiendo ésta, se la pasó por los pies y se la ató como pudo a la cintura, en el mismo momento en que se oía llegar a otro caballo al galope. Luego, mirando a Aston, dijo:

—Abrázame.

—¡¿Qué?! —exclamó el muchacho.

Pero sin darle tiempo a más, ella se tiró a sus brazos, dándose un cabezazo y desequilibrándolo. Ambos cayeron al suelo, donde rodaron justo en el momento en que un caballo se paraba a su lado.

Kieran, al ver aquel pelo rojo y reconocer a los dos que estaban abrazados en el suelo, siseó:

—Por el amor de Dios, ¿qué estáis haciendo?

Aston y Angela se separaron con la respiración entrecortada y miraron con sorpresa al recién llegado, que los escudriñaba con gesto de enfado. Ella, alterada por la carrera, para hacer más real su papel de damita asustada, murmuró:

—¡Oh, Dios mío!

Confuso por haber encontrado a la inocente Angela en esa actitud, Kieran musitó:

—Vaya... vaya... la señorita «¡Oh, Dios mío!» —Y, con gesto molesto, añadió—: Veo que ya estáis poniendo en práctica mis enseñanzas, o quizá debo suponer que no sois tan virginal como aparentáis.

Aston la miró. ¿A qué enseñanzas se refería aquel hombre?

Kieran, furioso por haber perdido a Hada y haberla encontrado a ella en aquella indigna tesitura, masculló:

—Y vos sois la que habla de la compostura y la pureza...

No dispuesta a contestarle, Angela calló y Aston, tocándose la cabeza, se vio obligado a intervenir:

—Señor, creo que...

—No estoy hablando contigo —gruñó Kieran, acallando al muchacho.

Un incómodo silencio se hizo entre los tres hasta que Kieran vio a un caballo bebiendo en un pequeño riachuelo y preguntó:

—¿De quién es ese animal?

—Mío, ¿por qué? —afirmó rápidamente Aston.

Kieran observó al caballo. Era majestuoso y un buen animal, pero todavía confuso por lo ocurrido, dejó el tema y preguntó:

—¿Habéis visto pasar a alguien por aquí?

Angela se llevó la mano al pecho y, con voz aflautada y temerosa, susurró:

—¿Hay alguien más por aquí aparte de vos y de nosotros?

Aston se levantó rápidamente y se llevó la mano a la espada, preparado para un posible ataque. Kieran mirando a Angela dijo:

—Regresad al interior del castillo. Estaréis más segura allí, y dejadme recordaros que los Steward no os agradan. —Pero antes de marcharse, siseó—: Está claro, milady, que las apariencias engañan. Buenas noches.

Dicho esto, ofuscado y molesto por el libertinaje de la joven, espoleó el caballo y se marchó. No sólo había perdido a la encapuchada, sino que encima se había encontrado con algo que nunca imaginó.

Cuando se alejó, Aston miró a Angela y susurró:

—¿Te has vuelto loca?

—No. Oh, Dios, ¡qué cabezazo nos hemos dado! Justo encima del golpe que ya tenía —se lamentó, tocándose la frente, mientras Aston se frotaba la sien.

—¿A qué se refería con eso de las enseñanzas?

—A nada que a ti te incumba.

—Pero, Angela, ¡casi te descubre! Y ahora encima cree que tú y yo...

—Lo que piense me da igual —contestó enfadada y, ajustándose la falda, añadió, antes de recoger la capa—: Lo importante es que no se ha percatado que a quien perseguía era a mí.

Y dicho esto, se despidió de su yegua dándole un beso en el morro y regresó a su habitación por el mismo camino por el que había salido, mientras Kieran volvía a su campamento, enfadado por lo que había descubierto.

14

Al día siguiente, Angela amaneció ojerosa y con otro buen chichón. Otra noche en la que las pesadillas no la habían dejado descansar.

Cuando entró en el salón, donde todos estaban desayunando, saludó a su padre, que se interesó por lo que le había ocurrido en la frente, pero ella le quitó importancia y fue a sentarse junto a su hermana May.

El golpe atraía la atención de todos. ¡Qué mala suerte!

Con disimulo, miró a Kieran. Se moría por que le dedicara una de sus reconfortantes sonrisas, pero vio que en lugar de sonreírle la miraba con gesto serio y adusto. Haberla encontrado en actitud cariñosa con Aston lo había hecho cambiar de opinión respecto a ella. Eso la molestó, pero se enfadó de verdad cuando observó que él, al ver a Viesla, una de las pocas mujeres jóvenes del castillo, cambiaba de expresión y le sonreía.

May le preguntó con cariño:

—¿Qué te ha ocurrido en la frente?

—Me di un golpe sin querer.

Su hermana negó con la cabeza y susurró:

—Angela, debes tener más cuidado. Siempre estás llena de morados y magulladuras.

Ella sonrió. Las marcas que en ocasiones llevaba se las hacía las noches en que salía con los Shepard para ahuyentar a maleantes y villanos, pero no dijo nada.

—¿Has tenido pesadillas esta noche? —preguntó entonces su hermana en voz baja.

Angela asintió y May, abrazándola, dijo:

—Anda, come algo y ve a descansar. Lo necesitas.

Angela le dio un beso y empezó a comer.

—Mañana partiré para la abadía —dijo May entonces.

Ella dejó de comer para mirarla y su hermana continuó:

—Esta mañana he recibido una misiva de la madre abadesa. Por lo visto, varias de las novicias han enfermado y dos han muerto: necesitan mi ayuda.

—¡Oh, qué tristeza! —musitó Angela.

May asintió y, con los ojos anegados en lágrimas, convino:

—Sí, es muy triste... muy triste.

Ferguson, al mirar a sus hijas y ver la pena en sus miradas, anunció:

—May, acabo de hablar con O'Hara y él, junto con William y sus hijos, te escoltarán hasta la abadía. No corren buenos tiempos y cuanta más protección tengas, mejor.

—Gracias, padre —accedió la joven religiosa y, mirando a Kieran, añadió—: Gracias, laird O'Hara.

Él asintió con seriedad y Ferguson preguntó:

—Angela, mi vida, ¿los acompañarás tú también, como siempre?

Ella, al verse convertida en el centro de las miradas, respondió rápidamente:

—No.

Su padre observó preocupado:

—No tienes buena cara, hija, ¿qué ocurre?

—Padre..., esta noche ha tenido pesadillas —aclaró May.

Angela, al ver el gesto dolido del hombre, intentó sonreír.

—Estoy bien, papá. Te lo prometo.

A Kieran le llamó la atención eso de las pesadillas.

—Angela —dijo entonces May—, siempre vienes conmigo hasta la abadía, ¿por qué esta vez no quieres acompañarme?

Sin querer mirar a Kieran, que la observaba con gesto ceñudo, respondió:

—Esta vez llevas más escolta que nunca. No me necesitas y aquí están Davinia y el bebé.

—Siempre te necesito —insistió su hermana—. Me gusta tu compañía, porque me alegras y me haces sonreír. ¿Por qué me quieres privar de ella en esta ocasión? Por favor, acompáñame. Además, Davinia se marchará para Merrick mañana tras la comida.

Al mirarla y ver sus ojitos implorantes, al final Angela consintió:

—De acuerdo. Te acompañaré.

Ferguson miró a Kieran pidiendo su aprobación. En un principio, éste pensó en decir que no. No debía estar cerca de aquella joven, pero sin darse cuenta, asintió, y el padre de las muchachas dijo:

—Muy bien, O'Hara, dejo mis mayores tesoros a tu cargo. Lleva a May hasta la abadía y después devuelve a Angela sana y salva a su hogar.

Él asintió. Aquello sólo le supondría entre cuatro y cinco días. Una vez regresara de ese viaje, iría a por su madre a Edimburgo y regresaría a Kildrummy.

Continuaron con el desayuno, mientras las mujeres que servían en el castillo iban y venían felices de la cocina, trayendo comida para agasajar a los varoniles invitados, que les sonreían como bobos.

Con disimulo, Angela observó que Kieran seguía bromeando con Viesla. Sin duda alguna, ya sabía con quién pasaría la noche el laird O'Hara y eso la desesperó.

Estaba experimentando por sí misma los celos. Ver cómo Viesla se acercaba a Kieran y cómo éste la miraba con deseo la estaba poniendo enferma. Notó que le sudaban las palmas de las manos y que el corazón le latía con fuerza, pero, sobre todo, deseaba matar a Viesla y al descarado que coqueteaba con ella.

De pronto, se abrió la puerta del salón y apareció su hermana Davinia con su bebé, tras su marido Cedric, Otto y Rory, y delante de ellos pasaron corriendo las pequeñas sobrinas de la cocinera. Éstas saludaron a todos, pero, en su camino, Kieran las detuvo y ellas, divertidas, rieron a grandes carcajadas mientras él y Louis les hacían cosquillas. Sin duda a aquellos fieros highlanders les gustaban los niños.

Cedric se acercó a su hermano y, sin cambiar su gesto hosco y distante, le entregó una carta que Jesse cogió y se guardó sin mirarla.

Davinia, tras darle un beso a su padre, caminó con la mirada baja hacia donde estaban sus hermanas y al sentarse con el pequeño John en brazos les sonrió.

—¿Estás bien, Davinia? —preguntó May al ver su actitud apagada.

La joven asintió y, tras cruzar una mirada con Angela, dijo:

—Tengo hambre. Eso es todo.

Angela rápidamente cogió al pequeño y comenzó a besarlo, mientras sus hermanas hablaban.

Sin querer escucharlas, ella se centró en John. Era una preciosidad de bebé. Sólo tenía unos meses, pero era gordito y pelirrojo, como su madre y Angela. El niño le agarró la cara y le baboseó la barbilla. Ella esbozó una sonrisa sin percatarse de que Kieran la observaba.

—¿Qué te ha ocurrido en la frente, Angela? —inquirió Davinia.

Quitándole importancia, respondió molesta:

—Ayer me di un golpe sin querer. —Y luego, para cambiar de tema, comentó—: ¿Es cierto que mañana regresas a Merrick?

—Sí —afirmó Davinia sin ninguna ilusión.

—¿Por qué? ¿Acaso no os ibais a quedar un tiempo en Caerlaverock?

—Cedric así lo ha dispuesto, Angela, y no se hable más.

La rotundidad de sus palabras hizo que sus dos hermanas se mirasen, pero no comentaron nada. Davinia era hermética en todo lo referente a su matrimonio y el desayuno continuó en paz.

—Qué triste saber que te vas de nuevo, May —se lamentó de pronto Davinia, mientras se miraba en el dedo el anillo de su madre—. Te echaré tanto de menos...

Con una candorosa sonrisa, la joven religiosa la animó:

—Dentro de unos meses regresaré. Ya sabes que no puedo vivir sin veros a todos a menudo.

—Me preocupa esa enfermedad de las novicias de la abadía —continuó Davinia—. ¿Y si la coges tú?

Con voz comedida, May contestó:

—Hermana, si yo estuviera enferma, esas jóvenes me cuidarían. ¿No crees que es justo que yo también lo haga por ellas?

Davinia asintió.

—Viéndolo así, por supuesto.

Angela, agarrando a sus hermanas del brazo, cuchicheó:

—Davinia, ¿por qué no vienes conmigo a acompañar a May hasta la abadía? Quizá si ves que esas novicias no están tan enfermas te quedes más tranquila. Además, así podremos estar un tiempo juntas las tres.

Su hermana mayor sonrió. Nada le gustaría más en el mundo, pero respondió:

—Cedric no lo permitirá. Además, quiere que nos marchemos de aquí cuanto antes. Según él, no es seguro continuar en el castillo.

—¿Por qué no es seguro?

—Al parecer, le han dicho que han visto merodeando por el bosque a varios hombres que...

—¿Qué hombres? —la interrumpió Angela alerta.

—No lo sé. —Davinia se encogió de hombros—. Sólo sé que mi marido quiere que partamos todos los Steward mañana como muy tarde.

Eso inquietó a Angela. Ni ella ni los Shepard habían visto a aquellos intrusos. Si había gente extraña merodeando por el bosque, no deberían alejarse del castillo, así que, mirando a May, dijo:

—May, creo que deberías retrasar tu marcha.

La joven religiosa negó con la cabeza y Angela supo que tenía la batalla perdida. Si ella era cabezota, May lo era mucho más, por lo que desistió. Acompañaría a su hermana hasta la abadía y a su vuelta se encargaría de averiguar quiénes eran esos individuos que andaban por su bosque.

Acabado el desayuno, al salir al exterior se encontró con Jesse hablando con sus hombres. Les estaba dando órdenes. Al oírlo, Angela corrió hacia él y preguntó:

—¿Te marchas?

Él clavó sus oscuros ojos en ella y respondió:

—Sí. He de llevarle a madre la contestación de Cedric y después seguramente parta hacia Inverness.

—¿De verdad que sólo has venido en calidad de mensajero?

Jesse miró a aquella pequeña pelirroja. Siempre había sentido adoración por ella y, acercándose, aclaró:

—Madre no quería que nadie entregara su misiva excepto yo. Por eso vine hasta aquí. No imagines cosas que no son.

—Jesse...

—No, Angela —la cortó él.

Ambos se miraron unos segundos entendiéndose perfectamente, hasta que Jesse dijo:

—Tened cuidado con Cedric, ya sabes que no me fío de él.

—Tranquilo, nosotros tampoco —contestó Angela. Pero deseosa de decirle algo más, lo agarró del brazo y musitó—: Jesse, Davinia no es feliz y...

—Ella eligió —respondió con un semblante demudado—. No quiero saber más.

—Pero, Jesse...

—Angela, ¡por favor, no! —insistió él, mirándola dolorido.

En ese instante, Davinia salió por la puerta del castillo con el pequeño John en brazos y los vio. No se movió de donde estaba y, tras una mirada cargada de tristeza, sin decir nada se dio la vuelta y volvió a entrar en el castillo. Angela miró a Jesse y al ver cómo apretaba la mandíbula, murmuró:

—Que tengas un buen viaje, Jesse.

Él asintió y, tras besarle la mano con cariño, subió a su corcel y salió del patio del castillo sin mirar atrás, seguido de sus hombres.

Cuando se quedó sola, Angela buscó a Aston y George. Necesitaba contarles lo que Davinia le había comentado durante el desayuno. Ellos prometieron darse una vuelta por el bosque antes de partir hacia la abadía.

Poco después, mientras Aston iba a buscar los caballos, George se quedó con Angela y le reveló:

—Aston me ha comentado lo que ocurrió anoche con O'Hara.

Ella se encogió de hombros y él añadió:

—Eso ha de terminar, Angela, o al final nos descubrirán a todos.

Sin ganas de recibir una nueva reprimenda, ella lo miró haciéndole ojitos, parpadeó y, dándole un casto beso en la mejilla, contestó:

—Tranquilo, eso no ocurrirá.

La tos de alguien los hizo volverse y se encontraron la mirada seria de Kieran, que dijo:

—George, necesito que vayas a hablar con Louis y le indiques el camino que soléis seguir hasta la abadía.

El joven asintió y, antes de separarse de Angela, le preguntó:

—¿Estarás bien?

Kieran, al oírlo, afirmó molesto:

—Por supuesto que estará bien. Yo no me como a nadie.

Tras cruzar una mirada con Angela, George sonrió y se marchó. Cuando se quedaron solos, Kieran la miró y dijo:

—Qué sorpresa, nunca imaginé que una torpe y llorona damita como vos, tan llena de «¡Oh, Dios mío!» y de decencia, se repartiera entre el amor de dos hermanos y me exigiera a mí besos apasionados. ¿No creéis que eso es escandaloso?

Sin dejarse amilanar por su tono de voz, Angela repuso:

—Y eso me lo dice un promiscuo...

Irritado por lo que aquella joven le hacía sentir, masculló:

—Yo no voy de santo e inocente como vos, milady.

Ella quiso responderle con rotundidad, pero sabía que no era el momento ni el lugar, de modo que se llevó la mano a la boca y, tras hacer un puchero que a Kieran lo desesperó, musitó sollozando:

—Sois cruel, muy cruel.

—¿Todo lo arregláis con llantos?

Ella entonces berreó y él asintió desesperado.

—Sin duda, así es.

Conteniendo la risa, Angela pestañeó para que las lágrimas no dejaran de salir de sus ojos y gimoteó:

—Seguro que si yo fuera esa tal Hada a la que tanto admiráis, no me hablaríais con tanta dureza.

—Si fuerais la tal Hada —replicó él subiendo el tono de voz—, me habríais plantado cara y no os echaríais a llorar por mis palabras como una niña tonta. Ésa es una de las grandes diferencias entre vos y ella, entre otras muchas cosas.

Y, sin más, Kieran se dio la vuelta y se marchó. Aquella joven, que en ciertos momentos lo atraía, con sus llantos y tontería lo desesperaba.

Angela, con las mejillas mojadas de falsas lágrimas, lo observó marcharse a grandes zancadas. Sin poder evitarlo, esbozó una sonrisa. El avispado y listo highlander Kieran O'Hara ni por asomo se imaginaba que ella era Hada.

Esa noche, tras regresar Aston y George del bosque e informarle de que había encontrado a algunos Murray, Angela se relajó, y cuando subió a su habitación, estaba tan cansada que, en cuanto cayó sobre el lecho, se durmió.

Aún era de noche cuando Davinia entró a despertarla. Si iba a acompañar a May, debía levantarse o la comitiva se iría sin ella. Rápidamente, Angela se arregló y en una bolsa guardó cuatro cosas para su aseo personal. Seguramente, William llevaría en su caballo una bolsa con sus botas y la capa. Siempre que iba con él y sus hijos a acompañar a May a la abadía, a la vuelta le encantaba montar en su yegua durante casi un día entero con total libertad.

Cuando llegó al salón, se paró al ver a Kieran y a algunos de sus hombres a la mesa, comiendo. Él torció el gesto al verla, y ella no lo saludó al pasar por su lado. Cuando se sentó junto a sus hermanas, Davinia le llenó un tazón con leche y, apremiándola, dijo:

—Vamos, come algo antes de partir.

Angela sonrió. Davinia era toda una madraza, que, sin descanso, obligó a May y a ella a comer varios bollos de pan. Luego metió en una cesta otros bollos recién hechos para el camino.

Acercándose a sus hijas, Ferguson se sentó frente a ellas y puso la palma de la mano hacia arriba. Como en otras ocasiones, las tres pusieron las suyas encima y, emocionado, el hombre confesó:

—Ya estoy deseando que todas regreséis a mi lado. Soy un viejo que no puede vivir sin sus tres tesoros.

—Y nosotras no podemos vivir sin ti —contestaron ellas.

Ese ritual se repetía siempre desde que Davinia se casó y se marchó del castillo. Todas sabían que su padre era un hombre que, a pesar de su envergadura, era débil de sentimientos y corazón.

Angela, la más mimosa de las tres, se levantó, rodeó la mesa y lo abrazó. Adoraba a su padre y había llegado a entender su flaqueza y debilidad. Mientras lo abrazaba, sus ojos se encontraron con los de Kieran, quien, a diferencia de minutos antes, suavizó su gesto; Angela se lo agradeció con una sonrisa.

—Padre —dijo Davinia—, espero poder regresar en tres meses. Las Navidades llegan pronto y tanto May como yo queremos pasarlas contigo.

—Prepararemos pasteles con Evangelina y decoraremos la casa como madre nos enseñó, celebraremos la Navidad con el pequeño John y las niñas —apostilló May.

Angela sonrió. Sentada en las piernas de su padre, se acurrucó contra su cuello y lo escuchó hablar y reír con sus hermanas, mientras ya deseaba que fuera Navidad.

15

Cuando la comitiva partió, Angela iba sentada junto a su hermana en un carro. Odiaba viajar así, pero debía hacerlo si quería acompañarla. Desde la enorme puerta del castillo, su padre, junto a Davinia y el pequeño John, les tiró un beso con la mano y tanto May como Angela hicieron ademán de cogerlo y luego se llevaron la mano al corazón. Aquella despedida era algo muy de ellos. Algo que su padre hacía desde que eran pequeñas. Acto seguido, las dos jóvenes les mandaron también un beso y esta vez fueron Davinia y su padre quienes lo cogieron y se lo llevaron al corazón.

Cuando los perdieron de vista, observó que William había atado su yegua al carro. Deseaba acercarse a ella y susurrarle al oído cuánto la quería, pero estando May cerca de ella no podía. Debería esperar a otro momento.

Kieran, al ver a aquel animal que ya había visto anteriormente, le preguntó a William:

—¿Y esa yegua?

El hombre, sin saber nada de lo ocurrido, lo miró y respondió sin darle mayor importancia:

—Siempre llevamos una montura de reserva por si la necesitamos.

O'Hara asintió, mientras veía cómo los hermanos Shepard la observaban y cuchicheaban. ¿Qué ocurría con ellos?

—Davinia no está bien, May, algo le ocurre —dijo Angela a su hermana.

—Lo sé. He intentado hablar con ella, pero ya sabes cómo es.

—Sí, ya sé cómo es —afirmó Angela y, apenada, añadió—: Ayer, cuando se fue Jesse Steward con sus hombres, Davinia salió a la puerta con el niño para despedirse de él. Sufre por amor. Lo sé sin que ella me lo diga.

May asintió con la cabeza.

—Tendría que haberse casado con él y no con su hermano. Estoy convencida de que ese Cedric no le da buena vida.

—El otro día le descubrí un tremendo golpe en el brazo —le explicó Angela— y fue Cedric, aunque lo exculpó.

—¿Qué? —preguntó May, sorprendida.

—Lo que oyes.

—¡Dios santo! —susurró su hermana, horrorizada.

Tras un breve silencio lleno de preocupación, Angela preguntó:

—¿Davinia se ha sincerado contigo y te ha dicho por qué se casó con ese animal?

May negó con la cabeza y respondió:

—He intentado hablarlo con ella mil veces, como todos, pero se limita a decir que lo hizo por amor.

—¡Por amor!

May asintió y su hermana menor murmuró:

—Por amor se sufre. Como papá y como tú. Sin duda, el amor es sufrimiento.

—No digas eso, Angela —replicó May—. El amor es un sentimiento bonito y maravilloso que alegra tus días y...

—Y que cuando falta o no es correspondido te arruina la vida —concluyó Angela.

Con una candorosa sonrisa, May acarició el rostro de su hermana pequeña y dijo:

—El amor fue lo que hizo que nuestros padres se unieran, vivieran felices en Caerlaverock y, posteriormente, naciéramos nosotras. No dudo que padre lleva años sufriendo por ese sentimiento, pero el amor también le ha dado tres hijas que lo quieren y lo idolatran.

—El amor te hizo sufrir a ti también cuando...

Sin dejarla acabar, May contestó:

—El amor me ha dejado bonitos recuerdos de Robert que atesoraré hasta que me muera y, aunque no lo creas, volvería a repetir mi historia con él mil veces más, sólo por experimentar lo que me hizo sentir cuando estábamos juntos.

Ambas se abrazaron con tristeza y, cuando se separaron, miraron el majestuoso castillo de Caerlaverock, ahora visible en la lejanía. Visto desde fuera, parecía poderoso, pero otra cosa era cuando se entraba en él. Aunque se lo veía limpio, estaba prácticamente vacío y muy maltrecho.

Cuando lo perdieron de vista de nuevo, ambas hermanas se acurrucaron en el carro, donde se quedaron dormidas hasta la hora de la comida, cuando William las despertó.

Con su ayuda, bajaron del carro y se sentaron en el suelo sobre un plaid. Kieran y sus highlanders tomaron asiento frente a ellas y empezaron a comer y bromear.

Angela los observó divertida. Nunca había estado a solas con aquellos bárbaros y pronto pudo comprobar sus malos modales y la rudeza con que se trataban. Nada que ver con los hombres de su castillo.

En varias ocasiones, las miradas de Kieran y ella coincidieron, pero ambos desviaron la vista rápidamente. May, que los observaba con disimulo tras una conversación que había mantenido con su padre sobre aquellos dos, se inquietó. ¿Había ocurrido algo entre el highlander y su hermana?

El comportamiento de aquellos le recordaba sus comienzos con Robert y, tras varias miradas furtivas por parte de ellos, May sonrió. Ojalá su padre tuviera razón y aquel poderoso laird se fijara en su hermana.

Acabada la comida, ella regresó al carro para rezar sus oraciones. Angela prefirió no acompañarla y decidió dar un paseo con Aston y George. Como toda una damisela, cogió a cada uno de un brazo y, al pasar junto a Kieran, observó que éste la miraba con gesto de reproche. Lo saludó con un asentimiento de cabeza y él hizo lo propio.

Cuando se alejaron lo suficiente como para no ser oídos, Angela dijo:

—Deberíamos regresar lo más rápido posible y procurar que se vayan los O'Hara. No me gusta que esos Murray ni ningún otro anden por el bosque.

—Tranquila, Angela —la calmó George—. Los Murray son amigos, ¿o acaso olvidas que es el clan de tu buena amiga Sandra?

—¿Te dijeron si ella llegó bien?

Mientras Aston vigilaba que nadie se les acercase, George respondió:

—Sí. Josh Murray me comentó que estaba triste, pero bien.

—Pobre... —susurró Angela. Y, mirando hacia donde estaban los O'Hara, preguntó—: ¿Qué pensáis de esos bárbaros?

Divertido, Aston se inclinó hacia ella y dijo:

—Lo que me gustaría saber es qué piensa O'Hara de nosotros.

Los tres sonrieron y Angela cuchicheó:

—Cree que soy una promiscua y que tengo una relación amorosa con vosotros dos a la vez.

Los dos hermanos soltaron una carcajada que Kieran oyó desde donde estaba. No podía apartar la vista de ellos y deseó saber de qué se reían. George, al ver que los observaba, afirmó:

—Lo que está claro es que algo de ti le atrae. No para de mirar.

Angela lo observó con disimulo y luego contestó:

—Quien le atrae es Hada. Se deshace en halagos al hablar de ella. Tendríais que oírle.

—¿Y por qué no le dices que eres tú?

Ella lo miró boquiabierta y Aston añadió:

—Un marido como ése es lo que necesitas, Angela. ¿No lo has pensado?

Molesta, se puso en jarras y replicó:

—Aston Shepard, ¿acaso has bebido?

Los dos hermanos sonrieron y ella gruñó:

—Pero ¿qué os pasa?

—No nos pasa nada —respondió George—. Simplemente, como amigos tuyos que somos, te decimos lo que pensamos. Y lo que pensamos desde hace tiempo es que deberías salir de Caerlaverock y comenzar una nueva vida. El otro día, padre nos comentó que tu padre le dijo que le gustaría verte lejos del castillo. Cada día es más peligroso vivir en él y...

—Oh, Dios mío... Papá me dijo a mí lo mismo.

—Angela —insistió George—, tu padre es consciente del deterioro de todo y del peligro que corres cada día que pasas allí. La gente teme vivir donde lo hacemos y se marcha. No puedes seguir trabajando en el campo como lo haces. ¡Es una locura! Debes marcharte de Caerlaverock y crear tu hogar.

—Mi hogar es Caerlaverock.

Ambos negaron con la cabeza y George repuso:

—Caerlaverock no es un hogar, Angela. Fue el de tus padres y de los míos, pero por desgracia nunca será ni el tuyo ni el nuestro. Todos debemos marcharnos de allí y...

—¿Os habéis vuelto locos?

Los jóvenes se miraron y Aston murmuró:

—Lo que hacemos, como encapuchados, ha de acabar. Hasta el momento hemos tenido suerte, pero...

—No digas tonterías —protestó la joven—. Debemos seguir defendiendo lo que es nuestro. Si cejamos en nuestro empeño el bosque se llenará de villanos y...

—Angela —la cortó Aston—, George y yo tenemos que decirte algo.

Sin saber de qué se trataba, por sus gestos lo intuyó y, mirándolos a los ojos, musitó, llevándose la mano a la boca:

—No... no... vosotros no, por favor.

—Escucha, Angela...

—No... ¡no quiero escucharos...! ¡No!

Sin poder evitarlo, se echó a llorar y Aston la abrazó para consolarla. Kieran los vio desde lejos y le extrañó tanta confianza en público. ¿A qué venían esos abrazos? Sin quitarle la vista de encima, se acercó unos metros y vio cómo primero un hermano y luego el otro abrazaban a la joven.

Finalmente, dejando de llorar, Angela se separó de ellos y susurró:

—Vale... vale... ya se me ha pasado.

Ellos la miraron con tristeza y George dijo:

—Lo sentimos, Angela, pero en Caerlaverock no hay nada para nosotros.

Ella intentó comprenderlos. Tenían razón: allí no había trabajo, ni mujeres, ni nada que los animase a continuar; respondió:

—Lo entiendo... lo entiendo.

Asintió con calma, aunque quería llorar. Berrear. Gritar. Era desesperante lo que ocurría con su gente. Todos se marchaban en busca de nuevas oportunidades fuera de sus tierras. Ella misma lo haría de buena gana, pero no podía dejar a su padre ni a sus hermanas: ellos eran quienes la unían a aquella tierra. Preguntó:

—¿Cuándo os marcharéis?

—Pasadas las Navidades. Lo hemos hablado con padre y él lo comprende y nos anima a ir a Edimburgo.

De nuevo volvió a asentir. Ella también lo entendía e, intentando sonreír, dijo:

—Necesito unos minutos a solas, ¿os importa?

Los dos jóvenes asintieron, pero antes de alejarse, Aston susurró:

—Lo siento, Angela. Espero que nos perdones.

Emocionada, ella se lanzó a sus brazos y contestó:

—No hay nada que perdonar, pero prometedme que cuando vaya a Edimburgo para cualquier cosa, nos veremos y seguiremos con nuestra buena amistad.

Ellos sonrieron y, tras darles un casto beso en la mejilla, Angela se alejó. Necesitaba unos minutos de calma.

Sin mirar atrás, caminó unos metros y, cuando vio una roca grande, la rodeó, se sentó en el suelo y apoyó la espalda en ella. En ese instante, los ojos se le volvieron a llenar de lágrimas, pero esta vez de verdad y, encogiendo las piernas, posó la cabeza sobre las rodillas y lloró. Lo hizo con ganas, con necesidad. La furia le revolvió las tripas. Nada salía nunca bien. Todo el mundo se marchaba y eso la consumía.

—¿Llorando? ¡Qué novedad! —oyó de pronto.

No miró ni se movió. Sabía de quién era aquella voz.

—¿Qué te ocurre? —preguntó Kieran.

—Nada.

—Vamos, torpona —musitó él con cariño—. ¿Qué pasa?

Angela levantó la cabeza y siseó:

—¡Vete! Lárgate. Quiero estar sola.

Él no se movió del sitio, sino que se puso de cuclillas ante ella y murmuró:

—¿Por qué lloras con tanta pena?

—Porque soy una llorona y una torpe, ¡ya lo sabes!

Kieran esbozó una sonrisa. Sin duda era lo que ella decía, pero la pena que era evidente que sentía debía de tener un porqué y quería saberlo.

Con mimo, le cogió la barbilla para mirarla y vio su chichón. Sonrió. Tenía los ojos enrojecidos por el llanto. Estaba preciosa cuando lloraba e, intentando hacerla sonreír, dijo:

—Anda, sonríe. Estás más bonita cuando lo haces, a pesar de ese chichón.

Al escucharlo, el semblante se le contrajo y volvió a llorar. No podía parar. Boquiabierto, Kieran la miró. ¿Cómo podía llorar tras recibir un piropo?

Ella ocultó la cara contra las piernas. Era humillante berrear así delante de aquel hombre. Mostrar su verdadera debilidad era algo que nunca le había gustado y en ese instante lo estaba haciendo.

Durante varios segundos, un desconcertado Kieran no supo qué hacer, hasta que decidió tomar cartas en el asunto, se sentó a su lado y, pasando los brazos alrededor del cuerpo de ella, la izó y la sentó sobre sus piernas.

—Suéltame —exigió Angela entre hipidos.

—No. No hasta que dejes de llorar.

Quiso resistirse, pero al ver que era inútil luchar contra su fuerza, desistió.

—Cuéntame qué te pasa —insistió él en su oído, con voz ronca.

Limpiándose las lágrimas con rabia con las mangas del vestido, respondió, intentando entender aquel momento suyo de tonta debilidad:

—No me pasa nada.

—Mientes, preciosa. ¿Tus enamorados te han dicho o hecho algo que te ha incomodado?

—No son mis enamorados —replicó Angela—. Aston y George son dos buenos amigos, nada más.

Y, de un ágil salto, que sorprendió a Kieran, se levantó y se alejó a grandes pasos.

No quería hablar ni con él ni con nadie.

16

Cuando pararon de nuevo para pasar la noche, Angela se percató de que Kieran la seguía con los ojos buscando que lo mirase. Ella no quiso darse por enterada y disimuló. Se avergonzaba de haber llorado como una tonta y con tanto sentimiento delante de él.

Tras hablar con los tres Shepard y dejarles claro que entendía su decisión, decidió regresar al carro junto a May, que al verla llegar, preguntó:

—¿Qué tienes tú con ese O'Hara?

—¿Cómo dices? —preguntó sorprendida.

—Tengo ojos, hermanita, y veo cómo os miráis —respondió May.

—Pues tus ojos te informan mal.

Su hermana soltó una carcajada y contestó:

—Si tú lo dices... —Y al ver que Angela no pensaba decir nada, añadió—: Quiero que sepas que a papá le gusta para ti y que a mí no me desagrada. Es un hombre galante, educado y caballeroso, que sin duda te podría dar una buena vida si tú quisieras y...

—Oh, May... ¡cállate!

Enfurruñada porque todo el mundo parecía querer emparejarla con él, se bajó del carro a toda prisa. Con cuidado de no ser vista, y en especial de no correr ningún peligro, se alejó del campamento con la necesidad de estar sola, y cuando se sintió lo suficientemente alejada de todos, se sentó al abrigo del enorme tronco de un árbol y, doblando las piernas, volvió a ocultar la cara en ellas.

Durante un rato pensó sobre su futuro. Cuando Aston y George se marcharan, no podría arrastrar a William al bosque para defender sus tierras. Aquella época en la que había sido una valerosa guerrera sin duda había acabado para ella. El problema era cómo prescindir de la sensación de libertad que le producían esos momentos en los que sacaba su espíritu combativo.

Las lágrimas escapaban nuevamente de sus ojos cuando oyó que alguien se acercaba y al mirar con el rabillo del ojo supo que era él, O'Hara. Secándoselas rápidamente, esperó su llegada.

Cuando llegó, Kieran la miró a la espera de que dijera algo y, como no lo hizo, se sentó de nuevo a su lado.

—¿Otra vez llorando?

Angela no contestó y él añadió:

—Mi madre se fue pensando que eres una graaaan llorona.

Ella lo miró y, tras soltar un berrido angustioso, Kieran añadió para intentar consolarla:

—Pero también pensaba que eres una joven bonita y amable.

Sus palabras no la consolaron y un buen rato más tarde, cansado de oírla hipar, insistió:

—¿Quieres contarme de una vez qué ha ocurrido?

—No.

—¿Y si te digo una palabra edulcorada como «cariño» o «mi vida»?

Angela lo miró y, molesta, siseó:

—Vete al infierno, O'Hara.

Él sonrió al escucharla.

—Por el amor de Dios, Angela Ferguson acaba de blasfemar.

Ella no respondió y, sin querer darse por vencido, Kieran dijo:

—Me preocupas. ¿Qué ocurre?

—Nada.

A cada instante más desconcertado por el desconsuelo de ella, se desesperó. ¿Qué debía hacer en un caso así? ¿Abrazarla? ¿Regañarla? En aquellos años había visto llorar a Megan, a Gillian, a su madre, pero la carita de Angela y sus ojos enrojecidos pudieron con él.

Igual que había hecho al mediodía, la sentó sobre él. Esta vez ella no se resistió. Necesitaba mimos y Kieran se los dio. Besándole la cabeza, susurró:

—Sea lo que sea puedes contármelo e intentaré ayudarte.

Aquella delicadeza y afecto al hablarle la hicieron sentirse pequeña y se dejó acunar. Sólo se dejaba abrazar así por su padre, pero dejando caer la cabeza sobre el hombro de él, dijo:

—Es difícil explicar...

Su dulce tono de voz le puso a Kieran el vello de punta y no se movió. Sentir su cálido cuerpo sobre el suyo le hizo experimentar cientos de sensaciones. Nunca había compartido aquel tipo de intimidad casta y recatada con ninguna mujer. Los momentos íntimos que compartía con otras eran básicamente sexuales, pero con Angela era diferente y, a pesar de que lo disfrutaba, lo inquietó. Durante un rato no dijeron nada, hasta que ella levantó la cabeza y murmuró:

—Gracias, Kieran.

Él la miró emocionado. Oír su nombre en boca de ella le sonó encantador.

—¿Por qué? —preguntó.

—Por consolarme a pesar de lo que tu madre y tú pensáis de mí.

—¿Sabes? —dijo él divertido—, me alegra ver que sigo siendo Kieran cuando estamos a solas. Eso me hace pensar que confías en mí.

—Aunque no te pueda llamar «cariño» —se mofó ella.

—No... no soy tu cariño. Por lo tanto, mejor que no lo hagas.

Ella lo miró con una triste sonrisa y, secándose los ojos, respondió:

—Pero ya sabes, cuando regresemos...

—Lo sé —la cortó—. Deberé llamarte como exigen las normas del decoro, milady.

Durante unos segundos se miraron a los ojos de una manera que a los dos los hizo estremecer. Era indudable que se atraían. Al ver que no iba a poder evitar besarla, para romper el hechizo exigió:

—Quiero saber qué te ha hecho llorar.

Apartando la vista de su boca, desesperada por la cruel realidad, explicó:

—Mi mejor amiga, Sandra, se ha ido a vivir a Carlisle. Mi cuñado se empeña en casarme con hombres que me repugnan. Mi hermana

May regresa a la abadía. Mi hermana Davinia a su hogar, y Aston y George, mis grandes amigos, me acaban de decir que pasadas las Navidades abandonarán el castillo para irse a vivir a Edimburgo, y mi padre desea que también yo abandone Caerlaverock, me busque un nuevo clan e intente ser feliz, pero no puedo, ¡no puedo abandonarlo! —Abriendo las manos en un gesto desesperado, añadió—: Todo el mundo se marcha para comenzar una nueva vida y yo me encuentro atrapada en un hogar cada vez más frío, derruido, solitario y difícil de recuperar.

»Veo ante mí un futuro incierto en el que finalmente tendré que desposarme con alguien a quien aborreceré, pero... pero luego está mi padre, al que adoro y por el que daría la vida, que me dice que busque el amor para ser feliz como lo fue él con mamá hasta su muerte. Y yo... yo estoy confusa.

Su sensatez al hablar fue lo que terminó de desarmar a Kieran. Aquella joven, insoportable y quejicosa en ocasiones, le había abierto su corazón de tal manera que deseó poder darle una solución a sus penas, pero no pudo. No supo qué decirle, salvo abrazarla y consolarla.

Tras un rato de silencio en el que Kieran se permitió acariciarle el brazo y la espalda por encima del vestido con demasiada intimidad, le retiró con mimo un mechón de cabello de la cara y preguntó:

—¿Aston o George son muy especiales para ti?

—Sí, pero no en los términos que tú insinúas. Junto a su padre, William, desde pequeña han estado a mi lado. Nos han protegido a mí y a mis hermanas cuando papá, sumido en su desesperación, se pasaba días sin salir de sus aposentos, y les estoy agradecida. Y aunque me duele su marcha, entiendo su decisión. Ellos han de vivir su vida, conocer mujeres de las que enamorarse, desposarse, tener hijos y ser terriblemente felices y eso, en Caerlaverock, nunca lo van a hacer.

—Por tus palabras intuyo que eres muy romántica.

Con una triste sonrisa, ella contestó:

—He tenido al mejor maestro a mi lado toda la vida: mi padre. Pero la vida me ha enseñado que, igual que te hace feliz, el amor puede destruirte. Papá sufre por lo que siente. May entró en la abadía por amor y mi hermana Davinia padece por amor.

Kieran, sorprendido por esa revelación, murmuró:

—Pero, aun así, tú crees en el amor, ¿verdad?

Ella se acaloró. ¿Qué hacía hablando de aquello con él? Pero al sentir cómo la sangre bullía en sus venas, se olvidó de ser la dulce Angela y del decoro que le habían enseñado desde pequeña, levantó el mentón y, al más estilo Hada, respondió:

—Sí.

—¿Y por qué aún crees en él tras lo que has comentado?

Mirándolo a los ojos, sonrió. Pensó en lo que su madre siempre le había contado que sintió cuando vio por primera vez a su padre y, olvidándose de las normas, la moderación, la compostura y la vergüenza, contestó:

—Porque cuando te vi por primera vez, me quedé sin aliento. —A Kieran se le demudó el semblante y ella añadió—: Y estoy segura de que si tú me conocieras, si supieras realmente cómo soy, te enamorarías de mí.

Nada más acabar de decir aquello y ver el rostro de él, maldijo su larga lengua y se puso roja como un tomate.

Pero ¿qué había dicho?

Incrédulo y divertido al mismo tiempo por su desparpajo, Kieran preguntó:

—¿Y por qué crees que si te conociera me enamoraría de ti?

—Olvídalo. He dicho una tontería —repuso ella, mirando el suelo.

—Me interesa que me aclares esa tontería —insistió él.

Angela maldijo. ¿Por qué se saltaba siempre las reglas? ¿Por qué no podía ser como Davinia, que pasara lo que pasase sabía callar y encajar? Miró al hombre que, frente a ella, esperaba una aclaración y tomó aire. Si le decía que era Hada sabía que su interés se redoblaría, pero respondió:

—Lo que he dicho no es decoroso. Y empiezo a avergonzarme de mi lengua tan suelta.

Aquella sinceridad lo hizo sonreír. Le gustaba que Angela fuera así con él, y al sentir su azoramiento por lo que había dicho, Kieran le miró la frente y dijo:

—Sigues teniendo un buen chichón.

—Lo sé.

Sus miradas se encontraron y, tras un extraño silencio en el que él interpretó su mirada, murmuró:

—Una dama casta y decente nunca reclamaría un beso.

—Me consta, como ahora te consta a ti que, además de llorona, soy bastante indecente. —Y entonces preguntó—: ¿Susan no reclama tus besos?

—Soy un caballero y nunca hablaré de una mujer ante otra —respondió Kieran.

Pero su olor... su cercanía... su dulzura... su petición... su desvergüenza, todo eso mezclado con el momento, hicieron que el valeroso Kieran derribara sus defensas y susurrara al rozar sus labios:

—Angela...

Haciendo caso omiso de su advertencia, ella sacó la punta de la lengua y, pasándosela con descaro por los labios, murmuró, mientras el calor que el cuerpo de él irradiaba la consumía de deseo:

—No quiero oírte.

—Tu arrojo me provoca.

—Lo sé —dijo ella, sonriendo.

Kieran rozó su nariz con la suya y, en tono íntimo, musitó:

—Cada vez que dices eso de «Lo sé», me dejas indefenso.

Angela sonrió y contestó:

—Lo sé.

Su fragancia lo embriagaba, su boca lo anulaba y su voz lo enloquecía. ¿Qué le estaba haciendo aquella mujer?

Incapaz de negarse, colocó una mano en el cuello de ella y otra en su cintura e, introduciendo su ardiente lengua en su boca, la devoró sin descanso. Sin fuerzas, Angela se dejó hacer y disfrutó de la pasión que le demostraba. Entonces se dio cuenta de que estaba tumbada en el suelo, con aquel hombre moviéndose sobre su cuerpo.

El erótico contacto le endureció los pezones y jadeó. Kieran, al percatarse de ello, paseó su mano por encima del corpiño del viejo vestido y murmuró:

—Angela, la pasión por poseerte me consume. No deberíamos continuar.

—Lo sé...

—Y si lo sabes ¿por qué me provocas?

—No lo sé.

Su respuesta y su gesto excitado lo hicieron sonreír y, sin darle tregua, la agarró del pelo y la acercó a él. El beso fue salvaje por parte de los dos. Sin duda, ambos se deseaban y Kieran, embrutecido y perdiendo totalmente el control de sus actos, metió las manos por el interior de su escote y le tocó los endurecidos pezones.

—Oh, Dios... —jadeó Angela al sentir aquel íntimo contacto.

Hasta la fecha, ningún hombre le había rozado ninguna parte del cuerpo, y menos una tan íntima. Kieran lo intuía, lo imaginaba, pero no paró. Lleno de esa pasión de la que hablaba ella, continuó con aquella locura y, sobreexcitado, susurró sobre su boca:

—¿Te gusta mi tacto?

—Sí —respondió extasiada.

Embriagado por su rápida y sincera respuesta, Kieran paseó su ardiente boca por su delicado cuello y, cuando subió hasta su oreja, sintió que se estremecía. Eso lo volvió loco.

—Eres dulce, suave, apasionada y tremendamente tentadora, Angela Ferguson —dijo—, y creo que tienes razón.

—¿En qué? —preguntó, embriagada de deseo.

Sin separarse de ella, en un tono íntimo que le puso el vello de punta, Kieran musitó:

—Creo que si te conociera más, quizá me podría enamorar de ti.

Excitada por sus palabras, se movió bajo su cuerpo. El contacto de sus manos sobre su piel la hizo temblar, mientras sentía cómo le estrujaba los pechos y le decía palabras ardientes y seductoras al oído que la incitaban a querer continuar con lo que estaban haciendo.

Enloquecido por la respuesta del cuerpo de Angela, se movió sobre ella con actitud posesiva y arrogante, para hacerle sentir la fuerza de su virilidad. Quería que supiera cuánto la deseaba y lo excitado que estaba por lo que hacían.

Angela, al notar que apretaba sus caderas contra su cuerpo y ser consciente de lo que era aquello, jadeó mirándolo a los ojos, pero en lugar de amilanarse, se arqueó hacia él y Kieran le respondió dándole un increíble, ardoroso y anhelante beso, mientras todo él temblaba, conteniéndose para no someterla a sus caprichos allí y en ese instante.

Cuando finalizó el beso, sin darle tiempo a pensar, bajó su boca hasta uno de sus pechos. Eran suaves, blancos y tentadores. Se lo besó. Lo mimó mientras ella se estremecía bajo su cuerpo y, finalmente, le succionó el pezón con deleite, mientras Angela se apretaba contra él, dispuesta a disfrutar de aquel momento. Desfallecida de lujuria, hundió los dedos en el cabello de Kieran mientras cerraba los ojos y lo sujetaba contra su pecho para que no parara.

Al sentir cómo se le entregaba, Kieran le subió rápidamente la falda y, cuando metió una mano dentro de sus calzas y le tocó el vientre plano, la oyó jadear. Loco de deseo, le soltó el pezón que había mimado en su boca y murmuró:

—No sé qué quieres de mí, pero esto es lo que yo deseo de ti. —Y, con un seco y contundente movimiento de cadera, le mostró de nuevo su esplendor y dureza.

Angela gimió al sentirlo y, de pronto, con un rudo movimiento, Kieran le separó las piernas.

—¡Oh, Dios mío!

—Exacto, mi cielo —dijo él sonriendo—. ¡Oh, Dios mío! Estoy seguro de que estás húmeda, Angela. Muy húmeda. Y sé que es por mí, y eso me vuelve loco de pasión y de deseo. Tan loco, que lo único que anhelo en este instante es hacerte mía. Hundirme en ti como un salvaje para oírte gritar mi nombre.

Consciente de adónde habían llegado, Angela gimió asustada. ¿Qué estaba haciendo? No debía continuar con aquello. Debía parar cuanto antes, pero su cuerpo se negaba a obedecerla.

—Ésta es una pequeña parte de la dulce tortura a la que me sometes con tu continua desfachatez a la que llamas «pasión». Pero soy un hombre de honor y sé que no debo continuar, aunque tu cuerpo y el mío griten que no me detenga.

—Tienes razón... para... para...

Esa vez, el sentido común de Kieran prevaleció. La miró y, al verla debajo de su cuerpo, con los pechos destapados y entregada al deseo, de pronto tomó conciencia de lo que estaba haciendo.

A pesar de ser una descarada que lo hechizaba, Angela era una joven dama casta y virgen. No una de las mujeres que él solía frecuentar. La besó en la boca y se sentó a horcajadas sobre ella a la luz de la luna. Necesitaba respirar y recuperar el control de su cuerpo y, en especial, de sus pensamientos. Cuando lo consiguió, la miró de nuevo y susurró:

—Ni te imaginas el esfuerzo que estoy haciendo por no hacerte mía ahora mismo sin pensar en nada más.

—Kieran... —musitó asustada.

—A pesar de tu descaro eres virgen, ¿verdad? —Ella asintió y él siseó entre dientes—. Eso me hace no darle a mi cuerpo lo que me demanda; pero, si no fueras virgen, te aseguro que no pararía, y más cuando tu cuerpo, tu boca y tus ojos me piden que continúe.

Cogiéndole una mano, la llevó hasta su dura erección y, posándola sobre ella, musitó:

—Aquí están el ardor y la pasión con los que yo me quedo. No vuelvas a provocarme, dulce Angela, o la próxima vez nada me podrá detener, ¿entendido?

Alarmada y con la respiración acelerada, asintió, retirando la mano de su dura entrepierna. No le cabía la menor duda de que, si él quisiera, teniéndola como la tenía, podría robarle la virtud sin que nadie se enterara.

Con frialdad, Kieran le guardó los pechos en el interior del vestido, ante la atenta mirada de ella, que respiraba con dificultad. Una vez terminó, se puso en pie y, cogiéndola de la mano, la levantó del suelo.

Cuando estuvieron de pie el uno frente al otro, Kieran se pasó con pesar la mano por su rubio cabello. Después la miró y, ante su expresión confusa, dijo:

—Me desconciertas. A veces pareces una dulce y tímida damita y otras una mujer dispuesta a perder la cabeza y la virtud entre mis brazos. Y, ¿sabes? Yo soy un mujeriego, pero no robo la virtud de ninguna virgen si puedo evitarlo. Por lo tanto, a partir de ahora intenta mantenerte alejada de mí para evitar tentaciones, ¿entendido?

—Ajá... —musitó.

Ofuscado, reprimido y furioso por lo que aquella mujer podía hacer con él, se dio la vuelta y se alejó a grandes zancadas, dejándola sola, acalorada y totalmente desconcertada.

¿Qué había estado a punto de hacer?

Pasados unos minutos, cuando se recompuso y peinó como pudo, Angela regresó donde estaban todos. William y sus hijos la miraron extrañados, pero ella se acercó a ellos sonriendo para hacerles saber que estaba bien.

Con curiosidad, miró a su alrededor en busca del hombre que deseaba. Lo vio sentado con la espalda apoyada en un árbol, observándola con pesar. Eso le produjo un calor interno que la turbó.

Sin duda, Kieran estaba despertando en ella ese fuego del que había oído hablar a algunas mujeres. Por ello, despidiéndose de los Shepard, regresó al carro junto a su hermana, que estaba durmiendo, y no se despegó de ella a partir de ese instante.

17

El traqueteo de la carreta la despertó y, sorprendida, vio que habían reanudado la marcha sin despertarla. Cuando William vio que se movía, se acercó montado en su caballo y comentó:

—Parece que O'Hara tiene prisa.

Angela asintió, pero no dijo nada. Tras lo ocurrido, Kieran seguramente querría finalizar cuando antes aquel viaje. Se alegró. Eso aceleraría la vuelta al castillo.

Durante todo el día no se acercaron el uno al otro. Se miraban, se deseaban, pero ambos sabían que no debían proseguir con ese peligroso juego. Esa noche, Angela no se movió del lado de los Shepard. Cenó junto a ellos y su hermana y cuando ésta se marchó a dormir, decidió quedarse ante el fuego con ellos tres. Procuró no mirar hacia donde sabía que estaba Kieran, observándola, y cuando no pudo más y el calor inundó de nuevo su cuerpo, se marchó al carro a dormir junto a May. Era lo mejor.

Al tercer día, llegaron a la abadía Sweetheart a la hora de la comida. Allí, William, sus hijos y Angela, acompañaron a May, tras despedirse ésta con cordialidad de Kieran O'Hara y sus hombres.

Pero nadie podía entrar en la abadía, por lo que, después de besar y abrazar a su hermana, May se encaminó sola hacia la enorme puerta de madera maciza, se volvió y, a modo de despedida, tiró un beso que Angela cogió. Después, ella repitió el acto y su hermana, tras atraparlo, sonrió.

Cuando desapareció dentro de la abadía, al ver el rostro de Angela, William dijo:

—Sabes que estará bien. May aquí ha encontrado su felicidad.

El hombre tenía razón e, intentando sonreír, ella asintió hasta que se encontró con la mirada de Kieran y dijo:

—Debemos regresar a Caerlaverock.

William, que como el resto había sido testigo del extraño comportamiento de la muchacha y el jefe de los O'Hara, preguntó:

—¿Qué te ocurre?

Encogiéndose de hombros al ver que los Shepard la miraban esperando una contestación, respondió:

—Nada. Sólo que quiero regresar al castillo y perder de vista a estos bárbaros.

Sus tres amigos sonrieron y Aston cuchicheó divertido:

—Padre, George y yo creemos que Kieran O'Hara sería un buen marido para Angela, aunque ella lo considere un bárbaro. ¿Tú qué opinas?

—¡Aston! —protestó ella, dándole un puñetazo.

William sonrió y, desesperándola, afirmó:

—Eso mismo pensamos Kubrat y yo. —Y antes de que ella pudiera decir nada, añadió—: Sí, muchacha, tu padre y yo lo hemos hablado. Ese O'Hara y tú haríais muy buena pareja. Él es un hombre fuerte y valeroso y tú lo eres también, ¡no lo olvides!

Angela fue a contestar, pero al ver la cara de guasa de los tres, dio una patada al suelo y, sin decir nada, se encaminó a la carreta.

A partir de ese momento, sólo se bajó del carro para comer y estirar las piernas. Kieran se lo agradeció. Cuanto menos la viera, mejor. Aún no entendía por qué aquella descarada pelirroja se había convertido para él en una tentación tan grande.

Pero esa noche, tras horas sin verla aun teniéndola cerca, su humor cambió. Deseaba contemplar su cara, sus gestos, escuchar su voz, disfrutar su sonrisa, y pasó mil veces cerca del carro, pero Angela no salió.

Entrada la noche, y sin poder conciliar el sueño, O'Hara se levantó inquieto y pasó de nuevo junto al carro donde ella dormía. Le pareció oír un gemido. Reduciendo el paso, miró alrededor, pero no vio a nadie. Todo estaba en calma. Continuó lentamente su camino hasta que otra vez se volvió a oír el gemido y esta vez supo de dónde venía. Saltó por encima de los Shepard, que dormían a los pies del carro, abrió la tela y vio a Angela moverse angustiada y sudando; supo que estaba teniendo una pesadilla.

—No la toquéis —dijo de pronto la voz de Aston.

Pero Kieran ya le había puesto una mano en el hombro y la zarandeaba para despertarla. La joven dio un salto y se encogió asustada como un animal herido, mientras temblaba.

Aston, apartando a Kieran de un manotazo, subió al carro y, acercándose a su amiga, la abrazó con cariño y le susurró al oído hasta que la volvió a tumbar de espaldas y ella se relajó.

Kieran, sin entender nada, miró a George en busca de una explicación, pero éste se limitó a decir:

—Señor, es mejor que se vaya a descansar.

Sin contestar, se alejó totalmente desconcertado. Recordar sus ojos asustados lo martirizaba. ¿Qué le ocurría a aquella joven?

Poco después, estaba sentado junto al fuego sumido en sus pensamientos, cuando William, el padre de Aston y George, se le acercó y, agachándose, le contó:

—Angela tiene pesadillas a veces.

Era la segunda vez que oía aquello e, interesado, preguntó:

—¿Por qué? ¿Qué le ocurre?

Sirviéndose una taza del caldo que había al fuego, el hombre contestó:

—Esa pobre muchacha de niña vio a sus seres queridos destrozados, ensangrentados, despedazados, y desde entonces apenas puede dormir.

Kieran asintió horrorizado. En combate, él había visto cosas como ésa y, a pesar de ser un hombre curtido por las batallas, nunca las olvidaba. Pensar que Angela había visto algo parecido en su niñez y con sus seres queridos le destrozó el corazón. Cuando iba a decir algo, William prosiguió:

—Hay noches en que las pesadillas no la abandonan. Otras no duerme por miedo a soñar y otras está agotada y se duerme tan profundamente que nos angustiamos hasta que se despierta. Sin duda, lo que vio en su momento le creó tal confusión y miedo que es incapaz de descansar.

En ese momento, Kieran vio que ella salía del carro, abanicándose con la mano. Tenía el pelo revuelto y se la veía cansada. Inmediatamente, Aston y George le pasaron un brazo por los hombros con actitud protectora y se alejaron con ella.

William, al verlos, se levantó también y, antes de ir tras ellos, dijo:

—Mis hijos y yo hemos protegido siempre a esa joven mientras ella siempre ha protegido a su familia. Se puede decir que Angela es la debilidad de su padre y la nuestra. Y, aunque no la conoce, sólo le diré, laird O'Hara, que es increíble como mujer y como persona y que se merece ser feliz. Espero que algún día alguien sepa valorar la valentía y el corazón de mi preciosa Angela.

A la mañana siguiente, cuando Angela se despertó tras la accidentada noche, nadie se había movido del campamento. Al bajar del carro y mirar el día nublado, le preguntó a George:

—¿Por qué no nos hemos puesto en camino?

El joven, que estaba sentado en el suelo, le entregó una taza con agua fresca y dijo:

—Porque O'Hara no ha dejado que nadie se moviera ni hiciera ruido hasta que tú te despertaras.

Al oírlo, ella se sorprendió. ¿Por qué habría hecho eso?

Tras ir acompañada por sus dos amigos a un lago cercano para asearse, Kieran se acercó a ella a su regreso y, con una amabilidad que la dejó sin habla, preguntó:

—¿Cómo os encontráis hoy?

Sin entender a qué se debía su actitud y, en especial aquel acercamiento, parpadeó y respondió prosiguiendo su camino con Aston y George:

—Bien.

Cuando se alejaron lo suficiente, miró a sus dos amigos y vio que sonreían y, antes de que pudiera preguntar, Aston dijo:

—Anoche te vio durante una de tus pesadillas.

Horrorizada y avergonzada por que la hubiera visto en un momento tan íntimo y espantoso, miró hacia atrás y se encontró con la mirada de Kieran, que la seguía. Eso la inquietó.

Pocos minutos después, reanudaron el camino y comenzó a llover con fuerza. En el interior del carro, Angela estaba resguardada, pero se aburría. ¡No sabía qué hacer! No podía montar su yegua o los demás la verían y, agotada, se tumbó, se hizo un ovillo sobre el tartán y, antes de lo que imaginaba, el traqueteo del carro la durmió.

Esa noche, cuando acamparon, a causa de la lluvia decidieron montar varias tiendas para protegerse. En el carro se colocó una lona que se ató a un árbol. Cuando Angela salió y vio lo embarrado que estaba el suelo, maldijo en voz baja. Eso los retrasaría, especialmente por el carro.

Con gesto aburrido, se sentó junto a George, mientras Aston ayudaba a su padre a tensar la lona. Miró a su alrededor con curiosidad y encontró lo que buscaba: a Kieran, que, bajo otra lona, hablaba con Zac y con Louis.

—¿Ya has dejado de esconderte de O'Hara? —preguntó George, provocándola.

—No me escondo —replicó ella molesta.

—No parecías muy asustada de él la otra noche —continuó el chico.

Angela lo miró horrorizada y exclamó:

—Maldita sea, George Shepard, ¿a qué te refieres?

Soltando una carcajada, él susurró:

—Lo vi caminar en tu dirección, lo seguí y vi cómo te sentaba en sus piernas y hablabais.

—¿Sólo viste eso?

Poniéndose serio, George preguntó:

—¿Qué se supone que no vi, Angela?

Acalorada pero más tranquila al saber que no la había visto en su momento lujurioso, contestó:

—Nada... nada.

George levantó las cejas sorprendido, justo cuando su hermano se sentaba al otro lado de Angela y ésta se sacaba una pequeña daga de la bota.

Su respuesta y desconcierto le hizo saber que había ocurrido algo entre su amiga y el highlander, pero su prudencia lo hizo callar, aunque al mirar a O'Hara lo vio con la vista fija en ellos.

Kieran, que estaba hablando con Louis y Zac, al ver que Angela salía del carro ya no se concentró en otra cosa. La joven se había tomado muy a pecho lo de no cruzarse en su camino, algo que le agradecía, pero al mismo tiempo le molestaba. Observó cómo se reía con familiaridad con uno de los muchachos y cuando el otro se sentó junto a ellos, pudo comprobar la buena camaradería que había entre los tres.

—Sigues mirando a esa damita con demasiado interés —comentó Louis.

Apartando la vista, él tosió y respondió:

—Es la hija de Ferguson y la dejó a mi cargo. Habrá que cuidarla, ¿no crees?

Louis y Zac soltaron una risotada y este último cuchicheó:

—Pues la miras con ojos de...

—¡Zac! ¿Qué se supone que estás insinuando? —Y al ver el gesto divertido de éste, añadió, suavizando la voz—: No veo el momento de retozar con una mujer de grandes pechos y desfogarme con ella; esta joven no es lo que yo deseo.

Los tres highlanders estaban riendo, cuando Kieran vio algo que le llamó la atención: con gesto distraído, Angela se sacó de la bota una pequeña daga y, tras coger un trozo de madera, lo comenzó a tallar sin miedo a cortarse.

—Hay un pueblo no muy lejos de aquí —informó Louis—. Seguro que hay un burdel lleno de lindas mujeres de pechos grandes y muslos carnosos.

Zac, encantado de oír eso, dijo:

—Los hombres se pueden quedar aquí con ella para protegerla y nosotros podríamos visitar a esas mujeres, ¿qué dices, Kieran?

Pero él seguía mirando a la joven y se volvió a sorprender cuando vio que clavaba la daga con fuerza cerca del pie de Aston y los tres reían sin miedo.

—Kieran, ¿nos estás escuchando? —preguntó Louis.

Él asintió y, mirándolos por fin, respondió:

—Está lloviendo y el camino está muy embarrado. Pronto llegaremos a Caerlaverock. Hasta entonces, prefiero no perderla de vista.

18

Esa noche, cuando todo el campamento dormía, Kieran estaba alerta por si Angela volvía a tener alguna de sus pesadillas, pero, por suerte, esa noche durmió.

Al amanecer continuaba lloviendo cuando retomaron el camino y, de pronto, un olor extraño inundó el ambiente. Desde el interior del carro, Angela lo notó y asomando la cabeza entre la tela, le preguntó a Aston, que cabalgaba a su lado:

—¿No huele raro?

El joven asintió con gesto serio.

—Será algún animal muerto.

Ella asintió y, sin querer mojarse más, volvió a meterse dentro. Las horas pasaron y la lluvia no cesaba, pero el olor era cada vez más fuerte. Cuando pararon, bajó del carro y, acercándose a William y Kieran, que estaban hablando, inquirió:

—¿No oléis a quemado?

Ellos asintieron, todos se habían percatado de aquel fuerte olor. De pronto apareció al galope uno de los hombres de Kieran y, desmontando presuroso, dijo:

—Mi señor, el bosque se ha quemado.

A Angela se le erizó el vello en el acto al escucharlo. ¿El bosque? ¿Su bosque?

La respiración se le comenzó a acelerar, mientras cientos de imágenes grotescas pasaban por su mente, cuando William, que la conocía mejor que nadie, la cogió del codo y murmuró:

—Tranquila, Angela. —Luego, mirando a Kieran, añadió—: Debemos partir cuanto antes para ver lo ocurrido.

El highlander asintió. Sin duda alguna debían hacerlo.

—Milady —habló a continuación—, debemos abandonar aquí el carro. Si continuamos con él nos retrasará y...

—De acuerdo... de acuerdo —contestó ella, apartándose un mechón de los ojos.

Su rápida afirmación sorprendió a Kieran. ¿Acaso ya no temía a los caballos? Pero sin querer pensar en ello, reunió a sus hombres y Angela vio que cuatro de ellos montaban y se alejaban al galope.

William dio un silbido para llamar a Aston y George. Apartados del resto, Kieran observó cómo el hombre hablaba con sus hijos y con Angela. A ésta se la veía nerviosa, muy nerviosa, y lo sorprendió no verla llorar.

Aston sacó las cosas de Angela del carro y, cuando desenganchó a la yegua, William la miró y le aconsejó:

—No, muchacha. No debes hacerlo.

Angela se desesperó. Quería montar en su yegua, hundir los talones y llegar cuanto antes al castillo, pero tras mirar a los highlanders, George susurró:

—Irás con uno de nosotros.

Ella se negó y los cuatro comenzaron a discutir. Al verlo, Kieran se acercó, pero sólo oyó quejarse a la joven por montar en uno de los caballos. Sin ganas de seguir perdiendo el tiempo, dispuso para hacerla callar:

—Ella irá conmigo.

Al oírlo, Angela se volvió para protestar, pero William se le adelantó diciendo:

—Creo que será lo mejor.

—No. Iré con Aston o con George.

—Sois mi responsabilidad —respondió Kieran, levantando una ceja—. Vuestro padre os dejó a mi cargo e iréis conmigo.

De mal talante, Angela miró al lluvioso cielo, pero consciente de que no era momento de dramas, asintió y, agarrando la mano que O'Hara le tendía desde su imponente caballo, se dejó izar y, con una agilidad que a él lo alucinó, se sentó a horcajadas y dijo:

—Muy bien, O'Hara... vayamos en busca de mi gente.

Éste, boquiabierto, preguntó:

—¿Dónde habéis dejado el miedo a los caballos?

Sin ganas de bromear y sin mirarlo, contestó:

—Estando mi familia en peligro, no hay miedo que valga.

La rotundidad de su respuesta le hizo saber cuánto temía que les hubiera pasado algo y, levantando la mano, todos partieron presurosos hacia el castillo de Caerlaverock.

Kieran agarró a Angela con firmeza todo el tiempo que cabalgaron y, al llegar a la linde del bosque, se pararon. Al ver el paisaje negro y desolado ella susurró, llevándose las manos a la boca:

—¡Oh, Dios mío...!

Y comenzó a temblar. Kieran la apretó contra él para darle calor y le dijo al oído:

—Tranquila, Angela... tranquila.

Aston y George siguieron adelante junto a otros hombres de Kieran y ella pidió:

—Continuemos, por favor... No podemos pararnos aquí.

William se puso al lado del caballo de Kieran, y los dos hombres se miraron sin decir nada. Aquello no pintaba nada bien.

La lluvia era incesante, lo que había ayudado a apagar el fuego. Angela tosió a causa de la humareda y, rápidamente, Kieran sacó un pañuelo que le ató sobre la nariz.

El resto de los hombres, incluidos William y Kieran, se taparon también la nariz y la boca con pañuelos, y la comitiva continuó. El paisaje era desolador: donde hasta hacía pocos días había un bosque plagado de vegetación, árboles milenarios, pájaros, venados, ardillas e insectos, ahora había un amasijo oscuro y quemado. Todo rastro de vida había desaparecido. Pero Angela quería cabalgar deprisa y llegar al castillo, y así lo pidió, de hecho, lo exigió, pero ni William ni Kieran le hicieron caso.

A pesar de sus continuos bufidos de indignación, decidieron parar en un claro del bosque quemado. Se negaban a continuar hasta tener noticias de los que se habían adelantado.

Desesperada, se alejó de ellos mientras pensaba qué podía hacer para llegar al castillo. Estaba indignada y muerta de miedo.

Miró su yegua, que estaba atada al caballo de William y cuando éste se dio cuenta de sus intenciones, con un brusco movimiento de cabeza le dijo que no.

Estaba a punto de patalear, gritar, blasfemar, cuando el sonido del galope de unos caballos al acercarse la alertó. Poco después, entre la humareda aparecieron los hombres de Kieran junto a Aston.

Pasando junto a ella, fueron a hablar con su jefe y con William, pero Angela supo lo que ocurría con sólo ver la mirada de Aston. Leyó la amargura y la rabia en su mirada y, con los ojos anegados de lágrimas, murmuró, acercándose a él:

—Dime que están bien.

El joven la miró y, alargando una mano, la atrajo hacia él y la abrazó, mientras su propia respiración acelerada lo decía todo. Pero Angela, dándole un empujón, gritó:

—¡He dicho que me digas que están bien!

Su grito hizo que todos la miraran. Su pesadilla más terrible se hacía realidad. Kieran y William caminaron hacia ella cuando la tensión pudo con ella y se derrumbó. Aston, asustado, la agarró, pero segundos después alguien se la arrancó de los brazos. Era Kieran O'Hara, que, mirando a los hombres, ordenó:

—Levantad una tienda. Una vez, lady Angela esté resguardada del agua, que cuatro hombres marchen a la abadía de Sweetheart para informar a lady May Ferguson de lo ocurrido.

—Yo iré con ellos —se ofreció Zac.

Kieran asintió e indicó:

—Escóltala hasta aquí. Otros cuatro hombres que se dirijan a Merrick para avisar a Davinia y a Cedric. Lady Angela se quedará aquí con dos hombres, mientras el resto vamos al castillo de Caerlaverock.

19

Cuando Angela se despertó, estaba en el interior de una tienda. El olor a quemado era agobiante y rápidamente recordó lo acontecido. Los ojos se le llenaron de lágrimas. Debía salir de allí e ir en busca de su familia. Con cuidado, se acercó a la apertura de la tienda. Vio apostados a dos hombres, pero a nadie más.

Se sacó la daga que llevaba en la bota y la clavó en una de las paredes de tela. Despacio y sin hacer ruido, hizo una abertura por la que salió sigilosamente. Instantes después, vio a su yegua atada a un tronco, fue hasta ella y cogió la bolsa donde guardaba sus cosas. Entró de nuevo en la tienda, se quitó la falda y rápidamente se puso los pantalones de cuero y las botas altas. Cuando terminó, se ajustó la espada a la cintura y el carcaj a la espalda, y se cubrió con la capa y la capucha para volver a salir.

Lo hizo por el mismo sitio y, sin hacer ruido, llegó hasta su yegua. La desató del tronco y, caminando, desapareció en la oscuridad de la noche.

Cuando estuvo lo bastante lejos del campamento, montó y, dándole unos golpecitos con los talones, murmuró:

—Regresemos a casa, *Briosgaid*.

Cabalgó sin descanso durante lo que le pareció una eternidad por el bosque quemado y, cuando salió de él, el corazón se le paró. Ante ella estaba su hogar, el lugar donde se había criado, pero supo que nada era como antes.

Había un extraño silencio y, clavando de nuevo los talones en la yegua, se lanzó al galope en busca de su familia. Cuando llegó al principio del puente, los hombres de Kieran le ordenaron parar. Como una flecha y sin hacerles caso, Angela pasó ante ellos y atravesó el puente de madera.

Nada más entrar en el patio del castillo, vio a Kieran y William. Sin importarle, azuzó a su montura hasta llegar a la escalinata de la puerta de entrada y, con agilidad, desmontó y corrió al interior.

—Hada —murmuró Kieran sorprendido.

—Dios mío, muchacha —susurró William al verla.

Ambos echaron a andar presurosos hacia el interior del castillo, donde ella había desaparecido, y entonces Kieran vio que la joven se quitaba la capucha de la capa, dejando al descubierto una cabellera roja y brillante. Bloqueado, se paró y, cuando ella se dio la vuelta, agarró del codo al hombre que estaba junto a él.

—Sí, O'Hara, lo que ves es cierto —dijo William.

Confuso como nunca en su vida, Kieran musitó:

—¿Angela es...?

—Sí —afirmó William—. Angela y Hada son la misma persona.

Totalmente pasmado, incrédulo y desconcertado, se quedó parado en la puerta de entrada, mientras ella llamaba:

—Papá... Papá, ¿dónde estás?

Nadie contestó y Angela miró a su alrededor. Lo poco que tenían estaba por los suelos, roto y volvió a gritar:

—¡Patt, Evangelina, Viesla, Effie, Leslie... contestad!

—Angela —la llamó William.

—Papá... Papá... contesta, por favor.

En ese momento se dio la vuelta y vio a los dos hombres. William se acercó a ella y la abrazó, mientras Kieran la miraba totalmente descolocado. Todavía no podía creer que ella fuera Hada.

—¡Papá! —chilló ella, soltándose del abrazo de William.

—Angela... —la llamó entre dientes éste.

—¿Dónde está? Dime dónde está.

—Escúchame, muchacha... Mírame...

Kieran la observaba aturdido, mientras ella mascullaba con agonía:

—Papá... Papá, por favor, ¡otra vez no.... otra vez no!

Acercándose a ella, William le pidió de nuevo:

—Angela, mírame.

—No. No quiero mirarte. No quiero hablar. Tengo que encontrar a papá. ¡Papá!

En ese instante, Aston y George, con los ojos enrojecidos, aparecieron llevando dos pequeños cuerpos inertes entre sus brazos. Angela, al verlos, se tapó la boca y, con un hilo de voz, gritó:

—No... no, por favor... nooooooo...

Horrorizada, corrió hacia las pequeñas sobrinas de Evangelina, Effie y Leslie. Lloró y gritó al cielo con desesperación.

Kieran, acostumbrado a ese dolor por las batallas en las que había participado, olvidándose de todo, se acercó a ella y, apartándola de las niñas, le dijo con firmeza, sujetándole la cara delicadamente:

—Mírame... ¡Angela, mírame!

Al oír su orden, ella lo miró y, al obtener su atención, Kieran le aseguró:

—Encontraré a quien ha hecho esto y lo pagará, ¡te lo juro!

A ella las piernas se le doblaron y, sujetándola con fuerza, él la abrazó y murmuró, consciente del dolor que sentía en aquel instante:

—Lo siento, Angela... lo siento.

Ella lloró con verdadera agonía, mientras Aston y George, con la pena pintada en el rostro, salían del salón llevando a las pequeñas sin vida.

Con el corazón a punto de salírsele del pecho, Angela fue a decir algo, cuando Kieran, sin soltarla, se le adelantó:

—Acompáñame y te mostraré dónde están todos.

Como si se tratara de una de sus horrorosas pesadillas, ella lo siguió agarrada a su mano. Kieran salió del salón del castillo y se dirigió hasta lo que eran los establos. A su paso, los hombres miraban a la joven y bajaban la cabeza en señal de duelo.

Al entrar en las caballerizas, Angela creyó morir. Allí estaban los cuerpos sin vida de todas las personas que adoraba, que necesitaba para vivir. Todos. Nadie había sobrevivido al terrible ataque. Los habitantes de Caerlaverock habían muerto.

Él, al ver que se le alteraba la respiración, expuso sin soltarla:

—Los hemos reunido aquí para darles sepultura. Mis hombres están cavando en las afueras del castillo y...

—¡Papá! —chilló al verlo.

Y soltándose de él, corrió a abrazar al hombre que adoraba. Arrojándose literalmente sobre él, lo besó y le pidió con mayor cariño y el amor más desgarrado que despertara. Le rogó que abriera los ojos, que la besara, que sonriera, pero su padre no lo hizo.

Angela se ensució las manos, la cara, toda ella de sangre, pero no le importó. Sólo quería estar con él y no separarse nunca. Sus gritos agónicos los desgarraban a todos. Su angustia era terrible.

Kieran la observaba junto al resto de los hombres. La imagen de la joven era de pura derrota y desolación, y todos sufrieron con ella. Lo que había ocurrido no era justo.

De pronto, la angustia que le provocaba verla en aquella situación lo inquietó y, acercándose a ella, intentó consolarla. Probó a apartarla de su padre, pero ella no se lo permitió. Se resistió con uñas y dientes y tuvo que dejarla.

De madrugada, y viendo que Angela seguía allí, llorando, Kieran no pudo más y, acercándose de nuevo, dijo:

—Vamos, acompáñame.

—¡¡No!! —gritó ella.

—Angela... lo siento, pero...

—Mataré a quienes lo han hecho, ¡los mataré! —chilló descompuesta.

Kieran, todavía no acostumbrado a ese tipo de fiereza en ella, asintió. Entendía perfectamente lo que podía estar sintiendo en ese momento.

Al final, decidió utilizar la fuerza para alejarla de allí. Y, a pesar de sus patadas y chillidos, se la llevó sin importarle las cosas que le decía.

Una vez en el salón del devastado castillo, Kieran la zarandeó para hacerla volver en sí, hasta que ella se fue aplacando y, cuando lo hizo, él se agachó para mirarla a los hinchados ojos y murmuró:

—Tienes que tranquilizarte.

—Otra vez no... Es mi padre, Kieran... ¡es papá! —gimió casi sin voz.

—Lo sé, Angela... lo sé, mi vida —convino con ternura. Ella le provocaba ese sentimiento hasta entonces desconocido, y prosiguió—: He enviado a Zac con algunos de mis hombres a la abadía para avisar a tu hermana May y otros han ido a darle la noticia también a Davinia. He pensado esperar a que lleguen para dar sepultura a tu padre, ¿te parece bien?

Totalmente sobrecogida, ella asintió y, con gesto triste, preguntó:

—¿Por qué? ¿Por qué ha tenido que ocurrir esto? ¿Por qué todas las personas que me quieren tienen que morir y dejarme?

Sin saber qué decirle, Kieran la miró y, con cariño, le retiró el pelo de la cara.

—No lo sé, Angela. No tengo respuesta para eso.

La joven lo abrazó. Se hundió en sus brazos y se dejó consolar por él, mientras Kieran reprimía la furia y la rabia que sentía por lo que allí había ocurrido.

William, al verla más tranquila, se le acercó y, separándola de Kieran, la llevó hacia la escalera, sujetándola con fuerza, subió con ella hasta su habitación y la obligó a tumbarse en la cama.

Desconsolada, Angela se resistió, no quería dormir, quería justicia, hasta que William le dijo:

—A tu padre no le gustaría verte así. —Y cuando vio que lo miraba, añadió—: Debes ser fuerte por él, Angela. Debes vivir por él. Kubrat lo querría así.

—Oh, Dios, William... Papá ha muerto, ¡ha muerto! ¿Qué voy a hacer yo ahora sin él?

El buen amigo de su padre la miró. Él también sentía muchísimo aquella pérdida, pero respondió:

—Debes vivir, Angela. Eres fuerte, valiente, como te pidió tu madre. —Y al ver que lo miraba, agregó—: Él, al igual que tu madre, siempre supo la guerrera que hay en ti. Sabía que tú eras esa Hada de la que todo el mundo hablaba. Yo mismo se lo dije hace años.

Boquiabierta, fue a decir algo, pero William prosiguió:

—Kubrat Ferguson fue mi señor y mi buen amigo. Él me encomendó protegerte y eso he intentado hacer y, al tener depositada toda su confianza en mí, yo no podía mentirle...

—¿Papá sabía que nosotros éramos los encapuchados?

William asintió y, con una triste sonrisa, dijo:

—Siempre estuvo orgulloso de ti.

Angela se tapó la cara y sollozó. Ahora entendía ciertas palabras que en ocasiones le decía. Su padre lo sabía, conocía su secreto, pero aun así calló y la dejó creer que lo engañaba. Ahora entendía por qué siempre le decía que era tan valiente como su madre, a pesar de la apariencia de torpeza que intentaba dar ante los ojos de todos.

William le acarició el pelo con cariño y continuó:

—Le gustaba que yo le hablara de tu arrojo y valentía al encontrarnos con algunos de los villanos y hace tiempo me hizo prometerle que el día que él se reuniera con su amada Julia, yo debía hacer que te marcharas de aquí. No quería que te quedaras a vivir en este castillo tan lleno de tristes recuerdos.

—No puedo marcharme de mi hogar —murmuró desconsolada—. Es el único sitio que conozco y...

—Debes hacerlo, muchacha, y no voy a cejar en mi empeño hasta que lo consiga. Tu lugar no está aquí.

—¿Y dónde está? —preguntó desesperada.

El hombre se encogió de hombros y, mirando a la muchacha que adoraba, susurró:

—No lo sé, pero lo encontraremos. Te lo prometo.

Encogida en la cama, Angela se hizo un ovillo y el agotamiento la hizo caer en un profundo sueño.

20

En la planta de abajo del castillo, Louis, al ver a su laird de pie en el centro de aquel desangelado salón, con aquel gesto de desconcierto, se acercó a él.

—Nunca hubiera imaginado que esa delicada damita pudiera ser la encapuchada.

Incrédulo aún por el descubrimiento, Kieran contestó:

—Ni yo, Louis... ni yo.

—¿Qué hacemos, Kieran? —preguntó, al verlo mirar confuso a su alrededor.

—De momento, decirles a nuestros hombres que recompongan en la medida de lo posible este lugar. Luego, esperar a que regresen los que han ido a llevar la noticia. Después ya veremos.

Louis asintió. Sin duda, lo que acababa de ocurrir, a pesar de ser guerreros muy experimentados, les resultaba inexplicable.

—Será como tú digas, Kieran —dijo, apretándole el hombro.

Un buen rato después, cuando William estaba ante el hogar del enorme salón, sumido en sus pensamientos, Kieran se le acercó y, sentándose a su lado, preguntó:

—¿Los acompañantes encapuchados de Angela erais tú y tus hijos?

El hombre asintió.

—Sí. Animados por esa jovencita, hemos intentado alejar a los maleantes de Caerlaverock, pero como ves, ha sido inútil. —Y mirándolo a los ojos, añadió—: De los hombres que os asaltaron a ti y a tus hombres ya nos encargamos nosotros.

—¿Qué hicisteis con ellos?

—Si algo aprendí de los años en que combatí es que quien viene a matarte tiene dos opciones: matarte o morir. A mis hijos y a Angela les he enseñado lo que yo aprendí y te aseguro que el que se acerca con malas intenciones no vive para contarlo.

A cada instante más sorprendido porque aquella pelirroja fuera tan letal como el hombre le describía, inquirió:

—¿Su padre conocía su secreto?

—Sí. Hace años que Ferguson lo sabía. Yo se lo dije. No podía ocultarle lo que su hija estaba haciendo y sólo recuerdo que esbozó una sonrisa y dijo: «¡Es como su madre!». Luego me pidió que cuidara de ella como él no sabía hacerlo y eso es lo que intento.

—Pero ¿cómo una mujercita como Angela se metió en algo así?

Shepard sonrió y dijo:

—La pregunta sería, cómo mis dos hijos y yo nos dejamos embaucar por ella. Angela aprendió a manejar la espada sola. Primero nos observaba a mis hijos y a mí y luego convenció a Astor y a George para que practicaran con ella. Pasado el tiempo también me convenció a mí y, bueno, el resto ya te lo puedes imaginar. Te aseguro que es una experta guerrera, con un instinto nato para la lucha e increíblemente habilidosa para muchas cosas más. Ah, y en cuanto a sus llantos y su torpeza, lo hacía para ocultar su verdadera forma de ser. Nunca quiso que nadie supiera que ella era Hada. Temía que se lo prohibieran. —Y, mirando a Kieran, añadió—: O'Hara, hace poco te dije que esa joven era increíble, y ahora tú mismo lo has podido comprobar. Ya no hay nada que ocultar.

Él asintió. Sin duda tenía razón, pero preguntó:

—La noche que nos ayudasteis en el bosque, oí la voz de otra mujer, ¿quién era?

—Sandra, la amiga de Angela. —Y soltando una carcajada murmuró—: Esas dos jovencitas son unas guerreras increíbles.

Kieran asintió. Había estado totalmente cegado por lo que ellas le habían querido hacer creer, y lo habían engañado muy bien.

Angela, en su habitación, dormía inquieta. Perturbadores sueños la asediaban, pero se tranquilizó cuando vio a su padre. Éste le decía que quería verla sonreír, que él era feliz porque estaba con su adorada Julia y que ahora ella debía continuar su vida y marcharse de Caerlaverock.

Sobresaltada se despertó y lloró con desesperación al pensar en lo sucedido, aunque algo en su interior le decía que, por fin, su padre era feliz. Sonrió. Eso era lo que él le pedía en el sueño, pero su sonrisa se convirtió en furia y frustración.

Rápidamente, se levantó de la cama, se ciñó la espada y abrió la trampilla oculta que había en la estancia para ir a buscar su propia venganza.

Caminó por el pasadizo con decisión, pero antes de llegar al final del mismo, oyó voces. Aston y George estaban allí. Se le habían anticipado. ¡Qué bien la conocían!

Frustrada, se dio la vuelta y regresó a su habitación. Una vez allí, salió de su estancia y, con cautela, bajó hasta la primera planta, donde vio a William y a Kieran en el salón, hablando. Con sigilo, llegó a las cocinas y, decidida, fue hasta donde sabía que Evangelina guardaba sus hierbas.

Sin tiempo que perder, cogió unas pocas y un puñado de azúcar, salió por la ventana de la cocina y fue hasta donde estaban todos los caballos. Con cuidado, les dio un poco de la mezcla a cada uno, pero no a su yegua, y esperó a que les hiciera efecto. Esas hierbas los atontarían durante un buen rato y así sus dueños no podrían seguirla. Cuando vio que las patas de los animales se doblaban, montó y, espoleando a su yegua con los talones, la hizo cruzar el patio del castillo.

Los guerreros gritaron al verla partir y, presurosos, Kieran y William salieron a la puerta al oírlos. Sin mirarlos, la joven cruzó el puente de madera.

—¡Muchacha, para! —gritó William, corriendo hacia los caballos.

—¡Maldita sea! —gruñó Kieran.

Pero cuando llegaron a sus monturas, las encontraron tumbadas o sentadas sobre sus cuartos traseros. Intentaron levantarlas, pero los animales no podían y Kieran preguntó angustiado:

—¿Qué les ocurre?

Negando con la cabeza, William contestó:

—Ha sido Angela.

—¿Qué les ha hecho? —preguntó Kieran incrédulo.

William tuvo ganas de reír a pesar de la desgracia que los rodeaba y, tocando el hocico de su caballo, notó el azúcar y olió las hierbas.

—Ha intentado que no la sigamos —explicó—. Pero, tranquilo, dentro de un rato los caballos estarán bien. Traed agua para que beban —les pidió a los hombres.

Louis miró a su jefe sin dar crédito y siseó:

—Maldita mujer.

Kieran blasfemó. No soportaba que lo tomaran por tonto y, sin lugar a dudas, aquella mujer se la había vuelto a jugar.

21

Angela cabalgó sin descanso y, cuando salió el sol ya estaba bastante lejos del castillo. Tenía que encontrar a los maleantes que le habían causado aquel dolor. Y cuando los encontrara, los mataría con sus propias manos.

Cuando paró en un riachuelo para que *Briosgaid* bebiera, desmontó para estirar las piernas. No sabía adónde iba, pero sí sabía lo que haría cuando tuviera delante a los que buscaba.

De pronto, oyó el sonido del acero al chocar y voces. Alarmada, corrió hacia la dirección de donde provenía y vio a dos hombres algo patosos atacando a un joven. Sin dudarlo, sacó la espada del cinto y se enfrentó a ellos. Con la rabia que llevaba en su interior, los atacó con ferocidad, dureza y extrema brutalidad. Una vez reducidos, junto con el joven los ató de pies y manos con unas cuerdas.

Una vez acabaron, Angela miró al desconocido para hablar con él, pero al ver en su rostro una delicadeza que no esperaba, sorprendida preguntó:

—¿Eres una mujer?

La otra asintió y, tocándose la corta melena, dijo:

—Sí, y muchas gracias por tu ayuda. Sola me habría sido más difícil reducir a estos idiotas.

Todavía incrédula por su descubrimiento, Angela la interrogó:

—¿Sabes quiénes son?

La muchacha, morena y de pelo oscuro, y vestida con pantalones, como ella, se encogió de hombros.

—No lo sé. Es la primera vez que los veo por aquí.

Angela los miró. Tenía que averiguar si aquéllos habían estado en Caerlaverock y, dándole a uno con el pie, preguntó:

—¿De dónde venís?

—Alfred —dijo el otro—, te dije que la del pelo corto era una mujer. La vi lavarse en el arroyo y...

—Te he preguntado que de dónde venís —insistió Angela.

El tal Alfred la miró y agregó:

—Ahora son dos mujeres, John. Lo pasaremos bien.

La joven morena le dio con un palo en la cabeza, sorprendiendo a Angela, y cuando el hombre perdió el conocimiento, mirando al otro, dijo:

—Responde a lo que te ha preguntado.

Angela lo interrogó durante un buen rato y pronto vio que no tenían nada que ver con lo ocurrido en su hogar. Rebuscó entre sus cosas y no encontró nada que los inculpara. Sin duda, de Caerlaverock no venían.

La muchacha, que la había observado todo el rato, encontró un caballo y preguntó:

—¿Es tuya esta preciosidad?

—Es mi yegua *Briosgaid* —contestó Angela, acercándose y acariciándola.

La otra joven sonrió y, acariciando el hocico al animal, murmuró:

—Hola, bonita. Eres una preciosidad.

La yegua movió la cabeza como asintiendo, y ellas dos se rieron.

—¿Cabalgas sola? —le preguntó la desconocida.

—Sí.

Angela miró a su alrededor en busca de más gente y cuando no vio a nadie, preguntó a su vez:

—¿Y tú estás aquí sola?

La joven morena asintió y, atando las bridas de la yegua a una rama, respondió:

—Mejor sola que mal acompañada. Ven a mi casa, te puedo dar algo de beber.

Angela la siguió y se sorprendió al ver que llegaban a un pequeño y destartalado chamizo construido con piedras entre unos árboles. Entró con la chica en lo que ésta consideraba su casa y vio un pequeño catre en el suelo, un fuego, varios troncos de madera y, sobre uno de ellos, unas flores frescas.

—¿Vives aquí?

La otra asintió y, encogiéndose de hombros, dijo:

—No es gran cosa, pero es mi hogar.

Había un pequeño y desconchado caldero al fuego del que salía un olor muy bueno.

—¿Has comido? —preguntó la muchacha. Angela negó con la cabeza y, con una sonrisa, la otra dijo—: Permíteme entonces que te invite a comer, en agradecimiento por la ayuda que me has prestado. No es mucho, sopa con un poco de conejo, pero está muy rica, te lo aseguro.

Ella asintió. La joven sacó entonces una especie de plato de loza que sin duda había conocido tiempos mejores y, poniéndoselo delante, se lo llenó de sopa.

—Come —le indicó—. Verás qué buena está.

—¿Y tú no comes?

Ella, con una encantadora sonrisa, respondió:

—Mi vajilla se compone de un solo plato. Cuando tú termines, comeré yo. Vamos, prueba mi sopa. Por cierto, no me he presentado. Me llamo Iolanda. Iolanda Graham.

—Angela Ferguson —se presentó ella a su vez.

Al oír su nombre, la joven perdió su sonrisa y comenzó a temblar.

—¿Qué te ocurre? —le preguntó Angela al verlo.

Con voz trémula, Iolanda juntó las manos y suplicó:

—Por favor, Angela, sé que estoy en la tierra de los Ferguson, pero no me delates, o el laird de estas tierras me obligará a irme de aquí y no sabría adónde ir.

—No... tranquila. Claro que no diré nada —contestó ella, consternada por su reacción.

Aún preocupada y retorciéndose las manos, la joven añadió:

—Sé que con lo que te estoy pidiendo te estoy metiendo en un lío con tu señor, pero créeme, Angela, si me pillan los Ferguson, nunca te delataré. No diré que lo sabes, ni siquiera que te conozco. Te lo prometo.

Eso hizo sonreír a Angela con tristeza. El señor de aquellas tierras había muerto, pero sin querer pensar en ello para no echarse a llorar, inquirió curiosa:

—¿Qué le ha pasado a tu pelo?

Iolanda se tocó la cabeza y, suspirando, dijo:

—Tuve que cortármelo. Una mujer no puede andar sola por los caminos y esto me ayuda a parecer un hombre.

Angela asintió. Sin duda era una buena decisión y, mirando el plato, preguntó:

—¿Esto es lo que utilizas como cuchara?

—Sí —afirmó con una sonrisa la chica, mirando el palo tallado como una cuchara—. Lo siento, pero como ves, mis limitaciones son muchas. Pero te aseguro que la comida está muy buena. Come.

Angela, levantándose, cogió otro palo tallado y, poniéndolo sobre el tronco que hacía las veces de mesa, afirmó:

—Sólo comeré si tú lo haces conmigo.

—Pero si sólo tengo un plato.

—Suficiente para las dos, ¿no crees?

Iolanda esbozó una sonrisa sincera que a Angela le llenó el corazón.

Además de gente mala, como la que había provocado todo el desastre en Caerlaverock, había gente buena en el mundo y aquella muchacha sin duda lo era. Le estaba dando todo lo que tenía a cambio de nada.

—Mmmm..., esto está buenísimo —exclamó, tomando una cucharada de sopa.

—Gracias —sonrió Iolanda bajando la vista—. Era la receta de mi madre.

Al oír ese «era», Angela comprendió mejor su situación y se interesó:

—¿Cuánto tiempo llevas aquí?

—Este invierno será el segundo —respondió la chica.

—¿Has vivido aquí todo este tiempo?

—Sí.

—¿Y en invierno también?

Ella asintió y bajó la vista.

—Pero Iolanda, eso ha debido de ser terrible para ti. El invierno es espantosamente frío y...

—Te aseguro, Angela —la cortó ella con una sonrisa—, que estar aquí, a pesar del frío o del hambre, ha sido mi única alternativa. Por suerte, de niña mi padre nos enseñó a mi hermano y a mí a cazar y pescar y eso ha facilitado mi día a día.

De nuevo Angela se dio cuenta de que hablaba de su padre en pasado y, sin poder evitarlo, preguntó:

—¿Tan terrible era tu vida como para estar mejor aquí?

Iolanda perdió su jovial sonrisa.

—Sí.

De pronto, se oyó un silbido y la voz de uno de los hombres que estaban fuera maniatados. Ellas levantaron la tela que servía de puerta de la cabaña y, horrorizadas, vieron a varios desconocidos con muy malas pintas que las miraban. Habían estado tan absortas en su conversación que no se habían percatado de nada.

—Buenos días, señoritas —saludó con mofa uno de aquellos villanos.

Llevándose la mano al cinto, ambas salieron de la caseta desenvainando sus espadas y se pusieron a la defensiva. Los hombres las rodearon. Eran cinco más los dos maniatados. Uno de aquellos adelantó su acero, le dio un golpe al plato que había sobre el tronco y éste cayó al suelo y se hizo añicos.

Iolanda, al verlo, masculló con voz enojada:

—Me acabas de romper la vajilla, maldito gusano.

El hombre soltó una risotada y ella, furiosa, le lanzó un espadazo que casi le corta el pescuezo.

Conscientes del peligro que corrían, las dos jóvenes se miraron y, sin acobardarse, se lanzaron a la lucha. Como pudieron, se defendieron con sus armas, pero cuando uno de los hombres desató a los dos que estaban atados, ya eran siete. Demasiadas espadas para ellas solas. Sin embargo, cuando creían que todo había acabado, se oyó el silbido de unas flechas y uno a uno todos aquellos villanos cayeron de bruces, ante sus caras de asombro.

Las jóvenes se juntaron, dispuestas a continuar la lucha con quien se les pusiera por delante, cuando Angela vio aparecer a Kieran y a William junto a algunos de sus hombres. Eso la tranquilizó, pero a pesar de su alegría por hacer acto de presencia en aquel momento, maldijo. La habían pillado.

Kieran, con el semblante demudado por la rabia, se acercó a ella y, mientras sus hombres se encargaban de aquellos malolientes villanos, la asió del brazo y, acercando su rostro al de ella, bisbeó:

—¿Adónde se supone que ibas, Angela?

—¡Suéltame! —replicó ella.

Malhumorado, él insistió:

—Dime, ¿adónde ibas?

—¿Tú qué crees? —le respondió, dando un tirón para que le soltase el brazo.

Pero sin apartarse de su lado, Kieran dijo:

—No lo sé y por eso te lo pregunto.

Con una chulería que hasta ese momento él no había visto en la dulce y llorona Angela, ésta respondió:

—¿Acaso he de darte explicaciones? ¿Desde cuándo? ¿Desde cuándo yo tengo que rendirte cuentas a ti?

—Desde que tu padre me pidió que te llevara sana y salva a tu hogar —contestó Kieran.

—¡Maldita sea! —siseó furiosa. Y luego, sin amilanarse, añadió—: Ya lo hiciste, O'Hara. Me llevaste de regreso a Caerlaverock. Por lo tanto, tranquilo, quedas exento de mi guarda y custodia.

—Te equivocas y lo sabes —replicó Kieran enfadado.

Angela levantó las cejas y sentenció:

—No me equivoco. Y ahora que sabes quién soy, ten por seguro que no necesito tu ayuda, ni la de nadie. Con la mía propia me basto.

Al volverse, se encontró con Aston y George, que sonreían ante la desesperación del O'Hara y, sin poderlo evitar, ella también sonrió. Ya no había nada que ocultar. Ahora todos sabían que era Hada.

Iolanda, al ver que aquellos hombres conocían a la joven, se tranquilizó y bajó la espada.

—¿Están bien los caballos? —preguntó entonces Angela.

William asintió, y ella, mirando al ceñudo O'Hara, insistió:

—¿*Caraid* también?

Kieran, sorprendido de que se acordara del nombre de su caballo, asintió a su vez y Angela, en un tono de voz más calmado, añadió:

—Siento haberlo hecho, pero no podía permanecer tumbada en mi cuarto como una tonta, sin que nadie hiciera nada, mientras los asesinos de mi padre y de mi gente están libres. ¿Acaso no lo entiendes?

—¿Quién te ha dicho que nosotros no estamos haciendo nada, y menos aún que no lo entienda? —replicó Kieran.

—Quiero encontrarlos. Quiero matarlos. Quiero que sufran por lo que han hecho y quiero verlo con mis propios ojos y hacerlo con mis propias manos.

Esas impetuosidad, fuerza y coraje le recordaron a Kieran las de las esposas de sus amigos McRae y, aunque le agradó su valor, dijo:

—Varios de mis guerreros están buscando a quienes mataron a los tuyos, ¿o es que crees que lo ocurrido va a quedar impune?

—Por mi parte no —aseveró decidida.

—Y por la mía tampoco —afirmó Kieran.

Entre ambos saltaban chispas y, finalmente, tras apartar la vista y mirar a William, ella comentó compungida:

—Yo creía que...

—Por el amor de Dios, Angela —gruñó Kieran—. Tu padre era un buen hombre, y te dejó a mi cargo, ¿cómo no me voy a preocupar por ti y por lo ocurrido en Caerlaverock?

Al pensar en su padre, se le dulcificó el semblante y, volviendo a ser la cariñosa Angela, se lanzó a sus brazos y, descolocándolo por completo, musitó:

—Gracias, Kieran... gracias... gracias...

Él miró a William sorprendido. ¿Aquella joven quería volverlo loco? Y al ver que el hombre sonreía, pensó que aquel viejo zorro estaba disfrutando con su total desconcierto.

Cuando apartó a Angela y miró su rostro, se apenó al ver sus ojos enrojecidos. Eso le hizo bajar sus defensas a unos niveles que nunca imaginó, pero sin querer perder la compostura, siseó:

—Mientras estés a mi cargo, no vuelvas a marcharte sin avisar, ¿entendido?

—Ya no estoy a tu cargo.

—Sí lo estás —afirmó Kieran.

Tras soltar un más que evidente suspiro, Angela asintió:

—De acuerdo. Lo estoy.

Contento por ver que parecía entrar en razón, añadió, levantando la voz:

—¡Si vuelves a hacerlo, juro que te encontraré y...!

—No me grites, O'Hara, que no soy sorda —pidió molesta.

—¿Que no te grite? —repitió él, incrédulo ante su osadía.

—Exacto. Estoy a un palmo de ti, ¿por qué gritas?

Sus hombres los observaban y Kieran, al ser consciente de ello, gruñó:

—Porque te lo mereces. —Y bajando la voz, agregó—: Mis guerreros nos están mirando. Haz el favor de dejar de protestar y compórtate.

Angela miró con disimulo y, con mofa, empezó:

—Buenooooo...

William comprendió la actitud de Kieran ante sus hombres y susurró:

—Muchacha, deberías callarte y ceder.

—¿Tú también con eso? —Pero al entender lo que le decía, musitó—: De acuerdo, me callaré.

Agradecido por la ayuda, Kieran miró a William y éste dijo:

—Él tiene razón, tu padre nos pidió que veláramos por ti, muchacha.

—Tú dices que mi padre te dejó a mi cargo, él dice que papá también lo dejó a mi cargo y...

—¡Es cierto, Angela! —la interrumpió Kieran, levantando de nuevo la voz—. ¡Sabes que así es!

—¡Que no me grites, O'Hara! —le gritó ella a su vez y, enfadada, hizo ademán de marcharse, pero él se lo impidió sujetándola del brazo—. ¡Suéltame, maldita sea! —ordenó enfadada.

Varios de los guerreros O'Hara mascullaron, protestando. ¿Qué hacía aquella mocosa hablándole así a su señor? Kieran, al oírlos, siseó con gesto fiero:

—O cambias de actitud o te aseguro que lo vas a lamentar. —Y luego añadió—: Recuerda, Angela, estás bajo mi responsabilidad y...

—¡¿Y?!

Aquella provocación continua lo estaba sacando de sus casillas y contestó:

—Que me respetarás y no me gritarás. Y, aunque te marches, debes saber que, vayas donde vayas, siempre te encontraré.

Ella parpadeó. Ni su padre le había hablado nunca así. Fue a contestar, pero Iolanda, que había oído los cuchicheos y comentarios de los guerreros, al ver la tensión allí acumulada, se entrometió para llamar la atención de la joven y exclamó:

—Por el amor de Dios, Angela, ¿cómo no me lo habías dicho? ¿Han matado a tu padre y a tu gente? —Y, sin darle tiempo a contestar, la abrazó y afirmó, dejándolos a todos pasmados al percatarse entonces de que era una mujer—. Yo te cuidaré. No te dejaré sola y mi casa será tu casa. A partir de ahora, me tienes para todo lo que necesites, ¿de acuerdo?

Kieran miró a la muchacha de pelo corto. ¿Quién era?

Angela sonrió y asintió con la cabeza. Realmente, estaba tan cansada que lo último que le apetecía era discutir, así que abrazó a aquella casi desconocida y, agradecida, dijo:

—Gracias, Iolanda, pero he de regresar a mi hogar.

Permanecieron abrazadas unos instantes, hasta que Angela se

separó y caminó hacia William, que la consoló y la mimó como llevaba años haciéndolo.

Kieran, receloso por no ser él quien la consolara y sólo se llevara sus malas contestaciones, observó envidioso aquel gesto entre los dos.

Mientras, Iolanda contemplaba con tristeza cómo aquella joven se alejaba y ella se quedaba de nuevo sola.

Dio media vuelta, miró su pequeño y destartalado hogar y caminó hacia él resignada. Al llegar, se agachó y recogió con pena los pedazos de su único plato, mientras se le escapaba una lágrima. En ese momento, oyó preguntar detrás de ella:

—¿Qué es eso que huele tan bien?

—Sopa con conejo —respondió sin volverse—, pero lo siento, no te puedo invitar. Toda mi vajilla está hecha añicos.

Louis, acercándose, vio los trozos que tenía en las manos y se burló:

—¿Eso es tu vajilla, muchacho?

Iolanda se volvió con furia y, dándole un empujón al gigante que tenía detrás, gritó fuera de sí, con lágrimas en los ojos:

—Sí, idiota. Esto era toda mi vajilla y no soy un muchacho, soy una mujer.

Confuso por no haberse dado cuenta de ese detalle, vio las lágrimas en sus ojos y preguntó:

—¿Y por qué lloras? ¿Qué te ocurre?

Con la sensibilidad a flor de piel, ella le enseñó la loza rota que tenía en las manos y contestó:

—Éste era el único recuerdo que tenía de mi madre y ahora está... está roto.

Louis, apenado por su tristeza, se acercó más, le levantó la barbilla con un dedo para que lo mirara y se disculpó:

—Siento haberte hecho llorar. No era ésa mi intención.

Iolanda se secó las lágrimas y, dando un paso atrás para alejarse del moreno y guapo highlander, murmuró:

—Tranquilo, tú no me has hecho llorar.

Mientras, Kieran observaba a William y sus hijos hablar con Angela. Parecían discutir. Debían hacerla entrar en razón o él tomaría cartas en el asunto. Pero por fortuna vio que lo conseguían y Aston, acercándose a él, dijo:

—Volverá a Caerlaverock con nosotros y esperará a que lleguen sus hermanas.

Kieran asintió. Aquello era lo más razonable.

Sin poder apartar la vista de ella, recorrió su cuerpo con cierta lujuria. Ante él tenía a Hada, la mujer que había ocupado la mayoría de sus pensamientos durante los últimos días. Encantado, miró aquellos pantalones de cuero marrón que resaltaban sus bonitas piernas y su sensual movimiento al caminar. Se notaba que llevaba aquella ropa con total naturalidad y sonrió al ver la capa verde. La capa que siempre ocultaba a la verdadera mujer, que no era ni más ni menos que la dulce y torpe Angela.

Entonces vio a ésta dirigirse hacia Iolanda, que, sentada en un tronco, hablaba con Louis. Al llegar frente a ella, le ordenó:

—Iolanda, recoge tus cosas, te vienes conmigo.

—¡¿Cómo?!

—No te dejaré aquí sola. Me niego. Te vendrás conmigo al castillo de Caerlaverock.

La joven la miró sorprendida y fue a decir algo, pero Angela le aclaró:

—Mi padre era el laird Kubrat Ferguson, dueño de estas tierras, y yo, como hija suya, no permitiré que pases otro invierno de frío y soledad.

—¿Has pasado el invierno aquí? —preguntó Louis sorprendido, señalando la cabaña.

Cohibida de pronto al saber quién era Angela, la joven inclinó la cabeza y con actitud sumisa y mirando al suelo, murmuró:

—Señora, os doy las grac...

—Iolanda, por favor, mírame a los ojos —la cortó Angela.

Cuando lo hizo, ella le aclaró:

—Odio las malditas reglas y quiero que me llames por mi nombre. Por favor, no cambies tu actitud hacia mí.

Azorada, la chica la miró a los ojos y, emocionada, murmuró:

—¿Estás segura de que me quieres a tu lado?

Angela esbozó una sonrisa e, intuyendo que había encontrado en ella a una excelente amiga, asintió y afirmó con cariño:

—Totalmente segura, Iolanda.

Emocionada, la chica la abrazó y, cuando la soltó, miró a Louis, que le sonrió. Nerviosa, entró en la cabaña, cogió una ajada bolsa y, cuando salió de allí, informó:

—Ya está, Angela. Aquí está todo lo que tiene algún valor para mí.

—Iolanda irá contigo en tu caballo —le dijo Angela a George.

—No, irá conmigo —se apresuró a decir Louis.

Al oírlo, Iolanda se ruborizó y respondió:

—Si me dais un caballo, puedo ir sola.

—No hay más caballos —contestó Louis—. Vendrás conmigo.

Entonces, sin mirar a Kieran, Angela pasó por su lado en busca de su yegua, pero él la agarró del brazo y dispuso:

—Tú vendrás conmigo.

Ella intentó soltarse y, señalando a su yegua con la cabeza, respondió:

—Ya has visto que sé montar a caballo y que no soy la dulce y tímida damita que creías. No necesito que nadie me lleve. Sé cabalgar yo sola.

Sin ganas de discutir, Kieran miró a William y le indicó:

—Ata la yegua a tu caballo. Angela irá conmigo.

—Pero...

—He dicho que vienes conmigo y haz el favor de cerrar esa boquita de una vez —espetó él con voz ronca.

Nadie, a excepción de su madre, conseguía sacarlo de sus casillas como lo hacía aquella chica.

Instantes después, Kieran montó con gallardía en su enorme y bonito caballo e, inclinándose, izó a Angela. Ella, resignada, se sentó a horcajadas sobre el negro animal y la comitiva emprendió el regreso.

Al principio, ni Kieran ni Angela hablaban. Ambos estaban ocupados, poniendo en orden sus pensamientos, hasta que, acercando la boca a la oreja de ella, él preguntó:

—¿Cómo prefieres que te llame, Angela o Hada?

—Angela —contestó ella.

—¿Por qué me lo ocultaste?

—Nadie debía saberlo.

—¿Por eso me dijiste que si te conociera un poco más me enamoraría de ti?

Azorada por ello, Angela no respondió y el laird calló. ¡Cuánta razón tenía ella!

Entonces, Kieran azuzó a su caballo y cabalgó con la joven entre sus brazos hasta llegar al castillo de Caerlaverock.

22

Al día siguiente, tras una noche en la que apenas nadie pudo descansar, Angela, acompañada de Iolanda, bajó al salón ojerosa y se sorprendió al ver que lo habían recolocado todo, y lo agradeció.

—Louis y el laird O'Hara me ayudaron a ordenar un poco el desastre —le explicó Iolanda—. Más o menos se acordaban de cómo estaba todo antes, aunque poco pudimos hacer con los muebles que habían roto.

—Gracias, Iolanda —respondió ella sonriendo con gratitud.

Si Caerlaverock antes de aquello era penoso, ahora no tenía nombre, pero sin duda era mejor verlo así que como se lo encontraron.

—Agradéceselo a ellos dos también —le dijo Iolanda, guiñando un ojo—. Eran quienes querían que vieras esto en mejores condiciones.

Angela asintió. Debería hacerlo.

Kieran la seguía con la mirada y vio que se dirigía hacia donde estaban los cuerpos de los fallecidos, de modo que fue tras ella a grandes zancadas, le cogió la mano y le impidió continuar.

—No lo hagas, Angela. No vayas.

—¿Por qué?

Kieran, que había visto muchos cadáveres en su vida, sin soltarla, respondió:

—Es mejor recordarlos como eran que como están ahora.

Sin duda él tenía razón. Era lo mejor. Y, sin soltarse de su mano, caminó hacia la larga mesa y se sentó. Tras un tenso silencio, miró al hombre que tenía delante y dijo:

—Gracias por adecentar este lugar.

Conmovido por sus palabras, Kieran sonrió.

—No tienes nada que agradecer.

—¿Dónde están William, Aston y George?

—Fuera, con mis hombres.

Angela asintió y Iolanda, al ver que estaban tranquilos sentados a la mesa, bajó a las cocinas. Miró a su alrededor. Todo era un caos, pero buscó hasta encontrar algo para desayunar y, cuando iba a prepararlo, oyó:

—¿Tú no descansas nunca?

Al reconocer la voz sonrió. Era Louis. Se dio la vuelta y lo vio apoyado en el quicio de la puerta.

—Quería preparar algo de desayuno para Angela —se justificó.

Cuando vio que él se acercaba con cuidado de no pisar nada de lo que había en el suelo, Iolanda retrocedió. Ese gesto, a pesar de la sonrisa que la joven tenía en los labios, llamó la atención de Louis, que se paró. Se sentó en una de las sillas que quedaban junto a una destrozada mesa y preguntó:

—¿Qué hacías en el bosque sola?

Iolanda se mordió el labio inferior un momento y luego respondió:

—Si no te importa, prefiero no hablar de ello.

Louis, que era bastante comprensivo y paciente, asintió e, intentando no volver a tocar ese tema, esbozó una sonrisa y, señalando la silla de enfrente de él, le propuso:

—¿Por qué no te sientas y descansas un poco? Me consta que no has parado y tienes que estar agotada.

Con una grata sonrisa, la joven hizo lo que le pedía y poco después se los oyó reír divertidos.

En el salón principal, Kieran, que hablaba con Angela, se fijó en las ojeras de ésta y eso lo apenó.

—Creo que deberías dormir un poco más, no tienes buen aspecto —dijo.

—¿Me estás llamando fea? —se mofó Angela, con una bonita sonrisa.

Kieran sonrió al recordar un momento parecido a ése, con ellos dos, Sandra y Zac, pero antes de que él contestara, Angela añadió:

—No me mires así, O'Hara, sé que no querías decir eso.

—Me alegra saberlo —contestó Kieran, sonriendo.

Angela se retiró el pelo de la cara y se lo recogió con una cinta de cuero, mientras él miraba su fino cuello con veneración.

Tosió para recuperar la compostura y anunció:

—Tus hermanas seguramente llegarán pronto.

Más calmada que el día anterior, Angela se tocó la frente. No se encontraba bien. Cerró los ojos unos instantes y, cuando los abrió, con gesto cansado murmuró:

—Laird O'Hara, siento que lo acontecido os esté retrasando. Sin duda, vuestra madre y vuestra prometida os añorarán y...

—Angela —la cortó él—. Soy Kieran. Olvídate de las normas, por favor.

—Disculpa —respondió ella—. Estoy tan cansada y confusa por todo lo que ha pasado que ya no sé ni lo que digo...

Kieran asintió y, cogiéndole la mano por encima de la mesa, se la besó.

—No te preocupes. Me hago cargo.

Con su mano entrelazada con la de él, Angela lo miró. El calor que aquel hombre irradiaba era lo que necesitaba y su corazón se desbocó. Sentir su aliento sobre su mano era un bálsamo para sus heridas y, hechizada, murmuró:

—Gracias, Kieran.

Oír su voz derrotada no le gustó y, deseoso de hacerle olvidar la agonía que estaba sufriendo, confesó:

—Las cosas que estoy descubriendo de ti me sorprenden.

Angela sonrió, pero se mantuvo en silencio.

—Nunca imaginé que una torpe y llorona mujercita como tú pudiera ser tan hábil con la espada y el engaño —dijo él, soltándole la mano.

Ella arrugó la nariz con gesto divertido y respondió:

—Y yo nunca imaginé que un hombre curtido en guerras, en mujeres y en armas como tú fuera tan fácil de engañar.

—Si mis amigos los McRae o sus mujeres se enteran de cómo

me has engañado, no dejarán de reírse de mí en años —reconoció él, sonriendo.

—¿Tú crees?

—Lo creo sin ninguna duda.

En ese instante, entraron dos de los guerreros de Kieran. Hablaron con él sobre algo y cuando se marcharon dejándolos de nuevo solos, Angela dijo:

—Tus hombres deben de estar deseando regresar a sus hogares. Tu madre os espera en Edimburgo y...

—Mi madre esperará mi llegada y mis hombres harán lo que yo les diga.

—Lo sé, pero sería comprensible que quisieran partir.

Kieran fue a responder, pero en ese instante aparecieron en el salón Iolanda y Louis muy sonrientes, llevando unos vasos, algo de leche y una especie de galletas. La conversación se interrumpió.

Angela cogió una de aquellas galletas y, al mirarla, se le llenaron los ojos de lágrimas.

—Pobre Evangelina, con lo maravillosa y buena que era, cuánto miedo tuvo que pasar. Y las niñas... mis bonitas y queridas Effie y Leslie. —Sollozó—. ¿Cómo alguien pudo asesinarlas?

Con gesto compungido, Iolanda miró a Kieran. El highlander tenía la mirada clavada en Angela, pero no se movía. Así que, levantando los brazos, la joven le hizo una seña para que fuera a consolarla. Al verla gesticular, Kieran se levantó, se sentó junto a Angela y la abrazó.

Angela, sin importarle quién le abrazaba, se cobijó en aquellos fuertes brazos mientras lloraba aquellas terribles muertes y Kieran, inconscientemente, le besó la cabeza mientras le murmuraba palabras de consuelo. Se acomodó en el banco de madera y, sentándola sobre sus piernas, comenzó a acariciarle el cuero cabelludo con mimo para relajarla, hasta que, de pronto, ella se quedó totalmente dormida. Estaba rendida.

William, que en ese momento entraba con su hijo Aston en el salón, al ver aquella imagen comentó con una triste sonrisa:

—Deberías llevarla a su habitación.

—No sé cuál es —dijo Kieran.

—Arriba, segunda puerta a la derecha. Debe de estar agotada. Además, cuanto más duerma, menos pensará en lo ocurrido.

Totalmente de acuerdo, Kieran se levantó con cuidado y, con ella en brazos, subió hasta la estancia de la joven. Al entrar en ella, pudo ver lo desnudo que estaba todo. La cama era un simple camastro de madera con un colchón de lana. Además de eso, sólo había el hogar.

Miró a su alrededor sorprendido, intentando entender cómo Kubrat Ferguson había perdido tanto la cabeza para llegar a vivir así y cómo, con su dejadez, había arrastrado a sus hijas a vivir con aquella precariedad.

Con cuidado, dejó a Angela sobre el colchón y la miró. Todavía no podía creer que aquella delicada joven de cabellos rojo fuego fuera Hada. Ahora entendía que las marcas que había en sus manos y en sus brazos no sólo eran de trabajar en el campo y estuvo seguro de que en el cuerpo tendría muchas más. Le cogió una mano y la observó. El profundo corte que tenía en la palma tuvo que dolerle. Lo miró y, bajando su boca hasta la herida, se la besó con cuidado.

Una vez le dejó la mano sobre la cama, miró sus labios. Eran carnosos y deseables. Deseó tumbarse a su lado para mirarla y consolarla si se despertaba, pero tras pensarlo con frialdad, supo que no era buena idea.

¿Qué hacía él preocupándose tanto por aquella joven?

¿Acaso era cierto que podía enamorarse de ella?

Al final, la tapó con un viejo tartán que encontró y se encaminó hacia la puerta para salir de la habitación. Era lo más prudente para los dos.

Cuando lo hizo y cerró detrás de él, la sensación de soledad que lo embargó lo dejó sin habla. Su instinto protector le gritaba que no la dejara, que regresara con ella, pero se resistió y recordó algo que le había dicho Duncan de cuando conoció a Megan. Las palabras exactas fueron «Megan me desconcertó, me desesperó y me cautivó de tal forma que ya no podía vivir sin ella».

Agobiado, abrió de nuevo la puerta, la miró dormir sobre el camastro y murmuró:

—¿Qué me estás haciendo, Angela Ferguson?

Después de cerrar de nuevo, bajó al salón y, al entrar en el mismo, vio allí a William. Caminó hasta él, se sentó a la mesa y, cogiendo una jarra de cerveza, se la bebió de un trago. Al dejarla, preguntó al hombre que lo observaba:

—¿Por qué sonríes?

William lo miró y dijo:

—Kubrat estará feliz al ver cómo te preocupas por su niña.

—Me preocupo como te preocupas tú y...

—Le diste tu palabra de que la cuidarías, no lo olvides.

—Tú también —siseó Kieran.

—Lo sé —contestó William—. Pero no olvides que tú fuiste el último que le prometió cuidar a su hija y traerla de regreso sana y salva. Creo que no he de recordarte que la palabra de un highlander es sagrada. Yo, por mi parte, cumpliré la mía, ahora sólo espero que tú cumplas la tuya.

Ofuscado por lo que el hombre le estaba dando a entender, Kieran se levantó y salió del salón. Necesitaba pensar qué hacer para solucionar rápidamente aquello.

En el patio de armas vio a Louis charlando con Iolanda. Los miró desde lejos. Sin lugar a dudas, aquella joven, tan distinta a las mujeres a las que su amigo estaba acostumbrado, había llamado la atención de éste. Sólo había que ver cómo le sonreía y se pavoneaba ante ella.

Cuando Louis lo vio, se despidió de Iolanda con una encantadora sonrisa, que ella le devolvió a su vez.

—¿Angela está durmiendo? —le preguntó Louis a Kieran.

—Sí.

—¿Crees que está mejor?

Preocupado sin saber realmente por qué, él respondió:

—No lo sé.

Durante unos instantes, se quedó mirando al suelo: no podía dejar de pensar en Angela. Louis le preguntó:

—¿Qué te ocurre?

Al ver que no había nadie alrededor que lo pudiera oír, Kieran respondió:

—Esa mujer me desconcierta. Deseo estar cerca de ella en todo momento, pero al mismo tiempo pienso que no he de hacerlo.

—¿Angela Ferguson te gusta más que Susan Sinclair?

Él lo pensó un momento y finalmente dijo:

—No lo sé. Es diferente y...

—¡Eh... eh... Liam! —gritó Louis de repente, cortando a su amigo—. Deja a la señorita tranquila y continúa con lo que estabas haciendo.

Kieran, al mirar y ver al joven que estaba junto a Iolanda, cuchicheó:

—¿Por qué alejas a Liam de la muchacha?

—Porque es un pesado —respondió Louis tosiendo—. Seguro que la molestaría.

—Lo dudo. Liam es un muchacho sensato y, ahora que lo pienso, seguramente son de la misma edad.

Louis miró a su amigo y, finalmente, ambos soltaron una carcajada.

Su visita a Caerlaverock les estaba empezando a ocasionar más de un quebradero de cabeza.

23

Angela durmió gran parte del día.

Kieran, preocupado, la visitó en varias ocasiones para ver si estaba bien, bajo la atenta mirada de William y sus hijos.

¿Era bueno dormir tanto?, se preguntó.

William, al ver su desconcierto, le dijo que no se alarmara. El sueño de Angela era así, o no pegaba ojo o, cuando lo hacía, estaba tan agotada que dormía profundamente.

Kieran asintió. Si ella estaba bien, él lo estaba también.

Intranquilo, dio un paseo sin alejarse de las inmediaciones del castillo. No podía dejar de pensar en la joven. En sus ojos, en su pelo, en su tristeza y en aquella sonrisa que le iluminaba el rostro. Necesitaba que se sintiera tranquila y feliz. Eso se había convertido en su máxima prioridad.

Por la noche, tras hablar con sus hombres, regresó al interior de Caerlaverock con la esperanza de que Angela se hubiera despertado. Pero seguía durmiendo. Subió otra vez a verla, en esta ocasión llevando un tartán para él.

Cuando abrió la puerta, vio que alguien había encendido el hogar. Eso le gustó. Y, acercándose a la cama, le acarició el pelo con ternura; luego, sentándose en el suelo, se apoyó en la pared y murmuró:

—Descansaré a tu lado por si me necesitas.

A la mañana siguiente, cuando Angela se despertó, todos los recuerdos acudieron a su mente. La muerte de su padre, su escapada, Iolanda, el regreso a Caerlaverock.

Sentándose en la cama, miró a su alrededor. Estaba sola y el hogar estaba casi apagado. Se levantó, se peinó y se recogió el pelo en la nuca. Después se puso uno de sus ajados vestidos, que encontró sobre una silla, y bajó al salón con otro vestido para Iolanda.

La muchacha, que estaba sentada en una silla, se levantó al verla entrar y la abrazó.

—¿Te encuentras mejor?

—Sí —respondió Angela.

—Vaya manera de dormir —se mofó Iolanda—. Nunca había conocido a nadie que durmiera como un oso.

Ese comentario hizo sonreír a Angela y, tendiéndole el vestido que llevaba en las manos, comentó:

—Somos más o menos de la misma altura, creo que te irá bien. Póntelo.

Mirando aquel viejo vestido como si fuera el más bonito del mundo, la chica sonrió encantada y dijo:

—Gracias... gracias... me lo pondré ahora mismo y, cuando tenga tiempo, lo arreglaré y me quedará perfecto.

—¿Sabes coser? —preguntó Angela sorprendida.

Iolanda asintió y aclaró:

—Mi madre era costurera y me enseñó. —Y, sin ganas de dar más explicaciones, la apremió—. Anda, siéntate a la mesa, te traeré algo de comer.

—No tengo hambre.

—Me da igual —replicó Iolanda—. Debes comer algo y no se hable más.

Y dicho esto, salió corriendo hacia las cocinas.

Sola en el salón, Angela miró a su alrededor. Aquél era el lugar donde había nacido y donde se había criado. Donde había reído y llorado. Donde había bailado y cantado junto a su familia, pero ahora, sola y sin ninguno de sus seres queridos cerca, se dio cuenta de lo difícil que sería vivir allí.

Quizá su padre tenía razón en lo referente a que se tenía que marchar. Pero sólo pensarlo le partía el corazón.

—Buenos días —oyó decir tras ella.

Al volverse, se encontró con la azulada mirada del guapísimo Kieran y, con una sonrisa calurosa, le devolvió el saludo:

—Buenos días.

El laird de los O'Hara caminó hacia ella, feliz de que por fin se hubiera despertado. Llevaba horas esperándolo. Deseó abrazarla, besarla, pero en vez de eso, se sentó frente a ella en la mesa y preguntó:

—¿Has dormido bien?

Ella respondió con un gracioso gesto y él comentó:

—Nunca había conocido a nadie que cayera en un sueño tan profundo como tú.

Divertida por ese comentario tan habitual entre los que la conocían, dijo:

—Hace un momento, Iolanda me ha dicho que duermo como un oso, justo lo que papá me decía siempre.

Ambos sonrieron justo en el momento en que la muchacha entraba con un tazón de leche y galletas. Lo dejó ante Angela y esbozó una sonrisa. Con aquel pobre vestido granate se la veía muy femenina y Kieran, con caballerosidad, dijo:

—Estás muy guapa esta mañana, Iolanda.

Encantada, la joven dio una vuelta ante ellos, para después coger las manos de Angela y decir:

—Gracias... gracias por este detalle. Llevaba casi dos años sin ponerme un vestido.

—Estás preciosa y te queda muy bien —aseveró ella.

Louis entraba en ese instante en el salón y, al verla, se quedó parado en la puerta. Sin duda, era un ángel lo que veían sus ojos. Cuando Iolanda lo vio, lo miró esperando que le dijera algo bonito, que no tardó en oír.

—Iolanda, vestida así eres una linda mujercita.

—Gracias —sonrió ella con coquetería. Y algo azorada por cómo la miraba él, se excusó—: Tengo que ir por agua. Disculpadme.

—Te acompañaré por si necesitas ayuda —se ofreció Louis tras carraspear.

Kieran y Angela intercambiaron una mirada de entendimiento y ambos sonrieron.

—Come algo —le indicó él—. Lo necesitas.

Angela asintió. Tenía mucha hambre y comió bajo su atenta mirada. Una vez terminó, sonrió satisfecha.

—Angela, debemos hablar —dijo él entonces.

—Tú dirás.

—Cuando todo termine y tus hermanas regresen a sus hogares, ¿qué querrás hacer?

Sorprendida por aquella cuestión en la que hasta el momento ella se había negado a pensar, respondió:

—Supongo que me quedaré aquí. No conozco nada más y...

—Aquí no se puede vivir —la cortó él—. Cuando todos nos vayamos, sólo quedaréis Iolanda, William con sus hijos y tú. Pero te recuerdo que Aston y George tienen pensado marcharse a Edimburgo tras las Navidades.

Ella asintió. La cruel realidad era agobiante y, murmuró, mientras se rascaba una ceja con el pulgar:

—Mi situación es bastante confusa y mi futuro aún más. —Y, con una triste sonrisa que a Kieran le rompió el corazón, añadió—: Papá siempre pensó que yo...

En ese instante se oyeron cascos de caballos. Levantándose de la mesa, Angela salió del salón, seguida de Kieran. Cedric y Davinia, junto a los guerreros Steward, entraban en el patio del castillo.

Al ver a su hermana, Davinia desmontó y corrió hacia ella. Ambas se abrazaron y Angela musitó sin llorar:

—Davinia, papá... todos están muertos.

Con los ojos desorbitados, la joven miró a Kieran y posteriormente a William, que se acercó a ellas y asintió.

Esa tarde llegó May y a partir de ese instante todo fue una locura y una gran tristeza para las Ferguson.

24

Al anochecer, Jesse Steward llegó también al castillo con su ejército. Angustiado, quiso acercarse a Davinia o a sus hermanas para darles sus condolencias, pero su hermano Cedric y sus hombres se lo impidieron, por lo que, sin hacer ruido, se quedó junto a Kieran y el resto de los guerreros.

Al alba, Zac, incrédulo por lo que le habían contado, le preguntó a Louis:

—¡¿Que Angela es Hada?!

Su amigo asintió y respondió:

—Y tu delicada Sandra otra de las encapuchadas.

—¡¿Cómo?!

—Lo que oyes, amigo... lo que oyes.

Atónito, el joven miró a Kieran, que no muy lejos de ellos hablaba con Jesse. Rápidamente, de una bolsa que colgaba de su cintura, Zac sacó la flor seca que la encapuchada le dejó en el pelo y al ver que era de color naranja y exactamente igual que la que le había entregado Sandra el día que se conocieron, sonrió.

Desde un discreto segundo plano, Iolanda observaba preocupada a Angela. La joven apenas se movía ni hablaba con nadie, sólo miraba la tumba de su padre casi sin pestañear. Levantándose, buscó a Louis y, acercándose al grandullón, le comentó:

—Louis, estoy preocupada por Angela. Creo que voy a acercarme a ella y...

—No, Iolanda —la cortó él—. Quédate donde estás. No me fío de esos Steward.

—Pero ¿no ves que...?

El paciente Louis la sujetó del brazo con dulzura y dijo:

—Veo todo lo que tú ves, pero, por favor, no te acerques a esos hombres, no son de fiar.

Iolanda asintió y sonrió. Aquel hombre de ojos rasgados y soñadores le gustaba, así que en vez de volver a donde estaba, se sentó a su lado.

Zac, al ver la cara de bobalicón de su amigo al mirarla, se le acercó y, discretamente, preguntó:

—¿Y esta joven quién es?

—Es Iolanda —le informó Louis y, bajando la voz, le contó—: Cuando Angela se escapó, la buscamos y la encontramos con ella. Al parecer, la pobre llevaba viviendo en el bosque cerca de dos años, sola y...

—¿La pobre? —rio Zac.

Louis, al ver que levantaba la voz, se acercó a él y siseó molesto:

—Baja la voz o te oirá.

El otro obedeció rápidamente y, mirando a la muchacha con disimulo, murmuró:

—Sin duda, no tiene bigote como...

—¡Zac! —lo cortó Louis—. Un respeto por la otra pobre mujer, que ha muerto.

Consciente de que tenía razón, el joven asintió:

—Tienes razón. Mi comentario ha sido desafortunado.

Tras un silencio en el que Zac observó que su amigo no apartaba la vista de la joven de pelo corto, cuchicheó:

—¿Te gusta Iolanda?

—No.

—Pues tu sonrisa de bobo no dice lo mismo.

—He dicho que no me gusta, ¿no has oído bien? —siseó Louis.

—¿Seguro? —insistió Zac divertido.

—¿Pretendes enfadarme? —replicó Louis molesto y frunciendo el cejo.

Al ver su reacción, Zac sonrió.

—Tiene una sonrisa muy bonita y unos ojos cautivadores. Y con un vestido más nuevo que el que lleva mejoraría mucho su apariencia, ¿no crees?

Louis, removiéndose nervioso, contestó:

—No dudo de lo que dices, pero a mí me gustan las mujeres de cabelleras largas y con clase. No mujeres de la calle como esta joven. Simplemente, estamos siendo cordiales con ella. La ayudamos y le damos cobijo por pena. Por no dejarla sola.

—¿En serio? —preguntó Zac, sorprendido porque lo que veía no era lo que su amigo le decía.

—Zac, por favor, ¿quién se fijaría en alguien como ella? ¿Con ese pelo? ¿Acaso es comparable a alguna de las bellezas con las que yo suelo estar?

—No. Sinceramente no.

Con actitud de machos dominantes ambos se rieron, sin percatarse de que Iolanda lo estaba oyendo todo, pero a pesar de que aquello le partió el corazón, sin inmutarse continuó mirando al frente.

Las tres hermanas Ferguson dieron sepultura a los cuerpos sin vida de las personas que siempre las habían cuidado y querido.

Su tristeza y desconsuelo eran insoportables. Habían perdido todo lo que ellas consideraban familia.

Pese a su actitud fría, Cedric estuvo junto a su mujer durante el responso y, una vez finalizado, no pudo hacer nada cuando su hermano Jesse, apartando a Royce, se acercó a Davinia y la abrazó con cariño.

May y Angela se percataron de que Cedric maldecía mientras su hermano le daba el pésame a Davinia.

Kieran, que desde la distancia lo miraba todo con ojos curiosos, recordó lo que Angela le había contado respecto a la boda de su hermana con Cedric. Sin lugar a dudas, e incluso sin hablar con Jesse, pudo percatarse de lo mucho que éste quería a la joven. Sólo había que ver cómo ambos se miraban en busca de consuelo cuando estaban separados.

Alertado por ello, observó movimientos extraños y solapados enfrentamientos entre los guerreros de Cedric y los de Jesse Steward y les dijo a sus hombres que se mantuvieran al margen. No quería enemistarse con ninguno de los clanes, pero si había que elegir a quién apoyar, sin duda elegiría al de Jesse Steward.

Terminado el funeral, los hombres se alejaron, dejando solas a las tres mujeres ante la tumba del laird Kubrat Ferguson, y Kieran fue testigo entonces de una violenta disputa entre los hermanos Steward.

—Te quiero fuera de mis tierras —siseó Cedric.

—¿Tus tierras? —se mofó Jesse—. Dirás las tierras de los Ferguson.

—Ahora son mías. Me pertenecen por derecho, como todo lo que hay en ellas.

—Madre me dijo que en tu carta decías que no ibas a seguir viviendo en Merrick y que le prohibías que volviera a dirigirse a ti, ¿por qué? —preguntó Jesse, acercándose a su hermano.

—Porque no necesito vuestra compasión. Y al fin y al cabo ella no es mi madre.

—Eres un desagradecido, Cedric. Madre te quiere tanto como a mí y...

—Mi madre murió cuando yo era pequeño. Nunca he tenido otra madre. Y respecto a las migajas de Merrick...

—¡¿Migajas?! ¿Vivir en la mansión de Merrick para ti son migajas?

Cedric levantando el mentón respondió altanero:

—Comparado con el castillo de Glasgow donde vives tú, sí. ¿Acaso yo no puedo querer tener una fortaleza, como tú?

A cada instante más caldeado por la conversación, Jesse fue a contestar cuando Cedric añadió:

—Ahora tengo mi propio castillo y, para tu disgusto, mi propia mujer. Una mujer a la que deseas pero que es mía y tú nunca poseerás.

Al oír eso, Jesse se llevó la mano a la empuñadura de la espada, pero Kieran, interponiéndose entre los dos, impidió lo que todos temían.

Cedric sonrió al verlo y se alejó con una maquiavélica sonrisa, mientras Jesse y Kieran lo miraban con inquina.

Tras hablar con Jesse y calmarlo, Kieran intentó acercarse a las mujeres. Necesitaba hablar con Angela y saber que estaba bien, pero para su sorpresa, los hombres de Cedric no se lo permitieron.

Con el semblante demudado, empujó a varios Steward para abrirse paso. Nadie le impediría acercarse a ella. Cuando por fin llegó cerca de la joven, la vio depositar unas flores sobre la tumba de su padre y decir:

—Papá, te voy a echar mucho de menos, pero ahora disfruta como siempre has querido al lado de mamá. Os quiero y siempre os llevaré en mi corazón. —Acto seguido, le lanzó un beso y se echó a llorar al no recibir la respuesta de siempre.

May la abrazó y Kieran no se movió.

Luego, las tres hermanas regresaron al castillo cogidas de la mano. Estaban desoladas. No había más que mirarlas para ver la tristeza que las embargaba. Kieran no le quitaba ojo a Angela, que tenía la mirada perdida. No lloraba, no hablaba, sólo miraba al suelo con una gran tristeza, con actitud derrotada.

Iolanda, que intentó acercarse a Angela para darle su cariño y consolarla, fue empujada con brutalidad por uno de los Steward y acabó en el suelo tras tropezar con su vestido. Sin ningún temor, la joven se levantó, caminó hacia el bruto que la había empujado y, de no ser por que Louis fue rápido y paró su estocada con un espadazo, aquel bruto la habría herido de gravedad.

—¿Estás bien, Iolanda? —le preguntó preocupado.

Ella, dolorida por el golpe que se había dado al caer al suelo, asintió y, alejándose para que no vieran sus lágrimas de dolor, susurró:

—Sí.

Louis, molesto por aquella brutalidad, sin mirar a Iolanda increpó a aquel Steward y éste le respondió. Instantes después, la discusión proseguía y Kieran tuvo que mediar. Los Steward de Cedric estaban ávidos de peleas, pero él no lo iba a consentir y gritó:

—Cedric, controla a tus hombres si no quieres problemas.

—¿Problemas yo? —rio él con superioridad y, con un gesto que a Kieran no le gustó, añadió—: Apártate de Angela. No eres quién para acercarte a ella.

—¿Cómo dices? —bramó él al oírlo.

—Ahora ella forma parte de mi clan —contestó Cedric—. Y yo elegiré quién se le acerca o no.

—¿Te olvidas de que su padre la dejó a mi cargo? —siseó Kieran molesto.

Cedric soltó una risotada y respondió:

—La trajiste de vuelta a Caerlaveroch. Tu responsabilidad ha terminado.

Kieran fue a responderle, cuando Jesse Steward se acercó a su hermano y dijo:

—Por el amor de Dios, Cedric, ¿qué estás haciendo?

Encogiéndose de hombros, él respondió:

—Mis hombres siguen mis órdenes. Ahora quien dicta las normas en Caerlaverock soy yo.

Aston, preocupado por su amiga, intentó acercarse a Angela, pero los hombres de Cedric tampoco se lo permitieron. Molesto por ello, el joven se encaró con ellos y el jaleo volvió a comenzar.

Angela era como una hermana para él y nadie lo separaría de ella. De nuevo Kieran, ayudado por unos ofuscados Zac y Louis, frenaron aquello.

William Shepard al ver el enfrentamiento, tras apartar a su hijo, le gritó a Cedric, molesto:

—Angela es como mi propia hija, ¿acaso no lo sabes, Cedric?

Pero éste repuso:

—Pues vete olvidando de ella, porque ya no lo es. A partir de hoy, yo soy el señor de estas tierras y mis normas primarán ante lo que...

—Cedric, pero ¿qué estás haciendo...? —repitió Jesse al escucharle.

Pero el otro miró a su hermano pequeño y siseó:

—Querido Jesse, ¿qué tal si te marchas por donde has venido antes de que te tenga que matar? No te necesito, ni a ti ni a tu ejército. No te quiero ver cerca de mi mujer ni de mi castillo nunca más.

—Tu ansia de poder te destruirá, hermano —gritó Jesse furioso.

—¡Largo de mis tierras!

Los dos hermanos se miraron con odio y Jesse contestó, dispuesto a todo:

—Me marcharé cuando lo crea pertinente y no vuelvas a hablarme así nunca más o vas a lamentarlo.

Dicho esto, tras mirar a las mujeres, que ajenas a todo se consolaban unas a otras, Jesse se dio la vuelta y caminó hacia sus hombres.

William Shepard, tras cruzar una significativa mirada con Kieran O'Hara, que le pidió calma, bramó:

—Exijo hablar con Angela.

—Tú aquí ya no exiges ni ordenas nada, William —le espetó Cedric—. Soy el marido de Davinia, la primogénita del hombre al que acabamos de dar sepultura, y os pido amablemente a todos que abandonéis mis tierras.

Al oírlo, varios de los hombres de Cedric sonrieron con malicia. William fue a responder, pero Kieran, agarrándolo del brazo, dijo, entrometiéndose:

—Tienes mucha prisa por que nos vayamos de aquí, Cedric, ¿por algún motivo especial?

El nuevo señor del castillo de Caerlaverock respondió con gesto adusto:

—O'Hara, ¿acaso he de daros un motivo para querer que os marchéis de mis tierras?

—¿Nos echas? —preguntó él con una extraña calma.

Cedric, con una sonrisa que no le gustó nada, dijo mientras observaba a lo lejos a su hermano hablar con Royce, uno de sus hombres:

—Al amanecer os quiero lejos de aquí o lo lamentaréis.

Kieran vio que junto a Angela, que seguía mirando el suelo mientras caminaba, estaba Otto Steward, el hombre que había intentado propasarse con ella el día de la fiesta y eso lo puso enfermo. Nada más ver cómo la miraba, supo que nada bueno le esperaba a la joven.

Cedric, rodeado de sus hombres, miró a William Shepard y, antes de marcharse, dijo:

—A partir de este instante, la joven Angela es para ti y tus hijos lady Angela. Se acabó la familiaridad entre vosotros. Y, en cuanto a verla, no os lo permito.

Y, tras decir eso, se dio la vuelta, al tiempo que William y sus hijos se llevaban la mano a sus espadas. Pero Zac y Louis los frenaron con disimulo, mientras Kieran se interponía en su camino y decía:

—Tranquilos, así no vais a resolver nada.

Sin duda tenía razón y, apenado, William observó cómo la pequeña a la que sus hijos y él adoraban, desaparecía como un fantasma, acompañada de sus hermanas, tras los muros de Caerlaverock.

Kieran, no dispuesto a obedecer lo que aquel idiota de Cedric le había ordenado, decidió esperar unos días.

Sólo con ver la angustia de Jesse, supo que allí algo no iba bien. ¿Qué ocurría? Por ello, y a diferencia de las otras noches, decidió que aquélla pernoctarían a la puerta del castillo, junto a los guerreros de Jesse Steward.

Allí estaban, cuando Kieran vio un movimiento tras un árbol. Rápidamente comprobó que se trataba de Iolanda y caminó hacia ella. Al llegar, se percató de que la joven tenía lágrimas en los ojos y que se movía inquieta. Preocupado, le preguntó:

—¿Qué te ocurre, Iolanda?

Ella, apoyándose en el árbol, respondió, escondiendo una mano tras su cuerpo:

—Nada, señor... nada.

Kieran, al ver sus ojos enrojecidos, se acercó y le dijo con afecto:

—No me engañes. Vamos, Iolanda, ¿qué te ocurre?

Ella, incapaz de contener más el dolor, sacó la mano de detrás de su espalda y Kieran exclamó:

—Por el amor de Dios, muchacha, ¿cómo te has hecho eso?

Tenía el dedo anular en una posición que no era normal.

—Tengo un médico entre mis hombres —la informó Kieran—. Ven. Te lo mirará.

—No, gracias, señor. Yo lo solucionaré.

Sorprendido, él preguntó:

—¿Cómo que lo solucionarás? Necesitas que te vean esa mano rápidamente.

—No... No...

Cada vez más extrañado por aquella joven a la que siempre veía sonreír, insistió:

—¿Qué te pasa?

—Le agradezco su ayuda, pero no quiero ser una carga para usted y sus hombres. Por favor, vuelva con su gente. Yo me ocuparé de mi problema.

Sin entender qué le ocurría, Kieran la cogió en brazos y dijo:

—He dicho que me acompañes y no se hable más.

Sin poder parar de llorar por el dolor que sentía, finalmente la chica no se resistió y se dejó llevar, mientras ocultaba su rostro en el pecho de él, que le iba diciendo:

—Tranquila, Iolanda... tranquila.

A través de sus lágrimas, vio que varios de los O'Hara los observaban con curiosidad. Una vez llegaron hasta Patrick, que así se llamaba el médico, Kieran la dejó en el suelo y, cogiéndole el mentón, afirmó con caballerosidad:

—Nunca permitiría que siguieras sufriendo y todo lo que pueda hacer para remediarlo siempre será poco.

Esas palabras tan afectuosas la hicieron sonreír y sentirse algo querida.

—El dedo está roto —dijo Patrick, cogiéndole la mano—. Habrá que recolocarlo y entablillarlo.

—Hazlo —le ordenó Kieran.

Asustada, la joven los miró y el médico le advirtió:

—Dolerá un poco, pero no hay otra forma de curarlo, mujer.

Kieran vio que ella negaba con la cabeza e intervino:

—Iolanda, la única forma de hacerlo es como Patrick dice. —Y, cogiendo un trozo de madera forrada en tela que el médico le entregaba, añadió—: Muerde esto mientras lo hace. Te ayudará a aguantar el dolor.

Acobardada, ella negó de nuevo con la cabeza, justo en el momento en que Louis se acercaba presuroso y preguntaba:

—¿Qué le ocurre a Iolanda?

Al oír su voz, la joven se puso tensa. Y, sin mirarlo, rogó:

—Por favor, Louis, aléjate de mí ahora mismo.

—¿Por qué? —preguntó él, descolocado.

—¡Vete! —gritó ella, descompuesta.

—Ya lo has oído, Louis, vete —intervino Kieran.

El semblante serio de su laird hizo retroceder a Louis, pero no marcharse. Kieran volvió a ofrecerle a Iolanda el palo forrado, pero ella volvió a rechazarlo:

—No lo necesito. Aguantaré el dolor.

—Es muy doloroso —le advirtió Patrick.

—He dicho que lo aguantaré. No soy una delicada damisela y sé resistir —espetó la joven, sorprendiendo a los highlanders.

Kieran miró a Louis, que, sin entender nada, se encogió de hombros. No sabía qué le ocurría a Iolanda, ni por qué había reaccionado así. Kieran se sentó a su lado mientras el médico manipulaba su mano. Con los ojos desorbitados, Iolanda aguantó el dolor temblando y, cuando Patrick terminó, le entablilló el dedo y le dio algo de beber, ella se lo bebió de un trago.

Luego, el médico le tendió un saquito y dijo:

—Diluye un puñado de esta hierba en agua al menos cuatro veces al día y tómatelo. El dolor desaparecerá, te lo aseguro.

Iolanda fue a coger el saquito, pero las manos le temblaban. Rápidamente, Louis se acercó para ayudarla, pero ella, con gesto despectivo, siseó:

—No necesito tu ayuda. Las mujeres como yo sabemos cuidarnos solas.

De nuevo los hombres presentes se miraron. ¿Qué le ocurría a la simpática joven?

Entonces, tras agradecerle a Kieran y a Patrick su ayuda, se alejó sin mirar a Louis, que la observaba desconcertado.

—¿Qué le has hecho a Iolanda? —preguntó Kieran sorprendido.

Sin entender su fría reacción, cuando hasta entonces siempre había sido sonrisas y amabilidad, Louis respondió:

—Nada que yo recuerde.

Kieran la miró tumbarse sobre una manta al lado del fuego y abrigarse para descansar.

—La valentía de esta muchacha me acaba de dejar sin palabras. Pocas personas aguantan el dolor como ella acaba de hacerlo. Y te digo una cosa, no sé qué ha pasado entre vosotros, pero sea lo que sea, sin duda Iolanda tiene razón.

Y dicho esto, se marchó dejando a Louis aún más desconcertado. Tras dejar a su amigo mirando a la joven que intentaba dormir al lado del fuego, Kieran se encaminó hacia Jesse Steward que, apartado del grupo, miraba el abrasado bosque. Cuando llegó a su lado, preguntó:

—¿Me puedes decir qué es lo que te atormenta?

Jesse cerró los ojos avergonzado y respondió:

—No quiero creer lo que me dice mi instinto, O'Hara. Pero Cedric es un hombre ambicioso y por tener el control de esta propiedad, sé que es capaz de cualquier cosa.

Atónito por lo que esas palabras daban a entender, Kieran fue a decir algo, pero Jesse continuó:

—Davinia Ferguson fue mi prometida durante años, pero cuando Cedric regresó de Irlanda, tras una discusión con nuestra madre por el castillo de Glasgow, desapareció y, una semana después, regresó con Davinia convertida en su esposa.

»Intenté hablar con ella, pero fue inútil. Sólo sé que Cedric es codicioso y que siempre ansió todo lo que por derecho propio me correspondía a mí. Quería las tierras de mi familia y, al no conseguirlas, decidió robarme mi tesoro más preciado: Davinia.

Por fin Kieran entendía lo que allí ocurría.

—Algo me hace temer que Cedric se ha vuelto a extralimitar —murmuró Jesse.

—¿Realmente crees que él ha podido...? —preguntó Kieran espantado.

—Sí —lo cortó Jesse—. La ambición de mi hermano no conoce límites.

Él lo miró boquiabierto. Nunca se había planteado algo así y, mirando a Jesse, dijo:

—Si compruebo que es cierto, te aseguro que la muerte de Kubrat y su gente no va a quedar impune.

—Tampoco por mi parte —afirmó Jesse destrozado.

En ese instante, oyeron las exclamaciones de varios hombres que miraban hacia lo alto del castillo. Ellos dos miraron también hacia allí y Kieran susurró:

—No me lo puedo creer.

—La locura lo ha cegado —musitó Jesse horrorizado.

Sobrecogidos, vieron cómo los hombres de Cedric quitaban de malos modos los estandartes de la familia Ferguson que ondeaban en las almenas del castillo y ponían los del clan de Cedric Steward. Un estandarte distinto al que Jesse y sus hombres llevaban.

25

En la habitación de Angela, Davinia miraba a sus hermanas con expresión asustada. Ella mejor que nadie conocía a Cedric y sabía que a partir de ese instante el futuro no les depararía nada bueno.

Lo que su marido estaba haciendo no le gustaba, pero no podía hacer nada.

—¿Cómo puedes permitirlo? —dijo su hermana May—. ¿Cómo puedes permitir que nos esté robando nuestro hogar?

Davinia no sabía qué responder.

—Alguien se tiene que hacer cargo de todo y Cedric...

Pero May la cortó enojada.

—¡Nosotras no hemos muerto! Seguimos siendo Ferguson y ésta es nuestra casa. No puede quitar nuestros estandartes.

Angela, que desde el entierro había estado absorta en su mundo, al oír aquello salió de su apatía y preguntó:

—¿Cedric ha quitado nuestros estandartes?

—Sí, Angela —contestó May, sentándose a su lado.

Como una tormenta a punto de estallar, Angela miró a su hermana mayor y exigió:

—Quiero que tu marido vuelva a poner los estandartes de nuestra familia y quite los de los Steward. Quiero que esos hombres salgan de nuestro hogar y se vayan al suyo y...

El sollozo de Davinia al entender que sus hermanas tenían razón la interrumpió momentáneamente, hasta que, cogiendo aire, gritó:

—Davinia, ¿cómo lo has podido permitir? Somos Ferguson. ¿Acaso lo has olvidado? —Y antes de que ninguna de las dos respondiera, preguntó—: ¿Dónde están William, Aston y George? Ellos nos ayudarán.

Hecha un mar de lágrimas, Davinia se retorció las manos. Ella no podía hacer nada, ¿acaso sus hermanas no se daban cuenta? Temblorosa, fue a contestar, cuando May se le adelantó:

—Dudo que ellos nos puedan ayudar.

—¿Por qué? —inquirió Angela.

Tocándose la frente con pesar, su hermana mediana respondió:

—Porque están fuera del castillo. Cedric les ha prohibido entrar.

—¡¿Cómo?!

El grito que soltó fue tan alto y potente que sus hermanas la miraron sorprendidas. Nunca habían oído a Angela levantar la voz de esa manera, pero eso a ella le dio igual. No pensaba claudicar y dejarse manejar por el idiota de Cedric. Totalmente fuera de sus casillas, se levantó de la cama y, dirigiéndose a su hermana mayor, la increpó:

—¿Cómo lo has podido consentir? William, Aston y George son la única familia que nos queda. ¿Acaso lo has olvidado?

—No —susurró Davinia y, desesperada, añadió—: Yo no he consentido nada. Yo no puedo hacer nada para evitarlo, ¿es que no lo sabéis?

—Eres su mujer —replicó Angela—. Al menos podrías intentar hablar con él y hacerle entrar en razón.

Cansada de ocultar su dura vida, su hermana mayor se levantó de la cama, se levantó las faldas del vestido y, enseñándoles los muslos y las pantorrillas, dijo ante el horror de ellas:

—Estas marcas y otras que tengo en el cuerpo son lo que recibo cuando se me ocurre dar mi opinión. ¿Crees que Cedric me escuchará en algo tan importante?

—¡Oh, Dios mío! —murmuró May.

Horrorizadas, sus hermanas la miraron y Angela, abrazándola, susurró:

—¡Lo mataré!

Al oírla hablar así, May y Davinia se miraron sorprendidas y entonces Angela preguntó:

—¿Por qué nunca nos dijiste nada?

—Porque no quería que ni vosotras ni papá lo supieseis. Bastante sufrimiento padezco yo como para que vosotros lo padezcáis también.

May, uniéndose al abrazo de las tres, lloró por el sufrimiento de su hermana, mientras Angela, desconcertada, rumiaba sin descanso.

Su padre había muerto, su gente había muerto, y no pensaba permitir que aquel imbécil continuara maltratando a su hermana y la separara de William, Aston y George. Desesperada, soltó a sus hermanas, se llevó las manos al pecho y reprimió sus ganas de llorar. No debía. Su padre no querría verla así y preguntó:

—¿Sabes si Cedric ha enviado a alguno de sus hombres en busca de quienes cometieron la matanza?

Davinia negó con la cabeza y rompió a llorar. Angela blasfemó, le parecía que se iba a volver loca.

May, horrorizada al oírla, intentó sujetarla de los hombros, pero ella se le escapó, abrió la puerta y salió de la habitación. Davinia y ella corrieron detrás.

—Angela, ¡para! —pidió May.

—No —contestó.

—Angela, por el amor de Dios, ¿qué vas a hacer? —preguntó Davinia, llorosa.

Ella, sin pararse, respondió:

—Lo que le prometí a mamá: cuidar de mis hermanas.

Intentaron detenerla, pero les fue imposible y, cuando llegó a la entrada del salón y vio a su cuñado bebiendo con Otto, Harper y Rory mientras reían, se le revolvieron las entrañas. Cedric se comportaba como si no hubiera ocurrido nada y, dispuesta a luchar por lo suyo, gritó:

—Cedric, ¿qué estás haciendo en mi fortaleza?

Al oírla, ellos se dieron la vuelta y la miraron, y Cedric, levantándose, le dijo, acercándose:

—Me alegra ver que ya estás mejor, Angela.

Sin moverse y parapetada por sus hermanas, ella siseó:

—Quita ahora mismo tus estandartes de mi hogar.

Cedric soltó una carcajada. ¿Una mujer dándole órdenes a él? Miró a sus hombres con gesto de superioridad y, mirándola con gesto hosco, contestó:

—Soy el marido de tu hermana mayor y, por derecho, el que ahora manda aquí.

—No lo voy a permitir.

Divertido, acercó su rostro al de aquella pequeña pelirroja y murmuró:

—El que no va a permitir que te comportes como lo estás haciendo soy yo.

Angela levantó las cejas y sin un ápice de miedo, espetó:

—¿Y qué vas a hacer, me vas a pegar como a mi hermana, maldito cerdo?

Él miró a su mujer y, tan sorprendido como todos por aquel cambio de actitud de la pequeña de los Ferguson, con una maquiavélica sonrisa respondió:

—Si es necesario, no lo dudes, querida Angela. A partir de ahora, me tendrás respeto y no me volverás a contestar de esta manera o...

—Te contestaré así siempre que me dé la gana —lo cortó ella.

Un fuerte bofetón le cruzó la cara haciéndola tambalearse y casi caer.

—¡Dios santo! —gritó May, angustiada.

—¡He dicho que no voy a consentir esta falta de respeto! —vociferó Cedric.

Angela, cada vez más enfadada y con la mejilla ardiendo por el golpe, bramó:

—¡Al respeto nos estás faltando tú, maldito cobarde!

Él le dio un nuevo bofetón que la tiró al suelo. Horrorizada, Davinia chilló:

—¡Cedric!

Al oír su nombre, miró a su mujer y, agarrándola del brazo, se lo retorció con saña.

—No te he dado permiso para hablar, ¡silencio!

—Pero mi hermana...

—He dicho que te calles —gritó él, empujándola con furia contra la pared.

En ese instante, Royce, uno de los Steward que entraba en el salón, al ver aquello preguntó:

—¿Qué ocurre, mi señor?

—Les enseño respeto —gruñó Cedric—. Son mujeres y han de obedecer.

Al entender lo que pasaba, Royce se metió entre él y las mujeres y dijo:

—Mi señor, estáis muy nervioso. Deberíais calmaros.

Cedric lo miró con gesto hosco.

—¿Crees que no debería hacerles saber a mi mujer y a sus hermanas quién manda aquí? —preguntó.

Sin moverse de donde estaba, Royce respondió:

—Estoy seguro de que todas ellas lo saben.

Horrorizadas, las tres hermanas vieron cómo los guerreros de Cedric lo miraban con actitud intimidante y que Royce se llevaba una mano a la cintura. Sin duda se estaba preparando para defenderse de los demás, cuando Cedric levantó el mentón y, con gesto prepotente, tras mirar a sus hombres, que estaban detrás de él, comentó:

—Creo que voy a castigar a mi mujercita y sus hermanas simplemente porque quiero y me apetece. Dadme un palo.

—¡No! —chilló Davinia.

Si alguien sabía cómo se las gastaba aquel animal, ésa era ella.

Como una fiera, Angela se levantó y vociferó furiosa, mientras May intentaba retenerla:

—¡No lo voy a permitir!

Cedric las miró insolente y Royce intervino de nuevo:

—Señor, las cosas no se hacen así. Creo que no es acertado que...

—Royce, ¿te he pedido consejo?

El hombre no se movió ni contestó. Su mirada se cruzó con la de Davinia y, cuando fue a decir algo más, Cedric lo miró con furia y siseó:

—Royce, hoy te he visto hablando con mi hermano. ¿Qué tenías que decirle? —El guerrero no respondió y él continuó—: Dile a Jesse que si no quiere verla muerta y colgada de las almenas, ya puede irse de aquí antes del alba.

Las tres hermanas se miraron horrorizadas por lo que acababan de escuchar, cuando Harper, Rory y Otto, que estaban detrás de Cedric, se le echaron encima a Royce y lo redujeron a puñetazos, dejándolo tirado inconsciente en un lateral del salón.

Davinia, al entender que era un infiltrado de Jesse, fue a ayudarlo, pero Cedric la agarró del brazo y masculló con rabia:

—Eres mi mujer, y si en algo valoras la vida de ese idiota de mi hermano, de su madre o del pequeño John, te ordeno que no te muevas o los verás morir uno a uno, ¿entendido? —Davinia no contestó y él volvió a gritar—: ¡¿Entendido?!

Con miedo a que les hiciera daño a cualquiera de ellos por su culpa, Davinia bajó la vista y asintió. No podía hacer otra cosa. No podía permitir que le pasara nada a nadie o nunca se lo perdonaría.

Al oír aquella terrible amenaza, Angela se lanzó contra Cedric, pero éste, cogiéndola del cuello, comenzó a apretar con fuerza, mientras susurraba:

—Matarte sería muy fácil, Angela... No me provoques.

En el rostro de él se veía que se deleitaba ante el sufrimiento de la joven, que ya no podía respirar. Davinia gritó que la soltara y May se lo suplicó. Finalmente, Cedric lo hizo y Angela cayó al suelo. Asustadas, sus hermanas la auxiliaron, mientras ella intentaba respirar y tosía descontrolada.

Al ver que su hermana estaba bien a pesar de las marcas del cuello, May se agachó junto a Royce y comprobó que estaba vivo. Eso la tranquilizó, hasta que oyó decir a Cedric:

—Llevaoslo y, cuando despierte, decidle a los hombres que lo saquen fuera del castillo para que mi hermano reciba mi mensaje.

Instantes después, varios de aquellos brutos cogieron el cuerpo inerte de Royce y lo sacaron del salón. Angela, furiosa por todo, en cuanto se recuperó, arremetió de nuevo contra Cedric, pero éste, cogiéndola del brazo, la lanzó contra la pared. May y Davinia corrieron a ayudarla, y él las miró y dijo:

—El clan Ferguson de Caerlaverock se ha extinguido. Ahora el castillo pertenece al clan de Cedric Steward. —Y dirigiéndose a May, que lo miraba con rabia, añadió—: Mañana, tú regresarás a la abadía y no te quiero volver a ver nunca más por aquí o tu hermana o tu angelical sobrino morirán. —Davinia soltó un gemido de horror y su marido continuó—: Y tú, como mi esposa que eres, quiero que reorganices este apestoso lugar para convertirlo en...

—Aquí el único apestoso que hay eres tú —voceó Angela—. Mi hermana May regresará a su casa siempre que quiera, y como toques a mi Davinia o a mi sobrino, la que te matará seré yo.

Cedric, incrédulo, preguntó:

—¿Qué te ha ocurrido, Angela? ¿El valor te ha llegado de repente?

—Simplemente, no tengo tiempo de llorar si he de defender a los míos de infames como tú —replicó ella.

Rory, Harper y Otto entraron de nuevo en el salón, esta vez sin Royce. Cedric, aún asombrado por las cosas que le había dicho Angela, no le quitó a ésta la vista de encima. Si antes aquella muchacha quejica había sido una molestia, ahora lo era aún más. Por lo que, con una sarcástica sonrisa, sentenció:

—Angela, te casarás con Otto Steward mañana, y lo que pase a partir de ese instante contigo poco me importará.

Otto, tras mirarla con lascivia, asintió con la cabeza.

—La disfrutaré en mi lecho —dijo— y después se la entregaré a Rory y a Harper para que se diviertan con ella también.

—¡No! —gritó Davinia horrorizada.

Harper y Rory chocaron las manos y rieron. Aquello iba a ser divertido.

May y Davinia se miraron desesperadas, pero Angela aseveró con un hilo de voz:

—Nada de lo que decís ocurrirá.

—Oh, sí —rio Rory—. Ocurrirá.

—Mañana se oficiará la boda —concluyó Cedric.

—No —negó Angela.

Otto, disfrutando por adelantado de lo que ya imaginaba, dijo:

—Lo permitas o no, así será, y no me tientes, pelirroja, o ahora mismo, sin boda de por medio, te hago mía en cualquier rincón de este sucio castillo. Y Cedric no se interpondrá, ¿verdad?

El mencionado sonrió y contestó con mofa:

—He de ser un buen cuñado. Despósate y luego haz lo que quieras con ella.

—No lo voy a consentir —siseó Angela.

Tras soltar una risotada, Cedric respondió:

—Tu padre ya no está entre nosotros, por lo que la absurda promesa que le hizo a tu madre queda en el olvido, pequeña zorra. Ahora yo mando sobre ti y digo que mañana serás la mujer de Otto Steward. Le gustas y está ansioso por poseerte.

—Oh, Dios santo —murmuró Davinia aterrorizada.

—Antes me quito la vida, que entregarme a quien tú desees —replicó Angela con frialdad.

—¡Angela, por el amor de Dios! —chilló May al escucharla.

Davinia soltó un gemido: su marido se había vuelto loco de remate.

Otto Steward se acercó a Angela, la cogió por la cintura, la apretó contra su pecho y susurró cerca de su boca:

—Serás mía y nada lo va a impedir.

Asqueada por su olor a rancio y por la repugnancia que le causaban sus malas intenciones, sin dudarlo, lo empujó con todas sus fuerzas, quitándoselo de encima.

May, dispuesta a sacar a sus hermanas de allí, las cogió de la mano y dijo:

—Vamos, necesitamos descansar.

26

Rabiosa y fuera de sí, Angela deseó tener su espada para luchar contra aquellos hombres, pero siguió a su hermana. Las tres salieron del salón y, sin detenerse, llegaron a la habitación.

—No me voy a casar con ese cerdo repugnante de Otto Steward.

May, al ver aquella furia y determinación que no conocía en su hermana pequeña, dijo:

—Tranquila, buscaremos una solución. —Y al ver las marcas de su cuello, murmuró—: Dios mío, Angela, ese bruto ha estado a punto de estrangularte.

—¡Lo mataré!

—Pero ¿qué te ocurre? —preguntó May, sin entender ese cambio de actitud.

Davinia lloraba con desconsuelo, cuando Angela gritó:

—¡Tu marido es lo peor! Siempre lo he sabido y ahora lo ratifico. —Y al recordar a su pequeño sobrino, preguntó—: ¿Dónde está John?

—Lo dejé en Merrick, con el ama de llaves. —Y luego añadió con un hilo de voz—: No permitiré que toque a mi niño, ni permitiré que te destroce la vida a ti, como ha hecho con Jesse y conmigo.

May y Angela la miraron y ella prosiguió:

—Cedric me obligó a casarme con él, me dijo que si no lo hacía mataría a Jesse y a su madre.

—¿Qué?

Nerviosa, Davinia se retiró el pelo de la cara y gimoteó:

—Ya sabéis que Cedric y Jesse son hermanastros y que éste es hijo de segundas nupcias y heredero por derecho del castillo de Glasgow, propiedad de su madre. Cuando murió el padre de Cedric, la madre de Jesse, lady Ofelia, intentó que él se sintiera como en su casa, pero Cedric nunca se lo puso fácil. Siempre envidió no ser el heredero de todo. Sabía que a la muerte de lady Ofelia, Jesse heredaría el castillo y todos los bienes. Por eso, cuando regresó de luchar en Irlanda y supo que su hermano me cortejaba, me buscó y... y... una tarde que vino con sus hombres a visitarnos, con la excusa de conocernos, cuando estaba paseando con él por el bosque, me... me forzó y... y...

—Dios mío —susurró Angela.

Davinia, con los ojos cargados de rabia, murmuró:

—Arrebató mi virtud como un salvaje y me gritó que yo era suya y no de su hermano. Luego me advirtió que si decía algo, los mataría a todos. Me obligó a renunciar a Jesse. Si me casaba con él, lady Ofelia y Jesse no morirían y, desde entonces, sólo hago lo que él quiere para mantener a Jesse y a su madre con vida. Lo... lo único bueno de todo esto es mi hijo... el pequeño John.

Angela y May la miraron sobrecogidas y esta última, acercándose a ella, dijo:

—¿Y por qué no dijiste nada, Davinia? ¿Por qué ocultaste eso y que te pegaba?

Secándose las lágrimas que derramaba a borbotones gritó:

—¿Para qué os lo iba a contar? ¿Para que os matara a vosotras también, o a papá? ¿Qué ejército podía defenderos? ¿Quién lucharía por vosotros?

May, sentándose junto a ella, la abrazó. Sin duda, su calvario había sido terrible y, acariciándola, reveló:

—Ahora entiendo eso de que te casaste con Cedric por amor. Sin duda por amor a Jesse, ¿verdad?

Su hermana asintió y Angela, asqueada al saber lo que había hecho el bestia de su cuñado, la abrazó para consolarla. Así estuvieron abrazadas hasta que, de pronto, Angela saltó de la cama y afirmó con rotundidad:

—Cedric ha matado a papá.

—Angela... eso no lo sabemos —repuso May, mirándola.

Davinia no dijo nada, pero se llevó la mano a la boca.

—Ha sido él —continuó Angela—. Lo sé. Mi instinto me lo dice. —Y con tono amenazador, susurró—: Lo mataré. Juro que lo mataré con mis propias manos.

—Oh, Dios mío... Dios mío —sollozó Davinia.

May se sentó en la cama y la miró.

—Tranquila, hermana —le dijo—. No saquemos conclusiones precipitadas. Debemos solucionar esto y...

—¿Cómo? ¿Cómo lo solucionaremos? —gritó Angela desesperada—. Si en algo tiene razón ese gusano de Cedric es en que no hay nadie que pueda ayudarnos. ¡Nadie!

Respirando con dificultad, se calló y se asomó a la ventana. Desde allí vio la gran puerta de la muralla cerrada y a los hombres de Cedric Steward custodiándola. Al levantar la vista para mirar al cielo, sus ojos distinguieron uno de los estandartes Steward y, furiosa, siseó:

—¡No lo voy a permitir!

Como una fiera, salió de la habitación y subió los empinados escalones de piedra hacia las almenas. Necesitaba quitar aquellos estandartes y que el aire de la noche le diera de lleno en el rostro. Al llegar, se encontró con un hombre de Cedric, que se dirigió hacia ella en actitud nada amistosa. Angela, sin pensarlo dos veces, le arrebató la espada que él llevaba en la mano, la volteó y, cogiéndola con seguridad por la hoja, le dio un golpe con la empuñadura en toda la cabeza. El hombre cayó al suelo sin sentido, mientras Davinia y May, que la habían seguido, daban un grito.

—¿Cómo... cómo has hecho eso? —preguntó Davinia impresionada.

Angela maldijo al mirar a sus hermanas y, soltando la espada, continuó su camino hasta que ellas dos, asustadas, la sujetaron por la falda del vestido.

—¿Qué haces, Angela? ¿Qué vas a hacer?

—Necesito pensar. Necesito saber qué hacer y con vosotras lloriqueando no puedo.

May y Davinia se tranquilizaron. Por un momento habían pensado que su hermana pequeña iba a hacer una locura y lanzarse desde las almenas.

—Debemos mantener la calma —dijo Angela entonces, volviéndose hacia ellas—. William siempre dice que, antes de enfrentarse a un problema, la cabeza debe pensar con frialdad.

—¿Cuándo ha dicho eso? —preguntó May sorprendida.

Angela no contestó, pero afirmó:

—No me voy a casar con ese Otto ni con nadie que quiera esa sabandija de Cedric.

—Por supuesto, Angela... eso no lo vamos a permitir —volvió a sollozar su hermana mayor.

—¿Quieres dejar de llorar de una vez? —dijo ella, poniendo los ojos en blanco—. Llorar no lleva a nada. Debemos pensar qué hacer.

May y Davinia la miraron con curiosidad. ¿Dónde estaba la llorona de Angela?

Al ver cómo la miraban, ella, cansada de ocultar quién era en realidad, miró al frente, donde había un tronco de madera apoyado en el suelo, después se agachó, se sacó una daga de uno de los botines y, mirándolas, preguntó, al ver sus caras de sorpresa:

—¿Veis ese tronco? —Ambas asintieron y prosiguió—: ¿Veis el nudo de la madera, más oscuro, que hay en el centro, el que está manchado de musgo?

De nuevo ambas asintieron y, sin decir nada más, lanzó la daga y la clavó en la mancha de musgo.

Davinia y May la miraron, atónitas por su destreza, y Angela, tras ir hasta el tronco y recuperar su daga, dijo mirándolas:

—William, George, Aston, en ocasiones Sandra y yo formamos la banda de los encapuchados hace ya unos años.

—¿Qué? —susurró May.

—¡Oh, Dios mío! —farfulló Davinia incrédula.

—No soy tan torpe ni tan llorona como os he querido hacer creer durante toda mi vida. Los cortes en las manos o los golpes que habéis visto eran el resultado de luchas y entrenamientos diarios y...

—Dios mío... ¡creo que me voy a desmayar! —balbuceó Davinia.

Sin prestarle atención, Angela prosiguió:

—Se puede decir que habéis visto de mí lo que yo os he querido enseñar y...

—Pero, Angela, ¿qué estás diciendo? —musitó Davinia ante el gesto de asombro de May.

—Te lo estoy explicando, hermana.

—Pero tú eres una dama y...

—Y una guerrera que protege a su familia y a los suyos —finalizó ella con rotundidad.

May, boquiabierta por lo que estaba descubriendo de su pequeña y torpe hermana menor, sonrió y preguntó:

—¿Lo dices en serio, Angela? ¿Tú eres Hada?

Ella asintió y, lanzando de nuevo la daga, volvió a dar en el musgo y explicó:

—Sé utilizar la espada como cualquier guerrero y tengo una adaptada a mi medida.

—¡Señor, qué locura!

—¿Locura? —se mofó Angela—. Gracias a eso, ahora sé defenderme mejor que tú, y si tengo que... que...

—¡No matarás! —exclamó May.

Angela la miró con seriedad y respondió:

—Como decía papá, muerte por muerte. Y sólo os digo una cosa, vosotras sois lo único que me queda, que nadie os toque o juro que se las verá conmigo.

Sus hermanas se miraron sorprendidas. La seguridad que desprendía las estaba dejando sin palabras y, finalmente, May preguntó:

—¿Qué más te enseñaron los Shepard?

—Sé rastrear, cazar con arco, montar a caballo y...

—Pero ¡si te dan miedo los caballos! —replicó Davinia.

Angela sonrió y May, haciendo memoria, inquirió:

—¿El caballo que siempre nos acompañaba a la abadía por casualidad es tuyo?

—Sí. Es mi yegua *Briosgaid*.

Davinia, abanicándose con la mano, exclamó descolocada:

—Angela, pero ¿qué estás diciendo?

—Hermana, te he mostrado de mí lo que yo quería que vieras, igual que tú me has mostrado de tu matrimonio lo que querías que viera. Pero la realidad es la que te estoy contando.

Tras un silencio de las tres, Davinia murmuró:

—Hemos vivido todas engañadas.

May asintió con la cabeza.

—Sí, pero ya nunca más debemos mentirnos entre nosotras. Somos hermanas, la única familia que tenemos, y...

—Lo siento... siento haber metido a Cedric en nuestras vidas. Oh, Dios... lo siento tanto —sollozó Davinia, sintiéndose culpable de todo aquello.

Angela, tras mirar a May y ver que ésta miraba a su hermana con gesto cariñoso, abrazó a Davinia y le dijo:

—Tú no tienes la culpa de nada. La culpa la tiene quienes todas sabemos y te aseguro que lo que ha pasado no va a quedar impune como sea él el responsable de todo lo ocurrido. Y en cuanto a Jesse, debes contarle lo mismo que nos has contado a nosotras, sin temer que Cedric le pueda hacer daño o no. Se merece una explicación y creo que no saber qué ocurrió lo está matando. ¿Entendido?

Davinia asintió y, con los ojos anegados en lágrimas, afirmó:

—Lo haré.

Al ver su determinación, Angela las cogió a las dos de la mano y se brindó:

—Yo te ayudaré. No sé lo que tendré que hacer, pero ese cerdo no te va a volver a tocar o...

—Ni a ti ni a nadie... —gruñó May.

Por primera vez en todo el día, Davinia esbozó una tímida sonrisa y preguntó:

—Pero ¿cómo? ¿Cómo haremos para...?

—No lo sé —la cortó Angela—. Pero esa vil serpiente va a pagar todo lo que ha hecho, sea él el culpable de la muerte de papá o no.

Las tres hermanas se abrazaron y, tras unos segundos, Davinia insistió:

—¿En serio eres Hada?

Angela fue a contestar cuando un tumulto del exterior llamó su atención. Entre varios hombres de Cedric llevaban a Royce, todavía inconsciente. Abrieron las puertas exteriores y lo empujaron fuera, tirándolo contra el suelo de madera del puente. Al verlo en aquel estado, ensangrentado, rápidamente, los hombres de Jesse junto a los de O'Hara fueron a auxiliarlo.

—Pobre Royce. Ahora entiendo por qué siempre estaba cerca de mí —jadeó Davinia al verlo.

May, abrazándola, murmuró:

—Tranquila, esa paliza no va a acabar con él.

Con curiosidad las tres siguieron con la mirada lo que hacían con Royce y vieron que lo llevaban ante Jesse y Kieran O'Hara, que rápidamente lo atendieron. Angela, al ver a los O'Hara acampados tras las puertas cerradas de Caerlaverock y no en el bosque, sonrió. Sin duda, Kieran quería ayudarlas y no se fiaba de Cedric.

—Por papá ya no puedo hacer nada —susurró Angela—, pero te juro, Davinia, que haré todo lo que esté en mi mano para que Cedric no se vuelva a acercar a ti ni al pequeño John. Pero de momento tengo que impedir mi inminente boda.

—¿Y cómo vamos a hacerlo? —planteó su hermana.

May, tras mirar a los hombres de fuera del castillo, dijo:

—Si te casaras con otro antes de mañana, Cedric no te podría obligar a hacerlo con Otto Steward, ¿verdad?

—Ajá...

—¿Y de dónde vamos a sacar un esposo que se enfrente a mi marido? —inquirió Davinia.

Angela, que le estaba dando vueltas a algo, preguntó con rapidez:

—¿Qué os parece O'Hara?

—¿Kieran? —susurró May sin mucha sorpresa.

—¡¿Te refieres al laird Kieran O'Hara?! —preguntó Davinia incrédula.

Angela, dispuesta a conseguir su propósito e intentando no escandalizar en exceso a sus hermanas, dijo, inventándose una mentira:

—Me ha cortejado los días que ha estado en Caerlaverock y cuando llevamos a May a la abadía.

—¿En serio? —exclamó Davinia.

May respondió pensativa:

—Ya veía yo que os mirabais mucho durante el viaje.

Sin tiempo que perder, Angela prosiguió:

—Sólo él puede enfrentarse a Cedric. Tiene valor, ejército y coraje para hacerlo. Si nos casamos esta noche y me convierto en la señora O'Hara podr...

—¿Estás segura de lo que dices? —preguntó May.

Angela asintió sin pensarlo, y siguió con su discurso:

—Si lo hago, Cedric no se saldrá con la suya y Kieran podrá impedir que Davinia regrese con él.

Esperanzada por lo que acababa de decir, Davinia asintió con la cabeza, dejando de llorar.

—Es una locura, pero ese O'Hara es nuestra única salvación. ¡Y lo mejor de todo es que se ha fijado en ti!

—Oh, sí... sin duda lo hizo —mintió Angela.

May sonrió a su hermana pequeña y afirmó:

—A papá le gustaba O'Hara para ti. Me lo dijo una tarde, hablando con él. Dijo que ese guerrero era valeroso y...

—A mí también me lo dijo —reveló Angela, a cada instante más convencida de lo que debía intentar.

Al escucharlas, Davinia dijo con seguridad:

—Ahora papá ya no está junto a nosotras. Pero tras oír vuestras palabras, algo me hace suponer que estaría de acuerdo en que te desposaras con O'Hara. Y como soy la hermana mayor, insisto en hablar con él.

—Sólo hay un problema —apuntó Angela.

—¿Cuál? —preguntó Davinia.

Retirándose el pelo de la cara, ella contestó:

—En su hogar lo espera una mujer llamada Susan Sinclair.

—¡Oh, Dios mío! —exclamó May.

—Pero ¿no está soltero? —preguntó Davinia escandalizada.

—Sí, Davinia, lo está, pero...

—¿Y ha osado cortejarte a ti teniendo a otra? —protestó ella.

Dispuesta a inventarse la mayor mentira del mundo para que sus hermanas no se preocuparan, con una sonrisa que a ambas las descolocó, Angela explicó:

—Kieran dice que cuando me conoció, lo deslumbraron mis ojos, mi sonrisa y mi voz. Dice que sufre cuando se separa de mí, que soy la luz de su vida y... y... me besó... ¡e incluso me llama «mi cielo»!

Escuchar eso a ambas les gustó y Davinia quiso saber:

—¿No ama a esa otra mujer?

Angela negó con la cabeza.

—No. Nada de nada.

—Entonces prosigamos con nuestro plan, y más si te besó —afirmó Davinia.

May, al verla tan resolutiva, murmuró:

—Hermana... no te reconozco.

Con una triste sonrisa, Davinia sonrió y dijo:

—Si no hay amor de por medio, evitar esa boda no me causa ningún remordimiento, y te lo digo yo, que me casé sin amar a mi marido. Celebremos un *handfasting*, como hizo Evangelina con su esposo.

—¿Una boda de un año y un día? —preguntó May.

—Sí —afirmó Davinia—. Si pasado ese año, ambos no quieren renovar sus votos, podrán separarse y...

Mientras sus hermanas hablaban y hablaban, Angela miró fuera del castillo, mientras se rascaba la ceja con el pulgar. Buscó a Kieran entre los demás y lo localizó cerca de los caballos, hablando con William. Ambos movían las manos y parecían molestos y supo que hablaban de ella y de su situación. Sin duda, Kieran tenía la fuerza para enfrentarse a Cedric si llegaba el caso, pero no sabía qué iba a responder ante aquella loca proposición.

Pero siendo un momento tan desesperado como el que estaba viviendo, supo que debía intentarlo. Tenía que arriesgarse y, dispuesta a hacer lo que fuera por no casarse con Otto Steward, miró a sus hermanas y dijo:

—Vamos, tenemos que salir del castillo para hablar con Kieran O'Hara.

Ambas la miraron sorprendidas y Davinia gruñó:

—¿Por dónde pretendes que salgamos? Los hombres de mi marido están por todas partes y, en cuanto nos vean, nos pararán y...

—Davinia, os acabo de decir que soy Hada. Seguidme, sé cómo salir sin que nos vean.

Sin decir nada más, las dos la siguieron. En la habitación, Angela se despojó de la falda que llevaba, dejando al descubierto sus pantalones de cuero.

Davinia, al verla, murmuró:

—No es apropiado que una dama vista como un hombre. —Y al ver que su hermana no le hacía caso, insistió—: Por el amor de Dios, Angela, no vas a ir a ver al laird Kieran O'Hara así vestida.

—Oh, Davinia, ¡cállate! —intervino May.

Una vez abrió la trampilla que comunicaba con el túnel, Angela tiró de una cuerda y poco después apareció una bolsa. De ella sacó unas botas altas, que se calzó, una espada, un carcaj y una capa de color verde.

Sus hermanas la miraban mudas, mientras pensaban cómo era que nunca habían sabido de aquella portezuela. Cuando Angela terminó, las miró y dijo:

—Ésta soy yo cuando lucho por lo que quiero.

De pronto, la puerta de la habitación se abrió y Rory Steward apareció. Asió con fuerza a Angela del brazo y, tirando de ella, masculló:

—Vamos a divertirnos, pequeña.

Angela, que tenía la daga en la mano, se la clavó en el muslo y Davinia, cogiendo un leño del hogar, se lo estampó en la cabeza. El hombre cayó redondo ante ellas.

—Me dejáis sin palabras, hermanas —rio May.

Sin tiempo que perder, Angela fue hasta el hombre, le arrancó la daga del muslo ensangrentado y, tras limpiarla con la camisa de él, se la guardó de nuevo en la bota y dijo:

—Seguidme, debemos salir de aquí.

Sin rechistar, sus dos hermanas se metieron en la trampilla y la siguieron. Corrieron por el maloliente túnel que las llevó hasta la salida, en medio del quemado bosque, y una vez allí, Davinia susurró aliviada:

—Qué peste...

—Es un túnel, ¿qué esperabas? —le espetó May.

Y, quitándose las telarañas que se les habían quedado pegadas a la ropa, miró a su alrededor y, todavía sorprendida, exclamó:

—Increíble, Angela. Nunca me habría podido imaginar esto.

Divertida al ver sus caras, ella sonrió y respondió:

—De eso se trataba, hermana, de que nunca lo imaginarais.

27

Avanzaron con cuidado por el bosque hasta llegar donde estaban los O'Hara. Iolanda, que miraba el fuego, acostada sobre una manta, fue la primera en verla. Se levantó de un salto y, corriendo hacia ella, la abrazó y preguntó:

—¿Cómo estás, Angela?

—Bien... bien... —Y, al verle la mano vendada, se interesó—: ¿Qué te ha pasado?

—Nada, un golpecito sin importancia —contestó la chica.

Algo más tranquila, Angela miró a su nueva amiga y la presentó:

—Iolanda, ellas son mis hermanas Davinia y May. Hermanas, ella es Iolanda.

Tras saludarse, Angela vio que Aston y George se acercaban corriendo. La abrazaron también y se preocuparon por cómo estaba.

—Padre ha dicho que si al alba no salías, entraríamos nosotros a buscarte por el túnel.

Angela los abrazó con cariño y también a William Shepard y, cuando se separó de él, dijo, al ver lo tenso que estaba:

—Estoy bien. Te lo aseguro, William, tranquilízate.

—Por san Drustan, muchacha, ¿qué te ha ocurrido en el cuello? —inquirió el hombre al ver los oscuros moratones.

—Nada, tranquilo...

—Ha sido Cedric William —intervino May.

—Ese malnacido —masculló, pero al ver a Davinia, le pidió disculpas—: Lo siento.

Ella, a cada instante más consciente de lo que su marido estaba haciendo, asintió y murmuró:

—Tranquilo, William. Pienso como tú y espero que pague por lo que creo que ha hecho.

Preocupado por ellas, el hombre preguntó:

—¿Dónde has dejado al pequeño John?

—En nuestra casa de Merrick...

—A estas horas ya estará con mi madre en Glasgow —dijo Jesse, acercándose a ellos—. Ordené que fueran a buscarlo cuando llegué aquí y vi lo que ocurría. Sabes que mamá lo cuidará mejor que nadie.

Davinia lo miró aliviada y, con una grata sonrisa, murmuró:

—Gracias.

Jesse asintió con la cabeza y no dijo nada más. Seguía enfadado con ella, a pesar de lo mucho que la quería.

Instantes después apareció Kieran, acompañado por Louis, Zac y algunos de sus hombres y, mirándola, dijo:

—No voy a preguntar por dónde habéis salido, pero...

No le dio tiempo a decir nada más. Angela se abalanzó sobre él y, besándolo en la boca delante de todos, exclamó sorprendiéndolo:

—Yo también te he echado de menos, cariño.

El gesto de asombro fue colectivo. Kieran estaba tan sorprendido por aquel beso, que cuando ella lo soltó estuvo a punto de pedir una explicación, pero entonces, Davinia expuso:

—Laird O'Hara, tengo que hablar con vos.

Kieran, todavía con el sabor del beso en los labios, miró a la joven, pero Angela, cogiéndole el mentón para que la mirara a ella, comentó con gracia:

—A ver cómo te digo esto, cariño.

—¡¿Cariño?! —repitió él, boquiabierto.

Sin mirarlo para no perder toda su seguridad, Angela continuó:

—Vale, cariño... vale... No hace falta que disimules, mis hermanas ya lo saben todo.

—Angela, por el amor de Dios, ten decoro y respeta las formas.

—¡Davinia, cállate y déjales hablar a ellos! —intervino May.

Kieran parpadeó sin entender nada. Todos los observaban y Angela habló:

—Sé que lo que te voy a pedir es una locura y si te soy sincera, no sé ni cómo decírtelo sin que pienses que he perdido la razón. Me has dicho que soy la luz de tu vida y las cosas más bonitas y románticas que ningún hombre me ha dicho en tooooooda mi vida y...

—Pero ¿qué estás diciendo? —susurró él ofuscado.

Al ver que todo su plan se comenzaba a desmoronar, Angela le cogió una mano y, mirándolo directamente a los ojos, prosiguió con convicción:

—Cariño, no te molestes, ¡hasta les he contado que me llamas «mi cielo»!

—Que les has dicho ¿qué? —preguntó Kieran, a cada instante más desconcertado.

—Yo he visto cómo os mirabais, laird O'Hara —afirmó May.

Por primera vez sin palabras, Kieran miró a Angela mientras todos murmuraban a su alrededor y, sin entender realmente a qué jugaba aquella lianta, sonrió y preguntó con tranquilidad:

—¿Qué es lo que me quieres preguntar... *mi cielo*?

Ella, al ver que le daba una oportunidad y no la delataba ante sus hermanas, murmuró, mirando a la gente que se arremolinaba a su alrededor:

—Estoy tan nerviosa que no sé ni cómo decírtelo.

Intrigado por lo que estaba tramando, Kieran la animó:

—Sin rodeos, Angela. Entre tú y yo no hay secretos.

—¿Sin rodeos? —repitió ella y, al ver que él asentía, dijo, tragando el nudo de emociones que tenía en la garganta—: Muy bien, allá va, cariño. ¿Te casarías conmigo ahora mismo?

El semblante de Kieran se descompuso y todos los presentes abrieron la boca sorprendidos.

—¿Cómo ha dicho? —preguntó Zac.

—Le ha pedido que se case con ella —aclaró Iolanda, tan atónita como todos.

—¿Qué? —farfulló Louis, boquiabierto.

William Shepard, con una sonrisa que sorprendió a Angela, comentó divertido:

—Siempre he sabido que eras diferente, muchacha, pero nunca imaginé que te vería pedirle matrimonio a un hombre, y menos a uno como el laird O'Hara.

Aston y George, al oír a su padre, se echaron a reír y Angela puso los ojos en blanco con gesto cómico. Aquello que estaba haciendo era una locura. Todos hablaban, todos daban su punto de vista, menos Kieran, que, todavía estupefacto, la miraba sin decir nada.

—¿Me acabas de pedir matrimonio? —pudo articular por fin.

Angela asintió con una sonrisa.

—Ajá... y te lo he dicho sin rodeos, cariño, como tú me has pedido.

—¡Oh, Dios mío! —exclamó él, en cierto modo divertido.

Esas palabras la hicieron sonreír, aunque no era momento para hacerlo. Pero todo su mundo estaba patas arriba y, o sonreía, como su padre siempre le pedía, o se desmoronaba.

—¿Te has vuelto loca? —susurró Kieran.

Ella asintió de nuevo. Sin duda se había vuelto loca de remate, pero insistió:

—He pensado que...

—¡¿Qué has pensado?! —gritó él, al ver a todo el mundo opinando a su alrededor.

—Laird O'Hara —intervino Davinia—, si llamáis «mi cielo» a mi hermana, sin duda alguna es porque existe algo entre vosotros y...

—Sólo intentamos acelerar el proceso —concluyó May.

—El proceso ¿de qué? —preguntó él, sorprendido, al ver a Jesse sonreír, junto con Louis y Zac. Sin duda, Angela era una buena lianta y sus hermanas no se quedaban atrás.

Todos comenzaron a hablar a la vez y, al final, Kieran la cogió del brazo, la apartó de todos los demás y, cuando la tuvo lo suficientemente lejos, preguntó:

—¿A qué viene lo del beso delante de todos, llamarme «cariño» y esa absurda propuesta?

—Necesito tu ayuda —contestó ella, más tranquila.

—¿La luz de mi vida? —siseó—. ¿Yo he dicho esa cursilada?

—Vale, cariño, he exagerado un poco, pero...

—¡No vuelvas a llamarme «cariño»! —replicó él irritado.

—De acuerdo. No lo haré.

Incrédulo, Kieran la miró. Aún no podía creer lo que estaba pasando y se alejó unos pasos de ella. Se detuvo, la volvió a mirar y se le acercó de nuevo. Clavó en ella su mirada más fiera y Angela, al verlo, susurró:

—Por el amor de Dios, no me mires así.

Kieran resopló, pero ella, consciente de lo que debía hacer, continuó:

—Sé que lo que te estoy pidiendo es una locura, y más cuando tú me dijiste que había alguien especial esperándote a tu regreso. Pero necesito tu ayuda y eres el único que me la puede prestar. Si estoy casada contigo, alguien poderoso y con ejército no podrá...

Kieran, levantando una mano, le ordenó callar. Durante varios segundos, Angela lo miró pensar, mientras las venas del cuello parecía que le iban a estallar, y cuando no pudo más, añadió con timidez:

—Te lo suplico por lo que más quieras, Kieran. Sería sólo una boda de un año y un día.

—¿Un *handsfasting*?

Ella asintió y prosiguió esperanzada:

—Prometo no ser un problema para ti.

—¿Que no vas a ser un problema?

—Te lo prometo.

A cada segundo más atónito, él la miró y dijo:

—Creo que el mero hecho de casarme contigo ya sería un problema. Pero ¿realmente has pensado lo que dices? Pero ¿cómo puedes mentir diciendo que te he cortejado y... y...? ¡Dios mío, estás loca! ¡Eso es!

Mordiéndose el labio con desesperación al ver que su plan fallaba, Angela suplicó desesperada:

—Cásate conmigo, por favor. He de proteger a mis hermanas y si tú no nos ayudas, estamos perdidas. Cedric obligará a May a desaparecer de nuestras vidas, le ha dicho que si regresa a Caerlaverock a visitarnos, matará a Davinia o al pequeño John. Mi hermana, como esposa suya, está sometida a sus caprichos y sufre continuas palizas y abusos de ese infame y yo... yo... No te lo voy a negar, estamos totalmente solas y por eso te necesito, Kieran.

—Angela...

—No te pido que mates a Cedric, ni que te enfrentes con su clan —insistió—, sólo necesito que me ayudes a alejar a mi hermana Davinia de su lado y eso únicamente lo puedo conseguir si te casas conmigo. Kieran, si yo tuviera un ejército que me respaldara, no te lo pediría, pero no lo tengo y por eso te necesito.

Oír que lo necesitaba le gustó, pero casarse con ella era un precio muy alto. Pensó en su madre y en Susan y, aunque lo que pensaran ellas no era lo más importante, negó con la cabeza. No. No podía hacerlo.

Apenas conocía a la pelirroja que le pedía ser su mujer y, aunque había cosas de ella que lo atraían, y su aparición tras la angustiosa espera lo había tranquilizado, había otras muchas que desconocía y estaba seguro de que no le gustarían.

Imaginando las dudas de él, sin saber por qué, Angela dijo:

—Además de una llorona, torpe y descarada, ahora has visto que también soy mentirosa, pero quiero que sepas que si lo he hecho ha sido porque era la única manera de que mis hermanas no me prohibieran pedirte que te casaras conmigo y en especial por no disgustarlas. Si ellas creen que existe algo especial entre tú y yo, no sufrirán tanto como si saben que entre nosotros sólo existe indiferencia.

La mente de Kieran trabajaba a toda velocidad y finalmente sonrió. No. ¡Definitivamente, no se casaría con aquella lianta ni loco!

Angela debió de intuir lo que pensaba, porque, mirándolo a los ojos, insistió:

—Sé que es egoísta por mi parte pedirte esto. Y más cuando tienes a alguien esperándote en Kildrummy, pero...

—Lo siento, pero es imposible. No puedo hacer lo que me pides,

Angela. —Y al ver cómo lo miraba, concluyó—: No puedo casarme contigo.

El corazón de ella se rompió. Se llevó la mano a la cara con desesperación y suspiró. No podía obligarlo y, consciente de que de nada le serviría insistir, dio un paso atrás y dijo:

—De acuerdo. Lo entiendo, no te preocupes. Pero eso sólo me deja tres opciones: aguantarme con lo que hay, que va a ser que no; huir con mis hermanas, que es complicado, o buscar entre los hombres que hay aquí un marido para intentar burlar a Cedric.

—Que vas a hacer ¿qué? —preguntó Kieran incrédulo.

—Lo que has oído.

—¿Te has vuelto loca?

Con una risa extraña, ella lo miró y confesó:

—Sinceramente, mi locura es lo que menos me importa en este instante.

Pero no pudo continuar, porque sus hermanas y el resto de los presentes se acercaron a ellos, hablando del enlace. Confuso, Kieran la miró mientras ella, rascándose con un dedo la ceja, pensaba en silencio. Ese gesto le hizo suponer que no tramaba nada bueno e, inexplicablemente, sonrió. De pronto, imaginarla besando o entregándose a otro no le gustó.

¿Qué le ocurría?

Angela, ajena a sus elucubraciones, se acercó a su hermana May y le cuchicheó algo al oído. La religiosa miró a Kieran y él supo que le había comentado su rechazo.

Sin poder dejar de mirarla, le recorrió el cuerpo de arriba abajo. Vestida con aquellos pantalones, aquellas botas, la espada a la cintura y aquella camisa blanca era una auténtica tentación. Era Hada. La mujer que lo había engatusado y por la que él había permanecido en aquellas tierras ansioso por encontrarla.

Agarrándose la melena roja, Angela se la retiró del cuello para recogérsela con una cinta de cuero. Kieran observó su fino cuello, pero al ver en él unas oscuras huellas, cambió su gesto y, caminando hacia ella, preguntó, señalándole las marcas:

—¿Qué te ha ocurrido?

—No te importa —respondió Angela, alejándose rápidamente.

Ofuscado por su contestación, se la quedó mirando y May le dijo:

—Ha sido Cedric. Ha intentado estrangularla.

Kieran, sorprendido, sintió cómo una extraña furia crecía en él. Si tuviera a Cedric delante, lo mataría por haberle hecho aquello a Angela.

May, al ver cómo miraba a su hermana, se acercó a él y murmuró lo más dramática que pudo:

—Angela se ha encarado con Cedric para defendernos y ese villano la ha cogido del cuello para estrangularla, tras abofetearla y tirarla al suelo. Ese animal la quiere casar con Otto Steward mañana y el mismo Otto ha dicho que, una vez que la haga suya, se la entregará a Rory y a Harper para que la disfruten también.

—Dios santo —murmuró Kieran horrorizado, al entender la urgencia de la joven.

Y, sin más, May se marchó tras su hermana, dejándolo pensativo. Angustiado por lo que le había revelado, sin saber qué hacer, cerró un momento los ojos antes de volver a mirar a Angela. Su vista fue hasta su delicado cuello y al ver las marcas amoratadas se quiso morir.

¿Cómo podía haberle hecho eso el animal de Cedric?

Otra, en su lugar, se estaría lamentando del daño sufrido, pero ella no. Aquélla era la Hada que lo había enloquecido y allí estaba, con el mentón levantado, buscando una solución a su problema sin importarle nada más. Sin duda alguna, Angela era de las que ocasionaban problemas y eso, sin saber por qué, lo hizo sonreír.

La vio caminar hacia Zac, alejarlo del grupo y hablar con él. Instantes después, el joven abrió desmesuradamente los ojos y Kieran sonrió al imaginar lo que ella le acababa de proponer.

Sin duda, había comenzado a hacer lo que había dicho y eso le revolvió las tripas. Se le acercó de nuevo, la agarró del brazo para atraer su atención y dijo:

—Ven, tenemos que hablar.

Soltándose de él con gesto ceñudo, repuso:

—Lo siento, pero ahora no tengo tiempo, estoy ocupada.

Y, sin más, se alejó en dirección a Louis, que estaba hablando con William. Zac miró a Kieran y murmuró:

—Creo que se ha vuelto loca.

—Creo que ya lo estaba —contestó él divertido.

A grandes zancadas, la atrapó antes de que llegara a Louis. La cogió en brazos y, cuando fue a protestar, insistió:

—He dicho que tengo que hablar contigo.

Angela resopló y May al ver aquello sonrió. Sin duda, aquel hombre sentía algo por su hermana.

Una vez Kieran la apartó del bullicioso grupo, la dejó en el suelo y preguntó:

—¿Qué se supone que estás haciendo?

Retirándose el pelo de los ojos, ella respondió:

—Ya lo sabes, busco un marido para casarme urgentemente. Tengo que...

—Me casaré contigo —la cortó.

Boquiabierta y sorprendida por el cambio, Angela susurró:

—¿En serio?

Kieran asintió y ella rápidamente lo abrazó y dijo, tremendamente agradecida:

—Gracias... gracias... gracias...

Él, todavía sin saber por qué había accedido a ello, la apartó para mirarla e, intentando no fijar la vista en los moratones que tenía en el cuello y que lo enervaban, puntualizó con voz ronca, mientras caminaba a su alrededor:

—Pero sólo lo haré si aceptas una condición.

—Tú dirás —asintió interesada.

—No quiero exigencias ni reproches. Te comportarás como la señora O'Hara ante la gente y no me dejarás en ridículo o, si no, tendré que repudiarte.

Angela miró a su hermana May y luego a Davinia, pensó en la

seguridad de éstas, en lo que le había prometido a su madre, y asintió:

—De acuerdo, lo haré.

—Por supuesto, no quiero palabras edulcoradas o...

—Ante mis hermanas te ruego que te muestres cariñoso para que no sepan que las he engañado y que en realidad no sientes nada por mí. Les he dicho que me llamas «mi cielo» y...

—Has mentido.

—Lo sé... lo sé... pero una vez se marchen no tendrás que volverme a decir algo así. Por favor... te lo ruego... te lo suplico.

Al mirar sus ojos, supo lo importante que era aquello para ella y accedió:

—De acuerdo. Pero sólo hasta que se vayan. —Aliviada, Angela sonrió y él dijo—: Ni que decir tiene que deseo que evites esas palabras conmigo.

—¿Y si se me escapan?

—No se te pueden escapar —gruñó.

—Pero ¿y si se me escapan?

—Te he dicho que no se te pueden escapar —insistió.

—¿Y si te enamoras de mí durante este tiempo?

Kieran, a cada instante más sorprendido por su insolencia, replicó:

—¿Pretendes sacarme de mis casillas y que no me case contigo?

Ella negó rápidamente con la cabeza y él añadió:

—No me enamoraré de ti porque me gustan las mujeres más femeninas.

Esa matización la molestó. ¿Tan bruta era? Pero con una fingida sonrisa, preguntó:

—¿La Sinclair es femenina?

—Tremendamente femenina y delicada —afirmó Kieran—. Es el capricho de cualquier highlander.

Por un instante, Angela estuvo a punto de darle un puntapié, pero consciente de lo que lo necesitaba, afirmó:

—Acepto tus condiciones.

Kieran asintió. Sin duda estaba muy desesperada por cuidar de sus hermanas y se lo confirmó cuando, lanzándose de nuevo a sus brazos, dijo:

—Muchas gracias, Kieran... gracias por ayudarme a cuidar de mi familia.

Sus palabras lo cautivaron. Aquella menuda joven de pelo rojo era capaz de hacer cualquier cosa por el bienestar de sus hermanas sin pensar en ella. Eso le demostraba que no era egoísta y le gustó. La abrazó con actitud protectora y, con cariño y delicadeza, la besó en la cabeza. Al ver que William Shepard se acercaba a ellos, le preguntó:

—¿Vas a oficiar tú el enlace?

El hombre asintió. Sin duda, aquella unión era lo mejor para Angela. Kieran, tras deshacerse de los brazos de la joven e ir ésta con sus hermanas, miró a sus sorprendidos guerreros. Zac le soltó:

—¿Te has vuelto loco?

Kieran pensó un momento y luego afirmó sonriendo:

—Creo que sí, Zac, ¡completamente loco!

Louis, agarrándolo del brazo, le espetó:

—Kieran, ¿estás seguro? ¿Y Susan Sinclair?

Al pensar en ella, se encogió de hombros y respondió:

—Si me ama, esperará.

Incrédulo por su respuesta, Louis preguntó:

—¿Amas a Angela Ferguson?

Él miró a la joven pelirroja, que hablaba con sus hermanas vestida con aquellos pantalones y la espada al cinto y, con un gesto que hizo sonreír a su buen amigo, contestó:

—No, pero necesita mi ayuda.

Zac soltó una carcajada.

—Ya verás cuando unas que yo sé la conozcan.

El comentario hizo sonreír a Kieran. No le cabía la menor duda de que Angela se llevaría muy bien con Megan y Gillian. Ahora sólo faltaba ver cómo se llevaría con él durante el tiempo que durase la unión.

De pronto, se dio cuenta de que estaba contento y que, sin saber por qué, sonreía sin parar.

Louis, al ver su determinación, le dio una palmada en el hombro y dijo:

—Muy bien. Vayamos a celebrar ese enlace.

Sin tiempo que perder, los presentes hicieron un círculo con piedras en el suelo a la luz de la luna. No había flores, el fuego había acabado con casi todas, pero tras rebuscar, Angela sonrió al encontrar unos ramilletes de brezo escocés: la flor preferida de su madre.

Tras enlazarlas, pensó en utilizarlas como ramo de novia. Al menos un símbolo de feminidad. Minutos después, les preguntó a sus hermanas:

—¿Creéis que hago bien?

May asintió. Hubiera preferido una boda por la Iglesia, pero aquel enlace para salvarla de Otto Steward valía la pena. Davinia, emocionada, comentó:

—Tu atuendo es lo único que no veo bien. No es el más adecuado para una boda, pero...

—¡Davinia! —protestó May al escucharla.

Angela esbozó una sonrisa. Iolanda se acercó entonces a ella y, sacando un peine de su pequeña bolsa, le pidió:

—Déjame soltarte el pelo. Sin duda estarás más bonita.

—¿Cómo me vas a peinar teniendo la mano así?

—Es la izquierda y soy diestra —aclaró la chica, con voz cortante.

Al ver el gesto de su amiga y en especial su tono de voz, Angela preguntó:

—¿Qué te ocurre?

Necesitando hablar con alguien de lo que le ocurría, se acercó a ella y murmuró:

—Ese idiota de Louis cree que soy una mujerzuela.

Sorprendida, Angela fue a decir algo, cuando Iolanda se lo contó todo. Ella la miró. Apenas conocía a la muchacha y ésta, al entender su mirada, aclaró:

—Me encontraste en el bosque y pudiste ver que apenas tenía

dónde dormir o qué comer, pero te aseguro que no soy nada de lo que ese tonto ha dado a entender.

Angela asintió. No tenía por qué dudar de ella y afirmó:

—Pues se lo vas a demostrar con hechos. Ese grandullón se va a tragar sus palabras una a una.

Encantada, Iolanda sonrió y, con mejor cara, la peinó. Cuando terminó, Angela se levantó y, clavando sus ojos en Kieran que se acercaba, dijo con determinación:

—Muy bien. Ya estoy preparada.

Kieran la miró y, con una sonrisa cómplice, contestó, observando sus pantalones, sus botas y su capa.

—No eres la delicada novia con la que imaginé casarme algún día —y al notar la mirada de Davinia, añadió—: pero estás preciosa... *mi cielo*.

Angela, complacida, se acercó a él y murmuró ante la mirada de May:

—Yo tampoco imaginé mi boda así... *cariño*.

Esos comentarios los hicieron sonreír a ambos, hasta que Jesse, que los había estado observando, se acercó a ellos y, tras mirar a Davinia, preguntó, tendiéndole el brazo a Angela:

—¿Me permites entregarte a O'Hara como hubiera hecho tu padre?

Angela asintió con una sonrisa, mientras Kieran, al mirarla, sentía una extraña inquietud. Contempló a la joven con la que se iba a desposar y sintió que su corazón se aceleraba. Sorprendido, sonrió, ella lo imitó y, sin decir nada, todos se metieron dentro del círculo de piedras.

William, emocionado, miró a Angela y, tras sonreírle con cariño, cogió su mano y la de Kieran O'Hara y las ató con una cinta que Davinia le entregó. Con decisión y sin tiempo que perder, les explicó los términos de aquel matrimonio, y cuando los novios aceptaron, les retiró la cinta y preguntó:

—¿Hay anillos para intercambiar?

Tras mirarse, Kieran y Angela negaron con la cabeza. Todo había sido tan precipitado que no tenían nada para entregarse, y William, asintiendo, dijo:

—Kieran O'Hara y Angela Ferguson, os declaro marido y mujer por un año y un día.

Después de esas palabras, los novios se miraron a los ojos sin saber realmente qué hacer, mientras los que los rodeaban aplaudían. Angela, al ver a Davinia mirarla con extrañeza, hizo lo que su hermana esperaba y, acercándose a él, le dio un beso. Davinia aplaudió y cuando ella fue a salir del círculo, Kieran la agarró por la cintura y, dándole la vuelta, la acercó y le dijo en un tono íntimo:

—Señora O'Hara, esta vez soy yo quien te exige un beso posesivo.

Y, sin más, la besó apasionado. Sin importarles quién los observara, ambos disfrutaron aquel dulce y tierno beso de una manera especial y cuando Angela sintió que no podía respirar y que un calor irrefrenable le subía por las entrañas, lo interrumpió.

Kieran quiso protestar y exigir más. Deseó cogerla entre sus brazos y llevarla lejos de todos para hacerla suya, pero supo que en ese instante no debía hacerlo. Finalizado el beso todos aplaudieron y Davinia y May, emocionadas, se acercaron a su ruborizada hermana y la abrazaron.

William, Aston y George la felicitaron con cariño cuando sus hermanas la soltaron. Con una extraña sonrisa, Angela los abrazó. Estaba contenta porque había eludido la boda con Otto Steward, pero no podía obviar que ahora estaba casada con Kieran O'Hara sin amor. Justo lo que sus padres nunca habían querido para ella.

Louis y Zac felicitaron al novio y todos los guerreros O'Hara lanzaron vivas por su laird y su reciente boda y también lo hicieron los guerreros de Jesse Steward por los novios.

Durante el tumulto, Jesse al verse cerca de la mujer que amaba, le agarró la mano sin dudarlo, dispuesto a pedirle las explicaciones que ella nunca le había dado. Davinia al notar su mano, lo agarró con fuerza, dispuesta a contarle toda la verdad. May los miró y, animados por ella, se alejaron para hablar.

Tras las felicitaciones, Kieran asió de nuevo y con decisión la mano de Angela, la acercó hasta el fuego y, mirando a sus hombres, habló:

—Os presento a vuestra señora, lady Angela O'Hara. A partir de este instante la debéis proteger, cuidar y respetar tanto como a mí o a mi madre, ¿entendido?

Todos asintieron con decisión levantando sus copas. Angela sonrió agradecida por el detalle y, sin dudarlo, cogió una copa, la llenó de bebida y la levantó a modo de brindis con todos ellos. Una vez bebió un trago, miró al hombre que estaba a su lado y que ahora era su marido y musitó:

—Gracias, Kieran.

Él, mirándola desde su altura, sin soltarle la cintura, suspiró y dijo:

—Espero no arrepentirme.

—No te arrepentirás. Apenas te darás cuenta de que existo.

Y dicho esto, se separó de él y regresó junto a Iolanda y May.

Era lo mejor.

28

Louis, al quedarse a solas con Kieran y ver cómo éste miraba a la que era ahora su mujer, con una sonrisa le planteó:

—¿Cómo crees que sentará esto en Kildrummy?

—No lo sé.

Zac, acercándose a ellos, le dio un golpe a Kieran en el hombro y musitó:

—Creo que a lady Susan Sinclair no le va a hacer mucha gracia esta boda.

De pronto, las puertas del puente del castillo se abrieron y varios guerreros de Cedric Steward salieron por ellas. Con premura, cogieron a May y a Angela con la intención de llevarlas al castillo. Las dos jóvenes se defendieron, pero les resultó imposible resistir.

Los O'Hara, al verlo, rápidamente acudieron con su laird hasta donde ellos estaban y Kieran gritó, al ver a Otto agarrar del pelo a Angela:

—¡Suéltala inmediatamente!

El otro miró a Kieran.

—No te metas en asuntos que no te incumben —dijo y, acercándose a Angela, siseó—: Sin duda eres una fierecilla a la que me va a encantar someter.

Una flecha fue a clavarse en el hombro del hombre, que inmediatamente la soltó. Ella, al sentirse liberada, dio un fuerte derechazo al que agarraba a su hermana y, tirando de May, se alejó de ellos.

—Vaya... qué buen golpe le ha dado tu mujercita a ese Steward —se mofó Louis al ver a Kieran bajar su arco, furioso por lo ocurrido.

Segundos después, Cedric, seguido por varios de sus hombres, salió rabioso y, mirando a Angela y a May, gritó:

—¿Qué hacéis vosotras fuera del castillo? ¿Por dónde habéis salido?

Nadie respondió y al ver a Otto herido, fue con paso decidido hasta Angela, pero cuando fue a cogerla del brazo, Kieran ordenó furioso:

—No toques a mi esposa, Steward, o lo lamentarás.

Cedric se paró sorprendido.

—¿Tu esposa?

Con gesto de asco, Angela se retiró de él y Kieran dijo, señalando las piedras que había en el suelo:

—Acabamos de oficiar el enlace, por lo tanto, cuidado con tocar a mi mujer o a alguna de sus hermanas, o tendré que herirte como al osado que acaba de ponerle las manos encima.

Otto al oír eso, maldijo y, con furia, gritó levantándose:

—Cedric, el trato era que la pelirroja sería mía...

«¿El trato? ¿Qué trato?», pensó Angela.

—¡Cállate! —bramó Cedric.

Pero el otro, dolorido por la flecha que le atravesaba el hombro, rugió enfadado:

—Es mía. Tú dijiste que...

Kieran, al oír aquello, lo amenazó levantando la voz:

—Vuelve a decir que mi mujer es tuya y la siguiente flecha te va directa al corazón.

Angela sonrió. Nadie la había defendido nunca así y sin duda le gustó. Pero Otto, incapaz de callar, continuó:

—Cedric, prometiste entregarme a la pelirroja. Dijiste que una vez acabáramos con su padre...

—¡Cállate, Otto! —chilló Cedric y, dándose la vuelta, le clavó la espada que llevaba en la mano en el estómago. Con los ojos en blanco, Otto cayó muerto ante todos y algo salió rodando del bolsillo de su camisa.

Horrorizada, Angela vio el brazalete de su madre. Paralizada, no pudo moverse y Kieran se agachó mientras ella decía con voz trémula:

—Te voy a matar, Cedric. Lo juro por mi vida.

Kieran la miró, pero no dispuesto a dejar que hiciera algo que la atormentaría el resto de sus días, le cogió el mentón con los dedos y pidió:

—Angela... mírame.

Ella lo hizo y él dijo:

—Soy tu marido. Te has casado conmigo para que te ayude y os proteja a ti y a tus hermanas, y aquí estoy, ¿de acuerdo?

Angela asintió. Él tenía razón. Sin duda, su experiencia y la de él nada tenían que ver. Entonces, Cedric gritó furioso:

—¿Dónde está la innoble de mi esposa?

—Cedric Steward —chilló Kieran con voz llena de cólera—, ¿mataste a Kubrat Ferguson?

Nadie contestó hasta que de pronto se oyó el rugido de Jesse. Davinia corría tras él, intentando detenerlo, pero él iba derecho hacia su hermano con el semblante demudado, mientras bramaba:

—¿Cómo has podido?

Kieran, tras pedirle a Angela que no se moviera del lado de Louis, se interpuso en el camino de Jesse, mientras éste gritaba toda clase de improperios, después de saber lo que Davinia le había contado.

Cedric, al entender el porqué de sus gritos y ver que aquellos lo sujetaban para que no se le acercara, ordenó con un fiero tono de voz:

—Davinia, ¡ven aquí!

Con rapidez, Angela y May se pusieron al lado de su hermana. Zac, junto a Aston y George, las cubrió. Por nada del mundo dejarían que aquella pobre muchacha regresara con aquel animal.

Cedric volvió a vociferar:

—Mujer, soy tu dueño, ¡ven aquí!

—¡No! —gritó ella.

El gesto de Cedric se oscureció y siseó:

—Juro que chillarás de dolor cuando te pille a solas.

—Antes te mataré —replicó Jesse descompuesto.

—O lo mataré yo —afirmó William, lívido de rabia por lo que estaba descubriendo.

May, hablando en nombre de sus hermanas, dijo, agarrando a Davinia con fuerza:

—Mi hermana nunca regresará con el asesino de nuestro padre y nuestra familia.

Al oír eso, Jesse miró a Kieran y éste asintió, pálido de furia. Jesse y Davinia miraron a Angela sobrecogidos y ella asintió:

—Sí, hermana. Lo acabamos de descubrir. Ha sido él.

La locura se apoderó de todos. Los guerreros de Jesse y Kieran se amontonaban, deseosos de lanzarse a la lucha, mientras los de Cedric salían del castillo.

Nerviosa, Davinia se retorcía las manos, asimilando lo que sus hermanas le acababan de confirmar. Oía a Jesse gritar que no se moviera y a su marido, que fuera junto a él. ¿Qué debía hacer?

—No te muevas de donde estás —le ordenó entonces Kieran con voz grave y, volviéndose de nuevo hacia Cedric, dijo—: Como marido de Angela Ferguson, repito, ¿has matado tú a Kubrat Ferguson y a todos los que estaban en Caerlaverock?

La tensión se intensificaba por segundos. Muchos guerreros de Cedric, al oír aquello, bajaron sus armas horrorizados y se unieron a los guerreros de Jesse. Ellos no habían participado en aquella horrible matanza y no querían saber nada de ello.

Cedric, al verlos, los miró y siseó:

—Volved a vuestras posiciones y defended a vuestro señor.

Los hombres se miraron desconcertados y Royce, saliendo de entre la multitud, sentenció:

—Ninguno de ellos es un asesino como vos. No sé cuándo cometisteis esa atrocidad, pero sí sé que ni estos hombres ni yo participamos en ella.

—No os necesité —afirmó Cedric—. Otto, Harper, Rory y yo nos encargamos sin vuestra ayuda.

Las lágrimas de las tres hermanas al oír eso se hicieron irrefrenables. Cedric gritó:

—Caerlaverock necesitaba un líder y Kubrat Ferguson no lo era.

Angela quiso arrancarle los ojos al escucharle decir eso, pero Aston y George la pararon, mientras Louis sujetaba a May y Jesse consolaba a Davinia.

Kieran, aún incrédulo, para evitarles más sufrimiento a las mujeres, dijo:

—Creo que lo más razonable es que entremos en el castillo y hablemos de lo ocurrido, ¿no crees?

—No tengo nada que hablar contigo ni con nadie. ¡Fuera de mis tierras!

—No son tus tierras —gritó Angela—. Estas tierras son de los Ferguson y así seguirá siendo, te guste a ti o no, maldito asesino.

—Cedric, ¡te voy a matar! —voceó Jesse fuera de sus casillas.

Angela lo miró. Sin duda entre lo que su hermana le había contado y lo acontecido, el pobre no daba crédito a sus oídos. Pero Cedric, en lugar de amilanarse, sonrió y afirmó:

—Tu bonita Davinia es mía. Mi mujer. Por fin pude tener y disfrutar algo que deseabas antes que tú. Incluso me he permitido marcarle el cuerpo para que no olvide quién manda en ella.

Eso volvió más loco a Jesse, que, saltando por encima de varios hombres, alzó la espada ante su hermano, justo cuando una flecha venida desde detrás de Cedric, le daba de lleno en el brazo. Jesse cayó al suelo, herido, ante el horror de los presentes.

Pero con una rapidez que los dejó a todos perplejos, otra flecha alcanzó al hombre que había disparado a Jesse y se le clavó en el corazón. El guerrero cayó al suelo y Royce, con su arco en la mano, dijo:

—Muerto Otto, muerto Harper, sólo faltáis Rory y vos.

Davinia, horrorizada al ver la flecha atravesar el brazo de su amor, se soltó de sus hermanas y fue a auxiliarlo, mientras Cedric, encantado de ver a su hermano herido, siseó:

—Ven aquí, Davinia o te prometo que tu vida será un infierno mayor del que ya conoces.

Ella se levantó del suelo para encarársele, con la mala suerte de que Cedric se movió rápidamente y, agarrándola del pelo, la arrastró hacia él.

La joven gritó y sus hermanas también. Angela quiso correr hacia ella, pero Kieran y Aston se lo impidieron. No debía acercarse a aquel loco.

Jesse, mientras sus hombres lo llevaban hacia un lado, blasfemó horrorizado por lo que ocurría y Cedric, enloquecido, levantó con brusquedad a su mujer y, ante todos, dijo, poniéndole la espada en el cuello:

—Eres una mujerzuela digna de trabajar en un lupanar. Te voy a rebanar el pescuezo.

—¡No! —gritó May horrorizada.

Angela temblaba, con la respiración acelerada. Tenía que parar a Cedric fuera como fuese y, parapetada tras Kieran y dos de sus hombres, se agachó y se sacó de la bota su pequeña daga. Aston la miró y asintió. Sin duda, el factor sorpresa sería lo mejor.

La tensión le recorría todo el cuerpo, pero no estaba dispuesta a abandonar a su hermana a su suerte.

Davinia paralizada de terror, sentía cómo el acero cortaba su fina piel cuando oyó a Jesse suplicar:

—Por el amor de Dios, Cedric, ¡no lo hagas!

Su hermanastro rio y, sin importarle quién lo escuchara, dijo:

—¿Será su cuello tan frágil como lo fue el de su padre y el de la cocinera?

—Cedric... —sollozó Davinia.

Enajenado, él musitó, mientras un fino hilillo de sangre comenzaba a brotar del cuello de Davinia:

—Nunca me has gustado. Sólo te quería para amargar a mi hermano y para hacerme con Caerlaverock. El último paso era matar a tu padre y, cuando llegó el momento, ese viejo zorro sonrió al intuir lo que iba a hacer. Deseaba morir y no me dio el gusto de oírle suplicar por su vida.

Kieran miró a Angela. Estaba pálida, temblaba y respiraba con dificultad. Preocupado por ella, susurró, sin quitarle la vista de encima a Cedric:

—Tranquila, Angela... tranquila, mi cielo.

Con los ojos anegados en lágrimas, ella asintió, y entonces Kieran dijo con voz tajante:

—Cedric, piensa lo que vas a hacer. Si matas a Davinia, otra muerte, además de la de su padre y su gente recaerá sobre ti y...

—¡Suéltala, por favor! —suplicó May, llorando desconsolada.

Pero entonces Davinia hizo algo que consiguió que Angela reaccionara. Con mano temblorosa, como pudo, se la llevó a la boca para lanzar un beso al aire. Eso les hizo saber a sus hermanas que se estaba despidiendo de ellas y el corazón le comenzó a latir desbocado.

No. No iba a permitirlo.

La tensión era tremenda. Nadie podía hacer nada. Cualquier movimiento acabaría con la vida de Davinia, y todos lo sabían. Kieran, con frialdad, pensó en cómo actuar, pero hiciera lo que hiciese podría perjudicar a la joven. Miró a Louis y éste negó con la cabeza. Él tampoco lo tenía claro. William, apenas sin respirar, miró a sus hijos y éstos le indicaron que no se moviera.

De pronto, la espada de Cedric cayó al suelo y se llevó las manos al cuello. Davinia, al sentirse liberada, corrió hacia su hermana May y luego hasta Jesse, que la llamaba mientras la sangre manaba a borbotones del cuello de aquel villano.

Sorprendidos, todos miraron a la joven Angela. Ella era quien había lanzado la daga con precisión y, antes de que Kieran la pudiera detener, caminó hacia su cuñado y, cogiendo el cuchillo por el mango, con frialdad se lo arrancó del cuello. Un chorro de sangre brotó y, sin ningún tipo de piedad, dijo:

—Espero que te pudras en el infierno más negro que exista. Tú te has llevado la vida de mi padre y de mi gente y yo me llevo la tuya, Cedric Steward. Como decía mi padre, una muerte por otra muerte.

Sin decir nada, el despreciable ser que le había amargado la vida a su hermana y matado a su padre, puso los ojos en blanco y, tras convulsionarse en el suelo, quedó muerto junto a Otto y Harper.

Kieran miró a Louis y, con un movimiento de cabeza, le indicó que se ocupara de todo. Luego se acercó a Angela, que, con los ojos velados por la furia y la tensión, murmuró:

—He vengado a los míos. Cedric merecía morir.

Rápidamente, Kieran fue por un cubo de agua y metiéndole en ella las manos ensangrentadas, se las lavó. Después se las secó con el tartán que llevaba, la miró y dijo:

—Todo ha acabado, ¿de acuerdo?

La joven asintió y él la estrechó con cariño entre sus brazos y la besó en la cabeza, mientras la sentía temblar. Así estuvieron hasta que May se acercó a ellos y Kieran la soltó, para que las hermanas pudieran abrazarse. Instantes después, Davinia se unió al abrazo. Definitivamente, todo aquello había acabado.

29

Angela se despertó asustada. ¡Malditas pesadillas! Abrió los ojos y se sentó en la cama, cuando unas manos la sujetaron y una voz le susurró:

—Tranquila, estás a salvo, tranquila.

Angela respiró angustiada y vio a Kieran sentado en la cama de su habitación, a su lado. Se había pasado gran parte del día observándola mientras dormía. Y pudo ver cómo las pesadillas no la dejaban descansar.

Preocupado por ella, le tendió una copa con agua y cuando Angela bebió, la volvió a dejar sobre la desconchada mesilla.

—¿Una pesadilla? —le preguntó.

Ella asintió, mientras notaba que su corazón desbocado por el miedo de lo que había soñado se ralentizaba. Cerrando los ojos, respiró hondo, como su padre le había enseñado y pronto sintió que la tensión de sus hombros desaparecía. Más tranquila, abrió un ojo para observar a su marido. Éste seguía mirándola. Volvió a cerrar el ojo, pero al hacerlo, se percató de que sólo llevaba un ajado camisón. Rápidamente, se tapó con el tartán que la cubría y preguntó:

—¿Qué estás haciendo aquí?

Kieran sonrió. Sin duda, su mujercita era peculiar. Levantándose de la cama, se sentó en la silla donde llevaba horas y dijo:

—Velar por el sueño de mi mujer.

Ella asintió. Así que no había sido un sueño, estaba casada con él, y murmuró:

—¡Oh, Dios mío, es verdad!

—Sí, Angela. Somos marido y mujer.

Asustada por estar en la alcoba a solas con él y medio desnuda, preguntó:

—¿Y mis hermanas?

—Imagino que por algún rincón del castillo —respondió él con tranquilidad, mientras disfrutaba de la belleza de ella nada más despertarse, despeinada y con los ojos hinchados.

—¿Puedo preguntarte algo? —preguntó Kieran. Ella asintió y él dijo—: ¿Qué sueñas en tus pesadillas?

Angela cerró los ojos, resopló y finalmente explicó:

—Las veces que lo recuerdo, veo una y otra vez a mi madre y a mis hermanos desmembrados y llenos de sangre. Me veo a mí misma corriendo por el bosque, asustada, en busca de mi padre. Y en otras ocasiones sueño que nos asaltan, no hay un ejército que nos defienda y veo a mi padre y a mis dos hermanas morir ante mí y yo no puedo hacer nada.

Eso le dejó muy claro a Kieran que, ante todo, se sentía desprotegida. Sus sueños eran un recuerdo del pasado y un miedo horroroso a perder lo único que le quedaba: su familia.

Angela a cada instante se le antojaba más y más seductora. De no haberse fijado en ella, de pronto había pasado a no poder apartar su mirada ni su atención de aquella pelirroja que era su mujer.

Tras lo ocurrido la madrugada anterior, sólo pudo alejarse de ella unos metros. No quería que nada ni nadie le pudiera hacer daño ni atosigar. La necesidad que sentía de protegerla aún no se la explicaba. Y cuando la vio entrar en el castillo y subir corriendo a las almenas para quitar los estandartes de Cedric Steward, no supo si besarla o regañarla por su impaciencia.

Una vez bajó de las almenas, se sentó con sus hermanas a la enorme mesa de madera a hablar y cuando Kieran se quiso dar cuenta, estaba dormida. Tras una seña de May para que se la llevara a la habitación, él la cogió con delicadeza y la subió para que descansara.

Kieran no había dormido. Se había pasado horas en vela observándola. Aquella joven ahora era su mujer y todavía no podía entender qué lo había impulsado a cometer semejante locura que lo hacía tan feliz. Y, sobre todo, ¿qué iba a hacer con ella?

Cohibida por la intimidad que compartían en aquel cuarto, Angela lo observaba. Kieran, a pesar de su amabilidad, de su caballerosidad, de su generosidad y de su cordialidad con ella y sus hermanas era un hombre fuerte y peligroso. El poder que irradiaba su mirada o su cuerpo era abrumador y de pronto fue consciente del lío en que se había metido casándose con él.

Kieran, al ver cómo lo miraba, supo lo que pensaba y, sin moverse, dijo:

—Tranquila, Angela, no espero nada de ti si tú no quieres.

Ella asintió. De momento se tranquilizó y él, levantándose de la silla, le indicó:

—Baja al salón cuando estés lista. Debemos tener una charla con tus hermanas.

Sin mirar atrás, Kieran salió de la habitación y, cuando cerró la puerta, se apoyó en la pared y maldijo. ¿Qué narices le pasaba con aquella mujer?

Era un hombre adulto, curtido en la batalla y ella, una jovencita sin experiencia, pero a su lado se sentía inquieto y desconcertado. Maldijo dando un puñetazo a la pared que le desolló los nudillos. El dolor lo hizo volver a la realidad y bajó al salón.

Un rato después, cuando Angela llegó también, con su vestido gastado, se encontró a sus hermanas, a William, Kieran y Jesse sentados a la mesa. Todos la miraron y le sonrieron. Ella, tras dedicarles una nerviosa sonrisa, se sentó junto a sus hermanas y comió lo que Davinia le puso delante.

De pronto, mirándolos, preguntó:

—¿Dónde habéis enterrado los cuerpos de los Steward?

—Mis hombres han cavado una fosa lejos de aquí —respondió Kieran.

Angela asintió y preguntó:

—¿También el del hombre que había en mi habitación?

Los hombres se miraron. No habían encontrado a nadie allí y May murmuró:

—Entonces Rory Steward sigue vivo. Debió de escapar por el túnel.

—Dudo que volvamos a saber nada más de él. Era un cobarde —dijo Davinia.

Angela continuó comiendo y, cuando terminó, Jesse, que estaba frente a ellas, se lamentó:

—Siento muchísimo lo ocurrido. Nunca imaginé algo así de Cedric. Si lo hubiera sabido, habría actuado antes.

Ninguna de ellas habló y él prosiguió:

—Una vez dicho esto, William, Kieran y yo hemos hablado, y entre los tres creo que hemos tomado la mejor decisión respecto a vuestro futuro.

—¿Nuestro futuro? —repitió Angela, levantándose a la defensiva.

—Angela... muchacha... siéntate, por favor —le pidió William.

—Ah, no... —insistió ella—. Nadie volverá a decidir por nosotras. No me he enfrentado con Cedric para que...

—¡Angela! —la cortó May—. Calla y escucha, por favor.

Molesta, ella lo hizo y, tras ver que todos la observaban, Jesse continuó:

—No me has dado tiempo a decir que sólo se hará lo que vosotras queráis.

Angela asintió. Sin duda se había precipitado y Kieran, que estaba al lado de Jesse, añadió:

—May, imaginamos que tú querrás regresar a la abadía, ¿verdad? —La joven asintió y él la informó—: En el momento que tú quieras, varios de mis hombres o de los de Jesse te escoltarán hasta allí.

—¿Y mis hermanas? —preguntó ella.

William Shepard esbozó una sonrisa y Jesse contestó:

—Davinia regresará conmigo a Glasgow y, cuando pase un tiempo, se casará conmigo, siempre y cuando ella quiera.

Angela la miró y sonrió. A Davinia se le llenaron los ojos de lágrimas y, sorprendida, miró a sus hermanas. Éstas asintieron y ella, mirando al amor de su vida, respondió con decisión:

—Nada en el mundo me gustaría más.

William sonrió sentado junto a Kieran y este último expuso:

—Y Angela y yo partiremos para Kildrummy y...

—¿¡Cómo!? ¿Por qué? —preguntó ella.

—¡Angela! —exclamaron May y Davinia al escucharla.

La joven fue a decir algo, cuando Kieran se le adelantó:

—*Mi cielo*, ahora eres mi mujer, ¿no lo recuerdas?

Ella asintió al ver que él estaba disimulando ante sus hermanas, pero murmuró:

—Quiero quedarme aquí. En Caerlaverock... *cariño*.

—Ahora eres mi mujer, Angela, y no voy a dejarte aquí, expuesta a toda clase de penurias. —Y prosiguió—: William y sus hijos vendrán con nosotros a Kildrummy. Ellos han aceptado. Es lo mejor para todos.

—Debes partir con tu marido, Angela —dijo May—. Aquí ya no hay nada. No hay campos que cultivar, ni gente que los cultive. No hay bosque. Sólo hay un castillo desvalijado y...

—Pero es mi hogar —susurró apenada.

—Tu hogar ahora es Kildrummy... *mi cielo* —aseveró Kieran.

Levantándose de la mesa, la rodeó y, cogiendo a Angela del brazo, la sacó del salón ante el gesto de sorpresa de todos. Una vez en el pasillo, la miró y dijo:

—Te recuerdo que si me he casado contigo, te llamo esa ridiculez de «mi cielo» y te he seguido en la pantomima de que te cortejaba, es porque tú me lo pediste por tu bienestar y el de tus hermanas. ¿Qué estás haciendo ahora?

Ella asintió.

—Tienes razón —admitió—, pero todo ha cambiado. Cedric ha muerto y no quiero ser una carga para ti. Ambos sabemos que todo es mentira y...

—No voy a permitir que me hagas quedar como un mal highlander que abandona a su mujer en un lugar inhóspito para...

—No quiero marcharme —lo cortó ella.

Incrédulo por la rapidez con que cambiaba de opinión, la miró e insistió:

—¿Por qué no quieres acompañarme?

Con un gesto que a Kieran se le antojó precioso, ella lo miró y musitó:

—Me siento fatal. Me siento culpable por lo que te hice hacer para nada. Si yo hubiera sabido este desenlace, no te habría pedido matrimonio y...

—Pero no lo podías saber, Angela.

—Tienes razón, pero ahora estás unido a mí por un año y un día y...

—Sólo queda un año... el día ya ha pasado.

Ella sonrió y dijo:

—Kieran, apenas nos conocemos. No sabemos nada el uno del otro, pero estamos casados y...

—Esto es tuyo —la cortó él.

Al ver el brazalete con la piedra verde de su madre, que su padre guardaba, a Angela se le llenaron los ojos de lágrimas y murmuró, abrazándolo:

—Gracias... gracias por entregármelo.

Kieran, conmovido por aquel abrazo, le contó, consciente de lo que le entregaba:

—Tu hermana me dijo que era de tu madre y ahora es tuyo. —Y, carraspeando para no emocionarse, prosiguió—: Y volviendo al tema que nos ocupa, debemos dejar pasar ese año. Además, siempre existe esa posibilidad de que me enamore de ti en este tiempo. —Eso hizo que ella sonriera y él continuó—: Y, tranquila, nunca te dejaré en la calle aunque no renovemos votos...

De pronto, se oyeron unos gritos procedentes de la cocina del castillo. Kieran y Angela reconocieron la voz de Iolanda y, con rapidez, se encaminaron hacia allá. Al entrar, oyeron a la joven decir:

—Aléjate de mí y no te vuelvas a acercar nunca más en toda tu vida.

—Pero ¿qué te ocurre? —preguntó Louis desconcertado.

Iolanda, sin percatarse de que otros ojos los estaban observando, respondió:

—Lo que me ocurre es que personas como tú han hecho de mí lo que soy, y... y... yo... no...

Hundida, se sentó en una silla con los ojos llenos de lágrimas. Louis se fue a acercar de nuevo, cuando ella, cogiendo un plato de cerámica, lo amenazó:

—Si te acercas te lo rompo en la cabeza.

Angela entró en la cocina para dejarse ver y, mirando a Louis, le hizo un gesto con la cabeza para que se retirara.

Luego, con cuidado, se acercó a su amiga y, sentándose frente a ella, murmuró:

—Ven aquí.

Angela la abrazó con ternura con el brazalete de su madre aún en la mano y Iolanda comenzó a llorar.

—Quiero volver a donde me encontraste —susurró—. Allí... Allí era feliz a mi manera y no tenía por qué... por qué...

Kieran, sin entender nada, entró también en la cocina y, mirando a su amigo, musitó:

—¿Se puede saber qué os pasa a vosotros dos?

—No lo sé, Kieran... no sé qué le pasa. He venido a verla para preguntarle cómo se encontraba y ha reaccionado como ves.

Con un gesto, Angela les ordenó callar y, cuando la joven Iolanda se tranquilizó, enjugándole las lágrimas con los dedos, dijo:

—No vas a regresar a donde te encontré, porque ése no es lugar para una persona tan maravillosa como tú y porque te necesito a mi lado.

—Pero...

—Iolanda, escúchame —insistió Angela y, tras ponerse el brazalete de su madre, miró a Kieran y preguntó—: ¿Cuándo partimos para Kildrummy?

Sorprendido por el giro que estaba tomando la conversación, Kieran miró al desconcertado Louis y respondió:

—En cuanto tú estés lista.

Angela asintió y añadió:

—Iolanda vendrá con nosotros en calidad de dama de compañía.

Kieran asintió sin dudarlo. Él tampoco pensaba dejar a la joven donde la encontraron y cuando Angela le sonrió agradecida, se estremeció, pero con disimulo sonrió y continuó mirándola.

Ella, volviendo a dirigirse a su llorosa amiga, dijo con claridad:

—Necesito que vengas conmigo a Kildrummy. —Y mirándola con una carita de zalamera que a Kieran lo hizo sonreír, murmuró—: Por favor... por favor... Iolanda, no me digas que tú también me dejas.

—Pero ¿y qué hago yo en Kildrummy? —preguntó la chica.

Al ver que ellos las miraban, Angela bajó la voz y respondió:

—Lo mismo que yo. Aguantar un año. Cuando pase, las dos nos iremos y podremos comenzar de cero.

Iolanda la miró y ella insistió:

—No me niegues tu compañía. Te necesito a mi lado para poder sobrevivir al año que me espera.

Al oírla, Kieran la miró. ¿Tan terrible era estar casada con él?

Un buen rato después, tras conseguir que Iolanda accediera a acompañarla, cuando Angela salió de la cocina y pasó por el lado de Louis, susurró:

—¿Alguien te ha dicho lo bocazas que eres? —Luego miró a su marido y añadió—: Gracias por permitir que Iolanda nos acompañe.

Y dicho esto, salió de la cocina y se marchó.

—¿Bocazas? —preguntó Louis—. ¿Por qué me ha dicho eso?

—Tú sabrás, amigo.... Tú sabrás.

Louis, al ver cómo miraba a Angela, que se alejaba, sonrió y predijo divertido:

—Sin duda va a ser un año interesante.

30

Cuatro días después, con las cosas aclaradas entre todos, May regresó a la abadía acompañada por varios guerreros de Jesse Steward. Era lo mejor para todos. Cuanto antes retomaran sus vidas, antes se normalizaría todo.

Esa noche, Angela y Davinia se quedaron hablando hasta tarde ante el enorme hogar del salón. Sin duda, sus vidas habían cambiado y la hermana mayor auguraba que para bien. Angela lo dudaba, pero prefirió callar.

De madrugada y sin sueño, cuando Davinia se marchó a descansar, Angela subió a las almenas: necesitaba aire fresco. Al llegar allí, miró al horizonte y suspiró al ver la desolación del bosque quemado. Se frotó los ojos con tristeza. Había llorado tanto que ya no le quedaban lágrimas. Se tenía que despedir de aquel lugar, de su hogar, y comenzar una nueva etapa de su vida.

Con pena, abandonó las almenas y fue a su habitación. Al entrar y cerrar la puerta, vio la chimenea encendida. Eso la sorprendió, hasta que oyó:

—Estaba esperándote.

Al mirar vio a Kieran tumbado en la cama. Estaba desnudo de cintura para arriba y en décimas de segundo su cuerpo se calentó. Era espléndido, increíble y tentador. Su torso estaba curtido como sus brazos, pero rápidamente Angela apartó la vista y la dirigió al techo.

Kieran al ver su apuro y su rubor, sonrió. Sin duda, verlo sin camisa la intimidaba.

—¿Qué miras con tanto detenimiento? —le preguntó.

—El techo.

Durante unos segundos, ninguno de los dos dijo nada, hasta que Kieran insistió:

—¿Es interesante lo que ves?

Ahora la que sonrió fue Angela, pero la sonrisa se le borró cuando él la conminó:

—Vamos, desnúdate y ven a acostarte.

Abochornada por lo que Kieran le pedía, murmuró:

—Creo... creo que dormiré vestida.

Él sonrió, se levantó y, cogiéndole la mano, dijo:

—No seas tímida. Soy tu marido.

Mientras caminaba tras él, se fijó en su espalda. Pero ¿cuántos músculos tenía? Sin poder ni querer evitarlo, sus ojos se fijaron en varias heridas ya sanadas. Sin duda, aquello le tuvo que doler.

Cuando Kieran llegó al borde de la cama, la soltó y, señalándole un viejo y raído camisón color grisáceo que estaba sobre una silla, afirmó:

—Prometo no mirar.

—¿Seguro?

—Te lo acabo de prometer.

—¿Y he de fiarme de tu palabra?

—¿Tú qué crees? —se molestó él.

Ella, al darse cuenta de lo que estaba diciendo, asintió y respondió:

—Tienes razón. Si no me fío de ti con lo bien que te estás portando conmigo, estaría loca.

Kieran esbozó una sonrisa y, conteniendo las ganas que tenía de abrazarla, comentó:

—Angela, estoy cansado y quiero dormir, pero no voy a consentir que duermas vestida. Tienes dos opciones: o te desnudas tú o te desnudo yo.

—Oh, Dios mío.

—Exacto. Vamos, cámbiate.

—¿Serías capaz de hacerlo? —Y al ver su mirada, rápidamente se respondió ella misma—. De acuerdo. Yo... yo lo haré.

Sin más, Kieran se dio la vuelta con galantería y con una sonrisa en la boca. No se podía creer que él estuviera haciendo aquello. Sin tiempo que perder, Angela se quitó el vestido, tras él la camisola y, cuando se puso el camisón, anunció:

—He terminado.

Él se dio la vuelta y la miró. Era preciosa. Increíblemente bonita. Sonrió y, conteniendo el instinto que lo impulsaba a tomarla, dijo:

—Ahora debes descansar. Acuéstate.

Ella lo hizo sin rechistar y volvió a mirar el techo. Kieran, divertido, caminó hacia el otro lado del lecho y se tumbó a su lado. Angela estuvo durante un buen rato tiesa como una estaca, hasta que él le preguntó con voz cansada:

—¿Te asusto?

—No.

—¿Seguro? —insistió, mientras la miraba.

—Sí. —Y al notar su mirada, añadió, sin apartar la vista del techo—. Es sólo que se me hace raro compartir esta intimidad contigo.

—Mírame cuando te hablo, por favor —le pidió él.

Ella hizo lo que le pedía y cuando sus ojos se encontraron, preguntó:

—¿Tanto te incomoda tenerme en tu cama?

Su rostro lo decía todo y él le rogó:

—Dime la verdad, por favor.

Angela, tras mirarlo en silencio, murmuró:

—Eres mi esposo y no sé qué esperas de mí.

—Ya te lo dije —le aclaró molesto—. No espero nada que tú no desees.

—¿Y por qué estás aquí en vez de con tus hombres?

Esa pregunta en cierto modo lo pilló de sorpresa. Nadie lo había obligado a ir a aquella habitación, pero allí estaba y, tras pensarlo, respondió con tranquilidad:

—Eres mi mujer. Estamos recién casados y, si no duermo contigo, comenzarán las habladurías...

—Lo entiendo —lo cortó ella.

El silencio volvió a llenar la habitación y Kieran esbozó una sonrisa.

Él, que era deseado por las más hermosas féminas de Escocia, que se morían por meterlo en sus lechos, ante la que era su esposa no sabía cómo proceder.

Angela era su mujer, tenía pleno derecho sobre ella, pero nunca haría nada que pudiera resultar desagradable para los dos. Su cuerpo la deseaba y le pedía que la poseyera, pero su cabeza lo instaba a no perder la razón. Cuando sus miradas se volvieron a encontrar, no pudo más e hizo el ademán de levantarse. Se sentó en la cama y Angela lo interrogó:

—¿Adónde vas?

Sin querer mirarla, respondió:

—Creo que lo mejor será que vaya con mis hombres, aunque murmuren.

Desconcertada por lo que le hacía sentir, le cogió una mano. Él la miró y ella habló, invitándolo a tumbarse:

—Vamos, acuéstate. Tú también necesitas descansar.

Agotado por los días que llevaba durmiendo a la intemperie, se dejó caer de nuevo sobre el lecho y, mirándola, dijo en tono grave y seductor:

—Gracias.

Angela sonrió. No sabía por qué, pero Kieran le daba tranquilidad y seguridad. Él, al ver su gesto, inquirió sorprendido:

—¿Por qué sonríes ahora?

Con un gesto íntimo que a él lo enamoró, la joven se dio la vuelta en la cama para mirarlo de frente y respondió:

—Me hace gracia pensar que por mi indecencia e impaciencia estoy casada contigo.

Él sonrió también y Angela preguntó curiosa:

—¿Cómo crees que se lo tomará Susan Sinclair? —Y, sin poder evitarlo, añadió—: El capricho de cualquier highlander.

Kieran se apoyó en un codo y, tras mirarla durante un rato que a él se le hizo agónico, musitó:

—Imagino que feliz no la hará. Tendré que hablar con ella.

—¿Le pedirás que te espere hasta que acabe nuestro enlace?

—Posiblemente —respondió con sinceridad.

Un extraño malestar se apoderó de Angela, pero sin querer pensarlo, volvió a preguntar:

—¿Y tu madre? ¿Qué dirá ella?

—Habrá que esperar y ver —contestó Kieran—. La idea que se llevó de ti es que eras llorona e insoportable.

A Angela le entró la risa y él, divertido, murmuró:

—No te rías.

Sin poder parar, ella dijo:

—Tu madre me da pena. Pobrecilla, el susto que se va a llevar cuando me vea y sepa que soy tu mujer.

Kieran rio también. Reír con ella era fácil y al ver que lo miraba, le planteó:

—¿Te gusta lo que ves?

—Eres un presumido pretencioso, ¿lo sabías? —respondió.

Él soltó una carcajada y, tomando aire, dijo:

—Soy consciente de lo mucho que atraigo a las mujeres. Nunca ninguna se ha ido descontenta de mi lecho ni de mi lado.

—Sumo a lo anteriormente dicho vanidoso y engreído.

Retirándole un mechón que le caía sobre los ojos, con voz íntima, Kieran puntualizó:

—Digo la verdad, Angela. Soy un hombre que sabe satisfacer a las mujeres en los placeres carnales.

Al oír eso, el rostro de ella se puso rojo como un tomate. Divertido al verlo, él quiso saber:

—¿Te incomoda mi torso desnudo?

Angela, consciente de cómo la observaba, reconoció:

—No me incomoda, pero...

—¡¿Pero?!

—Me pones nerviosa. Es sólo eso.

—¿Y por qué te pongo nerviosa?

Recelosa por la pregunta, ella lo miró.

—Porque nunca he compartido medio desnuda mi lecho con ningún hombre. Por eso me pones nerviosa. Quizá, si fuera una mujer experimentada, te estaría haciendo ojitos, como tú me haces a mí, en lugar de estar temblando como una boba.

—¿Te estoy haciendo ojitos?

—Sin duda alguna —afirmó Angela.

Kieran rio divertido.

—Me encanta tu frescura y sinceridad. No las pierdas nunca.

Eso la hizo sonreír y el corazón de Kieran dio un vuelco emocionado. Su sonrisa era perfecta, increíble y su mirada, seductora. Para él aquello también era nuevo. Era la primera vez que llevaba un rato en una cama con una mujer medio desnuda y a solas y todavía no la había hecho suya.

—Yo también quiero ser sincero contigo y he de decirte que o dejas de mirarme con la intensidad con que lo haces y dejas de morderte el labio o al final voy a desear hacer algo más que estar tumbado a tu lado.

—¿Te estoy haciendo ojitos?

Kieran sonrió y dijo:

—Desde mi punto de vista, sí.

Ella de nuevo volvió a ruborizarse y él, soltando una carcajada, susurró:

—Tranquila, Angela, y no me tengas miedo, ¿de acuerdo?

Azorada, acalorada y alterada por lo que su cuerpo le exigía, respondió:

—Ajá...

Al escucharla, Kieran se dejó caer de nuevo en la cama para no mirarla. Ese «Ajá» era muy de Hada. Cruzó sus manos bajo la cabeza y, mirando el techo para de ese modo enfriar sus pensamientos, propuso:

—Durmamos. Será lo mejor.

Angela se puso también boca arriba, como él, cerró los ojos e intentó dormir, pero le fue imposible. Nunca había compartido el lecho con un hombre y aunque intentaba no rodar hacia el lado en que estaba Kieran, era imposible. Debía sujetarse al borde de la cama si no quería terminar sobre él.

Cuando la respiración del highlander se normalizó y ella intuyó que estaba dormido, se movió. Lo miró y observó con detenimiento, mientras con el dedo índice se rascaba la ceja. Sin duda alguna, se había casado con un hombre muy guapo. Pero realmente no sabía nada de él. Por no saber, no sabía ni su edad.

Atraída como un imán, levantó una mano. Deseaba tocarlo, sentir su calor, el tacto de su piel, pero intentó resistirse. El problema era que la tentación era muy fuerte y que lo tenía muy cerca. Demasiado.

Miró sus labios, aquellos labios seductores que había besado en otras ocasiones, y sintió que le faltaba el aire. Acalorada, se abanicó con las manos y se volvió a tumbar.

¿Por qué Kieran la hacía acalorarse así?

Pero volvió a mirarlo y su mano se dirigió hacia su torso duro y fibroso. Con cuidado de no despertarlo, lo tocó con un dedo y se asombró de la calidez y textura de su piel. Animada al ver que sus caricias no lo despertaban, se incorporó con cuidado en la cama para observarlo mejor.

¡Qué apuesto era!

Sintió cómo su interior se deshacía y calentaba por momentos al mirarlo. Con curiosidad, observó su ancho y musculoso pecho y sus fornidos brazos, fibrosos por la lucha con la espada. Kieran O'Hara vestido era imponente y poderoso, pero semidesnudo como estaba en ese instante, era tentador e inquietante.

«Dios santo, pero ¿qué estoy pensando?», se regañó a sí misma.

Conmocionada por lo que su cuerpo le pedía y su mente imaginaba, se llevó las manos a la frente. Maldijo en silencio por lo que no podía parar de desear e imaginar y al final clavó sus curiosos ojos en la delgada línea de vello rubio que desaparecía por la cintura del pantalón.

Acalorada, estaba resoplando, cuando lo oyó decir:

—¿Qué piensas, Angela?

Su voz, cómo entonaba su nombre y sentirse descubierta la hicieron maldecir. Finalmente, lo miró sin acobardarse y se encontró con los ojos de Kieran que la observaban y, sin moverse, respondió:

—Pensaba en que eres un hombre fuerte e imponente.

Él, que se había fingido dormido aquel rato y había observado concienzudamente todos y cada uno de sus movimientos, sonrió. Que ella se rascara la ceja con el índice le hacía saber que había estado pensando y acariciándole el mentón con cariño; murmuró en tono ronco:

—Y tú eres una mujer muy bonita, descarada y curiosa.

—Y torpe...

—Eso ya lo empiezo a dudar, preciosa.

Esa última observación la hizo sonreír. Kieran, deseoso de poner en práctica lo que no debía, resistió sus impulsos y dijo, invitándola a echarse:

—Creo que deberías descansar.

Ella negó con la cabeza.

—No puedo... ahora no.

Al recordar sus pesadillas, Kieran la entendió.

—Tranquila. Estaré a tu lado si tienes una pesadilla.

—No es por las pesadillas —repuso en tono bajo.

Sin moverse, él la observó y, cuando fue a hablar, Angela confesó:

—Kieran, mi parte desvergonzada y descarada me hace querer saber cómo satisfaces a las mujeres en los placeres carnales.

Él, como siempre, se sorprendió. Sin duda, Angela era una mujer apasionada, pero sin querer caer en la tentación de algo que sabía que podría salir mal, le advirtió:

—No me tientes o esta vez no voy a parar.

Dispuesta a conseguir lo que quería, lo miró.

—Deseabas a Hada y ella soy yo. —Y al ver cómo la observaba, añadió—: Te deseo y sé que me deseas.

—Claro que te deseo —afirmó en voz baja.

—No sé qué me ocurre, pero toda yo desea besarte, tocarte, saborearte. Quiero llamarte «cariño» y... y anhelo que me toques y...

—¿Sientes que tu interior arde? —preguntó Kieran.

Sin un ápice de vergüenza, ella asintió.

—Siento que mi cuerpo desea algo que sólo tú me puedes dar.

Embelesado por lo que le decía, sin moverse, preguntó:

—¿Qué desearías en este instante?

Acalorada por lo que sus palabras, su mirada y su cuerpo la hacían sentir, Angela notó que le faltaba el aire, pero respondió:

—Desearía besarte.

Kieran asintió, mientras notaba cómo el calor subía por su cuerpo y su pene se hinchaba bajo el pantalón, cuando dijo:

—Bésame entonces, pero...

Sin dejarlo terminar, le puso un dedo en los labios para que se callara. Hechizado por el momento y la sensualidad que ella desprendía, no se movió. Si lo hacía no habría manera de pararlo.

—Soy tu mujer —aseveró Angela—, y aunque sé que no reclamas mi cuerpo, te deseo y soy yo quien reclama el tuyo. Soy inexperta. No soy como las mujeres que ocupan tu cama llenas de lujuria y experiencia, pero aun muerta de miedo te lo pido.

Con mimo, Kieran la besó. Efectivamente, era inexperta, pero eso mismo era lo que a él lo apasionaba y, acabado el beso, murmuró:

—Angela, me vuelves loco.

Encantada por sus palabras y más tras el dulce beso que le había dado, prosiguió:

—Sé que es indecoroso, pretencioso, inmoral e insolente lo que te pido y más cuando entre nosotros no habrá nunca ni exigencias ni reproches, pero prefiero que seas tú el primer hombre que...

No pudo continuar. Ahora fue Kieran quien le tapó la boca con un dedo y susurró:

—Calla. No continúes.

Imaginar que otro tomara el cuerpo que le pertenecía por derecho lo encolerizó. Cerró los ojos. Gran parte de él deseaba tomarla y hacerla suya, pero sabía que en cuanto lo hiciera ella exigiría algo más que ciertos momentos de risas y diversión. Con los ojos cerrados, buscó su autocontrol y, cuando los abrió, instintivamente la asió por la cintura y la sentó a horcajadas sobre él.

¿Qué estaba haciendo?

Angela, al sentir entre sus piernas el ardor y el latido de lo que exigía, jadeó y Kieran murmuró loco de deseo:

—Si te poseo, nada cambiará entre nosotros.

—Ése fue el trato por ambas partes —respondió ella.

—Nada de exigencias y nada de reproches fuera del lecho.

—Así será —convino, convencida de lo que decía.

Llevada por el deseo no sabía lo que estaba diciendo, pero sí sabía lo que quería experimentar. Entonces, el calor se hizo insostenible y Kieran dijo con voz cargada de deseo:

—Vamos, *mi cielo*, ¡bésame!

Fascinada, arrebatada y cautivada por sus deseos y por aquel increíble seductor, sin dudarlo se inclinó y lo hizo. Acercó su boca a la de él, que se le ofrecía, y lo besó. El primer contacto fue tremendamente sensual e hizo que ambos jadearan. Angela, arrebatada, se movía mientras su rojo pelo le caía sobre la cara y Kieran, deseoso de verla, se lo recogía sujetándolo con la mano y le decía:

—Siempre que estés en el lecho con el ser deseado, mi preciosa Angela, hay que hacerle ver al otro cuánto te gusta y cuánto lo deseas, para que el que está frente a ti se deje llevar por la pasión y te desee a ti con locura. Hay que dejarse las vergüenzas y las inhibiciones para otro momento, porque el encuentro sexual así lo requiere, si quieres que sea verdadera entrega y pasión.

—De acuerdo, lo recordaré —asintió ella, grabando aquellas palabras en su mente, mientras disfrutaba de él.

Embriagado por el deleite que ella le proporcionaba con el beso, a diferencia de otras veces, la dejó que marcara el ritmo. Debía ir poco a poco. Angela era virgen, era su mujer y deseaba que fuera un momento especial para ella. Se lo merecía.

Dejó que lo besara, que lo saboreara, que lo volviera loco. Angela era dulce, tierna, sabrosa y debía tener cuidado, pero cuando ella profundizó en su boca y se apretó contra él, Kieran no pudo más y, posando las manos sobre su viejo camisón, le agarró el trasero con posesión, se lo apretó y murmuró:

—¿Sigues queriendo continuar?

Aquella intimidad y cómo la tocaba para apretarla contra él por encima del camisón la hizo temblar, y, dispuesta a experimentar aquella primera vez, murmuró:

—Sí.

A cada instante más embelesado, Kieran se incorporó y se sentó en la cama con ella encima. Con delicadeza, le quitó el camisón por la cabeza y, cuando se quedó desnuda sobre él, la miró y murmuró, retirándole las manos con las que se cubría el pecho avergonzada.

—Eres preciosa.

—Me gusta serlo para ti, *cariño*.

Excitada, Angela enredó los dedos en el pelo de él y lo atrajo hacia su boca. Lo besó con mimo mientras notaba cómo las manos de él subían y bajaban por su espalda, acariciando cada recoveco de su piel.

El placer era increíble.

Su boca era adictiva.

Y el momento, mágico y sensual.

Cuando sus manos le asieron de nuevo el trasero y se lo estrujaron, Angela jadeó, echó la cabeza hacia atrás y casi chilló al sentir cómo la caliente boca de él cubría uno de sus pezones.

Eso le ocasionó un placer intenso y devastador.

Saboreó primero uno y luego otro, y ella, mimosa, se entregó a sus caricias y a sus más ardientes deseos. Kieran la observaba extasiado hasta que sus ojos toparon con los moratones que tenía en el cuello. Saber que aquello se lo había hecho el villano de Cedric lo encolerizó y, acercándola con delicadeza para que lo mirara, susurró:

—*Mi cielo*... nadie te volverá a hacer daño.

Ella lo miró con una encantadora sonrisa y, con un hilo de voz, dijo:

—Me gustas mucho cuando eres cariñoso.

Kieran, subyugado, asiéndola de la cintura, se levantó de la cama. La impaciencia le podía. El deseo lo quemaba. La besó, la llevó hasta la pared y, cuando ella se arqueó al arañarse la espalda, él, rápidamente la dejó en el suelo y preguntó preocupado:

—¿Te he hecho daño en la espalda?

Angela negó con la cabeza y esbozó una sonrisa. Kieran, incapaz ya de parar, sin dejar de mirarla, se quitó los pantalones. La respiración de ella se aceleró al ver lo que tenía debajo de esa prenda y él, al verlo, murmuró:

—Tranquila... —Y cogiéndole una mano, la acercó a su erecto pene y dijo—: Tócalo, es suave. Esa suavidad es la que yo quiero que tú sientas cuando esté contigo.

Con cierto pudor, ella hizo lo que le pedía y se sorprendió gratamente al notar el suave tacto de su piel, pero cuando lo escuchó gemir, asustada, lo soltó y exclamó:

—Ay, lo siento... No quería hacerte daño.

Kieran sonrió. Angela, su dulce Angela, tenía tanto que aprender, y, cogiéndola en brazos, la posó con delicadeza sobre la cama y musitó:

—Mi gemido cuando me has tocado era de placer, no de dolor.

Sin dejar de mirarla a los ojos, la colocó con lentitud entre sus piernas y, tras cogerle las nalgas con deseo, la apretó contra su miembro erecto y ambos jadearon mientras él susurraba:

—Esto es pasión, lujuria y deseo. Lo que tú sientas al rozarme es lo que yo siento cuando me rozo con tu piel. ¿Te gusta?

La anhelante respuesta de ella le hizo saber cuánto lo deseaba y de nuevo tuvo que contenerse. Si por él fuera, le abriría las piernas y descargaría en ella con fuerza todo el deseo acumulado, pero no debía hacerlo. Debía saborear y en especial que ella saboreara el momento que iban a vivir y las íntimas caricias.

Pero Angela estaba ansiosa, acalorada, desatada y se movía sin control en busca de la satisfacción de su deseo, animándolo a que la siguiera. Sin embargo, Kieran se templó. Buscó su autocontrol para no sucumbir a los deseos de su apasionada y virginal esposa, a pesar del terrible dolor de su miembro.

En todos sus años de correrías, nunca había estado con una virgen. Las mujeres con las que había gozado eran todas experimentadas en esas lides y eso le ofrecía la posibilidad de dejarse llevar para cumplir todos y cada uno de sus deseos sexuales. Pero con Angela no podía ser así. A ella quería mimarla, cuidarla en aquel increíble instante, y dejarle un bonito recuerdo de su primera vez.

Para ello, durante un buen rato la besó con ternura hasta que la sintió jadear más relajada, la acarició por todas partes con pasión, hasta que el vello se le erizó, y le dijo todas las cosas bonitas y dulces que una mujer pudiera desear escuchar en un momento así.

Hechizada, ella disfrutaba encerrada en su propia burbuja de placer. No quería pensar en nada excepto en la unión de sus cuerpos. Si pensaba, se avergonzaría de lo que estaba haciendo: una señorita no se comportaba así. Pero le daba igual, lo deseaba, era su marido y necesitaba experimentar algo más que unos simples besos. Kieran era dulce, apasionado, ardiente, fuerte y varonil, y quería disfrutar de él y de su pleno derecho. Por su mente pasó Davinia: si su hermana se enteraba de su indecoroso comportamiento, como poco la encerraría y tiraría la llave.

Con los labios hinchados por la cantidad de besos que él le había dado, jadeaba enloquecida, cuando Kieran bajó su mano a la entrepierna de ella y la tocó donde nadie la había tocado nunca. Angela saltó y, sujetándola para que no se moviera, él murmuró:

—Abre un poco las piernas y deja que entre con mi dedo en ti. Eso nos facilitará el camino después.

Sin que tuviera que repetirlo, ella obedeció y, cuando sintió cómo su dedo se hundía en su interior, se arqueó y jadeó mientras Kieran decía:

—Eso es, *mi cielo*, disfruta, humedécete para recibirme.

Extasiada por lo que le hacía sentir, cerró los ojos mientras un placer hasta entonces desconocido para ella la llenaba por completo, subiéndola peldaño a peldaño hasta un desenlace increíble y extremo. Angela no supo cuánto tiempo pasó perdida en aquellas delirantes sensaciones, hasta que, de pronto, él retiró la mano de entre sus piernas, se puso sobre ella y, con la rodilla, la obligó a abrirse más para él.

—Tranquila... tranquila.

Angela lo miró asustada y al sentirse presionada y abierta de piernas a su merced se puso tensa. Había llegado el momento del que tanto había oído hablar a las ancianas y que todas catalogaban como doloroso pero satisfactorio.

Al ver cómo lo miraba, con los ojos muy abiertos, Kieran la besó con dulzura en los labios y musitó:

—Lo haré lo más suave que pueda. Sabes que la primera vez te dolerá, ¿verdad? —Angela asintió nerviosa y él dijo—: Prometo sólo pensar en ti para mitigar al máximo ese dolor.

Con el corazón acelerado, ella susurró asustada, mientras sentía su dura erección golpeándole las piernas. Sin saber por qué, con la mano le cogió el pene, lo apretó y, al notar su grosor, murmuró:

—Kieran... cariño... te deseo, pero...

—¡¿Pero?!

—Pero... es muy grande y no... no creo que entre.

Él esbozó una sonrisa. Con mimo, le tocó el óvalo de la cara y afirmó seguro de lo que decía:

—Entrará. Tú déjame a mí.

—Pero es enorme, ¡gigante! —insistió, al ser consciente de por dónde tenía que entrar.

Él soltó una carcajada y besándola con cariño susurró:

—El tamaño es algo que a los hombres nos obsesiona, mi cielo, y que tú me digas eso con tanta convicción hace que mi excitación por ti se redoble y te desee aún más.

Ella sonrió y Kieran bisbiseó:

—Tienes una sonrisa preciosa.

—La tuya tampoco está mal —repuso Angela, mirándolo.

Durante unos instantes se miraron hasta que él le ofreció la lengua y ella, sin reservas, se la tomó para jugar. Besos. Caricias. Palabras calientes y cariñosas. Kieran intentó ser todo lo caballeroso que pudo para humedecerla, hasta que introdujo la punta de su pene en su sexo y, lenta y pausadamente, la comenzó a penetrar.

—¿Te doy placer?

—Sí... sí... —jadeó, al sentirse una prolongación de él.

Fervorosa por lo mucho que aquello le estaba gustando, Angela comenzó a mover las caderas para recibirlo, mientras le clavaba las uñas en la espalda y le ofrecía su lengua. A cada instante estaba más dentro de ella y eso lo estaba volviendo loco. La estrechez de la joven, sus gemidos y cómo se entregaba a él estaban siendo algo increíble, algo que recordaría toda su vida, hasta que de pronto, todo su avance se paró al sentir la barrera del himen.

—Me duele, Kieran... me duele —se quejó Angela.

Él paró y dijo:

—Sé que te duele, pero ese dolor no te lo puedo evitar. Si fuera así, ten por seguro que lo desearía para mí, no para ti, *mi cielo*. Relájate.

—No puedo —murmuró ansiosa.

Kieran sintió cómo la tensión de ella aumentaba por momentos y toda la relajación de segundos antes desaparecía. Así que, mirándola a los ojos, susurró:

—Lo siento.

Y posando la boca sobre la de ella, con un duro y certero movimiento de cadera, se introdujo totalmente en su interior y cuando Angela fue a chillar, su angustioso lamento se perdió en su boca.

—Chissss... mi vida... tranquila, mi cielo. Eres preciosa, la mujer más bonita que he poseído nunca y te prometo que ese dolor pronto pasará.

Angela se movió desesperada. Quiso quitárselo de encima, pero Kieran no se movió. La inmovilizó sin salir un ápice de ella. Totalmente hundido en su cuerpo, la miró a la espera de ver su rostro surcado de lágrimas, pero ante la ausencia de las mismas, la besó en los ojos y musitó, deseoso de continuar hundiéndose en aquel canal estrecho, resbaladizo y suave.

—Debo estar quieto unos instantes.

—Cariño... —jadeó—. Me duele...

—Lo sé, amor, lo sé —le dijo con mimo—. Te aseguro que a partir de ahora ya no te dolerá. Te proporcionaré todo el placer que desees y nunca más volverás a sentir el dolor que has sentido ahora. Te lo prometo, mi cielo. Te lo prometo.

Angela lo miraba con angustia, mientras boqueaba a la espera de que el aire llenara sus pulmones. Continuaba sintiendo el dolor, pero pudo comprobar que él tenía razón y que éste comenzaba a ceder. De pronto, sus caderas parecían tener vida propia y empezaron a moverse.

—Tranquila... tranquila —sonrió Kieran al ver que volvía a resurgir.

Angela bajó sus manos temblorosas por la espalda de él, tocando sus duros músculos. Oírle decirle palabras cariñosas era maravilloso y excitante. Sin pudor, bajó las manos hasta el duro trasero de él y, apretándoselo, exigió:

—Muévete. Lo necesito.

Divertido por su insistencia, la miró e inquirió:

—¿Para todo eres igual de vehemente?

—Ajá... —afirmó.

Con una sonrisa que a Angela le llenó el alma, Kieran comenzó a moverse con cuidado. Primero lentamente y, cuando vio que ella no sufría, los movimientos se volvieron más secos y contundentes. Entregada, gimió, le clavó las uñas en la espalda y Kieran, retirándose de ella para volver a hundirse aún más profundamente, preguntó con voz rota por el deseo:

—¿Sientes placer?

Angela asintió mientras se dejaba manejar y notaba cómo la cama se movía descontrolada por la fuerza y los empellones de él. Su cuerpo era un torbellino de placer y emociones y, deseosa de no parar y continuar con aquello, se pegó al cuerpo de su marido mientras se abría más de piernas para darle mayor acceso a su interior.

Enloquecido por lo que ella le hacía saber sin hablar, Kieran intentó no perder la cordura. No quería hacerle daño, pero sus movimientos a cada instante más profundos y rápidos le hacían saber que Angela disfrutaba y buscaba más.

En un momento dado, Kieran apoyó su frente sobre la de ella y ambos gimieron enloquecidos. El placer era increíble, inimitable e inigualable. Siempre disfrutaba con las mujeres, pero con Angela estaba siendo especial y único. Como pudo la miró, ¡qué bonita era! Y cuando la vio morderse el labio inferior a la vez que cerraba los ojos y se arqueaba para recibirlo, supo que iba a alcanzar el orgasmo, por lo que, antes de que gritara y todo el castillo acudiera a su habitación para ver qué ocurría, la besó y absorbió su grito de placer, quedándoselo sólo para él.

Cuando la sintió desmadejada entre sus brazos, Kieran supo que ya podía pensar en él, en su propio placer, y, agarrándola con posesión, dio varios empellones que lo llevaron al éxtasis y finalmente se dejó ir, tras un gruñido contenido, a un orgasmo increíblemente intenso.

Cuando acabó, agotado por el autocontrol que había tenido que ejercer en todo momento para no dañarla, se dejó caer sobre Angela. Ambos respiraban con dificultad, hasta que Kieran, al darse cuenta de que la estaba aplastando, se apoyó en un brazo para reducir su peso y, mirándola, preguntó con el corazón desbocado:

—¿Te he hecho mucho daño?

—No... no...

Aún enloquecida por lo ocurrido, ella seguía en su propia burbuja de placer. Había sido increíble. Mucho mejor de lo que nunca se imaginó, pero supo que si había sido así era gracias a él, a su ternura, su contención y su paciencia. De nuevo su hermana Davinia pasó por su cabeza y el corazón le dolió al recordar que ésta les había contado que Cedric la forzó. Pobrecilla. Vivir un momento así sin delicadeza debía de ser terrible.

—¿Has experimentado el placer que esperabas?

Angela, conmovida por todo lo que había recibido de él sin pedírselo, asintió y, mirándolo, confesó:

—Nunca te lo agradeceré bastante. Gracias por tu sensibilidad y por acceder a mi capricho.

Conmovido por sus palabras, Kieran la besó.

Esa madrugada, ninguno de los dos durmió hasta el alba, mientras disfrutaban de sus cuerpos y de la pasión.

31

—¡Despierta, dormilona!

Cuando Angela oyó la voz de su hermana Davinia, se despertó sobresaltada.

Ésta estaba junto a Iolanda, a los pies de la cama, y ambas la miraban con gesto divertido. Sin decir nada, Angela observó que la luz se filtraba por la ventana y se levantó. Al ver que estaba desnuda, rápidamente se tapó con el tartán que había sobre las sábanas y, al hacerlo, Davinia se llevó las manos a la boca y, emocionada, murmuró:

—Hermana, veo que has cumplido con el deber de complacer a tu marido.

Sin entender a qué se refería, miró hacia donde miraban ellas y al ver sangre en las sábanas, se puso roja como un tomate y, mientras se ponía el camisón, musitó:

—Oh, Davinia... no seas curiosa.

Pero su hermana quería saber, e insistió:

—¿Te ha dolido mucho?

Sin decir nada, Iolanda quitó las sábanas de un tirón y salió de la habitación. Ese gesto tan rápido y serio llamó la atención de las dos hermanas, que se miraron, y Davinia la interrogó:

—¿Qué le ocurre?

Encogiéndose de hombros, Angela contesto sorprendida:

—No lo sé.

Cuando fue a dar un paso, sintió un extraño dolor entre las piernas, pero antes de poder decir nada, Davinia la cogió de la mano y, sentándose sobre el lecho, preguntó con curiosidad:

—¿Kieran ha sido bueno y amable contigo?

Al recordar lo ocurrido, Angela sonrió y su hermana exclamó aliviada:

—Oh, Dios mío, qué feliz me hace saberlo.

—Pero si no te he dicho nada —se mofó Angela.

Davinia soltó una carcajada y contestó:

—No ha hecho falta. Tu sonrisa y tu mirada han hablado por sí mismas.

Angela rio. Su hermana era increíble. Pero al recordar sus circunstancias, murmuró:

—Siento mucho lo que tú tuviste que pasar con Cedric. Vivir ese momento con un hombre como él no debió de ser fácil ni agradable.

La expresión de Davinia cambió. Recordar aquello era lo que menos le apetecía y los ojos se le anegaron de lágrimas. Negó con la cabeza y, acercándose a su hermana, dijo:

—Fue terrible, no te lo voy a negar.

—Lo siento tanto... —insistió Angela.

—Y yo. Pero por tener a mi pequeño John lo repetiría mil veces —susurró su hermana, secándose los ojos y esbozando una sonrisa. Y luego añadió—: Escucha, Angela, nosotras no nos hemos de quedar ancladas en el pasado, como le ocurrió a papá. Yo, particularmente, he decidido mirar al frente, seguir viviendo, y te diré que anoche Jesse me hizo saber lo bonito que es compartir lecho con el ser amado.

Incrédula por la osadía que demostraba, Angela soltó una carcajada, mientras su hermana añadía:

—Fue tierno...

—¡Davinia!

—Cariñoso, delicado...

—¡Davinia! —exclamó Angela.

—Me dijo cosas bonitas, me mimó y...

—¡Oh, Dios mío, Davinia! ¿Estás hablando en serio?

—Sí.

—Pero... pero ¿y tu prudencia y pudor?

Su hermana sonrió y, sin un ápice de decoro, musitó:

—Le deseaba, me deseaba y ocurrió lo que tenía que ocurrir. Y me alegra saber que la unión de dos cuerpos es algo placentero e indoloro si lo haces con la persona adecuada.

Ambas rieron a carcajadas, cuando de pronto la puerta se abrió y Kieran, mirándolas, preguntó:

—¿De qué se ríen las dos hermanas?

Angela, al verlo, se murió de vergüenza. Tras lo ocurrido la noche anterior, todo había cambiado entre ellos. Recordar la intimidad que habían compartido, cómo la tocaba, cómo la había chupado, cómo la poseyó mirándola a los ojos, la hizo ponerse roja.

Kieran, al verla, decidió ser caballeroso y galante ante Davinia. Así que se acercó a su esposa, la agarró por la cintura y, tras darle un fugaz beso en los labios, la saludó:

—Buenos días, *mi cielo*.

Angela lo miró confusa, mientras Davinia sonreía de felicidad y, encantada por lo que veía, susurró:

—Al final va a tener razón William cuando dice que estáis hechos el uno para el otro.

—¡Davinia! —exclamó Angela al escucharla.

Horrorizada por lo que su hermana había dicho, cuando la realidad era totalmente distinta, intentó zafarse del brazo de él, pero Kieran seguía sujetándola por la cintura y dijo:

—Esperemos que William no se equivoque.

Queriendo dejarlos solo, Davinia se dirigió hacia la puerta y, antes de salir y cerrar, comentó con una pícara sonrisa:

—No tardéis en bajar. Jesse y yo partiremos hoy para Glasgow y me gustaría despedirme de vosotros.

Cuando la puerta se cerró, él la soltó y, alejándose de ella, preguntó:

—¿Has dormido bien?

—Sí.

—¿Estás bien tras lo de anoche?

La cara le comenzó a arder al entender a lo que se refería y, como pudo, respondió:

—Sí.

—¿Te encuentras dolorida?

Al ver sus mejillas encendidas y que ella dirigía la mirada hacia el techo, Kieran, divertido, comentó:

—Comienzo a conocerte. Cuando algo te incomoda, miras el techo, ¿verdad?

Angela soltó una carcajada. Además de galante, observador. Lo miró y sonrió al verlo sonreír. Pero sin saber qué más decir, desvió la vista. No sabía si tenía que besarlo de nuevo o no.

¿Qué esperaba él tras lo ocurrido la noche anterior?

Kieran, al entender su confusión tan parecida a la de él, se acercó a ella y, cogiéndole la mano, fue a hablar cuando alguien llamó a la puerta.

—Adelante —dijo él.

Iolanda apareció en el umbral y, mirando a Kieran, anunció:

—Señor, acaba de llegar una misiva para usted.

Sorprendido, él asintió y, tras mirar a Angela, que le sonrió, se encaminó hacia la puerta y desapareció. Una vez se quedaron solas las dos, ella suspiró y, mirando a Iolanda, preguntó:

—¿Qué ocurre?

La joven contestó rápidamente:

—No lo sé.

Cuando Angela bajó al salón, Kieran estaba hablando con Louis, Jesse y Zac. Angela esperó con paciencia junto a Davinia, hasta que Kieran, al volverse y verla se acercó a ella y le comunicó:

—He de partir inmediatamente.

Angela fue a decir algo, cuando Jesse, que se acercó tras él lo tranquilizó:

—No te preocupes, Kieran, Angela nos acompañará a Glasgow.

Ella miró a Kieran, que, al leer sus preguntas en su mirada, la cogió del brazo y, separándola del grupo para tener intimidad, le explicó:

—En la misiva me dicen que hay varios heridos en Dunrobin tras una cruel escaramuza y quizá uno de ellos pueda ser mi hermano James. He de partir y ver si está allí, por mi madre. Se lo debo a ella y, en cierto modo, a él. Acompañarás a Jesse a Glasgow y William, sus hijos y Iolanda irán contigo. Esperaréis allí a que yo regrese y después partiremos para Kildrummy.

Sin apartar la vista de la de él, Angela murmuró:

—Kieran... recuerda que no tienes obligación de...

Poniéndole un dedo en los labios para que no continuara, contestó:

—Lo ocurrido esta noche ha sido maravilloso y, si tú quieres, anhelo repetirlo otra vez.

—Eres un descarado, O'Hara —replicó ella sonriendo.

Kieran sonrió y, acercándose, cuchicheó en su oído:

—Tengo una preciosa, aunque a veces torpe, maestra.

Angela soltó una carcajada que a él le llegó al corazón. Y tras mirarla unos instantes para recordar aquel gesto y aquella sonrisa que lo tenía hechizado, murmuró:

—Eres mi mujer y regresaré a buscarte.

Un escalofrío recorrió a Angela, que dejó de sonreír. Aquella separación tan inesperada no era lo que ella deseaba, pero no dispuesta a dejar ver su tristeza, convino:

—De acuerdo, Kieran.

Con delicadeza, él le acarició la cara. Sin duda, aquella pelirroja le estaba ocasionando un desconcierto total, pero aún no sabía por qué. Recomponiéndose tras aquella íntima charla, Kieran se dio la vuelta y, acercándose a sus hombres, dijo:

—Vamos. Debemos partir.

Iolanda miró a Louis, que, sin acercarse a ella, antes de salir por la gran puerta le sonrió. El corazón de la joven aleteó, pero acercándose a Angela, que aún miraba a Kieran, preguntó:

—¿Regresarán?

—Eso ha dicho Kieran.

Junto a su hermana Davinia y los que estaban en el salón, Angela se acercó hasta la puerta para despedirlos. No podía apartar su mirada de Kieran. Hablaba con varios hombres mientras sujetaba las riendas de su caballo, que no paraba de moverse nervioso.

—Cuánto me ilusiona que vengas a Glasgow, hermanita. Allí podremos estar unos días juntas hasta que Kieran regrese —comentó Davinia.

Angela asintió, mientras su respiración se aceleraba por instantes. Kieran se marchaba, se alejaba de ella y, sin responderle a su hermana, se acercó hasta donde él estaba. Cuando se dio la vuelta y chocó con ella, preguntó:

—¿Qué ocurre?

—No pensarás marcharte sin besarme —dijo ella.

El rostro de él se iluminó y, rodeándole la cintura con un brazo, la atrajo hacia él y, sobre su boca, murmuró:

—Eres una descarada, Angela O'Hara.

—Tengo un estupendo y creído maestro.

Con cara de pilluelo, la alzó en sus brazos, acercó su boca a la de ella y la besó. Enloquecido por aquellas nuevas y bonitas sensaciones que Angela le hacía sentir, con descaro, la devoró ante todos, mientras sus guerreros O'Hara los vitoreaban encantados.

Cuando finalizó aquel ardoroso beso, Kieran, sin soltarla, esbozó una sonrisa y murmuró:

—He de partir, pero regresaré a buscarte.

Angela sonrió y él, con ella aún en brazos, la llevó hasta donde estaban Davinia, Jesse, William y los demás y, tras soltarla, dijo, sin dejar de mirarla:

—Hasta mi vuelta... *mi cielo.*

Y dicho esto, tras mirar a William y Jesse y éstos asentir para que se marchara tranquilo, montó en su caballo y, tras dar la orden con la mano, salió del castillo de Caerlaverock sin percatarse de que Angela se llevaba la mano a la boca y le lanzaba un beso que nadie recogió.

32

La llegada a Glasgow fue tranquila.

La madre de Jesse Steward, al enterarse de lo que su hijo le contó, no daba crédito y lloró. Ella sí quería a Cedric. Había sido su pequeño, aunque él nunca la quisiera, y le dolió saber las atrocidades que había cometido con el clan de aquellas encantadoras muchachas.

Davinia fue rápidamente aceptada como lo que siempre había sido, la prometida de Jesse, y la paz y la armonía reinaron en aquel lugar, aunque Angela, por las noches, se sentaba en el alféizar de su ventana y miraba al horizonte a la espera de que Kieran regresara.

Pasadas tres semanas, una madrugada, mientras dormía, notó que alguien se movía a su lado y al despertarse no dio crédito a sus ojos al ver a Kieran dormido junto a ella.

Lo miró emocionada. Parecía cansado y aquella barba que llevaba lo hacía parecer más fiero y más maduro. Sin querer despertarlo, no lo tocó. Se dedicó a observarlo durante horas, hasta que él abrió los ojos y al ver que ella lo miraba, murmuró:

—Hola, torpona.

Cuando abrió los brazos para recibirla, Angela no lo dudó y se lanzó a ellos. Así permanecieron un buen rato, hasta que ella preguntó:

—¿Encontraste a James?

—No.

Su respuesta fue tan rotunda y seca, que decidió no preguntar más. Apretándola contra él, Kieran reconoció:

—Te deseo.

No hizo falta decir más. Consumidos por la pasión, se desnudaron sobre la cama, dispuestos a saciarse el uno del otro. La ardiente boca de Kieran le recorría el cuerpo a la par que sus manos, mientras Angela se dejaba abrazar, besar y tocar.

—¿Me has añorado?

Ella asintió y él insistió:

—Cuánto... dime cuánto.

Enloquecida por aquel dulce momento, Angela lo miró y, tras retirarle el pelo de la cara, murmuró:

—Tendrás que adivinarlo... engreído.

Kieran sonrió. Aquello era lo que quería escuchar y, separándole los tersos muslos con suavidad, deslizó uno de sus dedos hasta introducirlo en su interior y ella gimió de placer. Deseoso de tomarla como había ansiado durante aquellas largas tres semanas, cuando sacó el dedo se colocó sobre ella y la poseyó con pasión.

Extasiada, Angela se arqueó contra él y, agarrándole el trasero con descaro, lo animó a acelerar sus acometidas, algo que Kieran hizo velozmente mientras ella levantaba las caderas para recibirlo una y otra vez.

La locura se apoderó de ellos de inmediato y Kieran, mirándola, supo que había llegado al máximo placer, por lo que, besándola hasta dejarla sin aliento mientras la penetraba con fuerza, se dejó ir, tras soltar un profundo gruñido de satisfacción.

Angela lo abrazó con fuerza y él, para no aplastarla, rodó a la cama y, poniéndosela encima, musitó:

—Me alegra ser recibido con tanto ardor.

Angela se puso colorada y respondió:

—Deseaba que regresaras.

Kieran la miró y, dejándola de nuevo sobre la cama, se sentó y, poniendo los pies en el suelo, dijo:

—Recuerda, Angela, sin reproches ni exigencias.

Molesta, ella lo miró, le dio un puñetazo en la espalda y siseó:

—¿A qué viene ahora eso?

Unos golpecitos en la puerta interrumpieron su conversación.

—Tápate —le pidió Kieran y ella rápidamente se metió bajo las sábanas.

Poniéndose un plaid alrededor de la cintura, él abrió la puerta y varios criados entraron con una bonita bañera de cobre. Acto seguido, una legión de hombres y mujeres con cubos la llenaron y, cuando acabaron, Kieran cerró y dijo:

—Me muero por un baño.

Sin decir nada más, se quitó el plaid y se metió en la bañera de cobre. Angela lo observaba desde la cama. Estaba enfadada por su último comentario, cuando oyó que le decía:

—¿A qué esperas para bañarte conmigo?

Ella lo miró y, molesta, respondió:

—Sin reproches ni exigencias, ¿lo recuerdas?

Kieran sonrió y murmuró:

—Trescientos treinta.

Sin entender a qué se refería, fue a preguntar, pero antes de que lo hiciera, él aclaró:

—Trescientos treinta días quedan exactamente para que finalice nuestra unión.

Aquello fue demasiado para Angela. Aquel sinvergüenza se metía en su cama, le hacía el amor y ahora le recordaba los días que faltaban para que finalizase su enlace.

Indignada, se levantó de la cama y, dándole la espalda, se vistió. Kieran no dijo nada y, cuando ella terminó y fue a marcharse, viendo su nivel de mosqueo, le advirtió:

—No des portazo al salir.

Ella lo miró, estaba con los ojos cerrados en la bañera, sonriendo con autosuficiencia. Agarró la puerta y, con toda la fuerza posible, dio tal portazo que hasta temblaron los cimientos del castillo de Glasgow.

Una vez solo, dejó de sonreír, abrió los ojos y, mirando el techo, murmuró:

—Angela, no me puedo permitir enamorarme de ti.

Alterada por lo que él le había hecho sentir, Angela salió del castillo y se encontró con los hombres de su marido que, al verla, la saludaron con afabilidad. Ella les sonrió. A lo lejos vio a Iolanda hablando con uno de los guerreros Steward y a Louis observándolos. No cabía duda de que su expresión no era de felicidad.

Davinia, que en ese instante salía con el pequeño John en brazos, al verla preguntó:

—¿Adónde vas?

—A las caballerizas.

—¿Para qué?

Angela, parándose, miró a su delicada hermana y contestó:

—Para dar un paseo con mi yegua. Lo necesito.

—¿Qué te ocurre?

—Nada.

Davinia, sin creerla, respondió:

—Tu marido ha llegado de madrugada, me consta que está en tu habitación dándose un baño, ¿y dices que no te ocurre nada?

—¡Maldita sea, Davinia! ¿Quieres dejar de ser tan cotilla?

Su hermana la miró sorprendida y replicó:

—Por el amor de Dios, Angela, ¿qué manera es ésa de hablar?

Ella cerró los ojos. Davinia no tenía la culpa de su enfado y, suspirando, dijo:

—Discúlpame, por favor, no he debido contestarte así, pero ahora no quiero hablar. Quiero cabalgar y aclararme las ideas, ¿de acuerdo?

Su hermana mayor asintió y Angela, dándole un beso en la mejilla, murmuró:

—Luego nos vemos.

Y, sin más, se dio la vuelta y se dirigió a las caballerizas, donde se encontró con William. Éste le sonrió y al ver que se acercaba a su yegua, preguntó:

—¿Adónde vas, muchacha?

Suspirando por la pregunta, lo miró irritada, y él, que la conocía, se limitó a añadir, dándose la vuelta:

—Ve con cuidado.

Cuando William se marchó y se quedó sola, resopló. Su malestar estaba molestando a todos. Montó y salió de las caballerizas y, ante cientos de ojos que la observaban, se marchó al galope.

Al rato de correr, saltar arroyos y sortear árboles, Angela se dio cuenta de que estaba helada de frío y tembló. Pero continuó su alocada carrera, necesitaba desfogarse. Al llegar junto a unos árboles caídos, detuvo a su yegua. Pensó en rodearlos, pero tras mirar la distancia, decidió probar y saltarlos. Retrocedió metros y, agachándose sobre el cuello de *Briosgaid*, susurró:

—Vamos a saltarlos, lo vamos a conseguir.

La yegua relinchó y Angela, clavándole los talones en los flancos, se lanzó a la carrera y, cuando llegó hasta la pila de troncos, gritó y el animal saltó. Cuando sus patas tocaron el suelo, Angela rio y, palmeándole el cuello mientras continuaba su galope, dijo:

—Buena chica... buena chica.

Pasado un buen rato, llegaron junto a un arroyo y paró para que la yegua bebiera. Ella desmontó y se apoyó en el tronco de un árbol. Instantes después, oyó los cascos de un caballo y al mirar se sorprendió al ver que se trataba de Kieran.

Éste, acercándose, se paró, la miró y al ver que ella no lo miraba, se bajó de la montura y fue a decir algo, pero levantando un dedo, Angela lo señaló y siseó:

—No he olvidado lo de sin reproches ni exigencias, pero te he echado de menos, ¿es malo acaso?

Kieran no respondió, sino que se acercó a ella y, con una imperiosa necesidad de su contacto, la besó. Devoró sus labios con auténtica ferocidad y, cuando se separó, murmuró:

—Yo también te he echado de menos.

Desconcertada por ese cambio, Angela fue a hablar, pero él la amenazó:

—Si vuelves a saltar otro obstáculo como el que has saltado antes, tendré que prohibirte que montes a caballo, ¿entendido?

A punto de protestar, Angela vio su gesto guasón y lo retó:

—Atrévete a prohibírmelo.

Aquel desafío... aquella mirada... aquel gesto descarado lo hicieron sonreír y dándose cuenta de cómo temblaba de frío, le echó por encima su tartán y contestó:

—Descarada, regresemos al castillo antes de que te desnude y te haga el amor aquí mismo.

33

Tras una noche en la que se bañaron juntos, Angela le rasuró aquellas barbas y Kieran fue el hombre más tierno, amoroso e insaciable del mundo; ella abrió los ojos por la mañana y lo vio despierto a su lado.

—Buenos días —la saludó él.

Desperezándose sin ningún tipo de pudor, ella sonrió y dijo:

—Buenos días, cariño.

Al oírla, Kieran sonrió también y pensó decirle algo por el uso de aquella palabra edulcorada, pero consciente de que le gustaba más de lo que quería reconocer, preguntó abrazándola:

—¿Has dormido bien?

Encantada por aquel despertar tan cariñoso, Angela asintió, y cuando sintió que la mano de él se deslizaba por su vientre desnudo y seguía bajando, soltó un jadeo. Kieran se rio al oírla y, acercándole la boca al oído, susurró:

—Tu sabor es delicioso.

Eso hizo que a ella le ardieran las mejillas.

—Y tus jadeos mientras me deleito con tu dulce cuerpo, maravillosos.

Todavía recordaba cuando él, la noche anterior, la besó en su intimidad y la convenció para que se relajara y lo dejara hacer. Aquello era totalmente pecaminoso, pero el placer que sintió fue tan colosal que ya estaba dispuesta a repetirlo.

Kieran, divertido al verla, tras buscar sus labios y besarla, la miró y le ordenó:

—Cierra los ojos.

Segura de que pensaba hacer lo que segundos antes ella estaba deseando, musitó:

—Me avergüenza lo que me pides.

—¿Te avergüenza cerrar los ojos? —se mofó él.

Sonriendo, ella fue a hablar, cuando Kieran insistió:

—Cierra los ojos.

Excitada, finalmente lo hizo. Temblaba, estaba nerviosa. Y de pronto sintió que él le cogía la mano y, tras ponerle algo en el dedo, exclamó:

—¡Ya puedes abrirlos, malpensada!

Angela se miró el dedo y al ver un anillo con una piedra verde del mismo color del brazalete de su madre, susurró:

—Es precioso...

—No podía permitir que mi preciosa mujer no tuviera anillo de boda —contestó él, besándole la mano—. En Inverness había mercado y lo vi, vi que tenía el mismo color verde de tus ojos y supe que este anillo estaba hecho para ti.

Angela lo miró encantada y exclamó:

—Gracias... gracias, Kieran.

Besándola, él sonrió y murmuró:

—Sé que pensabas que te haría otra cosa cuando te he pedido que cerraras los ojos, ¿decepcionada?

Angela le dio con una almohada en la cabeza. Durante un rato, ambos jugaron sobre la cama mientras se besaban y provocaban, y cuando terminaron de hacer el amor de nuevo, Kieran dijo:

—Debemos ir a Caerlaverock.

Ella lo miró con el rostro arrebolado y Kieran añadió:

—Antes de regresar a Kildrummy, debemos hablar con los hombres que se encargarán de la restauración del castillo.

Pasmada, Angela preguntó:

—¿Lo dices en serio?

Con una encantadora sonrisa, Kieran contestó:

—El hogar de tus padres volverá a tener el esplendor de antaño y sólo tú los puedes asesorar. Es mi regalo de boda. ¿Te parece bien?

Aquello era más de lo que nunca podría haber imaginado y, emocionada, lo abrazó y afirmó:

—Eres lo mejor que me ha pasado, aunque cuentes los días que faltan para que finalice nuestro enlace.

—Trescientos veintinueve —susurró Kieran antes de besarla.

Ese mismo día se pusieron de camino para regresar a Caerlaverock. Jesse y Davinia los acompañaron. Al llegar a las inmediaciones del lugar, la tristeza se apoderó de Angela. Ver su bonito bosque negro y quemado no era agradable, pero más se desesperó al ver el castillo.

Tras haber estado en el de Glasgow durante esas tres semanas, y entender lo que era vivir con ciertas comodidades, al entrar en Caerlaverock y ver su deplorable estado, pensó cómo había podido vivir toda su vida allí.

Pero al reencontrarse con su vieja cama, su vieja manta y la desconchada bañera de su padre, sonrió y supo que aquél era su hogar.

Pocos días después llegaron unos hombres. Eran rudos, barbudos y fuertes y Kieran habló con ellos. Jesse se ofreció a colaborar en los gastos que todo aquello conllevara, pero Kieran se negó. Era el regalo de boda para su esposa y él se encargaría de todo.

Tras hablar con los hombres, Kieran llamó a Angela y ésta les fue diciendo lo que quería que hicieran con el lugar. Ellos asentían a todo lo que les decía y, cuando acabó, Angela preguntó:

—¿Se acordarán de todo lo que les he dicho?

Uno de ellos se señaló la cabeza con el dedo y, con una encantadora sonrisa, contestó:

—Señora O'Hara, tengo muy buena memoria.

Ella sonrió y Kieran, agarrándola de la cintura, dijo:

—Confía en ellos y en mí, ¿vale, Angela?

Ésta asintió y, tras recibir un beso que le supo a gloria, se agarró a su cintura y no se soltó.

Después de una noche en la que de nuevo el guapísimo Kieran O'Hara disfrutó de los placeres de la carne con su mujer, a la mañana siguiente, cuando Angela bajó al salón, lo vio hablando con Louis y Zac y preguntó:

—¿Ocurre algo?

Kieran le enseñó una carta.

—¿Sabes leer?

Arqueando las cejas, Angela gruñó molesta:

—¿Tú qué crees?

Divertido por su reacción, y al ver que Davinia los observaba, con la misiva en las manos, respondió:

—No lo sé... *mi cielo*. Apenas sé nada de ti.

Él tenía razón y, en honor de Davinia, que los miraba con atención, repuso:

—Sé leer, *cariño*, ¿y tú?

Louis y Zac sonrieron. Sin lugar a dudas, aquella pequeña pelirroja no era de las que se callaban.

—Por supuesto que sí, preciosa mía —convino Kieran sin perder el humor—. Toma, lee.

Con curiosidad, Angela cogió el papel que le entregaba, lo leyó y miró a Iolanda. Después miró a Davinia y resopló. Finalmente, dobló la carta y, entregándosela a Kieran, que no le había quitado ojo, dijo:

—No puedo ir.

Iolanda se abanicó con la mano y Louis, que la observaba, se dio cuenta de que ella también sabía leer. Eso lo sorprendió.

—¿Por qué no puedes ir? —le preguntó Kieran.

Consciente de que todos la miraban, con una falsa sonrisa, Angela contestó:

—Porque no tengo nada elegante y bonito que ponerme para asistir a esa fiesta de los clanes en el castillo de Stirling, y Iolanda tampoco. ¿Te parece buena excusa?

Kieran fue a contestar, cuando Iolanda preguntó con un hilo de voz:

—¿Stirling?

Angela asintió.

—Sí. En la misiva se convoca a todos los lairds a su fiesta anual de dentro de tres semanas y...

—Y tú, este año, como mi mujer, me acompañarás —intervino Kieran, que añadió—: Me gustan esas fiestas.

—Habrá bonitas mujeres —musitó Zac.

—Muy bonitas —lo secundó Louis, ante la mirada de Iolanda.

Angela negó con la cabeza y protestó:

—Kieran, ¿acaso no has escuchado lo que he dicho?

—Cariño mío —se mofó él—, compraremos un bonito vestido para cada una. No te angusties por eso.

—No es eso, Kieran. Un bonito vestido no lo arregla todo —replicó ella.

—¿Ah, no? —preguntó él divertido, pensando que a muchas mujeres que conocía un bonito vestido les alegraba la vida.

—Piensa, por el amor de Dios. —Y, bajando la voz para que Davinia no pudiera oírla, añadió—: ¿No has pensado que allí puede estar Susan Sinclair? ¿No crees que será embarazoso para ambas encontrarnos allí?

—Buena observación —afirmó Louis—. Todos los años asiste con su clan y sin duda allí estará.

—Será bastante incómodo, ¿no crees? —susurró Angela.

—Hablaré con ella —la tranquilizó Kieran—. Conozco a Susan y, aunque al principio la situación la enfade, no creará ningún problema. Ella es una dama, además de bonita, tranquila, y se lo tomará con serenidad.

Sus palabras molestaron a Angela, que gruñó:

—¡¿En serio?! —Y al ver que él asentía, de nuevo murmuró—: Eso me sorprende, porque yo, como mujer, si siento algo por mi prometido y otra mujer me lo arrebata, te aseguro que no me lo tomaría con gracia y serenidad.

—No todas sois iguales —se mofó Kieran.

—Gracias a Dios —masculló ella en respuesta.

Durante unos minutos, Louis, Zac y Kieran siguieron hablando sobre aquello, sin importarles que Angela los escuchara, y, finalmente, Kieran dispuso:

—Iremos todos juntos a ese baile de clanes y lo pasaremos bien.

—Trescientos veinticinco —siseó Angela.

Él, al oírla, esbozó una sonrisa, y, acercándose a ella, cuchicheó:

—Yo hablaré con Susan. No te preocupes.

Angela se desesperó. Ya odiaba a la Sinclair sin conocerla y no dudaba que aquella joven la odiaría a ella, pero consciente de que a pesar de lo que sintiera por Kieran, debía cumplir el trato, calló.

—Yo... yo... no iré —anunció entonces Iolanda.

Al sentir que tenía una aliada, Angela se apuntó:

—Me sumo a Iolanda. Ninguna de las dos iremos.

Kieran, que a cabezota no lo ganaba nadie, adoptó una expresión más seria y, sin dejarse achicar, afirmó:

—Ambas iréis. Digáis lo que digáis.

—No... no puede ser —murmuró Iolanda acalorada.

Louis se acercó a ella y, sonriendo, la calmó:

—Tranquila, te compraremos también un bonito vestido.

La joven se retiró de su lado y, con gesto de desagrado, replicó:

—No necesito nada de nadie y menos de ti.

Instantes después, los dos se enzarzaron en una discusión ante los ojos de todos y Angela le preguntó a su marido:

—¿No vas a hacer nada?

—Es Iolanda quien ha comenzado —contestó Kieran.

—Si Louis no hubiera abierto la boca...

—Sólo ha dicho que le compraremos un vestido.

—¿Y por qué tiene que decir eso? ¿Acaso se lo va a comprar él?

Kieran cerró los ojos. Cuando le rebatía las cosas con tanto ímpetu lo desesperaba y, tras reprimir sus ganas de gritar, repuso:

—Angela, ¿por qué te empeñas en desesperarme?

—¿Yo te desespero?

—Continuamente.

Encantada, sonrió sarcástica y, levantando la voz, dijo:

—Iolanda, Louis, ¡se acabó la discusión! —Y señalando a Kieran con el dedo, añadió—: Me niego a ir a ese baile y te lo diré una y mil veces aunque te desespere.

—Niégate todo lo que quieras, pero vendrás una y mil veces —afirmó él, molesto por aquel tono de voz—. Y no se hable más.

—Pero por el amor de Dios —insistió Angela ofuscada—. A los Ferguson nunca nos han invitado a esa fiesta y...

—Te equivocas, hermana —le cortó Davinia, acercándose—. Cada año hemos recibido la invitación, pero padre, según llegaba, la quemaba en el hogar. Con nuestra precaria situación, no podíamos pensar en asistir a fiestas. Y haz el favor de no hablarle así a tu marido, eso no es bonito ni decoroso.

Angela la miró boquiabierta. Su padre nunca le había hablado de aquello y, cuando fue a responder, Jesse Steward dijo:

—Nosotros partimos para Glasgow. He de arreglar allí varios asuntos que requieren mi presencia, vosotros ¿qué vais a hacer?

Tras mirar a Angela, Kieran respondió:

—Partiremos al alba, si es que dejamos de discutir algún día.

El corazón de Angela empezó a latir con fuerza al oírlo. Pronto se marcharía de lo que ella consideraba su hogar, rumbo a un futuro incierto, pero no dijo nada, sólo se dejó abrazar por su hermana Davinia y le devolvió el abrazo.

Tras despedirse ellas dos, Jesse se acercó a ella y, abrazándola también, le murmuró al oído:

—Gracias por todo, cuñada. Y, tranquila, Kieran O'Hara es un buen hombre, pero no olvides que en Glasgow también está tu hogar.

—Cuida a Davinia o te juro que te buscaré y...

—Conmigo sabes que estará bien cuidada. Porque lo sabes, ¿verdad?

Angela asintió con una sonrisa y Kieran preguntó:

—¿Os veremos en la fiesta de clanes?

Jesse, tras mirar a Davinia con deleite, negó con la cabeza.

—El año que viene, seguro, amigo mío. Éste tengo cosas más importantes que hacer.

Angela, al ver la felicidad de su hermana, sonrió. Sin lugar a dudas, Jesse era su amor. Cogida de su brazo, salió hasta el portón principal del castillo. Allí los esperaban los hombres de Jesse. Éste montó en su caballo y, tendiéndole a Davinia la mano, la levantó hasta sentarla ante él.

Las dos hermanas se miraron. Davinia, que era la que se marchaba, le lanzó un beso con la mano y Angela, emocionada, lo cogió y se lo llevó al corazón y viceversa. Cuando la comitiva salió del castillo, Angela se volvió para entrar, pero Kieran, cogiéndola del brazo, le preguntó:

—¿Siempre os despedís con esos gestos?

Ella asintió.

—Era algo que hacían mis padres y cuando mamá murió, papá lo comenzó a hacer con nosotras; siempre que alguna se marchaba, nos despedíamos así.

Kieran asintió y dijo:

—Partimos al alba hacia ese baile.

—No, yo no iré.

Él le levantó el mentón y replicó:

—Irás, *cariño*... claro que irás.

34

Después de un día en el que habló mil veces con los hombres que iban a restaurar Caerlaverock, Angela entró por la noche en su aposento y no se sorprendió al ver a Kieran allí.

Estaba de pie frente al hogar y al verla llegar, sonrió y preguntó:

—¿Ya tienes preparado todo lo que quieras llevar?

Encogiéndose de hombros, ella miró a su alrededor.

—Como ves, por no tener, no tengo ni ajuar. Y los bonitos vestidos que Davinia me prestó, los dejé en Glasgow. No quiero nada que no sea mío.

Con una candorosa sonrisa, Kieran respondió:

—Te prometo que en Edimburgo o Stirling compraremos todo lo que necesites...

—No quiero que gastes dinero en mí. Ya me compraste el anillo y luego están los gastos de Caerlaverock y...

—Ahora eres mi mujer y he de cuidar de ti durante trescientos veinticuatro días.

Asombrada al oírlo, Angela lo miró y dijo:

—¿Piensas llevar la cuenta al día?

Kieran, moviéndose con soltura por la habitación, contestó:

—Sí. —Y, deseoso de saber más, preguntó—: Ahora que estamos a solas, cuéntame a qué se debe esa reticencia tuya a asistir a la fiesta de clanes.

—Ya te lo he dicho. Supongo que Susan estará allí y no será un momento cómodo para mí.

—Y yo te he dicho que hablaré con ella y la apaciguaré.

Abrumada, Angela se desesperó.

—Imagino sus reprochadoras miradas. Y... y... yo allí estaré sola y...

—Yo te cuidaré. No estarás sola.

—¿Estarás conmigo en todo momento? —preguntó, anhelando que así fuera.

—Siempre que pueda.

—Entonces no será en todo momento.

—Tengo asuntos que tratar allí, Angela —le explicó él—. No podré estar todo el rato pendiente de ti, como ningún hombre estará en todo momento pendiente de su mujer, lo entiendes, ¿verdad?

Ella se sentó en la cama y, con gesto derrotado, musitó:

—Estoy aterrorizada.

—¡¿Por qué?! —replicó Kieran acercándose—. Conmigo no has de temer a nada. No permitiré que nadie te haga daño.

Con una candorosa mirada, Angela sonrió y afirmó:

—No es esa clase de miedo.

—Entonces, ¿a qué te refieres?

Ella, retirándose con coquetería el pelo de la cara, respondió:

—Nunca he ido a una fiesta de ésas. Sólo he asistido a las que hemos dado en Caerlaverock o en casa de mi amiga Sandra, con los Murray. Como ha dicho Davinia, por nuestra situación, nunca aceptábamos invitaciones y, bueno... yo...

—No te preocupes, te aseguro que lo pasarás bien —dijo él, sentándose a su lado—. Allí estaremos Louis, Zac, Iolanda, mis amigos, yo y todo mi clan. Nunca estarás sola, siempre habrá alguien a tu lado y, además, me consta que te gusta bailar y que lo haces muy bien. Habrá música y podrás danzar todo lo que quieras.

—¿Contigo? —inquirió esperanzada.

Kieran lo pensó y, recordando los anteriores años y las experiencias vividas en aquel encuentro de clanes con otras mujeres, contestó:

—A veces conmigo y, cuando yo no esté, ya se verá.

Esa respuesta a ella no le gustó e insistió:

—¿Y qué harás tú cuando no estés conmigo?

Kieran, levantándose rápidamente de la cama, le espetó:

—Hay cosas que es mejor no hablarlas, Angela. —Y al ver que

ella iba a decir algo, añadió—: Recuerda nuestro trato, nada de reproches ni de obligaciones.

Ella quiso gritar, enfadarse. Lo que él le hacía imaginar sin decírselo no le hacía la menor gracia, pero calló. Era lo mejor y, tras un lastimero suspiro que a Kieran le dolió, dijo:

—Lo máximo que me he alejado de mi hogar ha sido hasta la abadía, para acompañar a May. Nunca he salido de mis tierras o de las de los Murray y ahora tengo que cruzar Escocia para llegar a tu hogar, pasando por esa dichosa fiesta de los clanes. Kieran, siempre he vivido en el mismo lugar y con la misma gente, y pensar en que todo eso se ha acabado y he de comenzar una nueva vida es complicado y difícil para mí. Por eso tengo miedo.

Conmovido por sus palabras, le cogió de la mano y la acercó a él con actitud protectora.

—No has de temer nada, *mi cielo* —dijo.

Esas palabras tan íntimas, tan cariñosas, le pusieron el vello de punta y, con el corazón aleteando, musitó con una seductora sonrisa:

—Ahora no está mi hermana delante y me has llamado «mi cielo».

Al darse cuenta, Kieran se sorprendió. ¿Qué hacía diciendo aquello? E, intentando quitar importancia al asunto, respondió:

—Soy atento con las mujeres.

—Dijiste que tú no decías palabras dulzonas —le recordó.

Ante su buena memoria, él sonrió y dijo:

—De vez en cuando, las utilizo para agradar. Tú misma me dijiste que querías que te llamara mi...

—Ni se te ocurra decirlo. Ahora no —bufó ella, separándose.

Deseó tirarle un leño de madera a la cabeza, por bruto e insensible. ¿Cómo podía ser tan presuntuoso e idiota?

Sin la menor duda, a pesar de que en otros momentos así se lo hiciera creer, Kieran no sentía la misma atracción enloquecida que sentía ella. Angela suspiró. Debía quitarse de la cabeza las tontas suposiciones que en ocasiones hacía cuando él le sonreía. Su boda no había sido por amor. Su marido no estaba enamorado de ella, aunque la pasión que le demostraba en la cama fuera exquisita.

Kieran, al ver su gesto contrariado, imaginó lo que pensaba y eso en cierto modo le dolió. Intuía que le estaba haciendo daño e, incapaz de no preguntar, le planteó:

—Angela... ¿no te estarás enamorando de mí?

A ella se le erizó el vello del cuerpo. Asustada por que aquel bruto pudiera ver sus sentimientos con tanta facilidad, se encogió de hombros y, con un gesto de lo más despectivo, arrugó la nariz y exclamó:

—¡No, por Dios! Una cosa es que me parezcas un hombre guapo, aunque engreído, con el que disfruto en la cama y otra es que me enamore de ti como una tonta. —Y, soltando una carcajada de lo más convincente, añadió—: Tranquilo, O'Hara, no eres tan irresistible. —E intentando salir rápidamente de aquel atolladero, dijo—: Por cierto, quería preguntarte una cosa, ¿puedo?

—Siempre. Ya lo sabes —respondió él descolocado.

—Es en referencia a los hombres y a los momentos íntimos —susurró—. Si mal no recuerdo, dijiste que os gusta que se ensalcen vuestras virtudes varoniles, ¿verdad? —Kieran la miró sin entender adónde quería ir a parar y ella prosiguió sin mirarlo—: Disculpa mi indecorosa pregunta, pero en los trescientos veinticuatro días que quedan, he de aprender todo lo que pueda, para, una vez sola, saber manejarme.

A cada instante más molesto por sus descaradas palabras, la agarró del brazo y siseó:

—Tú no necesitas saber ciertas cosas.

—¿Por qué?

—Porque eres mi mujer.

—Pero dejaré de serlo dentro de tresc...

Sin soltarla del brazo, él espetó cortándola:

—Eres mi mujer y me niego a pensar en... en... ¡Por el amor de Dios, Angela!

Encantada de haberle dado a probar su propia medicina, se soltó y dijo:

—Recuerda, Kieran, nada de reproches ni de obligaciones. Ambos aceptamos el trato, ¿no?

Se miraron... Se desafiaron...

Un calor abrasador se apoderó de sus cuerpos y, finalmente, Angela dio un salto, le rodeó con las piernas la cintura y lo besó con locura. Kieran la agarró y la atrajo hacia él. Sus lenguas se encontraron y la pasión del momento los hizo olvidarse de lo ocurrido. Cuando acabó aquel tórrido beso y ella se apartó murmuró:

—Deseaba besarte.

Atontado por lo que acababa de sentir, él respondió:

—Bésame siempre que quieras.

—¿Tú lo harás también?

—Sí.

—¿Siempre que quieras?

Kieran la miró y afirmó, sin soltarla de entre sus brazos:

—Siempre que quiera.

Mimosa y con ganas de él, le dio un beso en la nariz. El corazón de Kieran se desbocó.

¿Cómo podía ser que un simple beso en la nariz lo excitara tanto?

Consciente del magnetismo que emanaba de ella, Angela sonrió. Era nueva en el arte de la pasión, pero había pillado bien los conceptos básicos para ser deseada y volver loco al que la abrazaba.

Como Kieran le había dicho, había que hacerle ver al otro cuánto te gustaba y cuánto lo deseabas, para que se volviera loco y te deseara totalmente. Y, por supuesto, había que dejarse las vergüenzas y las inhibiciones para otro momento, para sentir una verdadera entrega y pasión.

—Desde el instante en que te vi en el bosque, mareado y herido, me llamaste la atención.

—¿Ah, sí? —preguntó Kieran divertido.

Angela lo admitió y él dijo:

—Encontrar a Hada también llamó mi atención, lo sabes, ¿verdad?

Ella asintió con la cabeza, sonriendo.

—Osada... eres muy descarada, señora O'Hara. —Angela soltó una carcajada y él murmuró—: Recuerdo que cantaste algo de un...

Del bosque encantado,
un hada te ha salvado,
y en un momento inesperado
un beso te ha robado.

Esta vez fue Kieran quien, cogiéndola de la nuca, la besó introduciendo la lengua en su boca y haciéndole el amor con ella con auténtica pasión, mientras sus respiraciones agitadas resonaban en la habitación.

Kieran la dejó en la cama, pero Angela no lo soltó. Con movimientos precisos, él se desabrochó el pantalón y desgarrándole las viejas calzas que llevaba, se introdujo en su sexo con urgencia.

El contacto los hizo gritar enloquecidos. Kieran la miró y ella, con un jadeo que le hizo saber que todo estaba bien, elevó las caderas para introducirlo más y entonces fue él quien jadeó.

Incapaces de parar, de desnudarse y de darse tiempo, ambos continuaron con sus respectivos ataques. Kieran la poseía y Angela lo poseía a él. Así estuvieron hasta que ambos, felices, complacidos y al unísono, soltaron un increíble grito de placer y se dejaron llevar por la pasión.

Con su peso encima, lo abrazó. No le importaba que la aplastara, sólo le importaba estar cerca de él. Quería enamorarlo, deseaba que se enamorara de ella, y lo iba a intentar con todas sus fuerzas.

Permanecieron abrazados un instante más, hasta que Kieran, levantándose, se limpió y se subió los pantalones. Anulado totalmente por el influjo de ella, no pudo decir nada. Hada o Angela eran la misma persona y ambas le gustaban. Lo que no entendía era qué le estaba ocurriendo a él.

La miró con deleite y la admiró. La sentía poderosa y dueña de su cuerpo, y cuando ella se levantó, la atrajo hacia él y la volvió a besar con posesión. Encantada por aquel gesto tan arrebatador, Angela se dejó hacer. Quería tenerlo para ella. Lo deseaba. Lo anhelaba.

Kieran, confuso, la apretó contra su cuerpo, deseoso de fundirse con ella. No le cabía la menor duda de que aquella pequeña pelirroja estaba trastornando su vida de una manera que no acertaba a entender, cuando de pronto la oyó preguntar:

—¿Tienes cosquillas?

Antes de que pudiera responder, ella le apretó la cintura y Kieran soltó una carcajada. Inmediatamente, fue él quien la cogió por la cintura y comenzó a mover los dedos en busca de sus cosquillas hasta hacerla retorcerse de risa.

Durante un buen rato, ambos jugaron sobre la cama hasta que, de pronto, Kieran se dio cuenta de que estaba cayendo bajo un influjo hasta entonces desconocido para él, e, incapaz de continuar con el juego, la alejó y, mirándola a los ojos, comentó:

—Esta noche será mejor que duerma con mis hombres.

—¿Por qué? —preguntó decepcionada.

Kieran pensó qué decirle y al final decidió ser sincero.

—Mira, Angela, la pasión que me demuestras me gusta, pero no quiero ataduras ni problemas.

—Pero si no te he reprochado nada, y ni siquiera te he llamado «cariño» —se quejó la joven.

Ella tenía razón. ¿Qué estaba diciendo?

—Descansa. Al alba vendré a buscarte.

Desconcertada por su cambio de actitud, fue a cogerle de nuevo de la mano para atraer su atención, pero Kieran, mirándola serio, dijo:

—No, Angela, no quiero quedarme contigo.

Al comprender sus palabras, ella retiró la mano, mientras él se daba la vuelta, abría la puerta y se marchaba.

Sentándose en el alféizar de su ventana, Angela miró al horizonte y suspiró, mientras Kieran maldecía en el pasillo y se daba cabezazos contra la pared.

35

Esa noche, Angela no pegó ojo y, al alba, antes de que Kieran subiera a buscarla a su habitación, ya estaba en el salón con Iolanda, Aston y George. Cuando él llegó y sus miradas se cruzaron, ambos se saludaron con cortesía.

—¿Estás preparada? —le preguntó Kieran, acercándose.

Ella asintió y, levantándose del viejo banco de madera, asió con fuerza la mano de Iolanda.

—Nosotros iremos saliendo —comentó George, tras mirar a su hermano Aston.

Ninguno de los dos quería ver la tristeza de Angela al abandonar aquel lugar. Kieran, sin tocarla, permaneció a su lado mientras observaba cómo ella se levantaba y, tras echar una última mirada al salón, se encaminaba hacia la puerta. Al llegar allá, se paró, se volvió, miró el hogar que la había visto crecer y murmuró con un hilo de voz:

—Hasta pronto.

Al ver la tristeza en su mirada, Kieran se acercó a su lado y dijo:

—Te aseguro que cuando regreses aquí de nuevo, todo estará mejor que ahora.

Angela asintió. A pesar de la felicidad que sentía por la restauración, intuía que cuando regresara ya no sería su mujer. Pero sin decir nada, se dio la vuelta y se marchó con el corazón roto junto a Iolanda.

Varios guerreros O'Hara los esperaban en el patio, ya montados a caballo. Angela tocó con cariño el morro de su yegua, que estaba junto al caballo de Kieran. Iolanda, desconcertada y sin saber qué hacer, miró a su alrededor y Kieran la interrogó:

—¿Sabes montar a caballo? —La joven asintió y él ordenó, mirando a uno de sus hombres—: Traed un caballo para ella.

Cuando se lo trajeron, Iolanda lo acarició y le habló con mimo, mientras Louis la observaba desde lejos. Todavía no entendía por qué ella apenas le hablaba, por lo que, aunque le hubiera encantado que cabalgara con él, prefirió mantenerse al margen.

Instantes después, los tres montaron y Kieran, tras mirar a su mujer y ésta asentir con la cabeza, se puso al frente, levantó una mano y la comitiva salió del patio del castillo de Caerlaverock.

Angela, que cabalgaba junto a Iolanda, levantó el mentón y reprimió las lágrimas. No quería mirar atrás, no podía despedirse de aquel lugar o sabía que se desmoronaría. Cruzó en silencio el puente de madera y, a paso lento, avanzó con los demás.

William Shepard, consciente de su estado de ánimo, se puso a su lado y le preguntó:

—Muchacha, ¿estás bien?

Ella asintió sin mirarlo. No podía hablar. Si lo hacía, lloraría sin parar y no quería que los hombres de Kieran la vieran comportarse de nuevo como una llorona. William negó con la cabeza y supo que debía dejarle espacio, por lo que hincó los talones en su caballo y cabalgó hasta ponerse junto a Kieran y sus hijos.

Iolanda, al verla cómo apretaba la mandíbula mientras cruzaban el bosque, le tocó el hombro y murmuró:

—El día que regreses, regresaré contigo.

Angela asintió con la cabeza, pero continuó mirando al frente. Así siguieron un buen trecho, hasta que, al subir la colina, Angela supo que era su última oportunidad de ver su hogar. Quiso mirar, despedirse de nuevo, pero no pudo. Continuó su camino con los hombres de su marido, mientras miles de recuerdos inundaban su cabeza. Sus padres. Sus hermanos. Las noches en que su padre les contaba cuentos. El pequeño lago donde habían aprendido a nadar. El claro donde ella había aprendido a manejar la espada con William, Aston y George.

Todo ello le nubló la vista y se detuvo. Respiró con fuerza y entonces, dándose la vuelta, clavó los talones en su yegua y salió disparada en dirección contraria.

Los hombres que iban tras ella, al verla se pararon también e intentaron retenerla, pero ella los sorteó con habilidad.

—¡Angela! —gritó Iolanda.

Kieran, al oír el jaleo, se volvió para mirar y entonces la vio alejarse al galope. William, Aston y George se movieron para ir tras ella, pero él se lo impidió y dijo:

—Continuad el camino. Angela y yo enseguida os atraparemos.

Y dicho esto, se lanzó en su persecución con el corazón desbocado. Sin duda, Angela no se lo iba a poner fácil, pero él no iba a permitir que se saliera con la suya.

Cuando la alcanzó, vio que había desmontado y estaba de rodillas. Tenía la capucha de la capa puesta y, al acercarse, comprobó que había clavado la espada en el suelo y que la sujetaba con las manos entrelazadas.

Llegó hasta ella, bajó del caballo y se le acercó. Una vez estuvo a su lado, deseoso de su contacto, la asió de la cintura, la levantó y le cogió la mano. Ella lo miró, y, con el rostro bañado en lágrimas, dijo:

—Mis recuerdos se quedan todos aquí, Kieran...

Él, sin saber qué hacer al ver su desconsuelo, la estrechó entre sus brazos y, mientras la sentía temblar y llorar, murmuró:

—Tus recuerdos siempre serán tuyos, estés donde estés. Entiendo tu dolor, pero has de ser fuerte y pensar que ahora comenzarás a atesorar vivencias de otros lugares y otras gentes. Sabes bien que aquí no te habrías podido quedar, incluso si no hubieras sido mi esposa, lo sabes, ¿verdad?

Ella asintió. Lo sabía, claro que lo sabía. Caerlaverock, tal como estaba, era un lugar donde vivir era prácticamente imposible y, cuando fue a responder, Kieran dijo:

—No me gusta verte llorar.

—Odio llorar. Es un tonto gesto de debilidad.

—¿Y por qué lo haces?

—Por pena, rabia, tristeza...

Kieran la entendió. No era fácil pasar por todo lo que estaba pasando ella y, cogiéndole el mentón para que lo mirara, susurró:

—Angela, mira al frente, tu padre así lo querría.

—Lo sé... lo sé.

—El Hada que tú y yo conocemos no lloraría, ¿verdad?

Tragando el nudo que tenía en la garganta, ella asintió de nuevo. Sin duda Hada, la guerrera que muchos temían, no lloraría. Llorar siempre había sido un síntoma de debilidad que ella había utilizado para hacerles creer a todos que era una débil damita.

Pero no era así. Ella era una guerrera. Y, tras desclavar la espada del suelo, se la guardó al cinto. Miró hacia Caerlaverock, se llevó una mano a la boca, se la besó y, tras pasársela por encima del corazón, lanzó el beso.

Después miró a Kieran, que, hechizado por su cara de ángel, fue a besarla, pero ella, dando un paso atrás, se apartó.

—Creo que debemos regresar con el grupo.

Desconcertado por que lo hubiera rechazado, asintió y, recomponiéndose, la ayudó a montar y después montó él también. Debían continuar el camino.

36

Esa noche, cuando acamparon, Kieran ordenó montar un par de tiendas. Una para Angela y otra para Iolanda. Tras la cena, durante la cual, extrañamente, las dos mujeres estuvieron más calladas de lo habitual, se fueron cada una a su tienda.

Kieran observó cómo su pelirroja se marchaba. Sabía que no estaba bien, intuía la pena que llevaba en su interior, pero decidió no acercarse a ella. Si lo hacía, terminaría haciéndole el amor.

Louis, al ver a Iolanda encaminarse hacia la tienda, se acercó a ella, y, a pesar de que la joven no le hablaba, dijo:

—Que descanses.

Ella asintió sin mirarlo ni responder y siguió adelante.

Angela, al verlos, cogió una piedra y se la tiró a Louis para llamar su atención. Al notar el golpe en la pierna, el highlander miró y ella le indicó con el dedo que se acercara.

—Creo que lo mejor será que la dejes tranquila.

—Pero ¿por qué, santo Dios? ¿Alguien me puede explicar qué he hecho? —preguntó descolocado.

Angela, tras cruzar una mirada con Kieran, que la observaba cerca del fuego, bajó la voz y, antes de darse la vuelta y marcharse, le contó bajito:

—Te oyó hablar con Zac algunas cosas no muy agradables. Y tengo que decirte que no conozco bien a Iolanda, pero dudo que sea ninguna mujerzuela, como tú insinuaste.

Él se quedó con la boca abierta. Al fin lo entendía todo. Al fin comprendía por qué la dulce y encantadora Iolanda lo rehuía constantemente y discutía con él. Recordó lo que le había dicho a Zac para evitar que éste se mofara de él y maldijo para sus adentros.

¿Cómo podía ser tan bocazas?

Molesto consigo mismo, miró la pequeña tienda donde estaba Iolanda. Deseaba entrar para aclarar todo, pero sabía que no debía invadir su intimidad. Ofuscado, caminó hacia su manta y se tumbó. Era lo mejor.

Kieran, que había visto a Angela hablar con él, se acercó y, al ver su cejo fruncido, le dio un golpe en el hombro para que se incorporara e inquirió:

—¿Qué te ha dicho mi mujer?

Al preguntárselo, el propio Kieran se sorprendió. ¿Había dicho su mujer? ¿Desde cuándo era tan posesivo?

Louis, sentándose de mala gana, se rascó la cabeza y contestó:

—Ahora ya sé por qué Iolanda no me habla y está enfadada conmigo. —Al ver cómo Kieran lo miraba, prosiguió—: Me oyó hablar con Zac de ella. Él me preguntó si me gustaba y yo dije que no era la clase de mujer que... bueno, la descalifiqué. ¡Soy un bruto!

Kieran soltó una carcajada. Era la primera vez que veía a su amigo tan descolocado por lo que una mujer pudiera pensar de él y, poniéndole una mano en el hombro, preguntó:

—¿Y por qué dijiste eso si no lo sientes?

Él negando con la cabeza, respondió:

—No lo sé. Hablaba con Zac y, bueno... ya sabes cómo somos los hombres a veces.

—¿Unos bocazas? —apuntó, sintiéndose así él mismo.

—Exacto, unos bocazas —convino Louis.

Ambos miraron el fuego en silencio. Sin duda, a veces se comportaban como auténticos cenutrios y aquélla era una de esas veces.

—¿Te gusta Iolanda?

Sin necesidad de pensarlo, Louis afirmó:

—Sí, tanto como a ti tu mujer. —Y al ver cómo lo miraba Kieran, añadió—: Amigo, son muchos años juntos, e igual que sé que no te gustan los días extremadamente calurosos y que prefieres el frío, sé cuándo te gusta una mujer —Kieran sonrió y Louis prosiguió—: Reconozco que esa pequeña morena de cara redondita y sonrisa encantadora me pone nervioso cuando estoy cerca de ella y más cuando la pierdo de vista. Aún no sé por qué dije esa tontería ante Zac. Sin duda Iolanda me gusta, y mucho.

Kieran sonrió. Era lo mismo que le ocurría a él con Angela y le aconsejó:

—Deberías hablar con ella.

—No sé cuándo —se mofó él—. No me deja acercarme a ella y, si lo intento, me abrirá la cabeza con lo primero que pille.

—Lo dudo.

—Pues no lo dudes —replicó Louis—. Esa pequeñaja es de armas tomar.

—Entonces, ¿la temes? ¿Le tienes miedo?

—No... no digas tonterías. Es sólo que Iolanda me desconcierta.

Ambos rieron y Kieran insistió:

—Si tanto te atrae y si crees que ella es especial para ti, sigue intentándolo.

Louis asintió. Sin duda lo haría.

Durante un rato, charlaron de todo un poco y cuando Louis vio que Kieran se acomodaba con su manta junto al fuego, preguntó:

—¿No vas a dormir con tu mujer?

—No.

—¿Por qué? ¿La temes?

Divertido, Kieran se tumbó en la manta y respondió:

—Estar con ella hace que baje mis defensas, y consigue convencerme de cosas de las que luego me arrepiento y...

—Un momento —lo cortó Louis—. Estás aquí diciéndome que hable con Iolanda a pesar de que me pueda abrir la cabeza y tú... Y tú ¿qué? —Kieran resopló y el otro añadió—: Te conozco. Llevamos juntos muchos años y sé que esa mujercita de pelo rojo te atraía como Angela y como Hada. Y ahora, mírate. Estás casado con ambas ¿y te alejas?

—Es difícil de explicar, Louis —musitó él.

—Nunca has reculado, ni ante fieros guerreros, ni ante campañas difíciles —dijo su amigo, mirando las estrellas—, ¿acaso ante esa mujer lo vas a hacer?

—No digas tonterías —replicó Kieran y, mirándolo, se burló—: ¿Desde cuándo eres tan cultivado en el amor?

—Desde que una jovencita de carácter endiablado, en vez de agasajarme, me tira todo lo que encuentra a la cabeza —contestó Louis divertido y de nuevo ambos rieron—. Creo que sabemos mucho de campañas o aceros, pero poco de cortejo, amor y sentimientos, ¿no crees?

Kieran asintió y al ver que no contestaba, Louis añadió:

—Convéncete, esa mujer no cabe duda de que te dará dolores de cabeza, pero te gusta más de lo que tú mismo crees.

—Pero ¿qué estás diciendo?

—La verdad, Kieran. Digo lo que creo, como siempre he hecho en cualquiera de las cosas de las que hemos hablado durante años. Y lo que creo en este instante es que, aunque yo esté encantado de que duermas a mi lado, deberías levantarte e ir a dormir con ella. Todos te están observando y si quieres que acepten a Angela como su señora, tienes de hacerles ver que primero es tuya para que también ellos la sientan de su propiedad y sean capaces de morir por ella como mueren por ti.

Él cerró los ojos. Sabía que lo que le decía su amigo era verdad, pero estar al lado de Angela era demasiado tentador, y más tras lo ocurrido la noche anterior. Miró a ambos lados y se fijó en las miradas de los guerreros. Era cierto, lo estaban observando. Por ello, finalmente, se levantó y dijo:

—Al alba retomaremos el camino. Que descanses.

—Y tú también, maridito —se mofó el otro.

—¡Louis! —gruñó Kieran.

Éste sonrió y se tapó con su manta, mientras su amigo se encaminaba hacia la tienda donde pernoctaba su esposa.

Cuando entró en ella, se oyó un clamor general. Sus hombres estaban contentos. Angela estaba despierta, con uno de sus camisones viejos. Al verlo aparecer, lo miró sorprendida y él preguntó:

—¿No duermes?

Ella negó con la cabeza.

—No estoy acostumbrada a dormir en el suelo. Es duro, frío y...

Acercándose, Kieran extendió unas mantas en el suelo, se sentó a su lado y dijo:

—Ven aquí. Yo te daré calor.

Sorprendida por que se quisiera acercar, murmuró:

—No.

—Ven.

—He dicho que no —insistió ella.

Kieran la miró tensando la mandíbula y Angela aclaró:

—No quiero acercarme a ti.

—¿Por qué?

—¿Quieres saber la verdad? —repuso ella, suspirando.

—Siempre.

Tocándose la trenza que se había hecho, dijo, mientras movía el brazo con disimulo con la intención de que se le bajara el tirante del hombro derecho:

—Estoy molesta contigo. Anoche, tras el momento apasionado que tuvimos en mi habitación, y en el que quedó claro que ninguno de los dos siente nada por el otro —mintió—, creía que te quedarías junto a mí, pero casi huiste. Y ahora, no... definitivamente, no quiero acercarme a ti.

Tenía razón. Tenía toda la razón del mundo.

—Escucha, Angela... —empezó.

—No, no te voy a escuchar. Quiero que te calles, te acuestes y me dejes tranquila y en paz.

—¿Me estás dando una orden? —preguntó molesto.

Con un gracioso mohín, ella asintió y, con un dulce parpadeo, replicó:

—Puedes tomártelo como quieras, siempre y cuando no me toques.

—¿Que no te toque?

—¡Exacto! —respondió, mientras, ¡por fin!, el tirante del camisón se le escurría con el efecto que ella deseaba y el hombro tentador le quedaba al aire.

Kieran, incapaz de no mirar aquella piel suave y atrayente, tosió y dijo:

—¿Y si quiero tocarte ahora porque te encuentro preciosa e irresistible?

Angela sonrió, se rascó con coquetería el cuello, aún amoratado, y en tono sensual, susurró:

—Quizá te diga que no.

Al ver la curvatura de sus labios, Kieran intuyó que ya se la había ganado y, con caballerosidad, murmuró con voz íntima:

—Ese «quizá» puedo convertirlo en un «sí».

Acercándose como él hacía, Angela contestó:

—No sé...

El humor de Kieran cambió. Su mujer se le estaba ofreciendo con sensualidad, pero cuando fue a tocarla, ella le golpeó la mano y, subiéndose con decisión el tirante del camisón, siseó:

—Como verás, tengo un excelente profesor y aprendo rápido a seducir. Y cuando digo «no», ¡es «no»!

Atónito por cómo había jugado con él, tentándolo, Kieran maldijo y, sin ganas de discutir, la cogió y, tras acostarla a su lado sobre las mantas, la inmovilizó y ordenó:

—Ahora, duerme.

—¡Suéltame!

—Angela... baja la voz.

—Bajaré la voz cuando me sueltes —gruñó ella.

Sin hacerle caso, en un tono bajo de voz, Kieran contestó:

—Puedes gritar cuanto quieras, pero te aviso que, si lo haces, gritaré yo también.

Incrédula, siseó:

—¿Me estás retando, O'Hara?

Con una angelical sonrisa, llena de diversión al haberse encontrado con Hada, él afirmó:

—Tanto como tú a mí, señora O'Hara.

—Ferguson.

La sonrisa desapareció del rostro de Kieran al oír aquello y, consciente de que había empezado ella, Angela puso los ojos en blanco y cedió:

—Vale... de acuerdo... O'Hara. Perdona.

Sin soltarla, Kieran esperó a que dijera algo más, y se sorprendió cuando ella no lo hizo. Cuando vio que se relajaba, dijo:

—Descansa. Mañana nos espera un día duro.

Angela estuvo un buen rato sin moverse y sin hablar, hasta que notó el calor que irradiaba el cuerpo de él y poco a poco se fue sumergiendo en un dulce sueño que la alejaba de las pesadillas. Era agradable sentir su protección.

Por su parte, Kieran tampoco se movió y disfrutó de ese íntimo momento. Sabía que si se movía, sería para hacerla suya de nuevo. Olió su pelo con deleite y maldijo una y mil veces las marcas de su cuello. Pensar en Cedric intentando estrangularla le revolvía el estómago y le daban ganas de volverlo a matar.

Cuando le pareció que Angela estaba totalmente dormida, se atrevió a observar su rostro a apenas un palmo. Sonrió al ver las pequeñas pecas traviesas que tenía en las mejillas e, incapaz de reprimir sus impulsos, acercó los labios y se las besó. Angela se movió dormida y se acurrucó con gusto contra él. Eso lo hizo sonreír y, disfrutando de aquella dulce intimidad, se relajó y se durmió.

37

De madrugada, el campamento de los O'Hara estaba en silencio. Todos dormían excepto un par de hombres que hacían guardia. Con cuidado, Iolanda corrió ligeramente la tela de su tienda para observar a su alrededor. Miró a los dos hombres que vigilaban. Hablaban mirando al frente, no hacia donde ella estaba.

Con sumo cuidado, abrió la tienda del todo y, despacio, salió de ella con su pequeña bolsa en la mano. Sin hacer ruido, se escabulló en el bosque.

Louis, que no podía dormir, la miró incrédulo. ¿Qué estaba haciendo?

La observó desde su manta y, cuando ella se esfumó, se levantó y, con su mismo sigilo, la siguió durante un buen trecho.

¿Adónde iba?

Sin dejarse ver, procuró no perderla de vista. Al principio la joven corrió y, cuando no pudo más, paró a tomar aire, momento en que Louis se le acercó por detrás y preguntó:

—¿Se puede saber adónde vas?

Al oírlo tan cerca se asustó y le dio con la bolsa que llevaba en la mano. El golpe le fue directamente al pecho y Louis murmuró con sorna:

—Tendrás que golpearme con algo más duro si quieres hacerme daño.

Irritada por su tono de voz, lo miró y siseó:

—¿Qué haces siguiéndome?

—¿Qué haces marchándote?

Contrariada por haber sido descubierta, respondió:

—No te interesa, ¿entendido?

Y, dándose la vuelta, continuó su camino con paso firme. Louis la siguió tranquilamente. Por cada dos pasos que ella daba, él sólo tenía que dar uno, por lo que seguirla era fácil. Iolanda, al ver aquello, se volvió de nuevo y gruñó:

—¿Se puede saber qué haces?

—Seguirte hasta que me digas adónde vas.

—Vete de aquí, ¡fuera!

—No.

—Desaparece de mi vista, idiota.

—No y menos si me insultas.

Llevándose la mano al cinto, donde llevaba la espada, Iolanda la asió y Louis murmuró:

—Si lo haces, te arrepentirás.

Sin hacerle caso, ella desenvainó, pero antes de que pudiera blandirla, él ya se la había quitado, la había tumbado en el suelo y sentado sobre ella. Ella pataleaba.

—¿Adónde vas, Iolanda?

Molesta y enfadada, protestó:

—No te importa y haz el favor de soltarme ahora mismo.

Con el rabillo del ojo, Louis observó que seguía sujetando la bolsa con fuerza. Sin duda, aquéllas eran sus posesiones más preciadas. Optó por arrebatárselas y, levantándose, le dijo:

—Muy bien. Ya te puedes ir.

—Devuélveme mis cosas —exigió ella.

Pero sentándose en el suelo con toda la parsimonia del mundo, Louis respondió:

—No.

—He dicho que me devuelvas mis cosas.

—No si no me dices adónde vas.

Furiosa, cogió una piedra del suelo y se la tiró. Le dio justo en la cabeza y él, tocándose, susurró:

—Así nunca me convencerás.

Iolanda fue a protestar, pero entonces vio que le corría sangre por la frente y, horrorizada, exclamó:

—¡Dios mío, te he hecho sangre!

Louis asintió.

—Eso parece. Pero, tranquila, de ésta no me muero.

Angustiada, se subió la falda, desgarró parte de la enagua que Angela le había dado y, acercándose a él, murmuró mientras lo limpiaba:

—Lo siento... lo siento. De verdad que no quería hacerte esto.

El guerrero, encantado con su cambio de humor y su cercanía, sonrió y confesó:

—Yo tampoco, pero por tenerte tan cerca merece la pena.

Iolanda, al ver su gesto guasón, se alejó, miró al cielo y blasfemó.

—Esa lengua tan sucia no es propia de una señorita —se mofó él.

Ese comentario la volvió a enfadar y, señalándolo con el dedo, preguntó:

—¿Y que tú me robes mis cosas es de caballero?

Levantando las manos, Louis replicó:

—Yo no te he robado nada. Me he sentado aquí a esperar que me digas adónde vas.

—Antes me corto la lengua que decírtelo.

Esa respuesta lo hizo sonreír y, señalando el suelo, le indicó con tranquilidad:

—Siéntate y descansa. Creo que hablaremos mejor.

Ella, tras dar un par de vueltas mientras pensaba qué hacer, al final se sentó y, cuando Louis la miró, dijo:

—Muy bien, ya estoy sentada. ¿Sobre qué quieres hablar?

Él, al ver que había conseguido algo, sin moverse de su sitio comentó:

—No son horas para que una mujer ande sola por el bosque. Si te alejas del campamento y de nuestra protección, te puede ocurrir cualquier cosa, ¿acaso no lo sabes?

Irritada por la tranquilidad con que hablaba, respondió, mientras él se limpiaba la sangre con la tela de su enagua:

—Lo que sé es que no quiero seguir el camino con vosotros. Lo siento en el alma por Angela, a la que adoro. Es buena conmigo y sé que me quiere de corazón, pero... pero...

—Pero ¿qué?

—Pues eso... que he decidido seguir sola, como estaba. No necesito a nadie y nadie me va a echar de menos pasados un par de días.

Louis la miró. Aquella jovencita con cara de pilla era lo más bonito que había visto nunca y repuso:

—Te equivocas. Yo te echaría de menos.

Sorprendida y en cierto modo halagada por lo que había dicho, replicó:

—Lo dudo. Una vez llegues a tu destino, no creo que te falten mujeres de cabellera larga y elegantes cuerpos que se ocupen de ti.

—¿En serio crees eso?

Iolanda suspiró. Si algo no le debía de faltar a Louis eran mujeres. Aquel pedazo de hombre de cabellos oscuros, sonrisa afable y cuerpo escultural debía de tenerlo todo, y respondió:

—No es necesario que te diga lo que tú mismo ya sabes. ¿O es que necesitas que te halague para no herir tu ego de machote?

Él soltó una carcajada y, clavando los ojos en ella, dijo:

—Iolanda, respecto a las mujeres, te diré que desde hace unos días me atraen más las mujeres de cabello corto. —Y al ver cómo lo miraba, añadió—: Sé que oíste lo que hablé con Zac y quiero pedirte disculpas.

—Oh, no... no hace falta —contestó herida.

—Sí, sí hace falta.

—Pues yo te digo que no —repitió.

Louis suspiró. Lo irritaba tanto como le daba ganas de besarla. ¿Cómo una mujer que era tan poquita cosa podía ser tan cabezota? Pero sin querer perder los modales, insistió:

—Cuando hago algo mal, sé pedir perdón.

Incrédula por lo que oía, Iolanda negó con la cabeza y le advirtió:

—Si lo que estás haciendo es desplegar tus artes conmigo, te lo puedes ahorrar, no me impresionas.

—¿Ah, no?

—No.

Sin dejar de mirarla, y viendo lo nerviosa que eso la ponía, preguntó:

—¿Ni siquiera un poquito?

—Nada.

—¿Ni aunque te dijera que eres una preciosa mujer con la que me gustaría tener algo más que un simple cortejo?

Asustada por sus palabras, se levantó de golpe, se dio un manotazo en la pierna y aulló de dolor. Aún no tenía el dedo bien.

—Maldita sea, ¿te has hecho daño?

—¿Tú qué crees? —contestó, con los ojos llenos de lágrimas.

Louis se levantó rápidamente y fue hasta ella para consolarla, mientras decía:

—No me llores, Iolanda, por favor. Sonríe. Tienes la sonrisa más cautivadora que he visto nunca y sólo deseo verte contenta.

Aquel tono íntimo y su cercanía la hicieron ponerse alerta y susurró:

—No me toques. Aléjate de mí.

Louis dio un paso atrás, pero al hacerlo, la luna iluminó el rostro de la joven y, al verle las mejillas llenas de lágrimas, se acercó de nuevo y, mirándola a los ojos, la besó.

Al principio, ella no se movió. Permaneció quieta hasta que su boca aceptó la de él. Sin apenas tocarla, Louis siguió besándola, hasta que, deseoso de sentir su cercanía, le pasó un brazo por la cintura para apretarla contra él y entonces, asustada, le dio un mordisco en la lengua y, con desesperación, comenzó a pegarle puñetazos en el pecho hasta que consiguió que la soltara.

—¡Serás bruta! —se quejó él, tocándose la lengua dolorido.

—¡No vuelvas a tocarme! ¡Nunca! ¡Nunca! —gritó la chica.

Sin entender aquella reacción, Louis preguntó:

—¿Qué ocurre? ¿Por qué te pones así? Tranquila, Iolanda, tranquila, no voy a hacerte nada.

Ella lo miró con desesperación y gimió:

—No vuelvas a tocarme, ¿entendido?

Él asintió y se sentó de nuevo en el suelo, junto a la bolsa, mientras decía:

—De acuerdo. Entendido.

Con el corazón encogido, observó cómo las lágrimas resbalaban por el rostro de ella sin poder hacer nada. Deseaba abrazarla, mimarla y consolarla y, sobre todo, saber por qué lloraba, además de por el dolor de su dedo. Pero tras su reacción no quiso alarmarla y sólo se dedicó a esperar. Cuando ella se tranquilizó, se secó las lágrimas y dijo:

—No necesito que te disculpes por lo que dijiste ese día, yo sé quién soy y nada de lo que tú digas me importa.

—Te equivocas, te importa, y por eso llevas varios días sin hablarme. Siéntate, por favor, y hablemos.

La joven se sentó de nuevo y al ver que se tocaba el dedo magullado, le preguntó:

—¿Te duele?

—No.

El guerrero sonrió.

—¿Por qué mientes cuando ambos sabemos que te duele?

Ella lo miró. Pensó contestarle, pero al ver su gesto y cómo la miraba, desistió.

—Hace días, me di cuenta de que tengo una boca muy grande —continuó Louis.

—¡Enorme!

—Eso es, enorme —repitió con tranquilidad—. Y por eso tengo que disculparme por lo que me oíste decir. Fue una tontería. No lo pensaba y actué sin pensar y sin saber que podías oírme y te podía hacer daño.

—¡¿Daño?! —Y, mirándolo, siseó—: Te equivocas. A mí nada ni nadie me hace daño ya.

Desconcertado por la forma en que matizó aquellas palabras, susurró:

—Dime qué te ha ocurrido para que estés tan dolida.

Iolanda lo miró, pero no abrió la boca, y Louis, intentando llegar a ella por otro camino, expuso:

—Ayer, cuando Angela leía la invitación, me percaté de una cosa, sabes leer, ¿verdad? —Ella no respondió y él prosiguió—: Sin duda, has tenido una vida algo mejor que la que llevas, ¿a que sí?

Iolanda siguió en silencio y él finalizó:

—Tengo todo el tiempo del mundo para que contestes.

Y así, desafiándose, permanecieron sin moverse de donde estaban hasta que comenzó a amanecer. La luz del día le permitía contemplar el rostro de Louis con claridad y viceversa, y se horrorizó al ver la sangre seca sobre la frente de él. ¿Cómo podía ser tan bruta?

En varias ocasiones estuvo tentada de contarle la verdad, pero luego se arrepentía. Era mejor dejar quieto el pasado. Nadie debía saber lo ocurrido, nadie.

Cuando hubo amanecido y la posibilidad de escapar se hizo menor, cansada, se levantó. Fue hacia su bolsa, la cogió y, cuando echó a andar, Louis, levantándose también, dijo:

—No voy a dejar que te marches. ¡Para!

Iolanda, con los ojos llenos de lágrimas, siguió andando.

—He dicho que te pares, maldita cabezota.

Sin mirar atrás, ella continuó, hasta que de pronto sintió que la levantaban en volandas. Furiosa, comenzó a patalear hasta que él la soltó.

—¡Te he dicho que no volvieras a tocarme! —gritó.

—Pero, Iolanda...

—Quiero irme —gruñó—. Quiero perderte de vista y no quiero que me detengas.

Convencido de que a aquella joven le había ocurrido algo terrible, él negó con la cabeza. Ni loco la iba a dejar marchar. Debía llevarla de regreso al campamento.

Cuando Angela se despertó, estaba sola en la tienda, envuelta en mil tartanes y mantas. Kieran la había tapado bien para que no cogiera frío. Detalles tontos como ése le gustaban mucho de él y sonrió.

Al salir de la tienda, los hombres de su marido la saludaron con cortesía. Todos parecían haberla aceptado con gusto y ella los saludó con una sonrisa.

Se acercó al que se encargaba de cocinar para todos, que le entregó una taza con leche caliente. Angela se la estaba tomando, cuando vio a Kieran, Louis y Iolanda algo alejados de ellos, hablando. Eso la inquietó. Y más al ver los bruscos movimientos de manos de la joven. Parecían discutir y, sin dudarlo, dejó la taza y fue hacia ellos.

—¿Qué ocurre? —preguntó al acercarse.

Todos la miraron y Louis, enfadado, gruñó:

—Ha intentado escapar, pero la he encontrado y la he traído de vuelta.

—¿Qué te ha ocurrido en la cabeza? —preguntó ella, al verle la sangre seca en la frente.

Él, enfadado, se tocó la herida y miró a Kieran, que sonrió cuando Iolanda dijo:

—Lo que le ocurre a cualquier asno que me impide caminar.

—Iolanda —la regañó Angela.

Kieran al ver la situación, y en especial que su amigo, siempre tan tranquilo, estaba comenzando a perder los nervios, le indicó:

—Louis, ve a que te curen esa herida.

—Estoy bien. No te preocupes, Kieran.

—Lo sé. Pero ve. He de hablar con Iolanda —insistió él.

El highlander miró a Iolanda con gesto sombrío y ella, en respuesta, levantó el mentón con indiferencia. Cuando Louis se marchó, Angela y Kieran se miraron y ella inquirió:

—¿Por qué te ibas?

—Soy libre. No pertenezco a nadie y me puedo marchar cuando quiera.

Sin entender el tono de su respuesta, Angela asintió y murmuró:

—Creía que conmigo estabas bien.

—Y lo estoy —asintió Iolanda, a la que se le comenzaron a llenar los ojos de lágrimas.

—Entonces, ¿por qué te vas?

—Iolanda —intervino Kieran con tranquilidad—, que una mujer vaya sola por los caminos no es muy recomendable, ¿no ves que te podría ocurrir algo?

La joven se desmoronó y Angela, mirando a Kieran, le pidió en silencio que se marchara y las dejara. Él asintió y, una vez se quedaron solas, Angela preguntó:

—Dime, ¿qué ocurre tan terrible que te hace huir de nosotros?

—No huyo de vosotros.

—Louis no dice lo mismo.

—¡Louis! —repitió Iolanda, mirándolo desde lejos—. Ese idiota me ha tenido toda la noche hablando, discutiendo y peleando.

—¿Idiota?

—Sí. Idiota, engreído, tonto, petulante y pretencioso, por no decir nada más.

—Ya has dicho bastante —se mofó Angela.

Iolanda esbozó una sonrisa y ella, al verla, continuó:

—Quizá es así contigo porque le gustas. ¿Acaso me vas a negar que él a ti no?

—Tengo mejor gusto para los hombres.

Eso hizo reír a Angela. Tenía claro que Louis le gustaba, pero dejando a un lado eso, insistió:

—Sabe que se equivocó con su comentario e intenta pedirte perdón de la mejor manera que sabe.

Iolanda resopló y dijo:

—¿Por qué le has contado nada?

—Se lo tenía que decir —respondió Angela—. El pobre se estaba volviendo loco sin saber qué había hecho para haberte ofendido tanto.

Cansada de la noche agotadora que Louis le había dado, la joven se abanicó con la mano y, con el semblante demudado, gimió:

—No puedo ir a Stirling.

Sin entender qué le ocurría, Angela la abrazó mientras veía que Kieran y Louis las miraban.

—Tranquila, Iolanda, tranquila —murmuró.

Cuando consiguió tranquilizarla, la cogió de la mano y la llevó hasta un gran árbol, bajo el que se sentaron.

—Cuéntame por qué no quieres ir a Stirling —le pidió. Iolanda se tocó la cara y Angela puntualizó—: Pero quiero la verdad.

La muchacha tomó aire y empezó:

—Me crie en Stirling junto a mis padres y mi hermano Ralph.

—¿Stirling? Pero tú me dijiste...

—Lo sé —la cortó—. Te mentí.

Angela asintió y Iolanda prosiguió:

—Mi padre era dueño de una herrería que heredó de su padre y mi madre, junto a su amiga Pedra, tenía un pequeño negocio de costura. Ambas eran costureras y se dedicaban a la venta de vestidos, en especial cuando llegaba la gran fiesta anual de los clanes de Stirling. Aún recuerdo estar en la pequeña tienda con ellas y ver pasar a las mujeres de muchos lairds por allí, con ganas de dejarse las monedas.

»Mamá y Pedra eran famosas por sus bonitos vestidos y complementos y, con el tiempo, yo comencé a coser junto a ellas. —Sonrió con tristeza—. Mi familia era una familia querida y respetada por todos en Stirling y nuestra vida era acomodada y feliz. Pero cuando yo tenía quince años, mi padre y mi hermano enfermaron de fiebres y, tras mucho sufrimiento, murieron —susurró—. Mamá continuó con su trabajo de costurera, pero nos quedamos con una herrería que no sabíamos llevar y ella, buscando una solución, y desoyendo las palabras de Pedra, buscó un herrero que llevara el negocio y así fue como entró en nuestras vidas Fiord Delawey —gimió—. Durante años, todo funcionó, pero...

Iolanda se interrumpió. Le costaba hablar de aquello y Angela, al verlo, murmuró:

—Estoy aquí, a tu lado, hoy, mañana y siempre, Iolanda. Cuéntame qué ocurrió.

—Fiord era un buen herrero, y aunque a Pedra nunca le gustó ese hombre, mi madre se enamoró de él, pero él se casó con otra —prosiguió, secándose las lágrimas—. Dos años después de esa boda, Sindia, que era como se llamaba la mujer de Fiord, murió junto a su bebé en extrañas circunstancias y un año después ese hombre se casó con mi madre. Al principio todo fue bien, pero luego mi madre se quedó embarazada y... y... Sean, mi hermano, nació hace tres años.

De nuevo el llanto impidió seguir a Iolanda y, después de que Angela la consolara y tranquilizara, prosiguió:

—A partir del nacimiento de Sean, todo se volvió caótico. Fiord comenzó a beber, a maltratar a mi madre y a acosarme a mí. Insistí en hablar de ello con mi madre, intenté que lo viera como lo veíamos Pedra y yo, pero fue inútil. Mamá estaba tan enamorada de él que no veía nada más y... y... una madrugada noté que alguien se metía en mi cama y era él. Intenté gritar, salir de la cama, llamar a mi madre, pero Fiord me tapó la boca y... y...

Angela, al entender lo que quería decir, murmuró:

—¡Oh, Dios mío...!

Secándose las lágrimas, la joven continuó:

—A la mañana siguiente, asustada y dolorida, no podía levantarme de la cama y cuando mamá fue a despertarme, vio la sangre en las sábanas y le conté lo ocurrido. Nunca olvidaré su cara de horror. Después me hizo levantar, quitó las sábanas, las quemó y me envió a comprar carne a una granja de las afueras de Stirling, y me dijo que me llevara a Sean conmigo. Cuando regresamos esa tarde, la gente se arremolinaba en la puerta de mi casa. Yo no sabía qué había ocurrido y entonces vi a Fiord salir con gesto compungido y Pedra me dijo que mamá había muerto.

Horrorizada, Angela se tapó la boca y Iolanda siguió con el relato:

—Según las vecinas, al regresar de la herrería, Fiord se la había encontrado en el suelo sin vida. Dijeron que una caída la había matado, pero yo sé que no fue así y Pedra también lo sabe. Fue Fiord. Fue él. Él la mató cuando ella le reprochó lo que me había hecho.

»Durante un tiempo, Sean y yo dormimos en casa de Pedra, porque yo me negaba a dormir en mi casa con ese hombre. Pero un día, ella se marchó por la mañana a entregar un vestido y Fiord llegó bebido. Sean dormía y me pilló en la casa e intentó propasarse de nuevo. Me defendí como pude y él me susurró al oído que si no cedía me mataría como a mi madre. Asustada, pude coger un cuchillo y se lo clavé en el muslo. Cogí a Sean y me dispuse a huir, pero Fiord, levantándose del suelo, me quitó a mi hermano y, señalando el fuego, me gritó que si no me marchaba, echaría a Sean a las brasas.

»Asustada por el pequeño, salí corriendo y dejé a mi hermano allí. Al día siguiente regresé a buscarlo, pero Fiord se lo había llevado a la herrería. Durante un mes, regresé todos los días con la esperanza de salvar a Sean de ese animal, pero me fue imposible. Pedra intentó ayudarme y trazamos un plan entre las dos, pero todo salió mal. —Y, levantándose el vestido para enseñarle la pierna, dijo—: Al verme, Fiord cogió un hierro candente y con él me quemó el muslo.

Angela, horrorizada al ver aquella fea marca, fue a decir algo, cuando la joven prosiguió:

—Luego, Fiord me cargó en su caballo, herida, y me dejó en el bosque, a las afueras de Stirling. Dijo que si me volvía a ver mataría a Sean y a Pedra y no pude hacer otra cosa que marcharme. A duras penas conseguí mantenerme con vida y curarme. La herida se me infectó, y de ahí su feo aspecto, pero me alejé de Stirling todo lo que pude y llegué hasta donde me encontraste, y yo... yo...

Abrazándola, Angela la consoló. La vida de Iolanda no había sido nada fácil y, sin saber qué decir, murmuró:

—Lo siento, Iolanda... lo siento mucho.

La joven asintió y, mirándola, dijo:

—Siempre he querido regresar a por Sean y Pedra. Él cumplirá tres años el mes que viene, pero yo sola nunca podré conseguirlo. Y ahora voy camino de Stirling y yo... yo... no sé qué hacer. Me asusta que Fiord me vea y cumpla su promesa y...

—Yo te ayudaré —afirmó Angela—. Hablaré con Kieran y...

—No, no, por favor. Me avergüenza que ellos sepan lo que me ocurrió...

—Iolanda —la cortó Angela—, tú no tienes culpa de nada de lo que pasó. De nada —remarcó con énfasis—. Demasiado ha sido ya para ti lo ocurrido y haber sobrevivido este tiempo tú sola en el bosque y sin medios.

—Pero ellos...

—Ellos lo entenderán todo. Estoy segura de que Kieran te ayudará a recuperar a...

—No... No, por favor.

Angela, al ver el miedo en sus ojos, tomó aire y convino:

—De acuerdo... de acuerdo, no diré nada, pero no llores. Buscaré una solución. Yo te ayudaré. —Y, tocándose la ceja con el dedo anular, añadió—: Si mal no recuerdo, Kieran dijo que estaríamos varias noches en Stirling. Veré cómo podemos despistarlo e ir a buscar a tu hermano. Tranquila, ¿vale?

—Por favor, no les digas nada a los hombres. Y menos a Louis. Él ya piensa que yo... Y si sabe que Fiord me... me...

—Pero Iolanda, él podría...

—¿Qué es lo que no nos tiene que decir? —preguntó Kieran, acercándose a ellas acompañado de Louis.

Las dos los miraron sorprendidas y Angela rápidamente respondió:

—Cosas íntimas de mujeres. —Y, al ver que ellos las miraban escépticos, añadió con mofa—: Se dice que nosotras somos curiosas, pero los hombres no os quedáis atrás.

Kieran miró a su mujer intentando leer en su cara si era verdad lo que decía, pero sonrió al verla mirarlo con picardía, y más cuando dijo:

—Vamos, Iolanda, debemos recoger nuestras cosas para continuar el camino.

Cuando ellas se marcharon, Louis miró a Kieran y preguntó:

—¿Qué crees que es eso que Iolanda no quiere que nos cuente?

Él se encogió de hombros y murmuró, mientras caminaban tras ellas:

—Cosas de mujeres.

Cuando ellos se fueron, Zac, que había estado todo aquel tiempo sentado al amparo de un enorme tronco, se levantó, miró a las mujeres que se alejaban y susurró:

—Iolanda, cuenta con mi ayuda.

38

Iolanda se apaciguó.

Haber podido hablar y desahogarse con Angela le vino muy bien, y también pudo comprobar lo amable y galante que era Zac con ella, sin saber que conocía su secreto.

Louis, al ver aquella amabilidad en el muchacho, se extrañó, pero al entender, tras una breve charla, que Iolanda no era para él más que una joven que le caía bien, se tranquilizó.

Por su parte, Kieran y Angela tan pronto se adoraban como se odiaban. Ninguno dejaba ver sus verdaderos sentimientos y, aunque durante el día se sonreían ante los guerreros, cuando se encontraban en la tienda al anochecer todo era diferente. Unas noches se amaban con pasión y otras no se acercaban el uno al otro. Eso los desconcertaba a los dos cada día que pasaba más y más.

Una tarde, al pasar junto a una pequeña casa de piedra con techo de paja, oyeron un agónico grito de dolor.

Otro grito hizo que Angela se parara y le preguntara a un hombre que los observaba junto a una niña:

—¿Qué ha sido eso?

El hombre, con cara de no fiarse de aquellos highlanders, respondió:

—Mi mujer está de parto.

Se oyó un nuevo grito desgarrador y Iolanda dijo:

—¿Alguien está atendiendo a tu mujer?

Él negó con la cabeza y Angela explicó:

—Uno de nuestros guerreros es médico. Él podría...

—Mi mujer no necesita a nadie —la cortó el hombre—. Es su cuarto parto.

Iolanda miró a la niña, que parecía asustada, y, sonriéndole, le preguntó:

—¿Dónde están tus hermanitos?

La niña señaló hacia unos árboles y, al mirar y ver unas cruces clavadas en el suelo, Iolanda, incrédula, le dijo al hombre:

—¿Pretendes que tu mujer acabe ahí junto a tus hijos?

Él se desmoronó y Angela, bajándose del caballo, informó a Kieran, que se acercaba en ese instante:

—La mujer de este hombre está pariendo sola. Por sus gritos, creo que necesita ayuda.

En ese momento se volvió a oír un desgarrador grito y Kieran inquirió:

—¿Cuánto tiempo lleva de parto?

El hombre respondió desesperado:

—Desde ayer por la tarde. Mandé llamar a la partera, pero al parecer tiene trabajo y no ha podido venir.

Iolanda, mientras tanto, había llamado a Patrick, el médico, y cuando éste se acercó y se identificó, el hombre dijo rápidamente:

—No permitiré que otro hombre que no sea yo vea a mi mujer en este momento.

—Soy médico. Puedo ayudarla —le explicó Patrick.

Tras varias negativas, Louis, que esperaba aún montado en su caballo, después de mirar a Kieran, ordenó a los guerreros desmontar y descansar. Así lo hicieron.

La niña, que estaba junto a su padre, miró a Kieran, y él, agachándose ante ella, preguntó:

—¿Cómo te llamas?

La cría, tras mirar a su padre, respondió:

—Caley.

Con una bonita sonrisa, Kieran se sentó en el escalón de la entrada de la casa y, señalando a Iolanda y Angela, comentó:

—Anímate, Caley, mi mujer, Angela, y Iolanda van a ayudar a tu mamá. —Luego, mirándolas, añadió decidido—: Entrad y ved qué podéis hacer.

Sin tiempo que perder, ellas entraron en la casa. Vieron que era humilde, pero estaba limpia, y Angela agarrando a Iolanda del brazo, murmuró nerviosa:

—Nunca he atendido en un parto, ¿y tú?

La joven negó con la cabeza.

—Yo tampoco.

—Oh, Dios mío, ¡necesitamos a Patrick!

Iolanda asintió, pero sin pararse, dijo:

—Sin duda, pero a esta pobre mujer, nuestra ayuda también le vendrá bien.

Cuando abrieron la puerta de la habitación, se encontraron con algo que no esperaban: la parturienta, empapada de sudor, tenía las piernas llenas de sangre. Iolanda se quedó paralizada y Angela, sin pensar en nada, se acercó a ella y dijo:

—Ella es Iolanda y yo soy Angela, hemos venido a ayudarte.

La mujer dio un nuevo grito y se retorció en la cama.

Las dos jóvenes se miraron y Iolanda susurró:

—Voy por agua fresca para ella y pondré un poco al fuego. También hablaré con Patrick. Él nos dirá lo que debemos hacer.

Una vez salió de la habitación, Angela cogió la mano de la mujer y, cuando su rostro se relajó, preguntó:

—¿Cómo te llamas?

—Ebrel, me llamo Ebrel.

Retirando las sábanas ensangrentadas y mojadas que tenía entre las piernas, ella afirmó con seguridad:

—Muy bien, Ebrel. A partir de ahora todo saldrá bien.

Sin descanso, Angela y Iolanda la atendieron siguiendo las instrucciones de Patrick, que esperaba en el exterior. Le secaron el sudor que le corría por las sienes, le retiraron el pelo empapado de la cara, le dieron agua fresca para que se hidratara y unas infusiones que el médico les indicó.

Pero el tiempo pasaba y el bebé no nacía. Ebrel sufría dolores terribles y ellas no sabían qué hacer. Agobiada y bloqueada, Angela salió de la habitación y se encontró con Kieran y el marido de Ebrel.

La pequeña Caley dormía en un camastro y, cuando los hombres la miraron, dijo en voz baja:

—Ebrel morirá si no deja entrar a nuestro médico.

El hombre, incómodo, masculló:

—Ella no lo permitirá. Ebrel no querrá que un hombre la vea así.

—Tal como está ahora, no puede decidir nada —lo apremió Angela—. Va a morir, ¿acaso quieres eso?

—No... no —sollozó desesperado.

Tras cruzar una mirada con Kieran, Angela insistió:

—Pero ¿no ve que lo que ella quiera o no en este instante de poco vale? Iolanda y yo hacemos todo lo que podemos, pero necesitamos a alguien que sepa cómo proceder en todo momento.

Kieran, al verla tan nerviosa y al hombre tan confuso, decidió sacarla de la cabaña. Necesitaba tomar el aire. Una vez fuera, ella dijo:

—Estoy asustada. No sé qué hacer.

—Tranquila...

—El bebé no sale y...

—Haces todo lo que puedes.

—Pero no es suficiente —se quejó.

La luna iluminaba su rostro y Kieran, retirándole con mimo un mechón que le caía sobre un ojo, murmuró:

—Escucha, Angela, estás haciendo todo lo que puedes por esa mujer. La estás ayudando. No la has abandonado y eso debe reconfortarte.

—Pues no me reconforta. Ver que no puedo hacer nada por aliviarla me está matando. Esa pobre mujer sufre, su bebé va a morir y yo ya no sé qué hacer.

Con un cariñoso gesto, Kieran la acercó a él.

—Mírame. —Ella lo hizo—. Eres la mujer más valiente y luchadora que he conocido en toda mi vida y estoy seguro de que harás todo lo que puedas por ella.

Angela se tapó los ojos con la mano. Kieran se la apartó y, sin decir nada, le dio un suave beso en los labios y murmuró con tono embriagador:

—Sonríe, mi vida...

En ese momento, Patrick se acercó a ellos y preguntó:

—¿Cómo va todo?

Angela todavía podía oír en su cabeza aquel íntimo «Sonríe, mi vida», pero no dejándose llevar por palabras almibaradas, como su marido decía, respondió:

—Hemos hecho todo lo que tú nos has dicho, pero no conseguimos nada.

Patrick blasfemó y, tras mirar a Kieran, que los observaba, preguntó:

—¿Sigue sin querer levantarse?

Angela asintió.

El médico comenzó a darle indicaciones, hasta que ella, cansada de escucharlo, soltó:

—¡Se acabó! Patrick, vas a entrar.

Kieran fue a protestar, pero Angela, abriendo la puerta de la casa, entró seguida por el médico y su marido y dijo, mirando al esposo de Ebrel:

—Me da igual lo que digáis tú y tu mujer, no voy a permitir que ella muera innecesariamente y el médico va a entrar conmigo. Hablaré con Ebrel. Y si aun así dice que no, me da lo mismo, él va a entrar porque así lo he decidido yo.

Kieran, sorprendido por la fuerza que demostraba en esos momentos, no dijo nada. Simplemente, vio cómo el hombre asentía.

Angela entró en la habitación y, mirando a Ebrel, que seguía retorciéndose de dolor, se acercó a ella y le expuso:

—Ebrel, el parto está siendo complicado y nosotras ya no sabemos qué hacer. Y si sigues así, temo que moráis tú y el bebé. Sé por tu marido que no quieres que otro hombre entre y te vea así, pero con nosotros viene un médico y...

—No... no... un hombre no —jadeó ella.

Iolanda miró a Angela y ésta prosiguió con voz dura:

—¿Prefieres morir y dejar abandonados y solos a tu hija y tu marido? —La mujer no contestó y ella insistió—: ¿De verdad que no te importa que muera otro hijo tuyo, cuando si nos dejaras podríamos intentar salvarlo?

Derrotada, Ebrel finalmente asintió y Angela, sin perder tiempo, abrió la puerta y le dijo a Patrick:

—Vamos. Ella ha accedido. Entra.

Al ver el estado en que se encontraba, él se acercó y se presentó con seguridad:

—Hola, Ebrel, soy Patrick, el médico del laird Kieran O'Hara. —Ella lo miró agotada—. Tranquila, entre todos vamos a hacer que tu bebé nazca lo antes posible, ¿de acuerdo?

Iolanda y Angela, más seguras al tenerlo allí con ellas, hicieron todo lo que les pidió. Entre los tres levantaron a la mujer, a pesar de sus quejas. Patrick la apoyó contra la pared de cuclillas y, mirándola, le indicó:

—Cuando yo te diga, aprieta todo lo fuerte que puedas.

El parto duró aún toda la noche. Fue laborioso y hubo que cambiar a Ebrel de postura continuamente, pero al amanecer se oyó el vigoroso llanto de un bebé.

Entre risas y lágrimas, Iolanda le dio a la dolorida madre el varón que había tenido y dijo:

—Has tenido un niño precioso, Ebrel.

Emocionada ella lo miró y, mirando después al médico, que la estaba cosiendo, susurró:

—Si a mi marido le parece bien, se llamará Patrick.

El guerrero sonrió y comentó:

—Bonito nombre.

Tras besar a su gordito hijo, Ebrel se lo entregó a Angela, que, encantada, lo sacó de la habitación para mostrárselo al padre. Kieran la miró y ambos sonrieron. Rápidamente, el padre de la criatura se levantó y poniéndole a su hijo en brazos, Angela anunció feliz:

—Enhorabuena, es un hermoso varón.

Él lo miró con ternura, pero rápidamente preguntó:

—¿Y mi mujer?

—Agotada pero bien —dijo ella—. Ha dicho que, si te parece bien, le llamarán Patrick, como el médico.

El hombre, encantado de que todo hubiera pasado, asintió y le enseñó el bebé a la niña, que ahora sonreía en brazos de Kieran. Cuando Iolanda y Patrick salieron de la habitación, el hombre les agradeció la atención y, con sus dos hijos, entró para abrazar a su mujer.

Angela se quedó a solas con Kieran y, mirándolo, afirmó con voz suave y agotada:

—El bebé es precioso, ¿verdad?

Él, mirándola fascinado, respondió:

—Sí, mucho.

Encantada tras haber ayudado a aquella mujer a tener a su hijo, continuó:

—Le he contado los deditos y tiene cinco en cada mano y en cada pie. —Y cerrando los ojos de puro deleite, repitió—: Es un niño precioso, tan guapo como el hijo de Davinia cuando nació.

La inocencia, la ternura y la pasión que ella demostraba en ciertos momentos le llegaba al corazón, y entonces la oyó decir:

—Pero yo no voy a tener nunca hijos. ¡En la vida!

Kieran soltó una carcajada y Angela le preguntó:

—¿Qué te resulta tan gracioso?

Cautivado por ella, murmuró:

—Estabas hablando de cuánto te gusta ese bebé y de pronto tu actitud ha cambiado.

—Gracias a Dios, nuestra unión se acabará —comentó ella—, porque, de no ser así, tendríamos un grave problema con el tema de los hijos.

—¿No quieres tenerlos?

—Me parecen preciosos, tiernos, divertidos y me hubiera gustado tener una docena, pero tras lo que he vivido en las últimas horas —suspiró con comicidad—, definitivamente no.

Divertido por sus gestos, se mofó.

—Pasas de querer una docena a ninguno. Eres muy drástica en tus decisiones.

Angela lo miró y, señalándolo con el dedo, replicó:

—Y como sé lo que tengo que hacer para no quedarme embarazada, lo primero es lo primero. No te vuelvas a acercar a mí nunca más. —La sonrisa desapareció de sus labios y añadió—: Por suerte para ti, no soy tu mujer definitiva; si no, contigo se acababa tu linaje.

Y sin más, salió de la cabaña dejando a Kieran sin palabras.

¿Ya no podría acercarse a ella?

Al mediodía, tras despedirse de Ebrel y de su marido, continuaron su camino.

39

Aquella noche, cuando acamparon para descansar, Angela se alejó todo lo que pudo de Kieran en la tienda. Molesto por ello, y viéndola dispuesta a cumplir lo que había dicho, se tumbó en silencio y se durmió. Pero a medianoche, unos gritos lo despertaron. Era Angela, que tenía una de sus pesadillas.

Rápidamente se acercó a ella, la estrechó entre sus brazos y, susurrándole al oído, la tranquilizó. Ella se dejó abrazar y, tras recobrar la conciencia y darse cuenta de que era una pesadilla, sin apartarse de él, se durmió, mientras Kieran disfrutaba de su cercanía.

Cuando Angela se despertó por la mañana y se vio envuelta en las mantas, supo que Kieran la había cuidado. Eso la hizo sonreír.

Dos días después y sin que Angela se hubiera acercado a Kieran ni por un instante, llegaron hasta un pequeño pueblo, al que había llegado ya gente de otros clanes. La cercanía a Stirling hacía que todos se fueran encontrando por el camino.

Kieran, tras saludar con cordialidad a varios guerreros a los que conocía, se despidió de ellos y entraron en una de las posadas en busca de habitación para las mujeres, para pasar allí la noche. Al entrar, varias féminas de dudosa reputación los recibieron con especial alegría.

Angela, que llevaba todo el día de un humor de perros, al verlas murmuró, acercándose a su marido:

—Deberíamos buscar otro sitio donde dormir.

—Éste está bien —dijo Kieran sonriendo y guiñándole un ojo a una de las mujeres.

Molesta, Angela siseó:

—Creo que lo que está bien para ti, no lo está para mí. No quiero quedarme aquí. Prefiero dormir en el bosque...

—Nos quedaremos en esta posada y no se hable más —respondió él, cansado de sus quejas.

Angela apretó los puños. Odiaba cuando Kieran se ponía en aquel plan, pero tras mirar a Iolanda y ésta pedirle que se tranquilizara, le hizo caso. Pasados unos minutos, William se le acercó y le preguntó si estaba bien.

Ella suspiró y asintió y luego, señalando a Aston y George, añadió:

—Veo que ellos lo pasan bien.

William miró a sus hijos sonriendo.

—Las mujeres siempre les han gustado y son jóvenes.

Molesta por la algarabía que había a su alrededor, Angela buscó a Kieran y cuando lo encontró bebiendo con varios de sus hombres y aquellas mujeres, preguntó:

—Vosotros ya conocíais esta posada, ¿verdad?

—Sí. De alguna vez que otra —respondió Kieran con una arrebatadora sonrisa y, tras guiñarle un ojo, se alejó para saludar a una morenaza de grandes pechos.

La furia la cegó. Ver cómo aquel al que ella adoraba coqueteaba con otra mujer y le sonreía con candor la ponía enferma, y, alejándose de él, se acercó a Iolanda y dijo:

—Preferiría dormir en medio del bosque a estar aquí.

La chica asintió y, mirando a Louis, que hablaba con una mujer de extraordinaria belleza, contestó:

—Yo también.

El tiempo pasó, llegó la noche y Kieran continuaba con su particular diversión. Angela subió a su habitación y se aseó y luego, acompañada por Iolanda, bajó de nuevo al salón para cenar. Estaban famélicas.

Kieran las vio llegar, pero no se movió de donde estaba y Angela cenó sin rechistar.

Cuando acabaron, Iolanda, no dispuesta a seguir allí, se marchó. No soportaba ver un segundo más a Louis reír con una de aquellas frescas. Angela, sin embargo, aguantó. Quería ver hasta dónde era capaz de llegar su marido delante de ella y, en cierto modo, le gustó ver que no pasaba de las risas y el tonteo.

Mientras lo observaba, iba pensando en sus cosas. Aquel día era especial y doloroso para ella y, cuando no pudo más, se acercó a él y dijo:

—Kieran, necesito hablar contigo un instante.

Fascinado por la belleza de una de aquellas mujeres, él respondió:

—Ahora no, Angela.

Estaba claro que ella allí sobraba, pero no dándose por enterada, insistió:

—Escucha, Kieran, necesitaría que...

—He dicho que ahora no —la cortó él.

Con la sangre hirviéndole en las venas, gritó:

—Pero ¡si no sabes lo que te voy a decir!

Kieran, al ver que muchos highlanders lo miraban tras aquel grito de su mujer, clavando los ojos en ella, musitó:

—Sea lo que sea lo que me quieres decir, ahora no me interesa... *mi cielo*.

Los hombres rieron ante aquella contestación y Angela, alterada por aquel «mi cielo» tan falso, respondió, alejándose:

—Vete al cuerno... *cariño*.

Cuando los guerreros se rieron de nuevo, Kieran también se rio, pero en su interior sabía que no había hecho bien. Angela no se merecía aquella indiferencia y, levantándose de la mesa, fue tras ella y, cogiéndola del brazo, preguntó:

—¿Qué es lo que querías?

Ella puso cara de sorpresa.

—¿Me hablas a mí?

—Sí.

Con sorna, lo miró de arriba abajo.

—Oh... qué gran honor. ¡El laird Kieran O'Hara me ha hablado!

Él pudo ver su enfado, pero sin ganas de tonterías, repitió:

—¿Qué querías decirme?

—Nada.

—Angela...

Al ver que apretaba la mandíbula, ella comentó:

—¿Sabes, *cariño*?, esta noche, espero que la habitación sea para mí sola.

—¿Eso es lo que querías decirme?

Angela negó con la cabeza y, con una extraña sonrisa dibujada en su rostro contestó:

—Te he dicho que ahora no te lo voy a decir.

—Dímelo, mujer, ¿no ves que te lo estoy preguntando?

—¡No! No te interesa.

Kieran cerró los ojos. Angela lo empezaba a desesperar y, al abrirlos, siseó:

—Desde que te has levantado esta mañana, no has sonreído ni una sola vez. Estás muy quisquillosa y gruñona, ¿qué te ocurre?

Por una fracción de segundo, pensó decirle la verdad, pero cuando se percató de que le guiñaba un ojo a otra mujer que pasaba detrás de ella, respondió:

—No era nada.

—¡Mientes!

Ella sonrió y respondió con sorna:

—Qué avispado eres... *maridito*.

Esa mofa lo enfadó.

—¿Quieres calentarme, Angela?

—¡Oh, Dios mío! ¿Cómo puedes pensar eso de mí, cuando quienes te calientan son esas mujeres de pechos grandes?

—Me gustan los pechos grandes.

Y al ver cómo miraba los suyos, que no eran excesivos, masculló:

—Eres odioso, Kieran O'Hara.

Él, al escucharla, pero en especial al ver su cara de enfado, soltó una carcajada y dijo:

—¿He de recordarte que desde hace días no te quieres acercar a mí, o tú solita eres capaz de entenderlo? Soy un hombre, y tengo unas necesidades. Y si tú no me las satisfaces, ten por seguro que lo haré en otro lugar. —Y sin ganas de entrar en una guerra dialéctica con ella, añadió—: Ahora hazme caso y vete a dormir. Yo subiré luego...

—Ni se te ocurra subir —respondió molesta.

—Ni se te ocurra prohibírmelo.

—Atrancaré la puerta —afirmó.

—La tiraré abajo —replicó él.

Segura de que lo haría, se dio la vuelta, pero antes de marcharse, dijo:

—Que te diviertas con tus amiguitas... *cariño.*

Zac, que estaba bromeando con una rubia muy guapa, al ver a Kieran con gesto de enfado, se acercó a él y, dándole una jarra de cerveza, cuchicheó:

—Te digo lo mismo que a Louis con Iolanda, ¿a qué esperas para ir con ella?

Kieran blasfemó, miró a Louis, que reía con los hombres y, sin dejar ver sus verdaderos sentimientos, contestó:

—Bebamos. Esta noche nos lo merecemos.

La algarabía que había en la parte inferior de la posada era descomunal. Durante un buen rato, Angela, sentada en el alféizar de la ventana, observó la luna llena que iluminaba los alrededores, mientras los recuerdos de tiempos pasados rondaban por su cabeza.

Pensar en su familia, en su padre, en sus hermanos, en su madre, era doloroso. Su ausencia le hacía ver lo sola que estaba y lloró. Lloró de impotencia.

Un buen rato después, cuando se tranquilizó, se cambió el vestido por los pantalones y se puso las botas, una camisa y, finalmente, la capa verde para ocultarse de miradas indiscretas, y se descolgó por la ventana hasta llegar al suelo.

Una vez abajo, oculta bajo su capucha, se alejó caminando. Fue hasta donde estaban los caballos de los O'Hara y silbó a su yegua. Como siempre, ésta acudió rauda a su llamada.

Tras montar en ella, se alejó al galope en dirección al bosque. No sabía adónde iba, sólo sabía que necesitaba tomar el aire y cumplir con el ritual de todos los años el día de su cumpleaños.

Cabalgó sin rumbo fijo hasta llegar a un valle, mientras disfrutaba del aire de la noche, que le refrescaba el rostro. La luna llena iluminaba a la perfección el camino y cuando encontró lo que buscaba, sonrió. Ante ella tenía el salvaje brezo escocés. Una flor muy valorada en Escocia y que a su madre le encantaba, no sólo por sus tonos violeta, sino porque la utilizaba para brebajes contra la tos, en los duros inviernos de las Highlands.

Encantada, se bajó del caballo y, recogiendo un ramillete, murmuró:

—Mamá, ésta es por ti.

De nuevo, una lágrima rodó por su mejilla y rápidamente se la secó. No quería llorar más. Cada año, desde que habían muerto su madre y sus hermanos, buscaba aquellas flores en el bosque que había junto a Caerlaverock. Cogía un ramillete por cada uno de ellos, los besaba y después los enterraba.

Ese año, cogió un ramillete más por su padre. Su adorado y querido padre. Lo besó y, una vez lo enterró junto al resto, clavó con fuerza la espada en el suelo, se arrodilló y, con las manos entrelazadas en la empuñadura, murmuró:

—Un año más para echaros de menos, pero un año menos para reencontrarnos otra vez. Os quiero y no hay un solo día en que no me acuerde de vosotros.

Y dicho esto, rezó.

Cuando acabó, se levantó con pesar, desclavó el arma, se la guardó al cinto, cogió un par de ramilletes más para ella y montó en su yegua para regresar a la posada.

De pronto, vio a un hombre correr por un claro del bosque, ¿de qué huía? Con la mirada fija en él, pronto supo de qué lo hacía: lobos. Rápidamente, se guardó los ramilletes y puso la yegua al galope para ir a ayudarlo. Si lo pillaban los tres lobos que lo perseguían, lo más seguro era que lo matasen.

Sin tiempo que perder, Angela dio un grito y el hombre miró

atrás. Agarrada a las crines de la yegua con fuerza, una vez adelantó a los lobos, se ladeó y tendió la mano para que él se la agarrara. No podía parar o los lobos alcanzarían a *Briosgaid*.

Al verla, el hombre se preparó, y cuando Angela llegó a su altura, sus manos se unieron y, de un ágil salto, montó detrás de ella.

Abandonaron a toda velocidad aquella parte del bosque, pero antes de entrar en el pueblo, Angela aminoró la marcha y, cuando paró, miró al hombre y preguntó:

—¿Qué te ha ocurrido?

Al verla, el desconocido murmuró asombrado:

—¡Increíble, eres una mujer!

Ella, jadeante y acalorada, asintió. La carrera le había deshecho su coleta y le había retirado la capucha.

—Pues sí, soy una mujer, y tú todavía no has respondido a mi pregunta.

Todavía sorprendido por su descubrimiento, contó:

—Regresaba de una aldea que hay no muy lejos de aquí, cuando unos villanos me han asaltado y robado el caballo. ¡Cuando los encuentre, los mataré! Luego han aparecido los lobos y el resto ya te lo puedes imaginar.

Angela lo miró, ¿debía creerlo o no?

—Me llamo Aiden McAllister —dijo él—. ¿A quién le debo seguir con vida?

—Angela Fer... Angela O'Hara —se corrigió.

Él le besó la mano encantado y respondió:

—Pues Angela O'Hara, muchas gracias por tu valentía, tu destreza y por salvarme de esos lobos. No me cabe la menor duda de que si no hubiera sido por ti, ahora les estaría sirviendo de cena.

Ella sonrió y el moreno de ojos negros como la noche y sonrisa perfecta, preguntó:

—¿Eres de estas tierras, Angela O'Hara?

Ella negó con la cabeza y él, con una arrebatadora sonrisa, aventuró:

—Entonces vas camino de Stirling para la reunión de clanes, ¿verdad?

—Sí. ¿Tú también?—El joven asintió y ella le informó—: Nosotros nos alojamos en una de las posadas que hay aquí, en el pueblo.

—Mis hombres acampan en el bosque, junto a otros muchos.

Angela sonrió y él le preguntó con galantería:

—Y si no es excesiva indiscreción, ¿qué hacía una mujer tan bonita como tú, sola de noche en medio de ese bosque?

Encogiéndose de hombros, respondió:

—Necesitaba dar un paseo para pensar.

—¿Tanto tenías que pensar?

Divertida por el comentario y sin saber por qué, le enseñó uno de los ramilletes de brezo escocés y se sinceró:

—Hoy es mi cumpleaños.

—¡Felicidades! —exclamó él, sonriendo—. Y, tranquila, no te preguntaré la edad para no ser descortés, pero cumplas los que cumplas, permíteme decirte que eres una preciosidad.

Sus halagos la hicieron sonreír, y añadió:

—Y hoy también hace años que mis hermanos y mi madre murieron asesinados. Cuando llega este aniversario, siempre cumplo un ritual por ellos.

Al escucharla, la sonrisa se le borró de la cara. Aquello era terrible. Con delicadeza, cogió uno de los ramilletes de brezo escocés que ella sostenía y dijo:

—Siento muchísimo lo de tu familia.

—Gracias.

—Perder a los seres queridos es duro, y más tratándose de una madre y unos hermanos, y en un día tan señalado como es tu cumpleaños.

Angela asintió y, al ver que llevaba en la mano un bote de medicina, fue a preguntar, cuando él comentó, guardándolo en una bolsa que llevaba atada a la cintura:

—Por suerte, los villanos no se han llevado lo que había ido a buscar a esa aldea.

Al ver que la miraba con intensidad, Angela confesó:

—Como mi marido se entere de que estoy aquí a estas horas y hablando contigo, con seguridad se enfadará.

Él sonrió y respondió:

—Si me pongo en el lugar de tu marido, yo también me enfadaría. Una mujer como tú no debe andar sola de noche. —Ella sonrió y Aiden, curioso, preguntó—: ¿Se puede saber quién es tu marido?

—El laird de Kildrummy, Kieran O'Hara.

Al oír ese nombre, él parpadeó e, incrédulo, dijo:

—¿Kieran es tu marido?

Angela preguntó sorprendida:

—¿Lo conoces?

Aiden dudó sobre qué contestar, pero finalmente contestó:

—En el pasado, coincidimos en algún que otro lugar.

Ella sonrió y, cuando fue a preguntarle algo más, él dijo:

—No lo haré porque eso te delataría, pero si pudiera, me encantaría preguntarle qué estaba haciendo tan importante como para no estar aquí contigo, acompañándote.

Ambos sonrieron y, bajándose del caballo, Aiden añadió:

—No creo que sea buena idea que nos vean llegar juntos. No quiero ocasionarte problemas. Muchísimas gracias por tu ayuda, Angela O'Hara.

Tras asentir con la cabeza, ella sonrió y se encaminó hacia donde estaban los caballos de su clan, dejó allí a la yegua y, oculta bajo la capucha, fue hasta la calle donde estaba la posada. Al llegar, apoyó un pie en una piedra para escalar hasta la ventana, cuando alguien la sujetó. Con fuerza, Angela dio una patada hacia atrás y oyó un gemido de dolor. Sin perder tiempo, sacó la espada para defenderse y, al darse la vuelta, se encontró con Kieran.

—¡Serás bruta!

Ella se mantuvo en silencio. Sonrió al ver que se tocaba el pecho y él, al darse cuenta, gritó enfadado:

—Te llevo buscando un buen rato. ¿Dónde estabas?

—Dando un paseo.

—¿Dando un paseo a estas horas? ¿Te has vuelto loca?

—Necesitaba tomar el aire.

—Esto está plagado de guerreros borrachos, ¿no te has percatado?

Angela lo miró y respondió con seriedad:

—Creo que de lo que no te has percatado tú todavía es de que yo sé defenderme sola y no te necesito.

Indignado por su respuesta y por la angustia que había pasado al ir a la habitación y no encontrarla, gruñó:

—Te podía haber pasado algo y yo no te podría haber ayudado.

—Como si te importara lo que me pasase...

—¿Qué has dicho? —preguntó incrédulo.

Molesta por el tono de voz que estaba empleando, respondió:

—He dicho que como si te importara lo que me pasase...

Kieran la miró descompuesto y, levantando de nuevo la voz, dijo:

—Te juro, Angela, que soy un hombre con una infinita paciencia, pero tus contestaciones y tu manera de ser consiguen sacarme de mis casillas como nadie en este mundo lo hace y...

—¡Si continúas gritándome... *cariño* —lo cortó ella—, me sacarás de mis casillas a mí también!

Atónito ante su osadía, voceó:

—¿Cómo has dicho, descarada?

Sin un ápice de temor, Angela clavó la mirada en él y contestó con chulería:

—Lo que has oído... *cariño*. Y antes de que continúes con tu fingida preocupación por mí, déjame recordarte eso que me has dicho en varias ocasiones, de sin exigencias ni reproches. ¿A qué viene ahora tanta recriminación?

En ese instante, William, Louis y Iolanda salieron de la posada y, al verla, la joven exclamó:

—Angela, por el amor de Dios, nos hemos asustado. ¿Dónde estabas?

William, que sabía lo que había ido a hacer, se le acercó y dijo:

—Muchacha, tendrías que haberme avisado a mí. Yo te habría acompañado.

Kieran intuyó que William sabía algo y, molesto, preguntó:

—Y si sabías dónde estaba ¿por qué no has dicho nada?

Angela miró a su marido y rápidamente respondió:

—Él no sabía dónde estaba. No le hables así a William.

Al ver que todos la miraban, resopló, y, antes de que pudiera decir nada más, William se le adelantó:

—Hoy es su cumpleaños y el aniversario de la muerte de su madre y de sus hermanos. Y, conociéndola, seguro que ha ido a cumplir con el ritual que lleva haciendo desde entonces, ¿verdad, muchacha?

Angela, desarmada, asintió y Iolanda murmuró emocionada:

—¿Y por qué no has dicho nada?

Louis y Kieran se miraron. Ahora entendían el mal día que llevaba.

—No quería hablar de ello. Es algo mío —contestó Angela sin querer mirar a su marido.

A Kieran se le puso el vello de punta y se sintió fatal. Cogiéndola del brazo, la separó de los demás y reconoció:

—Siento que hayas recordado sola ese doloroso día. —Ella no dijo nada y él le preguntó—: ¿Por qué no me has dicho que era tu cumpleaños?

Contemplándolo por primera vez en todo el día, con mirada serena repuso:

—Porque no es importante.

—Eso no es cierto.

—A nadie le importa —insistió Angela.

Conmovido, Kieran supuso que en Caerlaverock siempre habrían intentado obviar esa fecha por el dolor que les causaba y replicó:

—A mí sí me importaba saber que hoy era tu cumpleaños y, como ves, a Iolanda y a Louis también.

Ella se encogió de hombros sin querer darle importancia.

—No es necesario que conozcas estas cosas. Al fin y al cabo, dentro de unos meses nos perderemos de vista y no necesitarás recordarlas.

Turbado por los sentimientos extraños que ella le hacía sentir, afirmó:

—Aun así, ya no se me olvidará.

Al escucharlo, quiso sonreír pero no lo hizo. Volvió con los otros y, cuando sintió que Kieran caminaba a su lado, se dio la vuelta y explicó:

—He intentado decírtelo antes, pero no me lo has permitido. Estabas muy ansioso por perderme de vista para irte con tus amiguitas de grandes pechos.

Al comprender que ella tenía razón, Kieran fue a disculparse, pero Angela añadió:

—Estoy cansada. Quiero subir a la habitación y no quiero compañía.

—Vamos, es tarde —dijo Iolanda.

Cuando las dos mujeres se marcharon, seguidas por William, Kieran miró a Louis y murmuró:

—Ella tiene razón, no se lo he permitido.

Cuando Louis iba a contestarle, alguien exclamó detrás de ellos:

—Kieran O'Hara, ¡cuánto tiempo sin vernos!

Al volverse, ambos se quedaron asombrados. Ante ellos estaba Aiden McAllister, el gran amigo y compañero de fechorías de James O'Hara desde su infancia.

Boquiabierto por aquel inesperado encuentro y ante la oportunidad de saber de su hermano, Kieran preguntó:

—¿James está aquí?

Aiden bajó la mirada al suelo y, tras tomar una bocanada de aire, tocó la bolsa que llevaba colgada a su cintura y sacó una daga. Al verla, Kieran rápidamente supo lo que significaba y, con voz apagada, inquirió:

—¿Cuándo?

—Hace ocho meses.

Louis, al ver que su buen amigo respiraba con dificultad al recibir la noticia, fue a decir algo, cuando Kieran añadió:

—¿Cómo murió?

—Unas fiebres se lo llevaron.

Él negó con la cabeza. Siempre pensó que James moriría luchando e insistió:

—¿Y por qué no me avisasteis, maldita sea?

Aiden, al comprender su rabia, respondió:

—James te quería y admiraba mucho, Kieran. Siempre que hablaba de ti lo hacía con orgullo, aunque cuando se encontrara contigo te hiciera creer lo contrario. Él...

—No quiero saber más —lo cortó.

Apesadumbrado, pensó cómo darle la terrible noticia a su madre. Aquello la hundiría.

—En su lecho de muerte, James me hizo prometer que no os avisaría de su muerte para no haceros sufrir ni a ti ni a tu madre, y que lo enterraría cerca de Kildrummy. Y así lo hice. Mis hombres me esperan, seguramente bebiendo en la posada junto a los tuyos. —Kieran no dijo nada y Aiden añadió—: James descansa junto al pedrusco que hay en el valle donde jugábamos de niños.

Kieran asintió. Sabía a qué lugar se refería y, enajenado por la rabia y el dolor, agarró a Aiden del cuello y, arrinconándolo contra la pared, siseó:

—No te vuelvas a acercar a Kildrummy ni a mi madre ni a mí. James ha muerto y ya no hay nada que hablar.

Dicho esto, lo soltó y le quitó de las manos la daga que su padre le había regalado a su hermano de pequeño y, al hacerlo, se fijó en que Aiden llevaba en las manos un ramillete de brezo escocés, como instantes antes llevaba Angela. Sin decir nada más, se dio la vuelta y se alejó.

Louis, tras mirar a Aiden, lo siguió.

En la habitación, Angela no podía conciliar el sueño. Nunca olvidaba que esa noche, muchos años atrás fue una noche llena de llantos y de cientos de ruidos extraños en Caerlaverock. Estaba mirando el techo cuando la puerta se abrió. Al ver que se trataba de Kieran, murmuró:

—Te he dicho que esta noche quería la habitación para mí sola.

Él no le hizo caso. Cerró la puerta y, apoyándose en ella, se escurrió hasta quedar sentado en el suelo. Angela, al verlo, se incorporó y, cuando pudo verlo en medio de la oscuridad de la habitación, preguntó:

—¿Qué estás haciendo?

Él no contestó. Eso era extraño y Angela se levantó. Sin acercarse, vio que tenía la cabeza apoyada en las rodillas y que su cuerpo temblaba. Al oír una especie de gemido, sin dudarlo, se arrodilló a su lado.

—¿Qué ocurre, cariño? ¿Qué te pasa?

Durante un buen rato, Kieran no dijo nada. No contestó. Lloró en silencio la muerte de su hermano y Angela sólo pudo abrazarlo sin saber qué le ocurría.

Cuando dejó de llorar, levantó la cara y, mirando a la mujer que tenía a su lado y que lo consolaba, explicó:

—Acabo de saber a través de Aiden McAllister que mi hermano James murió hace ocho meses.

Oír ese nombre la sorprendió, pero más lo hizo ver lágrimas en los ojos de su fiero marido. Eso le puso el vello de punta y, entendiendo el dolor que aquella noticia le había causado, murmuró:

—Lo siento, Kieran. Lo siento mucho.

Deseoso de su contacto, él la abrazó y, antes de que ella hablara, dijo:

—Mi hermano era una mala persona, un villano, un hombre sin escrúpulos que vivió fuera de la ley y la justicia. Lo sé yo y lo sabe todo el mundo, pero era mi hermano y, por extraño que parezca, lo quería.

—Claro que sí, cielo... claro que lo querías y te entiendo.

Secándose los ojos con brusquedad, prosiguió:

—Atesoro recuerdos de nuestra infancia maravillosos y yo... ahora...

—Chis... calla... y no digas nada más.

Emocionado como un niño, lloró de nuevo y, al notar que Angela le enjugaba las lágrimas de las mejillas, musitó desesperado:

—Madre dijo que no lo sentía... cuando regresábamos de la abadía de Dundrennan, ¡dijo que no lo sentía vivo! Y yo... yo... ahora tendré que decirle que tenía razón y que James ha muerto, y no sé cómo hacerlo. Esta noticia la hundirá. La matará de dolor.

Consciente de que iba a ser un momento difícil para ellos, Angela susurró con mimo:

—Tranquilo, cariño, tranquilo. Yo te ayudaré. Se lo diremos entre los dos y la cuidaremos para que nada le ocurra. Tú por eso no te preocupes. ¿De acuerdo?

Y sin decir nada más, lo volvió a abrazar y lo acompañó en su dolor, haciéndole ver que no estaba solo. Al cabo de un rato, lo obligó a levantarse del suelo y, una vez estuvieron los dos de pie, él, mirándola, dijo:

—Estoy avergonzado por mi falta de tacto contigo. Eres tan buena, candorosa, sonriente, y yo... yo no sabía que hoy era tu cumpleaños y el aniversario de la muerte de tus seres queridos y no sé cómo pedirte perdón.

Angela suspiró y, olvidándose de lo que había sentido un rato antes, respondió:

—Tranquilo, yo tampoco te he dicho nada.

Pero sujetándole la cara, él insistió:

—Siento que lo hayas intentado y que yo no te dejara.

—No pasa nada. No te preocupes.

De nuevo el silencio llenó la habitación. Tenían tanto que decirse, que ninguno de los dos habló, hasta que él, al ver el ramillete de brezo sobre la mesilla, le advirtió:

—Aléjate de Aiden McAllister. Era el mejor amigo de James y las mujeres lo pierden. Y, por lo que he podido intuir y ver, él ya se ha fijado en ti.

Angela no respondió y, cuando se oyó la carcajada de una de las mujeres que había en la posada, Kieran dio un paso atrás y ella, sin poderlo evitar, murmuró:

—Kieran, no lo hagas. Quédate.

Sin mirar atrás, se soltó de sus manos y salió de la habitación. Lo que Angela no supo es que, una vez cerró la puerta, se dejó caer en el suelo y pasó el resto de la noche ante su puerta.

40

A la mañana siguiente, cuando Angela bajó al primer piso de la posada, se encontró con Aiden McAllister. Éste, al verla, se le acercó, y ella dijo con sarcasmo:

—Menos mal que no ibas a decirle nada a Kieran.

Aiden sonrió y, sacándose de un bolsillo el ramillete de brezo escocés, se lo enseñó y se justificó:

—Yo no le dije nada, pero creo que esto nos delató.

Al verlo, Angela suspiró. Sin duda, Kieran era muy perspicaz.

En ese momento llegó Iolanda y, tras despedirse de Aiden con un movimiento de cabeza, Angela se sentó con ella para desayunar.

Cuando Kieran entró en la posada y vio allí a Angela y a Aiden, los miró. Cada uno estaba sentado en un extremo del comedor, pero aun así resopló. Tras mirar a su antiguo amigo con recelo, caminó hacia su mujer, que, al verlo, se levantó rápidamente y le preguntó:

—¿Cómo te encuentras?

Ceñudo y sin querer mostrar sus sentimientos, respondió:

—Bien.

Angela quiso abrazarlo y besarlo. Por su expresión podía ver cuánto le dolía la noticia de lo de su hermano, pero Kieran le indicó:

—Cuando quieras, partiremos. Esperaré fuera.

Sorprendida, asintió con la cabeza y, una vez terminó de desayunar, lo siguió fuera, aunque antes se despidió con una sonrisa de Aiden, que la miraba.

Aquel día, Angela se acercó a Kieran en varias ocasiones. Necesitaba saber que estaba bien. Louis y Zac, al ver su preocupación, la tranquilizaron. Si Kieran sabía hacer algo bien, era asumir y digerir las cosas terribles. Y durante el día ella lo pudo comprobar al ver que poco a poco su gesto se fue suavizando hasta que lo vio sonreír.

El nombre de Aiden no se volvió a mencionar, hasta que llegó a los oídos de Kieran que el joven había tenido un encontronazo con unos lobos y que una valerosa mujer a caballo lo había salvado de una muerte casi segura en medio de la noche.

Cuando oyó lo que comentaban sus hombres, él supo que aquella mujer era Angela. Louis también y ambos decidieron no decir nada. Era lo mejor.

A medida que se acercaban a Stirling, Iolanda estaba cada vez más nerviosa y Angela intentó tranquilizarla. Para ello, usó a los guerreros de su marido. Comenzó a hablar con ellos y eso les amenizó el viaje.

Al hacerlo, ellos cambiaron su actitud distante y se sorprendió al ver lo encantadores, amables y protectores que eran con ella y con la joven Iolanda. Si llovía, rápidamente intentaban cobijarlas, si hacía sol, se preocupaban de que bebieran agua y de proporcionarles sombra. Si dormían, procuraban no hacer excesivo ruido para no despertarlas.

Por primera vez, Angela disfrutaba de tener un clan que se preocupaba por ella y no al revés y sus pesadillas poco a poco fueron disminuyendo.

Kieran, por su parte, intentaba no estar pendiente de ella todo el día, pero para su desconsuelo, se daba cuenta de que le era imposible. Angela tenía un magnetismo que lo hacía buscarla continuamente con la mirada y pronto se percató de que siempre que podía procuraba coincidir con ella.

Desde que había atendido aquel parto tan complicado, Angela había cumplido su promesa. No se había vuelto a acercar a él. Y lo que a Kieran en un principio le pareció algo gracioso, ya no lo era, y menos tras sentir lo cariñosa que había sido al contarle lo de su hermano James.

Sorprendido, recordaba cómo ella se había ofrecido a ayudarlo a darle la noticia a su madre, cuando lo más normal era que, dada la naturaleza de su relación, no se hubiera implicado.

Una de las tardes soleadas, cuando pararon para descansar, Kieran, deseoso de estar con ella, se unió a los guerreros y a Angela para tirar con el arco y les ganó. A la tarde siguiente, se volvió a unir al juego y, una vez finalizó la competición, cuando Angela entró en su tienda para descansar, la siguió.

—Gracias por el detalle que has tenido.

—¿Qué detalle? —preguntó ella.

Incapaz de estar un segundo más sin besarla, la cogió en brazos y dijo:

—Errar el último tiro... *torpona.*

Ella no se apartó. Sentir la ardiente boca de Kieran contra la suya era lo que más deseaba desde hacía días y lo disfrutó.

En aquel íntimo momento, él disfrutó la suavidad de los labios de su mujer y más cuando ella gimió. Aquel íntimo gemido, tan de Angela, tan de ellos, lo estaba volviendo loco, cuando la tela de la tienda se abrió. Era Louis, que, al verlos, se disculpó:

—Lo siento... lo siento.

Salió de allí rápidamente, pero el momento ya estaba roto.

Kieran y Angela se miraron a los ojos mientras les llegaba el ruido atronador de los guerreros en el exterior. Se deseaban, estaba claro. Y Kieran, aún con ella entre sus brazos, comentó:

—Necesitamos intimidad y en la tienda es imposible. Vamos al lago.

—Pero hace frío —se quejó Angela.

—Coge ropa limpia y sígueme.

Sin perder tiempo, ella le hizo caso. Kieran la agarró de la mano con fuerza y, tras salir de la tienda, mirando a Louis, dijo con firmeza:

—Mi mujer y yo vamos al lago a asearnos. No tardaremos.

Louis asintió y él, montando en su caballo, alzó a Angela y la sentó delante de él. Cabalgaron sin decir nada hasta un recodo del lago. Una vez allí, tras desmontar, Kieran se quitó las botas y, mirando a Angela, le advirtió:

—Será mejor que te quites ese atuendo para bañarte.

Olvidándose del frío y, tan deseosa como él, hizo lo que le decía y, con algo de pudor, se quitó las botas y los pantalones de cuero. Kieran, que se había desnudado a toda velocidad, al ver que ella, cohibida, no se quitaba la camisa, sonrió y, cogiéndola de la mano, la animó:

—Vamos al agua.

Ambos entraron entre risas y Angela gritó al sentir lo fría que estaba. Intentó zafarse de su mano, pero Kieran no lo permitió y, tirando de ella, la sumergió totalmente en el agua. Durante un buen rato, los dos jugaron como chiquillos, haciéndose ahogadillas y cosquillas. Se rieron como llevaban tiempo sin hacer. Cuando se relajaron, con mimo, se lavaron las respectivas cabelleras, mientras hablaban con tranquilidad.

Esos momentos tan íntimos entre los dos eran algo nuevo y les gustó. Sin duda, lo pasaban bien cuando estaban juntos, y Kieran dijo:

—Me divierte estar contigo, Angela.

Encantada de oírlo decir eso, respondió:

—Me gusta saberlo, Kieran.

Cogiéndola entre sus brazos para que no se escapara, la miró y, sin poder evitarlo, preguntó:

—Tú fuiste la mujer que salvó a Aiden McAllister de los lobos, ¿verdad?

Angela sonrió e inquirió:

—¿Qué quieres saber verdaderamente, Kieran? —Él no contestó. Tenía miedo a preguntar nada más y ella afirmó—: Sí, fui yo. Pero sólo hice lo que dices. Entre nosotros no hubo nada más y, si me conoces, sabes que soy sincera y no te miento.

Él, atraído como por un imán, mirando a la tentadora mujer que tenía delante, afirmó:

—Sabía que eras tú. Ninguna otra loca cabalgaría ante unos lobos para salvar a un desconocido.

Ella sonrió y él, enloquecido, musitó:

—Creo que con la camisa húmeda y pegada, duplicas el deseo que siento por ti.

Angela se miró y suspiró al ver cómo se le marcaban los pechos. Aquello era una completa indecencia, pero misteriosamente, no le importó. Estaba ante su marido y lo que quería era gustarle de mil maneras y aquélla era una de ellas.

—¿Me estás haciendo ojitos, O'Hara?

Kieran sonrió. Y al intuir lo que ella pensaba, no perdió el tiempo y, acercándose, le empezó a desabrochar los botones de la camisa. Extasiada por el momento, no se movió, mientras él, sin quitarle ojo, murmuró al abrirle la camisa y ver sus pechos y sus duros pezones:

—Eres preciosa.

—No tengo los pechos grandes.

Al entender a lo que se refería, respondió:

—Tus pechos son simplemente perfectos.

Encantada por el cumplido, se atrevió a preguntar:

—¿Te parezco bonita?

Él tragó el nudo que se le hizo en la garganta. Acostumbrado como estaba a disfrutar del sexo con cientos de mujeres, de pronto estaba nervioso como un chiquillo. ¿Qué le ocurría? Angela era una delicia y era su mujer, ¡suya y de nadie más! Ese sentimiento de propiedad le gustó y contestó:

—*Mi cielo*, claro que me lo pareces.

—Acabas de decir una palabra dulzona cuando no tenías por qué.

Kieran sonrió y, conmoviéndola, susurró:

—Sólo tú eres y siempre serás mi cielo.

Esa respuesta a Angela le gustó y en cierto modo la emocionó. ¿Se estaría enamorando Kieran de ella? Al levantarla entre sus brazos, sintió su duro pene flotando en el agua y, jadeando, confesó:

—Te deseo, Kieran.

—Y yo a ti, Angela.

Se besaron y, de pronto, separando su boca de la de él, ella dijo:

—No quiero hijos.

Kieran sonrió y, sin importarle lo que decía, murmuró mimoso:

—Ahora no pienses en eso y disfrutemos, mi vida.

Sin querer que ella se enfriara, con una mano le acarició la cara interna de los muslos y Angela se estremeció. El deseo que sentían era devastador, ardiente, mutuo. Besó los hombros de su mujer con dulzura y, al ver que ella se movía en busca de más, colocó la punta de su erecto pene en la entrada de su húmedo y caliente sexo y, dentro del lago, la hizo suya.

Aquella incursión tan apasionada en el interior de su cuerpo la hizo gemir, consumiéndola de pasión, mientras Kieran, sin soltarla, y con actitud posesiva, la apretaba contra su cuerpo y se movía para penetrarla una y otra vez con movimientos lentos y placenteros.

—Oh, Dios, cariño...

—Te gusta, ¿verdad...? Te hago vibrar.

—Eres un engreído, pero me vuelves loca —jadeó ella, echando la cabeza hacia atrás.

Encantado por saber de esa locura, la volvió a penetrar y, con un hilo de voz, murmuró:

—Quiero volverte loca. Quiero darte todo el placer que sea posible y quiero que disfrutes, porque si tú lo haces, mi vida, yo lo hago también.

Con los brazos alrededor de su cuello, Angela se arqueó para recibirlo y gimió de puro goce y éxtasis. El dolor del primer día estaba olvidado y ahora disfrutaba y se movía con descaro contra él para recibirlo una y mil veces más.

Kieran, al notar su entrega, gruñó de satisfacción y, moviendo las caderas, aceleró sus movimientos cada vez más. Cientos de oleadas de placer le recorrían el cuerpo mientras la oía gemir y respirar cerca de su oído y, cuando el clímax les llegó a ambos, Kieran no la soltó. Permaneció con ella entre sus brazos hasta que sus delirantes movimientos se acabaron y, besándola en los labios, dijo:

—No veo el momento de llegar a Kildrummy y tenerte durante varios días para mí solo en mi lecho. Incluso desayunaremos, comeremos y cenaremos en él.

Divertida por sus palabras, Angela se rio.

—¿Y tu madre no se escandalizará?

—Lo sabremos cuando llegue el momento —respondió él.

El croar de unas ranas los sacó de su ensoñación y Kieran caminó con ella en brazos hacia la orilla, donde, tras arroparla con un plaid para que no cogiera frío, la secó y le entregó la ropa limpia que había llevado. Una vez Angela se vistió, él se secó también y se vistió, y felices y juntos regresaron al campamento.

41

A partir de ese día, la relación entre Kieran y Angela cambió radicalmente.

El laird de los O'Hara estaba en todo momento pendiente de su encantadora esposa y, feliz, observaba cómo aquella pelirroja hacía caer rendidos a sus pies a sus guerreros con su audacia y su simpatía.

Angela sabía manejar a aquellos fieros highlanders de una manera que lo sorprendió y, aunque en ocasiones tenía celos al verla hablar con ellos hasta altas horas de la madrugada, privándolo de su compañía, decidió no decir nada. Él fue quien impuso lo de nada de reproches ni de exigencias.

Cuando llegaron a una pequeña ciudad llamada Kilmarnock, Kieran, deseoso de más intimidad con ella antes de llegar a Stirling, decidió hacer noche en una bonita y cara posada, cercana a la iglesia.

Angela y Iolanda entraron felices en el lugar. Era precioso. Por fin, después de varios días, se podrían asear en condiciones. Tras hablar con el posadero y éste saber que era el laird Kieran O'Hara, rápidamente les dio tres de las mejores habitaciones. Una para el matrimonio, otra para Iolanda y otra para Louis y Zac. El resto de los guerreros acamparon en las afueras.

Al entrar en aquella habitación, Angela la miró con deleite. Cualquier cosa era más nueva y reluciente que lo que tenía en Caerlaverock, y entonces vio algo que llamó su atención.

—Madre mía, qué bonita bañera.

Kieran, mirando lo que ella señalaba, asintió y murmuró divertido:

—Sí. Y bañarse en ella tiene que ser una gozada.

De pronto, llamaron a la puerta y, al abrir Kieran, la mujer del posadero entró seguida por seis muchachos fornidos que debían de ser sus hijos y rápidamente llenaron la bañera con varios cubos de agua caliente.

Una vez salió el último muchacho, la mujer se dirigió a Angela y, entregándole un trozo de jabón sin estrenar, dijo:

—Mi señora, acepte este jabón perfumado que hago yo misma.

—Gracias —contestó ella, cogiéndolo—. Huele muy bien.

Con una encantadora sonrisa, la mujer cuchicheó:

—La bañera está impoluta. Yo misma me encargo de limpiarla. Por cierto, mañana es día de mercado y en la plaza al lado de la iglesia ponen unos puestos muy atractivos, por si quieren visitarlos.

Kieran, sacándose unas monedas de la camisa, se las entregó a la mujer y, cuando ésta se marchó feliz, cerró la puerta y comentó:

—Ya sabes, la bañera está impoluta.

Encantada, Angela olió el jabón. Olía a manzana y eso le gustó. Sin decir nada, se acercó a la bañera y metió una mano en el agua caliente.

—Me voy a dar un estupendo baño —murmuró.

Al oírla, Kieran se sintió excluido y, sin decir nada más, salió de la habitación.

Angela, al verlo, no dijo nada y tras cerrar él la puerta, suspiró. No le entendía. Tan pronto estaba encantador con ella como la rehuía. Sacó de su bolsa un camisón limpio y se quitó la ropa. Estaba sucia del polvo del camino, pero no podía lavarla. La necesitaba para el día siguiente y no disponía de más.

Desnuda, cogió una cinta de cuero, se cogió el pelo y se hizo una coleta alta. Después, con el jabón en la mano, se metió en la bañera y, tras comprobar que el agua no quemaba demasiado, se sumergió en ella.

Cuando se sentó, un largo y profundo suspiro salió de su boca y musitó:

—Qué placer.

Permaneció un rato con los ojos cerrados, mientras el agua caliente la cubría hasta el cuello. Aquel lujo era algo que en su hogar pocas veces se había podido permitir. Sólo había una bañera y, por norma, su padre era quien la usaba.

Estaba ensimismada en sus pensamientos, cuando la puerta de la habitación se abrió. Al mirar, vio que se trataba de Kieran. Cuando cerró se quedó en la puerta y dijo:

—¿Me puedo bañar contigo?

Encantada, Angela asintió.

—Nada me gustaría más.

Sin perder un minuto, él se comenzó a desnudar ante la atenta mirada de ella y, al sonreírle con descaro, Angela murmuró:

—Sigues siendo un engreído.

Kieran, complacido con aquella mirada, respondió:

—Habló la llorona.

Desde que había salido por la puerta, había permanecido apoyado en la pared del pasillo, pensando qué hacer, y al final decidió volver a entrar. Quería estar con Angela y disfrutar de la intimidad que aquellas cuatro paredes les ofrecían.

Se metió en la bañera y se sentó detrás de ella. Sin decir nada, Angela se dejó mover y, cuando lo oyó gemir de placer al sumergirse en el agua caliente, inquirió:

—¿Por qué te has marchado?

Kieran, acercando la espalda de ella a su pecho, contestó:

—Creía que te apetecía bañarte sola.

Angela miró hacia atrás y dijo con coquetería:

—Pues me alegra decirte que me gusta más bañarme contigo.

Él sonrió y, asiéndola de la cintura, le dio la vuelta para ponerla mirando de cara a él. Sus pequeños pechos húmedos quedaron ante su cara y, mirándoselos, susurró:

—A cada instante me pareces más tentadora.

Excitada al sentir su duro pene entre las piernas y segura de sí misma, Angela musitó:

—Me gusta ser una tentación para ti.

Kieran, loco de deseo por lo que aquella pelirroja le hacía sentir, comentó:

—Me he casado contigo, ¿qué más pretendes?

Quiso decir que enamorarlo tanto como lo estaba ella, pero en vez de eso, respondió con voz mimosa:

—Nada que tú no desees.

Kieran sonrió y, pasándole las manos por la espalda húmeda, dijo:

—Angela, soy un hombre al que no le gustan las ataduras. Siempre he valorado mi libertad e independencia. Pero tú me atraes y me gustas mucho.

—Tú también me gustas —respondió, incrédula ante lo que acababa de decirle—. El amor no se planea, Kieran. El amor surge o no surge. No debes forzarlo.

Acariciándole el pelo con delicadeza, ensimismado en su belleza, convino:

—Lo sé, preciosa... lo sé.

Feliz por ver por primera vez algo de sentimientos en él, Angela expuso:

—En este instante, si tú estás aquí es porque has decidido estar, y si yo estoy aquí contigo en esta bañera, es porque quiero. Nadie nos obliga.

Kieran asintió y, acercando su boca a la de ella, murmuró antes de besarla:

—Tú lo has dicho... nadie nos obliga.

Con mimo, tomó sus labios y posteriormente metió la lengua. Su sabor era maravilloso y, enloquecido, la devoró con pasión. Una vez finalizó el dulce y arrebatador beso que a ambos les erizó la piel, él agarró la cinta con la que ella se sujetaba el pelo y, quitándosela, dejó que la cabellera le cayera en cascada sobre los hombros.

—Te voy a hacer el amor —susurró en tono íntimo.

Hechizada, ella negó con la cabeza y, acercando su boca a la de él, lo besó y, cuando se apartó de su boca, cuchicheó:

—Te equivocas.

—¿Me equivoco? —rio Kieran.

Angela, encantada con aquel bonito momento, paseó su nariz por la de él y murmuró:

—Te equivocas, porque seré yo quien te lo haga a ti.

—Eres una descarada, Angela O'Hara —contestó él sonriendo.

Ella rio.

—Lo sé y me congratula ver que te gusta mi descaro.

Arrebatado por dicho descaro, sintió cómo se ponía de rodillas en la bañera, le agarraba el pene con la mano y, colocándoselo en su húmeda vagina, sin él moverse, poco a poco se fue empalando mientras gemía y cerraba los ojos.

—Me vuelves loco, tesoro. Me haces perder la razón.

Angela abrió los ojos y, tras un nuevo gemido, respondió:

—Pierde la razón conmigo... sólo conmigo.

Kieran, al escucharla y sentir su estrechez, jadeó y, parándola, dijo:

—Esta noche la vamos a disfrutar tú y yo. Bajaremos a cenar y después regresaremos juntos para continuar disfrutando el uno del otro, ¿entendido, torpona?

Angela sonrió y, moviendo las caderas para darle placer, replicó:

—Nada me apetece más, engreído.

Después de una tarde llena de sexo, besos y confesiones que a ambos les tocaron el corazón, bajaron a cenar y, varios de los guerreros O'Hara que estaban allí comiendo, al verlos les hicieron hueco en su mesa.

Kieran y Angela sonreían felices mientras se encaminaban hacia allá, hasta que él vio a Aiden McAllister y la sonrisa se le borró. Angela, al darse cuenta, le apretó la mano con fuerza y susurró:

—Tranquilízate. Él también querrá disfrutar de la fiesta de clanes.

Kieran asintió y Angela, invitada por Iolanda y varios guerreros de su marido, se apartó de él y se sentó. La joven le aconsejó que pidiera asado.

Angela lo hizo y, segundos después, comenzó a bromear con los guerreros de Kieran que estaban sentados a su alrededor.

Éste, que estaba hablando con Louis, al ver a su mujer rodeada de sus hombres, maldijo en silencio. Sabía que podía levantarlos a todos para sentarse él, pero decidió no hacerlo. Si Angela no lo pedía, no sería él quien lo hiciera.

Finalmente, se sentó junto a Louis y Zac y comenzó a comer charlando con ellos.

Al cabo de un rato, la puerta de la posada se abrió y entraron varias mujeres. Al mirarlas, Angela y Iolanda supieron que no eran prostitutas y se relajaron. No había nada que temer.

Con curiosidad y disimulo, Angela observó a Kieran y vio que saludaba a algunas de aquellas mujeres con cortesía y después volvía con Louis y Zac. Eso a Angela le gustó. Pero la sonrisa se le borró de la boca cuando entró otro grupo de mujeres y una de ellas dijo:

—Kieran O'Hara... qué alegría encontrarnos de nuevo.

Esta vez, él no se levantó, sino que la mujer fue hasta él y se sentó a su lado y pronto comenzaron a bromear.

—Si yo fuera tú —cuchicheó Iolanda—, me acercaba a ellos y le arrancaba los pelos a esa desvergonzada que ríe y se pavonea como una gallina clueca.

Ganas a Angela no le faltaban y más tras la tarde de pasión que había pasado con Kieran, pero negando con la cabeza, respondió, segura de lo que iba a hacer:

—No hace falta que haga eso, cuando me acerque a Kieran, él me seguirá.

Con un aplomo que a Iolanda la sorprendió, Angela caminó hasta su marido y, pasándole una mano por el cuello, preguntó, atrayendo su mirada:

—¿Ya has terminado de cenar?

Kieran, al verla, sonrió.

—Todavía no.

—¿Te queda mucho?

La mujer que estaba hablando con Kieran le retiró de la frente un mechón de pelo, y él le indicó:

—Angela, ve con Iolanda, todavía no he terminado y estoy hablando con la encantadora Pipa McDurton.

¿Encantadora?

Sin moverse de su sitio, ella fue a recordarle lo que él había dicho sobre la noche de pasión que iban a tener, cuando Kieran, en un tono de voz que a ella le molestó, insistió:

—Ve con Iolanda. Enseguida iré.

Ella asintió con una temblorosa sonrisa, pero aquello la había humillado y, cuando llegó a la mesa, informó a Iolanda:

—Estoy cansada. Me retiro a mi habitación.

—Yo también —contestó la joven, levantándose.

Con paso decidido, ambas abandonaron el comedor de la posada y, al llegar a sus respectivas habitaciones, se despidieron hasta el día siguiente.

Una vez Angela cerró la puerta, se apoyó en ella.

¿Cómo podía Kieran tratarla así delante de otra mujer? ¿Cómo podía sonreírle a la otra, delante de ella? ¿Cómo podía ser tan cruel?

Con decisión, se comenzó a desnudar y, cuando vio la bañera aún llena, con el agua ahora fría, se acercó y murmuró:

—Angela, eres una tonta. Déjate de dulzones cuentos de amor y no olvides eso de sin exigencias ni reproches.

Tomando aire, terminó de desnudarse y finalmente se acostó.

Pensó en su hogar en Caerlaverock y en su padre, en todas las personas que había perdido, y lloró. Los echaba tanto de menos... De pronto, la puerta de la habitación se abrió. Era Kieran y, para que no la viera llorando, hundió la cara en la almohada y se hizo la dormida.

Él entró con sigilo, se desnudó y, cuando se metió en la cama, dijo:

—Sé que estás despierta. No disimules.

Angela se movió y Kieran, cogiéndola entre sus brazos, le dio la vuelta y, al verle los ojos rojos, preguntó preocupado:

—¿Qué ocurre?

—Nada.

—Por nada no se llora.

—¡Yo no he llorado!

—Tus ojos no dicen eso, Angela. Cuéntamelo.

Incapaz de callar lo que la quemaba por dentro, levantándose de la cama gritó:

—¿Cómo me has podido tratar con tanta frialdad delante de esa mujer? Ni siquiera me has presentado como tu esposa.

—Tienes razón, pero...

—Habías prometido que regresaríamos tras la cena para... para... ¡Oh, Dios, eso ya no importa!

—Angela, ¡basta ya! Aquí estoy. Pipa es una amiga que...

—¿Y por qué si es sólo una amiga, me has echado de vuestro lado?

Ese reproche provocó un incómodo silencio en la habitación. Kieran la entendió. No había procedido bien. Pero si la había echado de su lado, era porque con Pipa, siempre que se encontraban, se acostaban, y no quería que Angela escuchara lo que le tenía que decir. Pero al ver su gesto, explicó:

—Le estaba diciendo a Pipa que ya tenía la noche reservada contigo.

Al entenderlo, Angela resopló y dijo:

—Esa mujer y tú erais amantes.

—Sí, Angela, sí.

Tras un tenso silencio, ella preguntó:

—¿En serio quieres saber qué me pasa?

—Por supuesto.

—Estoy segura de que no te gustará escucharlo.

—Aun así, quiero saberlo.

Ella asintió y, sin importarle nada, reconoció:

—Estoy celosa. No sé cómo puedes decirme esas cosas tan bonitas y maravillosas que me dices cuando me haces el amor y luego sonreírle como un tonto a esa o a cualquier otra mujer. —Kieran la miró sin decir nada y ella prosiguió—: Sé que lo nuestro no es verdadero, que es un falso matrimonio. Y aunque a veces me haces creer lo contrario por cómo me besas o reclamas mis atenciones, no debo seguir engañándome a mí misma, ¿verdad?

—Por el amor de Dios, Angela, ¿qué estás diciendo?

—Es muy sencillo, Kieran. Te estoy diciendo que estoy enamorada de ti. —Y antes de que él pudiera decir nada, continuó—: Tú no me quieres, me deseas porque soy una descarada, pero nunca me querrás. Y nunca me querrás porque no soy como la Sinclair, que con su belleza, como tú dices, podría ser «el capricho de cualquier highlander».

—Angela, no sigas.

—Oh, sí. He de seguir. Ya no puedo parar. Te he abierto mi corazón y, olvidándome de sin exigencias ni reproches, me he enamorado de ti, y ahora lo que me queda es sufrir por amor, como anteriormente lo hizo mi padre y mis hermanas.

—Angela...

—Pero la diferencia entre ellos y yo es que yo sí conseguiré olvidarte.

Descolocado y sin saber qué decir ante todo lo que ella le acababa de revelar, tocó la cama y le ordenó:

—Ven aquí.

—¡No!

—Ven aquí, Angela.

—He dicho que no. No quiero dormir contigo. Y deja de mirarme así. Me avergüenzo de mi descarado comportamiento cada segundo que estoy contigo y me abochorno de lo que acabo de confesar, y más cuando yo acepté las condiciones de nuestra boda. Y... y... aquí estoy, reprochándote cosas que no debería y... y... ¡Oh, Dios! Pero ¿qué te estoy diciendo?

Sin saber por dónde comenzar, Kieran quiso decirle que él también sentía algo muy especial por ella, pero al ver su desesperación, se levantó de la cama y, mientras se vestía, dijo:

—Angela, para. No sigas.

Ella lo miró desesperada y, llevándose las manos a la cabeza, prosiguió:

—Me sonríes, me halagas, me buscas y me besas con auténtica pasión y luego, cuando aparecen otras mujeres, te olvidas de mí y...

—No sabes lo que dices —siseó—. Estoy aquí contigo, no con ella.

—¿Tengo que entender que cuando estás con ellas a solas, las tratas igual que a mí? ¿Es eso, Kieran?

—Cállate, Angela... cállate.

Con gesto impasible, ella se acercó a él y dijo:

—Siempre te ha gustado mi sinceridad, ¿por qué ahora no quieres escucharla?

Cuando terminó de vestirse, incapaz de aguantar un segundo más, Kieran explotó:

—Yo también fui sincero contigo desde el principio. Te dije que sin exigencias ni reproches. Dejé claro lo que quería, pero tú, como siempre...

—¿Es malo decirle a alguien que te has enamorado de él? ¿O el problema es que te molesta saber que yo siento por ti algo que tú en tu vida sentirás, ni por mí, ni por nadie?

Ver el dolor en sus ojos mientras le mostraba sus sentimientos, lo descolocó. Claro que él sentía algo especial por ella, pero era incapaz de reconocerlo.

—Cada día lamento más haberte obligado a casarte conmigo.

—No me obligaste —replicó al escucharla.

Angela, con una sonrisa que a él no le gustó, afirmó:

—En cierto modo, sí lo hice y... y ya no puedo más. Quiero irme. Quiero alejarme de ti. Repúdiame y...

—No digas tonterías —la cortó—. ¿Cómo voy a hacer eso? ¿Estás loca?

—Kieran, estoy enamorada de ti y necesito olvidarte o me volveré loca.

Él negó con la cabeza. No podía repudiarla ni alejarla y al ver la determinación en sus ojos, expuso:

—Cuando nuestra unión de manos acabe, te dejaré marchar. Mientras tanto, no vuelvas a hablar de ello. Eres mi mujer, Angela. No lo olvides.

Y, sin decir nada más, ofuscado, Kieran se marchó. Angela se quedó mirando la puerta y con rabia masculló:

—Me olvidaré de ti.

42

A la mañana siguiente, tras una noche en la que Angela no pudo dormir, bajó al comedor, donde Iolanda estaba desayunando cerca de Louis. Cuando el highlander la vio llegar, le sonrió y, rápidamente, le cedió su asiento.

—Buenos días, Angela —la saludó Iolanda.

—Buenos días —respondió ella, mirando alrededor. Allí no estaba Kieran.

—Gracias a Dios que has venido —exclamó la chica—. Hoy he intentado ser más amable con Louis y ya no se ha separado de mí. Quiere llevarme al mercado y, aunque le he dicho mil veces que no, él no para de insistir.

Cansada del tira y afloja de aquellos dos, tan parecido al que en cierto modo ella había mantenido con su marido, contestó:

—Iolanda, este hombre está intentando disculparse de todas las formas posibles, ¿cuándo lo vas a perdonar?

—Buenos días, Angela.

Al volverse, se encontró con Aiden McAllister. En esta ocasión no se le acercó y ella se lo agradeció.

Kieran entró instantes después y preguntó:

—¿Has terminado de desayunar? —Angela negó con la cabeza y él dijo con gesto serio—: Termina, aún nos queda un día duro por delante.

Cuando Iolanda y ella salieron fuera, los guerreros O'Hara las esperaban. Tras recibir algunas sonrisas por parte de ellos, prosiguieron su camino.

El día fue en efecto duro y devastador. Kieran no paró a descansar ni un segundo, y cuando llevaban gran parte del día sobre el caballo, Angela le murmuró a Iolanda:

—Tengo las posaderas acartonadas.

La joven sonrió y comentó de pronto:

—Mira, parece que tu marido te ha oído y por fin ordena parar.

Encantada al oír eso, Angela bajó de su yegua y, tras dejársela a uno de los guerreros de Kieran, dijo mirando a Iolanda:

—Enseguida vuelvo. He de ir tras los árboles un instante.

La muchacha asintió y Patrick, el médico, se acercó a ella y comenzaron a hablar.

Deseosa de un poco de soledad, Angela se alejó a grandes pasos hasta un pequeño río, donde se lavó las manos y la cara y, cuando se levantó, oyó decir a Kieran:

—¿Se puede saber qué haces tan lejos?

—Tranquilo, no me escapaba. Sólo buscaba un poco de intimidad.

Él respondió molesto:

—No puedo estar todo el día pendiente de ti. ¿Acaso no lo sabes?

—¿Te he pedido yo que estés pendiente de mí? —replicó, sosteniéndole la mirada. Y al ver que él no respondía, con una fría sonrisa murmuró—: Que te dijera que sentía algo por ti no significa nada. No me hace tonta, ni torpe. Por lo tanto, tranquilo, que puedo continuar viviendo y respirando sin ti.

—Está claro que tu padre no te enseñó educación.

—Educación no me falta —siseó ella con rabia.

Kieran, con gesto hosco, se retiró el pelo de la cara y replicó:

—Angela, soy un hombre paciente, y lo sabes, pero no juegues con ello o la paciencia se me acabará y tendré que tomar medidas que quizá no te gusten.

Sin amedrentarse, ella gritó:

—¡Quizá yo desee que tomes esas medidas, para que dejes de contar los días que faltan para que finalice nuestro enlace!

—¿De qué hablas?

Cansada de disimular, lo miró de frente.

—Repúdiame. Si lo hicieras, me podría marchar ahora mismo.

Me alejaría de ti y tus problemas conmigo se habrían acabado. Tú serías libre de nuevo y podrías unir tu vida a la de la encantadora Susan Sinclair.

—No me tientes, Angela... no me tientes.

Desesperada por su frialdad, gritó:

—¡No me quieres, no me necesitas! Soy una carga y un problema para ti. ¿Por qué estar juntos cuando ambos podemos rehacer nuestras vidas por separado?

De pronto, de manera inesperada, cuatro hombres salieron de la oscuridad y uno de ellos dijo:

—Angela Ferguson, te estábamos buscando.

Sin entender nada, ella los miró. Aquellos cuatro hombres, de aspecto sucio y desagradable, llevaban una espada en la mano y Kieran, al ser consciente del peligro que corrían, agarró a Angela, la puso detrás de él para protegerla y preguntó:

—¿Qué queréis?

El que parecía el cabecilla, poniendo la espada en el pecho del laird, respondió:

—A ella. Alguien la busca en Edimburgo.

—¿Quién osa llevarse a mi mujer? —siseó Kieran, furioso.

Los villanos se miraron y otro de los hombres contestó:

—Rory Steward, ¿lo conocéis?

El rostro de Angela se descompuso y Kieran, al recordar al esbirro de Cedric Steward que escapó, llevándose la mano a la espada, los amenazó:

—Si le ponéis una mano encima a mi mujer, os mato.

El cabecilla soltó una risotada, al tiempo que Kieran desenvainaba la espada y empujaba a Angela hacia atrás para luchar con ellos. Ella sólo llevaba la daga de su bota, pero cuando fue a sacarla, uno de los hombres la agarró por detrás y la inmovilizó, mientras le tapaba la boca para que no chillara.

Despavorida, observaba cómo Kieran luchaba con gallardía por ella sin descanso. Se defendió del ataque implacable hasta que uno de ellos le hizo un corte en el costado que lo dobló. Pero su pundonor y la furia que sentía no lo dejaron ceder y siguió combatiendo con todas sus fuerzas.

Angela los miraba aterrorizada y sin poder hacer nada. Kieran estaba malherido. Sólo había que ver cómo la camisa blanca que llevaba debajo de la chaqueta negra se le iba empapando de sangre. Intentó zafarse del que la sujetaba, pero sólo consiguió que éste la golpeara con dureza.

Kieran, al ver aquello, blasfemó y su angustia redobló sus ansias de lucha. Así estuvieron un buen rato, hasta que él perdió fuerza y cayó al suelo. Al verlo, el cabecilla levantó la espada para clavársela directamente en el corazón, pero Angela, mordiendo la mano del hombre que la sujetaba, gritó:

—¡No lo hagas!

El que tenía la espada en alto, la miró y preguntó:

—¿Por qué? ¿Por qué no he de matarlo?

Inmovilizada por otro de los hombres, miró a Kieran y contestó:

—Iré con vosotros. No ofreceré resistencia. Te lo prometo.

—No, Angela —murmuró Kieran con gesto de dolor.

El otro, no muy convencido de lo que ella decía, levantó de nuevo la espada y Angela volvió a gritar:

—Rory no sabe que en Edimburgo están las joyas de mi madre. Os llevaré hasta ellas antes de que me llevéis ante él y no le diré nada. Pero sólo lo haré a cambio de que nos marchemos ahora mismo y no lo matéis.

Aquello a los hombres les gustó y, tras hacerle una señal al que la sujetaba, éste la soltó y ella corrió hacia Kieran, arrodillándose junto a él.

—¿Qué estás haciendo, Angela?

Consciente de que debía alejar a aquellos hombres de su marido para que no lo matasen, con toda la firmeza que pudo, contestó:

—Íbamos a separarnos de todas formas, ¡qué más da!

Él musitó desde el suelo:

—Eso es mentira y nunca lo permitiría. Eres mi mujer y no quiero separarme de ti, maldita sea.

Emocionada por lo más parecido a una declaración de amor que él había hecho nunca, lo besó. Demasiado tarde, pero al fin había escuchado aquellas bonitas palabras de Kieran O'Hara. Con disimulo, se quitó el brazalete de su madre y se lo metió a él en el bolsillo de la camisa. Prefería que lo tuviera Kieran a que cayera en manos de aquellos maleantes y, acercándole la boca al oído, dijo:

—Te quiero, Kieran O'Hara, y no voy a permitir que mueras por mi culpa.

—Angela —susurró él, desesperado por no poder moverse—. No lo hagas. No te muevas de aquí.

Uno de los villanos le dio a Angela un manotazo en la espalda que la tiró sobre Kieran y masculló:

—Debemos marcharnos. Vamos, levanta y guíanos hasta esas joyas.

Preocupada por dejarlo así, pero ansiosa por separarlos de él, Angela se levantó. Uno de ellos le pasó una cuerda por el cuello y dio un tirón. Ella tropezó y cayó de bruces. Kieran maldijo al ver la sangre en su boca, pero con un gesto, ella lo tranquilizó.

Sin dejar de mirarlo, Angela se levantó del suelo, se llevó una mano a los labios, después se la llevó al corazón y finalmente le tiró un beso, mientras con los ojos anegados de lágrimas, decía:

—Adiós.

Kieran intentó moverse, intentó levantarse, pero cayó de nuevo al suelo. Furioso, la llamó. No podía permitir que se la llevaran. Era su mujer. Su responsabilidad. Desesperado, gritó su nombre, mientras ella, sin dejar de llorar, caminaba y lo oía bramar con furia:

—Te encontraré... siempre te encontraré.

43

Louis, molesto al ver a Iolanda hablando con Patrick, no les quitaba la vista de encima. Le encantaría ser él quien la hiciera sonreír de aquella forma, pero ella no le perdonaba su tonto error.

Entrada la noche, Louis se percató de que ni Kieran ni Angela andaban por el campamento y, acercándose a Patrick y Iolanda les preguntó:

—¿Sabéis dónde están Kieran y Angela?

—No —respondió Patrick.

Iolanda fue a decir algo, cuando de pronto oyeron que Zac los llamaba. Al acercarse, vieron horrorizados que varios highlanders traían a Kieran malherido.

—Dios santo —murmuró Louis, al ver la sangre.

Todos se miraron incrédulos y Patrick, que fue corriendo hacia él, les ordenó ponerlo sobre una manta y, mirando a Louis, dijo:

—Ayudadme a quitarle la camisa.

Con cuidado, lo hicieron entre todos y, al quitársela, el brazalete de Angela cayó al suelo. Iolanda, al verlo, lo cogió y, mientras los hombres hablaban e intentaba entender lo ocurrido, miró a Louis y preguntó:

—¿Y Angela?

Willian Shepard y sus hijos se acercaron alertados por la algarabía, y al ver a Kieran de aquella manera, Aston inquirió:

—¿Dónde está Angela?

—No lo sabemos —respondió Zac preocupado.

La tensión subía por momentos. Todo el mundo especulaba y Iolanda, al escuchar ciertas cosas, gritó con dureza:

—¡No ha sido Angela quien lo ha herido!

—Claro que no —la apoyó Louis.

—Por supuesto que no —afirmó William, aún con la espada en la mano.

Louis, una vez tranquilizó a los guerreros O'Hara, les ordenó buscar a Angela por los alrededores, luego se acercó a Iolanda y con voz dulce murmuró:

—Tranquila, la encontraremos.

Patrick, tras poner una cataplasma de hierbas bajo la nariz de Kieran, consiguió que éste reaccionase y, después de beber un vaso de agua, musitó:

—Louis, Angela...

—¿Qué ha ocurrido?

Incorporándose a pesar del terrible dolor de la herida, explicó:

—Unos hombres nos han atacado cuando estábamos en el bosque... A Angela se la han llevado.

William suspiró aliviado y, mirando a algunos highlanders, dijo:

—Sabía que mi muchacha no te había hecho eso.

—Por supuesto que no lo hizo —replicó Kieran—. Me ha salvado la vida inventándose una locura de que les diría dónde están las joyas de su madre en Edimburgo.

Al oír eso, William lo miró y contó:

—Años atrás, para sobrevivir, el padre de Angela me hizo llevar a un prestamista de Edimburgo las joyas de su mujer. Siempre dijo que regresaría a buscarlas algún día. Pero... bueno... nunca fue posible.

Desesperado, Kieran intentó moverse. El dolor era agudo e insoportable, pero más terrible era el dolor que sentía en el corazón.

—¿Sabes quiénes eran esos hombres? —le preguntó Louis.

—Enviados de Rory Steward —contestó él furioso.

Iolanda, al recordar aquel nombre, se tapó la boca y Kieran, que consiguió levantarse, resolvió:

—Debemos partir inmediatamente para buscarla.

Louis, preocupado, susurró con voz suave:

—Kieran, no estás en condiciones.

Él miró a su amigo y afirmó:

—Iré a buscarla al mismísimo infierno.

Zac, acercándose a él dijo:

—Descansa. Te prometo que la traeremos.

Estirándose con el semblante arrugado por el dolor, Kieran O'Hara bramó:

—He dicho que iré a por mi mujer y mataré a esos hombres.

Iolanda, que hasta el momento había permanecido callada, al ver su determinación, se acercó a él y, entregándole el brazalete de la piedra verde de Angela, susurró:

—Traedla de vuelta, mi señor.

Kieran asintió, se llevó el brazalete a los labios, lo besó y, mirando a Louis, ordenó:

—Trae mi caballo.

Instantes después, tras montar pasando un auténtico calvario, todos espolearon sus caballos y salieron al galope, mientras Kieran sólo pensaba en su mujer y en encontrarla sana y salva.

44

A mitad de camino, unos hombres interceptaron a los que llevaban a Angela y, sin mediar palabra, los atacaron y les dieron muerte. Ella, sin saber quiénes eran, los miró y uno, acercándose, saludó:

—Hola, Angela... No veía el momento de volver a verte.

La luz de la luna iluminó su rostro y pudo ver que se trataba de Rory Steward. Él, al percatarse de su desconcierto, sonrió y, acercándose más, le tocó el muslo y siseó:

—Esta vez no te escaparás.

—¡No me toques! —gritó ella, moviéndose.

Rory, al ver la soga que llevaba al cuello y la dificultad que tenía para moverse, rio y dijo:

—Harper y Otto murieron por ti, y yo me vengaré por ellos.

—Mi marido te matará, Rory, ¡te lo aseguro!

—¿Tu marido? ¿Acaso no está muerto?

Con una sonrisa helada, ella negó con la cabeza y contestó:

—Nos encontrará y te matará.

El hombre blasfemó. La orden era matar a Kieran y secuestrar a Angela, por lo que, sin tiempo que perder, montó en el caballo, la subió a ella y huyeron al galope. Debían alejarse de allí.

Angela, con el corazón encogido, temblaba de frío y preocupación. Saber que había dejado a Kieran malherido en medio del bosque y no había podido hacer nada por él la mortificaba.

Sólo disponía de la daga que llevaba en la bota para defenderse, pero con las manos atadas le era imposible alcanzarla.

Cada vez que bajaban una empinada colina y comenzaban a subir otra, era consciente de cuánto se alejaba de Kieran y estaba más angustiada por momentos.

Amanecía, el cielo se aclaraba y el paisaje que se extendía frente a ellos hizo que Angela al fin pudiera respirar. De pronto, el caballo en el que iban se cayó al cruzar un arroyo y se rompió una pata.

Tras rodar por el suelo, Rory se levantó y siseó:

—Maldito caballo.

El animal relinchaba con fuerza y, de un tirón de la cuerda, apartó a Angela de él. Dolorida por el golpe blasfemó e intentó sacarse la daga de la bota, pero no lo consiguió.

Durante un buen rato, aquellos sucios hombres hablaron de robar otro caballo en alguna de las aldeas por las que habían pasado. Una vez tomaron una decisión, uno de ellos, llamado Dreslam, mirándola dijo:

—Id vosotros. Yo me quedaré con ella. Seguro que encuentro con qué entretenerme.

Rory, al escucharlo, se negó.

—Ni hablar. Si alguien la va a poseer, el primero seré yo.

—O yo —afirmó otro, llamado Alec.

Indignada, pero no asustada, Angela los miró mientras pensaba qué hacer. Dreslam y Rory Steward comenzaron a discutir y los otros dos rápidamente entraron en la discusión. Ninguno quería retroceder en busca de un caballo y todos tenían el mismo pensamiento: la mujer.

Sin moverse de su sitio, Angela los observó, consciente de que el tiempo que estuvieran allí parados corría a su favor. Si habían encontrado a Kieran, al menos William, Aston y George habrían salido en su busca.

El hombre más mayor, al que llamaban Ogar, tras mirar a Angela, se sentó en el suelo y comentó:

—Podéis poseer primero vosotros a la mujer. Yo la deseo sin fuerzas y quietecita. Y, por lo que veo, fuerzas tiene todavía.

Los otros la miraron y ella, temblando de frío, se levantó del suelo y siseó:

—Si me ponéis una mano encima, mi marido os matará.

Rory miró a sus hombres y los apremió. Había que ir por un caballo con urgencia para alejarse de O'Hara.

Al verlos desaparecer al galope, rio y, mirando a Angela, murmuró:

—Tú y yo vamos a pasar un buen rato juntos.

Desesperada, miró a su alrededor. Los dientes le castañeteaban e, intentando distraerlo, preguntó:

—¿Cómo sabías que iba a ir a Stirling?

—Fue fácil. Si Kieran O'Hara iba, su mujer lo acompañaría.

Nada más decir eso, Rory la agarró del brazo con brutalidad y la arrastró hasta un árbol.

—¡Suéltame, gusano asqueroso, suéltame! —gritó ella.

Divertido, él la amordazó con un pañuelo y dijo:

—Así dejarás de parlotear.

Angela se movió, intentando darle una patada, pero con la larga cuerda que tenía atada al cuello, Rory rodeó el árbol e, inmovilizándola, siseó:

—Ahora tampoco te moverás.

Enfadada, blasfemó. Pero su insulto quedó apagado por el pañuelo que le rodeaba la boca. Él sonrió y pasándole una mano con lascivia por encima del vestido, murmuró:

—Te voy a hacer entrar en calor.

Y acercándose más a ella, posó las manos sobre sus pechos y, tocándoselos por encima del vestido, susurró:

—Se ven apetitosos y tengo hambre, ¿crees que me saciarán?

Aterrorizada por lo que le decía, intentó moverse, pero le fue imposible. Las manos del hombre le apretaban los pechos, hasta que de pronto se quedó quieto mirándola y cayó de rodillas al suelo.

Angela vio la flecha que lo había atravesado por la espalda y miró al frente. Pero el sol le daba directamente en los ojos y sólo oía el trote de los caballos. Toda ella se puso alerta. Si eran otros ladrones, atada como estaba no se podría defender.

El ruido de los cascos de los caballos era atronador. Debían de ser muchísimos. Y cuando uno llegó hasta ella y el jinete bajó, Angela dio un mudo grito de alegría al ver que se trataba de William.

Sin perder un segundo, él la comenzó a desatar.

—Muchacha... muchacha... qué preocupado estaba por ti...

Todavía amordazada, ella asintió y, al soltarla del todo, William la abrazó.

—Por el amor de Dios, Angela, ¡estás congelada! —Y mirando a su hijo, dijo—: Aston, trae un tartán.

Quitándose con premura el pañuelo de la boca, ella preguntó:

—William, ¿Kieran está bien? Dime que sí, por favor... por favor... Lo dejé malherido y no pude hacer nada y yo...

—Ahora que te he encontrado, estoy muchísimo mejor.

Su voz fue el bálsamo que ella necesitaba y, al volverse y verlo bajar torpemente del caballo, sonrió. Olvidándose de William y de todos los hombres que la rodeaban y miraban, corrió hacia él y, con todo su ímpetu se le echó en los brazos.

Su efusividad hizo que Kieran se encogiera de dolor y, al darse cuenta de ello, Angela lo soltó y murmuró con comicidad:

—Ay, Dios mío... Ay, Dios mío.

—¿Ya estamos con eso? —preguntó Kieran divertido.

Angela se disculpó:

—Te he hecho daño, ¡lo siento!

Él sonrió. Aún recordaba lo que le había dicho al oído antes de marcharse y, cogiéndola de la mano, la acercó a él y, abrazándola con desesperación, murmuró, mientras oía el clamor de sus hombres:

—Abrázame y el dolor sanará.

Zac, que estaba junto a Louis, sonrió al oírlo y murmuró divertido:

—Creo que el fiero guerrero ha caído en la marmita del amor.

Todos rieron y, a una señal de Louis, se alejaron un poco para darles intimidad. Sin duda, la necesitaban.

Angela y Kieran continuaron abrazados hasta que él, al ser consciente de lo helada que estaba, cogió un tartán de su caballo y se lo echó por encima. Angela sonrió y, tras envolverse bien, él la volvió a abrazar.

En su vida había pasado la angustia y la desesperación que la pérdida de Angela le había hecho sentir y, besándole la frente, murmuró:

—Vayas donde vayas... siempre te encontraré... siempre.

Aliviada y feliz, ella asintió y, mirándolo a los ojos, dijo:

—¿Cariño?

—¿Qué?

—Te voy a besar.

Kieran sonrió y, negando con la cabeza, musitó al ver el corte que ella tenía en la boca:

—No, mi cielo, te voy a besar yo a ti, y con cuidadito.

Lo hizo. La besó con dulzura y, cuando sus labios se separaron, Kieran, sin soltarla, le advirtió:

—Vete quitando de la cabeza esa idea de alejarte de mí, porque no lo voy a permitir. ¿Has entendido, Angela?

Ella sonrió y sus labios se volvieron a encontrar de nuevo. Fue un beso corto pero ardiente, posesivo y necesitado. Kieran succionó su lengua con cuidado de no hacerle daño, mientras el disfrute los hacía entrar a ambos a cada segundo más en calor.

Cuando el beso llegó a su fin, las manos de él bajaron hasta su trasero y, al apretárselo para acercarla a él, Angela dio un respingo.

—¿Qué te ocurre? —preguntó él.

Colorada como un tomate, resopló y respondió:

—Me duele horrores.

Él la miró con gesto serio y ella continuó:

—Me he caído de culo varias veces desde el caballo.

—Todos los hombres que osaron alejarte de mí ya están muertos.

Sin un ápice de pena, Angela asintió. Kieran la cogió de las manos y ella dio otro respingo. Sin preguntar, le miró las manos y, al vérselas enrojecidas por el frío y desolladas por las caídas, fue a decir algo, pero ella, levantándose el vestido hasta las rodillas, reveló:

—Las rodillas las tengo igual.

Horrorizado por las condiciones en que estaba, negó con la cabeza y sentenció:

—Nadie te volverá a hacer daño, te lo prometo.

Louis, al ver que se acercaban, sonrió. A Kieran se lo veía más relajado e incluso el color había vuelto a su rostro. Una vez Angela les agradeció a todos su ayuda, montaron en sus caballos y regresaron al campamento.

Al llegar a él, ella suspiró. A pesar de que Kieran le había puesto varios tartanes bajo las posaderas, el dolor había sido insoportable. Al verla llegar, Iolanda corrió hacia ella y, cuando bajó del caballo, rápidamente la abrazó.

—¿Estás bien?

—Sí. Estoy bien.

—Sabía que no habías sido tú. Tú nunca le harías eso a Kieran.

Con una sonrisa, Angela miró a su marido, que las observaba, y murmuró:

—Aunque a veces siento la necesidad de ahogarlo, tienes razón, nunca le haría nada malo.

Kieran sonrió al oírla.

Mientras Patrick curaba de nuevo las heridas de Kieran y Iolanda desinfectaba las manos y las rodillas de Angela, ésta dijo:

—Debe de estar dolorido, cansado y agotado, pero ya sabes, un highlander nunca deja ver su debilidad. —Ambas sonrieron.

Varios guerreros O'Hara se acercaron a Angela para interesarse por su estado y ella los tranquilizó. Kieran miró a su mujer y, al verla rodeada por todos aquellos hombres, torció el gesto, se levantó y se alejó. Iolanda, al darse cuenta, se acercó a Angela y cuchicheó:

—Anda, ve y oblígalo a que se tumbe y descanse.

Angela asintió y, cuando lo alcanzó, lo agarró del brazo y preguntó:

—¿Puedo acompañarte?

Con gesto ceñudo, Kieran la miró.

—Estabas muy entretenida con tanto admirador alrededor.

Ella sonrió y, poniéndose de puntillas, lo besó en los labios.

—El único admirador que me interesa eres tú —afirmó.

Él la miró encantado y ella propuso:

—¿Qué te parece si vamos a descansar un poco a la tienda? Estoy agotada.

Tan cansado como ella, Kieran asintió y, bajo la atenta mirada de muchos ojos, se encaminaron hacia la tienda. Una vez dentro, Angela, tras colocar varias mantas en el suelo, le indicó al ver su gesto agotado:

—Ven, túmbate aquí.

Él negó con la cabeza y se sentó en una especie de taburete.

—Tengo sed —comentó—, ¿me das un poco de agua?

Angela cogió una jarra y se la sirvió presurosa. Él bebió y cuando le entregó la copa, ella se la acabó. Al ver que la observaba divertida, poniéndose de cuclillas a su lado, aclaró:

—Estoy acostumbrada a no tirar el agua. En Caerlaverock estábamos tan escasos de todo que...

—¿Me amas tanto como para haber entregado tu vida por mí?

La pregunta la pilló por sorpresa e, instintivamente, miró hacia arriba.

—No mires al techo y responde —insistió Kieran.

Acalorada, lo miró y, al ver que esperaba una contestación, dijo:

—Sólo un tonto como tú no sabría que te quiero. —Y al ver que levantaba las cejas, rápidamente añadió—: Pero no te angusties, aún recuerdo eso de sin exigencias ni reproches. Tengo muy claro que... ¡Oh, por el amor de Dios! ¿Quieres dejar de mirarme así?

—No puedo —rio él.

—¿Por qué no puedes?

—Porque soy un tonto enamorado de ti, al que le gusta tu descaro, tu sinceridad, cómo te acaloras, cómo sonríes y cómo te enfadas.

—Kieran... —murmuró.

Sin apartar la mirada de la de ella, él preguntó:

—¿Qué soy para ti, Angela?

Al oírlo, se le puso la carne de gallina y, sin poder mentir en algo que para ella era tan importante, respondió:

—Lo eres todo, Kieran.

Conmovido por esas palabras, le cogió la mano, la sentó sobre él, la besó con ternura y, a escasos centímetros de su boca, musitó:

—Yo siento lo mismo que tú por mí. Te quiero, pero no me atrevía a confesarlo. El día que tú te sinceraste conmigo, me quedé tan paralizado que no supe reaccionar y reaccioné mal. No sé si lo hice por pudor o por no dejar que vieras que eres mi debilidad. Pero me arrepiento. Me arrepiento a cada segundo que pasa un poco más.

—Kieran...

—Reconozco que al principio contaba los días que quedaban para que finalizara nuestro enlace, porque no quería estar atado a ti, pero de pronto todo cambió y los contaba para recordarme a mí mismo los días que tenía para decirte que estaba enamorado de ti. Cada vez que discutía contigo, deseaba besarte, cuanto más me empeñaba en olvidarte, más deseaba estar a tu lado, y cuando esos hombres te alejaron de mí, me di cuenta de que, definitivamente, lo eras todo para mí. —La respiración de ambos se aceleró—. Siempre he sentido amor por mi madre, por mis guerreros, por mis amigos, pero lo que siento por ti es inigualable, porque me corta la respiración cuando tú no estás, tengo celos si le sonríes a otro hombre y sólo estoy tranquilo y feliz cuando te tengo junto a mí y te veo sonreír.

Pasmada por aquella increíble declaración de amor que había superado todo lo imaginable, parpadeó. Le hubiera encantado decirle que lo repitiera todo otra vez, palabra por palabra, mirada por mirada, pero sabía que no debía hacerlo. De modo que negó con la cabeza, sonrió y Kieran, consciente de todo lo que había salido de su boca, preguntó:

—¿No tienes nada que decir?

—¿Acabas de decir que tú también me quieres? —le planteó ella.

Acercando su boca a la de su mujer, Kieran asintió:

—Sí, *mi cielo*. Eso he dicho. Bésame.

45

Tres días después, las heridas de Kieran, tras los cuidados y mimos de Angela, estaban mejor. Cuando entraron en Stirling, Iolanda, parapetada tras una capa que Angela le había dejado, observaba con curiosidad el lugar que la había visto nacer y experimentó un extraño regocijo al ver los negocios y a las personas que conocía de toda la vida.

—¿Estás bien, Iolanda? —se interesó Angela.

La joven asintió y, aunque no se dejaba ver por nadie, al pasar por una calle dijo con una sonrisa:

—La tercera puerta a la derecha es la casa de Pedra, donde tiene la tienda de vestidos. Mi casa es la cuarta puerta a la derecha.

Angela miró.

Los guerreros O'Hara se encaminaron hacia el lugar donde habían pernoctado otros años y Kieran, tras ordenarles montar las tiendas, dirigiéndose hacia su mujer y la joven Iolanda, les indicó:

—Acompañadme. Buscaremos un lugar donde comprar algún hermoso vestido para vosotras.

Ellas se miraron y Angela preguntó:

—Kieran, ¿te importa si vamos solas?

Sorprendido, contestó:

—Imposible, Stirling está lleno de guerreros y no quiero que os pase nada.

—Sé defenderme, ya lo sabes.

Kieran, convencido de eso, pero no dispuesto a apartarse de ella, dijo:

—Vamos, yo os acompañaré.

Ellos tres, junto con dos guerreros más, se alejaron del campamento y, cuando llegaron al centro de Stirling, Kieran se paró en varias ocasiones a saludar a lairds que conocía y maldijo al encontrarse de nuevo con Aiden McAllister.

Finalmente, llegaron a la calle donde Iolanda le había dicho a Angela que estaba su casa y la de Pedra, y, parándose, Angela dijo:

—Creo que ahí venden bonitos vestidos.

Kieran miró y, al ver un pequeño letrero de madera, preguntó:

—¿Quién te lo ha dicho?

Encogiéndose de hombros, ella respondió rápidamente:

—El letrero indica que venden vestidos.

El highlander, divertido por el gesto de su mujer, asintió.

—Entonces, vamos. Seguro que encontráis algo que os guste.

Temerosa, Iolanda miró a su amiga y Angela le indicó que los siguiera. La joven lo hizo, mientras el corazón le latía a toda velocidad. Volver a ver a Pedra y a su hermano era lo que quería y estaba a punto de hacerlo.

Vislumbró a Pedra a través de la ventana. La mujer cosía afanada en el interior y, al verla, le entraron ganas de llorar. Cuánto había ansiado aquel momento.

Kieran, una vez desmontó de su impresionante caballo, ayudó a Iolanda a hacerlo y luego fue a ayudar a su mujer a bajar del suyo, pero ella no lo esperó. De un salto y con agilidad, bajó ella sola. Kieran, al ver su gesto de autosuficiencia, le agarró de la cintura y, mirándola a los ojos, murmuró:

—Sabes que estoy totalmente prendado de ti, ¿verdad?

Eso le llegó directamente al corazón y, encantada, respondió:

—Tanto como yo de ti. ¿Puedo pedirte algo? —añadió entonces ella.

—Tú dirás.

—Me gustaría que no vieras mi vestido hasta la fiesta. Quiero que sea una sorpresa.

Eso le resultó cómico, pero no rio. Tras mirar por la ventana y cerciorarse de que sólo estaba la costurera, accedió:

—De acuerdo. Aprovecharé el tiempo que vosotras estáis aquí

para hacer algunos recados, pero no os mováis de aquí hasta que yo regrese, ¿entendido?

Angela no dijo nada y Kieran insistió:

—¿Entendido, Angela?

Finalmente, ella asintió y, tras coger a Iolanda del brazo, entraron juntas en la tienda.

Kieran montó en su caballo y, mirando a los dos hombres que los acompañaban, les ordenó:

—Quedaos aquí de guardia. Yo regresaré pronto.

Cuando la puerta se abrió, Pedra alzó la vista y, al ver a dos potenciales clientas, se levantó. Esos días en Stirling se vendían muchos vestidos y, con una encantadora sonrisa, saludó:

—Buenos días.

Iolanda oculta aún bajo la capucha, no se movió: le parecía increíble estar en el sitio donde había vivido momentos tan bonitos con su madre. Angela respondió:

—Buenos días.

Pedra, al ver que aquella joven pelirroja miraba a su alrededor, dijo:

—Supongo que viene a buscar un bonito vestido, ¿verdad? —Angela asintió y la mujer preguntó—: ¿De qué clan sois?

—Del clan O'Hara. Soy la esposa del laird Kieran O'Hara.

La mujer sonrió y, mirando a la joven encapuchada, esperó su respuesta, pero ésta se quitó la capucha y murmuró con los ojos llenos de lágrimas:

—Hola, Pedra...

La expresión de la mujer cambió por completo y, sin dudarlo un instante, corrió hacia la puerta, la atrancó para que nadie pudiera entrar y después abrazó a Iolanda. Angela las miraba mientras ellas se estrechaban con cariño y, cuando se separaron, oyó a Pedra preguntar:

—Pero, mi vida, ¿dónde has estado todo este tiempo?

—Lejos... lejos de vosotros para manteneros a salvo. ¿Cómo estás? ¿Cómo está Sean?

Emocionada, la mujer tuvo que sentarse en una silla y, sin soltar las manos de Iolanda, contestó:

—Tanto Sean como yo estamos bien. ¿Y tú estás bien?

—Sí, Pedra.

De nuevo se abrazaron y Pedra, conmovida, musitó:

—¿Y tu pelo, mi vida? ¿Qué le ha pasado a tu bonito pelo?

Iolanda sonrió y secándole las lágrimas respondió:

—No te preocupes, el pelo crece. He tenido que hacerme pasar por un hombre todo este tiempo y la mejor manera era cortándomelo. Pero ahora estoy con Angela y su clan y todo cambiará.

Cuando Angela oyó eso de «Angela y su clan» se le puso el vello de punta. Realmente aquel clan sólo sería algo de ella durante un año, pero sin contarle a Pedra la verdad de su destino, sonrió.

—¿Dónde está ahora mi hermano? —preguntó Iolanda.

—Con Fiord —siseó Pedra—. Ese malnacido nunca se ha vuelto a fiar de mí. Hizo un trueque con un joven matrimonio amigo de él y cambió la casa de tus padres por la de ellos, que está al lado de la herrería, frente al mayor prostíbulo de Stirling, y...

—¿Mi casa ya no es mía? —preguntó Iolanda, apenada.

Pedra negó con la cabeza y, finalmente, la joven murmuró:

—La verdad es que esa casa dejó de ser mi hogar el día que ese hombre entró en ella.

Durante un buen rato, Pedra y Iolanda hablaron de sus cosas y se pusieron al día, hasta que Angela las cortó y, nerviosa por si Kieran aparecía, le indicó a su amiga que deberían probarse vestidos mientras hablaban. No quería que su marido sospechase de aquella visita.

Pedra rápidamente les mostró varios vestidos confeccionados en distintas tonalidades y las dos mujeres comenzaron a probárselos. Angela, incrédula, se miraba en un espejo. Nunca había estrenado un vestido. Al ser la menor de las tres hermanas, y con la penuria que tenían en Caerlaverock, siempre los había heredado. Por eso, al tocar la tela y sentir su tacto suave, se emocionó.

Después de probarse uno en color tierra y otro en verde, se enamoró de otro rojo vivo. Se ajustaba a su figura de una manera colosal y estaba casi segura de que a su marido le encantaría, a pesar de lo escandaloso que era.

Cuando Kieran llegó, miró a las tres mujeres y, acercándose a ellas con una grata sonrisa las interrogó caballeroso:

—¿Ya habéis encontrado algo bonito para la fiesta?

Iolanda y Angela asintieron, y Kieran, al ver varios vestidos, faldas y camisas sobre una especie de mesa de madera, le preguntó a Pedra:

—Y a mi esposa ¿qué más se le ha antojado?

Encantada por el comentario, la mujer fue a contestar, cuando Iolanda dijo:

—Nunca habría imaginado que una joven como tú, que ha vivido en una fortaleza, nunca haya tenido el placer de disfrutar de una prenda nueva.

Kieran, al oír eso, la miró sorprendido e inquirió:

—¿Iolanda lo dice en serio?

Angela maldijo para sí misma.

—Papá siempre me dio todo lo que necesité y...

—Lo sé, Angela —la cortó Kieran, consciente de sus sentimientos—. Sé que tu padre fue un buen hombre.

Angela asintió y él, deseoso de darle todos los caprichos, declaró, mirando a Pedra:

—Mi mujer necesitará algo más que un vestido. —Y al ver que ella iba a protestar, añadió—: No tienes ropa y no puedes presentarte con la que llevas ante el resto de los clanes. Compraos ambas algo más y tirad esos ajados vestidos que lleváis. No puedo pasearos así ante los lairds.

Iolanda se negó:

—No... no, por favor, mi señor... no...

—Como dama de compañía de mi mujer —la interrumpió Kieran—, quiero que se te vea elegante y feliz. ¿Entendido?

Al oír eso, Pedra sonrió. Aquél era un buen laird y sin duda aquélla sería una buena venta. Angela y Iolanda, tras ceder, decidieron comprarse unas faldas en tonos arena y unas camisas. Pedra les sacó también zapatos y botas y, ante la alegre mirada de Kieran, las jóvenes se probaron y eligieron bastantes cosas más, mientras reían por las ocurrencias de él.

Una vez acabaron, Kieran, tras pagarle a la mujer, dio la orden a sus hombres de que cargaran con la ropa y la llevaran hasta el campamento. Ver a Angela tan bonita con aquel nuevo atuendo le gustó, y más ver su sonrisa de satisfacción. Con cualquier cosa su mujer estaba esplendorosa y los colores vivos le embellecían de una manera espectacular.

Al salir de la tienda, Iolanda se volvió a poner la capucha, lo que llamó la atención de Kieran, pero no dijo nada. ¿Por qué se ocultaba?

Cuando los tres montaban a caballo, Kieran vio a la costurera mirar emocionada por la ventana. Con disimulo, miró a su mujer y a Iolanda y vio que ambas la saludaban con una sonrisa más que cariñosa. No preguntó, pero supo que se conocían y tarde o temprano se enteraría de qué.

46

Quedaban dos noches para la gran fiesta de los clanes y todo el mundo se divertía en el campamento, mientras la música sonaba. Los clanes que iban llegando, reunidos alrededor de un gran fuego, hablaban, danzaban, reían y bebían.

Kieran, deseoso de que Angela y Iolanda los acompañaran, las animó a acudir a la fiesta, pero Iolanda se negó y Angela aceptó. Estaba feliz de poder estar con él.

Ataviada con uno de los vestidos nuevos que le había comprado, pudo ver que Kieran la presentaba con cierto orgullo a varios amigos y vio que éstos la observaban con gesto de satisfacción.

Angela estaba preciosa y verla sonreír a él se le antojó, como poco, cautivador.

Pero bajo toda aquella seguridad, la joven estaba expectante, mientras miraba a su alrededor. Sabía que en cualquier momento aparecería el clan de Susan Sinclair o la madre de Kieran y pensar en eso la ponía nerviosa.

Tras bailar, Zac se acercó a Angela, mientras Kieran hablaba con unos hombres. Le entregó una jarra de cerveza y exclamó:

—¡Todavía no me puedo creer que seas Hada!

—De eso se trataba —rio ella.

Zac la miró y prosiguió:

—Igual que nunca imaginé que Sandra fuera una de las encapuchadas.

—De eso se trataba también.

Sonrió al ver el interés que el joven mostraba por su amiga y, dispuesta a colaborar, le dijo:

—De acuerdo, Zac, ¿qué quieres saber de ella?

Él sonrió y, sentándose junto a Angela, mantuvo con ella una seria conversación.

Después de cenar, ella intentó escabullirse. Tenía planes con Iolanda, pero Kieran no la soltó. Quería tenerla a su lado todo el rato. Por más que intentaba excusarse, le fue imposible, y al final decidió conformarse. Estaba junto a Zac y su marido, cuando una voz de mujer preguntó:

—¿En serio te has desposado, Kieran O'Hara?

Zac, rápidamente reconoció la voz y sonrió al ver a su hermana Shelma junto a Alana McDougall.

—Hola, hermanita —saludó Zac a Shelma, besándola.

Kieran agarró a Angela de la cintura y con actitud posesiva, dijo:

—Os presento a Angela O'Hara, mi mujer. *Mi cielo*, ellas son Shelma y Alana. Dos buenas amigas y esposas de dos excepcionales amigos.

Ellas dos se miraron incrédulas, ¿aquella delicada mujer de pelo rojo era la mujer de Kieran? ¿Y él la había llamado «mi cielo»? Tras mirarse divertidas, Shelma la cumplimentó:

—Encantada de conocerte, Angela.

—Es un placer —añadió Alana.

—Lo mismo digo —contestó ella, con un coqueto movimiento de cabeza.

Lolach y Axel, los maridos de ellas, se acercaron y miraron a su amigo con curiosidad, hasta que el primero, con su sonrisa de siempre, preguntó:

—¿He de tomarme en serio lo que he oído, Kieran?

Él asintió y, tras darle un beso en la cabeza a su mujer, los presentó:

—Mi cielo, él es el laird Lolach McKenna, marido de Shelma y cuñado de Zac. Y él el laird Axel McDougall, marido de Alana.

Este último, acercándose rápidamente a Angela, le besó la mano y, con galantería, dijo:

—Encantado de conocer a la mujer que ha sido capaz de hacer pasar por la vicaría a Kieran. —Y en tono divertido, añadió—: Ya nos contarás cómo conseguiste tal proeza.

Ella respondió, también divertida:

—Más que vicaría fue una unión de manos. Y respecto a lo que preguntas, sólo diré que le pedí matrimonio y él muy gentilmente aceptó. ¡Fue fácil!

Todos rieron y Kieran, sin soltarla, aseveró:

—Las pelirrojas han sido siempre mi debilidad.

Axel soltó una risotada, a la que se le unió Zac y posteriormente Lolach. ¿Qué mujer no le gustaba a Kieran O'Hara?

Shelma, incapaz de callar, al ver esa actitud en los hombres, gruñó:

—¿A qué vienen esas risas?

—Shelma... —la advirtió la siempre cauta Alana.

Angela, consciente de por qué ellos se reían, sonrió y calló. Debía comportarse como Kieran deseaba.

—¿Sabéis cuándo llegan Megan y Duncan? —preguntó Zac.

—Llegarán con Gillian y Niall, seguramente mañana —respondió Lolach.

—¡Qué bien! —rio Angela, agarrándose del brazo de su marido—. Por fin voy a poder conocer a todos tus amigos. Esos de los que tanto me has hablado.

Durante un buen rato, todos hablaron y Angela vio el buen humor constante que tenían. Sin duda eran muy amigos y eso le gustó. Deseaba conocer al resto.

Ya de madrugada, Shelma y Alana se retiraron a descansar y sus maridos decidieron acompañarlas. Después regresarían junto al fuego. Angela vio llegado el momento de volver al campamento y Kieran, como buen marido, la acompañó también.

—No hace falta que vengas conmigo, puedo regresar sola.

Él, tras saludar a unos guerreros con los que se cruzaron, dijo:

—Estaría loco si te dejara sola entre tanto hombre. Dame la mano.

Divertida por su instinto de protección, se la dio y, cuando éste la cogió, comentó al ver cómo los hombres miraban a su esposa:

—Tenías razón. Debimos irnos directos a Kildrummy.

Angela sonrió y, con un gesto muy femenino, estiró el cuello y cuchicheó:

—Te lo dije. Pero no me quisiste escuchar.

Kieran asintió y de pronto murmuró para hacerla rabiar:

—Trescientos diecisiete.

Sorprendida por que él continuara contando los días, fue a protestar, pero al ver su gesto pícaro, soltó una carcajada.

Entre risas y bromas llegaron al campamento y una vez allí, Angela vio a Iolanda sentada sola junto a su tienda y a Louis no muy lejos, apoyado en un árbol.

Su expresión y cómo la miraba le dolieron. Sin duda, el highlander quería acercarse a ella, pero la joven no lo dejaba. Les tenía demasiado miedo a los hombres. Cuando los vio llegar, tras un saludo con la cabeza de Angela, Iolanda se tapó los ojos con las manos y se echó a llorar.

—¿Te importa si esta noche duermo con Iolanda en su tienda? —preguntó Angela, mirando a Kieran.

—Sí. Claro que me importa —replicó éste.

Ella sonrió y, mimosa, susurró:

—Iolanda está mal y necesita que la consuele.

—Estar con ella me privará de ti.

Encantada por su respuesta, lo besó.

—Sólo será una noche, cariño.

—Una noche es mucho.

—¿Y si prometo que te resarciré por esta noche perdida?

Kieran sonrió y, acercándose a ella, murmuró:

—Tu descaro me convence. Ve con Iolanda.

Angela, tras besarlo con pasión, esbozando una sonrisa, dio un paso hacia Iolanda, pero al ver que varios highlanders la observaban, le guiñó un ojo a Kieran y dijo:

—Pórtate bien... cariño.

Cuando llegó junto a Iolanda, la abrazó y musitó:

—Vamos, entremos en la tienda. Cuanto antes nos pierdan esos dos de vista, antes se marcharán.

Una vez entraron, Kieran se acercó a grandes zancadas hasta Louis, que estaba muy serio, y, contrariado por no estar con Angela, propuso:

—Vamos. Creo que ambos necesitamos tomar un trago junto al fuego.

47

En el interior de la tienda, Angela y Iolanda se quitaron a toda prisa los nuevos vestidos y se pusieron los pantalones de cuero y las botas.

—¿Hasta cuándo vas a seguir martirizando al pobre Louis?

—No lo sé, pero ya me empieza a dar pena.

—Habla con él y no seas tonta. Ambos lo estáis deseando.

La joven resopló y, mirando a su amiga, replicó:

—¿Para qué? Él tiene muy claro que con una mujer como yo nunca tendrá nada y...

—Y si le das una oportunidad, comprobarás lo arrepentido que está de haber dicho esas desafortunadas palabras.

Una vez estuvieron vestidas de hombre, metieron unas faldas en una bolsa que llevaban colgada, y Angela preguntó, mientras se recogía el pelo en una larga trenza:

—¿Descosiste la tienda, como dijiste?

Con gesto pícaro, Iolanda levantó un lateral del suelo y Angela la apremió:

—Vamos, no perdamos tiempo.

Ocultas bajo su indumentaria masculina y las capuchas, salieron con cuidado por la parte trasera de la tienda. Una vez fuera, se alejaron de los O'Hara y pasaron raudas pero sin correr entre cientos de guerreros. Ninguno reparó en ellas. Para ellos, eran dos guerreros más.

Una vez se alejaron del centro, donde se reunían los clanes, y se adentraron por las calles de Stirling, Angela dijo:

—Guíame tú. Yo no conozco la zona.

Iolanda caminó con seguridad por las oscuras callejuelas, hasta que llegaron a la herrería y entonces se paró en seco. Allí, a escasos pasos, Fiord estaba trabajando, junto a cuatro hombres de aspecto nada tranquilizador. El corazón de Iolanda se aceleró.

Angela, al ver a los hombres, agarró el brazo de la joven con fuerza y susurró:

—No te pares. Continúa caminando.

Sin percatarse de nada, Fiord siguió hablando con los otros, mientras ellas pasaban por su lado; el bullicio del prostíbulo se oía ensordecedor. Una vez doblaron la esquina y no la veía nadie, Iolanda se apoyó en la pared y, temblando, murmuró:

—El hombre de pelo oscuro era Fiord.

—¿Qué casa dijo Pedra que era ahora la de tu hermano? —preguntó ella, asintiendo.

Separando el cuerpo de la pared, Iolanda se dio la vuelta y musitó:

—Ésta.

Angela miró la casa que señalaba y, dándose la vuelta, observó el prostíbulo que tenía delante.

—Éste no es un buen sitio para criar a un niño —sentenció.

Iolanda asintió y, mirando hacia una ventana, ella susurró:

—Ven, vamos a ver si podemos entrar por ahí.

Tras forzar la ventana, consiguieron meterse en la casa. El lugar se veía sucio y frío. Caminaron con cuidado de no hacer ruido, hasta que Angela vio a un niño dormido y acurrucado en el suelo y, deteniendo a su amiga, lo señaló.

Al verlo, Iolanda se llevó las manos a la boca. Aquel pequeñín sucio que se chupaba el dedo mientras dormía era su hermano Sean; los ojos se le llenaron de lágrimas. Con cuidado, se acercó a él para mirarlo más de cerca. El bebé que había dejado ahora era un niño de hermosos cabellos oscuros y ojos rasgados como los de ella y su madre. Sin tocarlo, sonrió emocionada, y cuchicheó:

—Se parece muchísimo a mamá. Muchísimo.

En ese momento, el niño tembló de frío y Iolanda, dispuesta a cuidarlo, se levantó y buscó con qué taparlo. Cogió un tartán que encontró y lo arropó con mimo.

—Pobre Sean... pobrecito, mi niño —murmuró.

Angela le puso una mano en el hombro para darle fuerza y cuando Iolanda se incorporó, ésta la miró con desesperación y anunció:

—No puedo dejarlo aquí.

—¡¿Qué?!

—No puedo marcharme sabiendo que vive en estas condiciones. Fiord no lo quiere, no lo cuida y...

—Iolanda, te entiendo —la cortó Angela—. Pero ahora mismo no nos lo podemos llevar. Regresaremos la noche antes de marcharnos de Stirling, ¡te lo prometo!

Pero la chica negó con la cabeza: no estaba dispuesta a separarse de su hermano. En ésas estaban cuando de pronto oyeron que la puerta que comunicaba la herrería con la casa se abría.

Iolanda se paralizó, pero Angela miró hacia la ventana por la que habían entrado y la apremió:

—¡Vamos! Debemos salir.

—No —musitó la joven.

Desesperada, Angela la miró y, con una mano en la empuñadura de la espada, lista para atacar, insistió con furia:

—Por el amor de Dios, ¡vámonos! Si Fiord te pilla aquí las consecuencias serás nefastas.

Pero Iolanda no podía reaccionar, por lo que Angela tiró de ella con fuerza, justo cuando se oía la voz de un hombre que gritaba:

—¡Alto ahí!

—Hay que saltar —dijo Angela, poniéndose la capucha y poniéndosela también a Iolanda—. ¡Vamos!

La luz de un candelabro iluminó totalmente la estancia. Fiord, al ver a dos figuras encapuchadas, gritó y corrió hacia la herrería para cortarles el paso.

Angela y Iolanda saltaron por fin por la ventana y ya se disponían a echar a correr, cuando unas manos fuertes las agarraron y, al volverse, vieron que era Zac.

—Seguidme, ¡rápido! —les ordenó éste.

Sin tiempo que perder, ambas entraron con él por la puerta trasera del prostíbulo. Una mujer rechoncha sonrió al ver al joven, al que sin duda conocía, y Zac, con una bonita sonrisa, le dijo que necesitaba un lugar para él y sus dos amigas. Tras darle unas monedas, ella los dejó pasar y Angela, al ver una puerta abierta, corrió hacia ella y, una vez entraron los tres, la cerró.

Zac vio que en aquella habitación no había ventana por la que escapar en caso de que los descubrieran y maldijo en voz alta. Rápidamente abrió la puerta: debían buscar otra habitación. Pero enseguida la cerró. Acababa de ver a los hombres de la herrería en el pasillo, buscándolos con gesto fiero.

Sin tiempo de hacer nada, miró a las mujeres y susurró:

—Meteos en la cama.

—¡¿Cómo?! —exclamaron ellas desconcertadas.

—¡Hacedlo! —insistió Zac.

—Ah, no... eso sí que no —gruñó Angela.

—Eso es indecoroso —se quejó Iolanda.

Zac se quitó la camisa y las botas a toda prisa y, con cara de pocos amigos, siseó:

—Maldita sea, echaos encima de mí en actitud cariñosa o de aquí no salimos vivos.

Conscientes del lío en que estaban, hicieron lo que Zac les decía.

—Las manos quietecitas —exigió Angela.

Él sonrió con picardía y dijo:

—No es mi intención tocaros, pero debemos fingir que lo pasamos bien cuando entren, para que no piensen que nosotros somos los que persiguen.

Nerviosa, Angela, se soltó la trenza y se revolvió el pelo, y luego se acercó a Zac para pegar su pecho al de él, que murmuró:

—Si tu marido se entera de esto, nos matará.

—No lo dudo —afirmó Angela.

De pronto, la puerta se abrió de par en par y Zac, retirándose el pelo de Angela de la cara, protestó con gesto de enfado:

—¿Qué demonios queréis?

Fiord y los hombres que lo acompañaban se pararon al ver a

aquel trío y se marcharon por donde habían llegado. Cuando la puerta se cerró, los tres se quedaron muy quietos en la cama y al oír que sus pisadas se alejaban, Zac dijo:

—Debemos salir de aquí inmediatamente. ¡Vamos!

Sin moverse de donde estaba, Angela miró al joven que les había salvado el pellejo y preguntó:

—¿Cómo sabías dónde estábamos?

—Os he estado vigilando desde que os oí hace días en el bosque.

—¿Oíste lo que hablamos? —preguntó Angela.

El joven, mirando a Iolanda, murmuró con cariño:

—Tengo una hermana llamada Megan que siempre ha luchado por mí, por mi hermana Shelma y por ser feliz en la vida y, aunque no padeció lo que ese día oí que te ha ocurrido a ti, te pareces a ella. Eres fuerte, Iolanda. Más fuerte de lo que crees. Eres una increíble guerrera que nunca se ha rendido y ahora tampoco lo vas a hacer, ¿verdad?

La joven negó con la cabeza y Zac añadió:

—Cuenta conmigo para lo que necesites, tanto tú como tu hermano, ¿de acuerdo?

—Gracias —musitó ella emocionada.

Angela sonrió. Estaba conociendo a gente maravillosa.

Los escandalosos gemidos de la mujer de la habitación colindante los devolvieron a la realidad y se levantaron raudos. Debían salir de allí.

—Llevo todo el día observándoos y sabía que ibais a actuar por la noche.

—¿Kieran lo sabe? —inquirió Angela preocupada.

Zac se colocó la espada a la cintura y contestó:

—No. Si lo supiera, os aseguro que nos mataba a los tres.

Eso hizo sonreír a Angela, que, mirando a Iolanda, que continuaba con gesto serio, susurró:

—Tranquila, regresaremos a por tu hermano.

—No me iré de Stirling sin él —afirmó Iolanda.

Angela y Zac se miraron. No iba a ser fácil llevarse a un niño así como así y, mirando a Iolanda, él agregó:

—Ya pensaremos qué hacer, pero recordad, la siguiente vez que regreséis aquí, avisadme. Os acompañaré.

Cuando estuvieron preparados, Zac abrió la puerta, vio el camino despejado y los tres salieron de la habitación. Con cautela, fueron hacia la puerta trasera, por la que habían entrado, y una vez allí, salieron fuera y corrieron hacia una callejuela colindante, donde Zac había dejado su caballo. Montaron los tres en él y se alejaron lo más deprisa posible del lugar.

Al llegar a la zona donde estaban los clanes, desmontaron y echaron a andar hacia las tiendas. Zac, tras hablar con ellas, se adelantó para abrirles camino y avisarlas de si debían pararse.

Kieran, que estaba con Louis y sus amigos charlando alrededor del fuego, al mirar hacia atrás vio a Zac y sonrió. Pero sus movimientos y las señas que hacía con las manos le despertaron la curiosidad y, al mirar con más atención, se quedó sin habla al ver a Angela y Iolanda detrás del joven.

Louis, al percatarse de que Kieran miraba hacia atrás, se volvió para ver lo que miraba y murmuró:

—¿Qué hacen esos tres?

—No lo sé —respondió él molesto.

Sin quitarles la vista de encima, vieron cómo las jóvenes llegaban hasta un punto en el que se las perdía de vista, para luego Angela asomar la cabeza por la parte delantera de la tienda de Iolanda y sonreírle a Zac.

Éste asintió y siguió su camino y Louis, confuso, musitó:

—¿Ellas no se habían ido a dormir?

—Eso mismo creía yo —afirmó Kieran—, pero está visto que no era así.

Poco después, Zac se unió al grupo y, cogiendo una jarra de cerveza, brindó con Lolach y bromeó. Kieran, sin decirle lo que había visto, se le acercó y, tocándole el hombro, preguntó:

—¿Dónde estabas?

—Dando un paseo —contestó el joven.

Lolach, que conocía muy bien a su cuñado, añadió:

—Con alguna jovencita, ¿verdad?

Zac soltó una risotada y, con gesto pícaro, respondió:

—Con dos, para ser más exactos.

Los highlanders aplaudieron y comenzaron a decir toda clase de burradas, mientras Kieran disimulaba su malestar y Louis sonreía sin ganas.

—He tenido buenos maestros y os aseguro que lo he pasado muy... muy bien —bromeó Zac.

De nuevo, los hombres rieron ante su comentario y Kieran, conteniéndose a duras penas, rio con todos y cuando se volvió para regresar junto a Louis, se encontró de frente con Aldo Sinclair, el padre de Susan, junto con su mujer y varios de su clan.

Durante unos segundos, ambos hombres se miraron. Sin duda las noticias volaban y Aldo no parecía contento. Kieran, dispuesto a hablar con él, dio un paso adelante, pero entonces Susan salió de detrás de sus padres y saludó a los presentes:

—Buenas noches, caballeros.

Los hombres se levantaron y sonrieron. Susan Sinclair era una joven bonita y elegante que no dejaba indiferente a nadie. Todo en ella era perfecto —su rostro, su cutis, su sonrisa, sus manos, su cuerpo...— y Kieran, al verla, sonrió. Como siempre, estaba fantástica, perfecta. Acercándose a ella, le cogió la mano y se la besó con caballerosidad.

—Como siempre, tu belleza me fascina.

Susan sonrió y, tras un par de parpadeos, hizo un gracioso mohín y dijo:

—Ésas no son mis noticias.

En ese momento, lady Augusta, la madre de ella, intervino:

—Ahora sois un hombre casado, Kieran O'Hara, enhorabuena.

—Gracias, lady Augusta.

Susan preguntó:

—¿Cuándo podré conocer a tu mujer?

Incómodo, fue a responder, pero Gavin Kincaid, el hijo de Murdor Kincaid, se acercó a Susan y, tras decirle algo al oído que a ella la hizo sonreír, la joven se despidió:

—Hasta mañana, Kieran.

Augusta sonrió y siguió a su hija. No era decoroso que paseara sola del brazo de un hombre por la noche. Aldo Sinclair, al ver cómo Kieran miraba a la muchacha, dijo con voz ronca:

—Enhorabuena por tu enlace, O'Hara.

—Gracias —respondió él, estrechando la mano que el hombre le tendía.

Sin soltársela, Aldo añadió:

—Imagino que la mujer que se ha ganado tu corazón debe de ser muy especial para que la hayas preferido a mi adorada hija.

Y dicho esto, se alejó dejando a Kieran con la boca abierta. No le cabía la menor duda de que a los Sinclair su enlace no les había hecho mucha gracia.

A varios metros de él, Susan miró a Kieran y le sonrió y él le guiñó un ojo. Lolach, que junto con Axel había presenciado el encuentro, al ver cómo Kieran seguía a la bella joven con la mirada, dijo:

—Si no te has desposado con ella es porque no era para ti, ¿no crees?

Kieran asintió y cuando fue a decir algo, Axel, levantándose, comentó:

—Es tarde. Me voy a descansar.

Todos asintieron e, instantes después, se encaminaron hacia sus tiendas. Kieran, acercándose a Zac, que estaba hablando con unas jóvenes, le hizo una seña a Louis y, agarrándolo ambos de los hombros, le anunciaron con una sonrisa nada tranquilizadora:

—Tenemos que hablar contigo.

48

Al amanecer, Angela notó movimiento a su lado. Al abrir los ojos, vio a Iolanda poniéndose los pantalones de cuero y sentándose rápidamente, preguntó:

—¿Adónde vas?

Con una triste sonrisa, la joven respondió:

—Quiero ir a llevar unas flores a la tumba de mi madre.

Levantándose presurosa, Angela cogió sus pantalones y dijo:

—Te acompañaré.

Una vez vestidas y con sus espadas al cinto, salieron por el hueco descosido de la tienda. Con cautela, llegaron hasta donde estaban los caballos; sin montar, los cogieron de las riendas y procurando no hacer ruido se alejaron del lugar. Por el camino, Iolanda fue recogiendo flores. No había muchas. El invierno estaba a punto de llegar a las Highlands, pero no quería ir con las manos vacías.

Ya más lejos del campamento, ambas montaron y Angela siguió a Iolanda, que sabía dónde estaba el cementerio. Al llegar, ataron los caballos a la rama de un árbol y Angela, cogiéndose del brazo de su amiga, la acompañó.

Iolanda se dirigió hacia la derecha del camposanto y se detuvo frente a una cruz rota y una descuidada tumba.

—Hola, mamá. He regresado.

Con el corazón encogido de dolor, Angela vio cómo aquella muchacha de eterna sonrisa se desmadejaba y caía de rodillas mientras hablaba con su madre muerta. Su dolor le hizo recordar el que ella había sentido al perder a su padre y se emocionó. Se arrodilló junto a ella y, entre las dos, intentaron limpiar la tumba de la madre de malas hierbas.

—Esta cruz no hay manera de arreglarla —murmuró Iolanda—. Ni siquiera pone su nombre.

Angela asintió e, intentando ser positiva, dijo:

—Encargaremos una. Vendremos antes de irnos y la pondremos. ¿Cómo se llamaba tu madre?

—Mary Anne. Se llamaba Mary Anne.

Ella asintió y guardó silencio. Durante un buen rato, estuvieron allí sin hablar, hasta que comenzó a llover y, levantándose, Iolanda propuso:

—Regresemos.

Salieron del camposanto y, montando de nuevo en los caballos, emprendieron la vuelta.

Pero ésta no fue tan fácil como la ida. La lluvia arreciaba, pero antes de llegar al campamento principal, a las afueras de Stirling, paró. Rodeadas de cientos de highlanders, se encaminaron hacia su tienda mientras veían a hombres y mujeres hablar con afabilidad. Pero de pronto, un hombre hizo un ruido atronador y la yegua de Angela se asustó, encabritándose. Cuando consiguió tranquilizarla, la capucha se le escurrió y todos los presentes vieron que se trataba de una mujer.

—Maldita sea —musitó ella, al ver cómo la miraban.

Iolanda, al ver aquello, se quitó también su capucha y los guerreros, al percatarse de que era otra mujer, gritaron encantados, mientras algunas de las mujeres, finas damas, las contemplaban horrorizadas. ¿Cómo podían ir vestidas de ese modo?

Los toscos hombres de las Highlands comenzaron a decirles bravuconadas y Angela, al comprobar que les cortaban el paso, siseó:

—Esto no me gusta nada.

Iolanda asintió. Unos veinte jóvenes las miraban y no precisamente con ojos dulces y caballerosos.

—Me temo que tu marido se va a enterar de nuestra escapada —susurró.

—No lo dudo —contestó Angela.

Varios guerreros agarraron las riendas de sus caballos y las retuvieron. En un principio, ambas intentaron ser corteses, pero al ver que los comentarios y las insinuaciones cada vez eran más obscenas, Angela decidió acabar con ello y, lanzando una patada al que tenía más cerca, gritó:

—¡Suelta a mi yegua ya!

El hombre dejó ir la rienda rápidamente y, mirándola, dijo:

—Vaya...vaya... la pelirroja tiene genio.

Ese comentario hizo sonreír a Angela, que replicó:

—Y valor, ¡así que no te acerques!

Pero él, sin hacerle caso, se acercó más y osó ponerle una mano en el muslo. Angela le dio un manotazo y, desenvainando la espada, gritó:

—¡Si vuelves a tocarme, te marco la cara!

La carcajada fue general y Iolanda, mirando al que estaba a su lado, que pensaba hacer lo mismo, susurró:

—Ni se te ocurra tocarme a mí tampoco.

Esa valentía a muchos se les antojó divertida y cuando otro de ellos fue a rozar la pierna de Angela, ésta, con un rápido movimiento, le hizo un leve corte en la mano y bisbeó:

—He dicho que apartéis vuestras manazas de mí.

A pesar del corte, el hombre sonrió, pero con gesto rudo, tiró del pie de Angela y la desmontó con fuerza, derribándola sobre el suelo embarrado. Iolanda, al verlo, desmontó rápidamente y corrió hacia su amiga espada en mano, preocupada. Pero no hizo falta que la ayudara a levantarse, porque Angela lo hizo como un resorte y, enfadada, se quitó el barro de la cara, de las manos y del pelo y, sacándose la daga de la bota, se abalanzó contra el que la había tirado y, tras darle una patada en el pecho que lo hizo caer al suelo, se sentó sobre él y, con la espada en su cuello y la daga en el estómago, siscó:

—Si fuera un animal como tú, te mataría por lo que acabas de hacer. Da gracias a que pienso antes de actuar o, si no, ya serías hombre muerto.

De pronto, oyó el ruido del acero y al mirar atrás vio a Iolanda quitándose de encima a un hombre. Soltando al que tenía en el suelo, Angela fue en su ayuda y otro hombre más, divertido por la situación, se unió a ellos.

—¡Parad! —gritó Iolanda.

—Vamos —dijo uno de aquellos—. Divirtámonos, valerosas guerreras.

Enfadada por aquel ataque gratuito, Angela soltó un grito y se lanzó a la lucha. Sin descanso y con destreza, se quitó a dos hombres de encima, pero lo que comenzó como un juego para ellos, momento a momento se volvía más feroz. Sorprendidos por su maestría en la lucha, cada vez se les unían más, hasta que Angela, agarrando a Iolanda, gritó con la espada en alto, al verse acorralada:

—Parad si no queréis meteros en un buen lío con mi marido.

—Pelirroja, mereces un buen correctivo y si tu marido no te lo da, yo estoy dispuesto a...

—¡Cierra tu bocaza o te salto los dientes! —gritó ella ofuscada.

Los hombres soltaron una risotada. ¿Aquella mujer tenía marido? Y, de pronto, detrás de las jóvenes se oyó una voz de mujer que decía:

—Vaya... vaya... vaya... cuánto hombre valiente reunido.

Al mirar, Angela vio a dos mujeres que se acercaban a ellas vestidas también con pantalones y espada en mano. Una morena y la otra rubia. No las había visto en su vida, pero por el simple hecho de salir en su ayuda ya le gustaron.

—Thomas y Jefrey McDougall —gritó la rubia—, me avergüenza veros acosando a estas mujeres. Thomas, cuando le cuente a mi hermano tu brutalidad con ella desmontándola del caballo, te aseguro que te caerá una buena.

El mencionado agachó la cabeza y entonces la morena voceó:

—Fraser, Conrad y Mauled Shuterland, marchaos de aquí antes de que os dé vuestro merecido, como ocurrió el año pasado por otra osadía igual, ¿o acaso lo habéis olvidado?

Los guerreros protestaron, pero finalmente se dieron la vuelta y se marcharon. La gente se comenzó a dispersar, pero la morena, mirando a una mujer que las observaba, preguntó con gesto serio:

—¿Ocurre algo, Agnes Shuterland?

La interpelada levantó el mentón y contestó:

—Si mal no recuerdo, el año pasado a vuestros maridos no les gustó que os enfrentarais a los Shuterland y...

—Lo que les guste a nuestros maridos o no, querida Agnes —la cortó la otra con seguridad—, no es asunto tuyo.

Sin más, y con gesto hosco, la tal Agnes se recogió las faldas y se alejó con los de su clan.

En ese instante, Iolanda soltó la espada con gesto de dolor.

—¿Qué te ocurre? —le espetó Angela, preocupada.

—Me he vuelto a hacer daño en el dedo, ¡maldita sea!

—¿Estáis bien? —se interesó la mujer rubia, acercándose a ellas.

Angela se retiró el pelo embarrado de la cara y expuso:

—Iolanda tiene un dedo roto, pero muchas gracias por vuestra ayuda —añadió sonriendo—. Queramos reconocerlo o no, esos brutos eran demasiados para nosotras dos.

Envainando la espada, la otra sonrió también y respondió:

—Si vuelven a acercarse a ti, diles que eres amiga de la mujer del Halcón y te aseguro que se marcharán. —Y luego añadió—: Soy Megan. Mi marido es el laird Duncan McRae y...

—¿Eres la hermana de Zac? —inquirió Angela al recordar los nombres. Y mirando a la rubia, dijo—: ¿Y tú eres Gillian?

Las mujeres, sorprendidas de que las conocieran, fueron a contestar cuando Kieran, acercándose por detrás de Angela, la agarró del brazo y, con gesto preocupado, preguntó:

—¿Estás bien?

—Sí.

—Iolanda, ¿estás bien? —insistió entonces, mirando a la chica.

—Sí. Ambas estamos bien.

Había oído hablar a algunos hombres de una pelirroja vestida de hombre, y que, espada en mano, se había enfrentado a varios de ellos. Enseguida supo que era Angela y, seguido de Zac, corrió hasta donde les dijeron que estaba. Ahora, sin percatarse de la presencia de nadie más, las interrogó, al ver el estado penoso en que las dos jóvenes se encontraban:

—¿Qué hacéis vestidas las dos así?

Angela y Iolanda se miraron y la primera respondió:

—Hemos salido a dar un paseo.

—No es eso lo que he oído. ¿Qué ha ocurrido con estos hombres? —Y, mirando alrededor, gritó con voz ronca a los highlanders que los observaban—: ¿Dónde están esos necios? ¡Los mataré!

Angela fue a decir algo, cuando Megan, divertida, viendo a su buen amigo tan alterado, intervino:

—Por el amor de Dios, Kieran, ¿qué te ocurre?

Éste se dio la vuelta y, al ver ante él a unas sonrientes Megan y Gillian, blasfemó y murmuró:

—No me lo puedo creer...

Gillian, divertida por aquel comentario, replicó:

—¿Qué es lo que no te puedes creer?

Zac miró a Kieran y comentó:

—Como diría el viejo Marlow, «Dios las cría y ellas se juntan».

Megan, feliz al ver a su hermano, lo abrazó y, tras ella, Gillian, mientras Angela los observaba. Se notaba el cariño que se tenían y, cuando se separaron, Megan miró a Kieran, que no había abierto la boca, y dijo:

—Me he enterado de una cosa que me ha sorprendido, y mucho.

Él puso los ojos en blanco. ¿Por qué todo el mundo le decía lo mismo?

—Si te refieres a su enlace —intervino Zac—, sí, ¡es cierto!

—¡Santo Dios! —susurró Gillian, haciendo reír a Iolanda.

Megan bajó la voz y, acercándose a Kieran, preguntó:

—¿No te habrás casado con la melindres de la Sinclair?

—¡La pavisosa, Megan, la pavisosa! —rio Gillian al oírla.

Megan, al ver el gesto serio de Kieran por su comentario, divertida, añadió:

—Es insufrible, Gillian, ¡y no digas que no! Recuerda la que organizó cuando Kieran la llevó de visita a Eilean Donan y se enteró de que yo tenía sangre inglesa. Y ya no te digo cuando salió a caballo con nosotras.

Gillian explicó divertida cómo Susan Sinclair lloriqueó al caerse sobre el fango y ensuciarse la ropa.

—Eso es difícil de olvidar —se mofó, riendo.

Kieran maldijo al escucharlas. Recordaba aquel episodio y les reprochó:

—La llevasteis por un camino nada fácil para su montura.

Ambas mujeres se miraron y Megan replicó:

—Por Dios, Kieran... se empeñó en acompañarnos, ¿o no lo recuerdas?

Lo recordaba. Claro que lo recordaba, y calló.

Angela tuvo ganas de reír por lo que escuchaba. La tal Susan no era tan perfecta como ella creía, y eso le gustó. Miró a las dos mujeres que estaban hablando con su marido y, sin conocerlas, pensó que ya le caían bien. Sus gestos, su naturalidad y su forma desenfadada de explicarse le parecieron increíbles.

—Mi hermana Shelma no conoce a Susan Sinclair —prosiguió Megan—, pero me ha dicho que tu mujer viste muy bien y que es muy delicada.

—¡¿Delicada?! —murmuró Angela mirando a Iolanda y ambas se rieron.

—Kieran, por el amor de Dios —le rogó Gillian—, dime que no te has casado con esa pavisosa...

—Buenos días —saludó una voz.

Al volverse, los que la conocían vieron que se trataba de Susan Sinclair, ¡la pavisosa!, acompañada de su madre, lady Augusta. La joven iba a lomos de un imponente caballo blanco y, como siempre, perfecta en su atuendo. Kieran le sonrió y a Angela ese gesto le dolió, pero no dijo nada.

—Susan, Augusta, qué alegría veros a ambas —exclamó Megan con una falsa sonrisa.

—El placer es nuestro —respondió la madre de Susan.

Ésta las miró. Megan y Gillian no le gustaban, pero parpadeó con delicadeza. Sabía que las miradas de muchos hombres estaban puestas en ella y, bajándose del caballo, caminó hacia las dos mujeres y dijo:

—Me congratula saber que os alegra mi presencia.

Angela la miró. Por fin conocía a la Sinclair. Pudo comprobar con sus propios ojos que era una auténtica belleza y suspiró al entender por qué su marido decía que era el capricho de cualquier highlander. Aquella joven era perfecta.

Gillian tosió con gesto divertido, dejando claro que la antipatía era mutua. Angela, al ver su sonrisa y su cara de circunstancias, hizo esfuerzos para no reírse. Sin duda allí había pasado algo y esperaba saber qué era.

La madre de Susan desmontó también y, tras saludar a Kieran, miró a las jóvenes vestidas con pantalones y, arrugando la nariz, murmuró:

—Nunca entenderé a las mujeres que se visten como los hombres.

Kieran, al oírla y ver la cara de Angela, para impedir que ésta dijera algo inapropiado, se acercó a la joven y bella Susan y, tras besarle la mano con galantería, dijo:

—Eres tan encantadora que no alegrarse de tu presencia sería un pecado.

Megan y Gillian se mordieron la lengua y Angela lo miró incrédula.

—Kieran como siempre tan caballeroso —se congratuló lady Augusta.

—Eso nunca hay que perderlo, encantadora Augusta —comentó él—, y menos ante una bella mujer como vuestra hija o vos misma.

—¿Y nosotras cuatro no somos bellas mujeres? —preguntó Gillian con sorna.

—¿Seremos caballos quizá? —masculló Angela, furiosa.

Kieran las miró y fue a responder, pero Megan lo cortó con sequedad:

—Gracias, Kieran. Nosotras también te apreciamos.

Susan, encantada por ser el centro de atención, sonrió y parpadeó con coquetería. Estaba molesta por la boda de él, pero saber que seguía atrayéndolo le gustó. Se acercó a Angela y a Iolanda con parsimonia y, tras observarlas, inquirió:

—¿Sois las criadas de los McRae?

Megan y Gillian se miraron divertidas y Angela contestó:

—No.

Susan, sin quitarles la vista de encima, inquirió:

—¿Qué os ha ocurrido, muchachas?

Iolanda no sabía qué decir y Angela, tras mirar a Kieran con furia, respondió:

—Nada importante. Sólo es un poco de barro.

—Y suciedad —apostilló lady Augusta.

Angela suspiró. Verse en aquella tesitura ante aquellas mujeres la incomodó. Nunca había deseado ser la mujer más bonita de ningún lado, ni volver locos a los hombres, pero en aquel momento le hubiera gustado ser mil veces más bonita que la Sinclair.

Lady Augusta, al ver que aquella embarrada criada no iba a decir nada más, obviando a las McRae, dijo:

—Estamos impacientes por conocer a tu bella esposa —y mirando a su hija preguntó—: ¿Vuestra madre está al corriente de esa boda? —Kieran no respondió y ella añadió—: Os aseguro que se disgustará, y mucho, cuando se entere. Edwina quiere tanto a mi Susan...

—Mamá, no sigas —protestó ésta.

—Y no está de más decir —continuó sin embargo la mujer— que tanto a ella como a mí nos hubiera gustado otro enlace diferente. El que llevamos planeando hace años.

Molesto por aquella conversación, Kieran, que no había pestañeado, contestó, al sentir la mirada de Angela:

—Entiendo lo que decís, lady Augusta, pero soy dueño de mi vida y ni vos ni mi madre me tenéis que decir con quién he de desposarme.

Al oír eso, la mujer rápidamente dulcificó su gesto y afirmó:

—Por supuesto... por supuesto, y os doy la enhorabuena por la decisión.

—Gracias, lady Augusta.

Unos niños que jugaban pasaron cerca de ellas salpicando barro. Susan, al verlos, empujó a uno de ellos, tirándolo al suelo, y siseó:

—Mugriento, aléjate de mí.

Incrédula, Angela miró a Kieran, que tampoco daba crédito y juntos ayudaron al niño a levantarse. Megan y Gillian rápidamente se lo reprocharon a Susan, que se defendió. Cuando el crío se marchó, Angela la miró y declaró:

—Es increíble que alguien como tú, que puede ayudar a los demás, no lo haga. Ese pobre niño sólo estaba jugando.

—¿Me hablas a mí?

—Sí, claro que te hablo a ti.

Megan y Gillian soltaron una carcajada, pero Susan, sin importarle lo que ella dijera, le hizo un gesto despectivo con la mano y, volviéndose hacia el hombre que le interesaba, insistió:

—Me gustaría conocer a tu esposa, ¿dónde está?

Incómodo por la situación, miró a Angela y vio que ésta sonreía. Sin duda, iba a disfrutar con lo que estaba a punto de ocurrir. No había peor momento para presentarla, con ella sucia, mojada y llena de barro, pero tras comprender que debía hacerlo, con decisión la cogió de la mano, la acercó a él y dijo:

—Os presento a Angela O'Hara, mi mujer.

La cara de las cuatro mujeres fue de absoluta sorpresa. ¿Aquella sucia joven era su mujer?

Ella las miró con una encantadora sonrisa y, dirigiéndose a Susan, soltó:

—Si me llegas a empujar a mí o algún chiquillo de mi clan, te aseguro que ya estarías rebozada en barro.

—Angela... —le reprochó su marido.

—Kieran... ¿qué dice tu mujer?

Él miró a Angela y, levantando las cejas, murmuró:

—Compórtate, por el amor de Dios.

Angela suspiró y, mirando a Megan y Gillian, que se reían, se acercó a ellas y las abrazó. No las conocía, pero ya sabía que iban a ser muy buenas amigas.

Lady Augusta cogió del brazo a su hija y, con gesto serio, la reprendió por aquella mala acción. Cuando acabó, Susan, algo recuperada de la sorpresa inicial, se acercó a Angela y dijo sin tocarla:

—Siento lo del niño. No he debido hacerlo.

Ella asintió al escucharla y Kieran intervino:

—Te honra decirlo, Susan.

—Es un placer conoceros, Angela O'Hara —añadió la joven.

—Lo mismo digo, Susan Sinclair —respondió ella con cautela.

—Siento haberos hablado así hace unos instantes —se disculpó lady Augusta, sin moverse de donde estaba—, pero no esperaba encontrarme a la mujer de Kieran en este estado. —Angela sonrió y la mujer agregó—: Espero conoceros mejor en Kildrummy, en circunstancias más favorables, y os ruego que disculpéis mi sinceridad, pero como madre de Susan, yo había...

—Mamá, ¡cállate! —protestó la joven.

—Pero, hija...

—He dicho que te calles —siseó.

Tras un incómodo silencio en el que ninguno sabía qué hacer, ni qué decir, Susan, con gesto altanero, montó en su caballo y se alejó. Angela, al ver que Kieran la miraba, sin importarle sus propios sentimientos, le aconsejó:

—Creo que deberías ir a hablar con ella.

—¿Seguro, mi vida?

Angela sonrió y le dio un dulce beso en los labios, tras lo cual él montó y, azuzando a su caballo, fue tras Susan.

Lady Augusta dijo:

—Gracias por este bonito detalle. En nombre mío y de mi hija os lo agradezco. —Y, con los ojos llenos de lágrimas, prosiguió—: Susan no lo está pasando bien. Tenía puestas sus ilusiones en Kieran, pero él os conoció a vos, y, aunque entiendo que las cosas del amor son así, me duele verla tan triste.

—Lo comprendo —murmuró ella.

La mujer, tras secarse los ojos con un pañuelo que se sacó de la manga, sonrió y comentó:

—Cualquier cosa que necesites, no dudéis en pedirlo, ¿de acuerdo, bonita?

Angela asintió con una sonrisa y, tras decir eso, lady Augusta cogió las riendas de su caballo y, tirando de él, se alejó caminando.

Las cuatro miraron cómo se alejaba y Gillian murmuró:

—¿Kieran ha dicho «mi vida»?

Angela sonrió y Megan, divertida, preguntó:

—¿Por qué animas a Kieran a ir tras esa cursi?

—Pavisosa —la rectificó Gillian.

Angela, encogiéndose de hombros, respondió:

—Ha de hablar con ella y darle explicaciones.

—¡¿Explicaciones?! —exclamaron al unísono Megan y Gillian.

Ella sonrió y, no dispuesta a mentirles, tras mirar a Iolanda, dijo:

—No debería contaros esto, pero si me acompañáis y prometéis que no se lo diréis a nadie, os explicaré el motivo de nuestro enlace.

49

Durante toda la mañana, Angela no volvió a ver a Kieran y unos extraños nervios le retorcieron el estómago.

¿Habría hecho bien animándolo a hablar con Susan?

Pasó gran parte del tiempo hablando con Megan y Gillian, hasta que los maridos de ellas fueron al campamento a buscarlas.

Rápidamente, ellas se la presentaron a sus maridos y la dulce sonrisa de Angela, unida a su desparpajo y su simpatía, los cautivó. Aunque se quedaron atónitos al saber que aquella joven, con pantalones como sus mujeres, era quien había hecho sentar la cabeza al mujeriego Kieran O'Hara, al que siempre habían atraído las damas elegantes y refinadas.

Cuando ellas dos se marcharon con sus maridos, Angela se cambió de ropa y se puso uno de sus viejos vestidos. Luego pensó en la cariñosa madre de Susan y eso la apenó. Sin duda, la mujer sufría al ver a su hija triste. Pensó en su padre y en lo mal que lo pasaba al ver a Davinia infeliz.

Sumida en sus pensamientos, de pronto, oyó:

—Oh, Dios mío... Oh, Dios mío...

Angela vio ante ella a Edwina, la madre de Kieran, de pie en la entrada de la tienda, y rápidamente se levantó del suelo.

—No me lo puedo creer. Dime que no es cierto que el descerebrado de mi hijo se ha casado contigo.

—Escuche, señora, yo...

—¡Louis! —llamó ella—, dime que no es cierto lo que Augusta Sinclair me acaba de contar.

Louis se acercó y, tras resoplar, murmuró:

—Milady, creo que deberíais esperar y hablar con vuestro hijo.

Con la mano tapándose la boca, Edwina volvió a mirar a Angela y, sin poder evitarlo, espetó:

—Tú no me gustas para mi hijo.

—Milady... —intervino Louis al ver su dureza.

Pero a la mujer, sin importarle nada, lo miró y exclamó:

—Por el amor de Dios, ¿cómo se ha podido casar con ella? Esta... esta muchacha es una llorona y una quejicosa insufrible, que le teme hasta a un caballo y no sabe ni sujetar una espada. ¿Qué ha visto en ella? Oh, Dios mío, ¡qué desgracia!

Angela, al ver que la gente se paraba a escuchar, y comprender la imagen que la mujer tenía de ella, sin importarle lo que pensara, la agarró del brazo y la obligó a entrar en la tienda. Una vez dentro, la soltó y dijo:

—Edwina...

—¿Edwina? ¡¿Cómo que Edwina?! —gritó ésta.

Louis entró también, acompañado de Iolanda: Angela se lo agradeció con la mirada. Lady Edwina prosiguió enfadada:

—Yo no te he dado permiso para que me llames por mi nombre, muchacha.

—Lo sé... pero...

Pero la madre de Kieran, llevándose con dramatismo la mano a la boca, sin dejarla proseguir, contó:

—A Edimburgo me llegaron noticias de lo ocurrido a tu padre y tu gente y lo siento mucho, muchacha. Creía que te habrías marchado a Glasgow con tu hermana Davinia y su marido.

Edwina había oído algo, pero no exactamente la verdad, y Louis intervino:

—Si me lo permitís, milady, os explicaré lo ocurrido...

—Oh, no, ¡ahora no! —Y, con semblante demudado, murmuró—: ¡Oh, Dios mío! ¿No estarás embarazada?

Cansada de sus suposiciones, pero con unas terribles ganas de llorar, Angela negó con la cabeza y gimió:

—No, señora. No estoy embarazada.

Louis, que conocía los sentimientos de su amigo y señor, sin importarle lo que opinara la madre de éste, habló:

—Milady, insisto en que deberíais hablar con Kieran.

—¿Y cuándo se supone que yo me iba a enterar? —preguntó Edwina—. Llego a Stirling y, nada más ver a Augusta, me da un disgusto. —Las lágrimas de Angela le corrían por las mejillas; la mujer dijo—: Por el amor de Dios, muchacha, ¿ya estás llorando?

Iolanda fue rápidamente a consolarla, cuando la puerta de la tienda se levantó y aparecieron Duncan y Niall. Intentaron hablar con Edwina, pero ella no les escuchaba y Angela, cansada, reveló:

—Kieran podrá casarse con Susan. Sólo ha de esperar a que pase el...

Edwina, llevándose una mano a la cabeza, miró a los dos buenos amigos de su hijo y susurró:

—Qué disgusto... qué disgusto tengo. ¿Cómo el tonto de mi hijo se ha podido casar con esta muchacha?

Duncan sonrió y Niall respondió:

—Sin duda alguna, porque no es tonto.

La mujer, desconcertada por aquella respuesta, fue a hablar, pero Niall continuó:

—Edwina, si Kieran se ha casado con ella es por algo importante.

La mujer no dijo nada, y Duncan, acercándose a Angela, explicó:

—Conozco a Kieran desde hace años, y estoy seguro de que las cosas importantes no las hace sin pensar. Dale un voto de confianza y espera a hablar con él. Ten por seguro que Angela es una buena muchacha.

Tras mirarla, Edwina contestó:

—Yo no digo que sea mala, sólo digo que no es la mujer ideal para Kieran. —Y, sin querer escuchar nada más, preguntó—: Louis, ¿dónde está mi hijo?

—No tardará en regresar, milady.

Sin importarle lo que aquella llorona tuviera que decir, ella añadió:

—Dile que estoy alojada con los Sinclair. —Y tras mirar a Angela de arriba abajo, murmuró—: Sin duda, me equivoqué respecto a Susan. Ella era su opción.

Oír eso a Angela la desbloqueó, y, secándose las lágrimas con rabia, bramó fuera de sus casillas:

—Sí, señora. Susan seguro que es su mejor opción para que los hombres le envidien y usted se vanaglorie de la increíble belleza de la esposa de su hijo. Da igual que sea fría, caprichosa e inhumana.

—Angela, no —susurró Iolanda.

Pero cansada de aguantar las continuas comparaciones con la Sinclair, Angela prosiguió:

—Sin lugar a dudas, si compara a Susan conmigo, yo tengo todas las de perder. No soy bonita, no soy perfecta, no tengo un pelo color oro, no tengo clan ni bienes y, por no tener, casi ni tengo familia, pero ¿sabe qué? Me da igual. Y me da igual porque tengo muy claro quién soy y lo que quiero en esta vida. Y lo sé porque mi padre no tendría riquezas, ni ejército, pero me enseñó unas cosas que pocos aprenden y que se llaman «valores» y «corazón», algo que la maravillosa Sinclair no aprenderá en su vida y que, sin duda, algún día usted y su hijo echarán de menos.

Edwina, sorprendida porque la joven ya no llorara y fuera capaz de plantarle cara, fue a decir algo, pero sin permitírselo, Angela añadió:

—¿Que Susan es mejor esposa que yo para su hijo? Eso sólo el tiempo lo dirá. Pero que les quede muy clarito a usted y a él que el cariño, el respeto y el amor que yo le tengo no tienen nada que ver con los que ella le tendrá y más tras conocerla y ver por mí misma qué clase de mujer es. Y ahora, haga el favor de salir de esta tienda e irse con las Sinclair. Sin duda, ellas le tratarán como yo nunca seré capaz de hacer.

Edwina la miró pensativa. Aquella joven no tenía nada que ver con la llorona que en Caerlaverock la sacaba de sus casillas, pero cuando fue a abrir la boca, Angela siseó:

—No, señora. No quiero escucharla. ¡Váyase!

Edwina, tras mirar a Duncan y Niall y éstos no moverse ni decir ni mu, miró a Louis, que le levantó la puerta de la tienda. La mujer salió sin decir nada y cuando caminaba junto a Louis, se paró y, con incredulidad, preguntó:

—¿Esa jovencita es la misma que lloriqueaba en Caerlaverock?

Louis sonrió y dijo:

—Milady, creo que debéis saber algo más.

50

A la hora de comer, Angela, invitada por Duncan y Niall, se marchó con ellos y sus esposas, aunque le extrañó que Kieran no apareciera. Eso la hizo suponer que continuaba con Susan.

Durante la comida, rio y se relajó con aquellos nuevos amigos. Sólo le bastó aquel rato con ellos para ver lo especiales que eran todos y cuánto querían a Kieran.

Al terminar de comer, se sentó junto a ellos alrededor del fuego a charlar. De pronto, Susan Sinclair se acercó a ellos y dijo:

—Sé por Edwina que ha venido a saludarte.

—Así es.

Con una mirada guasona, la joven la miró y la interrogó:

—¿Y qué tal? ¿Todo bien?

Megan y Gillian, que estaban al lado de Angela, fueron a contestar, pero ésta les pidió silencio con la mirada y respondió:

—Lo que yo haya o no hablado con la madre de mi esposo no te incumbe.

Susan soltó una carcajada y miró a Duncan y Niall, que no se reían.

—¿Dónde está Kieran? —preguntó entonces, poniéndose seria.

—No lo sé —respondió Duncan.

—Necesito hablar con él.

—Pues entonces, búscalo —le soltó Niall.

Al ver que ninguno de ellos pensaba ayudarla, Susan exigió:

—Que alguien me diga dónde está, ¡inmediatamente!

Todos se miraron y Gillian le cuchicheó a Angela:

—Mi paciencia tiene un límite.

—La mía también.

—¡Angela! —gritó la joven Sinclair—. Eres su mujer, ¡búscalo!

Ella, que jugueteaba con su daga, replicó:

—No me des órdenes, Susan. —Y al ver su cara al fijarse en la daga, preguntó—: ¿Se puede saber para qué lo necesitas?

—No es asunto tuyo. Pero yo si fuera tú, ¡lo buscaría!

Angela cerró los ojos e, intentando calmarse, insistió, guardándose la daga en la bota:

—¿Quiere verlo su madre?

—Eso no te incumbe.

—Por el amor de Dios, Susan —gruñó Duncan—. Me estás enfadando. ¿Es realmente urgente lo que pides?

—Mi padre quiere hablar con él —respondió la joven finalmente.

Angela sonrió al oírla y se mofó:

—Los modales de la Sinclair son increíbles.

—¿Hablas de modales? —replicó ella—. Porque si de ellos hablas, ya me ha contado Kieran que en tu hogar eso no primaba.

—¿De qué hablas? —siseó Angela, levantándose.

Todos lo hicieron. Las cosas se ponían feas y la odiosa de Susan repuso:

—Kieran me ha contado la penosa situación en la que te encontró. Al parecer, tu padre de modales no sabía mucho y...

Angela se le acercó muy enfadada y, con actitud intimidante, masculló:

—Vuelve a mencionar a mi padre en esos términos mentirosos y te corto la lengua. Y en cuanto a Kieran, tú eres la última que lo ha visto esta mañana. Si tanto te interesa, búscalo tú.

Encantada por el alboroto que estaba organizando, la joven dio un paso atrás y dijo:

—Lo he dejado cerca del río, algo dubitativo tras nuestra interesante conversación. Quizá aún está pensando cómo pudo casarse contigo y rechazarme a mí o, tal vez, al darse cuenta de su error, ha huido lejos de ti.

Megan blasfemó. Si a ella le decía eso, le arrancaba la cabeza, pero consciente de que Angela debía tratar el tema con delicadeza, murmuró acercándose a ésta:

—No le des el gusto de conseguir lo que quiere. Tranquilízate.

Angela tomó aire. Megan tenía razón. Deseó tirar a Susan al suelo por sus palabras envenenadas, pero en vez de eso respondió convencida:

—Mi marido no huye de mí, y métete en tu creída cabeza que si se casó conmigo fue precisamente para huir de mujeres como tú.

Susan sonrió y Duncan, cansado de escucharla, la cogió del brazo con fuerza y, alejándola del grupo, dijo enfadado:

—Regresa con tu clan si no quieres tener problemas, no sólo con Angela.

Una vez se marchó, Gillian murmuró:

—¡Insoportable es poco!

—Si se muerde la lengua, se envenena —comentó Niall.

Angela, alterada por aquel ataque tan inesperado delante de todos, suspiró y anunció:

—Me iré a mi tienda a descansar.

—¿Estás bien? —le preguntó Megan preocupada.

Angela asintió y, con una cariñosa mirada a todos ellos, se alejó. Pero al llegar a su tienda, se desvió y fue hasta su yegua.

Cuando salió del campamento, hincó los talones y emprendió el galope. Necesitaba desahogarse y lo hizo de esa manera. Corrió por los campos, saltó arroyos e hizo las mayores locuras que nunca había hecho a lomos de su yegua, hasta que el agotamiento le hizo saber que tenía que regresar.

51

Cuando regresó de su paseo, Iolanda suspiró aliviada. Angela preguntó si Kieran había vuelto y le dijeron que no. Sin entender su tardanza o dónde estaba, entró en la tienda, se tumbó sobre una manta e intentó dormir, pero fue incapaz de hacerlo y se levantó.

Al salir de la tienda, Aston la vio y, al verla acercarse presurosa a su montura, preguntó:

—¿Qué ocurre?

—Voy a buscar a Kieran. Aldo Sinclair quiere hablar con él.

William, que estaba hablando con Louis y con su hijo George, al verlos junto a los caballos, se acercó presuroso y repitió la misma pregunta que Aston:

—¿Qué ocurre?

—Angela va a buscar a Kieran —contestó su hijo.

George sonrió y dijo:

—¿Echas de menos a tu esposo, señora O'Hara?

Angela lo miró con gesto hosco y respondió:

—El laird Sinclair quiere hablar con él.

—Ya iré yo a buscarlo —intervino Louis—. Tú quédate aquí, Angela. ¿Hacia adónde ha ido?

Ella se encogió de hombros.

—Según Susan, que es la última que lo ha visto, dice que lo dejó pensativo cerca del río —contó ella—. Yo quiero ir a buscarlo también.

—Quedaos aquí —insistió Louis—. Deberíais...

—Iré, ¿entendido?

Louis, tras cruzar una mirada cómplice con William, se dio por vencido e, instantes después, todos ellos salieron en busca de Kieran.

Al llegar al río se separaron y, de pronto, Angela vio a unas mujeres salir de entre unos ramajes. Reían y sus pintas proclamaban lo que eran: prostitutas. Sin apartar la vista, vio a un par de hombres caminar tras ellas. Sus sonrisas lo decían todo. Lo habían pasado muy bien.

Aston llamó y todos acudieron. Al acercarse, Angela vio a dos mujeres más alejarse de allí con premura y a Kieran sentado en el suelo, con la ropa descolocada. Tirándose del caballo, se acercó a él de malos modos, mientras William, sujetándola, le decía:

—Tranquila, muchacha.

Soltándose de él, furiosa e irritada, se encaró con Kieran y le preguntó molesta:

—¿Lo has pasado bien con esas mujerzuelas, esposo?

Él, confuso, se retiró el pelo de la cara y, con voz pastosa, murmuró, tocándose la cabeza:

—¿De qué hablas?

Cuando él la miró y Angela vio su rostro ceniciento y su mirada algo perdida, supo que no lo había pasado nada bien. Miró hacia atrás y, sin perder un minuto y sin hacer caso de William, montó en su yegua y la azuzó hasta alcanzar a las prostitutas.

Una vez les bloqueó el camino, desmontó e inquirió:

—¿Qué le habéis hecho a mi marido?

Las dos mujeres se miraron y Angela desenvainó la espada y se la puso a una de ellas en la garganta.

—Nos han pagado para acompañar al hombre hasta que alguien nos encontrara —contestó ésta—. Cuando llegamos, él ya estaba adormilado y...

—¿Quién os ha pagado? —siseó Angela.

Ellas, temblando, se miraron entre sí y una explicó:

—Era... era un hombre alto que...

—¿De qué clan? —intervino Aston, que había llegado hacía un momento.

La mujer se encogió de hombros y Angela, dispuesta a saber más, dijo:

—Aston, que una cabalgue contigo, la otra vendrá conmigo. —Luego, mirándolas, ordenó—: Acompañadnos.

Asustadas, ellas dieron un paso atrás y Angela masculló:

—O venís por las buenas o por las malas, ¡vosotras decidís!

Sin poder hacer otra cosa, montaron con ellos y Aston y Angela regresaron al campamento. Allí, tras dar un par de vueltas, la que iba con Aston susurró:

—Aquel hombre es quien nos ha pagado.

Angela asintió. Nunca había visto a aquel individuo de aspecto sucio y desastrado. Tras bajar a las mujeres de los caballos, Aston dijo:

—Lo seguiré e intentaré ver...

—Ha sido Susan —lo cortó Angela—. Sé que ha sido ella.

Y, con decisión, se encaminó hacia el hombre, pero Aston, parándola, preguntó:

—¿Adónde se supone que vas?

Enfadada, Angela, de un tirón, recuperó las riendas de su yegua y respondió:

—Voy a hablar con él.

—¿Te has vuelto loca?

—¿Acaso crees que me va a ocurrir algo rodeada de gente? —le planteó sonriendo—. Te recuerdo que aún soy la mujer del laird Kieran O'Hara.

Aston fue a protestar, pero ella fue hacia el hombre, que estaba sentado en el suelo. Se bajó del caballo y, acercándose a él, le espetó:

—¿Cómo te llamas?

Él la miró de arriba abajo y respondió:

—¿Y tú?

—Soy la mujer del laird Kieran O'Hara, ¿te suena de algo el nombre?

La expresión de él cambió y Angela, sin darle tiempo a reaccionar, se sacó la espada y, poniéndosela en el cuello, siseó:

—Sé que tú has golpeado a mi marido y que has pagado a dos fulanas para que lo acompañaran hasta que yo misma o algún otro lo encontrara. ¿Por qué lo has hecho?

La feroz fachada de él se vino abajo en décimas de segundo y contestó:

—Tenía hambre y esa mujer me...

—¿Mujer? ¿Qué mujer?

El vagabundo, temblando con la espada en la garganta, respondió:

—No lo sé. Me ha dado unas monedas y me ha pedido que hiciera eso.

Y, nervioso, miró hacia los lados. Angela le apartó la espada de su cuello y sentenció:

—No te mato porque mi marido está bien. Pero ten por seguro que si le hubiera ocurrido algo, ahora mismo serías hombre muerto. Nadie toca a mi gente. Y mi gente son los O'Hara. Déjalo claro entre tus conocidos o las personas que te paguen. Si a alguno le ocurre algo, volveré a por ti y esa vez no tendré clemencia.

Al volverse, Angela vio a Louis, William y Kieran sobre sus caballos. El aspecto de éste había mejorado algo. Al menos había recuperado el color.

—¿Qué se supone que estás haciendo? —preguntó él.

Angela, guardándose la espada, repuso:

—Simplemente, lo mismo que tú harías por mí.

A Kieran, su actitud posesiva le gustó, pero no dijo nada.

El vagabundo, que aún seguía en el suelo, al ver a Kieran se asustó más y, arrodillándose, le rogó:

—Le suplico clemencia, señor. Castígueme por lo que he hecho, pero no me mate.

Kieran lo miró desde su caballo e inquirió:

—¿Quién te ha pagado para que lo hicieras?

—Una mujer —contestó Angela—. Y ya imaginarás quién es, ¿no?

Incrédulo, Kieran dijo:

—No pensarás que ha sido Susan, ¿verdad? —La mirada de Angela fue suficiente respuesta y él murmuró—: Olvídalo. Susan no ha sido.

—Ella ha venido preguntando por ti. Le interesaba que yo te viera como te hemos encontrado. Está furiosa por nuestro enlace, ¿cómo no voy a pensar que ha sido ella?

—Tranquila, muchacha... tranquila —la aplacó William.

Kieran miró al vagabundo y le dijo con voz calmada:

—Procura no volverte a cruzar conmigo, ni acercarte a ninguno de los míos o te prometo que no seré tan benevolente contigo la próxima vez. —Luego añadió—: Vamos, regresemos junto a los nuestros.

Con gesto de enfado, Angela guio a su yegua, y Kieran, acercándose a ella, susurró al recordar lo ocurrido la noche anterior:

—Tenemos que hablar muy seriamente.

—Oh, por supuesto —replicó ella—. Sin duda hablaremos de la Sinclair.

—No, Angela... de ella precisamente no quiero hablar.

En ese instante, Louis se acercó a ellos y anunció:

—Lady Edwina ha venido.

Kieran blasfemó. Los problemas se multiplicaban y, al mirar a su mujer, ésta agregó con mofa:

—Y contenta, lo que se dice contenta, no está.

Kieran puso los ojos en blanco. Sólo le faltaba tener a su madre allí para terminar de volverlo loco.

Cuando llegaron al campamento, Angela, sin que Kieran la viera, se separó del grupo. Y, tras pasar por su tienda y recoger a Iolanda, continuó hasta la tienda de Megan y Gillian. Necesitaba desahogarse con ellas.

—¿Estás más tranquila? —se interesaron.

—Sí. —Y, tras contarles lo ocurrido, gruñó—: Pero lo que más me irrita es que Kieran no crea que ha sido la idiota de Susan la que ha orquestado todo esto.

—La belleza en ocasiones los ciega —reflexionó Gillian.

—¡Hombres! —protestó Megan.

En ese momento entraron Duncan y Niall y, al verlas a todas reunidas, preguntaron:

—¿Qué ocurre?

Megan, con una sonrisa que cautivó a su marido, se acercó a él y respondió:

—Angela y Kieran han vuelto a discutir y la he invitado a quedarse en nuestra tienda esta noche.

—¿No habrá sido por la Sinclair? —sugirió Duncan.

Angela asintió y el hombre dijo:

—Quédate. No cabe duda de que Kieran no sabe lo que hace.

El tiempo pasaba y Kieran era consciente de que Angela no regresaba.

Antes de la cena ya no pudo más y fue hacia la tienda de los McRae. Louis le había dicho que ella estaba allí.

Al llegar, en la puerta se encontró a Duncan y Niall ante el fuego. Éstos al verlo lo saludaron y Kieran preguntó:

—¿Está aquí?

Ambos asintieron y Duncan afirmó divertido:

—Creo que es mejor que la dejes tranquila.

—No quiere verte —apostilló Niall.

Kieran negó con la cabeza, miró a sus amigos y preguntó furioso:

—¿Se puede saber de qué os reís?

—¿Qué haces casado con una mujer como Angela? —le preguntó Duncan—. ¿No decías que las guerreras no eran para ti?

—Es verdad —rio Niall—. Aún recuerdo aquello de: «Me gustan las mujeres dóciles».

—O aquello otro de —se mofó Duncan—: «Nunca me casaría con una mujer contestona y porfiadora».

Escuchar sus burlas lo hizo sonreír. Durante años, a pesar de lo mucho que quería a Megan y a Gillian, él había huido de mujeres con carácter y escucharlos ahora le hacía entender que, en ocasiones, nada es como uno desea.

Los escuchó durante un rato. Se merecía todo aquello por lo mucho que él se había reído cuando ellos se enamoraron, hasta que la paciencia se le acabó y masculló:

—¿Queréis cerrar esas bocazas antes de que os las cierre yo?

Los hermanos McRae soltaron una carcajada y Duncan accedió:

—De acuerdo, nos callaremos. Pero tú date la vuelta y regresa a tu tienda. Angela se queda esta noche con nosotros.

—¡Ni hablar! —bramó él—. Me da igual si me quiere ver o no. Ella es mi mujer y regresará conmigo a mi tienda.

Los otros dos se levantaron y Niall, con una sonrisa fanfarrona, susurró:

—Amigo, hay cosas que aún no sabes de las mujeres y...

Ya no pudo más. Kieran levantó el puño y le soltó un izquierdazo. Niall se tocó el ojo dolorido y, mirándolo, lo increpó:

—¿Y esto a qué viene?

Sin hablar, Kieran soltó un derechazo, que fue a impactar en el pómulo izquierdo de Duncan, y al ver que éste lo miraba con gesto furioso, explicó:

—Os la debía a los dos. Y ahora, apartaos de mi camino para que pueda hablar mi mujer.

Pero no hizo falta. Ante la algarabía que había armado, Angela ya estaba delante de él, gritando:

—Por el amor de Dios, Kieran, ¿qué estás haciendo?

Sin contestarle, la agarró de la mano y dijo:

—Tú te vienes conmigo.

—Ni hablar. No iré.

Kieran la miró como un loco y siseó:

—No me desafíes, y menos delante de mis amigos.

Y, sin más, la agarró, se la echó al hombro y, sin importarle lo que ella le decía ni los puñetazos que le daba, se la llevó.

Megan y Gillian, que los observaban junto a sus maridos, sonrieron, y Duncan, tocándose el pómulo dolorido, comentó:

—¡Enamorado es poco!

52

Cuando llegaron a su tienda, Kieran la soltó. Durante varios segundos, esperó a que ella dijera algo y cuando vio que no tenía intención de hacerlo, dijo:

—Nunca más vuelvas a hacer lo que has hecho.

—Lo mismo digo —siseó furiosa.

Kieran, con la respiración acelerada, preguntó:

—¿Qué hacías anoche vestida de hombre, con Zac y Iolanda? ¿Y de qué conocéis a la mujer que os vendió los vestidos?

Esas preguntas la sorprendieron. Estaba preparada para todo menos para responder a aquello e, intentando desviar el tema, contraatacó:

—¿Qué hacías tú con esas prostitutas en el bosque?

—Ha sido una encerrona, ¿acaso tú misma no lo has comprobado?

Angela asintió. Mientras, Kieran, desesperado por que ella lo miraba y no decía nada, estalló:

—Por el amor de Dios, Angela, ¿quieres decir algo?

La joven lo miró y, tras unos segundos de tensión, soltó una carcajada.

—¿En serio les has pegado a Duncan y Niall por mí?

Kieran, al escucharla, y en especial al verla reír, se olvidó de todo lo que quería hablar con ella y, abrazándola, susurró:

—Por ti pegaría, mataría y haría las mayores atrocidades que un hombre puede cometer, mi vida.

Cuando dejaron de reír y ambos se tranquilizaron, inquirió:

—¿Qué ha ocurrido con mi madre?

—Nada especial —respondió ella, abriendo las manos—. Me ha insultado, me ha dicho que yo no soy tan maravillosa, guapa e increíble como Susan Sinclair y yo le he dicho lo que pensaba de ella, de ti y de la Sinclair.

Sin sorprenderse, Kieran la miró y ella continuó:

—No seré bonita, no seré rica, pero tengo dignidad y valor. Y, cariño, lo siento, pero no voy a permitir que nadie me menosprecie, ni siquiera tu madre.

Conmovido, Kieran se acercó a ella.

—Nadie te menospreciará delante de mí. —Y cogiéndole la barbilla para que lo mirara, añadió—: Eres mi preciosa, encantadora y valerosa mujer y, antes de nada, déjame darte las gracias por enfrentarte a ese vagabundo por mí.

Encantada, fue a decir algo cuando Kieran la besó. Introdujo su lengua en el interior de su boca y, apretándola contra él, la tomó con la pasión con que siempre lo hacía y, cuando la soltó, musitó:

—Siento lo ocurrido con mi madre y con Susan. Y antes de que me vuelvas a embaucar, quiero hablar de lo que pasó anoche. Te vi llegar con Zac y...

Angela, poniéndole un dedo en la boca para que se callara, pidió:

—Vuelve a besarme. Es lo único que me interesa.

—Angela, debemos hablar.

—Bésame —insistió.

Él sonrió, pero cuando sus labios se iban a juntar, se oyó jaleo y gritos en el exterior de la tienda. Ambos se miraron y, rápidamente, Kieran salió. Angela lo siguió y fuera se encontraron con Susan Sinclair y Edwina.

—Kieran, por el amor de Dios, ¿estás bien? —preguntó Susan.

—Hijo de mi vida, ¿qué te ha ocurrido?

—Tranquila, madre, estoy bien —respondió él al verla tan preocupada.

—Esto es increíble —gruñó Angela, exasperada, mirando a Susan—. ¿Cómo tienes la poca vergüenza de venir a preguntar por algo que tú misma has ordenado?

—¿Cómo dices?

Obviando la mirada de la madre de Kieran, se acercó a la bella Susan e insistió:

—Tú lo has ordenado todo. ¡Has sido tú!

La gente rápidamente hizo corrillo y Kieran gritó:

—¡Angela, basta!

Susan, asustada, se colocó junto a Edwina y, llevándose las manos al pecho, preguntó:

—¿De qué me acusa?

—Hijo —intervino Edwina—, dile a tu mujer que no se puede acusar sin tener pruebas.

—Oh, claro —rio Angela al escucharla—. ¿Cómo no se iba a poner de su parte? ¡Faltaría más! Mire, señora, esa angelical doncella que está a su lado está furiosa por mi boda con su hijo y le ha pagado un vagabundo para que lo golpeara, y a unas furcias para que se quedaran con él hasta que alguien lo descubriera, y así avergonzarme ante todos los clanes.

Edwina, al oír eso, miró a Susan, que dijo:

—No la hagas caso, Edwina. Yo nunca le haría algo así a Kieran.

Angela resopló, mientras la madre de Kieran parecía disfrutar con aquello y Susan lloriqueaba en actitud de víctima. Kieran, desconcertado por las palabras de su mujer, rápidamente comenzó a consolar a Susan.

—¡Qué horrible! ¡Qué horrible es eso de lo que me acusa tu mujer!

Cansada de su actitud y con una chulería muy de Hada, Angela sonrió.

—A mí no me vengas con lloriqueos de pavisosa, que me los conozco. Y, por favor, quítate esa cara de mosquita muerta, que te he cazado.

—Oh, Dios mío —murmuró Edwina incrédula.

—Angela, haz el favor de contener tu lengua —dijo su marido.

—Imposible, Kieran. En un momento así y ante esa tonta que te pone morritos, ¡imposible!

Susan no dejaba de llorar y Angela, divertida y ganándose una curiosa mirada de Edwina, musitó:

—Serás llorona y mala persona, Susan Sinclair...

La mujer soltó una carcajada y Susan gritó:

—¡No me llames así!

—Oh... ¡claro que no! Con lo dulce y cariñosa que eres tú hasta con los niños —se mofó Angela—. Qué tonta soy. ¿Cómo puedo pensar algo así de ti?

Kieran, bloqueado por los acontecimientos, miró a su mujer y siseó:

—Angela, ¡basta ya! Deja de culpar a Susan.

Boquiabierta, le reprochó:

—¿Por qué no me crees y a ella sí?

—Eso, hijo, ¡acláralo! —lo instó Edwina.

Él a cada segundo más enfadado, cogió a Susan del codo y a su madre y, alejándolas de allí, dijo:

—Vamos, os acompañaré a vuestra tienda.

—¡Kieran! —gritó Angela alterada—. ¿Qué estás haciendo?

Enfadado con la situación, él miró a su mujer y respondió ante todos los presentes:

—Susan es una buena amiga, que nunca, ¡nunca! —chilló—, haría lo que tú estás dando a entender. Y me molesta ver lo descortés que estás siendo con ella.

—Pero, Kieran...

—¡Cállate, mujer, y no me enfades más! —bramó colérico.

Y, sin más, se alejó dejando a Angela sola y desesperada ante la tienda.

Todos los que habían presenciado lo ocurrido, tras mirarla se dispersaron. Iolanda murmuró:

—Vamos.

Furiosa e irritada, Angela se metió en su tienda y cuando Iolanda entró también, dijo descompuesta:

—Ha sido ella. Lo sé. Y... y... el idiota de mi marido es...

—Baja la voz —susurró Iolanda—. Si alguien te oye hablar así de él te puedes meter en un lío.

Consciente de que lo que le decía era cierto, cerró los ojos y calló. Era lo mejor.

53

El tiempo pasaba y Kieran no regresaba.

En varias ocasiones, Angela mandó a Iolanda para ver si continuaba donde los Sinclair, y así era. Estaba desesperada por no poder aparecer por allí y saber de qué estaban hablando.

De madrugada, oyó a unos hombres que pasaban cerca de su tienda, hablando sobre la muerte de James O'Hara.

Al escucharlos se puso alerta. ¿Cómo se habían enterado?

Nerviosa por que Edwina no se enterara por otro que no fuera su hijo, decidió ir a buscarlo. Con paso seguro, se encaminó hacia donde estaba Kieran y suspiró aliviada al verlo venir hacia ella. Eso le evitaría tener que entrar en la tienda de los Sinclair.

Él la miró con gesto ceñudo y, cogiéndola del brazo, siseó:

—¿Se puede saber qué haces caminando sola de noche por el campamento?

Ella se soltó de su brazo y dijo:

—He oído a unos hombres hablar sobre la muerte de James.

Kieran asintió y Angela, al ver que no se sorprendía, lo miró y Kieran explicó:

—Se lo he dicho a mi madre.

—¿Se lo has dicho?

—Sí. Como has visto, la noticia se extiende rápidamente.

—¿Cómo se lo ha tomado Edwina?

Kieran se tocó el pelo y, bajando la vista, susurró:

—Se ha disgustado, pero por raro que parezca, está bien. Dice que ya lo intuía. Que, como madre, ya se lo imaginaba y se había hecho a la idea.

Angela asintió y Kieran continuó:

—Susan y su madre me han arropado para darle la noticia y...

—Yo creía que se lo diríamos tú y yo. Nunca pensé que Susan Sinclair sería quien te ayudaría en ese momento.

Con una fría mirada, Kieran asintió y replicó:

—Aprende a comportarte y, cuando lo hagas, quizá entonces cuente contigo para ciertas cosas.

Y dicho esto, prosiguió su camino, pero Angela no lo siguió.

Desolada llegó a su tienda, se sentó en el camastro y, llevándose las manos a la cara, lloró. ¿Por qué, por qué Kieran tenía que ser así con ella?

A la mañana siguiente, tras una noche en la que extrañamente pudo dormir, cuando Angela se despertó y salió fuera de la tienda, no se sorprendió al ver que Kieran no estaba. Patrick, que estaba hablando con Iolanda, al verla aparecer la informó:

—Mi señor se ha ido con los hombres a cazar.

Ella asintió y, convencida de que era mejor no moverse del campamento, se dirigió hacia el guerrero que preparaba la comida a su clan. Éste, al verla, le entregó un trozo de asado y Angela le sonrió, dándole las gracias.

Comía plácidamente, sentada debajo de un árbol, cuando vio a la madre de Kieran pasear. Se la veía seria y, sin dudarlo, se levantó para ir a darle el pésame.

—Señora —la llamó.

Edwina se volvió y, al verla, la saludó con tranquilidad.

—Buenos días, señora —contestó ella y, tras un tenso silencio, dijo—: Quería darle el pésame por la muerte de su hijo James. Es muy triste perder a un ser querido.

La mujer asintió y, con una apenada sonrisa, respondió:

—Gracias, Angela.

Ésta se dio la vuelta para regresar, pero incapaz de no decir nada más, se volvió de nuevo y, al ver que la mujer la seguía mirando, añadió acercándose:

—Comprendo el dolor que siente ante esta triste noticia, pero aunque llore a James, debe continuar viviendo, por usted y por Kieran. Su hijo la quiere mucho, la adora, y lo que más temía era el sufrimiento de usted cuando lo supiera y que enfermara de tristeza. Por ello, le pido que, por favor, por favor... por favor, se cuide y no permita que la desidia entre en su vida, como le pasó a mi padre ante la muerte de mi madre y mis hermanos y que continúe viviendo para que Kieran siga siendo feliz.

Conmovida por esas palabras, Edwina sonrió y, asintiendo, dijo:

—He llorado tanto por mi hijo James, que ahora ya no tengo lágrimas. James siempre fue más revoltoso que Kieran, y aunque su padre lo castigaba por sus travesuras, yo siempre se las disculpaba. Kieran nunca se quejó. Siempre observaba, sonreía y callaba. Cuando ambos crecieron, James tomó un mal camino y se alejó de mí. Me olvidó. Y Kieran, aunque nunca dijo nada, nunca se lo perdonó y siempre estuvo junto a mí.

»Amo a mis dos hijos, pero ahora he de pensar en Kieran. Él nunca me ha abandonado y se merece tener la madre que siempre ha querido, cuidado y respetado. Gracias por tu preocupación y por tus palabras, Angela.

Con una sonrisa, ésta asintió y, dándose la vuelta, regresó a su tienda sin percatarse de cómo Edwina la miraba y sonreía levemente.

El resto de la mañana pasó sin pena ni gloria. Cuando Kieran regresó, la saludó al pasar por su lado, pero la frialdad que vio en él la martirizó. Poco después, una vez se aseó, se acercó a ella y le informó que irían a comer con los Sinclair.

—¿Por qué me haces esto, Kieran?

Sin querer entenderla, él la miró y respondió:

—Son nuestros vecinos en Kildrummy. Debes comenzar a tratar con ellos, y lo primero que harás será pedirle disculpas a Susan delante de todos y...

—¿Te has vuelto loco?

—No, Angela.

—¿Pretendes avergonzarme entonces?

Al escucharla, sonrió con frialdad y musitó:

—Te recuerdo que ayer me avergonzaste tú a mí.

Ella no contestó. Se mordió la lengua, segura de que Susan tenía que ver algo en aquello.

—Angela, soy juicioso y pienso en mi gente y en mi clan —continuó él—. Las relaciones con los Sinclair siempre han sido buenas y quiero que sigan siéndolo, ¿lo entiendes? —No entenderlo sería de idiotas y, tras ella asentir, Kieran la instó—: Cuando lleguemos, discúlpate por las acusaciones de ayer y tengamos la fiesta en paz.

Ella no se movió y él, mirándola, le ordenó:

—Vamos, acompáñame.

Sin poder negarse, Angela lo acompañó cabizbaja. Aquello a Kieran le dolió, pero Aldo Sinclair los había invitado a comer y no pudo decirle que no. Al llegar a la tienda de los Sinclair, éstos estaban sentados a una bonita mesa, junto a su madre Edwina. Aldo, al verlos llegar, se levantó y los invitó rápidamente:

—Sentaos y comed.

Pero cuando fueron a hacerlo, Susan se levantó y, enrabietada, siseó ante todos:

—Si ella se sienta a esta mesa, yo me voy.

—Susan, ¡basta ya! —la reconvino su padre.

—No pienso compartir mesa con una mujer que me acusa de algo tan terrible como haber hecho que atacaran a Kieran. ¡A Kieran nada menos! —replicó ella.

Ante aquella reacción, Angela vio su oportunidad de alejarse de allí cuanto antes y, sin moverse de su sitio, dijo:

—Te pido disculpas, Susan, no debí acusarte ayer delante de todo el mundo.

Augusta, sentada junto a Edwina, contestó con voz molesta, tras mirar a su hija:

—Aceptamos tus disculpas, pero procura refrenar tus acusaciones y tu lengua de aquí en adelante.

Edwina miró a su hijo y, al ver el gesto serio de éste, afirmó, mirando a la joven:

—Tu gesto te honra, Angela.

Ella asintió. Pensó en marcharse de allí inmediatamente y casi hizo ademán de hacerlo, pero se refrenó. Debía comportarse ante ellos y, volviéndose hacia Kieran, lo miró y preguntó con voz pausada:

—¿Te importa si regreso a la tienda? No tengo apetito.

Él, mirándola con intensidad, lo pensó un momento. Sin duda, era mentira que no tuviese apetito, pero entendía que no quisiera seguir allí. Odiaba lo que acababa de hacerle, pero aquel tipo de disculpas eran necesarias para las buenas relaciones con sus vecinos. Por ello, con delicadeza, se inclinó, la besó en los labios con dulzura y dijo:

—Ve y descansa.

Sin mirar atrás, Angela echó a andar hacia su tienda. Una vez llegó, se metió dentro y no salió en todo el día. No deseaba ver a nadie.

54

*P*or la tarde, mientras Angela se lavaba antes de vestirse para la fiesta de los clanes, entró Iolanda. Ella la miró y la joven dijo:

—Kieran me ha pedido que le lleve su ropa a la tienda de Louis. Desea vestirse para reunirse con el resto de los lairds en el castillo de Stirling, antes de que comience la fiesta.

Con gesto duro, Angela asintió e, intentando que su gesto no la traicionara, contestó:

—Llévasela. Yo tampoco quiero verlo.

Al quedarse sola en la tienda, quiso ponerse sus pantalones y esfumarse. Pero sabía que no debía hacerlo. Debía terminar lo que había comenzado y, una vez se lavó, se puso el hermoso vestido rojo que se había comprado para Kieran.

Con los ojos cerrados, se tranquilizó y cuando Iolanda entró ya ataviada con su vestido nuevo, Angela sonrió y dijo:

—Estás preciosa.

—Gracias —sonrió ella y, mirándola, añadió—. Tú estás escandalosamente guapa.

Encogiéndose de hombros, Angela susurró:

—Seguro que no tanto como la Sinclair.

—Déjame que te arregle el pelo —se ofreció Iolanda, cogiendo un peine.

—Da igual, Iolanda. Me da igual cómo lo lleve.

La joven miró a su amiga y, sin soltar el peine que tenía en las manos, replicó:

—No, no da igual. Le vas a demostrar a tu marido y al resto de los clanes que si esa Susan Sinclair es guapa, tú lo eres más. No te dejes achicar por nadie ¡y menos por esa pavisosa!

Ambas rieron y Angela, encogiéndose de hombros, accedió:

—De acuerdo.

Al acabar, las dos salieron de la tienda y Louis y Zac, al verlas, se quedaron boquiabiertos. Eran dos preciosidades.

—No quisiera verme en el pellejo de Kieran esta noche —murmuró Zac.

Louis asintió.

—Creo que esta noche no lo va a pasar nada bien.

Después, se levantó de donde estaba sentado y se acercó a Iolanda. Estaba preciosa con aquel vestido azulón y aquel otro peinado.

—¿Creéis que vamos bien para esa fiesta?

Zac soltó una risotada y luego confesó:

—No quiero perderme la cara de Kieran cuando te vea. Creo que vas a ser una gran sorpresa para él.

Angela, con una falsa sonrisa, afirmó:

—Eso espero, sorprenderlo.

Iolanda, al sentir la presencia de Louis a su lado, y ver que Zac y Angela hablaban y se alejaban unos metros, se animó a mirarlo.

—Estás muy bonita así vestida —susurró él.

—Gracias. Tú también estás muy guapo.

Emocionado por aquellas amables palabras por parte de ella, dijo:

—Iolanda, quisiera hablar contigo, si me lo permites.

—Tú dirás.

Atónito por su cambio de actitud, no desaprovechó el momento.

—En cuanto a aquella bravuconada por mi parte, quisiera pedirte perdón. Ya no sé cómo decirte que nunca he pensado que fueras una mujerzuela, aunque mis palabras te lo hicieran creer así. Me siento muy tonto por ello. Eres una muchacha encantadora y te mereces ser feliz y...

—Estás perdonado —le cortó ella nerviosa—. Olvidemos lo ocurrido.

Incrédulo por haber conseguido, por fin, su perdón, él quiso hablar más de ello, pero Iolanda le pidió que lo dejaran correr.

—¿Podré pedirte algún baile esta noche? —preguntó entonces él, sonriendo.

—Por supuesto que sí, Louis. Estaré encantada de aceptar.

Al oírla, él esbozó una amplia sonrisa, la primera en muchas semanas: por fin parecía que la joven lo había perdonado ofreciéndole el brazo, y dijo:

—¿Serías tan amable de ser mi acompañante esta noche en la fiesta?

Iolanda, animada, se agarró de su brazo y echaron a andar rumbo al castillo.

Zac, al verlos, suspiró divertido y exclamó:

—¡Por fin dejaré de escuchar los lamentos de Louis!

Angela sonrió contenta. Sin duda, Iolanda quería disfrutar la noche.

De camino al castillo de Stirling, pasaron por el campamento donde estaban Gillian y Megan y cuando éstas vieron a Angela, se quedaron sin palabras.

Al entrar en el castillo, ella estaba nerviosa. Seguía enfadada con Kieran pero al mismo tiempo deseaba que sólo se fijara en ella. Por primera vez en su vida, quería estar más guapa y atractiva que nadie, y las miradas de muchos guerreros le confirmaron que iba por buen camino.

Gillian, que iba a su lado, divertida al ver cómo muchos no le quitaban la vista de encima, cuchicheó:

—Si cualquier hombre me mirase así en presencia de Niall, te aseguro que la fiesta no terminaría bien.

Megan soltó una carcajada y apuntó:

—Duncan ya les habría cortado el cuello.

—Yo también se lo cortaría —gruñó Zac, mirando con gesto hosco a los que se paraban a mirar a las mujeres que iban con él.

—Creo que esta noche vas a ser la sensación —comentó Megan.

—Eso espero —susurró Angela.

—No te preocupes por lo ocurrido con la Sinclair —rio Gillian—. En cuanto Kieran te vea con este vestido, sólo tendrá ojos para ti.

—Kieran y todos —mascullό Zac.

Cuando llegaron al comienzo de una escalera que desembocaba en una enorme estancia, se pararon para mirar. Allí había ya un buen número de gente y el ambiente era alegre y animado.

Duncan, el marido de Megan, que estaba pendiente de la llegada de su mujer, al verla aparecer le sonrió. Aquella morena de pelo azulado era su gran debilidad y al verla tan bonita con aquel vestido rosa palo, murmuró:

—Tan hermosa como siempre.

Niall, al oír a su hermano, se volvió y sonrió. Junto a Megan estaba Gillian, su loca e intrépida mujer, ataviada con un vestido azul cielo, y él, orgulloso, murmuró:

—Mi preciosa gata, está bellísima.

—¿La que va junto a Louis y Zac es Angela? —preguntó Edwina, que estaba con ellos.

Niall asintió y, divertido, cuchicheó:

—Si yo fuera Kieran, ya tendría la espada en la mano.

Éste, que estaba hablando con el padre de Susan, y con su mujer, lady Augusta, al oír un murmullo colectivo, miró hacia la escalera y se quedó sin habla cuando se percató de que la bellísima mujer del vestido rojo y el pelo suelto que iba junto a Louis era su esposa. Estaba impresionante.

—Imagino que la pelirroja que va junto a tu hombre de confianza es tu mujer, ¿no es así? —preguntó Aldo.

Lady Augusta se sorprendió al ver a la joven. Vestida así, nada tenía que ver con la muchacha que había conocido.

Edwina se acercó a su hijo y le susurró al oído:

—Creo que el vestido que lleva tu mujer es algo escandaloso, pero no puedo negar que está muy bella.

Kieran, todavía pasmado, asintió. Angela era bonita, siempre lo había sabido, pero ataviada con aquel impresionante vestido que se ajustaba a las curvas de su cuerpo de una manera excepcional estaba arrebatadora.

Sin importarle lo que Aldo o su mujer pensaran, separándose de su madre se encaminó hacia la escalera para recibirla y, cuando Angela llegó al último escalón, la cogió de la mano y, mirándola a los ojos, dijo:

—Asombrosa.

Con una fingida sonrisa, que escondía su malestar, lo miró y respondió con mofa:

—Seguro que no tanto como Susan Sinclair.

Ese comentario y su tono de voz molestaron a Kieran, que se maldijo por no haber hablado con ella y aclarado la situación antes de la fiesta. Sin soltarla, caminó con ella por el salón, y al ver cómo los hombres los observaban, dispuesto a dejar claro que aquélla era su mujer, le agarró la mano con fuerza y, acercándola a él, la besó en los labios y, al ver que Megan los observaba, murmuró:

—Estás preciosa, *mi cielo*.

Angela lo miró y, entrecerrando los ojos, sonrió. Le apetecía darle con algo en la cabeza, pero no era el momento ni el lugar.

—¿Has vuelto a decir «mi cielo», Kieran? —susurró Megan.

Él, sin apartar los ojos de su extraordinaria mujer, contestó:

—Sí. Eso he dicho.

Megan y Gillian, se miraron incrédulas y esta última musitó divertida:

—Increíble. Él, que se burla siempre de nosotros por utilizar palabras dulzonas y empalagosas con nuestros maridos...

Todos sonrieron excepto Angela.

Kieran, consciente del estado en que se encontraba, sin soltarla, la miró a los ojos y, en tono íntimo, preguntó:

—¿Por qué te has puesto este vestido?

—¿No te gusta?

Él, sin dejar de mirarla, comentó:

—Es un pelín escandaloso. —Y, quitándose el plaid que llevaba al hombro, se lo echó por encima y dijo—: Así está mejor.

—Pero *cariño* —se mofó ella—. Si a ti te gustan las mujeres con vestidos escandalosos.

—Angela... —siseó Kieran.

Ella le devolvió el plaid y al ver que unos highlanders los observaban, dijo:

—Gracias, pero no tengo frío.

Sin soltarla de la mano ni un instante, Kieran vio su gesto serio y le reprochó:

—¿No piensas sonreír esta noche?

Angela lo miró. Estaba guapísimo ataviado con aquellos pantalones de cuero negros a juego con la chaqueta oscura. Deseosa de volverlo loco, sonrió y respondió:

—Claro que sí, *cariño*. Te aseguro que no voy a parar de sonreír el resto de la noche.

Su tono a Kieran no le gustó y, acercando la boca a su oído, dijo:

—Angela, te conozco, ¿qué pretendes hacer?

Sin borrar la sonrisa de su boca, ella contestó:

—Simplemente lo mismo que haces tú delante de mí.

Él se puso alerta. ¿Qué se traía entre manos?

En su camino por el salón, varios highlanders, enterados de su enlace, se acercaron y, junto a sus mujeres, los felicitaron. Angela se lo agradeció con una arrebatadora sonrisa y Kieran sonrió también. Era buena disimulando.

Pero cuando varios de los solteros con los que él mismo se había corrido sus buenas juergas se les acercaron, sintió una extraña incomodidad al ver que ella seguía sonriendo.

Con disimulo observó cómo aquellos depredadores miraban a su mujer y no le hizo ninguna gracia. Oír cómo la alababan y ensalzaban lo molestó y entendió muchas de las actitudes de otros highlanders casados cuando él aparecía en las fiestas. De pronto, él tenía una mujer que le importaba y por nada del mundo iba a permitir que ninguno de aquéllos se propasara.

Cuando terminaron de hablar, sin soltarle la mano, Kieran caminó con ella hacia donde estaban sus amigos, luego le preguntó en un aparte:

—¿Te diviertes?

Ella, hirviendo de furia por dentro, lo miró y luego miró a uno de los hombres que Kieran le había presentado y, tras comprobar la que miraba, respondió:

—Por supuesto, y más que pienso divertirme.

Kieran, al darse cuenta de cómo miraba a Ramsey Maitland, maldijo en voz baja y, acercando su boca a la de ella, murmuró:

—Aléjate de él, ¿entendido?

Sorprendida, Angela clavó sus bonitos ojos verdes en los de su marido y, sin que nadie la oyera, replicó:

—*Cariño*... estaré tan lejos de él como tú lo estás continuamente del caprichito de Susan Sinclair.

A Kieran se le revolvió el cuerpo y ya estuvo seguro de que Angela tramaba algo. Quiso protestar, pero en cambio preguntó con la mayor galantería posible:

—¿Te apetece beber algo?

Ella, que estaba pendiente de ver a Susan Sinclair, contestó distraída:

—Una jarra de cerveza no estaría mal.

Kieran asintió, pero antes de irse le indicó inseguro:

—No te muevas de aquí. Regresaré en un instante.

Con una más que fingida sonrisa, Angela asintió y, en cuanto él se marchó, se alejó unos metros de sus amigos y se apoyó en una de las paredes de piedra, pero, al cabo de breves instantes, varios hombres la rodearon, dispuestos a hablar con ella.

Louis, que observaba la situación de pie junto a Iolanda, tras beber un sorbo de su copa, comentó:

—¿Qué trama Angela?

Iolanda miró a su amiga, bebió también y dijo:

—No lo sé.

—¿Seguro? —insistió Louis.

Con una gracia que a él lo hizo sonreír, la joven parpadeó y afirmó:

—Sí. Pero ten por seguro que si lo supiera no te lo diría.

Instantes después, cuando Kieran regresó con las bebidas, maldijo al ver a su mujer rodeada de halcones. Con una más que forzada sonrisa, se acercó a ella y le entregó su bebida, a la espera de que se pusiera a su lado. Pero al ver que no se movía y continuaba riendo con aquellos hombres, se hizo a un lado y se retiró.

Duncan, que lo observaba todo con atención, sonrió. Ver a Kieran en aquella situación era algo nuevo para él y al observar que bebía de su copa a toda velocidad con gesto incómodo, se le acercó.

—Me ha dicho Megan que has vuelto a discutir con tu mujer por la Sinclair. Incluso que has hecho que se disculpe ante ella.

Enfadado, Kieran asintió y, mirando a su amigo, siseó:

—Angela la acusó delante de todos.

—Y tú, con tus actos, te has puesto de parte de Susan, ¿verdad?

Él lo miró sin responder y Duncan le aconsejó con una sonrisa:

—Nunca, nunca, te pongas del lado de otra mujer que no sea la tuya.

—¿Ni siquiera cuando no tiene razón?

—¿Acaso sabes la verdad de lo sucedido? —Kieran negó con la cabeza y el otro prosiguió—: Pues entonces, lo mejor es no decantarse por ninguna y permanecer al lado de tu esposa. —Kieran maldijo y Duncan, divertido, añadió—: Querido amigo, sobre mujeres sabrás mucho, pero sobre esposas y cómo tratarlas, creo que tienes mucho que aprender. Y, por cierto, ese puñetazo que me diste, aún me duele.

Kieran maldijo en silencio mientras observaba a su preciosa esposa reír a carcajadas con aquellos guerreros. Le molestaba que ella fuera el centro de atención de otros, pero ante eso poco podía hacer, a no ser que se comportase como un animal y se la llevara a la fuerza, cosa que no iba a hacer.

—¿Por qué estás tan concentrado, *mi cielo*?

Al oír la voz divertida de Megan y ver que Duncan sonreía, murmuró:

—Te gusta verme en esta tesitura, ¿verdad?

—¿Por qué, *mi cielo*? —se volvió a mofar ella.

—Megan... —la reconvino Duncan.

Malhumorado y sin querer contestar, Kieran se terminó su jarra de cerveza. Megan, al ver lo enfadado que estaba, dijo:

—Lo siento.

Él refunfuñó, miró de nuevo a los hombres que había alrededor de su mujer y, descompuesto, vio que algunos parecían abstraídos, otros atontados y otros le sonreían con auténtico deleite. No quiso imaginar lo que pensaban. Si lo hacía, se enfadaría mucho más.

—Iré a por otra bebida.

Duncan lo agarró del brazo y susurró:

—Es tu esposa. Llévatela contigo.

Kieran lo pensó, pero no dispuesto a hacerlo, sin decir nada se marchó.

Con el rabillo del ojo, Angela vio que se alejaba y respiró aliviada. Para ella tampoco estaba siendo fácil aquella situación. Sentir su reprochadora mirada la inquietaba, pero quería enfadarlo y hacerle sentir lo que ella sentía cuando él sonreía a otras.

Cuando llegó donde estaban las bebidas, su madre se le acercó:

—¿Qué os ocurre a ti y a tu mujer?

—Nada.

Con una sonrisa que le hizo saber que no lo creía, Edwina dijo:

—Reconozco que no me gustaba Angela, porque creía que era una jovencita tontorrona, pero, hijo, a cada instante que pasa, me gusta más.

—Madre... —resopló él.

—Esta chica sí que sabe darte tu merecido —rio la mujer, alejándose.

Ramsey Maitland se acercó a Angela. Era alto, moreno y con unos ojos oscuros increíblemente inquietantes, y por cómo las mujeres lo miraban, ella intuyó que era tan deseado como su marido. Charlaron durante un rato, hasta que él le preguntó si quería bailar. Angela lo pensó, pero al ver bajar la escalera a Susan Sinclair y observar cómo su marido le sonreía y se acercaba a saludarla, aceptó.

Empezó a danzar con Ramsey junto a otras parejas. Allí estaban Iolanda y Gillian con Louis y Niall, divirtiéndose. Cuando ellos la vieron acompañada de aquel hombre en vez de por Kieran, se miraron sorprendidos pero continuaron bailando sin decir nada.

La música era algo que a Angela siempre le había gustado y alegrado y cuando comenzó a bailar y vio que Ramsey era un buen bailarín, se entregó encantada a la danza, sin darse cuenta de que Kieran la observaba.

—La gente comienza a murmurar —dijo Duncan, acercándose a él.

—Lo que murmure la gente bien sabes que nunca me ha importado —respondió Kieran.

—¿Ni siquiera si dicen cosas que no son verdad?

Al ver que Kieran no respondía, Duncan miró a su mujer, callada a su lado, para variar, y convino:

—De acuerdo, Kieran. Sólo te diré que no me gustaría estar en tu pellejo.

Él, de un trago, se acabó de nuevo su bebida y, dejando la jarra sobre una mesa, con una arrebatadora sonrisa masculló:

—¡Si mi mujer quiere jugar, jugaremos!

Acto seguido, se dio la vuelta dejando a sus dos amigos preocupados, e invitó a la hija de los Carmichael a bailar. Ella aceptó encantada. Después bailó con la hija de los Jones, la nieta de los Campbell y muchísimas mujeres más. Todas aceptaban, sonrientes y encandiladas por la caballerosidad de Kieran.

55

Angela, ofuscada porque Kieran no demostrara su enfado, resopló, hasta que lo vio unirse a una danza llamada «el molino». Kieran saludó con gracia a las damas con las que coincidía en el baile, hasta que llegó a Angela y, al tenerla cerca, le dijo:

—¿Lo pasas bien, esposa?

Con una falsa sonrisa, ella respondió mientras danzaba:

—Maravillosamente bien, ¿y tú, esposo?

A él no le dio tiempo a contestar, porque la danza continuó y Angela se alejó del brazo de otro guerrero. Tras dar una nueva vuelta, volvieron a coincidir.

—¿Pretendes enfadarme, Angela?

Dando un traspié por culpa de Kieran, mirándolo con inocencia murmuró:

—Noooo, *cariño*.

De nuevo la danza los separó y, cuando los volvió a unir, la música se ralentizó y, mientras caminaban cogidos de la mano, ella preguntó sin disimulo:

—¿Te sientes bien sintiendo que otros hombres me desean?

Con gesto ceñudo, Kieran respondió:

—Lo que haces es escandaloso.

Angela rio y con una voz nada angelical, murmuró:

—No hago nada que tú no hagas... *tesoro*.

—Angela...

—Con la diferencia de que yo aún no me he acostado con ninguno de ellos y tú sí con muchas de las que están en este salón.

A Kieran el vello se le puso de punta y, cuando fue a responder, la música los volvió a separar.

A partir de ese instante la tensión entre los dos subió. Cada uno lo pasaba bien en distintos grupos, mientras el resto de sus amigos los observaban, conscientes de que aquello no iba a terminar bien.

Louis y Iolanda, que no se habían separado en toda la noche, al ver lo que hacían, se miraron y ella dijo:

—Temo el enfado de Angela.

Al ver que Kieran daba un traspié por una zancadilla de Angela, Louis negó con la cabeza y contestó:

—Deberías temer más la furia de Kieran.

Edwina, que como el resto de la gente veía lo que sucedía con su hijo y la mujer de éste, se acercó a Angela cuando ésta fue hacia una mesa de bebidas, y le preguntó:

—¿Lo pasas bien, querida?

Mirándola con el mayor de los descaros, la joven respondió:

—Seguramente que no tan bien como usted, Edwina. Tranquila, tras esta maravillosa noche, su hijo no querrá volver a saber de mí.

—Oh, hija, ¡no digas eso!

Angela sonrió: menuda falsa era aquella mujer... Sin embargo, cuando fue a decir algo más, ella se le acercó y cuchicheó:

—Continúa con lo que haces. No sabes cuánto me estoy divirtiendo.

Cuando se alejó, Angela maldijo en voz baja. Aquella bruja se divertía al ver cómo se ponía en evidencia delante de todo el mundo. Sin duda, estaba disfrutando de verla caer.

A cada instante más enfadada, caminó con premura hacia una terraza, pero al llegar, vio allí a Kieran riendo con Susan Sinclair.

—Maldita sea —siseó.

—Preciosa Angela, ¿qué te ocurre?

Al volverse, se encontró con Aiden McAllister y masculló:

—Sólo me faltabas tú.

Él se acercó a ella sonriendo y murmuró:

—Esa Sinclair no es como tú, y Kieran lo sabe. Pero ahora deja de tontear con todos o él se enfadará.

Dicho esto, se alejó, dejando a Angela todavía más confusa. Pero poco después, mientras Kieran continuaba junto a la Sinclair, se acercó a Ramsey Maitland furiosa y, con una copa en la mano, comenzó a charlar con él.

Un rato después, la música acabó. Megan miró a Angela, que reía con Ramsey Maitland. Aquello iba a traer problemas. Kieran, por su parte, caminaba con Susan Sinclair del brazo. Poniéndose de puntillas, Megan le dijo a su marido:

—Esto no me gusta nada.

—A mí tampoco —resopló Duncan.

Agobiada por las continuas proposiciones nada honestas de Ramsey, Angela se disculpó con la excusa de que iba a buscar a Iolanda. Necesitaba unos segundos a solas. Al ver que nadie la seguía, cogió una jarra de cerveza y se escondió tras unos barriles.

—¡Kieran O'Hara es tan galante...! —oyó que decía una voz de mujer.

—Y descarado. Es un descarado con las damas —apuntó otra.

—Su hermano era peor —apostilló una tercera mujer—. Gracias a Dios que ha muerto ese vil sinvergüenza.

—No es de extrañar que sean así. Ya sabéis que Edwina, la madre de los muchachos era una posadera de Edimburgo. ¿Acaso esperabais que los educara como caballeros? —Las mujeres murmuraron algo y aquélla prosiguió—: Os recuerdo que se ganaba la vida sirviendo a los hombres y supo engañar y engatusar al laird Ferdinand O'Hara. Se volvió loco de amor por ella, ¿lo recordáis? —Las otras dijeron que sí y la primera aseguró—: Siempre quiso su dinero y cuando él murió en Irlanda, ella y sus hijos heredaron una gran fortuna.

Aquella voz a Angela le sonaba. Se asomó con disimulo y se quedó de piedra al ver que la que había hablado era lady Augusta, la madre de Susan. Pero ¿cómo podía ser tan bruja? No obstante, sin decir nada, siguió escuchando:

—Dímelo a mí —aseveró otra mujer—. Mi hermana Betty bebía los vientos por Ferdinand y cuando se enteró del enlace de éste con esa mujer ingresó en una abadía.

Todas las mujeres hablaron a la vez, hasta que otra dijo:

—¿Y qué me decís de la esposa de Kieran?

—¡Escandalosa! ¿Habéis visto el vestido que lleva?

Varias rieron y, consciente de que ahora le tocaba a ella, Angela agudizó el oído y escuchó a Augusta decir:

—Otra aprovechada, como la madre de los muchachos. Mi hija era quien tenía que ser su mujer y mis nietos, los herederos de esa gran fortuna.

—Pobre Susan. Qué disgusto tendrá.

Augusta dijo que sí y, acercándose a las otras, cuchicheó:

—Ya nos hemos ocupado ambas de que Kieran aborrezca a su mujercita. —Rieron las tres y Augusta prosiguió—: Según me contó Susan, Kieran le comentó que esa joven procedía de un clan en decadencia, los Ferguson de Caerlaverock.

—¿Es hija de Kubrat Ferguson, el que se volvió loco cuando mataron a su esposa?

—Efectivamente —respondió lady Augusta—. Esa joven es inexperta en muchas lides y, tras darle unas monedas a un vagabundo y a unas prostitutas, mi hija y yo hemos conseguido que esa paleta acuse a mi hija ante Kieran. Y el muy tonto, ante una buena actuación de mi Susan, ha pasado de su mujer para consolarla a ella.

Todas rieron y una comentó:

—Augusta, qué mala eres.

—Mala no, simplemente, no hemos estado toda la vida soportando a esa posadera para que ahora venga una aprovechada y le arrebate a mi hija lo que prácticamente era ya suyo. Kieran es un seductor con las mujeres, eso ya lo sabemos todos, pero también sabemos que es un hombre rico, generoso y todo un caballero y eso es lo que yo quiero para mi hija, y ella también. Además, su enlace fue un *handfasting*. Tengo un año para hacerle ver a Kieran y a la tonta de Edwina que mi hija es lo que necesitan y no esa pobretona de Ferguson, sin clase ni modales.

—Callad, que viene Edwina —ordenó una.

Segundos después, Angela oyó reír a la madre de Kieran con ellas.

Augusta, aquella bruja con sonrisa y cara de buena mujer, era lo peor que había conocido en su vida. Además de ser una falsa con la madre de Kieran, había ayudado a Susan a orquestar todo lo ocurrido.

La fiesta continuó, pero el humor de Angela ya no era el del principio. Ver cómo la mujer reía y hablaba con Edwina la estaba sacando de sus casillas. Y aunque ella fuera a desaparecer de sus vidas, Edwina merecía saber qué clase de amiga era aquella bruja.

Por eso, bien entrada la madrugada, Angela se acercó a Kieran. Necesitaba aclararle ciertas cosas. Con una bonita sonrisa, se puso junto a éste, Susan y otras mujeres y, cogiéndolo del brazo, preguntó:

—Kieran, ¿tienes un segundo, *cariño*?

Él la miró y, con gesto altivo, inquirió:

—¿Para qué?

Ante la expectación de los presentes, Angela respondió:

—Quisiera hablar contigo. Será sólo un momento.

Dispuesto a ser tan desagradable como ella lo había sido toda la noche, dijo:

—Querida, sin duda lo que tienes que decirme puede esperar. Luego lo hablamos. Ahora estoy con estas encantadoras damas.

Molesta por aquel desplante ante ellas, Angela cambió el peso de pie y volvió a la carga:

—Insisto. Necesito hablar contigo.

No dispuesto a consentir que le hablara así, él la cogió del brazo y siseó:

—Sigue pasándolo bien y déjame a mí disfrutar de la noche.

Incrédulas, las mujeres se llevaron la mano a la boca, y más cuando ella masculló:

—Vete al cuerno, Kieran O'Hara.

—¿Qué has dicho, esposa?

—Lo que has oído, marido.

Y, sin más, se dio la vuelta y se alejó, dejando a Kieran más que furioso. Pero ¿qué estaba haciendo Angela?

Susan, extrañada por aquello, cuando quedaron a solas preguntó:

—¿Qué ocurre, Kieran? ¿Qué pasa con tu mujer?

No demostrando lo molesto y enfadado que en realidad estaba, sonrió y dijo en tono zalamero:

—Nada, está divirtiéndose, como yo.

—¿Y no te importa que lleve ese escandaloso vestido y que te desafíe con la mirada ante todos?

Kieran miró hacia donde Susan miraba. Allí estaba Angela, observándolos, y respondió:

—Nada me divierte más.

Encantada por esa respuesta, la joven asintió y salió a bailar de nuevo con Kieran. Angela, desde el otro lado del salón, los miraba mientras se le retorcían las tripas. ¿Cómo había podido rechazarla así ante todas aquellas mujeres?

De pronto, alguien le cogió la mano. Al darse la vuelta, vio que se trataba de Megan y, alejándose unos metros de donde estaba todo el mundo, ésta la interrogó:

—¿Qué estás haciendo?

—Sencillamente, lo mismo que hace él —respondió ella.

Ramsey se les acercó, las saludó con cortesía e invitó a Angela a bailar de nuevo. Ella, tras dedicarle una candorosa sonrisa, pospuso el baile y cuando él se marchó con la esperanza de regresar poco después, Megan comentó:

—Ramsey y Kieran nunca se han llevado bien. Si ese presuntuoso highlander te invita a bailar y te acosa es sólo para molestar a tu marido.

Angela miró a éste y, al verlo reír con Susan, respondió:

—Entonces bailaré dos o tres piezas más con él.

Aquella contestación hizo sonreír a Megan, pero continuando con lo que había ido a decirle, preguntó:

—¿Tan enfadada estás con Kieran?

Ella fue a contestar, pero Megan, cortándola, añadió:

—Escúchame, Angela. No te conozco y no quiero juzgarte, pero quiero que sepas, por si no lo has pensado, que en este sitio cientos de ojos te están observando. Todos los presentes saben que eres la mujer de Kieran y están viendo que bailas, bebes, sonríes y coqueteas con todos menos con él y...

—Hago lo mismo que hace Kieran —repitió y luego dijo—: ¿Acaso no ves que él está con todas también? Hace un rato he intentado acercarme para hablarle, pero ha sido imposible.

—¿Me aceptarías un consejo?

—Por supuesto —afirmó Angela, cansada de aquella situación.

—Cuando conocí a Duncan, nunca pensé casarme con él. ¡Él era el temible Halcón! Arrogante, mujeriego y un hombre no muy fácil de trato. —Megan sonrió y prosiguió—: Yo, por mi parte, tampoco era fácil de llevar, pero las circunstancias hicieron que acabáramos casados por un año y un día.

Alucinada al oír eso, Angela murmuró:

—¿Estás diciendo que...?

—Sí, Angela. Estoy diciendo que yo también me casé como tú, sin conocer al hombre que tenía delante, y por un *handfasting*. Ni te imaginas lo que discutíamos, pero cuanto más lo hacíamos, cuanto más nos retábamos, más nos gustábamos, y terminamos enamorándonos. —Sonrió—. Y ahora no podemos vivir el uno sin el otro.

Angela sonrió y la otra añadió:

—Con esto quiero decir que si quieres llamar su atención, hazlo, pero sin que tu moralidad, honorabilidad y honestidad queden por los suelos como están quedando.

Consciente de que ella tenía razón, se llevó la mano a la sien y lo reconoció.

—Tienes razón. No debería retarlo así.

Megan, con una candorosa sonrisa, contó:

—Yo desafié a Duncan en todo lo que te puedas imaginar, y lo sigo haciendo, y eso en cierto modo le gusta. Sólo hay que ver cómo te mira Kieran y cómo te busca continuamente para saber dónde estás. Sin duda, está enfadado por lo que está ocurriendo y, conociéndole, no creo que tarde mucho en explotar.

—Y me lo mereceré —afirmó Angela con una graciosa mueca.

Divertida, Megan sonrió.

—Te aseguro que si algo le gusta de ti es tu personalidad. Ni tú ni yo somos como muchas de las que ves aquí. No somos delicadas mujercitas que sólo piensan en sus peinados y en los vestidos de moda, e intuyo que tú también prefieres cabalgar y saltar arroyos a estar cosiendo ante el hogar, ¿verdad? —Angela asintió y Megan prosiguió—: Si realmente quieres enamorarle, no hagas lo que estás haciendo, o sufrirás más de lo que nunca has llegado a imaginar.

Angela sabía que Megan tenía razón. Durante un buen rato, estuvo hablando con ella y se desahogó. Le contó lo de James, lo que le había oído decir a Augusta, y Megan blasfemó al conocer la verdad.

—Entonces, ¿crees que debo intentar acercarme otra vez a él?

—Sin duda alguna —aseguró Megan—. Kieran es tu marido, no el de Susan, ni de ninguna otra que se halle por aquí. No lo olvides.

Dispuesta a desechar sus planes e intentar acercarse al hombre que amaba, fue a moverse, cuando la música se detuvo y un hombre puso en el centro del salón un *clarsach*.

De pronto, todos los presentes comenzaron a corear el nombre de una mujer y Kieran, encantado, acompañó a Susan Sinclair hasta donde estaba el instrumento.

—No me digas que también sabe tocarlo —cuchicheó Angela.

—Siento decirte que sí y además, aunque sea muy tonta, lo hace muy bien —respondió Megan.

—Pavisosa —susurró Angela, y ambas rieron.

Susan, encantada de ser el centro de todas las miradas, se sentó con coquetería en un taburete que le pusieron y se retiró el pelo de la cara. Su belleza era tan impresionante, que a Angela la fuerza se le desvaneció. ¿Qué hacía intentando competir con ella? No tenía su porte, tampoco su pelo como los rayos del sol, ni su cara angelical.

Al comprender lo que pensaba, Megan susurró:

—Tú tienes otras cualidades. Y si Kieran se ha casado contigo, y está tan enamorado, que lo está, es porque las tuyas son infinitamente mejores que las de ella. Eso nunca lo olvides.

—Gracias por tus palabras —dijo ella, sonriendo y volviendo a respirar.

Ajena a la conversación, Susan se calentó las manos, aquellas finas y delicadas manos sin un solo rasguño y, tras parpadear con picardía y gracia, se acercó la pequeña arpa celta al cuerpo y, tras unos toques, comenzó a cantar una bonita canción.

El highlander y la plebeya
se encontraron en la feria
a los ojos se miraron
y ya no se olvidaron.

Nobleza y cortesía
son sus armas y su espina
y el amor por la plebeya
destrozó su vida entera.

Se buscaban y encontraban
por la noche y la mañana
y la esposa del highlander
se enteró de aquel romance.

Y se amaron en silencio
hasta que se enteró el pueblo
la plebeya fue expulsada
de su clan y de su casta.

Y lo cantan trovadores
aldeanos y señores
el romance de la plebeya
que al highlander mató de pena.

Todo el mundo la escuchaba embelesado. Angela reconoció que tenía una bonita voz y, al notar la mirada de Megan, susurró:

—Tienes razón. Lo hace muy bien.

—Pero es pavisosa —apuntó bromeando la otra.

Cada vez que Susan terminaba una canción, la gente la animaba para que cantara otra y otra y otra más. Cuando Megan regresó al lado de su marido, Angela decidió hablar con Kieran y, acercándose a él, dijo:

—Kieran, necesito hablar contigo.

—Ahora no —respondió sin mirarla.

Angela suspiró. Siempre la misma cantinela... Cuando ella quería hablar, él no quería hacerlo, pero insistió:

—Tengo que disculparme contigo por...

—Chisssssss.

Molesta por su actitud, preguntó:

—¿Te importa si me marcho al campamento?

Kieran continuó sin mirarla. Se esforzó por no hacerlo por más que lo deseaba. Claro que le importaba que se fuera y dejar de verla, pero sin apartar la vista de Susan, contestó:

—Puedes hacer lo que te dé la gana, como llevas haciendo toda la noche.

Angela se sintió fatal. Megan tenía razón. No debía haber hecho aquello. Ella había sido quien había comenzado y, acercándose a él, murmuró:

—Kieran, yo...

—Chiss, ¡calla!, Susan está cantando y quiero escucharla.

—Pero...

—Por el amor de Dios, ¿te vas a callar de una vez? —gruñó.

—Si tuviera una espada, te juro que te daba con la empuñadura en la cabeza, ¡bestia! —masculló ella, enfadada.

Los que estaban cerca la oyeron y Kieran, consciente de cómo los otros hombres lo miraban, siseó con brusquedad:

—Aléjate de mí. Regresa al campamento si quieres y ya hablaremos cuando vuelva.

—¿Has dicho que me aleje de ti?

—Sí —mascullό Kieran, fuera de sus casillas.

Ella lo miró furiosa y le reprochó:

—Me prometiste que nadie me haría daño y me lo estás haciendo tú.

Kieran la miró y Angela, olvidándose de lo que había hablado con Megan, se dio la vuelta y se encaminó hacia la salida. Sin apartar la vista de ella, Kieran maldijo por lo que acababa de hacer. Él tampoco se estaba portando bien. Fue a moverse, pero la madre de Susan junto a Edwina se acercó a él para consolarlo por lo que había ocurrido con Angela. Kieran las escuchó y, en silencio, se convenció de que había vuelto a meter la pata con su mujer.

Megan, al ver aquello, fue a ir tras Angela, pero su marido la sujetó del brazo y sentenció:

—No es asunto nuestro.

—Pero, Duncan, ella...

—He dicho que no es asunto nuestro.

Sin moverse de su lado, Megan resopló y, en cuanto vio a Iolanda, se le acercó y le comunicó que Angela se había marchado.

Al enterarse, la joven se angustió y, mirando a Louis, comentó:

—Creo que es mejor que vaya con ella.

Louis asintió y, tras mirar a Kieran, que hablaba con gesto serio con la madre de Susan, dijo:

—Iré contigo.

Fuera del castillo, varios highlanders miraron a Angela sorprendidos. ¿Qué hacía aquella bonita mujer sola de noche?

Sin reparar en sus miradas ni en sus obscenos comentarios, ella prosiguió su camino, alejándose de allí, hasta que oyó decir tras ella:

—Preciosa Angela, ¿por qué te marchas de la fiesta?

Al reconocer la voz, se paró y miró hacia atrás y, al ver a Ramsey, respondió con una media sonrisa:

—Estoy cansada y prefiero retirarme.

Él paseó su mirada lujuriosa sobre ella y murmuró:

—¿Y tu marido no te acompaña y te deja sola por este camino oscuro?

Consciente de la mirada de él, Angela se alertó y respondió:

—Kieran prefiere disfrutar de la fiesta un poco más.

—O quizá prefiere disfrutar de otras, como Susan Sinclair.

—Eso no os incumbe —gruñó molesta.

Ramsey dio un paso adelante y Angela hacia atrás. No había casi nadie a su alrededor que la pudiera proteger y el hombre dijo:

—Si yo fuera él, no te dejaría sola ni un instante. Es más —prosiguió, rodeándola—, estaría deseoso de llegar a nuestro lecho para disfrutar de ti, de tu cuerpo y de tu dulzura.

Incrédula por su falta de decoro, lo miró a los ojos y, pese al enfado que llevaba, repuso con tranquilidad:

—A mi marido no le gustaría escuchar lo que habéis dicho.

Ramsey sonrió y, cogiéndola de la cintura para acercarla a él, contestó:

—Conozco bien a tu marido y sé lo que le gusta o no.

—Soltadme inmediatamente.

—¿Estás segura de que eso es lo que quieres, bella Angela?

Confusa y enojada consigo misma por lo que le había dado a entender a aquel y a otros hombres durante la noche, con un rápido movimiento le golpeó con fuerza en la entrepierna y, cuando él aulló de dolor y cayó arrodillado a sus pies, siseó:

—Cuidado conmigo, Ramsey Maitland. Yo no soy como otras mujeres.

Y, sin más, continuó su camino furiosa, mientras Aiden McAllister, que lo había visto todo, sonreía.

Iolanda, que había asistido a la escena desde lejos corrió hacia ella y preguntó:

—¿Estás bien? —Angela asintió—. Louis y yo te acompañaremos.

Y, en silencio, regresaron los tres al campamento.

56

Cuando llegaron ante la tienda, Angela, al ver la buena armonía de Iolanda con Louis, sonrió y se disculpó. Luego comentó:

—Estoy tan enfadada por todo lo ocurrido, que cuando me duerma voy a dormir como un oso.

La joven le sonrió y ella, tras guiñarle un ojo, desapareció tras la tela de la tienda.

Louis, no dispuesto a que la noche se acabara, dijo, mirando a Iolanda:

—¿Te apetece mirar las estrellas?

Ella asintió y el highlander, feliz, la llevó hasta un lugar desde donde podían admirar el firmamento. Durante un buen rato charlaron de cosas diversas, hasta que él anunció:

—Querría enseñarte una cosa.

—¿El qué?

Louis, tirando de ella, se encaminó hacia los caballos, se subió al suyo y, tendiéndole la mano, susurró:

—Para verlo tienes que acompañarme.

Iolanda se paró a pensar. ¿Debía fiarse de él?

Dudó unos segundos, pero finalmente, consciente de que Louis no le haría nada que ella no deseara, le dio la mano y la sentó delante de él. Luego azuzó a su caballo.

Mientras cabalgaban, Iolanda miró a su alrededor. Stirling, engalanado para la fiesta de los clanes, estaba precioso. Siempre había sido una ciudad muy bonita.

Una vez la atravesaron, ella vio sorprendida que iban camino del cementerio. ¿Para qué iban allí?

Al llegar, Louis se apeó de la montura y, tras bajarla a ella con caballerosidad y dejarla en el suelo, preguntó:

—¿Te dan miedo los cementerios?

Iolanda negó con la cabeza.

—Como decía mi madre, hay que temer más a los vivos que a los muertos.

—Sabia mujer tu madre —contestó Louis sonriendo y, cogiéndole la mano, añadió—: Ven conmigo.

Entraron juntos en aquel lugar donde reinaba la paz y el silencio y Iolanda, al ver que se dirigían hacia la tumba de su madre, se inquietó, pero cuando vio lo que Louis le quería enseñar, las lágrimas se deslizaron por sus mejillas.

Ante ella vio la tumba de su madre limpia y arreglada. Toda ella estaba cubierta de flores y en una cruz reluciente de madera clara, habían grabado su nombre: «Mary Anne».

—Os seguí a Angela y a ti cuando vinisteis. —Iolanda lo miró y él prosiguió—: Y te oí decirle que era la tumba de tu madre y su nombre. He intentado adecentar la sepultura todo lo que he podido. Sólo espero que te guste.

Emocionada, Iolanda asintió mientras las lágrimas brotaban de sus ojos sin cesar. Aquel detalle tan bonito y tan lleno de amor le llegó al corazón y no podía hablar, sólo llorar emocionada.

Louis, al verlo, no se movió de su sitio. No quería abrazarla para no asustarla, pero entonces fue ella quien buscó cobijo entre sus brazos y murmuró:

—Gracias... gracias... gracias.

Enternecido, el highlander la rodeó con sus brazos y, tras respirar aliviado al ver su aceptación, la besó en la frente y musitó:

—Aunque sé que Zac lo sabe, yo no sé qué te ha pasado para que estés siempre tan asustada, no sé cómo murió tu madre, ni por qué estabas sola en aquel bosque, pero déjame decirte que, sea lo que sea, puedes contármelo y yo te escucharé y te ayudaré.

La joven asintió. Sin lugar a dudas, Zac había guardado su secreto, Louis era un buen hombre y, cogiéndole la mano, dijo:

—Salgamos de aquí.

Caminaron en silencio y una vez llegaron hasta el caballo de Louis, Iolanda, mirando al joven a los ojos, murmuró temblando:

—Bésame.

Él la miró confuso y no se movió. ¿Había oído bien?

Iolanda, al ver que no se movía, insistió:

—Bésame, Louis.

Esta vez, tras esbozar una encantadora sonrisa, el guerrero no lo dudó. Acercó su boca a la de ella, paseó sus labios por encima de los suyos y, cuando el calor y el temblor de sus cuerpos así lo exigieron, la besó con auténtica pasión.

Después de aquel primer beso, llegaron otros, hasta que Iolanda, con un cariñoso gesto, lo besó en la punta de la nariz y susurró:

—Me gustas y siento haberme comportado contigo con tanta dureza.

Incrédulo porque aquello estuviera pasando, Louis la abrazó nervioso, dispuesto a defender a aquella joven de todo lo que se le pusiera por delante, y repuso:

—Tú también me gustas; lo sabes, ¿verdad?

Ella asintió y, sentándose ambos sobre un tronco, le dijo, tras acariciarle la mejilla:

—Te he pedido que me beses, por si, tras lo que te voy a contar, no deseas volver a hacerlo.

—¿Por qué dices eso? —preguntó él, asombrado.

Iolanda, tras tragar el nudo que tenía en la garganta, sin prisa pero sin pausa, le contó todo aquello que siempre le había ocultado y que Angela y Zac conocían. Él la escuchó sin cambiar su gesto y, cuando acabó, el bravo highlander afirmó:

—Te prometo que no nos iremos de Stirling sin el pequeño Sean, y te exijo, si tú así lo deseas, seguir recibiendo tus besos el resto de mi vida.

Emocionada, Iolanda se tapó la boca. Nunca pensó que un hombre como Louis se pudiera fijar en ella y menos decirle aquellas cosas.

—Quiero besarte el resto de mi vida —respondió.

57

Cuando Angela oyó que Louis y Iolanda se alejaban, rápidamente se cambió de ropa. Tiró el vestido al suelo y se puso sus botas, sus pantalones y la capa. Con rapidez, amontonó sobre su manta la ropa que Kieran le había regalado y la moldeó para que pareciera ella dormida. Una vez lo tuvo todo preparado susurró:

—De acuerdo, Kieran. Me alejaré de ti y de tu vida.

Y, en silencio, salió de la tienda. Esa noche, con la fiesta y la bebida los highlanders no estaban muy atentos. Así que, tras coger su yegua, se alejó lo más deprisa que pudo.

Encantados el uno con el otro, Louis y Iolanda regresaron al campamento. A lo lejos vieron al grupo de amigos de Kieran con sus mujeres y, acercándose a ellos cogidos de la mano, él preguntó:

—¿Kieran sigue en la fiesta?

—Sí —respondió Duncan, tras cruzar una mirada con Lolach.

—¿Habéis conseguido alcanzar a Angela? —inquirió Megan.

—Sí. Está descansando en su tienda —contestó Iolanda.

En ese instante aparecieron los Sinclair y Kieran con su madre: regresaban tranquilamente de la fiesta. Megan, incapaz de quedarse callada, gritó:

—Las dos Sinclair sois unas brujas.

—¡Megan! —gruñó Duncan, intentando sujetarla.

Pero ella se soltó de un tirón y añadió:

—Sé lo que pensáis ambas de Edwina O'Hara y sólo espero que tengáis la decencia de decírselo a la cara, en vez de cuchichear a sus espaldas, como siempre hacéis.

Al ver que todos las miraban, Augusta, llevándose las manos al pecho, murmuró, viendo que Edwina sonreía:

—Por el amor de Dios, ¿de qué estás hablando?

Edwina, acercándose a la joven, se puso en jarras y dijo:

—Tranquila, Megan, estoy enterada de que me llaman «posadera» y sé muy bien lo que piensan de mí. Nunca me han engañado, aunque así lo creyeran.

Augusta la miró sorprendida y Edwina añadió:

—Nunca hubiera permitido que mi hijo se casara con tu hija.

—¡Madre! —gritó Kieran, que no entendía nada.

Megan, más segura y convencida de que lo que le había contado Angela era verdad, prosiguió:

—Y también sé que lo ocurrido con Kieran en el bosque lo organizaron las dos. Pagaron al mendigo y a las prostitutas para...

—Pero ¿qué estás diciendo? —se defendió la mujer.

Kieran, sorprendido, fue a hablar, pero Edwina, al oír aquello, maldijo como un hombre y siseó:

—Eso sí que no os lo voy a permitir, ¡brujas!

Susan, al verse descubierta, miró a su madre y a la de Kieran, mientras Duncan y Niall hablaban con el laird y éste asentía. Pero incapaz de ser sincera, la joven preguntó:

—Mamá, ¿de qué habla?

—Eso —dijo Megan, poniéndose también en jarras—, tú sigue así. ¡Mentirosa!

Al sentirse el centro de atención de todo el mundo, Augusta se tocó el cuello y farfulló:

—No te-tengo nada... nada que decir —se defendió.

Aldo Sinclair, al cruzar una mirada con la furiosa Edwina, miró a su mujer y a su hija y, con gesto sombrío, bufó:

—¿Qué hicisteis, por el amor de Dios?

Molesta por la poca vergüenza de aquellas mujeres, Megan miró a la delicada Susan y explicó:

—Ambas planearon lo que le ocurrió a Kieran para que Angela culpara a Susan delante de todos y Kieran se enfadara con ella.

Incrédulo éste miró a aquellas mujeres a las que tenía tanto aprecio y, bajando el tono de voz, siseó:

—¿Hicisteis eso?

—¡Mentira!

—Me lo creo —afirmó la madre de Kieran—. Siempre han sido de tirar la piedra y esconder la mano.

Susan, nerviosa, espetó:

—Mamá, tú dijiste que nadie se enteraría y...

—¡Susan, calla! —bufó Augusta.

—Como diría la mujer de mi hijo —se mofó Edwina—, ya os podéis quitar esas caras de pavisosas, que os acabamos de pillar.

—¡Madre!

Edwina sonrió y, asintiendo con la cabeza, reconoció:

—Hijo, Angela es lo mejor que te ha podido pasar.

—Aldo, por el amor de Dios, ¿no creerás lo que insinúan? —lloriqueó Augusta.

—Mire, señora —prosiguió Megan—, buscaré al hombre al que le pagó unas monedas y se lo demostraré.

—Yo sé quién es ese hombre —afirmó Aston, acercándose.

—¡Estupendo! —exclamó Megan y, con gesto serio, añadió—: Le aseguro que van a quedar delante de todos como lo que son, unas malas personas.

Kieran, furioso por lo que acababa de descubrir, miró a Aldo Sinclair y expuso:

—Al igual que hizo mi mujer, ahora yo espero una disculpa por parte de tu mujer y de tu hija hacia ella. —Y mirando a Susan, añadió—: Nunca esperé esto de ti. Confié en ti poniendo en duda lo que decía mi mujer, y ahora veo que me equivoqué.

—Kieran, escucha, yo...

—No, Susan. No voy a escucharte, ni ahora ni nunca —sentenció él, furioso.

Edwina, disfrutando con aquello, miró a la madre de la muchacha y, con un gesto de lo más chulesco, dijo:

—Augusta, espero no volveros a verte ni a ti ni a tu hija por mis tierras nunca más.

Aldo Sinclair, indignado por lo que ellas dos habían hecho, de malos modos las cogió del brazo y, mirándolas, mascullό:

—Vamos. La fiesta se acabó.

Una vez se fueron, Megan miró a Kieran y éste murmuró:

—Creo que tengo que disculparme con Angela, ¿verdad?

—Oh, sí, *mi cielo*... lo vas a tener que hacer —contestó Megan con una sonrisa.

Edwina, acercándose a su hijo, lo miró con cariño.

—¿Te he dicho alguna vez que eres tonto?

—¿A qué te refieres, madre?

Edwina, dándole un suave manotazo, respondió:

—No se te ocurra perder a Angela por una finolis como Susan ni por ninguna otra. Al fin has encontrado a la mujer que te conviene y que sabe ponerte en tu lugar.

—Ya era hora —rio Gillian.

Al ver el gesto de todos, finalmente Kieran sonrió. Angela era lo único que le tenía que importar en esos momentos y necesitaba hablar con ella urgentemente.

Cuando entró en la tienda y la vio tumbada en el camastro, se puso de cuclillas y preguntó:

—¿Estás despierta?

Ella no se movió y, sentándose en el suelo, Kieran se disculpó:

—Vale, no he actuado bien. No te he creído y encima te hice pedirles disculpas. —Al ver que no respondía, prosiguió—: Lo siento, Angela. Lo siento, mi vida. Cuando vi a Susan me comporté como un tonto y ahora entiendo tu enfado y lo que me has querido demostrar en la fiesta. ¿De verdad estás dormida?

Esperó durante un rato y, al ver que seguía sin responder, decidió dejarlo para el día siguiente. Conociendo a Angela, era lo mejor.

En silencio, salió de la tienda y se sentó con sus hombres junto al fuego. Sólo deseaba que amaneciera para que ella se despertara y pudieran hablar.

58

Angela galopaba sin descanso.

Durante un buen rato no paró, hasta que la yegua, cansada, aminoró la marcha.

En la oscuridad del valle donde estaba, se sentó en el suelo y, mientras pensaba en Kieran, miraba las estrellas.

Una lágrima escapó de sus ojos al pensar en él. Y mirando el anillo que le había regalado y que llevaba puesto, lo besó y murmuró:

—Papá, lo he intentado, pero no ha sido posible. Yo no soy su amor.

Mientras pensaba hacia adónde dirigirse, descartó la idea de volver a Caerlaverock o ir a Glasgow. Serían los primeros sitios donde Kieran, en caso de que la buscase, iría. Y dispuesta a alejarse lo máximo que pudiera de él, pensó en Newcastle, allí nadie la buscaría.

Cuando se levantó para proseguir su marcha, una voz preguntó:

—¿Paseando por el bosque otra vez?

Al volverse, Angela se encontró con Aiden McAllister y sonrió. Éste, bajándose del caballo, se acercó a ella y dijo:

—Creo que Ramsey Maitland aún sigue tirado en el camino.

—Se lo merece sin duda —afirmó Angela.

Eso los hizo reír a los dos y Aiden añadió:

—Además de bonita y tentadora, eres peligrosa.

De nuevo Angela sonrió y Aiden, acercándose a ella, inquirió:

—¿Qué vuelve a hacer una mujer tan bonita como tú sola de noche?

—Dando un paseo.

Convencido de que mentía, contestó:

—Angela, no deberías alejarte tanto del campamento. —Y al ver que no respondía, susurró—: No me digas que estás huyendo de Kieran O'Hara.

Pensó en mentirle, pero ya daba igual, por lo que asintió. Aiden, tras soltar una risotada excesivamente escandalosa, exclamó:

—¿Te has vuelto loca?

Molesta respondió:

—Vamos a ver, Aiden. ¿Desde cuándo yo te cuento a ti mis planes?

—Kieran te buscará.

—Lo dudo, lo he dejado muy feliz escuchando cantar a Sinclair.

Él volvió a sonreír y auguró:

—Kieran te encontrará.

—Sus últimas palabras fueron que me alejara de él.

Durante un rato hablaron sobre lo ocurrido en la fiesta y Aiden le dio su opinión. Lo que le decía era lo mismo que Megan le había dicho, y cuando Angela se cansó de escuchar, lo cortó:

—Basta, Aiden. No quiero oír nada más. Lo mío con Kieran se acabó.

Él, acercándose un poco más a ella, susurró:

—¿Sabes?, a mí me encantan las mujeres.

—Lo sé. Kieran me lo dijo.

—¿Te lo dijo?

—Sí, e incluso me dijo que te habías fijado en mí.

—Muy observador tu marido.

—Para lo que quiere —se mofó molesta.

Sin apartar la mirada de ella, Aiden asintió y cuando vio que Angela miraba las estrellas, dijo:

—Ahora que estamos aquí tú y yo, y que me juras y perjuras que lo tuyo con Kieran se ha acabado, quiero que sepas que me pareces una mujer preciosa, una mujer tentadora y...

—Aiden McAllister —lo interrumpió ella—, si no quieres tener problemas conmigo como los ha tenido Ramsey Maitland, contén tu lengua.

Él soltó una carcajada y, con comicidad, cuchicheó:

—Angela... ¡me asustas!

Aquel tono de voz tan bajo a Angela no le gustó y cuando fue a desenvainar la espada, él la agarró y, atándole las manos con una rapidez que a ella la dejó sin habla, dijo:

—No, preciosa, no. No me vas a atacar.

—Maldita sea, Aiden, ¡suéltame!

—No.

Enfadada, siseó:

—¡Cuando se entere Kieran te matará!

—¿Y cómo se va a enterar si acabas de decir que no te va a buscar? —preguntó divertido.

Enfadada por haber sido sincera con él, masculló:

—Debí dejarte morir aquel día ante los lobos.

—Cierto. Debiste.

Tras atar su yegua a su caballo, Aidan subió a Angela y, cuando él se montó también y ella intentó golpearlo, sujetándola de nuevo, le expuso:

—Tienes dos alternativas, preciosa Angela: ir con dignidad sobre el caballo o ir sin dignidad boca abajo. ¡Tú decides!

—No te atreverás.

Aiden asintió con gesto malicioso y Angela bisbiseó:

—Cuando me sueltes, ¡juro que te mataré!

—Vuelves a asustarme, preciosa Angela.

Divertido y sin preocuparle los improperios que salían de la boca de ella, se lanzó al galope. Aquella mujer le gustaba y debía emprender la marcha cuanto antes.

59

Kieran estaba pensativo junto al fuego tras todo lo ocurrido. No encontraba sosiego. Necesitaba hablar con Angela, disculparse con ella una y mil veces y saber que entre ellos todo estaba bien. Por lo que, levantándose, caminó hacia su tienda y al entrar dijo:

—Angela, despierta.

No vio que se moviera y, acercándose un poco más, insistió:

—Angela... tengo que hablar contigo.

Nada. Ni un movimiento.

—Angela...

Esa quietud lo escamó y al agacharse y tocar lo que supuestamente era su cadera, blasfemó al descubrir que aquello era un fardo de ropa y que ella no estaba allí.

Salió como un loco de su tienda y corrió hacia la de los McRae.

Niall y Duncan, que estaban junto al fuego, al ver que se acercaba se levantaron. Kieran les preguntó:

—¿Dónde está?

Los dos hermanos se miraron y soltaron una carcajada.

—No me digas que has vuelto a perder a tu mujer —se mofó Duncan.

Y Niall, sonriendo, murmuró:

—Kieran... Kieran... creo que...

Sin ganas de reír, éste los empujó y exigió nervioso:

—Decidme. ¿Está aquí mi mujer?

Los McRae negaron con la cabeza y con desesperación Kieran siseó.

—Dios, ¡se ha marchado!

Duncan y Niall se miraron y Kieran, al entender que allí no estaba, fue corriendo hasta donde estaban los caballos. No podía haber ido muy lejos. Pero de pronto, el galope de un caballo llamó su atención y se quedó de piedra el ver a Aiden McAllister con su mujer maniatada.

Sin entender nada, Kieran clavó la vista en ellos hasta que Aiden detuvo su montura delante de él y habló:

—Creo que has perdido algo, ¿verdad, O'Hara?

—¿Tú qué crees? —preguntó él, mirando a Angela.

Ésta, enfadada por estar allí de nuevo, miró a Aiden y siseó:

—Idiota... ¿cómo se te ocurre traerme aquí?

Él, con una sonrisa guasona y sin hacerle caso, explicó:

—La encontré lejos de aquí e imaginé que no querrías perderla, ¿no es así?

Kieran asintió y el otro bajó con delicadeza a Angela del caballo.

Ella, al poner los pies en el suelo, lo miró y gritó enfadada:

—¡Aiden McAllister, juro que te buscaré y te mataré!

—Te esperaré ansioso, preciosa Angela —contestó, riendo divertido.

Luego desató la yegua de Angela de su montura, le entregó las riendas a Kieran y, cuando dio media vuelta para irse, éste lo llamó:

—Aiden.

Él se volvió y Kieran, mirándolo con aprecio, dijo:

—Gracias. Muchas gracias por devolvérmela sana y salva.

El joven sonrió y, tras asentir con la cabeza, se alejó al galope.

Una vez se quedaron solos, Kieran miró a Angela y le preguntó:

—¿Cuándo vas a dejar de huir de mí?

Ella no contestó y él insistió:

—¿Adónde ibas?

Sin ganas de responder a sus preguntas, le tendió las manos y pidió:

—Desátame, por favor.

Él lo hizo rápidamente. Cuando ella tuvo las manos libres, cogió las riendas de su yegua y Kieran, sujetándola, reconoció:

—Te quiero, no te vayas.

Oír eso la hizo dar un respingo, pero sin mirarlo, repuso:

—Lo nuestro nunca funcionará, Kieran. Somos demasiado diferentes. Tu lugar está junto a Susan Sinclair o cualquier mujer de la fiesta.

—Angela...

—No quiero hablar contigo.

—Angela —insistió—. Mírame.

De espaldas a él, ella cerró los ojos. Verlo de nuevo le había mermado las fuerzas de que había hecho acopio para partir. Marcharse ahora le era más difícil, más complicado. Kieran insistió con voz pausada:

—Por favor, mi cielo, mírame.

—No... no... no... no me digas eso —gimió.

—Sólo tú eres y serás siempre mi cielo, ¿ya lo has olvidado?

Ella se tocó la frente con mano temblorosa.

—Te lo suplico, Angela, mírame.

Incapaz de no hacerlo, finalmente se dio la vuelta y enfrentó su mirada. Kieran, sin perder un segundo, acercándose a ella con delicadeza, le enmarcó el rostro con las manos y murmuró:

—Te quiero, mi vida. Te necesito a mi lado, y el hecho de perderte hace que se me rompa el corazón. Te necesito. Mi ejército, mi fuerza, eres tú.

—Kieran, no... no me digas ahora esto. Ahora no.

—Eres la luz de mi vida, sé que no te lo he dicho todas las veces que lo has querido escuchar pero necesito que sepas que es así.

—No, Kieran... no sigas.

—Escucha, *mi cielo*, no me puedo permitir perderte. Yo soy tu cariño y tú eres mi cielo y allá donde tú vayas yo iré. Mi sitio está junto a ti, ¿aún no te has dado cuenta?

Perdiéndose en su mirada, Angela negó con la cabeza. Pero todavía furiosa por todo lo ocurrido, protestó:

—Eso lo dices ahora. Pero mañana, cuando Susan o...

—Ya sé que fueron ella y su madre quienes orquestaron lo que me ocurrió en el bosque. Te pido perdón por no haberte creído y por haberte obligado a disculparte. Y te juro por mi vida que las dos te pedirán ahora disculpas a ti y no volveré a desconfiar de tu palabra.

Sorprendida, abrió mucho los ojos, pero negando de nuevo con la cabeza, dijo:

—Eso ya da igual, Kieran. Tú me dijiste que eres un hombre que no quiere ataduras, que te gusta tu libertad y... y... mañana, cuando veas a otra bonita mujer, volverás a pensar en ella y a olvidarte de mí y yo no quiero sufrir más por amor.

—No, cariño, eso no ocurrirá nunca más —insistió dolido—. Porque ya me he dado cuenta de que sólo tú tienes la sonrisa más bonita que veré en mi vida, que sólo tú tienes los ojos más espectaculares que jamás me mirarán, que sólo tú sabes volverme loco de pasión y que sólo tú eres la mujer con la que quiero pasar el resto de mis noches y mis días.

Los ojos de Angela se llenaron de lágrimas, sin duda Kieran sabía convencerla, y cuando éstas comenzaron a rodar por sus mejillas, confesó:

—Odio llorar.

—Lo sé, mi vida. Lo sé.

—Odio sentirme fea ante las mujeres con las que has estado.

Al oír eso, Kieran se sintió un tonto y replicó:

—Tú eres mucho más bonita que todas ellas, tanto por dentro como por fuera.

—Mientes. Veo como miras a Susan y... y...

Agarrándola de la cintura para tenerla más cerca, él susurró aspirando el aroma de la única mujer que quería a su lado.

—Ninguna de ellas me importa, porque sólo tengo ojos para ti, mi amor, y si no hubiéramos seguido ese tonto juego en el baile de los clanes, te habrías dado cuenta. —Angela lo miró y él murmuró—: A ti te miro con más intensidad porque te quiero. A ti te miro con adoración, porque te adoro. A ti te miro con ternura, porque no puedo vivir sin ti, y te aseguro que a partir de este momento, mis ojos, mi vida y mi corazón son solamente tuyos y podrás hacer con ellos lo que quieras.

Boquiabierta, Angela sonrió y dijo:

—No me tientes, O'Hara... no me tientes.

Kieran, al ver su sonrisa, henchido de amor como nunca en su vida, afirmó:

—Soy tuyo. No me dejes nunca y haz conmigo lo que quieras.

Secándose las lágrimas, Angela sonrió y preguntó:

—¿Lo dices en serio?

—Totalmente en serio, tesoro mío.

Enamorada por aquellas palabras, acercándose a su marido, lo besó. Aquel tierno momento y aquella dulce declaración de amor eran lo que necesitaba escuchar. Kieran, a su manera, a su modo, le decía siempre impresionantes palabras para hacerla sentir especial y una vez más lo consiguió.

Encantado, él la besó una y mil veces y cuando se separó de ella, sin mirar atrás, dijo, al ver la cara divertida de su mujer:

—De acuerdo, Megan, Gillian, ya os podéis hablar.

—Por el amor de Dios, Kieran —rio Megan—. Acabas de terminar con el azúcar de toda Escocia.

—Increíble, Kieran... ¡increíble! —aplaudía Gillian.

Edwina, que también lo había presenciado todo, dijo emocionada:

—Su padre era igualito. Por eso me enamoró. —Y, mirando a Angela, añadió—: Querida nuera, es un placer abrirte las puertas de tu casa y de mi corazón y, como dice mi hijo, no nos dejes nunca.

Duncan y Niall no paraban de reír ante todo lo que habían oído. Su buen amigo había caído en la marmita del amor como él siempre decía cuando se reía de ellos, y Iolanda y Louis, felices, aplaudían conscientes de que, por fin, aquello era el principio de una nueva vida para todos.

Kieran, tras guiñar un ojo a su más que feliz madre, enamorado, hechizado y loco por su mujer, la aupó entre sus brazos ante todo el que los miraba y se la llevó a su tienda en busca de intimidad. Sin soltarla de sus brazos, murmuró haciéndola reír:

—Soy tuyo. Haz conmigo lo que quieras.

Angela, dichosa y encantada, tras pasear su boca por los fabulosos labios del hombre al que amaba por encima de todo y que le había dicho las cosas más maravillosas del mundo, murmuró:

—Kieran O'Hara, bésame.

Epílogo

Kildrummy, un año y medio después

Angela acababa de abrir una carta y lo que había leído la había enfadado.

Necesitaba contárselo a Kieran y fue en su busca. Al entrar en el salón, Edwina, que estaba allí con el pequeño Aleix, al verla preguntó:

—¿Ocurre algo, hija?

Con una sonrisa forzada para no preocuparla, se acercó hasta su pequeño hijo y, cogiéndolo, lo besó mientras preguntaba:

—¿Cómo está mi gordito? —El pequeño sonrió y ella añadió—: Mamá te va a comer a besitos.

Aleix era pelirrojo como ella, con los ojos azules de su padre. Era un niño regordete y divertido, que solía pasar gran parte del día sonriendo. Tras hacerle varias carantoñas más, Angela se volvió hacia su suegra e inquirió:

—¿Dónde está Kieran?

—He oído que estaba con Zac en las caballerizas.

Sin perder un minuto, Angela se recogió las faldas y corrió hacia allí. Al llegar, se cruzó con Louis, que, al verla, le comentó:

—Iolanda quiere que pases por casa. Ha hecho su famosa tarta de arándanos.

Angela se relamió y, tocándole la cabeza al pequeño Sean, dijo:

—Dile a tu hermana que me guarde un buen trozo.

Louis, subiéndose al pequeño a los hombros, corrió con él hacia la casa. Iolanda y el niño eran toda su vida.

Al entrar en las caballerizas, Angela sonrió al ver a Kieran. Allí estaba, junto a Zac.

Al verla, su marido le guiñó un ojo y, abriendo los brazos para recibirla, exclamó:

—Qué agradable visita, tesoro.

Angela lo abrazó y, tras besarlo, dejó la carta sobre una mesa y dijo:

—Estoy muy enfadada.

Zac, mirando a su amigo, levantó las cejas. Kieran murmuró:

—Esto huele a problemas.

Angela asintió y, con los brazos en jarras, anunció:

—La carta es de Sandra.

Ante la mención de ese nombre, Zac sonrió y dijo:

—Me muero por leer esa carta.

—Sandra viene de visita a Kildrummy para final de año —explicó Angela sonriendo.

—¡Bien! —aplaudió Zac.

Ver a aquella jovencita era lo que más le apetecía del mundo.

Pero Kieran, por el gesto de su mujer, sabía que eso no era todo y, efectivamente, añadió:

—Al parecer ¡se ha prometido!

—¡¿Cómo?! —preguntaron al unísono Zac y Kieran.

Tan incrédula como ellos por la noticia, prosiguió:

—Según cuenta en la carta se trata de un adinerado lord inglés que su abuela le ha impuesto y...

—¿Cuándo has dicho que viene? —preguntó Zac con gesto serio.

—Para final de año.

El joven asintió y, sin decir nada más, salió del granero.

Kieran, al verlo, miró a su mujer y comentó:

—Menudo disgusto le acabas de dar...

—Lo sé, pero cuanto antes lo sepa, antes lo digerirá.

—O antes hará algo para evitar ese enlace —se mofó Kieran.

Angela sonrió. Sin duda lo que pretendía era lo segundo y su marido, mirándola, dijo divertido:

—*Mi cielo*... que te conozco. —A continuación, abrazándola murmuró hundiendo la nariz en su cuello—: Me gusta que te pongas las joyas de tu madre.

Ella se tocó el cuello sonriendo. Llevaba uno de los collares que Kieran había conseguido rescatar de los prestamistas de Edimburgo.

—Esta noche te quiero desnuda en mi cama sólo con ese collar puesto.

Divertida, asintió y cuchicheó:

—Cariño, si me haces ojitos, no te puedo decir que no.

Y se besaron. Tras regresar de la fiesta de los clanes de Stirling, su vida mejoró y, cumplido el plazo de la unión de manos, Kieran organizó un bodorrio por todo lo alto, que las Sinclair todavía debían de estar lamentando.

Después de varios besos que a ambos no sólo les calentaron el corazón, Angela, queriendo volver al tema que la había llevado allí, preguntó:

—¿Crees que Zac hará algo para impedir esa boda?

Aspirando el dulce perfume de su mujer, Kieran asintió.

—Presiento que para final de año, o quizá antes, vamos a tener jaleíto.

Angela aplaudió por lo que aquello podía suponer para su amiga Sandra y él, divertido por aquella sonrisa tan bonita, murmuró cuando ella le propuso con gestos ir al fondo de las caballerizas:

—Pero qué descarada eres, cariño mío.

Fascinada por la pasión que vio en su mirada, Angela sonrió y dejándose besar con todo el amor que aquel maravilloso hombre le demostraba, afirmó:

—Lo sé y me encanta saber que te gusta.

booket

La saga *Las guerreras Maxwell* en Booket:

Descubre la nueva entrega de *Las guerreras Maxwell*: